Mercedes Lackey est née en 1950 à Chicago, États-Unis. Elle a toujours écrit, par ennui au début et parce qu'elle n'avait jamais assez de lecture, puis parce qu'elle ne pouvait plus s'en passer. **C.J. Cherryh** et **Marion Zimmer Bradley** l'ont parrainée à ses débuts. Mercedes Lackey est mondialement renommée pour son cycle de ***Valdemar*** qui compte à ce jour une vingtaine de romans.

Du même auteur chez Milady :

Valdemar :

Les Hérauts de Valdemar :
1. *Les Flèches de la Reine*
2. *L'Envol de la Flèche*
3. *La Chute de la Flèche*

La Guerre des Mages,
écrit en collaboration avec Larry Dixon :
1. *Le Griffon Noir*
2. *Le Griffon Blanc*
3. *Le Griffon d'Argent*

Les Serments et l'honneur :
1. *Soeurs de sang*
2. *Les Parjures*

La Légende de Kerowyn :
Par le fer

Le Dernier Héraut-Mage :
1. *La Proie de la magie*

www.milady.fr

Mercedes Lackey

La Proie de la magie

Le Dernier Héraut-Mage – 1

Traduit de l'anglais (États-Unis) par Laurence Le Charpentier

Milady

Milady est un label des éditions Bragelonne

Titre original : *Magic's Pawn*

Publié avec l'accord de l'auteur,
c/o BAROR INTERNATIONAL, INC.,
Armonk, New York, U.S.A.

Illustration de couverture :
Amandine Labarre

Carte :
Justine Tellier, d'après la carte de Larry Dixon

ISBN : 978-2-8112-0218-7

Bragelonne – Milady
35, rue de la Bienfaisance – 75008 Paris

E-mail : info@milady.fr
Site Internet : http://www.milady.fr

Dédié à : Melanie Mar… juste parce que…

Et à Mark, Carl et Dominic
pour m'avoir permis de leur soumettre mes idées.

CHRONOLOGIE OFFICIELLE
Par Mercedes Lackey

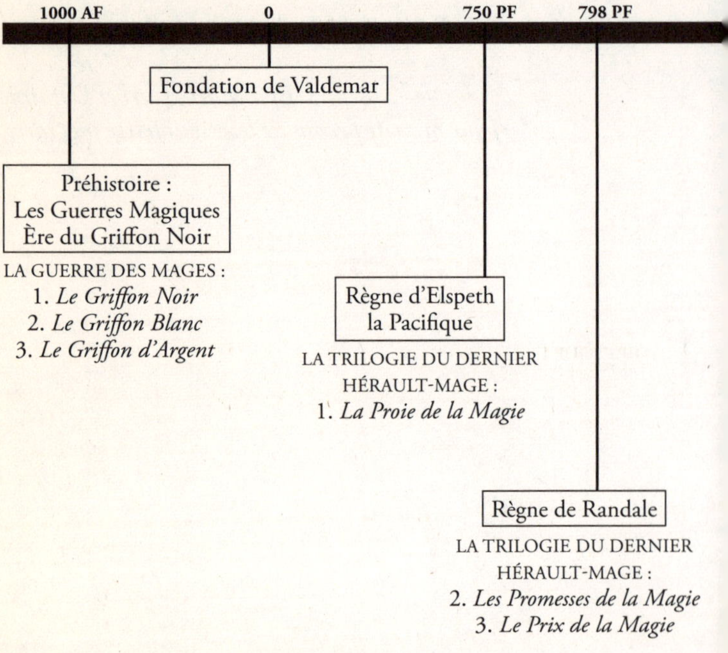

AF : Antérieur à la Fondation
PF : Postérieur à la Fondation

DE LA SÉRIE DE VALDEMAR

Le déroulement des événements selon la chronologie de Valdemar

1077 PF — Règne de Theran

1270 PF — Règne des co-consorts Arden et Leesa

DIPTYQUE DES SERMENTS ET DE L'HONNEUR :
1. *Soeurs de Sang*
2. *Les Parjures*

1315 PF — Règne de Roald

1355 PF — Règne de Sendar

1376 PF — Règne de Selenay

LES HÉRAUTS DE VALDEMAR :
1. *Les Flèches de la Reine*
2. *L'Envol de la Flèche*
3. *La Chute de la Flèche*

LA LÉGENDE DE KEROWYN :
Par le Fer

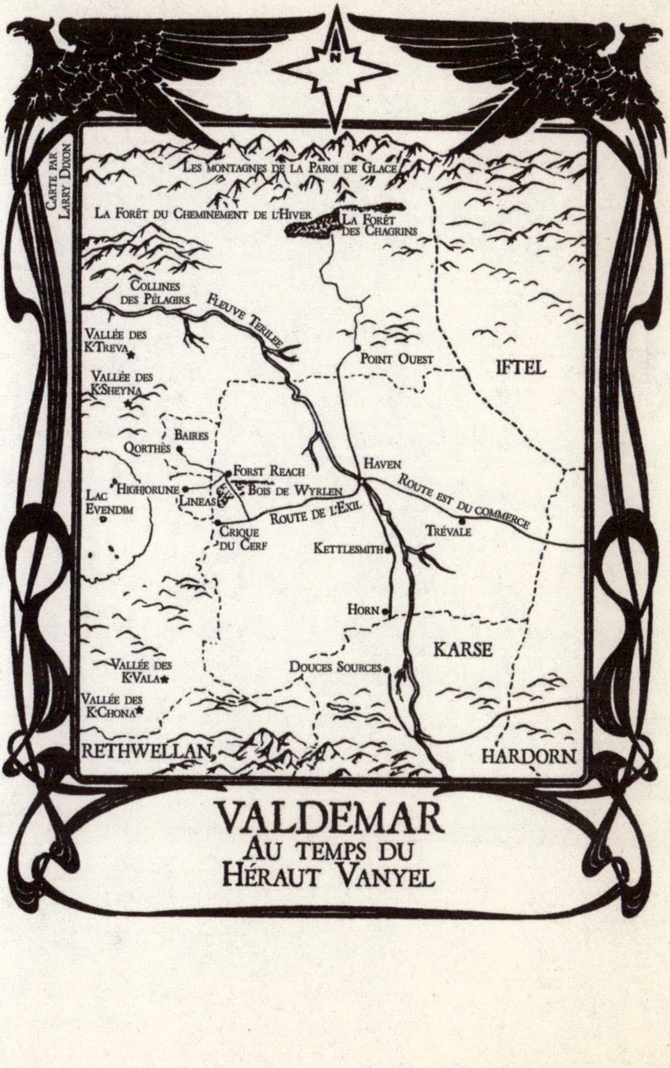

VALDEMAR
Au temps du
Héraut Vanyel

Chapitre premier

— Ton grand-père était cinglé, déclara Radevel, le cousin de Vanyel, quinze ans et tout en muscles.

Il a raison, pensa Vanyel, en espérant qu'ils n'allaient pas plonger malgré eux jusqu'en bas des marches.

La remarque de Radevel avait probablement été provoquée par cet escalier très dérobé, qui s'élançait du fond de l'office au troisième étage pour émerger au rez-de-chaussée, derrière un placard à linge. Les marches en étaient si étroites et glissantes que même les domestiques évitaient de l'emprunter.

Le manoir-donjon du Seigneur Withen Ashkevron de Forst Reach était une construction étrange et disparate. À l'époque de l'arrière-arrière-grand-père de Vanyel, c'était un donjon défensif plus conventionnel mais, après que son grand-père avait conquis des terres, la frontière fut repoussée très loin de Forst Reach. Ayant dépassé l'âge mûr, ce vieux grigou avait décidé que la défense allait désormais laisser place au confort. Son confort en premier lieu.

Vanyel n'était pas en total désaccord avec Grand-Père ; il aurait été l'un des premiers à approuver le remplissage des douves et des cheminées dans toutes les pièces. Toutefois, le vieil homme avait des idées assez bizarres sur ce qu'il voulait et à quel endroit il le voulait… ainsi qu'une forte tendance à changer d'avis en cours de route.

Il y avait de bons côtés : des fenêtres partout, vitrées et munies de volets, des lucarnes éclairant les chambres du haut et les escaliers, une cheminée dans pratiquement chaque pièce, des cabinets chauffés et intégrés aux bains, chaque mur intérieur latté et plâtré contre le froid et l'humidité, les étables, les écuries, le chenil et le poulailler bannis vers des dépendances nouvellement bâties.

Il y en avait aussi de mauvais : si l'on ne connaissait pas son chemin, on risquait vraiment de s'égarer ; et une quantité effroyable d'endroits demeuraient inaccessibles si l'on ne savait pas précisément comment les atteindre. Certains de ces lieux étaient importants, comme les bains et les cabinets. Le vieux bouc n'avait guère tenu compte non plus de la génération suivante dans ses remaniements ; il avait divisé la chambre d'enfant en logements pour les domestiques, ce qui signifiait que, jusqu'à ce que les garçons du Seigneur Withen s'installent en garçonnière et les filles en appartement, ils étaient serrés à deux ou trois sous les combles, dans une enfilade de pièces minuscules.

— C'était aussi ton grand-père, se sentit obligé de souligner Vanyel. Les cousins Ashkevron avaient tendance à faire comme s'ils n'avaient aucun ancêtre commun avec Vanyel et ses frères et sœurs, chaque fois qu'il était question du Grand-Père Joserlin et de ses aménagements intérieurs.

— Heu... (Radevel réfléchit quelques instants, puis haussa les épaules.) Il était quand même fêlé.

Il déplaça un peu plus haut sur son épaule le poids de son armure et de son rembourrage.

Gardant son calme, Vanyel descendit en courant les deux dernières marches de pierre pour ouvrir la porte à Radevel. Celui-ci lui rendait service, même si Vanyel était certain qu'il partageait la mauvaise opinion des autres à son sujet. Radevel était de loin le plus accommodant de tous ses cousins, et le plus facile à convaincre : le soudoyer avec un gant de fauconnerie tout neuf avait prouvé à Vanyel qu'il était incapable de résister. Malgré tout, cela ne servirait à rien de le mettre en colère en se disputant avec lui ; Radevel pouvait toujours décider qu'il avait mieux à faire que d'aider Vanyel, gant ou pas.

Oh, dieux ! faites que cela marche ! pensa Vanyel tandis qu'ils débouchaient dans l'entrée de service obscure. *Ai-je suffisamment pratiqué avec Lissa ? Est-ce que cela me donnera une chance contre une attaque classique ? Ou bien suis-je fou de même essayer ?*

Le vestibule était aussi glacial que l'escalier, et sombre de surcroît. Radevel prit la tête, ses pas claquant sur le sol de pierre, sifflant avec contentement… mais faux. Vanyel se retint de grimacer à ce massacre de l'une de ses mélodies favorites et se laissa entraîner dans son sillage, ruminant des pensées tout aussi sombres que le corridor.

Dans trois jours, Lissa sera partie et, si je ne parviens pas à me faire envoyer également là-bas, je resterai tout seul. Sans Lissa…

Si je parviens à prouver que j'ai besoin de son *type d'entraînement, alors, peut-être que Père me laissera l'accompagner…*

Cette théorie avait incité Vanyel à pratiquer un style de combat différent de celui qu'il était supposé apprendre, s'exerçant en secret avec sa sœur aînée Lissa : c'était ce qui l'avait finalement conduit à cette petite expédition.

Cela, et l'urgente nécessité de montrer au Seigneur Withen que son premier fils n'était pas le couard que prétendait le maître d'armes, et qu'il pouvait vraiment réussir dans les armes de son choix.

Vanyel s'étonnait d'être le seul garçon à savoir qu'il existait d'autres types de combat que ceux enseignés par le maître d'armes Jervis ; il avait lu quelque chose à leur sujet et supposait qu'ils devaient être tout aussi valides, sinon pourquoi envoyer Lissa étudier chez Trevor Corey et ses sept femmes-épéistes en herbe ? De la façon dont Vanyel voyait les choses, il n'y avait aucun moyen, sauf miracle, qu'il obtienne le moindre succès avec la méthode rentre-dedans que préconisait Jervis, et aucun moyen de persuader le Seigneur Withen de l'efficacité d'un autre style tant qu'il resterait tout ouïe pour Jervis.

À moins que Vanyel puisse lui montrer. Alors Père serait bien obligé d'en croire ses propres yeux.

Et si je ne peux le lui prouver... oh, dieux ! je ne pourrai en supporter davantage !

Avec le départ de Lissa pour le Donjon de Brenden, Vanyel perdrait sa dernière véritable alliée dans la maisonnée ; son unique amie et la seule personne qui tenait à lui.

C'était la dernière étape du complot ourdi avec Liss ; Radevel tenterait de le vaincre en pratiquant l'enseignement de Jervis. Vanyel essaierait d'appliquer sa méthode, ne portant que le pourpoint rembourré et un heaume, ainsi que le bouclier le plus léger, ne se fiant qu'à sa rapidité et à son agilité pour se tirer d'affaire.

Radevel ouvrit d'un coup de pied la porte menant au terrain d'entraînement, laissant à Vanyel le soin de la refermer avant que quelqu'un se mette à hurler au courant d'air. La lumière du soleil de ce début de printemps était vive après les ténèbres du vestibule ; Vanyel cligna des yeux tout en pressant le pas pour rattraper son cousin.

— D'accord, jeune coq, lui dit gentiment Radevel, se délestant de son attirail au bord du terrain d'exercice, et en extrayant du tas son propre pourpoint. Prépare-toi, et nous allons voir si tes idioties présentent quelque mérite.

Il fallut à Vanyel beaucoup moins de temps qu'à son cousin pour se glisser dans son « armure » ; il proposa timidement d'aider Radevel à passer la sienne, mais son aîné émit un reniflement de mépris.

— Pour bâcler la mienne comme tu as bâclé la tienne ? Non merci, dit-il, tout en continuant à sangler son armure et à l'ajuster méticuleusement.

Vanyel rougit et resta planté, hésitant, au bord du terrain d'entraînement creusé, les yeux baissés vers l'herbe drue mais sèche à ses pieds.

Je ne bâcle jamais rien, sauf quand Jervis me regarde, pensa-t-il avec amertume, frissonnant à la légère brise froide qui s'insinuait sous son pourpoint. *Alors je n'arrive plus à rien de bon.*

Il pouvait presque sentir les fenêtres du donjon derrière lui, tels des yeux qui le scrutaient dans le dos. Attendant qu'il échoue, encore une fois.

Qu'est-ce qui ne va pas chez moi, de toute façon ? Pourquoi je n'arrive jamais à plaire à Père ? Pourquoi tout ce que j'entreprends est-il un échec ?

Il soupira et racla le sol de la pointe du pied. Il aurait préféré chevaucher au grand air plutôt que de tenter ce combat perdu d'avance. Il était le meilleur cavalier à Forst Reach : Star et lui étaient sans égal lors des chasses les plus casse-cou, et il pouvait, s'il le voulait, maîtriser n'importe quel autre cheval des écuries.

Et juste parce que je ne me joins pas à ces brutes mal embouchées que Père affectionne, il ne m'accordera même pas une accolade à cette occasion…

Dieux ! cette fois, je dois *gagner !*

— Réveille-toi, rêveur, grogna Radevel, la voix étouffée par son heaume. Tu voulais t'y frotter, je suis prêt, allons-y.

Vanyel avança au milieu du champ d'entraînement avec une circonspection teintée de nervosité, attendant la dernière minute avant de coiffer son heaume. Il détestait cet attirail ; il avait l'impression d'y être enfermé, et il détestait plus que tout que son champ de vision soit réduit à une fente étroite. Il attendit que Radevel s'approche de lui, sentant la sueur qui déjà coulait sous ses aisselles et le long de son dos.

Radevel frappa. Mais, au lieu d'amortir le choc avec son bouclier, comme l'aurait fait Jervis, Vanyel esquiva la lame. Puis il dépassa Radevel, lui portant un coup d'estoc. Jervis ne s'intéressait qu'aux coups de taille. Mais Vanyel avait découvert que porter un coup à la pointe de l'épée pouvait être vraiment efficace si le mouvement était correctement effectué. Radevel poussa un cri de saisissement et leva son bouclier juste à temps, restant ainsi exposé.

Vanyel sentit le courage lui revenir lorsqu'il se rendit compte de l'occasion que lui offrait cette ouverture et il risqua une nouvelle attaque de son cru. Celle-là réussit à faire mouche, bien que le coup fût trop léger pour être qualifié de décisif.

— Touché ! cria Vanyel qui s'éloigna en virevoltant, avant que son cousin ait eu la chance de parer cette attaque.

— Pas assez, jeune coq ! répliqua Radevel avec une admiration un peu forcée. Tu en allonges un autre comme ça en y mettant tout ton poids et je serai fichu. Qu'est-ce que tu dis de ça ?

Il chargea, son épée d'exercice filant telle une tache floue à côté de son bouclier.

Au dernier moment, Vanyel fit un pas de côté. Emporté par son élan, Radevel chancela à mi-chemin du bord du terrain.

Cela marchait ! Radevel ne pouvait pas s'approcher de lui – et Vanyel le piquait à chaque occasion. S'il ne frappait pas avec une force mortelle, c'était dû surtout à un manque de pratique. Si…

—*Arrêtez, par tous les diables !*

Une longue habitude les figea tous deux. Le maître d'armes de Forst Reach s'avança avec raideur sur le terrain, une flamme furieuse dans ses yeux injectés de sang.

Jervis les toisa de la tête aux pieds tandis que Vanyel transpirait de plus belle, mais ce n'était pas seulement dû à l'effort. Le mercenaire blond au visage taillé à la serpe fronça les sourcils, et Vanyel sentit sa bouche s'assécher. Jervis avait l'air en colère et, quand Jervis était en colère, c'était habituellement Vanyel qui en pâtissait.

—Eh bien…, croassa l'homme après que la terreur de Vanyel avait atteint son paroxysme, on apprend une nouvelle discipline, on dirait ! Et qui a eu cette idée ?

—C'est moi, sire, murmura Vanyel.

—J'aurais dû deviner que ce style faux-jeton te convenait mieux qu'un combat loyal, ricana le maître d'armes. Alors, comment t'es-tu débrouillé, mon brillant jeune Seigneur ?

—Il s'en est bien sorti, Jervis. (À l'immense surprise de Vanyel, Radevel se faisait son porte-parole.) Je ne suis pas arrivé à lui porter un seul coup. Et, s'il avait pesé de tout son poids sur les siens, il m'aurait étendu une ou deux fois.

—Te voilà donc un véritable héros contre un garçon à mi-croissance. Je parierais que tu te prends pour un autre Veth Krethen, n'est-ce pas ?

Jervis cracha. Vanyel contint sa colère en comptant jusqu'à dix, et s'abstint de protester que Radevel faisait presque le double de sa taille et n'était certainement pas un « garçon à mi-croissance ». Jervis le fusilla du regard, s'attendant à une réplique qui ne vint jamais – étrangement, cela parut décupler sa colère.

— D'accord, héros, lança-t-il d'une voix rageuse en se saisissant de l'épée de Radevel et en enfonçant le heaume du garçon sur sa propre tête. Voyons si tu es vraiment aussi bon que ça...

Jervis chargea sans le moindre avertissement, et Vanyel dut faire des pieds et des mains pour échapper à la lame tourbillonnante. Alors, il se rendit compte que Jervis l'attaquait franchement, comme si Vanyel portait une armure intégrale.

Ce qui n'était pas le cas.

Il pivota désespérément tandis que Jervis l'assaillait de nouveau ; il esquiva, se faufila, tournoya, avant de repérer une ouverture. Cette fois, le désespoir lui donna la force qui lui avait manqué contre Radevel : il érafla de la pointe de son épée la poitrine de Jervis – ce qui l'ébranla un instant – et poursuivit par un bon coup sur la tête.

Il attendit, le cœur au bord des lèvres, tandis que le maître d'armes titubait de deux ou trois pas en arrière, puis secouait la tête pour reprendre ses esprits. S'ensuivit un silence terrible...

Puis Jervis arracha le heaume qu'il portait. Son visage était un masque de pure rage.

— Radevel, va chercher les garçons, puis apporte-moi les armes et l'armure du Petit Seigneur Vanyel, prononça le maître d'armes d'une voix glacée.

Radevel sortit du champ à reculons, fit volte-face et se mit à courir vers le donjon. D'un pas mesuré, Jervis s'approcha de Vanyel, qui en mourut presque de peur.

— Alors, comme ça, tu préfères frapper dans le dos, hein ? dit-il de la même voix glacée. Je pense que j'ai échoué à t'inculquer le sens de l'honneur, jeune milord. (L'ébauche d'un sourire plissa brièvement ses traits.) Mais nous allons assez vite y remédier.

Radevel revenait en traînant les pieds, les bras chargés du reste de l'équipement de Vanyel.

— Prends tes armes, ordonna Jervis, et Vanyel n'osa pas lui désobéir.

Ce que Jervis dit ensuite – au lieu de passer un savon à Vanyel devant tout le monde, de le traiter de lâche et de tricheur, d'assassin incapable de faire face avec honneur à l'épée de son adversaire –, Vanyel ne put jamais s'en souvenir avec exactitude. Une brume de peur et de colère mêlées avait vidé les mots de leur sens.

Puis Jervis attaqua Vanyel. Selon sa méthode, son style.

Dès le début, ce fut une lutte sans espoir, même si Vanyel s'était montré excellent à ce mode de combat. En un instant, il atterrit sur le dos, essayant de discerner quelque chose à travers les points qui s'agitaient devant ses yeux, les oreilles encore sonnantes du coup qu'il n'avait pas vu venir.

— Debout ! lui lança Jervis.

Vanyel se releva à cinq reprises, chaque fois plus lentement que la précédente. Chaque fois, il essaya de se rendre. À la quatrième, il se retrouva rampant, hébété, l'esprit divaguant. Et Jervis refusait toujours d'accepter sa reddition, même lorsqu'il pouvait à peine hoqueter quelques mots.

Un mauvais pressentiment avait noué l'estomac de Radevel à la vue du visage de Jervis, lorsque Van avait marqué un point contre lui. Depuis le temps qu'il vivait ici, il n'avait jamais vu ce vieux bâtard aussi furieux.

Cependant, il croyait que Vanyel allait juste recevoir une petite correction. Jamais il n'aurait imaginé être le témoin involontaire d'un… massacre délibéré. Il n'y avait pas d'autre mot. Van n'était pas de taille à affronter Jervis, or celui-ci l'attaquait à fond, comme s'il était un combattant adulte et entraîné. Même Radevel pouvait le constater.

Il poussa un soupir de soulagement lorsque Vanyel fut étalé sur le dos et marmonna qu'il se rendait, dès qu'il fut capable de parler. Ce pauvre petit morveux s'en tirait dans le pire des cas avec quelques contusions.

Mais, quand Jervis refusa sa reddition – et qu'il se mit à frapper Van du plat de sa lame, tant et si bien que le garçon dut reprendre épée et bouclier juste pour tenter d'arrêter cette raclée –, Radevel ressentit de nouveau cette mauvaise impression.

En effet, cela empira. Jervis le jeta à terre cinq fois de plus, par des coups chaque fois plus vicieux, semblait-il.

À la sixième reprise, Vanyel fut étendu pour le compte, incapable de se relever.

Jervis lui assena un coup qui brisa en deux son bouclier de cuivre et de bois. Quand Vanyel tomba en arrière, Radevel découvrit avec horreur que le bras qui le portait était également brisé en deux ; l'avant-bras était plié en son milieu, ce qui indiquait que les deux os s'étaient rompus. C'était un pur miracle qu'ils n'aient traversé ni les muscles ni la peau…

Et les yeux de Jervis ne reflétaient toujours pas ce que Radevel aurait appelé du bon sens.

Il additionna tous ces facteurs, d'où jaillit la solution : aller chercher Lissa. Elle avait le rang d'adulte, elle était la protectrice de Van, et peu importait comment le maître d'armes allait justifier une telle brutalité envers Van. Si, de colère, Jervis levait un seul doigt sur Lissa, il serait jeté hors du manoir avec les deux bras brisés. Si Withen ne le faisait pas lui-même, il y en avait d'autres qui aimaient assez Liss pour s'en charger.

Radevel recula hors du champ et prit ses jambes à son cou dès qu'il fut hors de vue.

Vanyel était de nouveau étalé sur le dos, le souffle coupé, dans un état de choc tel qu'il ne ressentait plus grand-chose, à part que… quelque chose allait de travers, quelque part. Puis il essaya de se redresser… et la douleur qui irradia son bras gauche l'expédia tout hurlant dans les ténèbres.

Lorsqu'il recouvra ses esprits, Lissa était penchée sur lui, son visage chevalin crispé d'inquiétude. Elle était pâle, et les narines de son nez proéminent, typique des Ashkevron, se dilataient comme celles d'une pouliche effrayée.

— Ne bouge pas… non, Van… les deux os de ton bras sont brisés.

Elle était agenouillée à côté de lui, remarqua-t-il, un genou maintenant son bras gauche au sol avec délicatesse et fermeté, afin qu'il ne puisse le remuer.

— Ma Dame, éloignez-vous de lui… (La voix de Jervis suintait l'ennui et le dégoût.) C'est juste le bras du bouclier, rien de bien important. On le sanglera sur une planche, on appliquera un peu d'onguent et il s'en remettra…

Sans bouger les genoux, elle se tourna face à Jervis si rapidement que sa natte se défit et cingla tel un fouet le nez de Vanyel.

— Vous en avez assez fait pour aujourd'hui, Maître Jervis, gronda-t-elle. Je crois que vous oubliez votre rang !

Vanyel souhaita vaguement pouvoir contempler le visage de Jervis à cet instant. Cela devait sûrement en valoir la peine.

Mais son bras se mit à lui faire très mal… C'était plus que suffisant pour retenir toute son attention.

Habituellement, il n'y avait pas de Guérisseur à Forst Reach ; cependant Serina, la tante de Vanyel, y séjournait auprès de sa sœur, le temps de sa grossesse. Elle avait déjà enduré trois fausses couches, et ne voulait prendre aucun risque ; elle était donc surveillée par son Guérisseur personnel. Lissa s'était assurée que ce soit le Guérisseur, et non Jervis, qui s'occupât de soigner le bras de Vanyel.

— Oh, Van… (Lissa se courba sans élégance pour s'asseoir sur le bord du lit de Vanyel, puis soupira.) Comment as-tu réussi à te fourrer dans un tel pétrin ?

Le nez crochu des Ashkevron et son menton volontaire, s'ajoutant à son anxiété, la faisaient ressembler à une jument entêtée. La plupart des gens étaient rebutés par son apparence, mais Vanyel la connaissait suffisamment bien pour déchiffrer dans son regard l'anxiété qui la minait. Après tout, c'était elle qui l'avait élevé…

Vanyel n'était pas certain d'être assez clair, cependant il tenta d'expliquer les faits. Lissa replia les jambes et posa son menton sur ses genoux, une pose fort peu distinguée qui aurait causé à Dame Treesa un grand embarras. Lorsqu'il eut terminé, elle poussa un nouveau soupir.

— Je pense que tu attires la poisse, c'est tout ce que je peux dire. Tu ne fais rien de mal, pourtant il semble qu'il t'arrive des choses pénibles.

Vanyel humecta ses lèvres sèches et cligna des yeux.

— Liss, Jervis était vraiment en colère cette fois, et ce que tu lui as dit n'a rien arrangé. Il va aller tout droit voir Père, s'il n'y est pas déjà.

Elle hocha la tête.

— Je n'aurais pas dû dire cela, n'est-ce pas ? Mais je ne pensais qu'à l'éloigner de toi, Van.

— Je... je sais, Liss, je ne te fais aucun reproche, mais...

— Mais je l'ai rendu fou. Eh bien, je vais voir si je peux trouver Père avant Jervis mais, même si j'y parviens, il ne m'écoutera probablement pas. Je ne suis qu'une femme, après tout.

— Je sais. (Il ferma les yeux, car la chambre commençait à tourner.) Essaie, Liss... s'il te plaît.

— J'irai. (Elle glissa hors du lit, puis se pencha pour lui déposer un baiser sur le front.) Tâche de dormir, comme le Guérisseur te l'a conseillé, d'accord ?

Il hocha la tête.

Inflexible et indépendante, à l'image de la grand-mère qui l'avait élevée, Lissa était pratiquement la seule personne du domaine assez volontaire pour braver le Seigneur Withen, maintenant que Grand-Mère Ashkevron était décédée. Pas surprenant en soi, étant donné le caractère de Grand-Mère. Les Ashkevron produisaient une femme résolue à peu près à chaque génération, au grand étonnement des mâles et des femelles plus dociles de la lignée.

Dame Treesa (tout sauf indépendante) était bien trop accaparée par ses grossesses – et toutes ces vapeurs de femme enceinte auxquelles elle s'abandonnait – pour se soucier de la progéniture qui en résultait. Ses enfants passaient donc aux mains d'autres personnes, jusqu'à ce qu'ils soient assez grands pour être utilement réintégrés dans son entourage. Ainsi Lissa fut éduquée par Grand-Mère.

De son côté, Vanyel fut recueilli par Liss. Ils s'adorèrent dès l'instant où elle le sortit de la pouponnière. Elle aurait affronté un lion enragé pour lui sauver la vie.

Lissa partit donc à la recherche de leur père, le laissant malheureusement seul, d'autant qu'elle ne revint pas tout de suite, n'ayant pas trouvé le Seigneur Withen. Il était donc très vulnérable lorsque son père fit irruption dans sa chambre tel le dieu des orages.

Vanyel était pris de vertiges, dus autant à la douleur qu'aux décoctions que lui avait fait boire le Guérisseur, quand le Seigneur Withen déboula dans sa minuscule chambre aux murs de plâtre blanc. Il reposait sur le dos dans son lit, essayant de ne pas bouger. Malgré tout, la pièce semblait tournoyer autour de lui. La douleur lui donnait la nausée, et il désirait par-dessus tout qu'on le laisse en paix. La dernière personne qu'il aurait souhaité voir apparaître était son Seigneur de père.

Withen lui laissa à peine le temps de comprendre qu'il était là avant de lui tomber dessus.

—Qu'est-ce que c'est que ces histoires de tricherie? rugit-il. (Vanyel se recroquevilla. S'il osait se boucher les oreilles…) Par tous les dieux! je te briserais bien l'autre bras pour t'apprendre, petit morveux!

—Je n'ai pas triché! protesta Vanyel, piqué au vif… Sa voix se brisa juste au mauvais moment.

Il tenta de se redresser, ce qui fit tournoyer la pièce de plus belle. Il retomba sur le lit en se soutenant de son bras valide, grinçant des dents contre la douleur qui irradiait de l'autre.

—Je faisais…, marmonna-t-il à travers ses dents serrées, je faisais juste ce que Seldasen m'a dit de faire !

—Et qui est donc ce « Seldasen » ? gronda sauvagement son père en fronçant ses noirs sourcils. Quelle espèce de lâche dit de courir en tous sens et de frapper un homme dans le dos, hein ?

Oh, dieux! qu'ai-je encore fait à présent? Bien que la tête lui tournât, Vanyel essaya de se rappeler si le traité du Héraut Seldasen sur la guerre et ses tactiques était l'un des livres qu'il avait « emprunté » sans permission, ou l'un de ceux qu'il était censé étudier.

—Eh bien ?

Lorsque le Seigneur Withen fronçait les sourcils, avec sa chevelure et sa barbe sombres, il avait l'air littéralement démoniaque. Les effets des remèdes le nimbaient également d'une aura de lumière rouge colérique.

Père, pourquoi ne croyez-vous jamais *que je pourrais être dans le vrai ?*

Le livre était dans la liste « approuvée », se souvint Vanyel avec soulagement : il se rappelait son tuteur Istal lui assignant certains chapitres à mémoriser.

—C'est le Héraut Seldasen, Père, dit-il avec défiance, puisant de la force dans ce ton rebelle. Cela provient d'un livre qu'Istal m'a donné, traitant des tactiques de combat. (Les mots dont il se souvenait lui donnèrent encore plus de force ; il les lança au visage de son père.) Il disait : « À la bataille, laissez chaque homme combattre avec ses propres talents, et non contraint par quelque école. Laissez l'homme agile faire usage de sa rapidité, laissez-le porter une armure légère, laissez-le combattre par escarmouches, sans qu'il soit au contact de l'ennemi. Laissez l'homme fort se tenir épaule contre épaule avec ses camarades, en un mur défensif que l'ennemi ne pourra briser. Laissez le petit homme aux yeux perçants faire bon usage de son arc, oui, et laissez le Héraut lutter avec son esprit et non avec son corps, laissez le Héraut-Mage combattre par la magie et non par l'épée. *Et ne laissez aucun homme se faire traiter de lâche pour avoir refusé la place qui ne lui convenait pas.* » Je n'ai pas *une seule fois* frappé quelqu'un dans le dos ! Si Jervis vous a dit que je l'ai fait, eh bien, je ne l'ai *pas* fait !

Le Seigneur Withen regardait fixement son fils aîné, bouche bée. Durant un instant, Vanyel crut vraiment avoir touché son père, plus habitué à l'entendre réciter des poèmes que de l'histoire militaire.

— Tu me débites là un satané grimoire, pas vrai ? rugit le Seigneur Withen, pulvérisant les espoirs de Vanyel. Qu'est-ce qu'un damné Héraut de basse extraction connaît au combat ? Tu m'écoutes, fils ? Tu es mon héritier, mon premier-né, et tu as tout intérêt à apprendre ce que Jervis a à t'enseigner si tu veux t'asseoir à ma place quand je ne serai plus là ! S'il dit que tu as triché, c'est que tu as triché, que diable !

— Mais je n'ai *pas* triché ! Et je ne veux pas prendre votre place…, protesta Vanyel.

Les drogues annihilaient sa maîtrise de soi et lui faisaient prononcer des paroles qu'il aurait mieux fait de retenir.

Or, elles figèrent d'un coup le Seigneur Withen. Son père le scruta comme s'il était devenu fou ou parlait en langage Karsite.

— Dieux tout-puissants ! mon garçon ! réussit-il à bafouiller après une éternité de silence glacé, durant laquelle Vanyel s'attendit que le toit s'effondre sur sa tête. Qu'est-ce que tu veux ?

— Je…, commença Vanyel.

Il s'interrompit. S'il disait à Withen qu'il désirait devenir Barde…

— Espèce de morveux ingrat, tu apprendras ce que je te dirai d'apprendre, et tu feras ce que je t'ordonnerai de faire ! Tu es mon héritier et tu feras ton devoir pour moi et pour ce domaine, même si pour cela je dois te voir à moitié mort !

Sur ces mots, il se rua hors de la pièce, laissant Vanyel terrassé par la douleur, la colère et un découragement profond, paupières serrées pour réprimer les larmes qu'il sentait venir.

Oh, dieux! mais qu'attend-il de moi ? Pourquoi je ne réussis jamais à le contenter ? Que dois-je faire pour le convaincre que je ne peux pas être celui qu'il veut que je sois ? Mourir ? Et maintenant… maintenant ma main, oh, dieux ! comme elle me fait souffrir… Quels dégâts lui ont-ils fait ? Serai-je de nouveau capable de jouer correctement ?

— Hé ho ! Van…

Il ouvrit les yeux, surpris par le son de la voix.

Sa porte s'entrebâilla ; Radevel jeta un coup d'œil par l'ouverture. Vanyel percevait une bousculade et des murmures dans son dos.

— Tu vas bien ?

— Non, répondit Vanyel, soupçonneux.

Que diable veut-il ?

Les sourcils broussailleux de Radevel tressautaient comme un couple de chenilles excitées.

— J'imagine. Je parie que ça fait mal.

— Ça fait mal, confirma Vanyel.

Une colère malsaine et maussade lui rongeait l'estomac. *Tu as vu ce qui se passait. Et tu n'as rien fait pour l'arrêter, cousin. Tu n'as pas non plus pris la peine de me défendre contre Père. Aucun de vous ne l'a fait.*

Loin d'être dissuadé, Radevel fit quelques pas dans la chambre.

— Hé, tu aurais dû voir ça ! dit-il d'un ton enjoué. Je veux dire, « vlan », et le bouclier s'est brisé d'un coup... et tu es tombé et ce bras...

— *Va en enfer !* rugit Vanyel, prêt à le tuer sur-le-champ. Et tu peux emmener avec toi toutes ces goules qui sont tapies là-dehors !

Radevel sursauta, parut choqué, puis quelque peu offusqué.

Vanyel n'y prêta pas attention. Tout ce qui importait était que Radevel – et qui que ce soit derrière la porte – fiche le camp.

Enfin seul, Vanyel se laissa glisser dans un sommeil agité, rempli de bribes de mauvais rêves. Lorsqu'il se réveilla, sa mère supervisait le déménagement de la chambre de son plus jeune frère, Mekeal, et de toutes ses affaires.

Eh bien, en voilà du changement ! Habituellement, Dame Treesa ne s'intéressait à aucun de ses rejetons, à moins qu'elle ait quelque chose à y gagner. D'un autre côté, Vanyel faisait partie de sa petite cour depuis qu'il avait fait preuve d'un réel talent pour la musique, il y avait cinq ans de cela. Elle n'aurait pas voulu perdre ainsi son ménestrel attitré, ce qui signifiait qu'elle devait s'assurer du mieux possible qu'il guérisse correctement.

— Je ne veux pas t'entendre faire du tapage, murmurait-elle à Mekeal, affichant un air contrarié sur son joli visage potelé. Je ne veux pas que tu le tiennes éveillé alors qu'il devrait dormir, et je ne veux pas te voir dans les jambes du Guérisseur.

Mekeal, âgé de treize ans, copie légèrement étrécie de son père, haussa les épaules avec indifférence.

— De toute façon, l'était temps qu'on aille à la garçonnière, Ma Dame, répliqua-t-il. (Dame Treesa se tourna pour le suivre du regard.) J'peux pas dire que ses miaulements et ses grattements de cordes vont m'manquer.

Bien que sa mère lui tournât le dos, Vanyel devina à son ton qu'elle fronçait les sourcils.

— Cela ne te ferait pas de mal d'acquérir un peu du raffinement de Vanyel, Mekeal, déclara Dame Treesa.

Mekeal haussa de nouveau les épaules avec entrain.

— On peut pas faire d'la soie avec d'la laine, Ma Mère. (Il jeta un coup d'œil du côté de Vanyel à travers les flammes dansantes des bougies.) On dirait qu'mon frangin est réveillé. Hé ho ! p'tit coq, on m'fait déménager dans les quartiers ; paraît qu'tu vas rester ici tout seul.

— Dehors ! ordonna Treesa.

Mekeal sortit de la pièce avec un gloussement cruel.

Vanyel passa l'heure suivante avec Treesa qui sanglotait et se tracassait pour lui, se complaisant dans cette comédie dont elle semblait raffoler. D'une certaine façon, c'était tout aussi pénible à supporter que la rage de Withen. Il n'avait jamais fait les frais de ses vapeurs jusqu'à présent.

Oh, dieux ! songeait-il confusément, *de grâce, faites-la partir ! N'importe où, je m'en fiche.*

Il dut lui assurer que tout irait bien pour lui, alors qu'il n'en était pas du tout certain. L'hystérie excessive et outrancière de Treesa lui mettait complètement les nerfs à vif. Ce fut un véritable soulagement quand le Guérisseur revint. Celui-ci la poussa gentiment dehors pour lui apporter un peu de tranquillité.

Les semaines suivantes défilèrent dans un brouillard confus de souffrance et de potions : une confusion endurée avec l'une ou l'autre des dames de compagnie de sa mère, qui veillaient constamment à son chevet. Toutes s'agitaient autour de lui au point de le faire hurler, y compris la servante de sa mère, Melenna, qui aurait dû avoir un peu plus de bon sens. Comme s'il était soigné par une volée de colombes agitées... Lorsqu'elles n'étaient pas en train de le tracasser, elles se pomponnaient devant lui. Surtout Melenna.

— Désirez-vous que je vous apporte un oreiller ? roucoula celle-ci.

— Non, répondit Vanyel.

Il compta jusqu'à dix. Deux fois.

— Puis-je vous apporter quelque chose à boire ?

Elle s'approcha davantage et se pencha en avant, battant des cils.

— Non, dit-il en fermant les yeux. Merci.

— Dois-je...

— Non ! ronchonna-t-il, incertain de ce qui était le pire, entre le martèlement sous son crâne et les questions de Melenna. Du moins, s'il ne pouvait éviter l'un, les autres n'étaient pas indispensables.

— « Snif. »

Il entrouvrit une paupière, juste assez pour la distinguer. Elle renifla de nouveau, et une grosse larme roula sur sa joue.

Elle était plutôt mignonne, et c'était la seule des dames ou servantes de sa mère qui avait réussi à acquérir le talent de pleureuse de Treesa sans devenir toute rouge et boursouflée. Vanyel savait que Mekeal comme Radevel avaient essayé plus d'une fois d'entrer dans son lit. Il savait également qu'elle lui avait donné son cœur.

Mais l'idée de coucher avec elle le laissait totalement indifférent.

Elle renifla un peu plus fort. Une semaine auparavant, il aurait soupiré, lui aurait exprimé ses excuses, lui aurait permis de faire quelque chose pour lui. N'importe quoi, juste pour la rendre heureuse.

C'était la semaine dernière. Maintenant… Ce n'est qu'un jeu pour elle, un jeu qu'elle a appris de Mère. Je suis fatigué d'y jouer. J'en ai marre de toutes leurs comédies.

Il ne fit plus attention à elle, ferma les yeux et pria pour que les potions fassent leur effet. Ce qu'elles firent finalement, lui permettant au moins d'oublier sa compagnie pendant quelque temps.

—Van ?

Cette voix-là l'aurait arraché au sommeil le plus profond, sans parler de l'hébétude nerveuse dans laquelle les drogues le plongeaient. Il lutta pour s'extirper de ses rêves fiévreux et forcer ses yeux à s'ouvrir.

Lissa était assise au bord du lit, vêtue d'une tenue de cavalier tout en cuir.

—Liss… ? commença-t-il, avant de comprendre ce que signifiait cette tenue de cavalier. Oh, dieux !…

—Van, je suis désolée, je ne voulais pas te quitter, mais Père a dit que c'était maintenant ou jamais. (Elle pleurait, pas aussi élégamment que Dame Treesa : ses joues étaient marbrées de rouge et ses yeux injectés de sang.) Van, de grâce, dis-moi que tu ne m'en veux pas trop !

—Ça… ira, Liss, réussit-il à dire, luttant pour faire sortir les mots bloqués par la boule froide dans sa gorge et celle encore plus froide dans son ventre. Je… sais. Tu dois le faire. Dieux, Liss, l'un de nous doit partir !

—Van… je… je trouverai un moyen de t'aider, je te le promets. J'ai presque dix-huit ans, je suis presque libre. Père sait que la Garde est la seule place qui me convienne ;

depuis deux ans, il n'a reçu aucune proposition de mariage pour moi. Il n'ose pas ruiner mes chances d'avoir un poste, sinon il sera coincé avec moi. Les dieux savent que tu es suffisamment en sécurité pour le moment : si quiconque ose te chercher des noises avant que le Guérisseur te déclare guéri, il enverra une plainte à Haven. Peut-être, le temps qu'on te retire tes attelles, j'aurai trouvé un moyen de t'avoir près de moi…

Elle avait l'air si pleine d'espoir que Vanyel n'eut pas le cœur de la contredire.

— Fais comme ça, Liss. Je… ça ira.

Elle le serra dans ses bras, l'embrassa, puis le quitta.

Alors, il se tourna contre le mur et se mit à pleurer. Lissa était le seul soutien qu'il ait jamais eu. La seule personne qui l'aimait sans réserve. Et, maintenant, elle était partie.

Dès lors, il cessa même de feindre de s'intéresser à quoi que ce soit. On ne lui accordait pas assez d'attention pour permettre à Liss de rester jusqu'à sa guérison, alors pourquoi devrait-il se soucier de telle chose ou d'untel, même par politesse ?

« L'armure fait davantage que protéger ; elle dissimule. Les heaumes cachent les visages, et votre adversaire devient un mystère, une énigme. »

Seldasen avait raison là-dessus. Comme le montrent ces deux là-bas.

Les fentes des heaumes ne révélaient rien des âmes que ces derniers renfermaient. Les deux adversaires tirèrent leurs épées, s'adressèrent le même salut, et reculèrent chacun de vingt pas pour s'arrêter aux coins opposés du champ. Le soleil était pile au zénith, leurs ombres faisant comme des flaques à leurs pieds. Douze personnages en armure s'agitaient sur un côté de la place. Le soleil intense décolorait l'herbe courte et sèche en des tons paille, et sa lumière cruelle accentuait chaque détail de l'armure des deux combattants.

Humm! Ils ne sont plus guère des énigmes quand ils bougent.

L'un des combattants était grand, d'une grâce redoutable, et assurément bien musclé sous son gambison usé et son armure rayée. Chacun de ses mouvements était précis, dangereux… et professionnel.

L'autre était plus court d'une tête. Son équipement était neuf, le gambison impeccable, le métal amoureusement poli. Mais ses gestes étaient maladroits, incertains, voire apeurés.

Néanmoins, s'il avait peur, il ne manquait pas de courage. Sans attendre que son adversaire fasse un mouvement, il poussa un timide cri de guerre et le chargea à travers l'herbe brûlée par le soleil. Tandis que ses bottes frappaient le sol dur et sec, il positionna son épée pour une attaque en ligne basse.

Le grand combattant ne prit même pas la peine de l'éviter; il balança simplement de côté son bouclier plein d'entailles, que l'épée mordit avant d'en glisser, métal crissant sur le métal. Puis il le ramena vivement en garde, et répondit à ce coup par un revers qui sonna clairement sur le bouclier de son opposant. Il profita de l'impulsion donnée par son rebond pour frapper la tête du combattant plus petit.

Les pierres pâles du donjon résonnèrent des échos de cet échange, fracas évoquant l'image d'un fou perdu dans une forge. Chaque coup repoussait le petit combattant, qui cédait continûment du terrain sous un tel harcèlement : jusqu'à ce qu'il perde finalement l'équilibre et tombe à la renverse, son épée s'envolant de sa main.

Sa tête frappa le sol pierreux avec un bruit sourd.

Il resta étendu sur le dos pendant un moment, bougeant à peine, voyant probablement mille étoiles, les bras en croix comme s'il voulait enlacer le soleil. Puis il secoua la tête, hébété, et tenta de se relever…

La pointe de l'épée de son adversaire était appuyée contre sa gorge.

— Abandonne, mon garçon, gronda une voix dure à travers la fente obscure du heaume. Abandonne, ou je te transperce.

Le vaincu ôta son casque, révélant son identité : Radevel, le cousin de Vanyel.

— Si vous me transpercez, Jervis, qui donc va polir votre cotte de mailles ?

La pointe de l'épée ne vacilla pas.

— Bon, d'accord, dit le garçon avec un sourire contrit. J'abandonne.

L'épée, une lame d'exercice en fer-blanc, fut rengainée dans son fourreau de cuir. Jervis retira d'une seule main son heaume cabossé, comme si tout ce bois et ce bronze ne pesaient rien. Il secoua sa chevelure blonde trempée de sueur et tendit au garçon sa main droite, le tirant pour le remettre sur ses pieds avec les mêmes mouvements précis et étudiés qu'il avait utilisés lors du combat.

— La prochaine fois, abandonne immédiatement, mon garçon, grommela le maître d'armes en fronçant les sourcils. Si ton adversaire est pressé, il prendra ton badinage pour un refus, et tu ne seras plus que de la viande froide.

Jervis n'écouta pas l'assentiment confus de Radevel.

— Toi, au fond là-bas… Mekeal. (Il fit signe au frère de Vanyel qui se tenait au bord du champ d'entraînement.) Mets ton heaume.

Vanyel grogna tandis que Jervis enfonçait de nouveau le sien sur sa tête et revenait prendre sa position première, au beau milieu du terrain d'exercice.

— Quant à vous, les traînards, vociféra-t-il, montrez-nous un peu d'action. Groupez-vous par deux et battez-vous.

Jervis n'a pas d'élèves, mais des cibles vivantes, songea Vanyel, pendant qu'il regardait par la fenêtre. *Il n'y a personne à part Père qui puisse lui donner une leçon, alors il attaque droit à la gorge à chaque occasion ; il devient plus méchant de jour en jour. Tout ce qu'il leur concède est d'employer la moitié de sa force. Ce qui est bien assez pour envoyer Radev au tapis. Quelle sale brute !*

Vanyel s'adossa contre ses coussins poussiéreux et força sa main douloureuse à effectuer encore une fois quelques exercices de doigté. La moitié des cordes du luth produisaient un son sourd au lieu de sonner ; cette main avait perdu toute force et agilité.

Je n'arriverai jamais à la rendre de nouveau efficace. Comment le pourrais-je, quand la moitié du temps je ne sens même pas ce que je fais ?

Il se mordit la lèvre et se remit à la fenêtre, clignant des yeux à l'éclat du soleil sur le heaume de Mekeal, quatre étages en contrebas. *Ce soir, chacun d'eux gémira et enduira ses bleus d'onguent pour chevaux, en se vantant d'un même souffle du temps qu'il a résisté cette fois à Jervis. Pas moi, non merci. Un bras cassé suffit amplement. Je préfère atteindre mon seizième anniversaire avec le reste de mes os intacts.*

Cette minuscule chambre dans la tour où Vanyel se dissimulait toujours lorsqu'on l'appelait pour l'exercice était un autre héritage de l'insensée frénésie de construction du Grand-Père Joserlin. C'était la cachette préférée de Vanyel, et de loin la plus sûre : une pièce de rangement juste à côté de la bibliothèque. L'unique accès normal se faisait par une minuscule porte basse au fond de la bibliothèque. Or, cette pièce avait une fenêtre du même côté du manoir que celle de la chambre de Vanyel, sous les combles. Chaque fois qu'il le souhaitait, Vanyel pouvait facilement sortir de sa chambre, longer le bord du toit et s'introduire par cette fenêtre étroite, même par le plus mauvais temps ou dans la nuit la plus noire. Le plus dur était de ne pas se faire remarquer.

Renfoncement bizarre, cette pièce en coin était tout ce qui restait du palier supérieur de l'escalier menant au dernier étage : un changement évident de destination, puisque le reste de l'escalier avait été remplacé par une cheminée, et le trou de la trappe du toit servait désormais au conduit de celle-ci. En conséquence, bien qu'il n'y ait pas de chauffage dans cette remise, elle demeurait confortablement tiède par les pires froids grâce au mur de la cheminée.

Durant tout le temps où Vanyel avait eu l'habitude de s'y cacher, rien n'avait été ajouté ou retiré au désordre ambiant. Tout comme de nombreuses autres excentricités du vieux Seigneur, son inaccessibilité l'avait rendu facile à oublier.

Ce qui était parfait de l'avis de Vanyel. Il gardait ses instruments là-haut – dont deux qu'il n'était même pas censé posséder, la harpe et la vielle – et, quand il le souhaitait, il pouvait se glisser dans la bibliothèque pour y dérober un livre.

Au fond de la pièce gisait un vieux fauteuil dans lequel s'affaler et une collection de bouts de chandelles sur une malle posée à côté, afin de pouvoir lire lorsque la lumière faiblissait. Tous ses instruments étaient à l'abri des mains brutales et des frasques de ses frères, et il pouvait s'adonner à leur pratique sans que personne le dérange.

Il avait disposé de vieux coussins près de la fenêtre afin de pouvoir observer ses frères et ses cousins se faire rosser par-delà les douves pendant qu'il jouait… ou du moins essayait de jouer. Ce qui lui apportait parfois une ombre d'amusement. Les dieux savaient qu'il n'avait guère de quoi rire.

C'était un lieu isolé, mais Vanyel était toujours seul depuis que Lissa était partie. Il était vraiment difficile d'y accéder, mais il n'aurait pu se cacher dans sa chambre.

Pendant que Vanyel se rétablissait de son bras cassé, ses autres frères et cousins avaient rejoint Mekeal à la garçonnière. Il ne le découvrit qu'au moment de sa guérison : il l'ignorait encore quand le Guérisseur lui retira ses attelles.

Lorsqu'ils eurent déménagé, ses frères calomnièrent sa manière de jouer du luth, disant à son père qu'ils étaient tout aussi heureux que Vanyel ait désormais sa propre chambre, s'il voulait bien rester là-haut. Withen avait sans doute ressenti la même chose, en se rappelant combien la garçonnière était proche de ses propres quartiers. Vanyel n'en avait cure ; cela signifiait que désormais la chambre était à lui et lui seul… un bien maigre réconfort.

Son autre refuge, le solarium de sa mère, n'était plus la retraite qu'il avait été. Il était trop facile de l'y trouver, et d'autres désavantages y étaient apparus récemment : les dames de sa mère et ses filles adoptives s'étaient mises à lui conter fleurette. Il appréciait cela, également, jusqu'à un certain point – mais elles s'évertuaient à poursuivre le jeu au-delà de l'amour courtois pour aborder les sentiments. Et Vanyel n'était pas encore prêt. Or, Dame Treesa ne cessait de les encourager.

Jervis faisait reculer Mekeal, pas à pas. *Imbéciles!* pensa Vanyel avec mépris, forçant ses doigts à jouer au rythme des coups portés par Jervis. *Ils doivent être fous pour laisser ce vieil homme aigri les faire passer pour des idiots, jour après jour – et peut-être leur fracasser le crâne, tout comme il m'a brisé le bras!* Ses lèvres se crispèrent de colère, et le souvenir de la satisfaction qu'il avait perçue dans les yeux de Jervis la première fois qu'il l'avait rencontré après l'« accident » bouillonnait dans son ventre. *Que ce bâtard aille au diable! Il avait l'intention de me casser le bras, j'en suis certain ; il est assez fort pour mesurer chaque coup qu'il porte à l'épaisseur d'un cheveu près.*

Il avait au moins une cachette sûre : il fallait avoir les nerfs solides pour y accéder, et ni Jervis, ni son père, ni aucun d'entre eux n'auraient pu l'associer en pensée à l'escalade d'un toit, même s'ils se souvenaient de l'existence de cette pièce.

Le groupe mal assorti en contrebas ne semblait pas être de la même famille : les cousins Ashkevron étaient tous devenus trapus lorsqu'ils avaient atteint l'adolescence, fortement charpentés et musclés comme des chevaux de labour – *et presque aussi bouchés* – tandis que les fils de Withen poussaient tout en hauteur tout en prenant du volume. Vanyel était le seul d'entre eux qui ressemblait à sa mère.

Withen semblait considérer ce détail comme un autre grief.

Vanyel se mit à ricaner lorsque Mekeal reçut un coup sur son heaume qui le fit tituber à reculons. *Celui-ci a dû lui secouer la cervelle ! Bien fait pour lui, aussi, avec ses vantardises à propos du grand guerrier qu'il deviendra. Espèce d'échalas lourdaud, qui ne pense qu'à hacher menu les gens au nom de l'« honneur » !*

Glorieuse guerre, hein ! Cet idiot ne voit pas plus loin que le bout de son nez. Malgré toutes ses niaiseries, s'il voyait seulement un champ de bataille, il se pisserait dessus.

Vanyel non plus n'avait jamais vu un vrai champ de bataille, mais il possédait une imagination bien plus vive que n'importe qui d'autre dans sa famille. Il n'avait aucun problème à visualiser ce que ces lames d'exercice pourraient faire si elles étaient réelles. Et il n'avait absolument aucune difficulté à imaginer ce que ces « blessures mortelles » relatées par les ballades pourraient infliger à son propre corps.

Vanyel portait une grande attention à ses leçons, quand elles ne concernaient pas les armes. Il connaissait toutes les ballades historiques et, contrairement à ses pairs, il connaissait également les passages relatant ce qui arrivait après les grandes batailles : les listes des morts, des agonisants, des mutilés. Il ne lui avait pas échappé qu'en additionnant ces listes le total était beaucoup plus élevé que le nombre de héros ayant survécu.

Vanyel ne savait que trop bien sur quelle liste son nom figurerait en cas de conflit armé éventuel. Il avait parfaitement appris sa leçon : alors, à quoi bon s'y risquer ?

Sauf que, chaque fois qu'il abordait le sujet, le Seigneur Withen lui assenait un autre cours sur son devoir envers le domaine.

Dieux ! je suis une bête de somme, autant que n'importe quel baudet des écuries ! « Devoir », je n'entends que ce fichu mot, songeait-il, les yeux rivés sur la fenêtre, mais sans voir ce qui se passait au-delà. *Pourquoi moi ? Mekeal serait un Seigneur Titulaire cent fois meilleur que moi, et il aimerait tellement ça ! Pourquoi n'ai-je pas pu partir avec Lissa ?*

Il soupira en reposant son luth près de lui, et chercha dans sa tunique le morceau de parchemin que le page de Trevor Corey lui avait délivré, après avoir remis les lettres « officielles » de Lissa entre les mains de Treesa.

Il en brisa le sceau et aplatit délicatement le palimpseste ; astucieuse Lissa, qui avait chipé la partie grattée et tachée du parchemin, dont personne n'aurait remarqué l'absence. Elle avait utilisé une encre de bonne tenue : bien que les lettres soient légèrement maculées, il n'eut aucun mal à les déchiffrer.

« Mon très cher Vanyel ; si seulement tu étais parmi nous ! Je ne peux te dire combien tu me manques. Les filles de Corey sont plutôt gentilles, mais pas très malignes. Un peu comme les cousins, en fait. Je sais que j'aurais dû t'écrire avant, mais je n'en ai guère eu l'occasion. Ton bras doit aller mieux maintenant. Si seulement Père n'avait pas ses œillères ! Ce que je suis en train d'apprendre est exactement ce à quoi nous nous entraînions ensemble. »

Vanyel prit une profonde inspiration, pour étouffer une bouffée de colère envers l'attitude irraisonnée de Withen.

« Mais nous savons tous deux comment il est, alors, ne te dispute pas avec lui, mon chéri. Contente-toi de faire ce qu'on te dit. Crois-moi, cette situation ne durera pas éternellement. Tiens le coup, je fais ici tout ce que je peux. Le Seigneur Corey est bien plus raisonnable que Père, peut-être arriverai-je à le convaincre de te faire venir. Ça pourrait marcher. Essaie de vraiment bien te conduire, et

Père sera peut-être assez content de toi pour te laisser partir. Avec amour, Liss. »

Il plia la lettre et la cacha. *Oh, Liss. Aucune chance. Père ne me laissera jamais aller là-bas, pas après la manière dont j'ai esquivé mes exercices. « Cela ne durera pas éternellement », hein ? Je suppose que c'est vrai. Je ne survivrai probablement pas la prochaine fois que Jervis me tombera dessus. Dieux! pourquoi personne ne me demande jamais ce que je veux... ou, si on me le demande, pourquoi on ne m'écoute pas, pourquoi on ne me prend pas au sérieux ?*

Il cligna des yeux et observa de nouveau les petites silhouettes en contrebas qui se tapaient toujours dessus, comme autant de piquets de tente déterminés à s'enfoncer mutuellement dans la terre.

Il se détourna avec nervosité de la fenêtre et se leva pour replacer le luth à côté de ses deux autres instruments, sur le support de fortune qu'il avait fabriqué.

Et partout où je me tourne, je reçois le même conseil. De la part de Liss : « Ne te rebiffe pas, fais ce que Père demande. » De Mère : des pleurs, des vapeurs, et à peu près la même chose. Elle n'est pas stupide ; si elle se souciait réellement de moi, elle parviendrait à influencer Père, d'une certaine façon. Mais elle s'en moque, surtout si me soutenir contre lui est susceptible de lui coûter quelque chose. Et après que j'ai essayé de confier au Père Leren ce que Jervis était réellement...

Il frissonna. *Le sermon sur le devoir filial était assez pénible déjà. Quant à celui sur un « comportement masculin correct »... On pourrait croire que j'ai été surpris en train de forniquer avec un mouton ! Et tout cela parce que j'ai refusé d'avoir les os brisés. C'est comme si, quelque part, je faisais quelque chose de travers, mais personne ne me dira ce que c'est ni pourquoi c'est mal ! J'ai cru que peut-être le Père Leren aurait compris vu qu'il est prêtre mais, dieux! je ne vois venir aucune aide de ce côté!*

Pendant un moment, il se sentit piégé là; son abri sûr devenait une prison. Il n'osait pas sortir, au risque d'être attrapé et forcé de sangler cette armure abhorrée. Et Jervis se jetterait sur lui avec une joie vengeresse, afin de rattraper tous ces exercices qu'il avait réussi à éviter. Il contempla avec mélancolie les bois et les prairies qui s'étendaient au-delà du champ d'entraînement, jusqu'à l'horizon. C'était une journée magnifique; l'été venait à peine de commencer, et la brise soufflant par la fenêtre ouverte exhalait l'arôme entêtant des foins au soleil. Il eut très envie d'une promenade à pied ou à cheval sous ces frondaisons... Il était tout aussi coincé avec ce qu'il n'osait pas faire qu'avec ce qu'il avait fait.

Demain, je dois accompagner Père à cheval dans sa tournée, pensa-t-il. *Et pas moyen d'y échapper. Il m'attrapera dès que je descendrai pour le petit déjeuner.*

Un nouveau tourment qu'on lui avait imposé dès qu'il s'était rétabli. C'était presque aussi pénible que de se retrouver sous l'emprise de Jervis. Il frissonna en pensant à tous ces fermiers qui le jaugeaient du regard, encore et encore, comme s'ils essayaient de fouailler son âme. Cela n'allait pas être une virée agréable, même s'il adorait monter à cheval. Non, il passerait la journée entière à écouter son père lui déblatérer des sermons sur ses devoirs de Seigneur Titulaire envers les métayers qui cultivaient pour lui et les paysans qui mettaient leurs terres sous sa protection et sa gouvernance. Mais ce n'était pas le pire aspect de cette épreuve.

C'étaient les gens eux-mêmes; la façon dont ils le regardaient, avec leurs yeux opaques emplis de pensées troubles qu'il ne pouvait déchiffrer. Des yeux qui attendaient tout de lui ; qui réclamaient de lui des choses qu'il ne souhaitait pas donner, et n'aurait pas su donner même s'il l'avait voulu.

Je ne veux pas qu'ils me regardent comme ça ! Je ne veux *pas être responsable de leurs vies !* Il frémit de nouveau. *Je ne saurais que faire en cas de sécheresse ou d'invasion, et de plus je m'en fiche ! Dieux, ils me donnent la chair de poule, tous ces… gens qui me dévorent des yeux…*

Il se détourna de la fenêtre, s'agenouilla devant ses instruments et tendit la main pour toucher le bois lisse, les cordes tendues. *Oh, dieux !… si je n'étais pas moi… si je pouvais avoir la chance d'être Barde…*

Avant d'être blessé au bras, il s'était souvent imaginé en Barde de Cour, non pas dans quelque recoin isolé comme Forst Reach, mais à l'une des Grandes Cours : aux Marches du Gerfaut ou au Donjon de Southron, ou même à la Haute Cour de Valdemar à Haven. Il se voyait au centre d'un cercle d'admirateurs, de Dames languissantes et de Seigneurs parés de joaillerie, tous suspendus avec ravissement à ses lèvres quand il chantait. Son imagination le transportait dans une vie différente, la vie de ses rêves. Il se voyait entouré, non par les filles du boudoir de Treesa, mais par la Haute Cour de Valdemar tout entière, de la Reine Elspeth jusqu'en bas de l'échelle, à tel point que sa vision devint plus réelle que son véritable entourage. Il pouvait tous les voir, les entendre, les sentir, attendant avec impatience qu'il se mette à chanter ; les bougies scintillantes, les parfums, le silence prégnant…

Désormais, il avait même perdu cela. Maintenant sa pratique était solitaire, car Lissa n'était plus là pour écouter ses nouvelles mélodies. Lissa s'était révélée un merveilleux public ; elle avait une bonne oreille, et connaissait assez bien la musique pour lui dire la vérité en toute franchise. À part Treesa, elle avait été la seule personne au manoir à ne pas penser qu'il y avait quelque chose de vaguement honteux dans son obsession pour la musique. Et elle était la seule qui avait connaissance de son rêve de devenir Barde.

Il n'y eut aucune interprétation non plus devant les dames de compagnie de sa mère, car il ne voulait pas qu'elles l'entendent tâtonner sur ses cordes.

Et tout cela à cause de ce bâtard menteur et brutal que son père avait nommé maître d'armes !

— Withen…

Il se figea, arraché à ses ruminations par la voix essoufflée, légèrement aiguë de sa mère, provenant de derrière la petite porte qui menait à la bibliothèque. Il s'agenouilla lentement et prudemment, évitant de faire le moindre bruit. La dernière chose qu'il souhaitait était que l'on découvre sa cachette !

— Withen, pourquoi m'as-tu fait venir jusqu'ici pour me parler de ce que tu n'as pas pu me dire au solarium ? demanda-t-elle.

À l'inflexion de sa voix, Vanyel devinait qu'elle était troublée, et très mécontente.

Retenant son souffle, il entendit la porte de la bibliothèque qui se refermait, puis les pas lourds de son père traversant la pièce.

Un long silence pesant. Puis :

— Je vais envoyer Vanyel ailleurs, déclara Withen brusquement.

— *Comment ?* cria Treesa d'une voix perçante. Tu… comment… où… pourquoi ? Au nom des dieux, Withen, *pourquoi* ?

Vanyel se sentit comme si on avait changé son cœur en pierre et son corps en argile.

— Je n'arrive à rien avec ce garçon, Treesa, et Jervis non plus, d'ailleurs, gronda Withen. Je vais l'envoyer à quelqu'un qui saura en faire quelque chose.

— Tu ne peux rien faire, car vous deux semblez penser que pour « faire quelque chose de lui », comme tu le dis, vous devez le contraindre à être quelqu'un qu'il ne pourra jamais être ! (La voix de Treesa était étouffée par la cloison, cependant la note d'hystérie demeurait évidente.) Tu l'as mis face à un homme faisant deux fois son poids et tu espérais qu'il…

— … se comporte comme un homme ! C'est un geignard, un pleurnicheur, Treesa ! Il s'inquiète davantage de blesser son joli minois et ses petites mains délicates que de son honneur, et tu n'arranges pas les choses en en faisant le chouchou du boudoir. Treesa, ce garçon ne devient rien d'autre qu'un freluquet, un petit paon vaniteux… et pire encore, c'est un vrai lâche.

— Un lâche ! Dieux ! Withen… et c'est toi qui le dis ! (La voix de Dame Treesa était emplie de dédain.) Simplement parce qu'il est trop intelligent pour laisser ton maître d'armes si précieux le battre à mort une fois par jour !

— Alors, qu'est-ce qu'il fait à la place ? Il s'enfuit et se cache parce qu'une fois – rien qu'une fois – son pauvre petit bras a été brisé ! Grands dieux ! quand j'avais son âge, j'avais déjà cassé au moins une fois chaque os de mon corps !

— Est-ce supposé être une preuve de vertu ? se moqua-t-elle. Ou de stupidité ?

Vanyel en resta bouche bée. *Elle… mes dieux ! elle me défend ! Je n'y crois pas !*

— Cela traduit la volonté d'endurer un peu d'inconfort afin d'apprendre ! s'emporta Withen. Grâce à toi et à tes protégés, tout ce que Vanyel a jamais appris c'est comment choisir une tunique assortie à ses yeux, et comment roucouler une sérénade ! Il est bien trop beau pour son propre bien, et tu l'as gâté, Treesa : tu l'as laissé compter sur ce joli minois, s'en tirer par des idioties et une arrogance que tu n'aurais jamais tolérées chez Mekeal. Maintenant il n'a plus aucun sens des responsabilités, il repousse même toute allusion à une obligation.

— Tu préférerais qu'il soit comme Mekeal, je suppose, répliqua-t-elle avec aigreur. Tu aimerais qu'il soit suspendu à tes lèvres et ne te questionne jamais, ne te défie jamais…

— Absolument ! (Withen rugissait de frustration.) Ce garçon ne connaît pas sa maudite place ! À remplir sa tête avec des inepties apprises dans les livres…

— Il ne connaît pas sa place ? Parce qu'il peut penser par lui-même ? Parce qu'il sait lire et écrire bien plus que son seul nom ? À la différence de certains hommes adultes que je pourrais nommer… Dieux ! Withen, ce prêtre que tu affectionnes tant te fait répéter chaque petite nuance, n'est-ce pas ? Et tu préfères éloigner Van parce qu'il ne correspond pas à ses normes de bienséance, n'est-ce pas ? Parce que Vanyel a l'intelligence de remettre en question ce qu'on lui dit, et que Leren n'aime pas les questions ! (Sa voix monta encore dans les aigus.) Ce prêtre t'a tellement bien embobiné que tu n'oserais même pas respirer tant qu'il n'aurait pas déclaré que respirer est suffisamment orthodoxe !

… *Ah!* pensa Vanyel… du moins la partie de son cerveau encore en fonctionnement, l'autre étant abasourdie à l'idée d'être « envoyé ailleurs ». À présent, le soutien de

Treesa s'expliquait de manière rationnelle : Dame Treesa ne portait pas le Père Leren dans son cœur. Vanyel représentait pour elle un outil pratique pour tenter de creuser un fossé entre Withen et son vieil ami. Or, Vanyel aurait pu lui dire que c'était justement la mauvaise manière d'arriver à ses fins…

— Je m'attendais que tu dises quelque chose de ce genre, grommela Withen. Tu n'as pas le choix, Treesa, le garçon part, que tu le veuilles ou non ! Je l'envoie à Savil, à la Haute Cour. Elle ne tolérera aucune idiotie de sa part, et lorsqu'il sera dans un milieu où il n'est plus le seul joli minois, il apprendra peut-être à faire autre chose que zézayer une ritournelle et tortiller du cul devant un miroir.

— Savil ? Cette vieille harpie ?

La voix de sa mère montait à chaque mot, jusqu'à ce qu'elle se mette à crier. Vanyel aussi voulait hurler.

Il ne se souvenait que trop bien de sa première – et seule – rencontre avec Tante Savil.

Vanyel avait fait une profonde révérence à l'étrangère à la chevelure argentée – une femme portant une tenue d'un blanc héraldique impeccable –, appliquant ainsi sa meilleure imitation des manières courtoises. Héraut Savil – qui avait plié bagage à l'âge de quatorze ans pour venir se cacher à Haven sans le dire à personne, puis avait été Élue au moment où elle franchissait les portes de la ville – était l'idole de Lissa. Celle-ci avait harcelé Grand-Mère Ashkevron pour qu'elle lui raconte chaque histoire que la vieille femme connaissait au sujet de Savil. Vanyel ne pouvait comprendre pourquoi Lissa admirait tant cette femme : sans doute sa personnalité devait présenter bien d'autres facettes que ce qui apparaissait à la surface.

Il était regrettable que Liss fût partie rendre visite à des cousins la semaine même qu'avait choisie son idole pour faire une apparition au domaine familial.

Or, c'était peut-être précisément ce que Withen avait planifié.

— Alors voici Vanyel, avait dit sèchement la femme. Un beau garçon, Treesa. J'espère qu'il est un peu plus qu'ornemental.

Vanyel s'était figé à ses paroles, puis s'était redressé et l'avait scrutée avec ce qu'il espérait être un regard froid et critique. Dieux ! sous un certain éclairage, elle ressemblait à son père ! Comme Lissa, elle possédait le nez des Ashkevron, un nez qu'à l'instar de Withen elle pointait en avant telle une lame aiguisée capable de pourfendre quiconque lui faisait face.

— Oh, cesse de me regarder ainsi, mon enfant ! avait dit la femme, l'air amusé. J'ai connu des hommes plus aguerris que toi qui ont tenté de me tétaniser du regard et qui ont échoué.

Il avait rougi. Elle s'était détournée de lui comme s'il ne présentait aucun intérêt, et avait fait face à la mère de Vanyel qui serrait un mouchoir contre sa gorge.

— Alors, Treesa, ce garçon a-t-il montré un signe quelconque de Don ou de Talent ?

— Il chante magnifiquement, avait dit cette dernière en se trémoussant. Vraiment, il est aussi bon que n'importe quel ménestrel que nous avons employé.

La femme s'était tournée et l'avait regardé fixement : son regard l'avait transpercé.

— Du potentiel, mais rien d'actif, avait-elle prononcé lentement. C'est regrettable ; j'avais espéré qu'au moins l'un de tes rejetons partagerait mes Dons. Tu peux certainement te permettre de te séparer de l'un d'eux pour le service de la Reine. Mais les filles n'ont même pas de Dons potentiels, tes quatre autres garçons sont pires que celui-ci, et il ne paraît pas être beaucoup plus qu'un joli minois malgré tout le potentiel qu'il a à offrir.

Elle l'avait congédié d'un geste, et le visage de Vanyel s'était empourpré de nouveau.

— J'ai vu ce que je suis venue voir, Treesa. (Elle avait pris la mère de Vanyel par le coude pour l'emmener dehors.) Je n'abuserai pas plus de votre hospitalité.

D'après ce que Vanyel avait entendu, Savil était en de nombreux points assez semblable à son frère : dure, froide et impitoyable, préoccupée par ce qu'elle estimait relever de son devoir. Elle ne s'était jamais mariée ; Vanyel n'en était nullement surpris. Il ne pouvait imaginer que quelqu'un veuille coucher avec une femme aussi arrogante et glaciale que Savil. Il ne pouvait imaginer pourquoi la chaleureuse et affectueuse Lissa voulait lui ressembler.

À présent, sa mère pleurait de manière hystérique, et son père ne faisait aucun effort pour la calmer. Vanyel comprit alors qu'il ne pouvait pas se soustraire à la volonté de Withen. Les crises d'hystérie incohérente constituaient l'ultime recours de sa mère : si même cela échouait à attendrir son père, il n'y aurait plus d'espoir pour lui.

— Résigne-toi, Treesa, lui dit Withen, inébranlable, ferme comme un roc. Le garçon partira. Demain.

— Toi !… monstre sans cœur…

Ce furent les seuls mots compréhensibles à travers les pleurs de Treesa. Vanyel entendit le battement précipité de ses chaussons sur le sol tandis qu'elle se ruait par la porte de la bibliothèque, puis le bruit plus lourd et plus lent des bottes de son père. Enfin le claquement de la porte refermée… aussi pesant et définitif que la porte d'un caveau.

Chapitre 2

Vanyel tituba jusqu'à son vieux fauteuil et s'effondra entre ses bras confortables.

Il ne parvenait plus à penser. Tout lui semblait engourdi. Il rivait un œil vide sur le petit rectangle de ciel bleu encadré par la fenêtre ; il resta simplement assis, le regard perdu. Il n'eut pas conscience du temps qui passait jusqu'au moment où le soleil commença à l'aveugler.

Il se détourna en grimaçant de cette lumière, ce qui eut pour effet de briser sa transe perplexe, et il prit lentement conscience que l'après-midi touchait à sa fin, que l'on se mettrait bientôt à sa recherche pour le convier au souper, et qu'il ferait mieux de retourner dans sa chambre.

Il se traîna d'un pas découragé vers la fenêtre et jeta un coup d'œil à l'extérieur, pour vérifier machinalement si quelqu'un en bas pourrait le remarquer. Mais, alors qu'il faisait cela, il se rendit compte que peu importait qu'ils découvrent sa cachette, après ce qu'il venait d'entendre.

À présent, il n'y avait plus personne sur le terrain d'entraînement ; il ne restait plus que le carré de pelouse vide, où picorait un poulet égaré. Vu de ce poste d'observation, le manoir aurait tout aussi bien pu avoir été déserté.

Vanyel se retourna, tendit la main par-dessus sa tête pour saisir la pierre rugueuse qui bordait la fenêtre à l'extérieur, et se hissa sur l'appui. Une fois en équilibre, à moitié accroupi, il posa un pied sur la corniche qui longeait le bord du toit, puis tendit la main vers le pignon, s'assura d'une bonne prise sur les ardoises et commença à s'approcher pas à pas de la fenêtre de sa chambre.

À mi-distance des deux fenêtres, il fit une pause le temps de regarder en bas.

Ce n'est pas si haut que ça… Si je tombais comme il faut, au pire je me briserais une jambe, alors ils ne pourraient pas m'envoyer là-bas, n'est-ce pas ? Ça pourrait en valoir la peine. Ça pourrait vraiment en valoir la peine.

Il réfléchit à cette possibilité, puis se rappela combien son bras brisé l'avait fait souffrir…

Pas une bonne idée ; avec ma chance habituelle, Père m'expédiera à peine rafistolé, en me chargeant dans un chariot comme un vulgaire sac de grains. « À livrer au Héraut Savil, sans précautions particulières. » Ou, pire encore, je me briserai de nouveau le bras, ou bien les deux. J'ai la chance de pouvoir – peut-être – refaire fonctionner cette main mais, si je la brise encore, il n'y aura pas un seul Guérisseur alentour capable de la soigner.

En équilibre sur l'appui de la fenêtre, Vanyel glissa les jambes à l'intérieur de sa chambre, puis se jeta sur son lit. Une fois là, il perdit toute envie de bouger. Il s'écroula contre le mur et contempla le plafond mansardé, blanchi à la chaux.

Il essaya de réfléchir à ce qu'il pourrait faire pour se sortir de ce pétrin.

Il ne lui vint pas la moindre idée valable. Il était trop tard pour « s'amender », même s'il le voulait.

Non, non. Je ne peux pas, je ne peux absolument pas affronter ce bâtard sadique de Jervis. Bien que je ne sache pas quel est le pire péril à long terme, entre Tante Glace-et-Fer et Jervis. Je sais ce que lui me ferait. Sur elle, je n'ai aucun indice.

Il s'affaissa et se mordit la lèvre, essayant de garder la tête froide, de penser de manière logique. Il était certain que Savil recevrait le pire rapport sur lui ; et à Haven – l'ironie de ce nom ![1] –, il n'aurait aucun allié, nul endroit où se cacher. C'était pire que tout : se retrouver en territoire totalement inconnu, tout en sachant que tout le monde serait au courant de sa terrible personnalité. Ces gens attendraient seulement qu'il fasse le moindre faux pas. Tout le temps. Et il n'aurait aucune issue.

Bien que Treesa l'ait beaucoup dorloté, Vanyel se gardait bien de compter sur elle pour quoi que ce soit, ou d'espérer qu'elle défie Withen. La véhémence dont elle avait fait preuve était tout à fait exceptionnelle. Treesa ne consentait aux efforts que s'ils devaient lui permettre de préserver son confort et son bon plaisir. Elle pleurerait le départ de Vanyel, mais jamais elle ne le défendrait. Pas comme Lissa l'aurait fait…

Si Lissa avait été là.

Lorsque le page arriva pour convier tout le monde au dîner, il parvint à rassembler assez d'énergie pour s'épousseter et répondre à l'appel, mais il n'avait aucun appétit.

Les nobles de Forst Reach mangeaient tardivement, une heure à la bougie graduée après que les serviteurs, les mercenaires et les hommes d'armes se furent restaurés, car la Grande Salle était bien trop petite pour contenir tout le monde. Torches et lanternes avaient déjà été allumées le long des couloirs au sol de pierre usée ; elles ne contribuèrent en rien à dissiper les ténèbres dans le

---

1. « Haven » signifie « havre » ou « refuge ». *(NdT)*

cœur de Vanyel. Il se traîna dans les couloirs sombres et les escaliers de pierre, sans voir les domestiques qui le croisaient en trottant, absorbés par leurs propres tâches. Comme sa chambre se trouvait à l'extrémité du quartier des serviteurs au manoir, il avait du chemin à parcourir pour arriver à la Grande Salle.

Une fois là, il attendit, à l'abri de l'obscurité du seuil, afin d'évaluer la situation dans la salle au-delà.

Comme d'habitude, il fut quasiment le dernier à s'asseoir à table ; s'il ne se trompait pas, seule sa tante Serina manquait à l'appel, et il se pouvait bien qu'elle ait mangé plus tôt, en compagnie des enfants. Prudent, il guetta la meilleure occasion de se mettre à table sans se faire repérer : il se glissa à sa place à la table basse, à côté de son frère Mekeal, au moment où le Seigneur Withen éclatait de rire à quelque plaisanterie du Père Leren. L'ecclésiastique, habituellement austère, avait l'air ce soir-là de très bonne humeur. Vanyel sentit son cœur se serrer. Si Leren était content, cela ne présageait sans doute rien de bon pour lui.

— T'étais où c't'après-midi ? lui demanda Mekeal.

Il se tortilla pour faire de la place à Vanyel sur le banc, interrompant la bruyante ingurgitation de sa soupe.

Vanyel haussa les épaules.

— Quelle importance ? répliqua-t-il sur un ton qu'il voulait indifférent. Mon opinion au sujet de cette situation absurde n'est un secret pour personne, et ce que pense Jervis de moi n'est pas non plus un secret. Alors, est-ce si important de savoir où j'étais ?

Mekeal gloussa, le nez dans son bol.

— Sans doute pas. Tu sais qu'Jervis sera vach'ment plus dur envers toi quand on t'aura chopé. Et ce s'ra le cas un jour ou l'autre. Attends-toi à un autre bras cassé, si t'as d'la chance. Si c'est ce que tu veux, à ta guise !

Alors, Père n'a encore rien dit…, comprit Vanyel avec surprise, sa cuiller en suspens au-dessus de son potage. Il jeta un coup d'œil à la table principale. Dame Treesa siégeait à sa place habituelle à côté de son Seigneur. Elle ne semblait pas plus perturbée que d'habitude ; en tout cas, elle ne montrait aucun des signes d'hystérie que Vanyel avait surpris dans l'après-midi.

Aurait-elle vraiment réussi à me défendre, cette fois-ci ? L'aurait-elle fait revenir sur sa décision ? Oh, dieux ! si seulement… !

Ce regain d'espoir ne lui rendit pas pour autant l'appétit ; la tension ne fit que lui contracter un peu plus l'estomac. La pièce semblait surchauffée ; il défit les lacets de sa tunique, mais cela n'aida en rien. Les flammes des lampes sur le mur derrière lui faisaient danser des ombres sur la table, au point qu'il dut fermer les yeux et prendre quelques profondes respirations afin de recouvrer son équilibre. Il se sentait cramoisi et fiévreux. Après quelques cuillerées de l'épais potage qui refroidissait rapidement et semblait complètement dénué de saveur, il fit signe à un serviteur de le remporter.

Mal à l'aise, il se tortilla sur le banc de bois et repoussa le reste de son repas au bord de son assiette, gardant un œil sur la table haute et sur son père.

Cette table était vraiment haute : elle était élevée sur une estrade d'une bonne main par rapport au reste de la pièce, et disposée au bout de la table basse comme la barre supérieure d'un T. Cela signifiait qu'elle avait vue sur cette table basse et la couvrait de son ombre. Vanyel pouvait ressentir la présence menaçante des convives assis là, même pendant les rares moments où il ne les regardait pas. À chaque plat, son estomac se contractait davantage, comme s'il contenait une boule de plus en plus dure et froide, jusqu'à ce qu'il abandonne finalement.

Au moment du dessert, alors qu'il croyait avoir été épargné, son père se leva.

Le Seigneur Withen domina la tablée, comme il dominait Vanyel et tout ce qui appartenait à Forst Reach. Il se disait fier d'être un « homme simple », assez proche en apparence de ses soldats pour qu'ils se sentent à l'aise en sa présence. Sa robuste tunique de cuir brun et sa chemise de lin se distinguaient difficilement des habits de ces mercenaires. La tunique était décorée avec des clous d'argent poli au lieu de cuivre, seul signe indiquant son rang. Elle était tendue en travers de ses larges épaules et sur les prémices d'une bedaine. Ses longs cheveux bruns étaient réunis sur la nuque en une queue-de-cheval maintenue par un cercle en argent ; sa barbe était taillée court sur sa mâchoire carrée.

L'apparence de fils de fée de Vanyel – surtout en comparaison avec Mekeal – aurait pu être la raison pour laquelle Withen paraissait irrité chaque fois qu'il voyait son fils aîné. Vanyel était mince et de taille moyenne ; Mekeal était grand et robuste, il dépassait déjà Vanyel alors qu'il était plus jeune de deux ans. La chevelure de Vanyel était si noire qu'elle présentait des reflets bleutés, ses yeux étaient du même gris argent saisissant que ceux de sa mère, et il n'avait pour ainsi dire pas de poil au menton. Les yeux de Mekeal étaient noisette, il devait déjà se raser, et ses cheveux ressemblaient tant à ceux de son père qu'il était impossible de différencier une mèche de l'un ou de l'autre.

Mekeal se faisait des amis comme il respirait…

Je n'ai jamais eu personne d'autre que Lissa.

Mekeal manquait d'oreille ; Vanyel ne vivait que pour la musique. Mekeal souffrait le martyre pendant ses leçons académiques ; Vanyel y dépassait le niveau de son frère sans comparaison possible.

En bref, Mekeal était entièrement le fils de son père, alors que Vanyel en était l'exact opposé.

Peut-être tout cela tournait-il dans la tête de Withen tandis qu'il se levait et accordait un regard à ses fils aîné et cadet, avant de le river sur rien de particulier. Les lumières des lanternes dansaient derrière Withen, et son ombre s'étendit sur une bonne moitié de la table basse. En même temps qu'elle assombrissait la table, cette ombre éteignit l'espoir naissant de Vanyel.

— Après mûre réflexion, grommela Withen, j'ai décidé qu'il est temps pour Vanyel d'acquérir une certaine éducation, plus impliquée que celle que nous pouvons lui prodiguer ici. Par conséquent, cette nuit sera la dernière qu'il passera parmi nous. Il entamera demain son voyage pour rejoindre ma sœur, le Héraut-Mage Savil à la Haute Cour de Valdemar, qui se chargera officiellement de sa tutelle jusqu'à ce qu'il atteigne l'âge adulte.

Withen se rassit lourdement.

Treesa éclata en lamentations larmoyantes, s'écartant vivement de la table. Tandis qu'elle se levait, sa chaise bascula avec fracas, résonnant dans le silence… aussi fort que si la table entière s'était renversée. Elle sortit en courant de la pièce, sanglotant dans sa manche, tandis que Withen gardait un silence glacial. Sa progéniture et ses dames de compagnie la suivirent ; seule Melenna jeta à Vanyel un regard équivoque par-dessus son épaule avant de leur emboîter le pas.

Dans la pièce silencieuse, tous semblaient gelés par un sort maléfique.

Finalement, Withen prit une noix dans le bol posé devant lui ; il la nicha dans sa paume et la fit craquer de ses mains nues. Vanyel sursauta à ce bruit, et il ne fut d'ailleurs pas le seul.

— De très bonnes noix de l'année dernière, n'est-ce pas ? dit Withen au Père Leren.

Ce fut le signal pour l'assistance de reprendre le bavardage frénétique. À droite de Vanyel, trois de ces cousins commencèrent à faire bruyamment des paris sur une course devant se tenir entre Radevel et Kerle le lendemain. Sur sa gauche, Radevel chuchota des choses à Mekeal, tandis que de l'autre côté de la table son plus jeune frère Heforth échangeait des coups de poing avec le cousin Larence.

Vanyel était ostensiblement laissé de côté. Il aurait aussi bien pu être invisible, si ce n'étaient les regards obliques et sournois qu'il attirait. Pas seulement des jeunes, d'ailleurs. Lorsqu'il risqua un œil vers la haute table, il surprit Père Leren qui le regardait en souriant d'un air entendu. Quand leurs yeux se croisèrent, le prêtre hocha très légèrement la tête et jeta à Vanyel un regard débordant de fatuité, avant de tourner de nouveau son attention vers Withen. Au cours de cet échange silencieux – que personne ne parut remarquer – Vanyel s'était senti devenir pâle et froid.

Tandis que l'on débarrassait le dessert, les anciens quittèrent la salle pour vaquer à leurs occupations, et quelques-unes des filles – d'autres cousines de Vanyel – revinrent, signe que Dame Treesa s'était retirée pour la nuit.

Les garçons et les jeunes hommes qui demeuraient se levèrent. Généralement, après le dîner, les jeunes régnaient sur la salle sans être pour le moins dérangés. En compagnie des filles réapparues, ils formèrent trois groupes qui pouffaient et chuchotaient : deux de quatre et un de onze : tous les trois ignorant Vanyel d'une manière flagrante. Même les filles s'étaient jointes au complot afin de le laisser complètement seul.

Vanyel feignit de ne pas remarquer les chuchotements ni les regards jaloux. Il se leva du banc quelques instants après que les autres l'eurent abandonné, et mit un point d'honneur à flâner en contemplant le feu qui brûlait dans l'immense cheminée. Il marchait la tête haute, les traits de son visage figés en un masque d'indifférence ennuyée.

Il sentait leurs yeux sur sa nuque, pourtant il refusa de se retourner, refusa de leur montrer la moindre émotion, et surtout pas à quel point leur attitude l'écœurait.

Enfin, lorsqu'il jugea qu'il avait produit assez d'effet, il s'étira, bâilla et se retourna. Il observa un long moment la salle entière au travers de ses paupières mi-closes, son regard effleurant chacun d'eux, puis arpenta nonchalamment la longueur sans fin de la Grande Salle, ne s'arrêtant que pour adresser un signe de tête glacial au groupe le plus proche de la porte, avant – enfin ! – d'atteindre le refuge du sombre couloir situé de l'autre côté.

— Grands dieux ! on croirait qu'il est l'Héritier du Trône ! s'exclama Sandar, roulant des yeux et agitant les mains. La Reine Elspeth elle-même ne prendrait pas de tels airs !

Joserlin Corveau, âgé de dix-huit ans, dévisagea le garçon un long moment, rassemblant ses pensées. C'était le plus âgé et le dernier arrivé des enfants adoptifs, ce qu'il n'était d'ailleurs pas vraiment ; ni davantage un proche cousin. Un véritable cousin de la famille, sans enfant après bien des années, avait décidé que Joserlin serait son héritier (comme lui-même n'était pas en très bonne santé) et demandé qu'il soit élevé par le Seigneur Withen afin d'être informé des méthodes de gouvernance des domaines. Il était large et haut, à l'inverse des portes du donjon, et même Jervis respectait la puissance de ses muscles juvéniles. À l'issue d'une seule séance avec le jeune Jos, Jervis avait décrété qu'il avait l'âge de s'entraîner avec les hommes d'armes de Withen. Ayant assisté à la manière dont Jervis « entraînait » les garçons, Jos ne put que se réjouir de cet arrangement.

Certains des plus jeunes avaient fait l'erreur de penser que son élocution lente et sa large corpulence indiquaient qu'il était stupide. Ils découvrirent vite leur erreur lorsqu'il les moucha de quelques plaisanteries fort opportunes.

Il aimait dire de lui-même que, même s'il n'avait pas l'esprit vif, il savait réfléchir. Et il y avait des aspects de cette soirée vaguement troublante qui ne s'accordaient pas bien dans son esprit.

Pendant ce temps, le reste de son groupe continuait à disséquer le cas du rejeton le moins aimé de Withen.

— Il pense qu'il est l'Héritier du Trône, gloussa Jyllian en faisant froufrouter ses jupes avec coquetterie. Ou du moins, que nous autres sommes bien en dessous de lui. Vous devriez le voir, nous traitant avec arrogance dans le boudoir ! (Elle dressa le nez et mima un regard dédaigneux tout en jouant d'un luth imaginaire.) Mais essayez seulement de lui tirer autre chose qu'une chansonnette. Brrr ! C'est la neige qui tombe ! On croirait être des punaises vénéneuses, vu comme il s'écarte et se fait glacial !

Mekeal leva la tête et renifla avec mépris.

— Il pense qu'il est trop bien pour vous, j'suppose ! Lui faut rien de moins qu'une Dame de sang royal, pas d'doute ! Y pense que des filles comme vous sont pas assez bien élevées.

— Ou pas assez mignonnes, hennit Merthin. À Haven, pensez-y, aucune de vous, mes petites chéries, n'arriverait à égalité avec la jolie frimousse de Sa Majesté. Il ne peut pas avoir une femme moins belle que lui, après tout.

— Je n'en doute pas. (Larence apportait son grain de sel après Merthin.) Il va découvrir qu'il n'est pas la seule belle gueule à la Haute Cour. Il pourrait bien être éclipsé par quelqu'un d'autre, pour changer ! Je vous en donne ma parole, ce cher petit Vanyel va avoir un rude réveil quand il arrivera à Haven.

— Sacrebleu, c'est pas juste, grogna Mekeal. (Il se renfrogna à ce rappel de la destination de Vanyel.) J'donnerais mon bras droit pour aller à Haven ! Je veux dire, pensez donc, les meilleurs combattants du pays sont là-bas : c'est le centre de tout ! (Il écarta largement les mains, frôlant Merthin, en un geste de complète frustration.) Comment j'pourrais obtenir un… un brevet d'officier ou n'importe quel autre grade, quand personne ayant son mot à dire à la Cour vient jamais m'voir ? C'est pourquoi ils ont envoyé ma sœur, pour qu'elle soit éduquée tout près d'là ! On a une chance d'être remarqués à la Cour ! Elle va d'venir officier, vous pouvez l'parier, et le mieux que j'pourrais avoir sera p't-être le commandement d'un Secteur, c'qui veut fichtrement rien dire ! J'ai besoin d'être à la Cour ; moi j'vais pas hériter ! C'est moi qui aurais dû partir, pas Vanyel ! C'est pas juste !

— Ouais. T'as raison, dit Larence, qui agitait les pieds avec nervosité. Bon sang, on est tous deuxièmes, troisièmes…

On a tous besoin d'une chance pareille, sinon nous serons coincés à ne rien faire au bout de nulle part pour le restant de nos jours ! Nous n'arriverons jamais à rien, bloqués ici dans le trou du cul du monde.

— Et pensez aux dames, ajouta Kerle, levant les yeux et envoyant un baiser de la main au plafond. Toutes ces chéries les plus charmantes du royaume.

Il se baissa en riant, tandis que Jyllian feignait de lui donner un coup sur la tête, puis le menaçait du poing en un simulacre de colère.

— Sacrebleu ! réfléchissez un peu, insista Mekeal. Qu'est-ce qu'il a fait, au nom de Haven, pour mériter une telle récompense ? Tout c'qu'il fait par ici c'est jouer au ménestrel, nous toiser du haut d'son long nez et manquer à tous ses devoirs ! (Mekeal lançait des regards mauvais en frappant du poing dans la paume de sa main pour ponctuer ses propos.) C'est le p'tit chéri de Mère, mais… c'est pas possible qu'elle ait parlé à Père de l'envoyer là-bas, vous avez tous vu comment elle a réagi ! Alors pourquoi ? Pourquoi lui, alors qu'nous autres on s'rait prêts à mourir pour avoir une chance d'aller à la capitale ?

Joserlin avait toujours le regard perdu dans l'obscurité ; il essayait encore de rassembler les détails qu'il avait pu observer. Tout le monde le regarda avec espoir lorsqu'il s'éclaircit la voix, après que Mekeal se fut calmé. Ils savaient tous qu'il n'était pas l'intellectuel brillant parmi ses frères et cousins qu'était Vanyel, cependant il avait le don de percevoir l'essentiel, et ils voulaient entendre s'il avait une réponse à leur apporter. C'était généralement le cas et, comme ils s'y attendaient à moitié, cette fois ne fut pas l'exception.

— Qu'est-ce qui vous fait croire que c'est une récompense ? demanda-t-il tranquillement.

L'étonnement qui s'afficha sur les visages tournés vers le sien, suivi par la lumière d'un début de compréhension, lui fit hocher la tête comme il les voyait se rallier à la conclusion à laquelle il était arrivé.

— Vous voyez ? dit-il, tout aussi tranquillement. Ce n'est pas une récompense pour Vanyel : c'est un exil.

Vanyel n'était plus obligé de contrôler ses tremblements lorsqu'il atteignit l'abri sûr du corridor, mais il n'osa pas s'y arrêter. Quelqu'un ou quelqu'une aurait pu avoir l'idée de l'y suivre.

Mais, ce qu'il pouvait faire – maintenant qu'il était hors de portée des oreilles et des yeux curieux et fureteurs – c'était courir.

Ce qu'il fit : il courut aussi silencieusement que possible, fuyant sans bruit derrière son ombre à la lumière incertaine des couloirs. Il dépassa les portes sombres et closes menant au boudoir, à la garçonnière, à la chapelle. Son ombre se dressait devant lui chaque fois qu'il passait une torche ou une lanterne, puis s'étrécissait au sol telle une araignée. Il gardait la tête basse pour éviter, si quelqu'un sortait par l'une de ses portes, qu'il remarque qu'il était au bord des larmes.

Personne n'apparut cependant ; il gagna le refuge de l'aile des serviteurs sans rencontrer âme qui vive. Une fois là, il grimpa quatre à quatre l'escalier de pierre. Quelqu'un y avait éteint les lanternes ; Vanyel n'en avait cure. Il s'était rué dans l'escalier, à moitié aveuglé par les larmes, assez souvent pour que ses pieds les connaissent parfaitement.

Il rejoignit ventre à terre le palier supérieur et parcourut les derniers pas jusqu'à sa chambre en quelques battements de cœur. Il hoquetait en cherchant fébrilement sa clé dans l'obscurité, puis il ouvrit la porte. Ses larmes menaçaient de couler.

Elles jaillirent en effet dès que la porte fut ouverte. Il la verrouilla derrière lui, puis s'y adossa, la tête penchée en arrière contre le panneau de bois brut. Il retint ses sanglots, refusant par fierté de laisser quiconque – même un serviteur – remarquer son chagrin. Malgré tout, de chaudes larmes coulaient le long de ses joues et mouillaient le col de sa tunique, et il ne parvenait pas à les arrêter.

Ils me haïssent… mais j'ignorais à quel point.

Il ne s'était jamais senti aussi seul et vulnérable. À cet instant, s'il avait pu être certain que cela le tuerait, il se serait jeté par la fenêtre. Mais, comme il l'avait constaté plus tôt, elle n'était pas si loin du sol ; et la souffrance était une perspective bien pire que la solitude.

Finalement, il se traîna vers son lit, se déshabilla et se glissa sous les couvertures, tout tremblant de se retenir de crier. Mais, en dépit de ses efforts, les larmes se remirent à couler ; il étouffa ses sanglots dans son oreiller.

Oh, Liss, je ne sais que faire ! Tout le monde s'en moque, personne ne se soucie de moi, personne ne lèverait le petit doigt pour moi à part toi… et ils t'ont envoyée si loin. J'ai peur, je suis seul, et Père veut me briser, je le sais !

Il se détourna et fixa l'obscurité au-dessus de lui. Ses yeux le brûlaient. *Je voudrais mourir. Maintenant.*

Il tenta de convaincre son cœur de cesser de battre, mais celui-ci l'ignora obstinément.

Pourquoi ne peuvent-ils pas me laisser en paix ? Il ferma ses paupières en feu, se mordit la lèvre. *Pourquoi ?*

Allongé sur son lit, il sentait chaque bosse du matelas, chaque picotement des draps ; tous ses muscles étaient tendus à lui faire mal, son crâne l'élançait, et ses yeux le brûlaient toujours.

Il resta ainsi pendant une éternité, pourtant l'oubli qu'il espérait ne vint pas. Finalement, il cessa d'essayer de dormir, chercha à tâtons la bougie à côté de son lit, et se releva dans l'étouffante obscurité de la pièce. Il attrapa sa robe de chambre au pied du lit, en couvrit son corps nu et tremblant, et traversa la pièce en direction de la porte.

Bien que la chambre elle-même soit chaude – trop chaude –, le sol dallé était terriblement froid sous ses pieds. Il parvint à tâtons jusqu'à la porte et pressa son oreille contre l'embrasure, guettant intensément tout bruit venant du couloir et de l'escalier au-delà.

Rien.

Il fit glisser précautionneusement le verrou intérieur et tendit de nouveau l'oreille. Toujours rien. Il entrebâilla la porte et risqua un œil dans le couloir.

Heureusement, celui-ci était désert. Mais la lanterne la plus proche se trouvait tout au fond.

Il prit une inspiration profonde et se dressa de toute sa hauteur, aussi raide et droit que s'il était le Seigneur du manoir en personne. Il marcha d'un pas calme et assuré le long du corridor vide, avec autant d'arrogance que si les yeux de tous ses cousins étaient posés sur lui.

Car nul ne saurait dire quand viendrait à l'idée de l'un des serviteurs de rang supérieur possédant leur chambre le long du corridor d'en émerger… et les domestiques causaient. Fréquemment.

Et ils causeraient d'autant plus si l'un d'entre eux apercevait Vanyel en larmes. La nouvelle se propagerait dans tout le manoir en une mesure de bougie.

Il alluma sa chandelle à la lanterne et retourna vers sa chambre avec la même dignité. Ce n'est qu'après avoir verrouillé la porte à double tour qu'il relâcha ses nerfs tendus comme les cordes d'une harpe. Il se mit à trembler si fort que la flamme de la bougie dansa follement, faisant couler des gouttes de cire chaude sur ses mains. Il alluma les autres chandelles près de la porte et à côté du lit aussi vite que possible, et posa celle qu'il tenait dans son bougeoir sur la table avant qu'elle le brûle de nouveau.

Il se laissa lourdement tomber sur les couvertures froissées, en suçant le côté de son pouce où la cire chaude l'avait brûlé. Il détailla ses possessions, essayant de deviner ce que son père tolérerait qu'il emporte.

Il ne prit même pas ses instruments en considération. Ils étaient bien plus en sécurité ici. Peut-être qu'un jour – s'il survivait à tout cela – il pourrait revenir les récupérer. Mais il n'y avait pas l'ombre d'une chance qu'il puisse les glisser discrètement parmi ses affaires. Et si son père les trouvait emballés…

Il les fracasserait. Il les fracasserait et attendrait en riant que je dise ou fasse quelque chose.

Il se releva enfin et s'agenouilla sur les dalles glaciales devant la malle contenant ses vêtements. Il en souleva le lourd couvercle gravé et contempla un long moment ceux sur le dessus, avant de les en sortir.

Tuniques, chemises, hauts-de-chausses, collants… tous dans des tons profonds de saphir, aigue-marine et émeraude qu'il savait lui aller si bien, ou son noir favori, argenté ou gris fumé. Tous ces vêtements qu'il aimait porter parce qu'ils contribuaient quelque peu à défier son père ; lequel enfilait les trois mêmes frusques durant toute l'année, toutes identiques, sans jamais y prêter la moindre attention.

Son père se fichait pas mal de l'accoutrement des autres, et cela le rendait furieux que Vanyel s'en préoccupe.

Vanyel méditait sur sa garde-robe en caressant machinalement le doux tissu d'une chemise. *Il n'osera pas m'empêcher de prendre les vêtements, quoique je parie que cela lui plairait. Je devrai être présentable lorsque j'arriverai là-bas, sinon je lui ferai honte… et les trucs débraillés que portent Mekeal et les autres ne sont pas du tout présentables.*

Il se mit à enrouler soigneusement ses habits, puis les rangea dans les ballots de voyage conservés au fond de la malle. Même s'il n'osa pas prendre d'instrument, il parvint à dissimuler quelques partitions – certains de ses morceaux favoris –, pliées entre les pages des livres qu'il empaquetait. *Les Bardes à Haven sont aussi stupides que des oiseaux dans une cerisaie*, pensait-il, une boule dans la gorge. *Peut-être pourrais-je en attraper un afin d'échanger une vieille vielle contre une fibule ou autre chose. Ce ne sera pas pareil que ma chère Alouette des Bois, mais ce sera mieux que rien. À condition d'éviter que Tante Déplaisante me la confisque.*

Les bagages furent bouclés trop vite. Il se retrouva assis par terre, à côté de ses ballots remplis, sans rien d'autre à faire. Il fit le tour de la chambre, mais il n'y avait plus rien à emballer qui puisse lui manquer, à part ces quelques objets qu'il souhaitait prendre mais n'osait pas.

J'ai plutôt mené une bonne vie, qui tient tout entière dans quatre ballots…

Il se remit lentement debout, se sentant complètement épuisé, presque trop las pour pouvoir dormir. Il éteignit toutes les bougies sauf celle placée à son chevet, se glissa hors de sa robe de chambre qu'il plia sur le dernier ballot, et grimpa dans son lit.

Il ne se résolvait pas à souffler la dernière chandelle. Tant qu'il y avait de la lumière dans la pièce, il parviendrait à retenir ses larmes. Mais l'obscurité les libérerait.

Il resta étendu, rigide, dans le silence, fixant la lumière de la bougie qui tremblotait sous le plafond mansardé, jusqu'à ce que ses yeux le brûlent de nouveau.

Tous les frères et enfants adoptifs partageaient leurs chambres; Mekeal avait partagé la sienne avec Vanyel jusqu'à ce que le bras cassé de son frère aîné l'ait expédié en bas un an plus tôt que prévu. Et, lorsque Vanyel n'était pas descendu l'y rejoindre, Mekeal n'en avait pas été particulièrement mécontent.

Pendant un moment, il avait profité de cette chambre en exclusivité, jusqu'à ce qu'il découvre qu'il n'aimait vraiment pas être seul après tout. Il préférait avoir de la compagnie. À présent – depuis la fin du printemps –, il partageait sa chambre avec Joserlin.

Cela lui convenait parfaitement. Jos était bientôt adulte; Mekeal s'était montré enthousiaste de le voir emménager, enchanté de sa compagnie et fier que Jos le traite comme un égal. Et Jos lui parlait; il parlait peu mais, lorsqu'il s'y mettait, cela valait la peine de l'écouter. Pourtant, il s'était déjà exprimé plus tôt ce soir… du moins c'est ce que Mekeal avait pensé.

Il fut donc quelque peu surpris lorsque la voix profonde de Jos brisa le silence juste après qu'ils eurent soufflé les bougies.

— Mekeal, pourquoi vous les jeunes êtes si durs envers votre frère?

Il n'eut pas besoin de s'enquérir de quel frère il s'agissait: c'était évident. Mais « durs envers lui »! Comment diable pouvait-on être dur envers quelqu'un qui se fichait de tout sauf de lui-même ?

— Parce que c'est un vil… crapaud ! proféra Mekeal avec indignation. Il a pas plus de moelle qu'un champignon ! C'est un vrai bébé, un couard… et la seule chose qui lui importe c'est sa p'tite personne ! Exactement comme M'man… Elle en a fait un chouchou, un tire-au-flanc.

— Hum, vraiment ? Qu'est-ce qui te rend si sûr de ça ?

— Père le dit, ainsi qu'Jervis…

— Parce que Vanyel ne laisserait pas Jervis le tanner comme un tas de vieilles peaux. (Joserlin renifla avec dédain.) Personnellement, je ne peux pas l'en blâmer. Si j'étais fait comme lui, avec Jervis sur le dos, je pense que j'aurais aussi trouvé un trou où me planquer. Je suis sûr que Haven ne donnera pas à Jervis d'autres occasions de le frapper.

Mekeal en resta bouche bée, sous le choc. Il se tourna dans son lit vers Joserlin, qui formait une masse sombre sur sa droite.

— Mais… mais… Jervis… c'est le maître d'armes !

— C'est un crétin maladroit, répliqua-t-il sans détour. Tu oublies, Meke, que j'ai été élevé par le Seigneur Kendrik ; j'ai appris sous la tutelle d'un maître d'armes authentique, Maître Orser, qui était excellent. Jervis ne serait qu'un homme d'armes quelconque s'il n'avait été un vieil ami de ton père. Il ne mérite pas d'être maître d'armes. Par Haven ! Meke, il s'attaque aux plus verts d'entre vous comme si vous aviez son âge, son poids et son expérience ! La plupart du temps, il ne retient pas les coups qu'il porte ; et il ne se préoccupe pas de vous montrer comment y parer, vous laissant simplement vous dépêtrer tout seuls. Il ne connaît qu'un seul style de combat et refuse d'admettre qu'il en existe d'autres !

— Mais…

— Mais rien du tout. Ce n'est pas un grand maître, permets-moi de te le dire ; d'après moi, il n'est même pas un maître tout court. Si j'étais Vanyel, je me serais empoisonné plutôt que laisser ce vieux bouc se défouler de nouveau sur moi ! J'ai entendu parler de ce qui s'est passé ce printemps… comment il s'en est pris à Van et l'a cogné une demi-douzaine de fois avant de lui casser un bras.

— Mais… il avait triché ! protesta Mekeal.

— Pas du tout ; Radevel m'a raconté ce qui s'était réellement passé, avant que ce bâtard réussisse à vous convaincre que vous n'aviez pas vu Van se faire rosser juste parce qu'il l'avait remporté sur ce vieux corniaud. Ce n'était rien d'autre qu'une brutalité flagrante et, si mon vieux maître d'armes avait traité l'un de ses élèves de cette façon, il aurait été jeté du haut de la tour par le Seigneur Kendrik en personne !

Mekeal en croyait à peine ses oreilles.

— Mais, protesta-t-il de nouveau, mais Père…

— Ton père est un sacré imbécile, rétorqua Joserlin sèchement. Et je ne te demanderai jamais pardon pour avoir dit cela. C'est un sacré imbécile pour garder Jervis au poste de maître d'armes, et c'est un sacré idiot pour avoir traité le jeune Vanyel de cette manière. Il cherche les ennuis chaque fois qu'il taraude ce garçon. La moitié des choses que fait Vanyel, il les lui impose, juste pour le contrarier. Tu vas comprendre : j'ai déjà vu ça auparavant, mais à l'inverse. Au Domaine des Églantiers, près de là où j'avais été placé sous tutelle quand j'avais ton âge, vivait la vieille Dame Cedrys. La vieille Cedrys, elle était rude à propos de l'instruction ; elle voulait que son aîné soit plongé nuit et jour dans les bouquins. Sauf que son aîné, Liaven, était comme toi, fait pour la Garde. Et, plus Cedrys lui filait de bouquins, plus Liaven courait chez nous voir le maître d'armes. Il continua à courir et s'engagea dans une compagnie de mercenaires ordinaires, et elle ne le revit jamais plus.

— Mais… Jos… t'as bien vu comment il nous traite de haut comme s'il était le Roi des Dieux ou quelque chose de ce genre… en levant l'nez en l'air chaque fois qu'il nous r'garde.

— Hmm, hmm, opina Joserlin dans le noir. C'est en partie parce qu'il est gâté pourri par Dame Treesa. Je ne peux le nier ; c'est une vraie petite verrue arrogante, sûr d'être le plus mignon du domaine. Et il s'assure aussi que tout le monde le sache. Mais je ne peux m'empêcher de me demander s'il ne se pointe pas nez en l'air parmi vous juste parce que vous paraissez tellement résolus à le lui fourrer dans la merde. Hmm ?

Mekeal ne trouva rien à redire après ça.

Je pourrais m'enfuir, songeait Vanyel, presque étourdi de fatigue, mais encore fui par le sommeil. *Je pourrais m'enfuir… Je pense…*

Il se mâchouilla la lèvre jusqu'au sang. *Si je le faisais, que faire ensuite ? Rejoindre un temple ? Dieux ! non – je ne suis absolument pas destiné à la prêtrise ! Je n'écris pas assez bien pour être scribe ; de plus, il n'y a pas un Seigneur qui m'emploierait après avoir découvert qui je suis. Père se chargera de cela, je n'en doute pas. Oh, dieux ! pourquoi n'avez-vous pas fait de moi un Barde ?*

Il humecta la commissure de ses lèvres, frappé par une pensée de même nature. *Je pourrais essayer d'être un ménestrel, pourquoi pas ? Je ne pourrais, je n'oserais me montrer dans les Grandes Cours, mais il y a quelques sous à gagner en chantant presque partout ailleurs…*

Pendant un moment, il crut avoir trouvé une solution. Il n'avait qu'à se glisser vers la remise et récupérer ses instruments, puis s'enfuir avant l'aube. Il se trouverait déjà loin avant que l'on découvre qu'il était parti, et non de nouveau caché.

Mais… non.

Ma main… ma main. Jusqu'à ce qu'elle fonctionne parfaitement, je ne peux jouer que la musique la plus simple et minimale. Si je ne peux pas bien jouer, inutile de rechercher une place dans une maisonnée. Et, sans ce genre de noble patronage, je ne serais pas capable de faire beaucoup mieux que juste me nourrir. Je ne peux pas vivre comme ça, je ne peux vraiment pas ! Je ne peux chanter ni pour des fermiers dans les tavernes, ni pour la populace dans les foires, je ne peux pas me mettre à mendier comme ça, pas à la vue des paysans. Pas tant que Savil ne fera pas mine de m'empoisonner, et je ne crois fichtrement pas que ce sera le cas.

Elle est Héraut ; les Hérauts ne font pas ce genre de choses, même pour plaire à leurs pairs. Il soupira et la bougie s'éteignit. *Non, ça ne marchera pas. Il n'y a aucun moyen d'y échapper.*

Il attendit, sentant cette boule qui grossissait dans sa gorge, menaçant de le miner encore. Les larmes s'annonçaient : elles allaient l'affaiblir davantage, l'enfoncer dans son impuissance.

L'obscurité se referma sur lui tel un poing serré, et il résista contre l'envie de pleurer avec une telle détermination qu'il ne sut pas vraiment quand il bascula, de son hébétude, dans un sommeil troublé, hanté de rêves.

Il était seul, complètement seul. Pour une fois dans sa vie, personne ne le rabrouait, personne ne se moquait de lui. Au-dessus de lui s'étendait un ciel gris terne ; autour de lui, une plaine de glace et de neige scintillait jusqu'à l'horizon.

Partout où il regardait, il n'y avait rien sauf cette plaine blanche et aride. Totalement déserte et monotone. Il faisait tellement froid qu'il se sentait engourdi.

Engourdi. Il n'avait pas mal à l'intérieur. Pas prêt à pleurer au moindre mot. Juste… froid.

Pas de souffrance. Juste… rien. Il se tenait simplement debout, depuis de longs moments, savourant l'insensibilité, l'absence de souffrance.

En sécurité. Il était en sécurité ici. Personne ne pouvait l'atteindre. Aussi longtemps qu'il demeurerait dans cet isolement, cette étendue sauvage, personne ne risquait de le toucher.

Il ouvrit tout grand les yeux dans le rêve, et expira ces mots : « Si personne ne me touche… personne ne peut me blesser. Tout ce que j'ai à faire est de ne jamais me soucier de rien. »

Ce fut comme une révélation, un cadeau des dieux jusqu'alors indifférents. Cet endroit, cette étendue sauvage de glace, s'il pouvait la retenir à l'intérieur de lui – s'il pouvait ne plus se soucier de rien – il pourrait être en sécurité. Peu importe ce qui se produirait, qui le haïrait, plus personne ne pourrait le faire souffrir de nouveau.

Plus jamais.

Chapitre 3

Le lendemain matin, il n'eut qu'à repenser à son rêve pour se sentir réfrigéré, à l'intérieur, par de la glace qui remplissait l'espace occupé auparavant par la douleur et la solitude. Chaque fois qu'il le choisirait, il pouvait être aussi distant et isolé qu'un ermite au sommet gelé d'une montagne.

C'était comme prendre un remède contre la douleur, un antidote contre la solitude. L'indifférence était devenue un moyen de défense désormais, plus seulement une attitude.

Cette armure d'indifférence pouvait-elle servir également d'arme offensive ? Cela valait la peine d'essayer.

Après tout, il n'avait rien à perdre ; le pire s'était déjà produit.

Il passa rapidement une tenue de cavalier en cuir qui avait été marron à l'origine et qu'il avait ordonné de teindre en noir, sans que son père soit au courant. Il était très heureux de l'avoir fait, à présent. Le noir le faisait toujours paraître plus grand, plus âgé… et juste un peu plus sinistre. C'était un bon choix en cas de confrontation. C'était aussi la couleur de la mort ; il souhaitait rappeler à son père combien souvent celui-ci avait heurté son fils par ailleurs.

Il pensa également à ses instruments, du moins au luth qu'il avait eu l'autorisation d'emporter. Il ne l'emballerait pas, mais il devrait être ici dans sa chambre, sinon le Seigneur Withen demanderait sûrement où il était.

De plus, s'il pouvait affronter Withen avec, puis le mettre devant le fait accompli en l'empaquetant sous son nez…

Cela lui rapporterait peut-être quelque chose. Il se glissa donc rapidement vers sa cachette et fut de retour avant le lever du soleil. Lorsque Withen vint cogner à sa porte, il s'était campé sous la fenêtre, l'instrument entre ses mains, à jouer une petite mélodie lente mais élaborée. Un air où sa main droite faisait la majeure partie du travail. Il avait tout mis en scène de façon à faire croire qu'il se trouvait là depuis des heures.

Le Seigneur Withen s'était sans doute attendu à tirer son fils aîné du lit, à faire lever un garçon confus et profondément malheureux dans la lumière gris pâle qui suivait l'aube. Indubitablement, il comptait trouver Vanyel aussi vulnérable que la veille au soir.

Cela vous aurait fait plaisir, n'est-ce pas, Père ? Cela vous aurait apporté une telle confirmation de ma méprisable nature…

Au lieu de cela, il ouvrit la porte toute grande après un seul coup frappé, et trouva Vanyel bien réveillé, ses bagages fin prêts, déjà habillé pour le voyage, son luth se taisant soudain devant cette intrusion.

Vanyel leva les yeux et regarda son père avec ce qu'il espérait être une arrogance froide et distante, tout à fait le genre d'expression que l'on afficherait face à un parfait inconnu qui aurait brusquement fait irruption sans y être invité.

Sa surprise et la légère nuance de malaise dans ses yeux donnèrent à Vanyel une satisfaction comme il n'en avait pas eu depuis longtemps.

Il posa son luth sur le lit à côté de lui, et se redressa lentement de toute sa hauteur, aussi fièrement que possible.

— Comme vous pouvez le constater, Sire… (il leva un doigt et fit un léger signe de tête en direction de ses quatre ballots) je suis fin prêt.

Évidemment, le Seigneur Withen fut encore plus décontenancé par le ton de sa voix et ses manières détachées. Il toussa, et Vanyel se rendit compte, avec une bouffée de joie vindicative, que, pour une fois, c'était lui qui avait l'avantage lors d'une confrontation.

Puis Withen s'empourpra tandis que Vanyel se baissait pour attraper son luth, le désaccordait d'une main agile et experte et le fourrait rapidement dans son sac de voyage.

Même Withen reconnut ce défi. Il lui jeta un regard noir et fit mine de vouloir saisir l'instrument de son fils…

Alors, Vanyel se redressa de toute sa taille. Il ne dit rien. Il rendit seulement son regard à Withen, qui signifiait : « Allez-y, provoquez-moi. Vous verrez bien ce qui se passera. Je n'ai absolument rien à perdre et peu importe ce qui m'arrivera. »

Withen recula d'un pas face au regard que lui jeta son fils.

— Tu peux prendre ton jouet, mais ne crois pas que cela t'autorise à perdre ton temps à fainéanter avec ces bons à rien de Bardes, fulmina-t-il, tentant de reconquérir l'ascendance qu'il avait perdue dès qu'il avait ouvert violemment la porte. Tu vas rejoindre Savil pour apprendre autre chose que…

— Je n'ai jamais imaginé un seul instant que je le pourrais, Sire, l'interrompit Vanyel avec un sourire amer. Je suis quasiment certain, poursuivit-il en dosant soigneusement son venin, que vous avez donné à ma tante des instructions très explicites à ce sujet. De même que pour mon éducation, Sire.

Le visage de Withen s'empourpra de nouveau. Vanyel sentit une nouvelle vague de plaisir vénéneux l'envahir. *Vous savez et je sais ce qu'il en est réellement, n'est-ce pas, Père ? Mais vous voudriez que je prétende qu'il s'agit d'autre chose, du moins en public. Quel dommage ! Je n'ai pas du tout l'intention de vous faciliter la tâche, ni de me montrer gracieux devant les gens. Je suis au-dessus de tout cela, Père. Je m'en fiche totalement, et cela me donne une arme que vous ne possédez pas.*

Withen fit un geste brusque, et deux serviteurs surgirent du couloir pour entrer dans la chambre de Vanyel et se charger de deux ballots chacun, avant de filer aussi vite que possible. Vanyel passa la lanière du luth par-dessus sa tête et installa l'instrument dans son dos, signe évident qu'il n'avait pas l'intention que quiconque le touche.

—Vous n'avez pas besoin de m'accompagner, Sire, dit-il, alors que Withen s'apprêtait à suivre les serviteurs avec leurs chargements. Je suis sûr que vous avez… des choses plus importantes à faire.

Withen grimaça visiblement. Vanyel passa devant lui en silence, puis se retourna pour lui assener un coup en guise d'adieu, soigneusement calculé pour le blesser comme seule le pourrait une vérité non dite.

—Après tout, Sire, lança-t-il calmement par-dessus son épaule, ce n'est pas comme si je comptais vraiment pour vous. Vous avez quatre autres héritiers potentiels bien plus méritants. Je suis désolé que vous ayez cru bon de ne pas informer ma mère de l'heure de mon départ ; cela aurait été agréable de dire adieu à une personne qui regrettera mon absence.

Withen en tressaillit de surprise. Vanyel haussa un sourcil.

—Ne prenez pas la peine de me souhaiter bonne chance, Sire. Je sais ce que prêche Père Leren au sujet de l'importance de la vérité, et je ne voudrais pas que vous vous parjuriez.

L'expression de saisissement sur le visage de Withen alluma une flamme froide de satisfaction amère dans l'âme gelée de Vanyel. Il tourna les talons et s'engagea d'un pas ferme dans le couloir à la suite des serviteurs pressés, sans donner à son père l'occasion de répondre ni de lancer des ordres aux domestiques.

Il rejoignit les deux porteurs de ballots sur le palier faiblement éclairé d'une lumière grise, et leur adressa des gestes péremptoires pour qu'ils le suivent. De nouveau, il ressentit cette satisfaction d'une noirceur amère ; le Seigneur Withen s'était attendu évidemment que son fils trottine à la suite des serviteurs. Mais ce renversement soudain des rôles avait troublé Withen et laissé les domestiques sans instruction précise. Vanyel saisit cette occasion inopinée et s'y cramponna de toute sa volonté. Pour une fois – juste cette fois –, Vanyel avait réussi à prendre le dessus, et il n'avait pas l'intention d'y renoncer à moins d'y être obligé.

Il les conduisit au pied de l'escalier plongé dans la pénombre, les entendant trébucher à l'aveuglette derrière lui dans l'obscurité, bien content d'être celui qui portait le luth et que ses ballots ne contiennent rien de fragile. Ils émergèrent à l'extrémité du vestibule la plus proche de la cuisine ; Vanyel décida de poursuivre la provocation en sortant par la porte des domestiques pour gagner les écuries. Elle était plus près, mais ce n'était pas pour cela qu'il l'avait choisie : c'était pour bien faire remarquer qu'il connaissait les pensées de son père le concernant.

Les deux serviteurs, chargés des pesants ballots, durent allonger le pas pour suivre sa cadence ; ils étaient déjà essoufflés par l'effort. Tandis que les bottes de Vanyel écrasaient les graviers étalés dans la cour entre le manoir et les écuries, il pouvait les entendre haleter loin derrière lui.

Le soleil pointait juste au-dessus de l'horizon, et la brume s'élevait des prairies où les chevaux étaient lâchés durant la journée. Il ferait sûrement chaud ce jour-là, l'un des premiers jours de chaleur estivale. En arrivant aux abords des écuries, Vanyel remarqua que les portes avaient été largement ouvertes, et que plusieurs personnes s'agitaient à l'intérieur.

Vous ne pouviez pas simplement attendre d'être débarrassé de moi, n'est-ce pas, cher Père ? Vous vouliez me pousser dehors aussi vite que vous m'auriez fait enfiler mes vêtements et emballer mes affaires. Je pense que je vais vous rendre ce service. Cela devrait suffire à vous décontenancer de nouveau.

À présent qu'il avait érigé ces barrières protectrices, pour la première fois depuis plus de un an, il fut en mesure de penser clairement et calmement. Il fut capable d'échafauder des plans sans être piégé dans un marasme émotionnel, et de les mettre à exécution sans en perdre la tête de frustration. *Dieux ! c'était si simple : « Ne t'en fais pas. Fiche-toi de ce qu'ils te font subir, et ils ne te feront plus rien. »*

Si je restais, jamais je n'aurais osé dire tout cela. Mais je pars et, lorsque Père aura enfin compris comment réagir, je serai bien trop loin pour qu'il me châtie. Même s'il rapporte tout ceci à Tante Désobligeante, ç'aura l'air vraiment stupide et, de plus, ça le fera passer pour un idiot.

Il se planta entre les portes ouvertes, les pieds légèrement écartés, les mains sur les hanches. Après quelques instants, ceux qui étaient à l'intérieur remarquèrent sa présence et le brouhaha de leur conversation cessa comme ils se mettaient à le regarder bouche bée, complètement sidérés.

— Pour quelle raison ma jument n'est-elle pas sellée ? s'enquit-il froidement.

Les deux chevaux harnachés étaient deux rudes cobs évidemment destinés aux hommes d'armes debout à leurs côtés, des gaillards occupés à vérifier leurs sangles et qui s'étaient soudain redressés en position de salut au son de sa voix. Il y avait une autre bête portant une selle, mais ce n'était pas un cheval : c'était un gros poney vieillissant, que les garçons du domaine étaient désormais trop grands pour monter, et habituellement proposé aux dames de compagnie les plus âgées de Treesa.

— Je vous d'mande pardon, M'seigneur Vanyel, dit l'un des valets d'écurie avec hésitation. Mais vot' père…

— Je me fous de ce qu'a ordonné mon père, l'interrompit Vanyel avec colère et grossièreté. Ce n'est pas lui qui va chevaucher jusqu'à l'autre bout du monde sur ce canasson. C'est moi qui suis envoyé en exil, et je ne monterai pas là-dessus. Je refuse de pénétrer dans la capitale sur une bête qui me fera ressembler à un bouffon. De plus, Star est à moi, pas à lui. La Dame Treesa me l'a donnée, et j'ai l'intention de l'emmener avec moi. Selle-la.

Le valet d'écurie hésitait encore.

— Si tu ne m'obéis pas, dit Vanyel, les yeux étrécis, sa voix évoquant l'acier le plus froid, je le ferai moi-même. D'un côté comme de l'autre, tu auras des ennuis. Car si je dois le faire, et que Madame ma Mère le découvre, tu auras des ennuis avec elle autant qu'avec mon père.

Le valet haussa les épaules, puis alla chercher Star et sa sellerie, laissant l'autre palefrenier retirer le harnachement du poney et le ramener au pâturage.

Formidable ! Me faire grimper sur une monture que seul un novice aurait montée, et faire croire ainsi que je suis trop lâche pour chevaucher un vrai cheval. Faire de moi un imbécile, arrivant à Haven monté sur un poney. Et me priver d'une bête que j'adore. Pas cette fois, Père.

En fait, Vanyel était déjà bien en selle sur le dos de Star lorsque le Seigneur Withen fit comme par hasard une apparition tardive dans la cour de l'écurie. Les valets attachaient les derniers ballots sur le dos de trois mules, et les hommes d'armes attendaient dehors dans la cour, en selle également.

Vanyel tapota de la main l'encolure fièrement arquée de sa chère Star, un palefroi noir à l'ossature délicate avec une étoile blanche parfaite sur le front, dont une pointe s'allongeait sur les naseaux. Il ignora son père un long moment, lui laissant le loisir de s'imprégner de la vue de son fils sur sa petite jument de sang fougueuse au lieu du vieux poney peu attrayant qu'il lui avait réservé. Puis, d'un petit coup de talon, il amena Star du côté de la cour où se tenait le Seigneur Withen, dont l'expression stupéfaite montrait qu'il était pris au dépourvu une fois de plus. Elle traversa le gravier avec délicatesse, presque sans bruit, telle la rémanence d'une ombre nocturne dans la lumière du petit matin. Vanyel avait fait teindre toute sa sellerie du même noir que sa tenue de cavalier, et avait parfaitement conscience de l'impact qu'ils créaient ainsi ensemble.

Et elle également ; elle courbait l'encolure et levait sa queue avec fierté tel un étendard, tandis qu'il la dirigeait vers son père.

L'expression du Seigneur Withen changea à leur approche ; d'abord déconcertée, puis résignée. Vanyel conserva la sienne identique à ce qu'elle avait été durant toute la matinée : inexistante. Il gardait le regard rivé sur un point situé un peu au-dessus de la tête de son père.

Derrière lui, Vanyel entendait que l'on menait les mules afin d'attacher les rênes de la première au troussequin de la selle d'un des hommes d'armes. Il arrêta Star à quelques pas de la limite de la cour. Il baissa les yeux sur son père, gardant le visage complètement fermé, immobile.

Ils se dévisagèrent pendant un long moment ; Vanyel voyait Withen chercher des paroles appropriées à la situation. Mais, chaque fois qu'il s'apprêtait à parler, ses mots s'évanouissaient sous le regard calme et froid de Vanyel.

Je ne vais pas vous faciliter la tâche, Père. Pas après ce que vous m'avez fait subir ; pas après ce que vous venez juste d'essayer de me faire. Je vais suivre l'exemple de mon aïeul : je vais devenir aussi méchant que vous l'êtes… mais avec davantage de style.

Le silence s'éternisa jusqu'à l'insupportable ; même les hommes d'armes commençaient à ressentir la tension croissante et se mirent à remuer avec gêne sur leurs selles. Leurs cobs piétinaient et renâclaient nerveusement.

De leur côté, Star et Vanyel évoquaient une statue équestre d'onyx et d'argent.

Finalement, Vanyel décida qu'il avait assez prolongé l'agonie. Il hocha à peine la tête, une seule fois. Puis, sans un mot, il fit pivoter Star et lui donna légèrement du talon. Elle secoua la tête et partit d'un trot rapide sur la route menant au village, laissant en arrière les hommes d'armes qui jurèrent et talonnèrent leurs montures afin de les rattraper.

Il tira sur les rênes de Star une fois qu'ils eurent passé le village de Forst Reach : il ne voulait pas qu'elle s'épuise dès le début du voyage, ni fournir le prétexte aux hommes d'armes de lui ordonner de chevaucher avec eux.

Père leur a probablement dit de me surveiller de près au cas où j'essaierais de leur fausser compagnie, pensa-t-il avec cynisme, tandis que Star se débattait dans ses rênes, avant d'adopter un pas plus ou moins calme. En effet, cette hypothèse se confirma lorsqu'il les vit échanger des regards furtifs et des soupirs de soulagement pas vraiment dissimulés. *Bah ! Ils en savent tellement peu !*

Après avoir dépassé les terres labourées de Forst Reach, ils pénétrèrent dans les bois en friche situés entre Forst Reach et le Gué de Prytheree, le Domaine le plus proche à l'est. Cette étendue de forêt avait été laissée sauvage à dessein ; il n'y avait pas assez de gens pour l'exploiter dans ces deux Domaines, de plus elle fournissait à leurs habitants tout le bois et une bonne moitié de la viande consommée dans l'année.

Il fallait des forestiers compétents pour parvenir à se frayer un passage dans un bois tel que celui-la. Et Vanyel n'avait pas la moindre idée de comment survivre dans cette étendue sauvage ; autant lui demander de se faire pousser des nageoires et de respirer sous l'eau !

La route elle-même n'était guère plus qu'un chemin de boue compacte et creusée d'ornières, zigzaguant sous un tunnel arboré. Les frondaisons étaient tellement épaisses au-dessus de leurs têtes qu'ils chevauchaient dans une sorte de crépuscule vert. Le soleil évaporait la brume dans le bois, mais quelques volutes s'entortillaient encore entre les arbres et se répandaient sur le chemin. Seul un rayon occasionnel se frayait un chemin à travers la canopée pour venir frapper le chemin. Celui-ci était bordé de chaque côté d'épais buissons ; quelques touches de rouge parmi le vert du feuillage indiquaient à Vanyel que ces haies étaient formées de ronces, plantées probablement pour empêcher les ours et autres prédateurs de venir sur la route. Même s'il avait pensé à s'échapper, il n'était pas stupide au point d'oser se livrer à leur étreinte. Il voulait encore moins que la tendre peau de Star soit griffée au cruel contact de leurs épines.

Au-delà des ronciers, aussi loin qu'il pouvait voir, le sol de la forêt était un enchevêtrement de végétation dans lequel il s'égarerait en un clin d'œil.

Non, il n'était pour rien au monde tenté de fuir, pour d'autres raisons également.

Il y avait – ou paraissait y avoir – des choses qui les suivaient sous couvert du sous-bois. Des formes ombreuses qui n'émettaient aucun bruit.

Il n'aimait pas trop ces ombres à l'arrière des buissons, spectrales au sein du brouillard. Peu lui importait la manière dont elles se déplaçaient, suivant parfois les cavaliers sur quelque distance avant d'abandonner et de se fondre au plus profond de la forêt. Ces ombres évoquaient bien trop d'histoires et de légendes, et puis la Frontière, avec toutes ses créatures étranges, n'était pas si loin de là…

La forêt en soi était trop paisible au goût de Vanyel, même sans ces ombres furtives sous les arbres. Il percevait de temps en temps – à peine audible et très lointain – l'appel d'un oiseau par-dessus le martèlement sourd des sabots des chevaux. Aucune brise n'agitait les feuilles au-dessus de leur tête ; nul écureuil ne courait le long des branches pour leur crier après. Bien sûr, il était possible que leur simple présence réduise toute la faune environnante au silence : ces bois étaient régulièrement exploités pour la chasse. C'était l'explication la plus évidente de ce calme régnant sous les frondaisons.

Cependant, l'imagination trop vive de Vanyel lui dépeignait d'autres images plus menaçantes de ce qui pourrait être embusqué là-dedans.

Bien qu'il se mît à faire très chaud et qu'une halte aurait été bienvenue, il se surprit à espérer qu'ils n'en feraient rien. L'armure qui s'était révélée une protection efficace contre toute agression extérieure craquait un peu sous la pression interne de sa vive imagination. Il était mal à l'aise lorsqu'ils s'arrêtèrent vers midi pour nourrir et abreuver les chevaux ainsi qu'eux-mêmes, et ne fut un peu rassuré qu'au moment où ils remontèrent en selle et se remirent en route. La seule manière de maîtriser ses nerfs était de se concentrer sur la façon particulièrement efficace dont il s'était chargé du Seigneur Withen. Se remémorer cette expression stupéfaite qu'il avait vue en dernier sur son visage lui apportait une satisfaction infinie. Withen n'avait pas vu le gamin appelé Vanyel : il avait vu un homme qui maîtrisait la situation. Et il n'avait pas du tout apprécié l'expérience.

Ce fut avec un véritable soulagement que Vanyel s'aperçut que les arbres s'espaçaient, puis s'ouvraient sur une immense clairière devant eux, alors que les bois commençaient à s'assombrir avec la tombée du jour. Il fut plus que ravi d'apercevoir une auberge à cet endroit, et de constater que ses gardiens avaient sans aucun doute l'intention d'y passer la nuit.

Ils chevauchèrent sur la route pierreuse jusque devant l'auberge, puis passèrent le porche pour entrer dans la cour. Ce fut là que ses deux gardiens s'arrêtèrent, cherchant des yeux un garçon d'écurie. Vanyel descendit de sa monture, se sentant très raide et bien plus courbaturé qu'il aurait pensé l'être.

Lorsqu'un valet se présenta pour prendre les rênes de Star, il les lui tendit sans un mot et parcourut de long en large la cour poussiéreuse de l'écurie, tentant de se dégourdir les jambes. Pendant qu'il déambulait ainsi, l'un des hommes d'armes disparut à l'intérieur de l'auberge, tandis que l'autre dessanglait les ballots du dos des mules, qu'il confia ensuite, ainsi que leurs cobs, à plusieurs valets.

Ce fut à ce moment que Vanyel se rendit compte qu'il ne connaissait même pas le nom de ses gardiens.

Cela l'ennuya ; il allait passer un temps considérable en leur compagnie, or ils n'avaient même pas pris la peine de se présenter au cours de leur longue chevauchée. Il en fut troublé et embarrassé. Cependant…

Moins j'aurai de sentiments, mieux cela vaudra pour moi.

Il ferma les yeux et rappela à sa mémoire son étendue de neige ; il avait presque la sensation qu'elle le refroidissait, l'engourdissait.

Il se mit à contempler l'auberge, sans tenir compte de l'autre garde, et constata non sans surprise qu'elle était immense, bien plus grande qu'elle lui avait semblé sur la route. Seule la façade principale était vraiment visible lorsqu'il avait chevauché dans sa direction : désormais, il pouvait voir l'ensemble de la construction. Bâtie sur deux étages, elle faisait aisément cinq fois la taille de la petite auberge du village de Forst Reach. Ses murs extérieurs étaient en pierre jusqu'au premier étage, puis constitués de bois; la toiture était recouverte d'une bonne épaisseur de chaume, et les oiseaux que Vanyel n'avait pu apercevoir dans la forêt semblaient s'être tous fait là une heureuse demeure, y nichant pour la nuit dans un tumulte d'appels et de sifflements. Avec les bâtiments des écuries, elle formait les deux côtés d'un carré autour de la cour, le quatrième côté s'ouvrant sur un champ herbeux, probablement à l'usage des marchands et de leurs chariots. Les écuries étaient également fort étendues, aussi vastes que celles du Seigneur Withen, pourtant grand éleveur de chevaux.

Des ombres bleues se glissaient depuis la forêt dans la cour de l'écurie, bien que le ciel au-dessus eût à peine commencé à s'assombrir. Et il commençait à faire frais, ce à quoi Vanyel ne s'attendait pas, étant donné la chaleur de la journée. Il fut plutôt soulagé lorsque le deuxième homme d'armes réapparut enfin, suivi par deux serviteurs de l'auberge.

Vanyel fit semblant d'observer le ciel à l'ouest, mais il tendait l'oreille autant que possible pour écouter ce que ses gardiens avaient à se raconter.

— Pas de problèmes, Garth ? demanda celui qui était resté avec le jeune homme, tandis que l'autre se penchait pour récupérer un ballot et ordonnait aux serviteurs de se charger de ceux que Vanyel reconnut comme étant les siens.

— Nan, gloussa ce dernier. Si tôt en été, y sont trop contents d'une clientèle avec d'bonnes pièces dans la main, pas comme ces colporteurs radins. Comme M'seigneur l'a dit, on a des piaules au premier et celle d'Sa Majesté ici présente est coincée après la nôtre. Pas moyen qu'y s'débine sans qu'on l'remarque. En plus, vu qu'on est au premier, si y faut on bloque le lit en travers d'la porte, et il pourra plus aller nulle part.

Vanyel se figea, et cette petite part de lui-même qui s'était demandée s'il pourrait – peut-être – se faire des alliés de ces deux-là disparut.

Voilà donc pourquoi ils gardent leur distance. Il redressa le dos et laissa glisser de nouveau sur ses traits ce masque froid, dénué d'expression, qui lui avait si bien servi ce matin-là contre son père. *J'aurais dû au moins le deviner. J'ai été stupide de penser qu'il en serait autrement.*

Il se retourna pour faire face à ses gardiens.

—Je suppose que tout est en ordre ? s'enquit-il, ne laissant rien transparaître à l'exception peut-être d'un vague ennui. Alors… y allons-nous ?

Il fit un léger signe de tête vers la porte d'entrée de l'auberge, où scintillait une lumière dorée accueillante. Sans attendre de réponse, il s'y dirigea d'un pas déterminé, ne leur laissant d'autre choix que de le suivre.

Vanyel contemplait d'un air morose la bougie à son chevet. Il n'y avait pas grand-chose d'autre à regarder : sa chambre n'avait pas de fenêtre. À part cela, elle n'était pas si différente de son ancienne chambre à Forst Reach ; assez sobre, un peu étouffante… pas trop mal, en réalité. Excepté qu'elle n'avait aucune fenêtre. Excepté qu'elle faisait office de prison.

Inventaire : un lit, une chaise, une table. Pas de cheminée, mais cela n'entrait pas en ligne de compte, étant donné la chaleur générale qui régnait dans le bâtiment, et du fait que c'était l'été. Ses quatre ballots étaient empilés dans un coin avec le luth, toujours dans son étui, appuyé contre eux.

Il avait demandé à prendre un bain : on lui avait apporté un baquet d'eau plutôt que de le laisser se rendre aux bains. L'eau était tiède et le bac pas très spacieux, mais il avait agi comme si cette idée avait été la sienne. Au moins, ses gardiens n'avaient pas insisté pour rester dans la pièce à le surveiller pendant qu'il procédait à ses ablutions.

L'un d'eux l'avait quand même escorté aux cabinets d'aisance, et de retour ; Vanyel avait simplement pris cette direction, et celui appelé Garth avait abandonné ce qu'il était en train de faire pour se couler dans son sillage, le suivant à environ une demi-douzaine de pas. Cela avait été si humiliant qu'il n'avait pas dit un mot à l'homme, ignorant totalement sa présence.

Ils ne l'avaient pas davantage consulté pour le dîner : ils lui firent monter un plateau pendant qu'il prenait son bain.

Non qu'il ait particulièrement faim. Il parvint à manger le pain beurré et le fromage – le pain était meilleur que celui de la maison – et quelques fruits. Mais le reste – du poulet bouilli, une sauce épaisse et des boulettes de pâte présentés sur une assiette, refroidissant rapidement en un mélange graisseux et figé peu ragoûtant – était resté coincé dans sa gorge. Il renonça à essayer d'avaler entièrement ce plat sans saveur.

Mais il ne voulait pas non plus rester assis là à le contempler.

Il prit alors le plateau, ouvrit sa porte et le porta dans la pièce adjacente, le déposant sur une table déjà encombrée par tout un attirail de voyage et les ustensiles nécessaires à son nettoyage.

À son irruption, les deux hommes sursautèrent et levèrent sur lui des yeux écarquillés. Le seul bruit perceptible était le battement régulier des rideaux dans la brise légère pénétrant par la fenêtre, et le bourdonnement d'une mouche autour d'une bougie.

Vanyel se redressa, s'humecta les lèvres et regarda un point situé sur le mur du fond, entre les deux gardes et au-dessus de leur tête.

— Chaque couloir de cette maison mène à la salle commune, donc je pourrais difficilement vous échapper par là, dit-il du ton le plus las et détaché qu'il put. De plus, des valets dorment dans les écuries, et je suis certain que vous leur avez déjà parlé. Je ne risque pas de sauter par la fenêtre et de m'enfuir à pied. Vous feriez aussi bien d'aller vous divertir dans la salle commune. Vous êtes peut-être mes geôliers, mais cela ne signifie pas que vous soyez obligés d'endurer la prison vous-mêmes.

Sur ces mots, il fit brusquement demi-tour et referma derrière lui la porte de sa chambre.

Après quoi il retint son souffle et y plaqua son oreille, pour mieux entendre ce qu'ils disaient dans la pièce à côté.

— Hé ! Qu'est-ce que tu penses de ça ? dit celui qui s'appelait Garth après un silence médusé.

— Qu'il est pas à moitié aussi écervelé que M'seigneur le croit, répondit l'autre pensivement. Y sait sacrément bien c'qui s'passe. Non qu'y soit pas nez-en-l'air comme j'l'ai toujours vu, mais l'est pas tête de linotte, carrément pas du tout.

— J'ai jamais vu M'seigneur tomber sur l'croupion avant, acquiesça Garth avec lenteur. J'l'ai jamais vu être descendu comme ça par un Seigneur, et encore moins par un blanc-bec. Et j'ai jamais vu non plus c'gamin faire queq'chose comme ça. Le gosse est dev'nu malin tout d'un coup, faut l'reconnaître. P'têt' trop malin ?

— Hmm… non, dit l'autre. Non, j'pense que dans c'cas il a raison. (Le silence régna pendant un moment, puis un rire se fit entendre.) Tu sais, j'pense que Sa Majesté n'a pas envie d'nous entendre baragouiner ent'nous. P'têt' qu'on l'ennuie, hein ? Bon sang, après tout, j'irais bien siffler une p'tite bière. Pas toi ?

— Eh ben, si tu m'l'offres, Erek…

Leurs voix s'estompèrent tandis que la porte menant dans le couloir s'ouvrait en grinçant, puis se refermait.

Vanyel laissa fuser le souffle qu'il avait retenu jusque-là, fit les deux pas nécessaires pour atteindre la table, et s'affala sur la dure chaise en bois à côté.

Fatigué. Dieux ! je suis tellement las ! Cette comédie me demande plus d'énergie que je le pensais.

Il regardait d'un air hébété la flamme de la bougie, puis déplaça son regard sur les reflets scintillants qui dansaient sur la bouteille en faïence brunâtre posée à proximité.

Ce vin est épouvantable… mais c'est du vin. Je suppose qu'il est assez bon pour m'enivrer. Il n'y a assurément rien d'autre à faire, du moins rien qu'ils me laisseraient faire. Dieux ! ils pensent que je ne suis qu'une espèce de donneur de leçons ! « Sa Majesté » en effet.

Il secoua la tête. *Qu'est-ce qui ne va pas chez moi ? Qu'est-ce que j'en ai à faire de ce que deux hommes d'armes pensent de moi ? Et même, pourquoi les voudrais-je de mon côté ? Qui sont-ils, de toute façon ? Quelle importance ont-ils ? Ils sont juste à un pas de ces fermiers bouseux ! Pourquoi me soucier de ce qu'ils pensent ? De plus, ils ne peuvent influer sur ce qui m'arrive.*

Il soupira encore, et tenta de rassembler un peu plus du désintérêt glacial qui l'avait soutenu durant toute cette infecte journée.

Au début, rien ne se produisit. Quelque chose faisait obstacle…

Rien n'a d'importance, se dit-il farouchement. *Encore moins ce qu'ils pensent de toi.*

Il ferma de nouveau les yeux et parvint cette fois-là à appeler un soupçon du froid qui régnait dans son sanctuaire de rêve. Cela l'aida.

Après quelques instants, il changea de position, faisant craquer la chaise, et il essaya de penser à quelque chose à faire : peut-être transformer les pensées qui tournaient dans sa tête en paroles de chanson… Au lieu de cela, il découvrit qu'il percevait, étouffés et indistincts, des bruits dérangeants provenant de la salle commune quelque part en dessous.

Les rires, en particulier, se faisaient nettement entendre. Vanyel se mordit la lèvre en essayant de penser à la dernière fois où il avait vraiment ri, et il découvrit qu'il ne parvenait même pas à s'en souvenir.

Bon sang ! Je vaux mieux que ce qu'ils sont, je n'ai pas besoin d'eux, je n'ai pas besoin de leur stupide approbation ! Il tendit hâtivement la main vers la bouteille, remplit à ras bord une tasse en faïence d'un vin dilué, légèrement vinaigré, qu'il avala goulûment. Il s'en versa une deuxième, qu'il laissa sur la table, pour aller prendre son luth posé dans l'angle de la pièce. Il l'extirpa de son étui rembourré, et commença à le réaccorder avant que le vin lui embrouille l'esprit.

Au moins il y avait la musique. Il y avait toujours la musique. Et cette tentative de récupérer une nouvelle fois ce qu'il avait perdu.

Il fallut peu de temps pour que l'instrument soit magnifiquement accordé, l'une des tâches au sujet de laquelle le ménestrel – *Quel était son nom déjà ? Shanse, c'est ça* – ne tarissait pas d'éloges. Vanyel, avait-il dit, avait une oreille musicale naturelle. Shanse lui avait même confié la responsabilité d'accorder ses instruments lors de son séjour à Forst Reach.

Il emporta le luth vers le lit et le déposa soigneusement sur l'édredon en repoussant la table contre le châlit. Il se pelotonna, le dos appuyé contre la tête de lit, la bouteille et la tasse à portée de main, et commença à pratiquer ces satanés exercices de doigté.

Cela pouvait être dû au vin, mais sa main ne semblait pas lui faire aussi mal cette fois-ci.

La bouteille était à moitié vide et sa tête bourdonnait un peu lorsqu'un léger tapotement se fit entendre à sa porte.

Il s'arrêta à mi-phrase, fronçant les sourcils, certain d'avoir perçu quelque chose dans la chambre voisine. Le tapotement se reproduisit, doux mais insistant, et provenant assurément de cette porte.

Il secoua légèrement la tête, espérant s'éclaircir l'esprit, et posa le luth sur un coin du lit. Il prit une profonde inspiration afin d'apaiser ses pensées, déplia les jambes, se leva et se dirigea (titubant juste un peu) vers la porte.

Il l'entrouvrit, s'attendant à moitié à trouver l'un de ses gardiens venu lui dire d'arrêter ce boucan afin qu'ils puissent dormir.

— Oh ! fit la jeune fille qui se trouvait là, les yeux écarquillés de surprise.

Elle portait la livrée d'une servante de l'auberge. Elle était main en l'air, s'apprêtant à frapper à la porte une troisième fois. Derrière elle, la chambre des hommes d'armes était fort sombre et plutôt vide.

— Oui ? s'enquit-il, clignant des yeux.

Il avait des difficultés à focaliser correctement. Lorsqu'il s'était levé, le vin lui était traîtreusement monté à la tête.

— Heu... j'voulais juste... (La fille n'était pas aussi jeune qu'il l'avait pensé, mais assez mignonne : de doux yeux noisette, des cheveux bruns bouclés. Plutôt une pâle copie de Melenna.) Ben... comme vous n'tiez pas en bas avec les aut', M'seigneur, j'me d'mandais si vous aviez b'soin de rien ?

— Non, merci, lui répondit-il, essayant encore de saisir pourquoi elle était là, s'efforçant de penser à travers une brume avinée.

À moins que... cet homme d'armes appelé Garth aurait fort bien pu l'envoyer, pour s'assurer qu'il était toujours là où il était censé se trouver.

Les lacets du souple chemisier jaune qu'elle portait s'étaient défaits, et il lui glissait sur une épaule, exposant sa rondeur et une belle étendue de l'un de ses seins. Elle humecta ses lèvres, et s'approcha jusqu'à ce qu'elle soit pratiquement nez à nez avec lui.

— Z'êtes sûr, M'seigneur ? demanda-t-elle dans un souffle. Z'êtes sûr qu'vous pensez à rien ?

Grands dieux ! comprit-il brusquement, *elle essaie de me séduire !*

Il employa la tactique qui s'était révélée si efficace avec les dames de compagnie de sa mère. Il laissa son expression se figer au point qu'elle aurait pu former une couche de glace dans un gobelet d'eau.

— Absolument sûr, merci, mademoiselle.

Soit elle était d'une autre trempe que les dames l'étaient elles-mêmes, soit les expressions aux nuances plus subtiles la dépassaient complètement.

Ou encore, troisième possibilité, elle trouvait Vanyel ou sa bourse présumée bien remplie trop attrayants pour abandonner sans opposer quelque résistance.

— J'pourrais faire vot'lit pour vous, M'seigneur, persista-t-elle.

Elle serpenta un bras par la porte et glissa sa main le long de la fesse et de la jambe de Vanyel. Il ne portait qu'une chemise et un collant, et réagit à cette peu subtile caresse par un sursaut paniqué.

— Non, je vous en prie ! s'écria-t-il sous le choc.

Ce cri étranglé et haut perché la surprit assez pour qu'elle retire précipitamment son bras. Il lui claqua la porte au nez et la verrouilla.

Il attendit, l'oreille plaquée contre l'embrasure, s'attendant à une explosion quelconque. Rien ne se produisit ; il l'entendit marmonner pour elle-même pendant un instant, apparemment en proie à une grande perplexité, puis finalement il perçut ses pas qui s'éloignaient et le bruit de la porte extérieure qui s'ouvrait et se refermait de nouveau.

Il chancela jusqu'à son lit, où il s'assit lourdement. Il prit le luth, le désaccorda et le rangea dans son étui de voyage.

Puis il attrapa la bouteille et avala le vin aussi vite et aussi goulûment qu'il pouvait le déverser dans son gosier.

Oh, Seigneur… oh, dieux ! quel idiot ! Après tout ce qui s'est passé ce matin, après avoir senti que je commençais à maîtriser les événements, voilà que je me conduis comme un parfait imbécile. Comme un gamin. Comme un bébé qui n'a jamais vu une catin auparavant.

Il brûlait d'humiliation en imaginant la fille qui racontait aux gardiens ce qui venait de se passer entre eux. Et il but plus rapidement.

Il se souvint de déverrouiller sa porte et de souffler la bougie avant de sombrer dans le sommeil. Si Ombre et Soleil là-dehors se mettaient en tête de venir vérifier ce qu'il faisait, il ne souhaitait pas qu'ils soient obligés de démolir la porte. Ce serait encore plus humiliant que de les avoir comme escortes pour se rendre aux cabinets, ou de les voir se moquer de lui en compagnie de la fille.

Jamais je n'ai été aussi ivre, pensa-t-il confusément en s'enfonçant dans le lit. *Je parie que j'aurai la tête lourde demain matin…*

Il gloussa alors, un son qui ne reflétait aucun amusement. *Au moins, si j'ai la gueule de bois, ça rendra Loyal et Fidèle heureux. S'ils ne peuvent rapporter à Père que j'ai tenté de m'échapper, ils pourront du moins lui raconter que je me suis conduit comme un ivrogne invétéré dès la première occasion. Peut-être aurais-je dû laisser entrer cette fille après tout. Cela ne serait pas la première fois que j'aurais couché avec quelqu'un qui ne m'importait pas plus que ça. Et cela leur aurait donné une histoire supplémentaire à raconter. Oh, dieux! qu'est-ce qui ne va pas chez moi? Mekeal l'aurait renversée avant même qu'elle n'ait eu le temps de cligner deux fois des yeux! Qu'est-ce qui cloche chez moi?*

Il se tourna sur le côté, et sentit que sa tête continuait à tourner après avoir cessé de bouger.

Mais pourtant… je ne le pense pas. Même pas dans ce cas. Le vin de la maison est plutôt mauvais. Je déteste penser d'où viennent ces filles… où elles ont pu traîner.

Mais pour quelle raison je ne réagis pas comme tout le monde? Pourquoi suis-je si différent?

Sa tête le faisait souffrir, mais pas terriblement. Son estomac lui en voulait aussi, mais n'était pas prêt à avoir des haut-le-cœur. En bref, il avait la gueule de bois, mais moins qu'il s'y attendait. Curieusement, il se sentait encore plus détaché qu'auparavant. Peut-être que son intoxication l'avait en quelque sorte purgé la nuit dernière ; de quelque espoir vain, de quelque prise ultime sur une vie que personne ne lui laisserait avoir.

Il enfila sa tenue de cuir de cavalier et se prépara du mieux qu'il le put sans l'aide d'un miroir, ne revêtant pas sa tunique, car il avait l'intention de tremper sa tête douloureuse dans l'eau froide avant de monter sur Star – dans l'abreuvoir à chevaux si nécessaire. Il sortit dans la lumière du matin qui se déversait dans la pièce adjacente, et observa les pathétiques loques humaines qui, seulement la veille, avaient été ses gardiens alertes et vigilants, avec ce qu'il espérait être une impassibilité froide et distante.

Il espéra un court instant que la fille ne leur avait rien dit…

Ses gardiens étaient dans un état bien pire que le sien, ayant visiblement passé une nuit exceptionnelle. Et quelle nuit, à en juger par leurs yeux hagards, leurs expressions revêches bien que rassasiées, et l'aspect quelque peu froissé de la literie. Vanyel n'était pas innocent au point d'être incapable de reconnaître certains… arômes, lorsqu'il les détecta dans l'air avant que Garth ait pu ouvrir la fenêtre. Il était content d'avoir été saoul jusqu'à l'inconscience lorsqu'ils s'étaient divertis en compagnie de leurs conquêtes féminines éphémères. La femme de chambre avait sans doute trouvé ce qu'elle cherchait en compagnie de Garth et d'Erek après avoir été éconduite par Vanyel.

Ils ne lui jetèrent pas ce type de regard entendu auquel il se serait attendu si la fille leur avait révélé sa réaction de panique.

Eh bien… peut-être était-elle trop occupée. Dieu merci !

Il parvint à vaincre son mal de crâne d'une manière relativement efficace. Sur son ordre, on lui apporta de la cuisine de la tisane d'écorce de saule toute chaude ; en route vers les cabinets d'aisance, avec le fidèle Garth comme escorte quelque peu barbouillée, il parvint à détourner son attention suffisamment longtemps pour se mouiller la tête sous la pompe de l'écurie jusqu'à ce que ses tempes cessent de le marteler. L'eau était très froide, et il vit Garth grimacer lorsqu'il fourra le premier sa tête sous le jet.

Cela régla son problème de migraine ; l'estomac fut plus facile à gérer. Il ne but rien à part de la tisane et ne mangea que du pain, du fromage pas trop fort et un fruit.

À ce stade, il était tout à fait prêt à remonter à cheval. Ses gardes ne furent pas si fortunés. Ou peut-être, pas si avisés, car leurs remèdes semblaient consister en de viles décoctions à base d'œufs crus et en une laborieuse absorption de cette bière qui, la nuit précédente, avait été la cause même de leur problème.

Il en résulta que leur départ fut retardé jusqu'en milieu de matinée… non que cela dérangeât beaucoup Vanyel. Ils seraient sortis de la forêt avant le crépuscule, du moins selon ce qu'avait affirmé à Garth le tenancier de l'auberge. C'était tout ce qui importait à Vanyel.

Garth et Erek avaient toujours l'air un peu blafard lorsqu'ils montèrent sur leurs cobs. Et ni l'un ni l'autre ne semblaient particulièrement enclins à la conversation. Cela arrangeait plutôt Vanyel, lui permettant ainsi de se concentrer à établir un peu plus de distance entre le monde et lui, et de pouvoir réfléchir sans être dérangé.

La forêt paraissait moins hostile à l'est de l'auberge – peut-être parce qu'on chassait plus fréquemment de ce côté. Le sous-bois n'était assurément pas aussi dense. Les rameaux des arbres au-dessus ne l'étaient pas non plus, et Vanyel ressentit une certaine satisfaction cruelle en voyant Garth et Erek grimacer sous les rayons du soleil beaucoup plus fréquents de ce côté-ci des bois.

Mais il faisait plus chaud que la veille : Vanyel finit par ôter sa tunique de cuir et la roula en boule derrière lui.

N'apercevant plus d'ombres tapies sous les arbres, il se sentit un peu plus à l'aise pour tourner son attention vers l'intérieur, afin de réfléchir à ce vers quoi il se dirigeait exactement.

Je peux deviner ce que Père aura dit à la vieille chauve-souris. C'est relativement simple. La question est de savoir ce qu'elle en fera.

Il tenta de creuser tout ce qu'il pouvait extirper des confins obscurs de sa mémoire, non seulement au sujet de sa tante en particulier, mais des Hérauts en général.

Il lui aura dit que je dois être éduqué pour les armes, c'est certain. Mais comment ? Cela dépend d'elle. Et maintenant que j'y pense… du diable si ce n'est pas un Héraut qui a écrit ce livre qui m'a causé autant d'ennuis ! Peut-être serai-je sûrement mieux traité dans ce domaine si ce n'était pas le cas ! Hé… je vois difficilement comment cette situation pourrait être pire.

Un oiseau lança son appel au-dessus de leurs têtes, et Vanyel se sentit presque rempli d'espoir. *Peu importe la personne sous la tutelle de laquelle je serai éduqué, elle ne peut pas être pire que Jervis – car, qui que ce soit, elle n'aura pas une dent contre moi. La pire situation que je pourrais connaître serait quelqu'un du genre de Jervis, mais dénué de rancune. Je pourrais y survivre, si je reste à l'arrière-plan, si je réussis à le convaincre que je suis on ne peut plus stupide et maladroit. La stupidité et la maladresse sont des défauts difficiles à rééduquer, même Jervis en savait quelque chose.*

Un autre oiseau répondit, lui rappelant que, cependant, demeurait le sujet de la musique.

Il aura sûrement donné des ordres pour que l'on m'interdise de m'approcher des Bardes, sauf sous l'œil direct de Savil... et si elle est comme Père, elle n'a aucune oreille musicale. Ce qui signifie qu'elle n'ira jamais assister aux spectacles, sauf si elle n'a pas le choix. Il soupira. *Eh bien ! Il y a pire. Je ne serai pas plus mal que je l'étais à la maison, où je n'ai vu un vrai Barde expérimenté qu'une seule fois de toute ma vie. Au moins, ils seront à proximité. Si je parviens à retrouver l'agilité de mes doigts et que je joue là où l'un d'eux est susceptible de m'écouter...*

Il réprima farouchement ces dernières pensées. *Il vaut mieux ne pas y songer. Je ne peux plus me permettre aucun espoir.*

Star trépignait ; elle voulait se lancer dans sa course habituelle du petit matin. Il tira sur les rênes, l'apaisa et retourna à ses pensées. *Une chose est sûre, Père aura probablement mentionné à Savil toutes sortes de détails pour lui montrer combien je suis irrécupérable. Elle cherchera sûrement à repérer chaque faux mouvement de ma part, et je parierais qu'elle aura ses protégés et ses amis pour me surveiller également. Cela va être l'enfer. L'enfer, sans refuge et sans Liss.*

Tout en méditant ces sombres pensées, il observait les oreilles de Star qui se rabattaient en arrière avec un alerte intérêt lorsqu'elle l'entendait soupirer.

Eh bien, tout le monde va me haïr, mais toi tu m'aimes encore... Il flatta de la main l'encolure de Star, qui se mit à caracoler.

Au plus profond des Enfers avec tous ces gens. Je n'ai pas besoin d'eux, je n'ai besoin de personne, même pas de Liss. Je me débrouillerai bien tout seul.

Une énigme persistait, qui lui fut rappelée plus tard, lorsqu'ils passèrent près d'une ferme isolée. Vanyel vit le fermier dans son champ, discutant avec un cavalier qui devait probablement être son suzerain. *Hé!* pensa-t-il, *je n'arrive pas à comprendre comment Père s'attend que Savil m'enseigne comment gouverner à Haven...*

Il ressentit un froid glacial.

À moins qu'il ne s'attende pas vraiment à me voir revenir à la maison. Dieux! il pourrait essayer d'organiser quelque chose comme m'envoyer dans un temple! Il pourrait le faire... Cela n'aurait carrément plus d'importance si Père Leren pouvait lui trouver un prêtre qu'il puisse persuader d'accepter un acolyte récalcitrant. Cela marcherait... surtout si c'est un ordre monacal. Avec moi relégué entre les mains de Savil, il a tout le temps nécessaire pour trouver un prêtre accommodant. Il n'a même pas besoin d'en parler à Savil; il n'a qu'à transmettre l'ordre de me renvoyer à la maison lorsque tout sera organisé, puis de me faire disparaître et d'annoncer à tous ceux qui poseront la question que j'ai découvert ma vocation. Et je passerai la fin de mes jours quelque part dans une petite caverne rocheuse...

Il avala difficilement sa salive, essayant de reléguer cette idée au rang de fantasme paranoïaque, mais il échoua, trouvant seulement plus de raisons logiques pour expliquer l'attitude de Withen. Il essaya de bannir la peur qui l'envahissait, se disant qu'il ne servait strictement à rien de s'inquiéter au sujet de ce qui pouvait n'être que le fruit de son imagination, tant que cela ne se produisait pas réellement. Néanmoins, cette pensée ne se décidait pas à disparaître. Elle revint sans cesse, non seulement ce jour-là, mais chaque jour qui suivit. Ce n'était pas vraiment une obsession, mais ce n'en était pas loin.

Cela suffit amplement à le garder comme engoncé dans une méditation silencieuse et pleine d'appréhension chaque jour restant du voyage, et éveillé pendant de longues heures chaque nuit. Et même les rêves de sa plaine neigeuse et isolée ne l'aidaient aucunement à se prémunir de ces sombres ruminations.

Chapitre 4

— D'accord, Tylendel, c'était passable, mais pas particulièrement fluide, dit le Héraut-Mage Savil, admonestant son protégé. (Elle cala ses pieds sous le barreau inférieur de son tabouret de bois, et défroissa d'un air absent le plastron de sa tunique blanche.) Rappelle-toi, la puissance est supposée être fluide ; de toi au bouclier et inversement. En douceur, et non par à-coups. Donne-moi la raison de cela.

Tylendel, un apprenti Héraut âgé d'environ seize ans, blond châtain, de haute taille et d'une beauté saisissante, fronçait les sourcils en réfléchissant à la question que venait de lui poser Savil. Elle inspectait le champ de force qu'il avait mis en place autour de lui grâce à sa Vision Magique, et vit le demi-dôme violet pâle trembloter tandis qu'il se concentrait sur sa question, perdant de ce fait un peu de contrôle sur ce bouclier. Elle pouvait sentir la pièce trembler tandis qu'il laissait celui-ci vibrer en rythme avec ses battements de cœur. S'il continuait, le bouclier allait s'effondrer.

— Tylendel, tu perds la main, l'avertit-elle.

Il hocha la tête, regarda vers le haut et grimaça, mais sans répondre ; ses actions étaient autant de réponses. L'énergie contenue dans le demi-dôme le recouvrant cessa d'onduler, se solidifia et sa couleur s'intensifia.

—As-tu trouvé la réponse à ma question ?

—Je crois, répondit-il. Si elle ne circule pas en douceur, il y aura des moments où elle sera faible et, quoi que je fasse alors, elle sera sujette à interruption, n'est-ce pas ?

—C'est cela, répliqua Savil avec un brusque hochement de tête. Seulement, ne pense pas en termes d'« interruption », mon garçon. Pense en termes d'« offensives ». Comme maintenant.

Sans avertissement, elle projeta un haut éclair contre sa barrière protectrice, et eut la satisfaction, non seulement de le voir le dévier sans dommages vers le haut pour y être absorbé par les boucliers protégeant la Salle d'Entraînement, mais aussi de le voir déplacer ses défenses pour l'affronter, sans aucune chance de le parer toutefois.

—Eh bien, voilà qui était excellent, mon garçon, approuva-t-elle. (Les yeux noisette de Tylendel s'illuminèrent à ce compliment.) Alors…

Quelqu'un frappa à la porte de la Salle d'Entraînement, et Savil retint ce qu'elle s'apprêtait à lui dire en proférant un juron étouffé de mécontentement.

—Qu'est-ce que c'est ? marmonna-t-elle.

Elle repoussa son haut tabouret et longea le champ de force magique de Tylendel pour aller répondre.

La Salle d'Entraînement était une chambre circulaire, protégée en permanence, située à l'intérieur du palais et utilisée par les Hérauts-Mages pour entraîner leurs protégés aux aspects magiques de leurs Talents. La protection de cette pièce était incroyablement ancienne et puissante, si puissante qu'elle en étouffait les sons physiques ; on ne pouvait même pas entendre sonner le Glas de l'intérieur. L'une des tâches de chaque Héraut-Mage dans le Cercle consistait à en intensifier les protections, chaque fois qu'ils avaient du temps et de l'énergie à dépenser. Cette protection devait être forte, assez forte pour pouvoir contenir ces « accidents » magiques qui réduisaient les rares meubles en éclats. Ces « accidents » étaient la raison pour laquelle les murs étaient de pierre et le mobilier limité à une table et à une paire de tabourets sommaires ; et pour laquelle chaque Héraut-Mage se couvrait lui-même, ainsi que son disciple, d'une protection personnelle dès leur entrée dans cette pièce.

Ces aléas expliquaient également pourquoi quiconque perturbait les séances d'exercices pratiques s'y déroulant faisait mieux d'avoir une sacrée bonne raison de le faire.

Savil ouvrit la porte d'un coup sec et dévisagea le Garde favori du palais, vêtu d'un uniforme bleu, qui se tenait sur le seuil, en un salut raide mais correct.

— Eh bien ? dit-elle d'un ton glacial.

— Toutes mes excuses, Héraut-Mage, répondit-il, ses traits aussi rigides que sa colonne vertébrale, mais vous avez donné l'ordre d'être notifiée de l'arrivée de votre neveu. (Il lui tendit une lettre pliée et scellée.) Son escorte a souhaité vous remettre ceci.

Elle s'en saisit et la fourra dans une poche de ses hauts-de-chausses sans même y jeter un œil.

— Sacré bon sang ! grommela-t-elle. En effet ! (Elle soupira, se montra un peu moins revêche.) Merci, Garde. Envoyez-le dans mes quartiers, ainsi que cette damnée escorte ; je les rejoindrai dès que je pourrais.

Le Garde salua de nouveau et tourna brusquement les talons. Là-dessus, Savil referma la porte et revint à son élève.

— Très bien, mon garçon, depuis combien de temps nous entraînons-nous ?

Tylendel passa un bras au-dessus de sa tête bouclée et sourit.

— Assez longtemps pour que mon estomac commence à gargouiller. Je suis désolé, Savil, mais je meurs de faim. C'est sans doute pourquoi je perds ma concentration.

Elle agita le doigt dans sa direction.

— Peuh ! Les jeunots et leur estomac ! Et que prévois-tu de faire si tu as faim au beau milieu d'un duel d'arcanes ? Hein ?

— Manger, répondit-il avec malice.

Elle leva les mains au ciel en feignant le désespoir.

— D'accord, va-t'en ! dit-elle chaleureusement.

Elle agita le doigt alors qu'il se préparait à dissiper le champ de force d'une manière rapide et guère orthodoxe, en attirant les énergies dans le sol.

— Fais-le correctement, mon garçon.

Il lui fit une révérence avec une courtoisie des plus raffinées. Elle gloussa.

— Vas-y, mon garçon, si tu es tellement pressé d'aller t'empiffrer.

Elle l'observa attentivement grâce à sa Vision tandis qu'il faisait disparaître la barrière protectrice – correctement – en portant une attention méticuleuse aux moindres détails, libérant le champ de force par un flux identique à celui d'où il l'avait extrait. Elle hocha la tête avec approbation lorsqu'il fit quelques pas pour atteindre l'endroit où était la limite et se présenta devant elle pour que soient ôtées les protections dont elle l'avait recouvert.

— Tu t'améliores, Tylendel, remarqua-t-elle.

Elle toucha de l'index le milieu de son front et absorba la protection à l'intérieur d'elle-même. Elle ressentit des picotements sur sa peau pendant quelques instants tandis qu'elle en neutralisait l'excédent.

— Tu progresses bien plus rapidement que je l'aurais cru. Encore une année – pas moins, je pense – et tu seras fin prêt à te faire la main avec moi pour un temps à la Frontière. Et peu de temps après, je te ferai obtenir ta Tenue Blanche.

— Voilà bien mon professeur, répondit-il avec malice. (Il lui prit la main et y déposa un baiser, ses longs cheveux retombant sur son poignet en la chatouillant.) Comment pourrais-je échouer dans un environnement aussi attrayant ?

Elle libéra sa main brusquement et lui donna une petite tape sur l'oreille.

— Contrôle-toi ! Même si je n'étais pas assez âgée pour être ta grand-mère, nous savons tous deux que je ne suis pas du bon sexe pour que tu me trouves séduisante !

Il esquiva le coup, souriant, et lui ouvrit la porte.

— Oh, Savil, ne savez-vous donc pas que la vérité est que j'ai donné mon cœur à ma chère professeure, même si je n'avais aucun espoir, et que je ne pouvais pas accepter une femme inférieure à…

— Dehors ! éructa-t-elle, s'esclaffant au point qu'elle faillit s'étrangler. Petit menteur ! Avant que je te fasse du mal !

Il s'enfuit en courant dans le couloir lambrissé, son rire résonnant en écho à sa suite.

Elle referma la porte de la Salle d'Entraînement et s'appuya contre le mur, riant encore, se tenant le côté qui lui faisait mal. *Le diablotin. Davantage de charme que n'importe lequel des cinq jeunots, et toute la malice d'un jeune chat ! Je n'avais pas ri ainsi depuis des années, pas de cette façon depuis que j'ai Tylendel comme protégé. Ce garçon est un tel trésor… Si je pouvais seulement le détourner de cette stupide querelle de famille dans laquelle il s'est engagé, il ferait un excellent Héraut-Mage. Si je ne le tue pas d'abord !*

Elle inspira profondément à plusieurs reprises afin de s'apaiser. *Je vais devoir m'occuper de ce sale enfant gâté de neveu dans quelques minutes*, se dit-elle avec sévérité, dégrisée par cette pensée. *Et je n'ai pas la plus vague idée de ce que je vais en faire. À part le faire étrangler... Non, ce n'est pas une bonne idée, cela ferait bien trop plaisir à Withen. Oh grands dieux! celui-là est devenu un tel trou du cul pompeux ces dernières années! Je l'ai à peine reconnu. Cette lettre ridicule, il y a une semaine, aurait pu être écrite par notre père.*

Elle lissa ses cheveux (vérifiant que le nœud à sa nuque ne s'était pas défait), tira sur l'ourlet de sa tunique et s'assura que la porte de la Salle d'Entraînement était bien fermée et magiquement verrouillée, avant d'emprunter le couloir menant à ses quartiers privés. Les talons de ses bottes claquaient avec entrain sur les dalles du couloir. Elle salua de la tête des courtisans et les autres Hérauts qu'elle croisait.

Si seulement Treesa n'avait pas chouchouté le garçon aussi outrageusement, il y aurait peut-être quelque chose à en sauver... Mais je ne sais pas. Je n'ai certainement pas le temps de le découvrir par moi-même. Oh! Je me demande... si je pouvais résoudre l'affaire par des leçons avec les autres apprentis Hérauts, puis le laisser se débrouiller le reste du temps... Cela me dirait bien. S'il ne se met pas à parier, à chasser et à participer à des fêtes extravagantes... s'il est agacé par les têtes volages de la Cour...

Elle poussa un battant des doubles portes menant aux quartiers des nouveaux Hérauts et poursuivit son chemin. Ses propres appartements étaient situés au fond du couloir à gauche.

Des changements, encore des changements. Il y a cinq ans, nous étions agglutinés à quatre par chambre, et il n'y avait pas la place de pouvoir même piquer une colère. À présent, nous sommes perdus dans ces nouveaux quartiers tout rutilants, telle une poignée de petits pois dans un baquet. Et moi j'ai une suite, mais sans les regards tristes de Jays ou de Tantras parce que l'une des chambres est vide. Je ne sais pas comment nous aurons assez de monde pour remplir cet endroit...

La porte était légèrement entrebâillée ; elle la poussa et, après quelques pas dans son antichambre, s'arrêta les bras croisés pour observer le trio assis sur le divan au fond de la pièce, sous sa collection de masques en plumes des Frères du Faucon.

En fait, seul l'un d'eux était assis sur le divan : Vanyel. À ses côtés, jouant trop ostensiblement le rôle de geôliers, se tenaient deux hommes d'armes de Withen. À droite de Vanyel, un homme petit et râblé – un homme sachant manier une hache, pour autant que Savil pouvait en juger. À sa gauche, un homme plus grand d'une tête environ, et très basané : un épéiste ordinaire. Et Vanyel, assis très raide au bord du divan.

Savil réprima un soupir. *Mon garçon, une année n'a évidemment pas suffi à t'améliorer, à part ton apparence... ce qui n'est pas un avantage. Tu es vraiment trop beau, et tu t'en rends bien compte.*

Depuis qu'elle l'avait vu la dernière fois, les traits et le corps de Vanyel s'étaient affinés. C'était un visage qui pouvait (et probablement avait) brisé bon nombre de cœurs : un front large, des pommettes hautes, un menton pointu, des lèvres sensuelles, des sourcils noirs finement arqués et des yeux d'un gris incroyablement argenté ; le tout couronné par d'épais et longs cheveux bleu-noir que la plupart des femmes tueraient pour avoir. Le corps d'un acrobate, joliment musclé, bien qu'un peu trop grand.

Sa posture était arrogante, ses lèvres scellées dans un silence maussade, les yeux à la fois boudeurs et la défiant.

Seigneur et Dame ! dois-je croire mon idiot de frère, ou risquer l'idée qu'une bonne proportion de ce qui ne va pas chez ce garçon est due à la tentative de Withen de le mouler à sa propre image ?

Tout en essayant de prendre une décision, elle fit un signe de tête aux deux hommes d'armes.

— Merci, mes braves, leur dit-elle sèchement. Vous avez admirablement effectué votre devoir. Vous pouvez vous retirer.

Le plus grand toussota, l'air gêné, et la regarda avec embarras.

— Eh bien ? s'enquit-elle.

Elle sentait poindre quelque chose qu'elle n'allait pas apprécier. Quelque chose de petit et mesquin…

— Le cheval du garçon…

— … reste, évidemment, l'interrompit-elle.

Elle perçut l'éclair de douleur dans les yeux de Vanyel avant qu'il ait pu le masquer, et réagit sans penser à la façon dont elle allait rebondir.

— Mais, Héraut, c'est un animal de valeur ! protesta l'homme d'armes, les lèvres pincées de mécontentement. Le Seigneur Withen… mon seigneur… vous avez sûrement assez de bêtes ici…

— Où vous croyez-vous ? l'interrompit-elle, se tournant vers lui avec une colère non dissimulée.

Dieux ! si c'est là un aperçu du voyage qu'a fait ce garçon jusqu'ici, je ne suis pas surprise qu'il ait l'air morose !

Prendre le cheval du garçon, c'est ce que tu veux ? Espèce de sacré petit… Elle reprit le contrôle d'elle-même, et leur donna des raisons irréfutables à transmettre de sa part à leur maître. Après tout, ils se contentaient de suivre les ordres.

— Croyez-vous que nous dirigeons ici un damné élevage ? Nous n'avons pas de chevaux de trop. Le garçon prendra des cours d'équitation, bien entendu, et il ne va quand même pas se rendre au cours de saut à pied !

— Mais..., bredouilla l'homme d'armes, pas encore prêt à abandonner, assurément les Compagnons...

— ... portent leur Élu et personne d'autre.

Elle prit une profonde inspiration et s'efforça de se calmer. Cet homme la rendait plus qu'irritée – voire enragée – avec son obstination. Si c'était à ce genre de brimade que Vanyel avait été soumis au cours des années passées, eh bien, peut-être que le garçon n'était pas complètement à blâmer pour son comportement actuel.

— Comme je vous l'ai dit, répéta-t-elle aux hommes, les yeux brillants de colère, vous pouvez vous retirer.

— Mais... j'ai reçu certains ordres... certaines choses que je dois vous dire...

— J'annule ces ordres, répondit-elle brusquement, faisant appel à toute son autorité non seulement de Héraut, mais de Héraut-Mage le plus puissant du Cercle Héraldique, venant seulement en seconde position après celui de la Reine, du Sénéchal et du Seigneur Maréchal.

— Vous êtes ici chez moi et sous ma juridiction. Vous direz à mon frère Withen que je prendrai mes propres décisions au sujet de ce qu'il faut faire avec ce garçon. S'il veut laisser le jeune Vanyel sous ma tutelle, il devra se conformer à mes jugements. Vous pourrez lui répéter ce que je viens de dire. Bonne journée, messieurs. (Elle leur adressa un sourire fielleux.) Ou bien dois-je sommer un Garde pour vous escorter ?

Ils n'eurent d'autre choix que de se retirer, bien qu'ils s'y résolurent avec une extrême répugnance. Savil attendit qu'ils soient partis et hors de portée d'écoute pour sortir de sa poche la lettre qu'ils lui avaient remise. Elle la montra à Vanyel afin qu'il constate qu'elle n'avait pas été ouverte, puis la déchira lentement, délibérément, en quatre morceaux qu'elle laissa tomber au sol.

Margret va vouloir me faire la peau, pensa-t-elle avec ironie. *Ce n'est pas la première fois qu'elle me dit de ne rien jeter par terre, elle me l'a dit en fait une bonne centaine de fois...*

—J'ignore ce que Withen racontait dans cette missive, dit-elle à l'étrange garçon silencieux. (Cette moue maussade faisait-elle partie de son humeur habituelle, ou était-elle due à la peur ? Était-ce de la suspicion au fond de ses yeux, ou de l'arrogance ?) Et franchement, peu m'importe. Tout ce que j'ai à te dire, jeune homme, c'est de te tenir tranquille, sinon tu auras affaire à moi. Je peux te dire que je suis très indignée de ce qu'a fait Withen ; j'ai trois protégés à entraîner, et pas de temps à perdre à dorloter un doux rêveur.

Je ferais mieux de lui apprendre la vérité sur ce que je ressens, ici et maintenant; il la découvrira tôt ou tard par les commérages. Je ne peux le laisser s'attirer stupidement des ennuis dans l'espoir que je l'en sortirai en lui apportant de l'attention.

—Je n'ai aucune intention d'essayer de te faire devenir ce que tu n'es pas, reprit-elle. Mais je n'ai pas l'intention non plus de te laisser me tourner en bourrique, ni de m'incommoder en aucune manière.

Il y eut comme un bruit furtif à la porte.

Sans avoir à se retourner, Savil sut, par l'effleurement embarrassé d'une Parole Silencieuse, que Tylendel et ses deux autres protégés, Mardic et Donni, étaient entrés derrière elle, ne s'attendant pas à trouver quelqu'un d'autre que Savil. Ils s'étaient arrêtés sur le seuil, étonnés de trouver leur mentor occupé à passer un savon à un étrange garçon, et quelque peu gênés d'être entrés à un moment aussi délicat.

Et, bien sûr, il serait encore plus embarrassant pour eux à présent de ressortir comme si de rien n'était.

— Tu suivras des cours avec quelques-uns des apprentis Hérauts et des jeunes courtisans dès que j'aurai l'occasion d'organiser cela, poursuivit Savil avec sérénité, en faisant des gestes discrets de la main droite pour signaler à ses trois « enfants » de s'avancer à ses côtés. À présent… Vanyel, voici Donni, celui-là s'appelle Mardic et voilà Tylendel. En tant qu'apprentis Hérauts, ils ont un grade supérieur au tien ; que cela soit bien clair.

— Oui, ma Tante, répondit Vanyel sans altérer d'un cheveu son expression.

— Maintenant, ce que cela signifie en réalité est très peu de chose, à part que j'attends que tu sois poli.

— Oui, ma Tante.

— Ma servante Margret s'occupe de nous ; le petit déjeuner et le déjeuner sont des repas froids présentés sur cette table là-bas. En ce qui te concerne, le souper se passera en compagnie de la Cour, une fois que je t'y aurai présenté. Si tu le rates, tu pourras tenter de nouveau ta chance chez nous. Les leçons, humm. Pour le moment… Oh, Donni, je veux que tu te charges de lui demain matin et que tu le confies à Kayla. Withen insistait beaucoup pour qu'il s'adonne à la pratique des armes et, pour une fois, je suis d'accord avec lui.

— Oui, Savil, dit calmement la petite apprentie aux cheveux ébouriffés.

Savil appréciait la présence apaisante de la fille, ainsi que le fait qu'elle soit unie pour la vie à Mardic. Rien ne pourrait briser ce lien, excepté la mort de l'un des deux. La jolie frimousse de Vanyel ne risquait pas de lui tourner la tête.

Elle redoutait plutôt l'impact de ce visage sur les autres jeunes gens de la Cour.

— Mardic ?

Le fils de fermier imperturbable hocha sa tête ronde sans un mot.

— Emmène-le au Collegium des Bardes dans l'après-midi, et dis-leur de l'inscrire en Histoire, en Littérature et...

Elle plissa le front en pensée, tandis que ses trois protégés se plaçaient autour d'elle.

— Et pourquoi pas en Religions ? suggéra Tylendel.

Il leva un sourcil doré et parla par l'Esprit à sa professeure, en mode privé, ses lèvres s'étrécissant légèrement :

— Il est charmant, Savil. Et il se sent comme un arrogant petit bâtard, ou bien quelqu'un l'a fait souffrir intérieurement pendant terriblement longtemps. Franchement, je ne pourrais vous dire ce qu'il en est. Créera-t-il autant d'ennuis que je le pense ?

— Je ne sais pas, mon garçon, répondit Savil par l'Esprit avec pondération. *Mais ne te laisse pas emballer par lui, du moins pas avant que nous sachions ce qu'il en est. Et ne tombe pas non plus amoureux de lui. Je n'ai aucune idée où se situent ses préférences, et Withen n'a fait aucune allusion au fait qu'il soit* shay'a'chern. *Je ne veux pas avoir à réparer ton cœur brisé une nouvelle fois.*

— Aucune chance, professeure, lui dit Tylendel par l'Esprit en souriant. *J'ai bien appris ma leçon.*

—*Eh bien, je l'espère. Oh! Seigneur de Lumière... Je vous ai laissé l'ancienne chambre de Dominick, n'est-ce pas? Je ne voudrais choquer personne en la reprenant...*

—*En effet, vous nous l'aviez proposée, mais aucun de nous n'a voulu déménager*, dit Tylendel en souriant par l'Esprit. *La porte sur jardin est charmante mais elle provoque des courants d'air dignes de la Caverne des Vents. Si j'avais eu quelqu'un pour me réchauffer...*

—*Je pourrais t'offrir un chien*, suggéra-t-elle, en remarquant que les lèvres de Tylendel se contractaient en réprimant un sourire. *Eh bien, voilà un souci de moins.* Puis elle dit tout haut:

—D'accord, Vanyel, ce sera Histoire, Littérature et Religions, et un entraînement aux armes avec Kayla le matin. Elle enseigne aux jeunes nobles, et elle est excellente. Et si j'apprends que tu n'as pas suivi ses cours, je te fouetterai moi-même.

Vanyel sentit son visage s'empourprer à cette idée, mais ne pipa mot.

—Donni, Mardic, Tylendel, donnez un coup de main à Vanyel avec ses affaires; nous l'installerons dans la chambre sur jardin. J'ai dit à Margret de la préparer pour lui ce matin.

Tandis que les trois apprentis ramassaient chacun un ballot, et que Vanyel se baissait lentement pour prendre le quatrième, Savil ajouta un dernier avertissement:

—Vanyel, ce que tu feras de ton temps de loisir est ton affaire, dit-elle, peut-être un peu plus sévèrement qu'elle le souhaitait. Mais si tu te mets dans le pétrin – et il y a pas mal de chances que cela t'arrive ici – ne t'attends pas à ce que je t'en tire. Je ne le peux pas, et ne le ferai pas. Ta présence m'a été imposée. Il t'incombe de t'assurer que tu n'abuseras pas de la situation.

Vanyel remercia les apprentis de leur aide tandis qu'ils déposaient les ballots à côté de la porte, s'exprimant d'une voix qui semblait morne et épuisée, même à ses propres oreilles.

Le blond hésita un moment – assez longtemps pour lui adresser ce qui semblait être un sourire authentique – avant de s'esquiver par la porte.

Malgré ce sourire, Vanyel était trop heureux qu'aucun d'eux ne se soit attardé. Il referma la porte derrière eux, puis s'y appuya, les yeux fermés. Toute cette journée avait été épuisante et pleine de confusion, une course d'obstacles émotionnels à laquelle il était content d'avoir survécu.

Le pire avait été les deux heures qui venaient de s'écouler : tout d'abord, être envoyé aux quartiers de Savil escorté de Garth et Erek, qui avaient brusquement décidé de se comporter comme les geôliers qu'ils étaient, puis cette attente interminable... puis l'entretien.

Les paroles de Savil l'avaient heurté ; il aurait préféré qu'il n'en fût rien. Il aurait souhaité y demeurer indifférent.

Il avança jusqu'au milieu de sa nouvelle chambre et regarda autour de lui, clignant des yeux de surprise.

C'était... incroyable ! Chaleureuse et accueillante, lambrissée et meublée de chêne doré, et aussi bien aménagée que la chambre privée de sa mère. Très différente de sa chambre à Forst Reach. Un lit gigantesque était placé contre l'un des murs, presque assez large pour trois et couvert d'un épais édredon rouge de douce étoffe. Dans l'angle, une armoire, et non pas une simple malle, pour ranger ses vêtements. À côté, un pupitre et un fauteuil rembourré... et – par Haven ! – un support pour instruments sur le mur à côté du râtelier d'armes ! Près de la fenêtre se trouvait un deuxième fauteuil encore plus rembourré, tous deux recouverts de rouge assorti à l'édredon. Sa cheminée personnelle. Une petite table à côté du lit, et une bibliothèque. Mais ce n'était pas le plus incroyable…

Sa chambre possédait un accès privé, sous la forme d'une petite porte vitrée ou d'une énorme fenêtre s'ouvrant sur le jardin.

Je n'en crois pas mes yeux, pensa-t-il, contemplant avec stupéfaction, au travers de la vitre, les buissons taillés et le scintillement du soleil couchant sur la rivière en contrebas. *Je ne peux pas y croire. Je m'attendais à me retrouver dans une autre prison. Et au lieu de cela…*

Il essaya d'ouvrir la porte-fenêtre. Elle était déverrouillée et s'ouvrit immédiatement.

… et au lieu de cela, on me laisse une liberté totale. Je ne peux y croire ! Ses genoux ne voulant plus le soutenir, il dut s'asseoir sur le bord du lit pour ne pas s'écrouler. La brise, qui pénétra dans la pièce dès qu'il ouvrit la fenêtre, fit voleter mollement le léger tissu qui servait de rideaux.

Dieux ! se dit-il, hébété, *je ne sais plus que penser ! Elle a sauvé Star, puis m'a humilié devant ses apprentis. Elle me donne cette chambre, puis me dit que je ne vaux pas grand-chose et elle menace de me battre elle-même. Que dois-je en conclure ?*

Il percevait des murmures derrière l'autre porte, celle que le grand blond venait de refermer derrière lui. *Ils ont l'air si confortables ici, et tellement à l'aise entre eux*, pensa-t-il avec mélancolie. Ils ne se ressemblaient pas du tout, ces trois-là. Celle appelée Donni aurait pu être la sœur jumelle d'Erek, tant ils paraissaient sortis du même moule : des cheveux sombres et frisés, un air flegmatique.

Le garçon de courte taille, Mardic, évoquait l'un des petits fermiers de Withen : truculent, râblé et brun. Mais le troisième…

Vanyel éprouvait une sensation étrange et troublante lorsqu'il pensait au grand blond élégant portant le nom de Tylendel. Il en ignorait la raison.

Même le ménestrel Shanse n'avait pas provoqué autant de… d'émotions… en lui.

Un rire éclata au-delà de la porte. *Ils semblent si heureux*, pensa-t-il un peu tristement, avant que ses pensées s'assombrissent. *Ils se moquent probablement de moi.* Il serra les dents. *Sacré bon sang, peu m'importe, je m'en fiche. Je n'ai pas besoin de leur approbation.*

Il rapprocha ses murs protecteurs un peu plus près de lui, et entreprit la tâche anodine de s'installer dans sa nouvelle résidence, essayant de ne pas se sentir rejeté, se disant encore et encore que rien n'avait d'importance.

La fille mince que la tante de Vanyel avait appelée Donni jetait des regards en biais au gambison et à l'armure que Vanyel venait d'ôter de son support.

— Vas-tu vraiment prendre tout ça ? lui demanda-t-elle, ses yeux noisette écarquillés de surprise.

Il acquiesça brièvement.

Elle secoua la tête, incrédule, ses boucles serrées couleur sable s'agitant à peine.

— Je ne comprends pas pourquoi tu as besoin de tout cet attirail, mais c'est ton dos après tout. Allons-y.

Il n'y avait personne dans la suite lorsque Vanyel s'était réveillé. Du cidre, du pain et du beurre, du fromage et des fruits l'attendaient sur le buffet dans la pièce centrale. Il avait supposé que c'était là le petit déjeuner, constatant que quelqu'un – ou plusieurs personnes, plus vraisemblablement – l'avait déjà copieusement entamé. Il s'était servi à son tour, puis avait trouvé un serviteur pour lui indiquer le chemin vers les bains et les cabinets d'aisance, après quoi il avait procédé à ses ablutions.

Il avait revêtu ses habits les plus vieux et les plus usagés, supposant qu'ils risquaient d'être bien salis lors du cours à venir. Il était revenu à sa chambre et, d'une humeur fort sombre, s'était assis par terre pour passer de nouveaux lacets de cuir sur son armure d'exercice, lorsque Donni l'avait débusqué.

Il rassembla ses affaires et lui emboîta le pas en direction du jardin ensoleillé et embaumé, essayant de ne pas laisser l'appréhension s'infiltrer dans sa coquille de froideur. Elle le conduisit par un chemin qui, partant de sa porte donnant sur jardin, serpentait de grottes ornementales en bassins où nageaient des poissons, et menait vers une allée gravillonnée qui suivait le cours de la rivière.

Ils passèrent à proximité de bâtiments qui ressemblaient à des écuries, sauf que les stalles n'avaient pas de porte, puis d'une construction plus petite située à côté. Le chemin décrivit ensuite un virage abrupt vers la droite, se terminant devant un portail intégré dans une haute clôture en bois.

Les bras de Vanyel étaient plus que fatigués ; il avait chaud et il transpirait, et il espéra qu'ils étaient proches de leur destination.

Mais il n'en était rien ; l'apprentie apparemment placide lui adressa ce qui pourrait passer pour un sourire de sympathie, et ouvrit le portail, s'effaçant pour le laisser entrer.

— Là-bas.

Elle pointa du doigt une pelouse soigneusement entretenue, aussi large que les légendaires Plaines de Dhorisha. À l'autre bout se dressait un simple bâtiment de bois, relativement récent, muni de hautes fenêtres à claire-voie.

— Voici la salle, lui dit-elle. C'est là où nous allons. Ils l'ont construite l'an dernier afin que nous puissions pratiquer toute l'année. (Elle gloussa.) Je crois qu'ils en ont eu assez des apprentis se battant dans les couloirs quand il pleuvait ou qu'il neigeait !

Vanyel se contenta de hocher la tête, résolu à ne montrer aucun signe de fatigue. Elle se mit à traverser la pelouse d'un pas si vif qu'il dut vraiment se forcer pour ne pas se laisser distancer. Il haletait péniblement lorsqu'ils atteignirent le bâtiment, et il ressentit une douleur intense au côté lorsqu'elle ralentit le pas pour lui ouvrir la porte.

Une fois à l'intérieur, il découvrit que la construction abritait une pièce unique de grande dimension, comprenant un mur recouvert d'un miroir et un plancher soigneusement poncé. Il s'y trouvait déjà plusieurs jeunes d'âges divers, allant de onze ou douze ans à une vingtaine d'années. La plupart s'entraînaient...

Vanyel était bien trop épuisé pour remarquer vraiment ce qu'ils faisaient, même si deux d'entre eux, les plus proches de lui (il le constata la mort dans l'âme), s'exerçaient suivant un style de combat quasiment identique à celui qu'affectionnait Jervis.

— C'est lui ?

La voix de contralto douce et musicale d'une femme retentit dans son dos. Vanyel fit brusquement volte-face, laissant choir une pièce d'armure pour avant-bras.

— Oui, Ma'ame, dit Donni en ramassant le manchon protecteur avant que Vanyel ait eu le temps de rougir d'embarras. Vanyel, je te présente la maîtresse d'armes Kayla. Kayla, voici toutes ses affaires ; je pense qu'il les a apportées de chez lui. Je dois partir maintenant, ou je vais rater ma séance en Salle d'Entraînement.

— Forfaiture du Ciel ! dit sèchement Kayla. Savil ne ferait de moi qu'une bouchée si tu étais en retard. N'oublie pas ton cours de dague cet après-midi, ma fille.

Donni acquiesça et s'éclipsa par la porte, laissant Vanyel seul avec la redoutable maîtresse d'armes.

Car redoutable elle l'était. Du sommet de la tête à la plante des pieds, son corps n'était que muscles et tendons. Ses cheveux noirs, étroitement tressés contre son crâne, ne présentaient aucun filament gris, malgré son âge que trahissait le fin réseau de rides irradiant au pourtour de ses yeux et de sa bouche. Ses yeux gris-vert semblaient ne rater aucun détail.

Quant au reste de son anatomie, ses épaules étaient plus larges que celles de Vanyel de presque une main et ses poignets aussi épais que ses chevilles. Vanyel ne doutait pas qu'elle puisse aisément brandir n'importe laquelle des lames entreposées sur le râtelier le long du mur, même celles aussi hautes qu'elle, voire plus. Il n'aurait pas particulièrement aimé affronter cette femme dans une situation de combat. Elle donnait l'impression qu'elle aurait pu vaincre Jervis haut la main et lui frotter son affreuse trogne sur le sol.

Vanyel demeurait impassible en apparence, mais tremblait intérieurement tandis qu'elle l'étudiait à son tour.

— Eh bien, jeune homme, dit-elle calmement, après un moment qui lui parut s'éterniser. Tu ferais mieux de balancer tout cet attirail dans ce coin là-bas… (Elle indiqua d'un mouvement de la tête le fond de la salle, où un tas d'équipements était au rebut.) On verra plus tard ce qu'on peut en récupérer. Tu n'en auras certainement pas besoin.

Vanyel cligna des yeux en la regardant, se demandant s'il avait manqué quelque chose.

—Et pourquoi pas? demanda-t-il, tout aussi calmement.

—Grands dieux! mon garçon, ces trucs te sont tout aussi adaptés que des bottes à un chat! lui répondit-elle avec un certain amusement. Peu importe qui a été ton dernier maître, c'était un imbécile de te faire enfiler tout cet attirail. Non, jeune homme. Tu vois Redel et Oden là-bas?

Elle indiqua du menton un couple de silhouettes minces et androgynes engagées dans une danse complexe et potentiellement mortelle, étant donné les fines et légères épées qu'elles maniaient.

—Je chargerai le Duc Oden de ton instruction, reprit-elle. Il sera content d'avoir un élève en plus du jeune Seigneur Redel. C'est le style qui te correspond, c'est donc ce que tu feras, jeune Vanyel.

Son cœur glissa depuis sa position initiale vers sa nouvelle place, quelque part aux environs de ses bottes.

Kayla l'honora d'un bref sourire.

—Mais prends garde, mon garçon, Oden est un maître exigeant. Tu découvriras que tu travailleras jusqu'à en transpirer à grosses gouttes et recevras autant de bleus que n'importe quel bastonneur invétéré. Alors, nous allons t'y préparer, n'est-ce pas?

Si la matinée se révéla un plaisir inattendu – pour la première fois de sa vie, il reçut des éloges pour son maniement des armes, et il s'en enorgueillit –, l'après-midi s'avéra être en comparaison un parfait désastre.

Cela commença lorsqu'il revint avec des pièces d'armurerie qui pesaient un tiers de ce qu'il avait apporté. Il les rangea soigneusement sur le râtelier – une attention qu'il n'accordait généralement pas aux armes – et se dirigea vers la pièce centrale de l'appartement.

Quelqu'un – probablement Margret, demeurée jusque-là invisible – avait emporté la nourriture dressée sur le buffet ce matin-là et l'avait remplacée par des rouleaux de viande, davantage de fruits et de fromage, et une bouteille de vin léger.

Tylendel était affalé sur le divan, un rouleau de viande dans une main, un livre dans l'autre, une ride de concentration creusée entre les sourcils. Il ne leva même pas les yeux lorsque Vanyel entra d'un pas hésitant dans la pièce commune.

De nouveau, il ressentit au creux de l'estomac cette sensation étrange, trouble, à moitié craintive. Il se racla la gorge et Tylendel sursauta, laissant choir son livre, avant de le dévisager, les yeux écarquillés, une mèche de cheveux retombant sur un œil.

— Grands dieux ! Vanyel, fais un peu de bruit, la prochaine fois ! dit-il en se penchant pour récupérer son livre tombé au sol. Je ne savais pas qu'il y avait ici quelqu'un d'autre que moi ! Le déjeuner est là-bas…

Il indiquait le buffet de son rouleau de viande à moitié dévoré.

— Savil te fait dire qu'il faut manger et aller faire ta toilette ; elle va te présenter à la Reine avant midi. Tu pourras dîner alors avec la Cour ; nous, on le peut n'importe quand si notre emploi du temps nous le permet. Savil sera de retour dans quelques minutes, alors tu ferais bien de t'activer. (Il inclina la tête sur le côté, très légèrement, et proposa :) Si tu as besoin d'un coup de main…

Vanyel se raidit; cette proposition ne lui avait pas paru inamicale du tout, mais il se pouvait que Tylendel recherche un moyen de l'espionner. Savil n'avait pas forcément dit toute la vérité.

... Si seulement...

— Non, répondit-il sèchement, je n'ai nul besoin d'aide. (Il ajouta, par politesse :) Merci.

Tylendel le regarda d'un air dubitatif, puis haussa les épaules avant de se replonger dans sa lecture.

Savil fut en effet de retour quelques instants plus tard; Vanyel avait à peine eu le temps de se rendre présentable avant qu'elle le récupère et le conduise à la Salle du Trône.

Cette pièce était beaucoup plus petite qu'il l'avait imaginé, longue et étroite, et plutôt sombre. Et étouffante : il y avait davantage de gens amassés dans cette salle qu'elle n'avait été conçue pour en contenir. Quelque part au fond se trouvait le Trône, sous une gigantesque tapisserie aux tons bleus et argent représentant un cheval ailé rampant, avec des chaînes brisées autour du cou et des pattes, qui recouvrait tout le mur derrière le Trône. Vanyel pouvait apercevoir la tapisserie, mais absolument rien d'autre; chacun dans cette salle semblait faire au moins une main de plus que lui, et il ne voyait que des têtes.

La présentation en elle-même fut une véritable déception. Vanyel attendit, Savil à son côté, pendant presque une heure, tandis que se réglaient diverses querelles impliquant des courtisans. Puis le nom de Savil fut appelé; tous deux (Vanyel suivant dans le formidable sillage de Savil) furent annoncés par un Héraut d'âge moyen portant la Tenue Blanche. Vanyel fut escorté jusqu'au pied du Trône par ce même Héraut. La Reine Elspeth (une femme mince à la chevelure sombre, qui semblait très fatiguée et comme préoccupée) lui fit un signe de tête amical et prononça à peine cinq mots en guise de salutation. Il lui fit une révérence et fut escorté de nouveau jusqu'auprès de Savil, sans plus de cérémonie.

Savil le pressa ensuite de changer ses habits de Cour pour revêtir des vêtements plus pratiques, afin de se rendre à ses leçons de l'après-midi. Mardic vola pratiquement par la porte du couloir pour l'inviter à le suivre. Ils empruntèrent un long couloir sombre, partant des quartiers de Savil, puis, franchissant une double porte, atteignirent une partie plus ancienne du palais. De là, ils sortirent par une porte latérale pour se retrouver dans d'autres jardins, herbiers et potagers cette fois.

Mardic ne semblait pas être du genre bavard, mais il savait assurément bouger. Son pas rapide les entraîna vers un bâtiment de granit en forme de L, qu'ils avaient déjà dépassé avant que Vanyel ait pu s'enquérir de sa fonction, et les mena à une construction carrée en pierre brute.

— Le Collegium des Bardes, annonça sèchement Mardic.

Il s'arrêta juste le temps de laisser passer deux jeunes garçons qui couraient, puis lui ouvrit la porte en bois noir.

Il n'ajouta rien, se contentant de le laisser sur le seuil de sa première classe avant de disparaître quelque part à l'intérieur du bâtiment.

Il avait du mal à croire que Savil ose ignorer autant les ordres de son père en le plaçant en cours avec des élèves bardiques.

Néanmoins, il se trouvait là. À l'intérieur du Collegium des Bardes. En fait à l'intérieur du bâtiment, assis en compagnie de trois autres jeunes garçons, partageant une rangée de chaises dans une petite pièce ensoleillée au premier étage.

Mieux encore, faisant les cent pas tout en leur prodiguant son cours ou en les questionnant, se trouvait un véritable Barde en Tenue Écarlate : un homme puissant, de haute stature, probablement aussi à l'aise avec une large épée qu'avec un luth.

Chez lui, Vanyel avait toujours été en avance par rapport à ses frères et à ses cousins en ce qui concernait l'instruction ; il commença donc l'heure avec ennui. L'Histoire consistait pour lui en ce proverbial livre ouvert : ou du moins c'est ce qu'il avait toujours pensé. Il débuta le cours avec le sentiment plein de suffisance qu'il allait éblouir ses nouveaux camarades.

Les trois autres garçons le considérèrent avec curiosité sans dire un mot lorsqu'il entra et qu'il s'assit en leur compagnie. L'un était blond-châtain, un autre châtain et le dernier brun ; tous trois étaient vêtus à l'instar de Vanyel, portant des vêtements ordinaires comme une chemise et une tunique blanches en lin, et des hauts-de-chausses d'un tissu doux marron ou gris.

Il ne pouvait dire s'ils étaient apprentis Hérauts ou apprentis Bardes ; ils ne portaient aucun uniforme comme le faisaient leurs aînés. Non pas que cela ait vraiment de l'importance, à part qu'il aurait aimé pouvoir les impressionner par son érudition, s'ils avaient été des élèves bardiques.

La pièce était à peine plus grande que sa chambre dans la suite de Savil ; mais, à la différence des quartiers réservés aux Hérauts, ce bâtiment était ancien et quelque peu délabré. Vanyel eut le temps de remarquer avec consternation le sol éraflé, le mobilier poussiéreux et la peinture écaillée, avant que le Barde de type léonin commence sa leçon.

Après cela, tout ce qu'il ressentit fut un choc.

— Nous avons discuté hier de l'annexion d'Arvale ; aujourd'hui, nous allons traiter des négociations avec Rethwellan qui suivirent cette annexion.

Sur ces mots, Barde Chadran démarra son cours ; une dissertation sur les importantes négociations d'Arvale-Zalmon au temps du Roi Tavist. C'était fascinant. Il n'y avait qu'un seul problème. Vanyel n'avait jamais entendu parler des négociations d'Arvale-Zalmon, et il savait seulement que le Roi Tavist était le fils de la Reine Terilee et le père de la Reine Leshia ; le règne de Tavist s'était déroulé paisiblement, consacré davantage à une diplomatie raisonnée qu'au type d'actions qui inspiraient les ballades. Alors, lorsque le Barde ouvrit le débat, Vanyel dut se contenter de rester assis là en essayant de donner l'impression qu'il comprenait tout, sans comprendre un traître mot de ce qui se disait.

Il prit des pages et des pages de notes, évidemment, mais sans savoir la raison pour laquelle les négociations avaient été si importantes, encore moins en quoi elles consistaient ; elles ne semblaient pas avoir beaucoup de sens.

Il sortit du cours avec le sentiment qu'il avait évité d'être écorché et dévoré vif.

L'enseignement des Religions se passa légèrement mieux, quoique de peu. Il pensait qu'il s'agissait de la Religion au singulier. Il se rendit compte à quel point il s'était de nouveau mépris. Il s'agissait en effet *des* Religions, au pluriel. Comme la population de Valdemar était composée, tel un patchwork, d'une dizaine de peuples différents ayant fui diverses situations intenables, il n'était pas très surprenant que chacun de ces peuples pratique son propre culte. Comme l'entendit Vanyel, encore et encore au cours de cette heure, la loi de Valdemar au sujet du culte était qu'« il n'y a pas une seule voie véritable ». Mais, avec une dizaine ou davantage de « voies » en pratique, il aurait été terriblement facile pour un Barde – ou un Héraut – de se démarquer parmi des gens lui paraissant si étranges. D'où ce cours, qui traitait actuellement du « Peuple de l'Un », qui s'était établi aux environs du Lac du Croissant.

Ce fut un véritable choc d'entendre ainsi que, ce que son prêtre aurait catalogué comme la plus flagrante des hérésies, était présenté simplement comme une autre facette de la vérité. Vanyel passa la moitié du temps à se sentir complètement stupide, et l'autre moitié à essayer de dissimuler ses réactions de surprise et d'inquiétude.

Mais ce fut la Littérature – ou plutôt un événement qui se produisit juste avant ce cours – qui l'ébranla complètement et eut raison de lui.

Il avait joué avec l'idée de prier l'un des Bardes de l'enrôler dans leur Collegium avant qu'il commence ses cours prévus l'après-midi, mais à présent il doutait de survivre aux leçons.

Dieux ! je… je suis d'une ignorance aussi crasse comparé à eux que mes cousins comparés à moi ! pensa-t-il, abattu, avachi sur la chaise la plus proche de la porte, alors qu'il attendait en compagnie des deux autres qu'apparaisse le professeur de Littérature. *Mais… cette fois peut-être. Le Seigneur de Lumière sait que j'ai mémorisé chaque ballade sur laquelle j'ai pu mettre la main.*

Puis il surprit Barde Chadran discutant dans le couloir avec un autre Barde ; vraisemblablement le professeur enseignant ce cours. Mais, lorsqu'il entendit prononcer son propre nom et comprit qu'ils parlaient de lui, il tendit l'oreille sans vergogne pour saisir tout ce qu'il pouvait.

— Savil veut donc que nous nous en chargions, s'il en a l'étoffe, disait Chadran.

— Eh bien, l'a-t-il ? demanda une voix féminine, sensuelle et profonde.

— Shanse l'a entendu chanter : il dit qu'il a la voix et les mains pour cela, et je peux lui faire confiance à ce sujet, répondit Chadran d'une voix hésitante.

— Mais pas le Don ? persista la seconde voix.

Chadran toussota.

— Je… n'ai entendu aucun signe de cela en classe. Et il est évident qu'il ne compose pas, sinon nous en aurions entendu parler. Shanse l'aurait mentionné, ou indiqué dans son rapport, mais il ne l'a pas fait.

— Il doit en avoir deux sur trois ; le Don, le Talent et la Créativité… tu le sais, Chadran, dit la femme. Shanse n'a perçu aucun signe de Don non plus, n'est-ce pas ?

Chadran soupira.

— Non, Breda. Lorsque Savil m'a interrogé sur ce garçon, j'ai consulté le rapport de Shanse dans ce domaine. Il mentionne le garçon en effet, et en des termes assez flatteurs au sujet de son oreille musicale pour que nous puissions le former comme ménestrel, si…

— Si…

— S'il n'était l'héritier de son père. Mais les faits sont là, il dit que le garçon a une oreille sensationnelle, et une aptitude pour l'imitation, ainsi que du talent. Mais aucune Créativité, et aucun Don. Et cela ne suffit pas pour enrôler l'héritier de quelqu'un comme simple ménestrel. Pourtant… Breda très chère, tu es en quête du Don. Tu es bien plus apte à le déceler que la plupart d'entre nous. J'aimerais vraiment rendre ce service à Savil en cette occasion. Elle dit que le garçon est suffisamment motivé par la musique pour aller jusqu'à défier un père relativement redoutable… et, de plus, nous lui devons quelques services.

— Je vais le prendre à l'essai, dit la femme, mais n'en espère pas trop. Shanse ne possède peut-être pas le Don lui-même, mais il sait le reconnaître lorsqu'il l'entend.

Vanyel eut à peine un bref instant pour se demander ce qu'ils voulaient bien dire par « Don », avant que la femme qu'il avait écouté parler entre dans la pièce. Aussi grande qu'un homme, mince et sans charme particulier, elle avait néanmoins une présence qui incita Vanyel à prêter la plus grande attention à chaque mot qu'elle prononçait, à chaque geste qu'elle faisait.

— Nous allons étudier aujourd'hui le « Cycle des Danseurs du Vent », dit-elle en posant devant elle une vielle qui avait été suspendue dans son dos. Je vais commencer avec la toute première ballade connue des Danseurs du Vent, et je vais vous la présenter de la manière dont elle devrait être interprétée. Écoutée, et non pas lue. Cette ballade ne fut jamais conçue pour être lue, et je vais vous dire qu'en vérité les imperfections qu'elle contient disparaissent pour la plupart lorsqu'elle est chantée.

Elle gratta quelques cordes, avant de se mettre à jouer l'ouverture des « Danseurs du Vent Libérés »… Vanyel cessa de se demander ce qu'était le « Don ».

Parce qu'elle ne se contentait pas de chanter comme Vanyel aurait chanté, ni même comme l'aurait fait le ménestrel Shanse (ni, comme il le réalisait à présent, le Barde). Non, elle faisait vivre à son auditoire l'expérience de chaque mot composant la stance ; faisant ressentir chaque émotion, percevoir la scène, vivre l'événement tel qu'il avait probablement été vécu à l'origine. Lorsqu'elle eut terminé, Vanyel sut qu'il n'oublierait jamais ces mots à l'avenir.

Et il savait au plus profond de son âme qu'il ne serait jamais capable de faire ce qu'elle venait d'accomplir.

Oh, ce n'était pas faute d'avoir essayé ; lorsqu'elle le pressa de chanter la ballade suivante des « Danseurs du Vent » pendant qu'elle jouait, il donna le meilleur de lui-même. Pourtant, il pouvait dire, en voyant le regard de ses camarades de classe – révélant de l'intérêt, mais pas une fascination intense – qu'il n'était en fait parvenu qu'à une pâle imitation.

Tandis qu'il se rasseyait et qu'elle faisait un signe au suivant de prendre le relais de la ballade, il remarqua l'air de compassion dans ses yeux et son léger hochement de tête. Il comprit alors : elle savait qu'il avait surpris leur conversation dans le couloir. C'était sa façon de lui faire comprendre, gentiment et indirectement, que son rêve ne pouvait se réaliser.

Ce fut la pitié qui le frappa le plus, après avoir compris qu'il ne possédait pas les qualités requises pour devenir Barde. Cela coupait, aussi cruellement que n'importe quelle lame. Tout ce travail, tout ce combat pour rééduquer sa main – tout cela pour rien. Il n'y avait même jamais eu aucun espoir.

Vanyel se jeta sur le lit, la poitrine oppressée, un martèlement sous le crâne…

Je pensais que rien ne pourrait être pire qu'à la maison : là-bas au moins, j'avais encore des rêves. Maintenant, il ne m'en reste même plus.

Le point d'orgue en ce jour misérable était sa tante, sa tante compétente, intelligente, désintéressée, qu'elle soit damnée aux neuf enfers !

Il se retourna sur le ventre et essaya de résister au picotement dans ses yeux.

Elle l'avait pris à part juste après le dîner :

— J'ai demandé aux Bardes s'ils pouvaient te prendre en charge. Je suis désolée, Vanyel, mais ils m'ont annoncé que, bien que tu sois un musicien talentueux, c'est tout ce que tu seras. Cela ne suffit pas pour te faire inscrire au Collegium des Bardes alors que tu es l'héritier d'un Domaine.

— Mais..., commença-t-il à répliquer, avant de refermer la bouche.

Elle lui adressa un regard perçant.

— Je sais ce que tu ressens probablement, Vanyel, pourtant, ton devoir en tant qu'héritier de Withen doit venir en priorité. En conséquence, tu ferais mieux de te résigner à la situation au lieu de la combattre.

Elle le regarda d'un air songeur tandis qu'il s'efforçait d'apaiser ses nerfs.

— Les dieux le savent, dit-elle finalement, j'ai été à ta place une fois dans ma vie. Je voulais le Domaine, mais je n'étais pas le fils premier-né. Et, de la manière dont les choses se sont passées, je suis heureuse de ne pas l'avoir obtenu. Si tu tires le meilleur parti de cette situation, tu comprendras un jour que tu n'aurais pas eu une vie meilleure si tu l'avais choisie toi-même.

Comment peut-elle savoir ? fulmina-t-il. *Je la hais. Dieux ! aidez-moi, je la hais ! Tout ce qu'elle fait est tellement parfait ! Elle ne dit jamais rien, elle n'en a pas besoin ; tout ce qu'elle a à faire est de me lancer ce regard. Si j'entends un mot de plus m'assurant combien je suis supposé adorer ce piège qui s'est refermé sur moi, je crois que je vais devenir fou !*

Il se retourna sur le dos et se mit à broyer du noir. Ce n'était même pas encore la tombée du jour et il était coincé ici, son luth paraissant le scruter du mur contre lequel il était posé, avec tous les rêves brisés qui y étaient liés.

Et rien pour le distraire. À moins que…

Le dîner était terminé, mais il y aurait des gens rassemblés dans la Grande Salle toute la nuit. Et il y aurait bon nombre de gens de son âge ; des jeunes qui n'étaient pas des apprentis des Bardes ni des protégés des Hérauts. Des jeunes gens ordinaires, ressemblant à des êtres humains normaux.

Il en oublia toutes ses appréhensions comme d'être pris pour un péquenaud ; tout ce à quoi il pouvait penser à présent c'était l'admiration que son intelligence et son apparence attiraient habituellement lors des célébrations peu fréquentes qui rassemblaient la progéniture de plus d'un manoir et d'un Domaine. Il avait besoin d'une dose de cette admiration, et de cette douceur comme antidote contre l'amertume de l'échec.

Il bondit hors du lit et se mit à fouiller dans son armoire pour trouver la tenue qui conviendrait ; il choisit un velours gris fumé approprié à son humeur et à son désir pour produire un effet dramatique.

Il planifia avec soin son entrée dans la Grande Salle, attendant l'un de ces moments qui se produisent lors de tout rassemblement, où tout le monde s'arrête de parler en même temps. Lorsque cet instant se présenta, il le saisit, traversant ce silence d'un pas élégant, comme si cet intervalle avait été expressément conçu pour le mettre en valeur.

Cela fonctionna à la perfection : en quelques instants à peine, il avait obtenu l'attention exclusive d'un petit cercle de courtisans qui s'assemblèrent autour de lui, impatients d'impressionner ce nouveau venu par leur gentillesse. Il savoura leurs signes d'attention pendant presque une heure avant que la situation commence à perdre de son charme.

Un jeune garçon dégingandé appelé Liers déployait toute son éloquence au sujet de son frère aîné qui s'était retrouvé confronté à une bande de brigands. Vanyel réprima un bâillement : cela lui rappelait exactement des soirées similaires à Forst Reach !

— Alors il fonça droit sur eux…

— Ce qui, à mon avis, était complètement stupide, dit Vanyel en fronçant les sourcils.

— Pourtant… il faut parfois faire preuve de courage, protesta faiblement le jeune homme.

— Je le répète, c'était complètement stupide, insista Vanyel. Complètement surpassé en nombre, ne sachant pas si les autres, derrière lui, allaient arriver à temps… Grands dieux ! la seule chose à faire aurait été de prendre la poudre d'escampette ! S'il avait procédé ainsi de manière assez convaincante, il aurait pu les mener tout droit vers ses propres troupes ! Leur foncer dessus comme ça aurait pu lui coûter la vie !

— Mais ça a marché, bougonna Liers.

— Oh, bien sûr, ça a marché, parce qu'aucune personne sensée n'aurait fait ce qu'il a fait !

— C'était l'action vaillante à accomplir, répliqua Liers en levant le menton.

Vanyel abandonna : il n'osait pas s'aliéner ces jeunots. Ils étaient tout ce qu'il avait…

— Vous avez raison, Liers, dit-il, tout en haïssant ce mensonge. C'était une vaillante action à accomplir.

Liers sourit d'un air bêtement satisfait tandis que Vanyel faisait d'autres remarques idiotes ; il finit par s'extirper de ce petit groupe d'oisifs et s'en fut à la recherche de quelque chose de plus intéressant.

Ces idiots étaient tout aussi terribles que son frère ; il ne pouvait pas, ne parviendrait jamais à leur faire entrer dans le crâne qu'il n'y avait rien de « glorieux » à se laisser tailler en pièces au nom de Valdemar ou d'une dame. Qu'il n'y avait rien d'inspirant à perdre un bras ou une jambe, ou même un œil. Qu'il n'y avait rien, absolument rien de « grandiose » dans la guerre.

Dès qu'il se détourna des hommes, les femmes lui tombèrent dessus telle une volée de pipelettes ; courtisant, faisant leurs coquettes, chacune s'efforçant d'attirer l'attention de Vanyel sur sa petite personne. C'était exactement le même petit jeu qui s'était déroulé à moult reprises dans le boudoir de sa mère ; il y avait toutefois ici davantage de participantes, et les visages étaient à la fois différents et souvent plus jolis, mais le principe restait le même.

Vanyel s'ennuyait.

Mais cela valait un peu mieux que d'être admonesté par Savil, ou de songer aux Bardes et à ce Don qu'il ne posséderait jamais.

— … Tylendel, lui dit la petite brunette coquine à son côté, en poussant un soupir de déception.

— Qu'en est-il de Tylendel ? s'enquit Vanyel, son intérêt, pour une fois, piqué au vif.

— Oh, Tashi est tombée amoureuse des grands yeux bruns de Tylendel, dit une autre fille en riant, une grande rousse au teint pâle.

— Aucune chance, Tashi, dit Reva, qui avait les joues rouges après avoir bu un peu trop de vin. (Elle gloussa.) Tu n'as aucune chance. Il est… quel est ce mot que Savil emploie ?

— *Shay'a'chern*, précisa Cress. Sûrement un langage saugrenu.

— Qu'est-ce que cela signifie ? s'enquit Vanyel.

Reva gloussa et murmura :

— Qu'il n'aime pas les filles. Il préfère les garçons. Ils ont bien de la chance !

— Pour Tylendel, je veux bien devenir un garçon ! soupirait Tashi, avant de glousser elle aussi. Oh, quel dommage ! En es-tu sûre ?

— Aussi sûre que les étoiles sont dans le ciel, lui assura Reva. Rien que l'année dernière, ce bâtard de Nevis lui a brisé le cœur.

Vanyel réprima une réaction naturelle d'étonnement. Il n'aimait pas… les filles. Il savait au moins que les jeunes courtisans utilisaient le mot « aimer » comme synonyme de « coucher avec ». Mais… ne pas « aimer » les filles ? Et il « aimait » les garçons ?

Il avait toujours su qu'il avait été protégé de certaines réalités, mais il n'aurait jamais pu deviner celle-la.

Était-ce la raison pour laquelle Withen… ?

— Nevis… n'était-ce pas lui qui ne pouvait décider ce qu'il aimait, et qui affirmait avoir été séduit chaque fois qu'il se glissait dans le lit de quelqu'un ? demanda Tashi, complètement fascinée.

— C'est lui-même, confirma Reva. Je suis si contente que ses parents l'aient rappelé auprès d'eux !

Elles se consacrèrent alors à une dissection en règle du perfide Nevis, et Vanyel en perdit tout intérêt. Il erra dans la Grande Salle, mais fut incapable d'y trouver qui que ce soit avec qui il aurait eu envie de passer du temps. Il but un peu plus de vin qu'il en avait l'intention, mais cela n'aida pas à rendre la soirée beaucoup plus divertissante. Finalement, il abandonna et alla se coucher.

Il resta éveillé pendant un long moment, tournant autour des pensées qu'il avait eues auparavant. De la manière dont les filles s'étaient mises à glousser, il était évident que les préférences de Tylendel étaient loin d'être « respectables ». Et Withen…

Oh, il savait maintenant ce qu'aurait à dire Withen à ce sujet, s'il apprenait que son fils partageait en plus les mêmes quartiers que Tylendel.

Toutes ces fois où il me harcelait quand j'étais tout petit, pour avoir enlacé et embrassé Meke. Cette affaire avec Père Leren et sa morale sur « un comportement masculin approprié ». La crise qu'il a faite lorsque Liss m'a habillé avec ses vieilles robes, me donnant l'apparence d'une poupée trop grande. Oh, dieux !

Brusquement, les raisons cachées à bon nombre d'actions autrement inexplicables de Withen devenaient plus claires.

Pourquoi il persistait à me pousser dans les bras des filles, pourquoi il a acheté à mon intention les services de cette… professionnelle. Pourquoi il insistait pour visiter les amis de Mère accompagnés de leurs filles dociles. Pourquoi il détestait me voir porter des vêtements fantaisie. Pourquoi certains des hommes d'armes se taisaient lorsque j'arrivais… pourquoi certaines de leurs plaisanteries s'arrêtaient court. Père ne voulait même pas que le moindre indice de tout cela me parvienne.

Il avait mal en lui-même ; juste mal.

J'ai perdu la musique… Non; même si je peux faire confiance à Tylendel, je ne peux prendre aucun risque. Même pas en… étant son ami. S'il ne jette pas son dévolu sur moi, ce qu'il fera probablement.

Tout ce qui lui restait c'était l'autre rêve : le rêve de glace. Le seul qui ne pouvait le blesser.

Le gouffre n'était pas trop large pour sauter par-dessus, mais il était profond. Et il y avait quelque chose de terrible au fond. Il ignorait comment il en avait eu connaissance, mais il savait que cela existait. Derrière lui, il n'y avait rien d'autre que la plaine de glace déserte et hivernale. De l'autre côté du gouffre, c'était le printemps. Il voulait traverser, vers la chaleur, pour écouter le chant des oiseaux sous les frondaisons, mais il avait peur de sauter. Le gouffre semblait même s'élargir sous ses yeux.

— Vanyel ?

Il leva les yeux, surpris.

Tylendel se tenait de l'autre côté, les cheveux ébouriffés par le vent, arborant un large sourire, tout aussi chaleureux et irradiant qu'un soleil de printemps.

— Veux-tu venir me rejoindre ? lui demandait doucement l'apprenti. (Il lui tendit une main.) Je peux t'aider, si tu veux.

Vanyel recula d'un pas, serrant étroitement ses bras contre sa poitrine afin de les empêcher de répondre par inadvertance à l'invitation de cette main tendue.

— Vanyel ? (Les yeux du garçon étaient doux, enjôleurs.) Vanyel, j'aimerais être ton ami. (Il baissa la voix jusqu'à ce qu'elle ne soit plus qu'un murmure, et lui fit signe d'un air engageant.) J'aimerais être plus *que ton ami, poursuivit-il.*

— Non ! hurla Vanyel, qui fit volte-face pour se mettre à courir le plus vite possible dans la vaste étendue blanche désertique.

Lorsqu'il s'arrêta finalement, il se trouvait seul dans la plaine vide, seul et glacé jusqu'à la moelle. Il eut d'abord mal partout, puis le froid s'installa réellement et il ne ressentit plus rien. Il n'y avait plus trace ni du gouffre ni de Tylendel. Et, pendant un bref instant, la solitude le fit davantage souffrir que le froid.

Puis le froid sembla avoir atteint l'endroit où se trouvait la solitude, et elle commença aussi à s'engourdir.

Il se mit à marcher, choisissant une direction au hasard. Le champ de neige n'était pas aussi monotone qu'il l'avait pensé, semblait-il. La plaine enneigée plate et lisse qui craquait sous ses pieds devenait irrégulière. Il dut bientôt éviter de gigantesques dents de glace qui pointaient à travers la croûte de neige… Puis il devint impossible de les éviter ; il dut passer par-dessus ou les contourner.

Leurs bords étaient aigus, aussi acérés que des éclats de verre. Il se coupa une fois, et contempla avec surprise le sang qui coulait sur la neige. Étrangement, cela ne semblait pas lui faire mal…

Il n'y avait que le froid.

CHAPITRE 5

Tylendel était étendu nonchalamment sur la pelouse dans le jardin, en train de lire. Vanyel le regardait, dissimulé derrière les rideaux de la fenêtre, en proie à des émotions conflictuelles. La brise jouait dans les cheveux ébouriffés de l'apprenti, presque comme dans son rêve.

Il frissonna et ferma les yeux. *Dieux! Oh, dieux! pourquoi moi? Pourquoi en ce moment? Et pourquoi, oh, pourquoi lui? Le protégé favori de Savil…*

Il se cramponna au tissu du rideau comme à un garde-fou, puis rouvrit les yeux. Tylendel avait légèrement changé de position, la tête dans la main, les sourcils froncés de concentration. Vanyel ressentit un nouveau frisson et se mordit la lèvre, sentant son cœur battre à tout rompre comme s'il venait de faire une course à pied. Aucune fille ne lui avait jamais fait battre le cœur ainsi…

Cette pensée le fit rougir, et son estomac se contracta. *Dieux! que suis-je? Comme lui? Je dois l'être. Père me… oh, dieux! Père me tuera, m'enfermera, dira à tous que j'ai perdu la raison! Serais-je devenu fou?*

Tylendel sourit soudain à un passage qu'il lisait; le cœur de Vanyel cessa presque de battre, et il ressentit une forte envie d'éclater en sanglots. *Si seulement il me souriait de cette façon… Oh, dieux! je ne peux pas, je ne peux pas, je n'ose pas lui faire confiance, il m'abordera comme tous les autres!*

Comme tous les autres.

Il se détourna de la fenêtre, le cœur lourd, faisant appel à son armure d'indifférence.

Si seulement j'osais. Si seulement j'osais…

Savil verrouilla la porte recouverte de cuivre de sa version personnelle de la Salle d'Entraînement, les doigts tremblant quelque peu, et fit face à son protégé favori, Tylendel, avec une légère appréhension.

Dieux! cela ne va pas être facile! Elle rassembla son courage pour ce qui risquait d'être une dangereuse confrontation, pour elle comme pour Tylendel. Elle ne pensait pas qu'il allait lui sauter à la gorge, mais… Bon, cette fois elle allait le provoquer un peu plus qu'elle l'avait osé auparavant. Et il y avait toujours un risque que cette fois-ci, cela aille trop loin.

Il se tenait debout à peu près au centre de la pièce, les bras croisés devant sa simple tunique brune, l'expression inhabituellement neutre. Il était évident qu'il avait déjà compris que cette entrevue ne serait ni un cours ni une discussion ordinaires.

Il n'y avait rien d'autre dans cette salle, rien du tout. À la différence de la Salle d'Entraînement ouverte au public, celle-ci était de forme carrée et non circulaire; pourtant, les murs étaient également en pierre, et pour les mêmes raisons. En outre, il y avait un motif marqueté de bois clair délimitant un cercle parfait au centre du parquet en bois dur. Et il y avait quelque chose de bizarre dans les murs, la sensation d'une présence, comme s'ils étaient presque vivants. Ils l'étaient, en quelque sorte: Savil n'avait pas fait d'économie en engageant ses réserves d'énergies personnelles dans la protection de cette pièce. Ces murs faisaient presque partie d'elle-même. Pour cette raison, elle serait plus en sécurité ici que nulle part ailleurs, si quelque chose se passait mal.

— Vous ne m'avez pas amené ici pour pratiquer, affirma Tylendel, impassible.

Savil déglutit et secoua la tête.

— Non, en effet. Tu as raison. Je désirais te parler ; de deux sujets en particulier, et je voulais le faire en privé.

— Quel est le premier sujet ? s'enquit Tylendel. Hum… je crois que je sais. Encore ma famille.

Son expression ne changea pas visiblement, cependant Savil perçut sa colère soudaine grâce à la contraction butée de sa mâchoire.

— De nouveau de ta famille, confirma-t-elle. Tylendel, tu es un Héraut, ou quasiment. Les Hérauts ne prennent pas parti dans les batailles de quiconque, même pas lorsque leur propre sang y est impliqué. Ta famille a exercé une pression sur toi pour que tu agisses. Je sais à présent que tu ne t'en es pas mêlé… mais je sais également que tu le souhaiterais. Et j'ai bien peur que tu t'abandonnes à cette tentation.

Sa bouche se crispa et il détourna les yeux.

— Alors, Evan Leshara peut déverser tout son venin dans l'oreille de quiconque à la Cour… et je ne serais pas autorisé à faire ni à dire quoi que ce soit à ce sujet, c'est cela ? Je n'aurais même pas le droit de le traiter de menteur pour certaines choses qu'il a dit concernant Staven ? (Il lui jeta un regard furieux, comme si c'était elle la responsable du comportement de son ennemi.) Il s'agit de bien davantage que de mon sang, Savil, il s'agit de mon jumeau. Pour tout ce qu'il croit, pour tout ce qu'il tient pour vrai, nous avons ici une dette de sang à payer… et

Staven, avec toute sa jeunesse, est maintenant le Seigneur Propriétaire. C'est sa décision ; nous autres les Frelennye lui devons notre soutien et nous le soutiendrons. Sans compter qu'il a raison !

— Seigneur Propriétaire ou pas, jeune ou non, ayant raison ou pas, c'est un imbécile impétueux ! éclata Savil. Que la dette de sang aille aux Enfers ! C'est ce type de pensée idiote qui, depuis le début, fait s'affronter dans cette stupide querelle ta famille et les Leshara ! Tu ne peux pas faire revenir les morts en faisant couler davantage de sang !

— Il s'agit de l'honneur ! (Il serrait les poings.) Ne pouvez-vous même pas le comprendre ?

— Cela n'a rien à voir avec l'honneur véritable, dit-elle avec dédain, mais tout à voir avec un orgueil flagrant et opiniâtre. 'Lendel, tu ne dois pas t'en mêler.

Elle se figea, le cœur au bord des lèvres, tandis qu'il faisait un pas vers elle, très en colère.

Il perçut sa réaction, et s'arrêta.

Elle poursuivit sur sa lancée, faisant confiance au conseil qu'elle avait reçu. *S'il te plaît, Jaysen, sois dans le vrai cette fois-ci, toi aussi.*

— Cette querelle est de la pure folie ! 'Lendel, écoute-moi… elle doit cesser, et si elle dure encore trop longtemps, ce seront les Hérauts qui devront y mettre un terme et tu ne pourras pas prendre parti !

Tout allait bien jusqu'à présent, elle n'avait rien dit de nouveau. Maintenant, le nouvel aiguillon. En espérant qu'il ne soit pas trop irritant et n'arrive pas trop tôt.

— 'Lendel, je sais que tu n'as jamais pu comprendre pourquoi vous deux ensemble, toi et Staven, n'avez pas été Choisis par les Compagnons. Eh bien, bon sang ! c'est précisément cette folie qui explique pourquoi ton jumeau bien-aimé ne fut pas Élu, et que toi tu l'as été. Toi au moins, tu peux percevoir l'absurdité de cette situation, lorsque tu n'es pas occupé à le défendre ; lui est trop vaniteux et bigrement entêté pour ne jamais envisager aucune solution à ce conflit, à part écraser les Leshara de la cime aux racines ! Ton frère jumeau est un imbécile, 'Lendel ! Il est tout aussi idiot que Lester Leshara, mais cela ne change rien au fait qu'il risque de faire tuer des gens par pure stupidité ! Et je ne permettrai pas que ça continue plus longtemps. Si je suis obligée de dénoncer Staven afin de rompre ton engagement là-dedans, je n'hésiterai pas. N'en doute jamais. Tu as des choses bien plus importantes à accomplir dans la vie que de la gaspiller en défendant un crétin.

Tylendel serra de nouveau les poings ; il était quasiment pétrifié de colère. Ses yeux s'assombrirent jusqu'à devenir presque noirs et son visage devint complètement blanc sous la violence de ses émotions. Pendant un instant, Savil se demanda s'il allait la frapper cette fois. Ou tenter de la frapper, plutôt : s'il se jetait sur elle, elle n'avait pas l'intention de se trouver sur la trajectoire de son poing. Ou son éclair magique, si l'on en arrivait là.

De grâce, Seigneur et Dame ! ne le laissez pas perdre le contrôle cette fois, permettez qu'il le conserve… Je ne l'ai jamais poussé aussi loin dans ses retranchements. Et ne lui permettez pas d'employer la magie. S'il frappe, je ne serai peut-être pas capable de le préserver de l'impact de mes protections.

Elle pria en scrutant ses yeux coléreux d'un air inébranlable (et compatissant, du moins l'espérait-elle). Elle pouvait ressentir qu'il vibrait de l'intérieur, partagé entre son envie de frapper celle qui avait attaqué son jumeau bien-aimé, et sa propre conscience teintée de bon sens.

Savil maintint sa position, refusant de reculer. La tension dans la pièce était si intense que les murs, chargés de puissance, s'en imprégnèrent en la réverbérant, ainsi que sa rage. Ce qui fut transmis à Savil, qu'elle le veuille ou non. C'était tout ce qu'elle pouvait faire pour se contenir, tout en conservant une apparence de calme.

Alors, il pivota et se dirigea au hasard vers un coin de la pièce. Il appuya son front contre la pierre froide du mur, un bras au-dessus de sa tête, frappant du poing contre les pierres grisâtres en jurant à voix basse.

Savil le laissa seul, sans prononcer une seule parole.

Lorsque tu l'auras rendu fou de rage, laisse-le gérer par lui-même sa colère et son émoi intérieur, avait conseillé Jaysen. *Laisse-le seul jusqu'à ce qu'il se soit calmé.*

Il se retourna finalement vers la pièce et vers elle, rassemblant ses forces dans l'angle où il se trouvait, les yeux mi-clos, haletant comme s'il venait de courir sur une longue distance.

— Vous savez, vous ne parviendrez jamais à me convaincre de renoncer à soutenir Staven, dit-il sur le ton de la conversation. Je n'interviendrai pas avec les Hérauts, je ne participerai pas à la querelle, et je ne traiterai pas Evan Leshara de maudit menteur, mais je défendrai Staven et ce qu'il pense être juste, même contre vous. Je l'aime, et je n'y renoncerai pas.

Il n'y avait plus aucun signe de la rage meurtrière à laquelle il était en proie un instant plus tôt.

— Je sais, répliqua Savil, tout aussi calmement, sans montrer qu'elle tremblait encore de l'intérieur. Je ne te demande pas de cesser d'aimer Staven. Tout ce que je veux c'est que tu réfléchisses à tout ce gâchis, pas que tu te contentes d'y réagir. Si ce conflit n'impliquait que vos deux familles, cela serait déjà terrible en soi, mais vous entraînez la région tout entière dans vos règlements de comptes. Nous savons fort bien que vous vous êtes chacun mis en quête de Mages afin de faire escalader cette querelle… 'Lendel, je ne veux pas entendre un seul mot quant au parti à l'origine de tout ceci. Ce qui importe est que tu l'aies fait. Ce qui importe est que, si chaque parti utilise la magie dans ce conflit, les Hérauts devront intervenir et interviendront. Nous ne pouvons nous permettre qu'une magie pratiquée en toute liberté contribue à blesser des innocents. Tu es un Héraut, ou quasiment. Tu dois te rappeler que tu ne peux pas prendre parti. Tu dois rester impartial. Quels que soient les actes ou les paroles d'Evan Leshara.

Tylendel haussa les épaules, mais ce n'était pas par indifférence. Sa souffrance était bien réelle, trop flagrante pour sa protectrice ; elle souffrait pour lui. Mais c'était l'une des leçons les plus importantes que devait apprendre tout Héraut : il avait le devoir de se montrer impartial, peu importait le prix à payer pour cela. Peu importait le prix que lui-même devrait payer, ou les personnes qui lui étaient chères.

— D'accord, dit-il d'une voix blanche. Je resterai en dehors de tout cela. Bien. Maintenant que vous m'avez retourné les tripes, de quoi d'autre voulez-vous que nous discutions ?

— De Vanyel, répondit Savil, qui se détendit au point que sa voix se voila légèrement de fatigue. Cela fait plus d'un mois qu'il se trouve parmi nous. Je voulais que tu me dises ce que tu en penses.

— Dieux ! (Il s'appuya de nouveau contre le mur, en écarquillant les yeux. Ils avaient repris leur couleur brun chaud habituelle.) Il fallait que vous me parliez de Sa Splendeur.

— Quel est le problème ? demanda Savil d'un ton brusque. (Elle l'observa plus attentivement : il arborait un demi-sourire des plus particuliers ; elle sut qu'il y avait anguille sous roche, ou du moins civelle.) 'Lendel, ne va pas me raconter que tu es tombé amoureux de ce garçon !

Il s'étrangla de rire.

— Non, mais ce gamin met mon sang-froid à rude épreuve, permettez-moi de vous le dire ! Lorsque je n'ai pas envie de gifler ce sourire de supériorité qu'il arbore, je voudrais l'enlacer et le rassurer, et je n'arrive pas à savoir ce qui est le pire.

— Je n'en doute pas, répondit sèchement Savil. (Elle gagna le coin où il s'était adossé, et s'appuya contre le mur opposé.) D'accord, tu l'as bien observé ; dis-moi ce que tu en as tiré jusque-là. De simples suppositions feront l'affaire.

— La moitié du temps, je pense que vous devriez le noyer, répliqua son apprenti, secouant sa tête blond doré avec un air de dégoût. Cette Cour en miniature qu'il a réussi à rassembler autour de lui soulève le cœur. Toutes ces attitudes posées, pompeuses…

Savil esquissa une grimace de répugnance.

— Inutile d'insister. Mais que se passe-t-il pendant l'autre moitié du temps ?

— Dans mes moments de plus grande compassion, je suis plus convaincu que jamais qu'il souffre, et que toutes ces attitudes ne sont qu'une mise en scène, une défense ; que sa petite Cour ne sert qu'à le rassurer et le convaincre qu'il vaut quelque chose. Pourtant, je lui ai fait des avances et, face à moi, il… devient de glace. Il ne me frappe pas, il demeure simplement inaccessible.

— Eh bien… (Savil observait son protégé d'un air pensif.) Ce cas particulier ne s'était pas présenté à moi.

J'avais cru que, maintenant qu'il a récupéré toute sa tête, il allait révéler sa véritable personnalité. Je m'apprêtais juste à m'en laver les mains. Le confier à… oh, Oden ou quelqu'un d'autre, qui aurait davantage de patience, de temps libre et de relations à la Cour que moi.

— Ne faites pas cela, rétorqua Tylendel, l'air d'un conspirateur. Je viens juste d'avoir une idée. Ne m'avez-vous pas dit que l'une des choses qui rendait son père blême de colère était qu'il gaspillait son temps à jouer de la musique ?

— En effet, dit-elle lentement.

Elle fit mine d'examiner les articulations des doigts de sa main droite avec intérêt, alors qu'elle se concentrait sur chacune des paroles que prononçait Tylendel. Le garçon était un Empathe marginal lorsqu'il n'y pensait pas. Elle ne souhaitait pas avoir à lui rappeler ce Don pour le moment, alors qu'elle avait besoin de toutes les informations qu'elle pourrait obtenir de lui.

— En effet, répéta-t-elle. Point de détail, il m'a clairement dit d'éloigner le garçon des Bardes.

— Et vous m'aviez dit que Breda avait gentiment découragé ses ambitions, du moins tout aussi gentiment qu'elle l'avait pu. Combien de fois a-t-il joué d'un instrument depuis ?

Savil le regarda d'un air évaluateur.

— Pas une seule fois, répondit-elle lentement. Pas une note depuis. Margret dit que la poussière s'amasse sur son luth.

— Seigneur et Dame ! (Tylendel se mordit la lèvre et détourna le regard, l'air de méditer.) Je ne savais pas que cela était aussi grave. Je pensais qu'il jouerait au moins pour ces mondains papillonneurs qu'il a rassemblés.

— Pas une seule note, répéta formellement Savil. Est-ce si grave que cela ?

— Pour un garçon manifestement expert à s'attirer les éloges de ces sycophantes ? Pour quelqu'un dont la seule ambition concerne le domaine de la musique ? C'est sérieux. C'est même pire que sérieux : nous avons brisé son rêve. Savil, je retire la première moitié de ce que j'ai dit. (Tylendel se frotta la nuque, trahissant un malaise grandissant. Il regarda vers le plafond, puis posa sur elle des yeux à présent francs et inquiets.) Nous avons un problème. Un grave problème. Ce garçon saigne de l'intérieur. Si nous ne parvenons pas à le faire s'ouvrir, il saignera peut-être à mort.

— Comment y parvenir ? s'enquit Savil, le prenant au mot.

Sa faiblesse – qui avait fait d'elle un mauvais Héraut de Terrain, bien que ce soit parfois un avantage lors de la formation des disciples – était le relationnel. Elle avait des difficultés à comprendre autrui, et ne savait pas vraiment comment gérer un individu dans une situation de crise. Cette histoire avec Tylendel, son frère jumeau et la querelle, par exemple…

Je n'aurais jamais pensé à cette solution : le désensibiliser, l'inciter à une réflexion logique en le poussant dans ses retranchements encore et encore, mais sans jamais le laisser dépasser cette limite. Que Jaysen soit béni. Et qu'il soit maudit tout à la fois. Dieux ! chaque fois que nous jouons ce jeu, cela provoque autant de dégâts chez moi que chez ce pauvre 'Lendel ! J'en vibre encore comme les cordes d'une harpe.

Tylendel réfléchit à sa question pendant un long moment avant de répondre, son beau visage serein, le regard de nouveau tourné en lui-même.

— Je n'en sais rien, Savil. Ce n'est pas possible tant qu'il rejette chaque ouverture qu'on lui propose. Nous avons besoin d'un peu de temps pour que cela évolue, je crois, et ensuite de quelque événement qui fera tomber ses barricades en un instant. Jusqu'à ce qu'une telle chose se produise, nous n'y aurons aucun accès, et il restera un arrogant petit bâtard, à moins qu'il craque.

Elle se sentit se glacer de l'intérieur.

— Des tendances suicidaires ?

À son grand soulagement, Tylendel secoua la tête.

— Je ne le pense pas ; ce n'est pas son genre. Cela ne lui viendrait pas à l'esprit. Quant à moi… peu importe. Non, ce qu'il pourrait faire serait de perdre le contrôle d'une manière ou d'une autre. Soit rapidement par une dépression nerveuse, soit lentement, en vivant dans la débauche, dans un état d'esprit proche de celui d'un arbuste.

— Formidable ! (Elle posa la main sur son front, se frottant les sourcils du pouce et de l'index.) C'est exactement ce que je voulais entendre.

Tylendel haussa les épaules de façon expressive.

— Vous m'avez posé la question.

— En effet, admit-elle à contrecœur. Dieux ! pourquoi moi ?

— Si cela peut vous réconforter, cela ne risque pas de se produire demain.

— Il vaudrait mieux. Je dois assister à une séance d'urgence du Conseil ce soir. (Elle soupira, se frottant les mains.) Je serai probablement debout une bonne partie de la nuit, donc ne m'attends pas.

— Cela signifie-t-il que cet entretien est terminé ? demanda-t-il, un rictus étirant un coin de ses lèvres.

— C'est le cas. Tu pourras profiter de la suite pour toi tout seul cette nuit. Évite seulement de laisser des miettes par terre ou de mettre du gras sur les coussins ; tant pis pour toi si Margret te taille en pièces. Et ne va pas non plus te mettre en quête des tourtereaux : ils sont de sortie pour un test de Champ de quinze jours avec Shallan et sa progéniture. Tu seras donc tout seul ce soir.

— Oh, dieux! tout seul avec le beau Vanyel… Vous voulez vraiment mettre mon sang-froid à rude épreuve, n'est-ce pas ? (Il éclata de rire, puis s'écarta du mur et se redressa.) D'un autre côté, cela pourrait me donner l'occasion dont je vous ai parlé. Si je me retrouve seul en sa présence, peut-être parviendrai-je à le faire s'ouvrir un peu.

Savil haussa les épaules et s'écarta du mur à son tour.

— Tu es plus habile que moi avec les gens, mon garçon, c'est pourquoi je te demande conseil. Si tu penses avoir une occasion, alors n'hésite pas une seconde. Pendant ce temps, je dois aller consulter le Héraut Personnel de la Reine.

— Et de là, directement à la réunion ? Pas de temps pour une pause ? s'enquit Tylendel avec sympathie.

Elle secoua la tête. Il la prit par les épaules et la serra dans ses bras.

— N'oubliez pas de dîner, professeure, lui murmura-t-il dans les cheveux. Je veux que vous restiez avec nous encore quelque temps. Ne vous laissez pas emporter par un autre genre de pneumonie, qui cette fois vous tuerait peut-être. Même quand je vous déteste, vieille mégère, vous savez bien que je vous adore.

Elle avala une autre boule qui s'était formée dans sa gorge, et lui rendit son accolade avec des picotements dans les yeux.

— Je sais, mon chéri. Ne crois pas que je ne compte pas dessus. (Elle déglutit de nouveau, ferma les yeux et le serra tout aussi fort. Un bref instant de stabilité dans un monde qui trop souvent s'ébranlait…) Je t'aime aussi. Surtout ne l'oublie jamais.

La suite déserte oppressait presque Tylendel. Avec les tourtereaux partis, Savil réquisitionnée (d'après la rumeur provenant des cuisines) pour une session au Conseil jusqu'à l'aube en tant que porte-parole de ces Hérauts qui éduquent des protégés, et Vanyel probablement occupé à divertir sa petite coterie d'admirateurs, rien ni personne ne brisait le silence étouffant.

Il se resserrait autour de lui tel un suaire, jusqu'à ce que les battements de son cœur deviennent audibles. Il voyait par la fenêtre qu'il faisait aussi sombre au dehors qu'au cœur du péché, et tellement couvert que pas un rayon de lune ne parvenait à percer. Son crâne était chaud, trempé, et le picotait. De la sueur coulait le long de sa nuque et mouillait son col. On avait l'impression qu'il était plus tard qu'en réalité ; le temps se traînait ce soir-là, au lieu de voler.

Tylendel abandonna sa tentative de lire le traité sur la magie météorologique que lui avait imposé Savil, et porta plutôt son intérêt vers un essai historique. Un essai calligraphié à la main sur le contrôle du climat n'était pas ce qu'il avait besoin de lire en ce moment, de toute façon : pas avec l'orage qui menaçait. Souvent, la maîtrise de son énergie n'était pas aussi efficace qu'il l'aurait souhaité, et il ne voulait pas intensifier par mégarde ce qui se préparait. Il parvenait mieux à contrôler son subconscient qu'auparavant, mais il n'y avait aucun intérêt à prendre des risques avec Savil hors de portée.

Cet orage contribuait, du moins en partie, à l'atmosphère qui rendait la suite étouffante. Tylendel sentit les têtes de cumulonimbus se rassemblant à l'ouest, bien qu'il ne puisse les voir de là où il était, allongé, sur le divan de la pièce commune. C'était le Don qui avait fait de lui un apprenti Héraut-Mage, et non pas seulement un apprenti Héraut ; cette capacité à voir (ou bien à sentir) et à manipuler les champs d'énergie, naturels comme surnaturels. Ses Dons lui avaient été révélés très tôt, bien avant qu'il soit Élu ; ils lui avaient créé bon nombre d'ennuis pendant presque la moitié de sa jeune vie. Seul le soutien de son jumeau lui avait fait raison garder, depuis leur première manifestation jusqu'au moment où son Compagnon Gala était finalement apparu…

— *Es-tu bien cachée, ma petite chérie ?* lui dit-il par l'Esprit. *Lorsque ce coup de tonnerre se produira, il risque d'être sacrément sérieux.*

La réponse affirmative ensommeillée qui lui parvint lui confirma qu'elle était à moitié endormie ; la chaleur provoquait cela chez elle.

Lui, la chaleur le rendait plutôt irritable. Il avait ouvert chaque porte et chaque fenêtre (que tous ces insectes aillent aux Enfers !), mais il n'y avait même pas le soupir d'une brise pour remuer l'air ambiant. Les flammes des chandelles ne vacillaient même pas, et l'odeur de miel de la cire d'abeille des bougies disposées tout autour de la pièce commune l'étouffait presque par sa suavité.

Il secoua ses cheveux humides, se frotta les yeux et essaya de se concentrer sur son livre. Pourtant, une part de lui-même continuait à espérer qu'un éclair déchire l'obscurité par la fenêtre, ou quelque autre signe avant-coureur d'une pluie rafraîchissante. Et une autre part persistait à insinuer que tout ce qu'il avait à faire était de lui donner un petit coup de pouce. Il dit à cette partie de lui-même d'aller se faire voir ailleurs, et attendit impatiemment que la pluie arrive d'elle-même.

Rien ne se produisit. Simplement une accumulation de tension irritante.

Il cessa de chercher à se concentrer, se leva et se dirigea vers le buffet pour s'y servir un verre de vin ; il avait besoin de se recentrer, de se calmer, d'être un peu moins sensible, et il n'y parviendrait pas sans aide. Le seul vin qui restait était du blanc, un peu sec à son goût, pourtant il fit son offre. Avec juste ce soupçon d'alcool dans le sang, il parvint finalement à se détendre et à se concentrer sur ce fichu livre.

Il s'y trouva tellement absorbé, en vérité, que lorsque surgirent le premier souffle de vent et un coup de tonnerre simultané il sursauta et faillit tomber du divan.

La moitié des bougies – celles qui n'étaient pas protégées par les verres des lampes – fut soufflée. Le vent s'engouffra dans la suite, faisant voltiger les rideaux, portant avec lui une fraîcheur bienvenue et le parfum de la pluie. Les volets dans la chambre de Mardic et Donni battaient sur un rythme monotone contre les murs ; pas assez fort pour briser les carreaux, mais ce n'était qu'une question de temps. Il laissa tomber son livre et se leva pour aller dans leur chambre, au moment même où Vanyel entrait d'un pas mal assuré par la porte du couloir dans la lumière de la pièce commune.

Le garçon resta aussi figé qu'une statue, clignant des yeux comme une chouette éblouie. Le cœur de Tylendel marqua un battement ; Vanyel avait l'air aux portes de la mort.

Certes le garçon avait la peau claire ; certes il était entièrement vêtu de noir ce soir-là, ce qui contribuait à accentuer la pâleur de son teint. Pourtant, son visage semblait dénué de couleur à cet instant : il était si blafard qu'il en paraissait transparent. On avait l'impression que ses yeux s'étaient enfoncés dans leurs orbites, et son expression était celle de quelqu'un ayant aperçu le paradis, mais à qui l'on en aurait refusé l'accès.

— Vanyel…, murmura Tylendel, dont la voix était à peine audible dans le fracas des volets battants et le vacarme de l'orage. (Il s'éclaircit la voix et essaya de nouveau.) Vanyel, je ne m'attendais pas à ce que tu rentres si… euh… tôt. Quelque chose ne va pas ?

Pendant un moment – ce moment si précieux –, Tylendel pensa l'avoir ferré : il était sûr que le garçon allait se confier à lui. Ses yeux imploraient la pitié ; son expression, si désespérée et si hantée, eut presque raison du calme de Tylendel. L'apprenti fit un pas hésitant vers lui…

C'était la chose à ne pas faire. Il le sut aussitôt. Le visage de Vanyel se referma et reprit son expression habituelle d'arrogance désinvolte.

— Ce qui ne va pas ? dit-il avec une fausse gaieté. Dame de Lumière, non, bien sûr tout va bien ! Certains des Bardes sont simplement venus de leur Collegium et ont improvisé un concours. Il s'est mis à faire si chaud dans la Grande Salle avec tous ces gens qui y étaient rassemblés, que j'ai dû abandonner…

Juste à cet instant, les volets de la chambre du couple uni pour la vie et de celle de Savil s'écrasèrent contre les murs avec une telle violence qu'il fut surprenant que les fenêtres ne se soient pas brisées.

— Ciel ! cria Vanyel. Elle va nous tuer !

Et il se précipita vers la chambre de Savil. Tylendel se rua dans l'autre, en maudissant mentalement sa propre maladresse, et se maudissant lui-même pour avoir laissé sa réaction envers le garçon embrumer son examen.

Lorsqu'il eut vérifié que tout était en ordre et qu'il fut de retour dans la pièce commune, Vanyel s'était retiré dans sa propre chambre, sa porte résolument et irrévocablement fermée.

— Vanyel, disait doucement l'apprenti, les yeux brillants de compassion et de compréhension, qu'est-ce qui ne va pas ?

— Je…, commença Vanyel. (Il ferma les yeux, en proie à une crise de tremblements.) Je… la musique… je…

Soudain, Tylendel fut à son côté, le tenait dans ses bras, apaisait son tremblement.

— Ça va aller, murmura-t-il à l'oreille de Vanyel, son souffle chaud semblable à une caresse dans ses cheveux. Ça va aller. Je comprends.

Vanyel resta aussi raide qu'un bâton, osant à peine respirer, craignant d'ouvrir les yeux. Tylendel lui caressait les cheveux, la nuque, ses mains étaient chaudes et légères… Vanyel pensa que son cœur allait battre jusqu'à se briser.

— Je comprends, répéta Tylendel. Je sais ce que c'est de vouloir quelque chose en sachant qu'on ne l'obtiendra jamais.

— Tu… sais ? bredouilla Vanyel.

Tylendel se mit à rire, produisant un son chaleureux et intense.

Ses doigts suivaient la colonne vertébrale de Vanyel, lentement, sensuellement. Vanyel commença à se détendre dans les bras de Tylendel… Il écarquilla les yeux d'étonnement lorsque sa propre main sur la poitrine de Tylendel rencontra, non pas une étoffe, mais sa peau.

L'apprenti était entièrement et glorieusement nu.

— Et encore, murmura Tylendel, en regardant profondément Vanyel dans les yeux. Peut-être arriverai-je à l'obtenir…

Vanyel émit un son étranglé, se dégagea et s'enfuit dans l'obscurité, dans le froid…

Au beau milieu de son vieux rêve.

Il y eut d'abord la plaine enneigée, puis, tandis qu'il la traversait, les dents de glace commencèrent à percer à travers la neige granuleuse. Elles poussaient plus haut tandis qu'il marchait mais, ce qu'il ignorait, c'était qu'elles poussaient aussi derrière lui. Désormais, il était piégé à l'intérieur du cercle qu'elles avaient formé. Piégé dans des murs de glace, plus lisses que le verre le plus lisse, plus froids que l'hiver le plus glacial. Il ne pouvait se libérer ; il les martela jusqu'à ce que ses bras se fassent de plomb, en vain. Où qu'il regarde : de la glace, de la neige, rien de vivant, rien d'autre que la blancheur et le bleu pâle et l'argenté. Le ciel même était blanc. Et il était si seul… si terriblement seul.

Rien de doux, rien de réconfortant. Rien d'accueillant. Seulement la glace, seulement cette glace rigide, impassible, et la neige immaculée et granuleuse.

Il avait froid. Tellement froid. Il était si gelé qu'il en avait mal partout.

Il devait sortir.

Espérant escalader cette barrière, il atteignit le sommet d'un mur de glace… et retira ses mains que la douleur transperçait comme des coups de poignard. Il les regarda d'un air stupide. Ses paumes étaient presque entaillées jusqu'à l'os, et du sang se déversait lentement des blessures pour former une flaque à ses pieds.

Il y avait du sang sur la neige ; du sang rouge, mais alors qu'il le contemplait, fasciné et hébété, il vira au bleu.

Puis ses mains se mirent à le brûler à cause du froid et de la douleur enflammée de ses blessures. Il suffoqua, des larmes lui brouillèrent la vue ; il voulut hurler, ne parvint qu'à geindre.

Dieux! comme cela faisait mal, il aurait tout donné pour que cesse cette souffrance!

Brusquement, elle disparut: ses mains étaient engourdies. Sa vue s'éclaircit, il regarda de nouveau ses mains blessées... et vit, horrifié, que les entailles avaient gelé et que ses mains devenaient de glace; bleues et brillantes, et complètement insensibles. Tandis qu'il les regardait fixement, la glace progressait plus haut, vers ses poignets, rampant sur ses avant-bras... Il poussa un cri d'effroi...

Tout à coup, il fut ailleurs. Il faisait sombre, mais il pouvait voir grâce aux éclairs et à cet étrange scintillement bleu autour de lui. Les éclairs fulguraient dans le ciel et semblaient contrôlés par ce qu'il faisait ou pensait: il était debout sur un monticule de neige au milieu d'une vallée très étroite. De chaque côté d'imposants murs de glace se dressaient au-dessus de sa tête, atteignant le ciel nocturne en une perfection cristalline à l'état pur. Derrière lui, il n'y avait rien, il savait cela. Mais devant lui...

— Vanyel!

Devant lui se trouvait une armée; une armée de monstres sans âmes, des créatures n'ayant qu'un seul objectif: l'écraser. Il était déjà blessé; il se contorsionna pour faire s'abattre un éclair dans leurs rangs, et ressentit une douleur qui élança son flanc droit, sentit le sang chaud qui coulait le long de sa jambe puis à l'intérieur de sa botte et qui y gelait. Ils étaient trop nombreux. Il était maudit. Il haletait et versait des larmes à cause de l'horrible souffrance qu'il ressentait au flanc, et il sut qu'il était en train de mourir. De mourir seul. Tellement seul...

— Vanyel!

Il s'extirpa avec effort du canyon de glace, des profondeurs du sommeil, arraché du cauchemar par des mains chaudes, presque brûlantes, sur ses épaules et une voix autoritaire dans ses oreilles.

Il cligna des paupières, sentant vaguement des choses, mais sans s'y connecter. Ses yeux étaient douloureux ; il avait pleuré. Ses cheveux, son oreiller étaient trempés de larmes, et il avait encore tellement froid… trop froid même pour trembler. C'était la raison pour laquelle les mains de Tylendel semblaient si chaudes sur ses épaules nues.

— Vanyel… (Les yeux de Tylendel étaient d'une douce couleur sable à la lumière de la minuscule bougie posée à son chevet ; comme de sombres fenêtres dans la nuit, des fenêtres qui semblaient refléter de l'inquiétude. Ses mains évoquaient des fers rouges sur la peau de Vanyel.) Dieux ! Vanyel, tu es glacé !

En essayant de s'asseoir, Vanyel sentit encore ses larmes couler.

Dès qu'il commença à bouger, il se mit à frissonner à tel point qu'il fut incapable de parler.

— Je…, dit-il, sans pouvoir ajouter un seul mot.

Tylendel attrapa sa robe de chambre au pied du lit et en enveloppa ses épaules nues. Ce n'était pas suffisant. Vanyel était agité de tremblements incessants, et le vêtement ne suffisait pas à le réchauffer.

— Vanyel…, commença Tylendel.

Il l'entoura de ses bras et l'enlaça.

Vanyel résista… essaya de se dégager.

Il cligna des yeux.

La plaine enneigée s'étendait tout autour de lui, déserte – mais n'exigeant rien de lui. Froide, pas menaçante. Mais solitaire, solitaire… oh dieux ! comme elle était vide…

Mais sans rien exiger, sans le faire souffrir…

Il cilla de nouveau. Tylendel était encore là, le regardant toujours dans les yeux avec une franchise et une inquiétude dont il ne pouvait douter.

— Va-t'en ! haleta-t-il, s'attendant à la douleur, s'attendant au sarcasme.

— Pourquoi ? demanda Tylendel calmement. Je ne veux que t'aider.

Il devenait de glace ; il n'y aurait bientôt plus de sensations, plus rien à ressentir… et il serait irrémédiablement piégé.

Tylendel profita de cette absence pour le serrer dans ses bras.

— Van, je ne te ferai pas de mal. Je ne pourrais pas te faire le moindre mal.

Il ferma les yeux et chercha à reprendre son souffle, la poitrine contractée et douloureuse. *Oh, dieux !… je veux ce…*

— J'essaie juste de te réchauffer, dit Tylendel avec un brin d'impatience. C'est tout. Essaie de te détendre !

Il se détendit enfin ; il ne pouvait maintenir cette indifférence… Et, à sa grande honte, il se mit de nouveau à pleurer… ne parvenant pas plus à faire cesser le flot de larmes que ses tremblements.

Mais Tylendel ne semblait pas s'en inquiéter…

— Allons, Vanyel, l'apaisa-t-il, l'attirant confortablement contre son épaule, le soutenant comme un petit enfant. Ça va aller, je t'ai dit que je ne pourrais pas te faire du mal. Je ne te ferais jamais de mal. Pleure tout ton saoul, nous ne sommes que toi et moi, et je n'en parlerai jamais à personne. Sur mon honneur. Absolument sur mon honneur.

De toute façon, il était trop tard pour tenter de sauver sa dignité meurtrie.

Vanyel renonça à son apparence, au respect de lui-même, à tout. Il s'affaissa contre l'épaule de Tylendel, enfouissant son visage dans sa robe bleue à l'étoffe douce et usée. Il laissa le reste de son orgueil se dissoudre, libérant toutes les larmes qu'il avait retenues derrière sa façade d'arrogante indifférence. Il pleura bientôt si fort qu'il ne pouvait même plus penser, s'accrochant seulement aux épaules de Tylendel en sanglotant. Il n'entendit pas vraiment ce qu'il lui disait, juste le ton de sa voix telle qu'elle était dans le triste labyrinthe de son cauchemar ; réconfortante, compatissante, attentive.

Il pleura jusqu'à ce que ses yeux soient douloureux et deviennent secs ; il pleura jusqu'à ce qu'il ait l'impression que son nez avait enflé à la taille d'une pomme. Il tremblait sans cesse, en proie à un froid terrible qui semblait ne faire qu'un avec ses propres os ; il frissonnait au point d'en faire vibrer le lit.

Finalement, il n'y eut simplement plus assez de larmes ; et il ne tremblait plus, il avait chaud, plus que chaud : il était protégé. Et complètement épuisé. Tylendel le tenait aussi délicatement que s'il était fait de verre filé et risquait de se briser au moindre souffle ; il le tenait, c'était tout.

Ce fut suffisant. C'était bien plus que Vanyel se souvenait avoir jamais reçu. Il souhaita que cela puisse durer pour toujours.

Que les dieux me viennent en aide. J'ai toujours voulu cela…

— C'est fini ? s'enquit Tylendel, très tranquillement, bien après que les derniers sanglots et tremblements eurent cessé de lui secouer tout le corps.

Il hocha la tête et sentit les bras qui l'enlaçaient se relâcher. Il s'assit de nouveau. Tylendel lui prit le visage entre ses mains, l'orientant vers la lumière. Il grimaça en se dégageant, sachant à quoi il devait ressembler ; l'apprenti émit un petit rire bienveillant, un rien moqueur.

— Tu es dans un bel état, jeune arrogant, lui dit-il, et ses mots sonnèrent comme une plaisanterie partagée entre eux. Vanyel sourit, et Tylendel lui essuya les yeux avec le coin d'un drap.

— Aurais-tu un objet aussi banal qu'un mouchoir par ici ? lui demanda-t-il avec désinvolture. Vanyel acquiesça et se mit à fouiller dans le tiroir de la table de chevet jusqu'à ce que Tylendel lui donne une petite tape sur la main pour en sortir lui-même le carré de lin.

— Voilà, dit-il en le tendant à Vanyel, puis il se recula légèrement. Je ne parvenais pas à m'endormir ; je me suis levé pour aller prendre un peu de vin et je t'ai entendu. Cela t'arrive souvent ?

Vanyel se moucha, levant ses yeux gonflés vers le garçon.

— Assez souvent, confessa-t-il.

— Un cauchemar ?

Il hocha la tête et regarda ses mains.

— Tu sais pourquoi ?

— Non, murmura-t-il.

Mais il savait. Il le savait très bien. C'était d'avoir entendu les Bardes – d'entendre ce qu'il n'avait jamais, jamais entendu – puis d'avoir rencontré Tylendel et de savoir…

Oh, dieux!

— Souhaites-tu m'en parler ?

Il osa un autre regard vers l'apprenti ; son visage paisible n'était pas facile à décrypter, mais il n'y distinguait aucun signe de duperie.

Cependant…

— Tu te moqueras de moi, dit-il, prêt à s'écarter de nouveau.

— Non. Sur mon honneur. Van, je ne mens pas. Je ne me moquerai pas de toi, et rien de ce que tu pourras me dire ne sortira de cette pièce sauf si tu le souhaites.

Vanyel frissonna de nouveau et, sans le moindre avertissement, les mots sortirent soudain en un flot continu.

— C'est… de la glace, dit-il en reniflant, observant ses mains et le mouchoir qu'il avait entortillé entre ses doigts. Elle m'entoure ; je suis piégé, je ne parviens pas à m'en sortir, et j'ai si froid… si froid. Puis je me coupe, et je commence à me transformer en glace. Puis… parfois, comme ce soir… je suis ailleurs, et je me bats contre ces créatures, et je sais que je vais mourir. Et le pire n'est ni la douleur ni l'agonie… c'est que… que… (il hésita) je suis… tout seul. Si seul…

Cela semblait si banal, si ridicule, de simplement en parler de cette manière. Surtout qu'il ne mentionnait pas le reste à Tylendel, la partie qui le concernait. Il en était incapable. Il leva les yeux, s'attendant à voir de la moquerie s'afficher sur le visage de l'autre garçon… et resta figé, n'y décelant rien de tel.

— Van, je pense savoir ce que tu veux dire, dit lentement Tylendel. Il y a des moments où… où être seul représente une douleur pire que l'agonie. Où il est plus facile de mourir que d'être seul. N'est-ce pas ce que tu ressens ?

Vanyel cligna des yeux, muet de surprise.

La voix de Tylendel était si douce qu'il aurait aussi bien pu se parler à lui-même.

— Parfois, c'est peut-être mieux d'avoir eu quelqu'un et de l'avoir perdu que de n'avoir jamais eu personne…

Puis les yeux de Tylendel se focalisèrent un instant sur Vanyel. Le cœur de Tylendel fut secoué par un spasme à la suite de l'émotion fulgurante qu'il y perçut. Un désir qu'il n'avait jamais rêvé de percevoir là. Dirigé vers lui.

Oh, dieux !… Je n'aurais jamais… je pensais… il ne peut pas…

C'est cela. Il l'est. Père sera…

Je m'en fiche !

Il saisit ce qui s'offrait à lui avant que cela lui soit retiré.

— Vanyel…, commença le garçon blond.

— 'Lendel…, l'interrompit Vanyel, très vite, osant employer le surnom qu'il avait entendu sa tante utiliser. Reste avec moi… de grâce. De grâce.

Il était si pressé de parler avant que Tylendel puisse l'interrompre que ses paroles sortirent en un flot ininterrompu. Il saisit le poignet du garçon.

— La glace est de nouveau là, je le sais, elle est en moi et elle me gèle de l'intérieur vers l'extérieur… Elle tue mes… sentiments. Je crois qu'elle me tue. De grâce, je t'en supplie, ne me laisse pas seul avec ça…

— Tu ne sais pas ce que tu demandes, dit Tylendel, se mettant presque en colère. (Il ôta sa main de celle de Vanyel, ses yeux à présent indéchiffrables.) Tu ne peux pas savoir. Tu ne sais pas ce que je suis.

— Mais je le sais, protesta Vanyel au désespoir. Je le sais, les filles me racontent des choses pour attirer mon attention… elles m'ont dit que tu es… euh… *shay'a'chern*, c'est l'expression qu'elles emploient. Que tu ne couches pas avec les filles ; que tu…

Il sentit son visage s'empourprer presque douloureusement.

— Alors, sacré bon sang, Vanyel ! de quoi crois-tu que je sois fait ? lui lança durement Tylendel, les traits contractés, ses yeux reflétant sa souffrance intérieure. De marbre ? Tu es beau, tu es brillant, tu représentes tout ce à quoi j'ai pu rêver… Penses-tu vraiment que je puisse rester là sans te désirer ? Grands dieux ! je ne profiterais pas d'un innocent, mais ce que tu me demandes mettrait la maîtrise d'un saint à rude épreuve !

— Tu ne comprends pas. J'ai bien conscience de ce que je te demande, répliqua Vanyel, lui attrapant de nouveau le poignet avant qu'il puisse se lever et partir dans l'obscurité. Je le sais bien.

Tylendel secoua violemment la tête et détourna le regard.

— 'Lendel… regarde-moi, l'implora Vanyel, s'épanchant en une confession qu'il n'aurait jamais osé faire auparavant. Écoute-moi… je n'aime pas les filles non plus. Je ne suis pas un innocent, je sais ce que je veux, 'Lendel, s'il te plaît, écoute-moi… j'ai… j'ai suffisamment couché avec elles pour savoir que je ne ressens rien de particulier en leur compagnie. C'est… presque aussi mécanique que de danser, ou de manger. Elles ne représentent tout simplement rien pour moi.

Tylendel cessa de se débattre et tourna vers Vanyel un visage si sidéré que le jeune garçon dut se retenir d'éclater d'un rire hystérique.

— Et moi oui ? Tu…, commença Tylendel. (Son visage se durcit.) Ne t'amuse pas avec moi, Vanyel. Ne te joue pas de moi. On m'a déjà joué ce tour… et je ne veux pas t'entendre te plaindre demain matin à Savil que je t'ai séduit.

Vanyel se mordit la lèvre, et regarda Tylendel droit dans les yeux, l'air suppliant.

—Je ne joue pas, 'Lendel. De grâce.

Il sentit ses yeux le piquer, et ne tenta pas cette fois de dissimuler les deux larmes qui descendaient le long de ses joues à vif.

—J'ai... j'ai pensé à cette éventualité depuis longtemps déjà. Presque dès mon arrivée ici, et ils... m'ont parlé de toi. Et tu ne t'es jamais moqué de moi. Tu... étais... gentil avec moi. Tu as continué à te montrer aimable envers moi, même quand j'étais plutôt grossier à ton égard. Cela représentait beaucoup à mes yeux. Et je ne savais pas comment te remercier. J'ai... commencé à ressentir... des choses en ta présence. J'ai eu peur. Je n'osais pas te laisser deviner. Je ne voulais pas admettre ce que je désirais ; pas comme maintenant.

Tylendel lui adressa un regard en coin.

—Ce qui veut dire... ?

La gorge de Vanyel se contracta.

—Je veux être avec toi, 'Lendel. Et, si tu pars... je n'aurais d'autre choix que la glace...

De nouveau, Tylendel lui prit le visage entre ses fortes mains, essuyant délicatement ses larmes de ses doigts hésitants. Il regarda Vanyel dans les yeux, si longuement et d'un air si inquisiteur que Vanyel pensa qu'il devait assurément lire au plus profond de son âme. Vanyel soutint son regard et tenta d'exprimer par le sien qu'il avait réellement pensé chaque mot qu'il avait prononcé. Tylendel hocha finalement la tête, une seule fois, avec lenteur.

Puis il tendit la main, d'un air décidé, pour éteindre la bougie avant d'étreindre de nouveau Vanyel.

Il faisait très sombre ; aucune lumière à l'extérieur, aucun bruit à part la pluie qui tombait. Après un moment, Tylendel se mit à glousser d'un rire surpris, et murmura doucement à l'oreille de Vanyel:

—Je me demande bien qui est celui qui abuse réellement de l'autre.

Puis, un peu plus tard, un autre rire indiqua à Vanyel qu'il se moquait gentiment.

— Pousse-toi, espèce de jeune coq égoïste, je suis en train de geler à mort.

Puis on n'entendit plus aucun mot.

Mais ils n'avaient plus besoin de mots.

Les couloirs étaient complètement déserts et glacés, mal éclairés par des lampes qui s'éteignaient lentement en scintillant, brûlant le reste de l'huile de la nuit. Les pas lents et fatigués de Savil résonnaient en écho devant et derrière elle sans même déranger une araignée. À un moment de sa longue marche de retour de la Chambre du Conseil à ses quartiers, Savil ne fut pas vraiment sûre d'y parvenir. Elle était si terriblement fatiguée qu'elle était prête à abandonner, à s'allonger au beau milieu du couloir glacial.

Je dois être trop vieille pour tout cela, se disait-elle. *Plus de jeunots après ceux-là. Je ne peux plus supporter ces hauts et bas émotionnels. Et je peux encore moins supporter ces séances durant toute la nuit en compagnie de toutes ces vieilles biques entêtées...* Elle eut un léger sourire ironique envers elle-même... *Dont je suis l'une des plus têtues. Mais dieux!... des heures comme celles-ci sont faites pour les jeunes! Et je pense que je vais me faire excuser aujourd'hui pour l'exercice de magie météorologique avec 'Lendel, sinon mes os risquent de me faire souffrir encore davantage. Les dieux me bénissent... me voici enfin chez moi.*

Elle poussa la porte menant à la suite ; Tylendel avait laissé brûler une bougie de nuit, mais elle aussi était en train de couler. Peu importait, car la lumière gris perle d'une aube au ciel couvert pénétrait par les fenêtres de sa chambre, de celle du jeune couple uni pour la vie et de Tylendel…

Elle resta figée. Le lit de Tylendel était vide ; elle pouvait s'en rendre compte depuis le seuil.

Ne panique pas, vieille femme…, s'avisa-t-elle. *Effectue juste quelques recherches préalables… Nous avons partagé la magie ; tu as un lien avec son esprit. Vois où cela va te mener.*

Elle trouva le petit chaînon d'énergie qui disait « *Tylendel* » et le suivit là où le jeune homme se trouvait. Il n'alla pas très loin. Il restait en fait dans la suite. Dans la chambre de Vanyel.

Dans la chambre de *Vanyel*?

Sa réaction initiale fut de pousser brutalement la porte et d'exiger de savoir ce qui se passait. Sa seconde réaction fut de se mettre à rire ; avec une aura aussi saturée que celle-là, elle n'avait aucune peine à imaginer ce qui se passait !

Mais… *Vanyel?* Que les dieux aient pitié ! Il n'y avait aucun signe qu'il soit *shay'a'chern…*

De plus, étant donné les préjugés de Withen, il avait dû craindre pendant longtemps que son fils soit efféminé. Et la réponse qu'aurait apportée Withen à cette crainte aurait été…

… Précisément ce qu'il avait fait. Garder le garçon à l'abri au manoir plutôt que de le faire éduquer à l'extérieur, en essayant de lui faire prendre la direction souhaitée par lui, Withen. Essayer de faire rentrer le garçon dans un moule pour lequel il n'était absolument pas adapté. Il pouvait aussi avoir tenté de protéger son fils contre l'idée que les accouplements entre personnes du même sexe soient même possibles. En conséquence, celui-ci n'aurait pas pu savoir qui il était… jusqu'à ce qu'il l'apprenne au sujet de 'Lendel.

Ce qui répondait en effet à bon nombre de questions. Il s'agissait maintenant de savoir ce qui avait mené à cette situation, et qu'est-ce que cela signifierait pour l'avenir ?

Elle inspira une grande bouffée d'air humide et glacial, et se dirigea à tâtons vers sa chambre. Il n'y avait aucune raison de précipiter les choses ; elle aurait tout le loisir d'y réfléchir et de poser des questions lorsqu'elle serait allongée dans son lit douillet. Même plus facilement, étant donné son état.

Elle se déshabilla complètement, en promettant un bain pour plus tard à ses os fatigués, et se revêtit d'une chemise de nuit avant de se glisser sous les couvertures. Des couvertures chaudes… Elle bénit la présence d'esprit de Tylendel pour avoir invoqué le Sortilège Réchauffeur sur son lit, avant d'aller se coucher, ou… qu'importe.

Elle s'installa confortablement et tendit la main pour saisir une fine vrille de Parole Silencieuse en mode privé. Si ce petit démon était réveillé…

Il l'était en effet.

— *Savil?* lui parvint la pensée embrumée par le sommeil, épaissie par une sensation de satiété. *Je pensais bien vous avoir entendu rentrer. Vous m'avez trouvé, humm ?*

— *Oui. Et j'ai une quantité de questions à te poser.*

Elle s'agita jusqu'à ce que son épaule gauche cesse de la faire souffrir. (*« La seule qui soit importante : comment l'as-tu convaincu ? »*)

— *Je n'ai rien fait. C'était l'idée de Van.*

Elle sursauta de surprise et en perdit presque la connexion de la Parole Silencieuse, qu'elle dut rechercher à tâtons.

— *Il semblerait que j'ai vraiment raté quelque chose! Qu'est-il arrivé cette nuit, au nom de Haven?*

— *Il y a trop à dire pour en parler maintenant.* (On pouvait percevoir une note de fatigue mentale et physique dans sa Voix d'Esprit.) *Mais il va se remettre, Savil. Nous avons fait bien plus que… juste l'acte physique. Je crois que nous avons parlé pendant des heures, avant et après. Il m'a offert la clé de son cœur, et il souhaitait que je l'accepte.*

Elle leva mentalement un sourcil sardonique.

— *'Lendel… je ne veux pas être obligée de te donner une douche froide, mais puis-je te rappeler ce qui s'est passé la dernière fois que le matin s'est levé alors que tu étais dans le lit de quelqu'un d'autre?*

— *Ça ira, Savil. C'est vrai cette fois.* (Une impression de légère surprise.) *Vous savez, vous me taquinez toujours au sujet de tomber amoureux… mais… je ne sais pas, ça me paraît différent cette fois.*

Savil ronchonna.

— *En effet, ça l'est toujours… Non, ne permets surtout pas à une vieille cynique de te perturber.*

— *Professeure… je crois qu'il va y avoir plus d'une occasion; je crois qu'il a besoin de moi.*

— *Oh, par Haven! D'accord, si tu penses que ça va se passer comme ça… Fais-moi simplement savoir demain matin si tu as l'intention d'emménager avec lui. Ou lui avec toi, bien que sa chambre soit la meilleure des deux. Nous pourrions utiliser celle qui restera vacante pour les invités.*

L'arôme d'un rire semblable à celui de pommes croquantes.

— *Tout ce que vous voulez, c'est récupérer ma chambre.*

— Si tu n'en as plus l'usage… Sérieusement, 'Lendel, c'est une affaire importante. Je souhaiterais avoir une longue discussion avec lui à mon lever, et je veux que tu sois là. Il doit absolument savoir où il met les pieds en tant que shay'a'chern. *Je ne pense pas que nous le divulguerons, et je discuterai avec toi à ce sujet par la Parole Silencieuse avant que nous nous entretenions avec lui. Humm… annule tes leçons de la matinée ; je suis trop fatiguée, et j'ai l'impression que tu ne t'es pas non plus couché de bonne heure.*

Un autre rire, puis le lien mental s'atténua. Elle laissa l'épuisement l'attirer dans une torpeur qu'elle ne souhaitait pas vraiment, plus maintenant.

Une dernière pensée émergea avant que le sommeil prenne le dessus.

Grands dieux vénérables ! que vais-je bien pouvoir raconter à Withen ?

Tylendel se souleva sur un coude et contempla le garçon endormi à son côté. Le repos avait réparé les dommages qu'avaient causés au visage de Vanyel plusieurs heures de pleurs et de sanglots déchirants ; détendu, toutes ses barrières à présent tombées, il semblait aussi innocent qu'un enfant endormi…

… un enfant qu'il n'était pas, comme Tylendel le savait à présent très intimement. En aucune manière. À l'exception, peut-être, de sa vulnérabilité.

— Van, murmura-t-il en lui touchant l'épaule. (Il ressentait un frisson diffus d'appréhension.) Van, peux-tu te réveiller ?

Vanyel remua, fronça le nez, ouvrit à demi les yeux. Lorsqu'il vit qui se trouvait à côté de lui, il sourit avec une douceur désarmante. Avec tous ses masques désormais tombés, il était aussi charmant que magnifique.

— Hmm ? fit-il en clignant des paupières.

Tylendel ressentit une bouffée de soulagement et de gratitude : cette situation ne serait pas une répétition de l'infâme affaire Nevis.

— Veux-tu un copain de chambrée ?

— Tu… pourquoi ?

Il lui fit un large sourire ; il savait maintenant qu'il fallait montrer à Van qu'il s'agissait d'une plaisanterie, sinon il risquait de prendre trop souvent les choses au sérieux.

— Savil semble vouloir récupérer ma chambre… pour les invités, m'a-t-elle dit. De plus, j'apprécie vivement ta compagnie.

La réponse de Vanyel, quoique non verbale, fut absolument et indubitablement affirmative.

— Nous avons plusieurs problèmes, dit sèchement Savil.

Elle venait juste d'avoir cette discussion avec Tylendel par la Parole Silencieuse, et elle s'était préparée à la journée qui l'attendait. Très efficace, ce principe de la Parole Silencieuse : cela permettait de couvrir plusieurs sujets simultanément. Après avoir considéré la situation de manière approfondie en prenant son bain, elle décida d'avoir sa « petite discussion » avec Vanyel dans la chambre de celui-ci. Avec un peu de chance, il s'y sentirait plus en sécurité.

Elle avait toutefois accaparé le siège le plus confortable de la pièce. *Le privilège de l'âge*, s'était-elle dit, attendant que les deux jeunes gens s'installent à leur tour. Sans paraître se consulter, ils s'assirent : Tylendel au bord du lit et Vanyel en tailleur au sol, à ses pieds.

Et la souplesse de la jeunesse. Si seulement je pouvais encore faire cela! Leur langage corporel lui remontait le moral. La manière dont Vanyel s'était placé présentait beaucoup d'intérêt : aux pieds de Tylendel, en dessous de Savil et de son amant. Cela pouvait fort bien démontrer qu'il avait abandonné toute velléité d'arrogance et de supériorité. Très intéressant, en effet.

Je me demande si avoir un amant régulier ne donnerait pas à 'Lendel autre chose à penser que son jumeau et cette satanée querelle. D'un autre côté… ce garçon a tellement manqué d'affection… que cela pourrait présenter un autre type de problème.

— Oui, en effet, nous avons plusieurs petits soucis à considérer, répéta-t-elle.

Tylendel hocha la tête à ses paroles ; Vanyel sembla d'abord perplexe, puis pensif.

— La première difficulté, de laquelle découlent toutes les autres, Vanyel, c'est ton père. (Elle s'interrompit, tandis que celui-ci se mordait la lèvre.) Je suis sûre que tu te rends compte que s'il apprend tout ceci il risque de fort mal réagir.

Vanyel toussota et inclina la tête, dissimulant son visage pendant quelques instants. Lorsqu'il releva les yeux, il arborait un demi-sourire las et ironique ; un sourire qui contenait autant de souffrance que d'humour. C'était de loin l'expression la plus ouverte que Savil lui ait jamais vue.

— « Mal » est un mot bien en dessous de la vérité, ma Tante, répliqua-t-il en se frottant la tempe d'un doigt. Il… dieux ! je ne peux prédire ce qu'il fera, mais il sera dans une telle rage… c'est certain !

— Il te fera rentrer à la maison, Van, dit Tylendel d'une voix absolument neutre. Et il peut le faire ; tu n'es pas majeur, tu n'es pas Élu, et tu n'es pas au Collegium des Bardes.

— Et je ne peux pas te protéger, dit Savil avec un soupir. Je peux le tenir à distance quelque temps, en m'assurant qu'il me confie officiellement ta tutelle, mais cela ne pourra durer plus de deux mois. Et alors… eh bien, je vais te donner mon opinion éclairée de ce que fera alors Withen. Je pense qu'il te placera sous séquestre chez lui assez longtemps pour que tout le monde t'oublie, puis il ira trouver un prêtre complaisant et t'enverra dans un temple probablement situé très loin, avec des règles particulièrement strictes quant au contact avec l'extérieur. Il existe – je suis désolée d'avoir à le mentionner – plusieurs sectes soutenant que les *shay'a'chern* sont impurs. Elles seraient trop heureuses de te « purifier » pour Withen et pour l'or de Withen. Et, sous la législation de ce royaume, aucun de nous ne pourrait te tirer de leurs mains.

Vanyel hocha la tête. Par l'acquiescement perceptible dans ses yeux, Savil considéra qu'il avait lui-même envisagé cette supposition auparavant, bien que pour des raisons différentes.

— Y a-t-il donc quelque chose que je puisse faire ? demanda-t-il calmement.

— Bien sûr, répondit-elle, sinon je ne serais pas ici à te parler en ce moment. Pourtant, je doute fort que tu apprécies la solution. C'est d'une simplicité confondante. À l'extérieur de cette pièce, Vanyel, rien ne doit changer.

— Mais…

Il leva la tête pour voir ce que pensait Tylendel, et découvrit que son amant acquiesçait, en total accord avec elle.

— Savil a raison, Van, dit tristement Tylendel.

— Mais…, protesta Vanyel en tendant une main vers lui en un geste suppliant, avant de tourner les mêmes yeux implorants vers Savil lorsque Tylendel secoua la tête.

— Mardic et Donni sont discrets, et je fais toute confiance à Margret pour ne pas divulguer ce qu'elle sait même sous la torture, mais si tu veux rester ici, Vanyel, ne dis ni ne fais rien pouvant trahir ta relation avec 'Lendel. Si les gens commencent à en parler, cela viendra aux oreilles de ton père.

— La manière la plus rapide de les faire causer, mon chéri, dit Tylendel d'une voix proche du murmure, est de changer. C'est de te montrer encore plus inamical envers moi que précédemment. Tu m'as bien dit que les filles t'avaient raconté que j'étais un pervers ?

Vanyel écarquilla les yeux en entendant le franc-parler de Tylendel.

— Tu as sûrement remarqué comme elles rient en cachette et gloussent à ce propos, et elles étaient polies. Mes préférences ne sont pas socialement acceptables. Il n'y a que deux raisons pour lesquelles j'ai eu aussi peu d'ennuis jusqu'à présent. La première est que je suis un apprenti Héraut, et on accorde un peu plus de liberté aux Hérauts qu'au commun des mortels. Et Savil est ma protectrice. Et il s'avère qu'elle possède un grade supérieur à quiconque dans le Cercle, à part le Héraut de la Reine.

— Et quelle est l'autre raison ? dit Vanyel d'une voix très basse.

L'ombre d'un sourire étira la bouche de Tylendel.

— Le fait que j'ai attrapé les deux pires offenseurs et les ai cognés jusqu'à ce qu'ils ne puissent plus se relever.

— Oh !

Tylendel prit l'une de ses mains entre les siennes.

—Je sais que tu voudrais que tout le monde soit au courant. Je ne peux pas te dire combien cela a de l'importance pour moi. Mais il est encore plus important pour moi de savoir que tu pourras rester avec moi.

—Et pour cela, jeune Vanyel, ajouta Savil, faisant intrusion dans l'échange intense se produisant entre eux, tu vas devoir commencer à jouer une performance qu'un Maître Comédien ne saurait égaler. 'Lendel et moi-même avons parlé de toi cet après-midi.

Voyant l'étonnement s'afficher sur le visage de Vanyel, Savil détermina qu'il n'avait pas deviné leur conversation par l'Esprit. Il ne savait peut-être pas que tous deux possédaient ce Don.

—Nous partageons le Don de la Parole Silencieuse, mon garçon, et il est sacrément utile dans des moments tels que celui-ci. Il m'a raconté certaines choses dont tu lui avais parlé, et qui ont modifié mon opinion en ce qui te concerne. Pourtant, je ne chercherai pas à te cacher la vérité ; je vais t'aider parce qu'il le désire, parce qu'il souhaite que tu restes ici. Alors, maintenant, je vais te donner un ordre : à l'extérieur de cette suite, tu devras rester le même petit bâtard présomptueux que le jour de ton arrivée. Et si tu pouvais même te montrer un tant soit peu grossier envers 'Lendel, cela serait encore mieux. En retour, je ferai pour vous deux un véritable petit sanctuaire de cette suite. N'est-ce pas une excellente affaire ?

Vanyel, qui était devenu plutôt pâle, déglutit et acquiesça.

Savil sourit pour la première fois depuis le début de leur entretien.

—Voilà un bon garçon. Si tu es la moitié de ce que 'Lendel affirme que tu es, je vais finir par t'aimer beaucoup. Je suis sincèrement désolée du traitement que ton père t'a fait subir. Je peux te dire qu'il n'est plus la même personne que je connaissais lorsque je fus Élue. Il est devenu rigide, entêté, et complètement borné. C'est peut-être la vieillesse ; c'est peut-être parce que beaucoup de ses vieux amis ont pris le Long Chemin et qu'il entrevoit la Mort qui le cherche aussi. C'est peut-être ce prêtre auquel il semble s'être attaché... Je n'en sais rien. (Elle toussa.) Eh bien, c'est sans importance ; ce qui est important est que tu ne seras obligé de jouer cette comédie que jusqu'à l'âge de tes dix-huit ans : tu seras alors majeur et tu pourras faire ce qui te plaira. Et je m'assurerai que 'Lendel commence à avoir quelques problèmes avec ses leçons de Magie. (Elle leur fit un clin d'œil, et Tylendel se mit à glousser.) Je pense que nous pouvons retarder son obtention de la Tenue Blanche jusqu'à ce que tu aies atteint ta majorité. Après cela, si cette histoire d'amour dure encore, tu devras prendre tes décisions par toi-même. D'accord ?

— Plus que d'accord, Tante Savil.

Vanyel avait l'air très sombre, très différent du garçon qui lui avait tenu tête il y avait de cela un mois à peine. Elle ne parvenait pas à mettre le doigt sur la raison de ce changement.

— *'Lendel, qu'est-ce qui lui arrive ?* dit-elle par l'Esprit, laissant sa perplexité se dissiper.

— *Plus de masques*, fut la réponse immédiate. *Je vous présente le véritable Vanyel, cher cœur. Celui que personne d'autre que moi – sauf peut-être sa sœur – n'a pu entrevoir. Vous voyez à présent pourquoi je l'aime ?*

La dernière pensée la fit se figer.

— *En es-tu si sûr*, ke'chara ? *En es-tu vraiment certain ?*

Par-dessus la tête de Vanyel, les yeux de Tylendel croisèrent les siens, les saisirent, les retinrent.

—*J'en suis tout à fait sûr.*

—*Et lui ?*

—*Je l'ignore ; cependant il était prêt à défier son père pour moi, et je pense que cela est plutôt révélateur.*

Elle ferma les yeux sous l'intensité de son regard brûlant.

—*Alors, que les dieux t'aident et te protègent.*

Elle tourna de nouveau son attention vers Vanyel. Il regardait toujours Tylendel, et la même expression se reflétait encore dans ses yeux, ainsi qu'une vulnérabilité et une appréhension qui lui brisèrent le cœur.

—Je t'aiderai autant que je pourrai, fils, dit-elle calmement. Je t'aiderai autant que je pourrai.

Chapitre 6

— Ne t'en va pas encore, dit brusquement Tylendel, alors que Vanyel se relevait.

Vanyel lui jeta un regard empli d'incertitude. Il était encore trop novice en cela : montrer ouvertement ses sentiments. Il s'attendait toujours à des coups qui pourtant ne venaient jamais.

Tylendel semblait toutefois le savoir.

— Ça va aller, Van, lui dit-il doucement. Tout ira bien. J'ai une bonne excuse.

— J'ai une leçon, protesta-t-il. Histoire. Et je suis toujours en retard par rapport aux trois autres.

Le visage de Tylendel était empreint d'ironie.

— Tu as une loi en toi-même, tu te rappelles ? Du moins, une manière dont tu es supposé te conduire. Tu as sauté tes cours de la matinée, saute ceux qui restent aujourd'hui ; raconte-leur que tu étais souffrant. Dis-leur que l'orage de la nuit dernière t'a donné mal au crâne.

— Mais…

— C'est important, l'amadoua Tylendel. C'est vraiment important. Bien plus que cette leçon d'Histoire. Si tu as pris du retard, je t'aiderai à le rattraper. S'il te plaît ?

Il ne fallut guère d'insistance de la part de Tylendel pour l'inciter à faire ce qu'il voulait déjà faire ; les leçons n'étaient vraiment pas aussi attrayantes qu'un peu plus de temps passé en sa compagnie. Au moins, ici, il n'allait pas être blessé. Ici, quelqu'un se préoccupait de lui. C'était tout aussi grisant qu'un peu trop de vin, et sans la gueule de bois.

Vanyel ferma la porte de sa chambre, puis tourna un visage plein d'attente vers son amant, immobile, une main encore sur le loquet.

Tylendel s'étira paresseusement, tendant les mains vers le plafond, la tête inclinée vers l'arrière. Puis il laissa retomber les bras, se redressa et s'avança dans la pièce pour poser sa main sur l'épaule de Vanyel.

— Il y a quelqu'un que je souhaiterais que tu rencontres, dit-il en poussant gentiment Vanyel en direction de la porte du jardin.

— Mais..., protesta faiblement Vanyel, je croyais...

— Tu as l'air d'adorer le mot « mais », chéri, glousse Tylendel. Cela te coûterait quoi d'en employer un autre ?

Il ouvrit la porte, sans toutefois préciser à Vanyel pourquoi il voulait le présenter à quelqu'un, alors que Savil venait juste de leur signifier à tous deux qu'ils devaient garder leur relation secrète...

En outre, Tylendel avait été d'accord avec elle !

Vanyel recommença à protester, puis, se rendant compte que tout ce qu'il pouvait dire était de nouveau « mais », il se calma, tandis que Tylendel le conduisait dans les jardins.

— Tu vois ce pont ? indiqua-t-il, son doigt pointé vers le nord, sur le premier des deux ponts traversant la rivière Terilee sur les terres du palais. Et ce bosquet de pins sur l'autre rive ?

Vanyel hocha la tête. C'était en fait une pinède vigoureuse, dont les arbres s'étendaient sur une bonne distance à l'intérieur du Champ. Ils étaient hauts, très touffus et d'un vert profond presque noir, avec de gigantesques branches qui s'affaissaient sous leur propre poids jusqu'à toucher le sol.

— Compte jusqu'à cinquante quand tu m'auras vu y pénétrer, puis suis-moi, ordonna Tylendel. Mais, au cas où quelqu'un apparaîtrait ou regarderait par une fenêtre, tu ferais mieux de t'entraîner au rôle du petit donneur de leçons arrogant.

Vanyel acquiesça de nouveau, complètement mystifié, mais souhaitant accomplir – pleinement tout projet que Tylendel lui demanderait. Il se mit en place avec soin –, s'appuyant contre le chambranle de la porte, les bras croisés sur la poitrine, essayant de donner l'impression qu'il était simplement occupé à paresser dans le jardin, pendant que Tylendel s'éloignait d'un pas nonchalant.

Cela va être plus difficile qu'auparavant, pensa-t-il, la mine sinistre, essayant de regarder ailleurs que dans la direction de Tylendel. *Je n'avais rien à perdre, avant. Maintenant, je peux tout perdre à la moindre bévue.* Il ferma les yeux et leva son visage vers le soleil, comme s'il était en train d'en savourer la chaleur. *Mais, si je ne fais pas d'erreur – oh, dieux ! lequel de vous deux est responsable de cette situation ? –, cela en vaudra bien la peine. Je le jure, cela vaudra la peine de ce que vous exigez de moi !*

Il risqua un regard furtif vers la rivière ; Tylendel venait juste d'atteindre la pinède. Il détourna ensuite les yeux, fit quelques pas vers un parterre d'hémérocalles, qu'il admira quelques instants avant de regarder de nouveau du côté de la rivière. Les cheveux blonds de Tylendel brillaient entre les arbres sombres comme un écheveau emmêlé de rayons de soleil, avant de disparaître sous les branches qui se refermèrent sur lui.

Vanyel reporta sa contemplation sur un massif de rosiers rampants, se penchant d'un air languide pour en humer le parfum, tout en comptant jusqu'à cinquante comme prévu. À peine venait-il d'atteindre le dernier chiffre qu'une volée gloussante de ses admiratrices apparut au détour d'une haie, le vit et changea de parcours afin de croiser le sien.

Oh, non! pensa-t-il, consterné.

Il chercha discrètement une issue, mais ne trouva aucun moyen de les éviter. En soupirant, il se résigna à l'inévitable et attendit leur arrivée.

— Vanyel, qu'est-ce que tu fais ici ? lui demanda la mince Jillian, à peine adolescente, en battant ses cils dorés à son attention. N'es-tu pas supposé être en cours ?

Vanyel réprima une grimace. *Il fallait que ce soit Jillian. Aucun bon sens, et la moralité d'une chienne en chaleur. Et me poursuivant avec tout l'acharnement d'un faucon plongeant sur un pigeon. Seigneurs ! J'espère que son père la mariera rapidement, sinon elle aura couché avec toute la Cour avant longtemps.*

Il lui sourit malgré tout, d'un sourire calculé empreint d'une nuance de souffrance.

— Un maudit mal de crâne, ma mignonne. Cela a commencé la nuit dernière, quand l'orage s'est annoncé, et je ne parviens pas à m'en débarrasser. J'ai essayé de dormir, mais… (Il haussa les épaules.) Ma tante a suggéré que je fasse une longue promenade.

Toute la compagnie se mit à glousser quasiment à l'unisson.

— Suggéré avec un bâton, je parierais, dit sardoniquement la sombre Kertire, en clignant des yeux à la lumière du soleil. Revêche Savil ! Eh bien, nous t'accompagnerons, et t'empêcherons ainsi de mourir d'ennui.

Vanyel se mordit la lèvre de contrariété et se mit à réfléchir à toute vitesse.

— Elle m'a également suggéré de me rendre à la leçon, dit-il en grimaçant. Jusqu'au bout du Champ des Compagnons et retour. Et je n'ai aucun doute qu'elle est en train de m'observer de sa fenêtre. (Il leur fit la moue.) Même si j'adorerais votre compagnie, mes jolies, je doute sincèrement que ces chaussons que vous portez soient adaptés à une balade dans un champ plein de… euh…

— De crottin de cheval, dit inélégamment Jesalis, fronçant le nez et faisant voltiger ses boucles blondes par-dessus son épaule. Quelle barbe ! En effet, tu as raison… (Elle pointa légèrement le pied, et inspecta avec un air de regret son chausson de satin rose brodé.) Je viens juste d'en terminer les broderies et de les récupérer chez le cordonnier. Je ne voudrais pas les souiller, et c'est ce qui leur arrivera même pas à mi-chemin. (Les autres murmuraient entre elles des commentaires similaires, affichant des mines consternées.) Nous ne te pardonnerons jamais de nous avoir abandonnées, Vanyel.

— Alors là, c'est injuste ! s'exclama-t-il, l'air contrit. Me blâmer à cause des ordres de ma vieille tante grincheuse !

Il roulait des yeux mélancoliques tout en les regardant. Jesalis se mit à rire.

— Nous te pardonnerons seulement si tu promets de te rattraper ce soir après le dîner.

— Ce soir ? demanda-t-il, peiné à l'idée de passer la soirée en leur compagnie au lieu de celle de Tylendel, comme ils l'avaient planifié ce matin.

Elles crurent que son expression était provoquée par son mal de tête.

— Eh bien, sauf si tu ne te sens toujours pas mieux, crut bon d'ajouter Jesalis.

— Après une excursion à travers un parcours périlleux et semé d'embûches comme celui-ci, dit-il en faisant un grand geste extravagant vers le Champ s'étendant au-delà de la rivière, je doute fort de me sentir mieux.

— Eh bien…

— Marché conclu ; si vous me pardonnez, je viendrai vous jouer de la musique pendant que vous ferez de la broderie demain matin, leur dit-il.

Il était plutôt désespéré, désireux de leur promettre n'importe quoi afin d'éviter de perdre sa soirée, et se souvenant qu'elles l'avaient toutes sans exception harcelé pour qu'il joue pour elles. Ce qui n'avait pas été possible auparavant, car cela aurait été bien trop douloureux. Désormais, eh bien, devenir – ou ne pas devenir – Barde ne lui semblait plus aussi important. La pensée de la musique ne le faisait donc plus du tout souffrir. Ou du moins pas autant. C'était assurément un petit prix à payer pour garder sa soirée libre.

— C'est vrai ? cria Wendi d'une voix perçante. Sa sœur aînée avait été élevée avec la mère de Vanyel. Vraiment ? Ratha m'a dit que tu étais aussi bon qu'un Barde !

— Eh bien, dit-il en haussant les épaules avant de sourire d'un air satisfait. Je ne peux pas dire que je sois maladroit au luth. Et je connais une ou deux ballades et une ou deux danses.

— Marché conclu, dit Jesalis. Voilà une excellente affaire.

— Tes désirs sont des ordres, ma chère, répliqua-t-il, avec une gratitude sincère. Je ne pourrais pas vivre sans votre pardon. Maintenant, si vous voulez bien m'excuser... Plus tôt je me serai débarrassé de cette tâche absurde, plus tôt je pourrai retourner me coucher.

Elles se mirent à glousser et revinrent sur leurs pas. Tandis qu'il les regardait s'éloigner, elles disparurent de nouveau derrière la haie, en direction du labyrinthe.

Lorsqu'elles furent enfin hors de vue, il traversa le pont en traînant les pieds – à contrecœur, de toute évidence – puis grimpa une courte pente, se dirigeant vaguement vers la pinède.

Il la dépassa, marchant au travers d'herbes douces, hautes jusqu'au genou ou extrêmement rases. En dépit de ce qu'il avait dit aux filles, il n'y avait aucune « embûche » dissimulée dans l'herbe pour les non-avertis. Cela le surprit quelque peu : il était plutôt familier des longues promenades à travers les pâturages et des risques inhérents.

Comment font donc ces sacrés Compagnons ? Ils jettent tout dans un coin ? J'imagine... Les histoires relatent qu'ils sont aussi intelligents qu'un humain. Je suppose que c'est possible. Voire très vraisemblable. Malgré tout, ils mangent de l'herbe comme les chevaux, et qui voudrait se restaurer dans des cabinets d'aisance ?

Après s'être assuré que personne ne pouvait le voir, Vanyel revint à grands pas vers la pinède et en écarta les lourdes branches rugueuses pour se frayer un passage.

Les aiguilles se fichèrent dans ses cheveux et sur ses vêtements, et les branches se refermèrent au-dessus de sa tête presque aussitôt, éclipsant la plupart des rayons du soleil. À quelques pas à l'intérieur de la pinède, il n'y avait plus de lumière directe ; il traversa une pénombre crépusculaire parfumée de résine, les branches s'entrelaçant juste au-dessus de sa tête. Sous ses pieds, un épais tapis d'aiguilles sèches craquait légèrement, libérant davantage leur parfum. Ses propres pas, quant à eux, étaient quasiment silencieux. Quelque part au loin, il entendait les oiseaux qui s'appelaient, mais leurs chants paraissaient très éloignés. Cet endroit lui semblait gigantesque maintenant qu'il s'y trouvait, bien plus grand qu'il lui avait paru de l'extérieur. Magique, presque mystique, très différent du Champ vert vif et or situé pourtant juste à quelques pas.

Ce n'était pas la Pinède, qui se trouvait beaucoup plus loin à l'intérieur du Champ, mais ce bosquet de pins ancestraux procurait à Vanyel une agréable et frissonnante impression, une sensation de pleine conscience, de vie.

— 'Lendel ? appela-t-il doucement dans cette quiétude bleu-vert sous les branches de pins, sa voix étouffée par les rangées de troncs qui se dressaient autour de lui, semblables à des colonnes d'ébène broussailleuses.

Il se retourna, lentement, essayant de voir au travers des ombres, de scruter sous les branches duveteuses.

— Par ici, vint la réponse de quelque part derrière lui, tandis que, sur sa droite, une forme blanche apparaissait tel un fantôme, se précisant pour devenir…

Un Compagnon ! Le premier que Vanyel ait jamais vu d'aussi près. Et Tylendel à son côté, une main posée sur la courbe arquée de son encolure immaculée comme la neige.

— Voilà qui je souhaitais que tu rencontres. Van : voici Gala. Elle te connaît déjà, depuis la nuit dernière. Nous sommes liés par l'esprit ; je lui ai tout raconté, et elle a souhaité immédiatement te rencontrer.

Vanyel se sentait bizarre et tout gêné. Ces yeux saphir exprimaient une intelligence plutôt effrayante, mais l'apparence était celle d'un cheval. Comment, par Haven, se présenter à un cheval ?

Le silence se prolongeait ; il regarda Gala dans les yeux, déglutit et fit une tentative :

— Bonjour, dit-il, timidement, scrutant les profondeurs de ces yeux en espérant s'adresser directement à cette intelligence, essayant d'oublier qu'il se sentait plus que stupide et intimidé. Je… j'espère que cela ne vous dérange pas que…

Gala s'ébroua et Tylendel se mit à rire.

— Elle me dit de te dire qu'elle avait espéré que je trouve un ami gentil et lui donne ainsi l'occasion d'un peu de tranquillité pendant un long moment. Elle dit qu'il est fort déconcertant, juste au moment de se glisser vers un bel étalon, de m'entendre lui demander de me raconter des histoires pour m'endormir.

C'était la dernière réponse à laquelle il s'attendait. Vanyel réprima un rire.

— 'Lendel, tu n'as pas fait ça !

Il hocha la tête, tandis que Gala secouait la sienne de concert.

— Si, j'ai dû le faire, mais une fois seulement. C'était après Nevis, et je me sentais… (il hésita et détourna le regard) plutôt seul.

Vanyel toucha la main toujours posée sur l'encolure de Gala.

— Plus maintenant, j'espère.

Tylendel déplaça son regard de cette main légère au visage de Vanyel, et ses yeux s'illuminèrent.

— Non, répondit-il calmement. Plus maintenant.

La tranquillité de la pinède ombragée leur faisait oublier tout le reste à l'exception d'eux-mêmes. Sous le charme de ce lieu et de cette rencontre, aucun d'eux ne prêtait attention au temps qui s'écoulait…

Jusqu'au moment où Vanyel trébucha en avant, propulsé par une vigoureuse poussée dans le bas du dos. Tylendel le retint. Stupéfaits, tous deux ne purent qu'émettre des cris de surprise manquant quelque peu de dignité.

Gala caracola quelques pas en arrière, émettant des sons dont Vanyel aurait été prêt à parier qu'il s'agissait d'un rire. Il était évident qu'elle venait de le pousser des naseaux dans les bras de Tylendel.

Ce dernier éclata bruyamment de rire ; il se tenait le ventre, cherchant à reprendre son souffle. Gala s'ébroua en secouant la tête, et il fut de nouveau plié en deux.

Ils sont en train de se parler, devina Vanyel finalement, tandis que Tylendel haletait. *Ou… eh bien, j'imagine qu'elle est en train de le taquiner. Dieux du haut et du bas ! toutes ces histoires sont donc vraies ! Si seulement je pouvais les entendre…*

Il ressentit des palpitations irrégulières au creux de l'estomac, et il goûta à l'amertume de ce qui ne pouvait être que de la jalousie. Tylendel et Gala partageaient une chose à laquelle il ne serait jamais convié, quelque chose qu'ils avaient en commun depuis des années, avant son arrivée. En cela, il était – et serait toujours – un étranger.

Cette prise de conscience se condensa en une boule dure et froide dans sa gorge et, en plus du goût amer de la jalousie, il fut soudain saisi d'un frisson glacé de solitude. Et aussi d'un léger doute…

Il pourrait vraiment avoir n'importe qui, n'est-ce pas ? Alors pourquoi s'inquiète-t-il de moi, après tout ? Comment savoir s'il est vraiment sincère comme il me l'a dit ?

Mais, avant de s'embourber dans la fange de la déprime, il s'aperçut que ses mains étaient toujours fort occupées à empêcher l'apprenti de tomber, tandis que Tylendel tentait de recouvrer son souffle tout en s'esclaffant, haletant comme un poisson hors de l'eau.

— Tu ne ferais pas cela ! s'étrangla-t-il, tandis que des larmes de rire coulaient le long de ses joues.

Il s'écarta de Vanyel pour s'avancer vers son Compagnon avec un air faussement menaçant, mais rata son effet parce qu'il fut obligé de s'agripper à un tronc d'arbre, quelque chose qu'elle avait « dit » le faisait de nouveau se tordre de rire.

— Tu n'oseras pas ! Gala, je ne ferai pas une telle chose ! Espèce de petite garce mal élevée !

Gala trépigna, ses sabots ne faisant aucun bruit sur l'épais tapis d'aiguilles. Ses yeux scintillaient de malice et, pendant un instant, Vanyel eut la déconcertante double vision du Compagnon qui caracolait et d'une jeune femme tout aussi malicieuse, à peu près de l'âge de Tylendel, qui riait silencieusement de son Élu.

Ce fut pire qu'auparavant. Vanyel se sentit complètement seul, totalement laissé à l'écart.

Tylendel, qui ne remarquait pas du tout sa détresse, parvint à recouvrer la maîtrise de lui-même, et s'essuya les yeux du revers de la main en se redressant.

Il arbora une expression qui se voulait sévère.

— Maintenant, viens par ici, méchante demoiselle, commença-t-il, mais elle retourna la situation en geignant, cherchant à lui fourrer les naseaux contre la joue.

Vanyel vit les yeux de Tylendel s'adoucir tandis qu'il se laissait faire.

— Bon, d'accord, je te pardonne, soupira-t-il, s'avouant vaincu. (Il lui enlaça l'encolure et posa sa joue contre la sienne.) Mais tu ferais mieux de ne pas…

Ce que Gala ferait « mieux de ne pas » faire, Tylendel ne l'exprima pas verbalement ; et Vanyel n'était pas non plus tout à fait certain qu'il souhaitait le savoir. Il soupçonnait que cela ne serait que trop embarrassant.

Finalement, Gala se libéra et poussa son Élu dans la direction de Vanyel… bien plus délicatement que la fois précédente. Et, comme pour s'excuser, elle fit quelques pas en avant et donna à Vanyel une brève caresse de ses naseaux, assez semblable à un doux baiser, avant de s'éloigner au trot sous la pinède dans le crépuscule bleuté et de disparaître parmi les troncs.

Un silence s'ensuivit.

— Eh bien, dit enfin Tylendel. C'était Gala.

Vanyel répondit par la première chose qui lui vint à l'esprit.

— Tu l'aimes vraiment, n'est-ce pas ?

— Plus que tout, à part toi et Staven, répliqua Tylendel, presque sur un ton d'excuse. Je ne suis pas sûr de pouvoir l'expliquer…

Il retint ce qu'il s'apprêtait à dire, comme si quelque chose dans l'expression de Vanyel lui faisait comprendre combien cette rencontre l'avait déprimé.

— Van… (Il tendit une main hésitante vers son épaule, puis la retira, comme incertain d'oser le toucher.) Je ne t'ai pas fait venir ici pour te blesser.

Sa détresse véritable contraignit Vanyel à se ressaisir et à tenter d'analyser ses sentiments, au lieu de seulement s'y complaire.

Ils étaient pour le moins mitigés.

— Je crois que je suis jaloux, avoua-t-il au bout d'un moment, gêné. Je sais que c'est ridicule, elle ne pourra jamais t'avoir comme moi… Mais je ne pourrai jamais partager tes pensées comme elle le fait.

— Euh… Tu ne voudrais pas…, commença Tylendel.

— Mais la question n'est pas là, l'interrompit Vanyel en reculant de quelques pas. Je ne peux pas connaître cela. Tu peux m'en parler, mais je ne pourrai jamais le connaître, n'est-ce pas ?

Ne sachant plus que dire, il demeura silencieux, se détournant légèrement, le regard perdu au loin derrière Tylendel, parmi les ombres qui avaient englouti le Compagnon.

— Van. (Il sentit la main de Tylendel se poser légèrement sur son épaule et se retourna pour le regarder dans les yeux.) Veux-tu que nous en parlions ? Souhaiterais-tu entendre ce qu'il en est pour nous, comment tout a commencé ? Penses-tu que cela t'aidera à comprendre ?

Ne faisant pas confiance à sa propre voix, Vanyel acquiesça.

— Cela va prendre quelque temps ; choisis un endroit où t'asseoir. À moins que tu préfères revenir à la chambre ?

Tylendel haussa un sourcil interrogateur.

— Non, j'aime bien ici. C'est plus intime, en quelque sorte.

Vanyel eut un instant d'hésitation, qu'il tenta de dissimuler en cherchant des yeux un lieu adéquat. Il choisit finalement le pied de l'un des arbres les plus hauts, entre deux racines chacune aussi épaisse que sa jambe. Il s'adossa contre le tronc et se laissa glisser au sol pour se retrouver délicatement retenu là où les racines rejoignaient l'arbre.

Tylendel considéra son choix pendant un moment.

— Eh bien, je ne vois que deux façons de te parler et te regarder en même temps, et comme je n'ai nulle intention de devoir hurler à travers la clairière...

Avant que Vanyel ait eu le temps de réagir, il s'étendit de tout son long sur le sol pour venir poser sa tête sur ses genoux.

— Voilà qui est bien mieux, soupira-t-il.

Vanyel se figea.

— Van, reprit tranquillement Tylendel, fermant les yeux, je ne te ferai aucun mal. Pour quelque raison que ce soit. J'aime être à ton côté, avec toi. J'ai besoin de toucher les gens, mais jamais je ne te ferai du mal. (Vanyel commença à se détendre un peu.) J'aime bien cette pinède moi aussi, bien que peu de gens semblent l'apprécier. On dirait que le temps cesse d'exister en ces lieux.

Il gardait les yeux clos, et Vanyel distingua une petite ride de douleur qui s'était formée entre ses sourcils.

Il souffre de ces maux de tête, il me l'a dit la nuit dernière... Je me demande... si cela le gênerait... si cela aiderait...

Vanyel hésita un instant, puis se mit à masser délicatement les tempes de Tylendel du bout des doigts. L'apprenti se mit à glousser et Vanyel sentit que ses épaules se détendaient.

— Il te reste environ une centaine d'années pour faire cesser cela, lui dit-il. Je pense que j'ai attrapé le mal de tête dont tu prétendais souffrir.

— Tu allais me parler de toi et de Gala, et d'être Élu, l'incita Vanyel, même si cette pensée le mettait encore légèrement mal à l'aise. Ce que je veux dire… tu as eu droit à pratiquement toute l'histoire de ma vie la nuit dernière, mais moi je ne sais toujours pas grand-chose à ton sujet.

— Pour commencer par le début… j'ai un frère jumeau, Staven, mon aîné d'à peine une heure. Il ne me ressemble en rien, au fait ; il est plus grand, plus mince, les cheveux plus foncés, et bien plus beau. Il est le maître, je suis le disciple. Nous avons une sorte de lien mental qui nous relie depuis le jour de notre naissance. Des choses se produisent tout le temps entre nous. Des choses comme… oh, eh bien, je me suis évanoui lorsqu'il a fait une chute dans le puits ; il a réagi comme si sa jambe était cassée lorsque j'ai brisé la mienne. Nous savions toujours ce que faisait l'autre. (Il prit une profonde inspiration.) Les gens étaient tous au courant, mais je possédais également d'autres Dons, que je pouvais utiliser. À part ce lien mental, depuis l'âge de neuf ans j'avais une petite pointe de Perception des pensées des gens – autres que Stav – et j'avais la faculté de… d'infliger des accidents à des personnes que je n'aimais pas.

— Cela t'a-t-il causé des problèmes ? s'enquit Vanyel. Je veux dire, avec les gens. J'imagine qu'on n'appréciait pas particulièrement ce dernier Don.

Tylendel remua légèrement la tête.

— Cela ne s'est pas présenté assez souvent pour que les gens le remarquent vraiment… ou, s'ils s'en apercevaient, ils avaient bien trop peur de mon père pour dire quoi que ce soit. Je m'en suis peu servi… provoquer des accidents, je veux dire ; cela me rendait malade, après. Staven tentait parfois de m'inciter, mais je ne cédais pas. (Tylendel s'interrompit, se mordant la lèvre ; ses traits affichèrent brièvement un air sinistre et soucieux avant de s'éclaircir de nouveau.) C'était le lien entre Staven et moi qui était le plus fort et le plus prévisible des Dons ; il se limitait plutôt à des sensations physiques, mais quand nous avons compris comment l'utiliser…

Vanyel se mit à rire.

— Je parie que vous étiez des terreurs invétérées.

Tylendel se mit à rire en écho, et lui fit un clin d'œil.

— Je ne serais pas contre l'idée d'avoir un tel lien avec toi.

Vanyel rougit, et répondit avec franchise :

— Moi non plus.

L'expression de Tylendel s'apaisa.

— Maintenant, voici la partie où les choses deviennent bizarres. Staven se développa relativement tôt ; à douze ans, il était aussi grand que la plupart des garçons de quinze ans, et toutes les filles commencèrent à lui faire des avances. Et pas seulement les filles, mais aussi des femmes. Je crois qu'il a eu sa part de succès féminins, ainsi que la mienne, si tu veux vraiment savoir la vérité. Cet été-là, on accueillait un tournoi et chaque donzelle, des gardeuses d'oies aux nobles Dames de haute lignée, le poursuivait de ses assiduités, et il se comportait comme un jeune coq excité dans une basse-cour. Le point culminant fut atteint lorsque l'une des Dames qui était venue rendre visite à Mère lui transmit un petit mot exprimant en des termes sans équivoque qu'elle serait absolument ravie de le trouver dans sa couche cette nuit-là… Eh bien…

Il ferma les yeux un instant, avant de scruter le visage de Vanyel, ses propres traits affichant une certaine ironie.

— Il faut me comprendre, j'étais tout aussi curieux que n'importe quel gamin de douze ans de savoir ce que c'était de le faire. Je lui ai dit que je surveillerais ses arrières s'il me laissait… eh bien… écouter à la porte, en quelque sorte…

— Quelque chose me dit que tout ne se passa pas comme prévu, devina Vanyel.

— En plein dans le mille, dit sobrement Tylendel. J'étais « avec » lui depuis un moment et les choses prenaient une tournure intéressante. Je m'étais senti bizarre dès le début, mais j'essayais de l'ignorer et me concentrais sur notre lien. Puis les événements se… je ne sais comment le décrire, disons que je commençais à perdre mon emprise sur moi-même et à fusionner avec lui. Et plus je me concentrais, plus cela devint étrange. Cela ressemblait à ces occasions où j'avais provoqué des accidents ; la pièce semblait s'estomper et réapparaître tour à tour, j'éprouvais une sorte de fièvre nauséeuse, mon cœur battait la chamade… et je ne pouvais plus discerner qui était moi et qui était Stav. En toute autre circonstance, je pense que j'aurais abandonné et tout stoppé, mais j'étais entêté et craignais un peu que Stav se moque de moi pour m'être éclipsé tête basse, quand tout serait terminé. Je maintenais donc le lien, m'imaginant que si je pouvais juste m'en protéger les choses deviendraient de nouveau divertissantes. Puis… (Il fit un léger mouvement de la tête, et sa bouche se contracta.) Juste au moment où la situation allait atteindre son apogée pour Staven, quelque chose… se libéra en moi. Je me souviens à peine du commencement : comme si on m'avait brusquement laissé choir dans des flammes. Je ressentis une douleur insoutenable. Je me sentais comme pris au milieu d'un orage, et vu les dégâts que je fis dans notre chambre, c'était peut-être ce que j'avais provoqué. Quelque chose en relation avec ce qui se passait, en relation avec le lien que j'avais avec Staven, déclencha l'ensemble de mes Dons potentiels… de manière explosive. Je demeurai inconscient pendant une journée environ et, lorsque je repris connaissance… (il frissonna) plus rien n'était comme avant.

Il ferma les yeux, et Vanyel lui caressa le front. Sa bouche était contractée, des rides de tristesse marquées aux commissures de ses lèvres. Vanyel entendait, très loin, les martinets crier comme les âmes en peine d'enfants-fantômes.

—J'en étais donc là, pousuivit Tylendel d'une voix faible et tendue. Je possédais le Don de la Magie, de la Perception des pensées, de la Télékinésie, un peu du Don d'Empathie… aucun d'eux prévisible, aucun d'eux contrôlé, tous prêts à éclater à tout moment. (Il jeta un coup d'œil au visage de Vanyel, y lut de la perplexité.) Dieux ! j'oublie toujours que tu n'es pas apprenti ! La Télékinésie… cela veut dire que je peux déplacer les objets par l'esprit, sans avoir à les toucher ; l'Empathie signifie que je peux ressentir ce que quelqu'un d'autre ressent, c'est la raison pour laquelle j'étais au courant lorsque tu as eu ce cauchemar la nuit dernière. La Perception des pensées… si une personne ne se protège pas, je suis en mesure de savoir ce qu'elle pense. Le Don de la Magie est plus difficile à expliquer, mais c'est ce qui rend possible la pratique occulte pour un Héraut-Mage.

—Tu peux dire à quoi je pense ? dit Vanyel sur un ton dubitatif.

Il aurait tant aimé partager les pensées de Tylendel comme le faisait Gala, mais il n'était pas du tout certain de souhaiter que cette relation soit unilatérale.

— Je le peux, mais n'en ferai rien, dit Tylendel avec une telle fermeté que Vanyel n'en douta pas dans son cœur. Même si ce n'était pas si injuste envers toi, cela va à l'encontre de toute éthique inhérente à l'existence d'un Héraut. Je l'utilise essentiellement pour converser avec Gala et Savil.

Vanyel hocha la tête, réconforté.

— Tu possèdes donc tous ces… Dons, qui t'ont en quelque sorte été transmis, et sans aucun moyen de les contrôler.

— Exactement, confirma Tylendel avec pondération. Et tout ceci se produisit lorsque j'avais douze ans. Deux années avant que Gala vienne à ma rencontre. Sans l'aide de Staven, je serais devenu fou.

— Pourquoi ? murmura Vanyel. Que s'est-il passé ?

— Qu'est-ce qui ne s'est pas passé ? Je m'étais donc effondré, sous le coup d'une attaque… Lorsque je repris connaissance, j'étais au centre d'un cercle de cinquante pieds de décombres. Il s'agissait de la combinaison du Don de la Magie et de la Télékinésie opérant de concert, d'une manière que ni Savil ni moi ne sommes parvenus à reproduire sous contrôle. Il semblerait que cela arrive quand je suis fou furieux. (Il leva la main pour se toucher le front entre ses sourcils froncés.) Staven était le seul qui pouvait m'approcher… qui voulait bien rester à mon côté, pendant ou en dehors d'une crise. Ils disaient tous que j'étais envoûté par un démon. Ils disaient qu'à cause de ce que Staven et moi avions tenté de partager j'avais été possédé. Lorsque je… commençai à montrer des signes que j'étais *shay'a'chern*, ils dirent que j'étais également maudit.

—C'est... c'est stupide! s'écria Vanyel avec indignation.

—Ils le disent encore; s'ils avaient osé, ils m'auraient banni. Mais ils n'en firent rien; Staven jura que s'ils le faisaient il s'exilerait avec moi. Or il était l'Héritier, le seul héritier possible vu mon comportement. Mère n'était plus capable d'avoir d'autres enfants, Père ne souhaitait pas se remarier, et il s'était montré résolument fidèle envers elle, du coup il n'y avait aucun bâtard aux alentours. Ils n'avaient pas le choix. Ils furent obligés de tolérer ma présence, mais ils n'étaient pas tenus de rendre ma vie agréable.

Vanyel fut étonné que la situation qu'avait connue Tylendel ait été en réalité bien pire que la sienne.

—Ils m'ont gardé complètement isolé; même lorsque j'allais bien, ils préféraient m'éviter. Mais, quand tous les autres m'abandonnaient lors de mes crises, Staven restait, il prenait soin de moi, inébranlable dans sa conviction absolue que jamais je ne lui ferais de mal. Le côté positif était que ce qui m'était arrivé n'était pas de la possession, malgré ce que l'on racontait: on pouvait le soigner.

Tylendel haussa de nouveau les épaules, le regard hanté, perdu dans un autre temps et un autre lieu. Ressentant sa souffrance, Vanyel posa ses mains sur ses épaules, essayant simplement de lui apporter du réconfort par sa présence, sans le perturber. Tylendel leva les yeux vers lui, lui tapota la main et lui adressa un demi-sourire.

—Tu vois? Je pense que c'est peut-être pourquoi nous nous comprenons. Puis Gala arriva, finalement... Oh, dieux! je n'arriverai jamais à te raconter ce que cela m'a fait de regarder dans ses yeux la première fois! C'était... comme deux âmes qui se touchent. Et le soulagement… savoir que je n'étais pas fou, que je n'étais pas possédé par un démon… Je suis passé de l'enfer au paradis en un battement de cœur.

Il soupira et resta un long moment plongé dans ses pensées.

— Qu'a-t-elle fait ? s'enquit Vanyel.

— Pour commencer, elle m'a placé sous sa protection ; m'a contrôlé jusqu'à ce que nous arrivions ici et que Savil me prenne sous son aile. C'est une raison bien suffisante pour l'aimer, même sans autre lien particulier avec elle. Elle est véritablement ma meilleure amie et mon âme sœur. (Il tendit la main et effleura la joue de Vanyel. Sa main était fraîche, presque froide.) Mais elle ne sera jamais ce que tu représentes pour moi. Comprends-tu ce que je dis, mon chéri ? Je lui dois ma raison, mais en de nombreux points elle est plus que je suis ; je l'aime comme j'aime Savil ou ma mère… d'inférieur à supérieur. Pas comme un frère et une sœur, ou deux amants ; même jamais comme des égaux.

Vanyel posa sa main sur celle qui lui caressait la joue et la retint, la réchauffant dans la sienne.

— Qui suis-je, alors ?

— Tu es mon compagnon, mon égal, mon ami… et mon amour. Vanyel, je ne l'ai pas exprimé par beaucoup de mots la nuit dernière… mais je t'aime vraiment.

Ces mots étaient inattendus ; et l'engagement qu'ils représentaient n'était sûrement pas ce à quoi Vanyel s'attendait.

— Mais…, bégaya-t-il, incertain que ce qu'il ressentait était de la joie ou de la peur.

— Van, je sais que nous ne nous connaissons que depuis fort peu de temps, néanmoins je t'aime sincèrement, dit

Tylendel, ignorant le « mais », et soutenant de son regard celui de Vanyel. Et je t'aime parce qu'il en est ainsi, non parce que je te dois quelque chose, ou parce qu'un dieu quelque part a décidé que je serais un Héraut, ni parce que tu es un professeur adoré. Je t'aime parce que tu es Vanyel, que nous nous appartenons l'un à l'autre, et qu'ensemble nous pouvons nous défendre contre tout.

À sa grande confusion, Vanyel sentit que ses yeux commençaient à le piquer.

— Je ne sais pas... je ne sais que dire, répliqua-t-il maladroitement, en clignant fortement des paupières. Excepté... 'Lendel, je pense qu'après la nuit dernière... je ne peux me souvenir d'avoir jamais été aussi heureux. Je n'ai jamais aimé quiconque, je ne sais pas ce que cela signifie, mais si... (Il tenta d'exprimer ce qu'il ressentait.)... si vouloir mourir pour toi correspond à de l'amour...

Ses yeux le brûlaient ; il les frotta de sa main libre et essaya de traduire ses sentiments par des mots cohérents. Il tâtonna parmi ses pensées, très maladroit et totalement dépassé, mais il avait besoin de mettre en forme ses émotions déconcertantes. Il ne s'était encore jamais senti aussi vulnérable et mis à nu.

— Je ferais tout pour toi ; je supporterais les sarcasmes, les doigts tendus accusateurs... je n'y prêterais aucune attention, du moment qu'ils ne m'éloignent pas de toi. Si je le pouvais, je te donnerais tout. Je ferais tout mon possible pour te rendre heureux. Et... je te partagerais de bon cœur avec Gala.

— Ciel, ne dis pas cela, gloussa Tylendel. (Sa voix s'épaissit de manière suspecte et ses yeux scintillèrent dans la pénombre.) Sais-tu qu'elle voulait « écouter aux portes » ? Elle va te prendre au mot, la petite grivoise.

Le visage de Vanyel s'embrasa, et il se mit à rire, profitant de son embarras pour surmonter cet instant de totale vulnérabilité.

— Je savais qu'elle dirait quelque chose qui me ferait rougir, je le savais !

— Eh bien, elle ne parviendra pas à satisfaire sa luxure, je te le promets, dit Tylendel avec fermeté. Moi je ne te partagerai pas, c'est comme ça.

Vanyel entra dans leur chambre par la porte du jardin, battant des paupières jusqu'à ce que ses yeux s'adaptent à la pénombre après l'éclat intense du soleil de midi qui illuminait les jardins. Il portait son luth dans sa main droite, et tenait sa main gauche, enveloppée d'un mouchoir, recroquevillée contre sa poitrine.

Grands dieux ! j'aurais dû me montrer plus vigilant ! songeait-il avec regret, sa main gauche lui causant de douloureux élancements. *Je suis un vrai imbécile.*

— 'Lendel ? appela-t-il en direction de la pièce commune. (Il rangea précautionneusement de la main droite le luth sur son support.) Es-tu là ?

— Bien sûr que je suis là. (Tylendel apparut d'un pas nonchalant, une tartine de pain et de fromage à demi entamée dans la main.) C'est l'heure du déjeuner, et tu sais que je suis toujours ici lorsqu'il y a à manger !

Vanyel commença à retirer le bandage de sa main… lentement…

Tylendel cessa de mastiquer, puis jeta prestement sa tartine, l'oubliant sur la table.

— Par Haven ! Van, qu'est-ce que tu t'es fait ? Assieds-toi !

Les extrémités des doigts de Vanyel étaient couvertes d'ampoules, dont certaines avaient crevé et saignaient.

Les muscles de sa main étaient tellement contractés qu'il n'aurait pu déplier les doigts même si sa vie en dépendait. Il contempla les dégâts qu'il avait infligés à sa main avec une expression d'incrédulité peinée.

Tylendel le poussa sur le lit et prit sa main blessée entre les siennes.

— Je me suis conduit comme un imbécile, c'est ce que j'ai fait, lui dit Vanyel avec regret. Hier, j'avais promis aux filles que si elles me laissaient tranquille je jouerais pour elles ce matin. J'avais oublié combien de temps s'était écoulé depuis la dernière fois où j'ai joué… Eh bien, pour te dire la vérité, je ne me rappelais plus que j'avais perdu la sensation de certains doigts quand mon bras avait été cassé. Je n'ai réalisé ce que j'avais fait au bout de mes doigts qu'après que les muscles de ma main ont commencé à me donner des crampes.

— Reste ici. (Tylendel se dirigea vers la petite malle au pied du lit qu'il avait apportée dans la chambre de Vanyel avec le reste de ses affaires, se pencha au-dessus quelques instants, puis revint avec des bandages et un petit pot d'onguent.) Je ne suis pas Guérisseur, dit-il en s'asseyant et en reprenant la main de Vanyel dans la sienne, mais je me suis cogné moi-même une ou deux fois, et c'est un excellent remède.

Il préleva un peu de baume du bout des doigts et l'appliqua tout en massant la paume de Vanyel. Une odeur agréable et intense s'en dégageait, à la fois acidulée et épicée, et ses doigts commencèrent à se décontracter grâce à l'effet réchauffant simultané du baume et du massage.

— Qu'est-ce que c'est que ça ? s'enquit Vanyel en reniflant. Je vais comme qui dirait sentir la pâtisserie.

Tylendel se mit à rire.

— Ne me tente pas si tôt dans la journée, Vanyel-*ashke*. C'est la cannelle et le souci. Efficaces pour traiter les crampes musculaires et ces pauvres doigts meurtris.

Il procéda ainsi jusqu'aux extrémités des doigts de Vanyel. Les crampes avaient quasiment disparu, et le baume, plutôt que de brûler comme l'avait craint Vanyel un moment, engourdissait les zones où Tylendel l'appliquait.

— Laisse-moi maintenant te mettre un bandage.

— Comment m'as-tu appelé, à l'instant ?

— *Ashke ?* C'est du *Tayledras*. Le langage des Frères du Faucon. Tous ces masques en plumes que Savil a accrochés au mur dans la pièce commune proviennent des *Tayledras* ; elle a étudié avec l'un de leurs Adeptes, Étoilevent k'Treva, et ils ont fait d'elle leur Sœur d'Aile. C'est pour eux l'équivalent d'un frère de sang.

Tylendel bandait soigneusement chaque doigt en prenant tout son temps. Vanyel ne s'impatientait pas. Maintenant qu'il ne ressentait plus autant la douleur, il y avait quelque chose de subtilement sensuel dans les soins que lui prodiguait Tylendel.

— Elle emploie bon nombre de leurs expressions lorsqu'elle ne trouve pas le mot juste dans notre langue. Comme *shay'a'chern*… qui se traduit comme… oh… « celui dont l'amant est identique à lui-même », le mot « lui-même » ayant une connotation sexuelle, pour rendre évident qu'ils ne parlent ni d'inceste ni de sujets similaires. C'est un langage particulièrement complexe. (Il leva son regard du bandage, et Vanyel discerna quelques reflets de rire cachés dans les profondeurs de ses yeux.) Tu sens très bon ; es-tu sûr que tu as des leçons cet après-midi ?

— Nous avons promis à Savil de nous montrer vertueux aujourd'hui, lui rappela Vanyel, qui se sentait tenté pourtant.

Tylendel poussa un gros soupir exagéré.

— Bien vrai. Bon, *ashke* se traduit simplement par « bien-aimé », comme Ashkevron. Tu comprends ?

Il noua le dernier bout de bandage d'un grand geste.

— *Ashke*, répéta Vanyel d'un air songeur. Je… j'aime bien.

— Cela te correspond, *ashke* ; Savil dit que les Frères du Faucon portent rarement leur nom de naissance, ils adoptent des noms usuels lorsqu'ils deviennent Mages. Peut-être est-ce le nom que tu aurais dû avoir depuis toujours… À présent, allons déjeuner et restons vertueux… avant que je décide de rompre ma promesse à Savil !

Savil abandonna sa lecture un instant et frotta ses yeux fatigués et voilés. Tylendel et Vanyel s'étaient installés sur la banquette opposée pour étudier. La lumière de la lanterne à côté d'eux formait une auréole avec les boucles d'or foncé de Tylendel, et des rehauts de lumière sur le brun doré de sa tunique. À son côté, vêtu de bleu profond, Vanyel semblait une extension de son ombre. Ils consultaient ensemble le livre d'Histoire de Vanyel qui reposait sur leurs genoux, chacun en tenant un coin. Le bras de Tylendel était glissé autour des épaules de Vanyel, leurs têtes rapprochées étroitement l'une de l'autre. De temps en temps, Savil parvenait à saisir le murmure d'une question de son neveu et la réponse de Tylendel exprimée d'une voix légèrement plus forte.

C'est étrange que ce soit le plus grand qui possède une voix de ténor et le plus jeune qui en ait une plus profonde, songea-t-elle, clignant des paupières lasses en les regardant. *Ce couple est étrange en tout et pour tout. Je n'aurais jamais reconnu en Vanyel un* shay'a'chern. *Pas avec Withen comme père.*

Elle bâilla silencieusement et ferma à demi les yeux. Les deux jeunes gens de l'autre côté de la pièce s'estompaient dans une brume d'or et du plus profond des bleus. *Du moins, il est parvenu à distraire 'Lendel de cette sacrée querelle ; rien que pour cela, j'ai de la sympathie pour lui. Même si je voudrais parfois le cogner contre le mur pour n'être qu'un petit donneur de leçons. 'Lendel semble assimiler quelques notions de ce qu'est un comportement responsable… ainsi qu'un peu plus de politesse. Et il a une sacrée chance que Mardic et Donni soient bien disposés à prendre tout ce qu'il dit avec bonhomie, sinon ils l'auraient plaqué contre le mur eux aussi ! Qu'ils soient bénis. Il peut être parfois si grossier… sans même le vouloir.*

Elle se mit à tripoter une petite peau à l'extrémité de son pouce. *Vanyel a tellement été seul, je suppose que je ne devrais pas m'en étonner. Dieux merci ! 'Lendel semble le civiliser ! Il a plus de patience qu'auparavant… et je pense, peut-être, davantage de gentillesse. Moins d'arrogance, pour sûr. Withen devrait être relativement content des rapports qui lui sont transmis pour que nous puissions le garder parmi nous.* Elle remarqua l'intense concentration de Vanyel sur son livre, et réprima un sourire. *On dirait qu'il apprécie. À sa place, je ne me soucierais pas d'étudier sous la tutelle de mon 'Lendel ! Pauvre gamin ; lorsqu'il offre son cœur, ce n'est pas à moitié. Cependant, je ne suis pas certaine d'apprécier la manière dont il devient si dépendant de 'Lendel. Ce n'est pas sain, ni pour l'un ni pour l'autre. Cela pourrait créer des ennuis plus tard.*

Une fine vrille de contact mental l'atteignit en provenance de l'autre côté de la pièce, même si les yeux de Tylendel restaient rivés sur le livre.

— *Une pièce d'argent pour vos pensées, ma professeure adorée.*

— *Comme vous êtes mignons tous les deux, jeune démon*, répliqua-t-elle sur le même ton. *Et comme j'apprécie que vous soyez parvenus à rester discrets.*

— *Discipline, discipline*, arriva la réponse teintée de rire. *Sérieusement, vous n'avez entendu aucun commérage ?*

— *Seulement qu'il est plus que probable que vous serez à couteaux tirés un jour ou l'autre…*

L'aura d'amusement s'intensifia.

— *Bien, bien, alors cela a marché. Je dois un gage à Van.*

Savil leva les sourcils de surprise, et rouvrit les yeux pour apercevoir Tylendel qui la regardait, un sourire esquissé aux coins des lèvres.

— *Comment cela, fils de démon ?*

— *Il m'a insulté dans mon dos, m'a traité de freluquet. Surtout à propos de mes penchants. Donc, si quelque chose arrive aux oreilles de Withen… Nous avons décidé que je me « renseignerais » et lui rentrerais dedans si ces insultes étaient vérifiées…*

— *Grands dieux !*

Elle se mordit la lèvre pour s'empêcher d'éclater de rire.

— *Le pot appelle la bouilloire, oh mon espoir du paradis ! Qu'avez-vous prévu de faire ? Vas-tu lui demander de sortir ? Je préférerais que vous ne vous battiez pas avec un objet pointu.*

— Oh, je provoquerai probablement une confrontation majeure, avec autant de témoins que possible. Mais sans lames, professeure adorée ; il est trop fort pour moi, et nous avons pensé qu'il devrait perdre afin d'attirer la sympathie de sa volée de colombes. Nous avons pensé à la lutte à mains nues. Nous essaierons d'éviter les poings si cela est également possible. Nous avons eu la vague idée d'essayer la prochaine fois qu'il pleuvra, dans la boue. Cela devrait être un combat particulièrement divertissant.

Savil dut relâcher le lien mental un instant, pendant qu'elle reprenait contrôle d'elle-même. *Très divertissant, en effet... Dieux très grands ! tous les deux qui en viennent aux mains ouvertement devant tout le monde, et sans que* personne *devine combien ils s'en donnent à cœur joie !*

— Enfant du démon, je pense que je t'inscrirai comme émissaire lorsque je t'accorderai ta Tenue Blanche. Vous avez tous les deux un esprit bien trop tordu !

— Eh bien, en procédant ainsi nous pouvons éviter tout risque de nous blesser mutuellement, et j'ai déjà établi que j'attaquerai très directement. Le pauvre Van va toutefois devoir décider laquelle de ses tenues il devra sacrifier. J'ai l'intention de déchirer ses vêtements en lambeaux pour faire plus réaliste.

Savil s'étouffa presque, retenant un éclat de rire à l'évocation de la scène.

— Réaliste, mes fesses ! Tu veux seulement...

— Voyons, Savil !

Les yeux qui la fixaient à l'opposé étaient écarquillés avec un faux air d'innocence.

— Comment pouvez-vous penser à de telles choses ?

— Assez facilement, répondit-elle, sa propre intonation mentale si sèche qu'elle en avait un goût métallique. *Étant donné celui qui est mon protégé.*

—Eh bien…

—Eh bien, en effet. 'Lendel… juste un petit avertissement – et je vais peut-être te paraître réactionnaire – mais je n'aime pas la manière dont Van se repose sur toi pour tout. Cela n'est pas sain ; il a besoin d'apprendre un peu comment dépendre de lui-même.

—Oh, Savil !

—Je ne plaisante pas.

—C'est juste un passage. Il est jeune, et il en a si terriblement besoin. Dieux très grands ! personne ne s'est jamais soucié de l'aimer à part sa sœur ! Après qu'il m'aura eu à son côté pendant quelque temps et qu'il sera sûr que je ne vais pas disparaître, il évoluera.

— 'Lendel, je ne suis pas aussi experte en psychologie que Lancir mais, d'après mon expérience, les gens n'évoluent pas grâce à une dépendance. Elle jeta un bref regard à la bougie graduée. *Ah, nous allons nous contenter d'en rester là, d'accord ? Garde cela à l'esprit. Et c'est assez d'étude pour un soir. Allez ! Tous les deux au lit !*

De nouveau le rire mental se manifesta.

—Pourquoi, Savil…

—Mais pour y dormir, *bon sang !*

Tylendel donna un coup de coude à l'autre garçon, puis referma le livre, avant de regarder sa protectrice de l'autre côté de la pièce, avec ce demi-sourire ironique qu'elle lui connaissait si bien.

—Arrêtons-nous là pour ce soir, Van, dit-il calmement…

… et *Évidemment, professeure. Pour dormir…* entendit-elle par l'esprit.

Puis, tandis qu'ils disparaissaient dans leur chambre :

… par la suite.

Savil avait complètement oublié le « combat » arrangé au moment où une forte pluie qui trempait jusqu'aux os se manifesta, presque une quinzaine de jours plus tard. Elle avait réservé la Salle d'Entraînement pour Mardic et Donni cet après-midi ; bien qu'ils soient unis pour la vie, ils avaient de terribles difficultés à travailler ensemble, magiquement parlant. Donni avait tendance à se ruer dans toute chose tête baissée ; Mardic faisait tout le contraire, réservé jusqu'au dernier moment, hésitant avant de s'engager. Cela signifiait que lorsqu'ils travaillaient ensemble leurs auras pulsaient et présentaient de sérieux points faibles, et leurs protections ne concordaient pas vraiment.

Savil leur imposait un exercice conçu pour les obliger à synchroniser leurs niveaux d'énergie et à travailler en tant qu'unité plutôt qu'en équipe déséquilibrée, lorsque à la porte retentirent des coups précipités.

L'union des champs de force se désintégra aussitôt, se dissipant avec un « pop » en une douche d'étincelles visibles et se séparant en auras – verte pour Donni, jaune pour Mardic – entourant chacun des élèves déconfits. Savil lâcha un juron assez corrosif pour faire s'écailler la peinture. Elle considéra le couple de la tête aux pieds grâce à son Autre Vue et jura de nouveau avec la même intensité.

Bon sang, leur concentration a complètement disparu. Regardez-moi ces pulsations d'auras ! Oh, feux de l'enfer ! Si ce n'est pas important, je vais tuer cet importun !

Elle fit disparaître d'un geste brusque la barrière protectrice violette dont elle avait enveloppé le couple et se dirigea avec raideur vers la porte qu'elle ouvrit d'un coup sec. Elle jeta un regard furibond au Garde agité qui se tenait dehors.

— Oui ? dit-elle. On devinait à sa voix, tranchante comme un rasoir, qu'elle était quelque peu tendue.

— Héraut Savil, votre neveu et votre disciple Tylendel... ils se battent..., répondit l'homme avec une boule dans la gorge, reculant de quelques pas devant ce visage enragé. Tylendel a érigé une barrière et nous ne pouvons les atteindre pour les arrêter ; il a plaqué votre neveu au sol et nous avons peur qu'il le blesse vraiment...

— Bon sang !

L'expression lui échappa vraiment car, un bref instant, elle crut que quelque chose était réellement arrivé entre eux deux, que le combat était sérieux.

Puis elle se souvint du plan, et faillit l'éventer en éclatant de rire à la barbe de l'homme.

Elle se contrôla, affichant l'expression qu'elle aurait dû présenter si cela avait été un combat authentique : lèvres pincées, yeux étrécis par une colère feinte.

— Montrez-moi ça, aboya-t-elle. Je vais m'occuper tout de suite de ces bêtises.

Le Garde la précéda précipitamment dans le couloir ; elle le suivit presque au trot, grimaçant un peu à cause des douleurs réveillées par la pluie dans ses articulations.

Je parierais que 'Lendel a installé la barrière magique pour empêcher les gens de remarquer que Van et lui ne se frappent pas vraiment, conclut-elle, hâtant le pas derrière le Garde. *Et pour les empêcher de faire cesser leur combat trop vite. Je ferais bien de jouer une scène d'envergure ou il ne me pardonnera jamais.*

Il n'y avait aucun doute possible quant à l'endroit où se déroulait le combat : les protégés des Hérauts, les jeunes courtisans, les apprentis Bardes et autres jeunes gens étaient serrés autour de la porte menant aux jardins, du côté sud-est du palais, tous jasant comme une bande d'imbéciles. Le Garde se fraya un passage dans cette mêlée, sans aucune considération de rang ou de protocole. Savil lui emboîta le pas et jeta un coup d'œil par la porte à travers la pluie qui tombait à verse.

Les combattants se trouvaient à environ cinquante pas au-delà de la porte, à un endroit, près du chemin dallé, où toute l'herbe était piétinée. En effet, une barrière magique était érigée au-dessus de la zone où ils se battaient, qui évoquait plutôt une bauge à cochons. La barrière et la pluie voilaient les combattants au point qu'il était difficile de voir exactement ce qui se passait. Vanyel était au sol, allongé sur le dos ; du moins Savil supposa qu'il s'agissait de Vanyel, car le vaincu du moment était légèrement plus petit, et ses cheveux couverts de boue paraissaient foncés. Tylendel était assis sur sa poitrine, et si Savil n'avait pas été mise au courant, elle aurait juré qu'il était en train de l'étrangler.

— Tu vas retirer ce que tu as dit, espèce de petit bâtard ! hurlait Tylendel. Tu le retires, sinon je t'enfonce un autre tas de boue dans la gorge !

Savil s'arma de courage et aboya – de sa meilleure voix propre à arrêter une foule en plein élan – un seul mot :

— *SUFFIT !*

Les combattants se figèrent instantanément.

Savil avança à grands pas sous le déluge, sa dignité quelque peu amoindrie quand ses pieds pataugèrent dans la boue au lieu de fouler le sol avec fermeté. La pluie plaquait ses cheveux sur son crâne, faisant pendre des mèches qui retombaient pêle-mêle sur ses yeux et dans sa bouche.

Néanmoins, elle estima qu'elle avait l'air assez imposant, car le brouhaha derrière elle cessa lorsqu'elle atteignit la limite de la barrière magique érigée par Tylendel.

— Fais-la tomber, apprenti, dit-elle d'une voix tellement glaciale qu'elle aurait pu changer la pluie en neige.

Tylendel s'aida des pieds et des mains pour se remettre debout, puis annula la barrière. Maintenant qu'il était nettement visible, il semblait vraiment avoir vécu plusieurs guerres. Ses cheveux étaient recouverts de boue et se répandaient autour de son visage en boucles sales. L'un de ses yeux présentait un cerne en train de noircir et commençait à gonfler. Sa lèvre inférieure était fendue et saignait. Sa tunique était déchirée et boueuse, ainsi que ses hauts-de-chausses ; l'une de ses bottes s'était délacée et retombait, flasque, autour de sa cheville. Il arborait une expression qui ne semblait pas être la sienne ; maussade et remplie d'une colère difficilement contenue.

Vanyel resta étendu pendant quelques instants, tandis qu'il reprenait difficilement sa respiration ; assez longtemps pour que Savil pense qu'il était peut-être réellement blessé. Elle poussa un soupir de soulagement lorsqu'il se souleva pour s'extraire de la boue et se remettre lentement sur pieds.

Il était dans un état bien pire que Tylendel ; sa tunique avait été arrachée et il n'en restait pas grand-chose : des lambeaux qui pendaient à la ceinture et aux poignets. Plusieurs vilaines égratignures marquaient ses bras et sa poitrine, et sa lèvre fendue allait de pair avec celle de Tylendel ; il semblait boiter du pied droit, grimaçant de douleur lorsqu'il prenait appui dessus.

Il cessa de bouger une fois sur ses pieds : se contentant de rester debout, les poings serrés devant lui, arborant une expression si semblable à celle de Tylendel que Savil commença à s'alarmer.

— *'Lendel?* lança-t-elle par l'Esprit, chargeant son appel de toute son anxiété.

L'expression de Tylendel ne changea pas d'un cil, mais la Voix Silencieuse était aussi enjouée et amusée que son visage était en colère et maussade.

—*Aucune crainte à avoir, professeure adorée. Tout se déroule presque comme prévu.*

Elle poussa mentalement un soupir de soulagement.

—*« Presque » ?*

—*Eh bien, nous ne pouvions guère nous exercer, donc nous avons commis quelques erreurs de calcul. Van m'a cogné l'œil avec son coude, nous nous sommes tous deux flanqué une beigne sur la bouche, et j'ai dû lui fouler la cheville en l'attaquant. Dépêchez-vous de nous faire la morale, je ne saurais conserver mon sérieux bien plus longtemps !*

Elle se redressa et les toisa tous deux du haut de son long nez, ignorant l'eau qui coulait le long de l'arête jusqu'à l'extrémité.

—Belle démonstration, dit-elle d'un ton acerbe. Alors, comme ça, je ne peux faire confiance ni à mon protégé ni à mon pupille pour qu'ils se conduisent en mon absence comme des adultes civilisés ! Qu'est-ce que je vais bien pouvoir faire de vous ? Vous trouver des nounous ?

Tylendel fit comme s'il voulait dire quelque chose, mais se retint sous la menace de son regard glacial et furieux, la pluie lavant lentement la boue de ses cheveux.

—Apprenti Tylendel, tu devrais avoir davantage de bon sens ! Tu es un apprenti Héraut ; j'espérais que tu te conduirais en accord avec la dignité et l'honneur de notre office. Je ne m'attendais pas à te trouver pataugeant dans la fange comme un gamin de six ans dépourvu de manières et de bon sens ! Peu m'importe comment Vanyel a pu te provoquer, tu aurais dû te présenter d'abord à moi, et non régler cette affaire par toi-même !

Tylendel baissa la tête et marmonna quelque chose à la flaque entourant ses pieds.

— Plus haut, apprenti, dit-elle d'un ton brusque. Je ne t'entends pas.

— Oui, Héraut Savil, répéta-t-il, sa voix dure et emplie d'émotion réprimée. J'ai eu tort.

— Allez, retourne dans tes quartiers. Tout de suite. Fais-toi présentable. Je m'occuperai de toi lorsque j'en aurai terminé avec Vanyel.

Tylendel s'inclina légèrement, passa à côté d'elle sans un mot et traversa la foule agglutinée à la porte. Savil ne se retourna pas pour le voir s'éloigner mais, au-dessus du rythme régulier de la pluie, elle percevait le brouhaha de l'assemblée qui s'écartait pour le laisser passer. Une ou deux personnes ricanèrent en douce, mais ce fut tout.

Elle foudroya du regard Vanyel qui l'observait avec colère, sous une virgule humide de cheveux noirs qui lui barrait un œil.

— Et toi. Belle affaire que tout cela. (Elle fit quelques pas et croisa les bras, essayant de ne pas frissonner sous la pluie glaciale.) J'ai entendu parler de ces petits commentaires narquois auxquels tu excelles ; la médisance, et tout le reste. Tu t'en es pris à 'Lendel dès que tu es arrivé ici, jeune homme, et je ne le tolérerai pas !

Vanyel releva la tête, les yeux brillants de rage et contenant toute l'arrogance qu'il était capable d'exprimer.

— Il n'est rien d'autre qu'un…

— Son grade est supérieur au tien, jeune homme, et tu ferais fort bien de t'en souvenir ! lui dit-elle d'un ton brusque. Considère-toi comme confiné dans tes quartiers pour une éternité! Si j'apprends que tu as mis le pied en dehors de la suite lorsque tu n'es pas occupé à tes études, je te renverrai à ton père si vite que le vent de ton passage en arrachera le chaume des toitures! Maintenant, file!

Vanyel serra les mâchoires et pivota sur lui-même, puis se dirigea vers les appartements de Savil sous la pluie, prenant un chemin opposé à celui qu'avait emprunté Tylendel. Sa démarche était titubante, et la cheville de Savil se mit à la faire souffrir par sympathie en le voyant traverser aussi péniblement l'étendue de boue; pourtant elle ne fit aucune tentative pour l'aider. Au lieu de cela, elle marcha à sa suite avec raideur, comme pour s'assurer qu'il atteigne bien sa destination.

Mais dès qu'ils eurent tourné à l'angle et se retrouvèrent hors de vue de la porte, elle abandonna toute fermeté pour se précipiter à son côté à travers la pelouse glissante.

— Appuie-toi sur moi, mon garçon, dit-elle en lui attirant le bras par-dessus son épaule. On m'a une fois traité de vieux bout de bois, je ferais tout aussi bien d'agir comme tel.

— Ma Tante... dieux merci! dit-il d'une voix hachée. Je croyais que nous ne pourrions jamais nous dérober à leur vue. (Il trébucha et tomba presque, tout son poids se portant soudain sur Savil, la faisant vaciller à son tour.) De grâce, je dois me reposer quelques instants. Dieux très hauts! comme ça fait mal!

— Est-ce si grave que cela? lui demanda-t-elle, tandis qu'il grelottait contre elle sous la pluie glacée.

— Je n'en sais rien. (Il parvint à esquisser un blême sourire.) Cela fait plus mal qu'une épine dans l'orteil, mais moins qu'un bras cassé. Cela vous dit-il quelque chose ?

— Difficilement, gloussa-t-elle. Allons, plus tôt tu seras rentré, plus tôt je serai rassurée. Et j'espère que mon protégé aura quelque bon sens et se gardera de sortir pour venir nous prêter main-forte.

Les lumières des fenêtres de Savil étaient en vue. Son cœur se serra un instant lorsqu'elle aperçut quelqu'un courant dans leur direction sous la pluie. Puis elle distingua une deuxième silhouette à côté de la première, et elle comprit que ce n'était pas Tylendel qui venait pour les aider, mais Mardic et Donni.

Les jeunes gens se chargèrent de soutenir Vanyel. Cela libéra Savil qui les devança ; elle leur en fut vraiment reconnaissante. Elle était gelée jusqu'aux os, qui commençaient à la faire souffrir avec insistance.

Elle entra par la porte de la chambre de Vanyel ; sitôt qu'elle en eut passé le seuil, elle fut enveloppée dans une couverture chaude et pratiquement portée dans la pièce commune. C'était évidemment Tylendel ; il resta avec elle pour l'installer dans son fauteuil favori et lui placer une tasse de vin chaud dans la main, puis il disparut.

Il fut de retour en quelques instants, le bras de Vanyel passé autour de ses épaules, celui-ci sautillant maladroitement à son côté.

Une couverture attendait déjà sur le canapé ; Tylendel en enveloppa Vanyel et lui mit aussitôt une autre tasse de vin chaud dans les mains.

Mardic et Donni se serraient juste derrière eux, gloussant et secouant la pluie de leurs cheveux avant d'aller droit à la bouilloire de vin dans l'âtre. Vanyel semblait bien plus concerné par l'œil au beurre noir et la lèvre gonflée de son amant que par le vin.

— Dieux !... 'Lendel, je ne voulais pas faire cela..., se lamenta-t-il en tendant une main hésitante pour effleurer l'hématome. Oh, Seigneur et Dame ! pourquoi suis-je si maladroit ?

— Oh, tu te bats simplement comme une fille, le taquina Tylendel. Les genoux et les coudes volent en tous sens. J'ai été stupide de laisser mon visage à cet endroit. Je m'inquiéterais bien plus de ta cheville.

Il commença à délacer la botte de Vanyel, se battant avec les lacets mouillés en étouffant des jurons lorsque ceux-ci résistaient.

— Je suis tout... *aïe !*

Tylendel se figea.

— Est-ce que je...

— Non, dit Vanyel en serrant les dents. Retire-moi cette satanée botte avant d'être obligé de la découper.

Tylendel hésitait devant cette tâche délicate, quand Mardic le repoussa et ôta la botte d'un brusque coup sec qui rendit Vanyel de la blancheur de la cire. Il s'accrocha à la main de Tylendel tandis que Mardic lui examinait la cheville, la déclarant « probablement pas cassée », puis lui mettait un bandage.

Mardic récupéra sa tasse des mains de Donni et s'assit à ses pieds, face à Savil.

— Ciel, professeure, dit Mardic en riant, étions-nous aussi toqués que ces deux-là ? Dieux ! j'ai l'impression d'être étouffé par du sirop !

Il hocha la tête en direction des deux garçons sur le canapé, s'assurant mutuellement que leurs propres blessures n'étaient pas graves comparées à celles de l'autre.

— Pendant au moins les cinq ou six premiers mois, répondit Savil sèchement, après avoir bu quelques gorgées de vin. Tout autant qu'eux, et tout aussi écœurants. Et encore plus sentimentaux. (Elle haussa légèrement la voix.) Vous deux pourriez me remercier.

— Certainement, Savil, répliqua Tylendel en tendant le cou. Si vous nous dites pour quelle raison.

— Dieux ! Vanyel, tu n'as pas écouté non plus ?

— Je m'excuse, ma Tante, dit-il, confus, une mèche de cheveux retombant toujours devant son œil. Mon pied me faisait tellement souffrir que je n'ai pas du tout fait attention ; ce n'était pas un vrai sermon, après tout.

Elle leva les yeux au plafond.

— Donnez-moi la force… Je t'ai juste confiné dans cette suite pour aussi longtemps que je me soucie d'appliquer ma décision, espèce de petit cornichon. Je t'ai simplement éloigné de cette flopée de donzelles et t'ai donné des ordres pour que tu restes ici indéfiniment. À part les leçons, tu resteras ici à te réveiller et à t'endormir. Ceci inclut aussi tes repas.

— Vous l'avez fait ? dit-il, hébété. Je peux ? Je veux dire que je peux rester ici ?

— Avec 'Lendel, et sans éveiller les soupçons, l'interrompit-elle. C'est exactement ce que je veux dire. En fait, à propos, ton fichu père sera probablement content d'apprendre que tu étais…

Elle s'interrompit, prenant conscience qu'ils ne l'écoutaient plus ni l'un ni l'autre. Elle n'entendit que Mardic qui riait sous cape.

Elle daigna jeter un rapide regard sardonique au couple uni pour la vie.

— Ne soyez pas si suffisants, leur dit-elle. Sinon, je serai tentée de débiter quelques histoires vous concernant tous les deux.

— Oui, Savil, répondit Mardic, pas repentant le moins du monde. Quoi que vous disiez. Souhaitez-vous un peu de miel dans ce vin ?

Savil jeta un rapide regard vers le canapé. Tylendel rebandait la cheville de Vanyel, la soignant comme si elle était aussi fragile qu'une aile d'insecte. Elle fit la grimace.

— Je ne pense pas, répondit-elle. Nous avons assez de douceur ici pour cette nuit.

Tylendel leva les yeux et lui tira la langue, tandis que Vanyel rougissait.

Savil émit un petit rire et s'adossa à son siège, très satisfaite de son univers. *Du moins pour le moment*, pensa-t-elle en prenant une autre gorgée de vin chaud et épicé, *et c'est tout ce qu'un Héraut peut raisonnablement espérer. Je m'inquiéterai du lendemain lorsqu'il sera là.*

Chapitre 7

Affalé dans son fauteuil favori, Tylendel observait Vanyel qui remplaçait les cordes de son luth, assis jambes croisées sur le lit. La lumière des bougies se reflétait en une courbe couleur miel sur le ventre rond de l'instrument.

Est-ce le moment ? se demandait-il. *Il joue pour les filles, mais elles s'en fichent. Peu lui importe s'il joue bien ou mal pour elles. Jouera-t-il pour quelqu'un qu'il aime, quelqu'un pour lequel il éprouve de réels sentiments ? Le peut-il seulement ? S'est-il suffisamment rétabli ?*

Il n'y avait cependant qu'un seul moyen de le savoir.

— *Ashke*, dit-il doucement, faisant rayonner aussi loin qu'il pouvait le peu de Don d'Empathie qu'il possédait.

Van leva les yeux de son instrument ; il était comique avec les vieilles cordes qui pendouillaient de sa bouche, comme les barbillons d'un poisson-chat.

— Umpf ? fut la réponse.

— Lorsque tu auras accordé l'Alouette des Bois, joueras-tu pour moi ?

Vanyel se figea. Tylendel ressentit son saisissement et sa souffrance. Et il y réagit.

— S'il te plaît ? Cela me ferait très plaisir.

Vanyel retira les cordes de sa bouche, et Tylendel put percevoir qu'il se renfermait.

— Pourquoi ? lui demanda-t-il avec amertume, les larmes lui montant aux yeux. Il y en a des dizaines meilleurs que moi au Collegium des Bardes. Pourquoi vouloir écouter un amateur à moitié infirme ?

Tylendel réprima son envie qui était d'aller vers lui et de le prendre dans ses bras pour apaiser sa souffrance. Cela la soulagerait assurément, mais ne la guérirait pas.

— Parce que tu n'es plus à moitié infirme, répliqua-t-il. Parce que tu n'es nullement un amateur. Tu es excellent ; tous les Bardes s'accordent à le dire.

— Mais pas assez bon pour pouvoir être l'un d'entre eux.

Vanyel se détourna, mais Tylendel put surprendre les larmes dans ses yeux. Et ressentir son angoisse.

— Ce n'est pas vrai, insista-t-il gentiment. Écoute-moi, Van, ce n'est pas que tu n'es pas assez bon. C'est seulement que tu ne possèdes pas le Don. Un aveugle peut-il peindre ?

Vanyel secoua la tête ; Tylendel sentit qu'il se repliait encore sur lui-même.

— Ce n'est pas pareil, dit-il, très tendu. L'aveugle ne peut voir un tableau. Je n'ai pas de problème d'oreilles.

Tylendel chercha un argument pouvant atteindre la partie blessée de son bien-aimé, et finalement le trouva.

— *Ashke*, pour quelle raison penses-tu qu'il y a des ménestrels entraînés au Collegium des Bardes ? Pourquoi penses-tu que les gens font bon accueil aux ménestrels, alors qu'il y a les Bardes ?

Il avait posé la même question à Breda, qui possédait les trois Talents Bardiques : le Don, le Talent et la Créativité. Sa réponse avait été pour le moins inspirante.

Vanyel secoua la tête, toujours tendu.

— Parce qu'il n'y a pas assez de Bardes, tout comme il n'y a pas suffisamment de Hérauts ou de Guérisseurs.

— Faux, dit Tylendel avec fermeté, et je détiens cela de Breda en personne. Il y a des moments où le Don fait obstacle à la musique.

— Quoi ? (Vanyel tourna brusquement la tête, et Tylendel remarqua le scintillement des larmes sur ses joues.) Qu'est-ce que tu veux dire ?

— Tout simplement ce que je viens de dire. (C'était maintenant le moment de se lever et de se rendre au côté de Vanyel, ce que fit Tylendel.) Écoute-moi ; le Don Bardique, c'est quoi ? C'est la capacité à faire ressentir à autrui les choses que tu transmets par l'intermédiaire de la musique. Mais, lorsqu'un Barde accomplit cela, tu ne réussis pas à garder ton esprit focalisé sur la musique, n'est-ce pas ? Tu n'entends jamais réellement à quel point elle est magnifique ; tu es trop occupé par ce que le Barde est en train de faire. Tu ne l'entends jamais pour elle-même et, lorsque tu t'en souviens, ce n'est pas la musique que tu te rappelles, mais les émotions. Il y a une autre raison ; lorsque le Barde joue, tu n'intègres rien de toi-même dans cette écoute. Mais, lorsqu'un ménestrel joue, ou un Barde dénué de Don, tu obtiens de la musique exactement ce que tu auras investi dans l'écoute. (Il se mit à rire et prit la main flasque de Vanyel.) Breda disait que, finalement, c'est un peu comme faire l'amour avec une courtisane ou avec ton amant. Ton amoureux ne sera peut-être pas un expert, pourtant l'expérience sera beaucoup plus authentique.

— Breda a dit cela ? bredouilla Vanyel.

— Avec un verre dans le nez, en effet.

Il ne crut pas nécessaire d'ajouter que cela s'était passé ici même, dans les quartiers de Savil, le soir où elle avait testé et vaincu Vanyel. Breda avait un cœur très tendre à l'intérieur de sa poitrine osseuse ; cela ne lui avait apporté aucun plaisir de détruire les espoirs de Vanyel, même de manière indirecte.

— On dit que la vérité se trouve au fond d'une bouteille de vin. (Il s'interrompit et leva un sourcil en regardant son amoureux.) Elle a également dit que, si tu n'étais pas l'héritier de ton père, elle t'aurait empoigné si vite qu'elle t'aurait arraché de tes bottes.

— C'est ce qu'elle a dit ?

Tylendel pouvait sentir que Vanyel se dissociait de cette boule de souffrance.

— C'est ce qu'elle a dit. (Il prit le luth et le remit entre les mains de Vanyel.) Et comme ma préférence personnelle ne va pas aux courtisanes, même les plus expertes… joueras-tu pour moi ?

— Simplement…, déglutit Vanyel. (Il croisa finalement son regard. La souffrance était encore là, mais s'estompait déjà.) Laisse-moi simplement l'accorder.

« À l'attention de Vanyel Ashkevron de la part du Seigneur Withen Ashkevron : salutations. J'ai reçu d'excellents rapports te concernant du Héraut Savil, à part l'occasion où tu t'es querellé avec son protégé. Tout en ne pouvant condamner tes actions, je peux comprendre qu'il soit sans doute irritant de partager le même toit avec ce jeune homme. Tu dois contrôler ton tempérament et ne plus le provoquer à l'avenir, comme il semble évident que l'on ne peut lui faire confiance quant à la maîtrise du sien. On m'a également laissé entendre que tu as abandonné tes prétentions en tant que musicien et relégué de telles absurdités à leur juste place : un passe-temps divertissant, rien de plus. Cette nouvelle me réjouit ; il me semble qu'un tel choix représente une preuve de maturité et d'acceptation de ton véritable rôle dans la vie, et je t'envoie un petit cadeau pour signifier mon approbation. Écrit par Père Leren Benevy, Par ma main et mon sceau, Seigneur Withen Ashkevron. »

« À l'attention du Seigneur Withen Ashkevron de la part de Vanyel Ashkevron : salutations. J'ai bien reçu votre lettre et votre cadeau, pour lesquels je vous remercie. Je m'efforce de suivre toutes les instructions du Héraut Savil au mieux de mes capacités. Elle s'est révélée être une conseillère fort cultivée et emplie de sagesse, et j'espère pouvoir encore mieux la satisfaire à l'avenir. Écrit de ma main, Vanyel Ashkevron. »

« Mon très cher Fils : je Prie de tout mon cœur que cette missive te trouvera en bonne santé, et que tu n'as pas été blessé par ce garçon brutal. J'ai eu Peur que quelque chose de cette Nature se Produise dès l'Instant où ton Père m'a fait Part de ce Projet Stupide, et j'ai eu des Rêves Cruels et Sinistres dès ton Départ. Savil est manifestement une personne sur Laquelle On ne Peut Compter pour garder ses Créatures en Laisse. Je te prie, ne Provoque plus ce Barbare ; je m'efforce de Persuader ton Père de te faire revenir au Manoir mais, jusqu'à présent, Mes Efforts sont restés Vains. Je suis prostrée d'Inquiétude – et, comme si ton Absence ne suffisait pas, je suis Accablée par un Chagrin Supplémentaire. Ma servante Melenna a été mise Enceinte par ton frère Mekeal ! Du moins c'est ce qu'elle Affirme, et ce qu'admet Mekeal. Ton Père n'est d'Aucune Aide ; il semble Penser que tout ceci est Fort Amusant. Je suis à bout de Nerfs et ne sais plus Quoi Faire ! Mais même en ayant atteint ma Limite, je n'ai pas oublié mon Enfant Bien-Aimé, ni la Date de ton Anniversaire. J'ai inclus un Petit Cadeau : Tout ce que j'ai Pu me Permettre, et pas autant que tu en es Digne. Je te Supplie, si tu te trouves dans le Besoin, de Me le Faire Savoir Immédiatement. J'Essaierai d'Obtenir Davantage de ton Père, si Insensible soit-il. Ta Mère Aimante, Dame Treesa Ileana Brendywhin-Ashkevron. »

— De l'encre violette ? remarqua Tylendel d'un ton incrédule, jetant un coup d'œil par-dessus l'épaule de Vanyel. Vois-je réellement de l'encre violette ? Et du papier rose ?

— Cela coûte une fortune, et c'est tout ce qu'elle utilise, répondit Vanyel d'un air absent, réfléchissant à la réponse qu'il devrait donner pour ne pas davantage alarmer sa mère. La feuille rose était posée sur le sous-main du pupitre, sa seule présence traduisant l'accusation maternelle qu'il n'avait pas écrit une seule fois depuis son arrivée ici. Il y avait en plus deux piles de pièces d'argent… absolument d'égale valeur.

Une récompense pour avoir battu un pervers, une consolation pour s'être fait battre par un pervers. Il soupira. *Dieux ! que je souhaiterais par moments être orphelin !*

— Puis-je ? s'enquit Tylendel.

Vanyel haussa les épaules.

— Je t'en prie. Tu la rencontreras bien un de ces jours, j'en suis sûr. Tu dois apprendre à la connaître.

Tylendel parcourut la lettre rédigée dans une calligraphie ornementée, toute en volutes, avant de la rendre à Vanyel avec une grimace qui en disait plus que tous les mots.

— Tu trouves cela terrible… tu devrais voir les lettres qu'elle écrit à ses amis, ou pire encore, à ceux dont elle pense qu'ils l'ont offensée. Trois, quatre, cinq pages, couvertes d'encre violette et toutes tachées de larmes, et tout en majuscules. (Il poussa un profond soupir.) Et une grammaire exécrable. Lorsqu'elle devient vraiment hystérique, elle tombe dans un mode formel et ne parvient plus à user à bon escient des « toi » et des « vous ».

Il contempla la lettre quelques instants.

— Le plus affreux, c'est qu'elle parle aussi comme ça…

Tylendel se mit à rire, se jeta sur le lit et reprit l'ouvrage qu'il lisait précédemment.

« Chère Mère : je vais vraiment très bien. De grâce, ne vous tracassez pas pour moi ; souciez-vous plutôt de vous. Si vous ne prenez pas soin de vous-même, si vous laissez vos subtiles sensibilités vous submerger, vous vous rendrez malade. Savil est plutôt gentille, et les problèmes que j'ai eus avec Tylendel ont été résolus. Chaque rumeur provenant de cette Cour est au mieux une exagération et au pire un flagrant mensonge, ne faites donc pas attention à ce que vos amis vous racontent. Je suis désolé des nouvelles concernant Melenna ; cela doit représenter un terrible fardeau pour vous. Votre gentil cadeau m'a fait très plaisir, et dépasse en excès mes besoins. Je vous aime, et pense souvent à vous. Portez-vous bien, Vanyel. »

« Cher Vanyel ; au nom du ciel, que se passe-t-il ? Est-ce que tu vas bien ? Si tout cela est insoutenable, pour l'amour des dieux, laisse-le-moi savoir et je conduirai les Sept Femmes-Épéistes de Corey pour te secourir. Elles meurent d'envie de jouer les anges vengeurs, bien que, vu leurs silhouettes, elles ressemblent bien davantage à des angles vengeurs. Avec toute mon affection, Lissa. »

Vanyel se mit à rire tout haut et passa la missive à Tylendel.

Tylendel sourit de toutes ses dents avant de la lui rendre.

— Eh bien, je préfère celle-la. Quelles sont mes chances de la rencontrer ?

— Plutôt excellentes, répondit Vanyel en s'étirant. Lorsque notre secret sera révélé, Père me déshéritera, Mère aura ses vapeurs et Lissa apparaîtra, l'épée à la main, pour me défendre de la colère de Père. Elle a acquis beaucoup de cran depuis qu'elle s'est rendue chez les Corey pour y poursuivre son éducation. Le Seigneur Trevor vient juste de lui promettre un poste de commandement dans la Garde.

— En tant que chargé du recrutement pour la Garde, dit Tylendel, l'air songeur. Est-ce ta dernière lettre ?

— Il y en a encore une…

« Ma très chère Lissa ; ne t'inquiète pas, tout va bien. Je me porte comme un charme, et je suis plus heureux que je l'ai été jusque-là dans ma vie. Savil a pris mon parti contre Père, et certaines choses que tu as peut-être apprises sont dans l'intention de le garder heureux. Fais-moi confiance, tout va vraiment à merveille. Je t'aime et tu me manques, Van. »

« À l'attention de Vanyel Ashkevron de la part d'Evan Leshara ; salutations. Je crois que nous partageons des intérêts communs et je serais honoré et ravi si nous pouvions nous rencontrer pour en discuter. Je suis à ta disposition tous les soirs. Écrit de ma main et portant mon sceau, Evan Leshara. »

— 'Lendel, dit lentement Vanyel, fort surpris par cette dernière missive, déposée à la suite par un page cet après-midi même. Qui est donc Evan Leshara ?

Tylendel faisait les cent pas dans la chambre, aussi nerveux qu'un loup en cage. Savil pensait les y trouver tous les deux ; il ne lui avait pas dit que Vanyel s'était éclipsé pour aller voir ce que lui voulait Evan Leshara. Il jeta un coup d'œil à la bougie graduée ; elle ne s'était pas consumée depuis la dernière fois qu'il l'avait regardée.

Je n'aurais pas dû le laisser y aller. Si Leshara comprend que le combat n'était qu'une ruse…

Dans un sens, puis dans l'autre, dans un sens, puis dans l'autre. Il faisait vraiment chaud pour une nuit d'automne, ou bien était-ce parce qu'il était sur les nerfs qu'il transpirait ainsi ? Il sentait des picotements dans son cuir chevelu, et un mal de tête qui commençait juste en dessous de son œil droit. Les ombres projetées par la lumière de la bougie graduée dansaient et vacillaient, s'élevaient et s'étrécissaient.

… s'il comprend le jeu que nous jouons, il lui sera possible d'employer le chantage sur Van contre moi, et sur moi contre Staven. Oh, dieux ! je n'aurais jamais dû le laisser y aller ! J'aurais dû lui dire de ne pas tenir compte de l'invitation de Leshara. J'aurais dû. Je…

Le grincement émis par la porte donnant sur le jardin vint interrompre ses pensées. Il oublia toute inquiétude lorsque Vanyel entra et referma le loquet derrière lui.

—*Ashke?* commença Tylendel, puis il hésita, en remarquant l'expression troublée dans les yeux de Vanyel.

—C'est un homme très persuasif, ce Leshara, dit doucement celui-ci en s'asseyant sur la chaise placée devant le foyer désormais éteint.

—C'est pourquoi il est ici, répondit Tylendel d'un air sévère. C'est la riposte des Leshara à ma présence en ces lieux. Comme ils ne peuvent corrompre les Hérauts, ils ont envoyé celui de leur famille avec la langue la plus suave pour attirer l'attention de la Reine, s'il y parvient.

—Il dit qu'il a réussi. Il a beaucoup parlé. 'Lendel, beaucoup de choses qu'il m'a dites semblaient avoir du sens.

—Évidemment ! l'interrompit Tylendel. Je parierais que la moitié de ce qu'il t'a raconté était la vérité absolue, même selon mes propres critères. C'est la manière dont il les exprime, le contexte, c'est sa façon de t'inciter à déduire ce qui compte de ses racontars ! Tu dois toi-même savoir, compte tenu des lettres que tu as envoyées chez toi, que parfois le meilleur mensonge c'est de dire la vérité… mais pas entièrement !

—Mais, 'Lendel, dit Vanyel, l'air toujours perplexe, 'Lendel, il dit que ses parents souhaitent un arrangement depuis maintenant des mois, une solution à laquelle la Reine a donné son approbation, et que ta famille refuse d'y adhérer…

—Il ne t'a pas dit en quoi consistait cet « arrangement », n'est-ce pas ?

Vanyel fit un signe de tête négatif.

—Marier ma cousine âgée de trente ans, qui n'est jamais sortie d'un cloître, à un cinquantenaire coureur de jupons, empêcher Staven de devenir Seigneur Propriétaire et la placer, elle, à la tête du domaine, dit-il brusquement.

Ce qui bien sûr signifie le placer, lui, car il ne fait aucun doute qu'elle sera bien incapable de lui tenir tête. Elle se taira et s'effacera dès la première incartade. Voilà l'idée d'un arrangement équitable chez les Leshara. (Il jeta un regard furieux à Vanyel, courroucé que celui-ci ait pu considérer que Evan Leshara disait la vérité.) Il exploite le fait que Staven n'a que dix-sept ans pour suggérer qu'il est incompétent, trop jeune pour prendre toute décision rationnelle. Et beaucoup d'hommes de pouvoir à la Cour, étant eux-mêmes de vieux boucs, adhèrent à cette idée. Après tout, quand on a dix-sept ans on est bien assez âgé pour que l'on vous ordonne d'aller combattre et de mourir pour une cause quelconque, mais on n'est pas assez vieux pour avoir son mot à dire !

Les yeux de Vanyel avaient l'air très affligés, et il s'était recroquevillé dans son fauteuil aussi profondément que possible.

— 'Lendel, dit-il d'une voix hésitante, je ne voulais pas… je ne doutais pas de toi…

Tylendel se donna mentalement un coup de pied au derrière pour l'avoir ainsi inquiété.

— *Ashke*, je ne voulais pas crier, dit-il, s'agenouillant au pied du fauteuil et posant une main sur le genou de Vanyel. Je suis désolé… je suis tellement frustré. Il peut dire tout ce qu'il veut, et comme je suis apprenti Héraut, je ne peux même pas le réfuter. Cela me rend parfois fou de rage.

Vanyel se détendit, couvrant de sa main celle de Tylendel.

— Ça ira. Je sais ce que tu ressens. Comme moi avec Père et Jervis.

— Quelque chose du genre.

—'Lendel, me donneras-tu… (Vanyel hésita.) Me donneras-tu ta version des faits ?

Tylendel prit une profonde inspiration.

—Si je le fais, je briserai une promesse que j'ai donnée à Savil, de ne pas t'impliquer dans cette histoire.

—J'y suis déjà impliqué. Je… pourquoi ? C'est ce que j'aimerais réellement savoir. Qu'est-ce qui vous fait poursuivre cette querelle ?

—Une action de Wester Leshara, répondit Tylendel.

Il résista à l'envie de se lever, de prendre un cheval et de partir au grand galop pour aller étrangler Wester de ses mains nues. La rage chauffée à blanc qui l'envahissait chaque fois qu'il rappelait à sa mémoire ce souvenir particulier était quasiment impossible à contrôler.

—Savil dit que je dois être absolument juste ; donc, pour être absolument juste, je te raconterai que c'était en représailles d'une attaque au cours de laquelle fut accidentellement tué son plus jeune fils. Nous – notre famille –, nous jetâmes la panique parmi son bétail. Le garçon tomba de sa monture et se retrouva sous leurs sabots. Mais je ne crois pas que cela excuse ce que fit Wester.

—C'est-à-dire ?

—Mon père venait juste de mourir ; il employa une espèce d'illusionniste à deux sous pour convaincre Mère que le fantôme de Père voulait lui parler. Elle n'était pas très équilibrée… ce dont Wester avait fort bien conscience. Cela la fit basculer. Nous nous sommes débarrassés du charlatan, mais il l'avait déjà convaincue que, si elle trouvait simplement la bonne formule, elle pourrait communiquer avec l'esprit de Père. Elle commença à prendre toutes sortes de potions, dans sa tentative de le revoir. Elle y parvint finalement… après avoir avalé des champignons de l'Ange Noir.

Il n'ajouta pas que ce fut Staven et lui qui la découvrirent. Vanyel semblait plutôt mal à l'aise. Tylendel réprima sa colère et changea de sujet :

— Que voulait ce bâtard, de toute façon ?

— Que je l'avertisse chaque fois que j'entendais quelque chose sur toi ou ta famille, et que je convainque mon père de se « rallier à sa cause ».

— Que lui as-tu répondu ?

Vanyel grimaça.

— Je pense que j'ai joué le même jeu en ne disant pas toute la vérité. Je lui ai dit que j'avais appris davantage au sujet de ta famille par toi directement que par d'autres sources, et je l'ai laissé tirer ses propres conclusions.

Tylendel se détendit et se mit à rire. Vanyel s'égaya encore davantage.

— Et à propos de ton père ?

— Je lui ai dit la vérité : que j'avais été envoyé ici en punition parce que je ne me pliais pas aux règles à la maison, et que mon père prendrait conseil auprès d'un imbécile avant de m'écouter moi. Il a eu l'air plutôt déçu.

Tylendel éclata de rire et le prit dans ses bras.

— *Ashke, ashke*, tu n'aurais pas pu mieux agir si je t'avais dit quoi faire !

— Alors, je m'en suis bien tiré ?

Vanyel resplendissait littéralement désormais.

— Tu as même fait encore mieux.

Dieux ! pensa-t-il, voyant Vanyel si empli de joie, *il se fane comme une fleur manquant d'eau lorsqu'il pense que je suis en colère contre lui… Et maintenant ceci… On dirait que je viens de lui offrir une couronne de laurier de Barde. Ai-je tant d'importance à ses yeux ?*

Cette pensée le fit réfléchir. Elle fut inévitablement suivie d'une autre. *Peut-être que Savil a raison…*

— Il m'a dit qu'il souhaitait toutefois rester en contact avec moi, juste au cas où j'entendrais parler de quelque chose. Je lui ai dit que cela me convenait. En réalité, je me suis montré plutôt empressé de coopérer. (Il pencha légèrement la tête de côté et proposa timidement :) Je pensais que nous pourrions en quelque sorte lui raconter ce que nous voudrions qu'il entende…

Ha ! « Nous » et non « tu ». Non, Savil a tort. Il dépend de moi, mais je dépends aussi de lui. Et s'il s'appuie légèrement sur moi, eh bien, cela ne va blesser personne. Il n'est simplement pas habitué à prendre des décisions de son propre chef, c'est tout.

— C'est parfait, dit-il, s'appuyant sur l'accoudoir du fauteuil. Absolument parfait. À présent, ô noble guerrier, après t'être confronté pour moi au dragon, de quelle manière pourrais-je jamais te récompenser ? (Il battait des cils en regardant Vanyel, qui rit et se redressa comme s'il siégeait sur un trône.) Je ferais n'importe quoi…

— Oh ? répliqua Vanyel malicieusement. N'importe quoi, vraiment ?

— Savil m'a raconté une chose amusante aujourd'hui, murmura doucement Tylendel à l'oreille de Vanyel.

Sa voix fit émerger celui-ci du demi-rêve ensommeillé qui l'avait saisi après que Tylendel et lui s'étaient installés à leur endroit préféré dans le Champ.

C'était la première fois que l'un d'eux avait rompu le silence depuis leur entrée dans la pinède.

La suite leur avait semblé bien trop étouffante pour la chaude soirée automnale, même avec toutes les fenêtres ouvertes. Et Vanyel l'avait rarement quittée depuis qu'ils avaient mis en scène leur « combat », excepté pour les leçons, les soirées obligatoires en compagnie d'Evan Leshara, en vue de lui communiquer de fausses informations, et les apparitions qu'il devait faire à la Cour afin de garder ses admirateurs dupes et heureux.

Il faisait nuit noire, et le risque que quelqu'un puisse les voir se diriger ensemble vers le Champ des Compagnons était quasiment inexistant. Alors que Vanyel levait les yeux de son texte sur les Religions et suggérait timidement une promenade, Tylendel avait refermé son livre et avait ouvert toute grande la porte du jardin, mimant une révérence accompagnée d'un large et vrai sourire.

Il était inévitable que Gala vienne les rejoindre lorsqu'ils traversaient la rivière ; Vanyel était parvenu à anticiper sa présence lors des quelques précieuses excursions en commun qu'ils jugeaient sans risque. Il était également inévitable de devoir gagner « leur » pinède ; elle les attirait comme aucun autre lieu à distance de marche ne semblait le faire.

Il faisait plus sombre que le désespoir de ChanteSoleil sous les branches en cette nuit sans lune, pourtant Tylendel créa une minuscule lumière magique lorsqu'ils eurent dépassé la première ligne d'arbres et se retrouvèrent en sécurité hors de vue. Ils se promenèrent au hasard pendant un long moment, d'un bout à l'autre de la tranquille pinède, puis refirent le même parcours ; sans parler, ni en ressentir la nécessité. Sans se toucher non plus mais, une fois encore, sans en éprouver le besoin.

Lorsqu'ils eurent évacué en marchant ainsi les dernières tensions du jour, ils décidèrent finalement de s'installer à côté du plus ancien arbre de la pinède et de se détendre en silence. Gala leur procura volontiers un dossier, et les deux garçons s'adossèrent contre sa chaleur douce, Vanyel appuyant sa tête sur l'épaule de Tylendel. Celui-ci avait éteint la lumière magique, les laissant dans une obscurité presque totale. Quelques criquets qui n'avaient pas été exterminés par les premières gelées, lancèrent leur appel, et Vanyel entendit même des oies sauvages crier très haut au-dessus de leurs têtes. À part cela et le souffle de Gala, ils auraient tout aussi bien pu être les deux seules créatures vivantes dans un univers infiniment vide et parfumé de résine de pin.

C'était précisément ce que voulait Vanyel. Cette comédie continuelle de leur invention se révélait à la fois plus complexe et plus facile qu'il l'aurait pensé. Plus facile, parce qu'il n'essayait plus de réprimer ses sentiments, n'essayait plus de se convaincre qu'il n'avait besoin de personne. Plus facile, car l'attitude arrogante, les jeux de séduction n'étaient plus rien d'autre qu'une série de jeux élaborés. Mais plus difficile, car une seule erreur, un seul indice parvenant à Withen de ce qui se passait réellement, et il perdrait tout ce qui faisait de sa vie autre chose qu'un fardeau à endurer. Et plus difficile encore, à cause du double jeu qu'il jouait avec Leshara. Une seule erreur et Leshara saurait ce qui se passait vraiment… Et ce serait pour lui un jeu d'enfant d'utiliser cette connaissance comme arme à double tranchant contre Vanyel et Tylendel.

Et il n'y avait aucun moyen de savoir quel crédit donnait Evan Leshara à tout ce que Vanyel lui racontait. Tout ce qu'il pouvait faire était d'avoir confiance : 'Lendel devait en savoir assez pour semer le mensonge avec exactement la juste proportion de vérité – car il n'en savait assurément pas assez lui-même.

Ce faux-semblant ponctionnait constamment son énergie émotionnelle, et il était rare qu'il se sente assez en sécurité pour oublier ses soucis et apprécier l'instant présent. La précarité de la situation était la première chose qui lui venait à l'esprit lorsqu'il se réveillait et la dernière lorsqu'il allait se coucher.

Ce n'était pas la seule pression. Depuis le combat, il avait été banni par les Bardes, les Hérauts et tous leurs apprentis. Tylendel était tenu en haute estime (ce qui le surprenait quelque peu) par les membres « en activité » de la Haute Cour de la Reine Elspeth. Mais cela signifiait que Vanyel portait tout le poids de leurs moqueries pour avoir provoqué la bagarre. Alors que ses professeurs demeuraient dans les limites de la politesse, les élèves ne faisaient aucun secret de leur dédain. Les leçons étaient devenues éprouvantes, et seule l'insistance de Tylendel pour qu'ils continuent cette comédie, puisqu'elle fonctionnait, avait contribué à maintenir l'endurance de Vanyel, confronté à toute cette hostilité. Le seul de ses professeurs qui semblait indifférent à tout ce chamboulement était le Seigneur Oden, probablement parce que le second en chef du Seigneur Maréchal se désintéressait de toute chose n'impliquant pas les arts militaires. Vanyel avait eu amplement l'occasion de réfléchir à l'ironie de sa situation, qui était maintenant à l'opposé de ce qu'il avait enduré à Forst Reach. Là-bas, il avait été le préféré de ses tuteurs, à l'exception du maître d'armes, et méprisé par tous ceux de son âge. Ici – en ne tenant pas compte des apprentis – ses pairs se montraient serviles à son égard, mais ses professeurs faisaient de leur mieux pour rester glaciaux afin de l'inciter à abandonner leurs leçons… à l'exception de son maître d'armes. Ce n'était pas dans son imagination qu'ils se montraient plus durs avec lui qu'avec les autres disciples ; Mardic se trouvait désormais dans son groupe d'étude des Religions, et avait confirmé ses soupçons.

—Alors, qu'a dit Savil ? s'enquit-il en fermant ses yeux fatigués.

Il se déplaça légèrement afin d'alléger son poids sur le bras de Tylendel, qui répondit en l'enlaçant un peu plus fort contre lui.

—Qu'elle ne comprend pas comment il se fait que nous ne nous sommes pas au moins battus une seule fois, dit Tylendel avec un léger rire. Elle dit que nous sommes écœurants.

—Elle n'a pas tort, concéda Vanyel en gloussant. Nous le sommes un peu.

—Elle m'a dit qu'elle ne peut comprendre comment nous parvenons à rester aussi dévoués l'un à l'autre de manière aussi mièvre. Elle dit que nous nous comportons comme un couple d'épagneuls – tu sais, frappe-les, et ils reviendront te supplier de les frapper encore – mais en pire, parce que nous ne nous frappons pas l'un l'autre.

—Elle ne se rend simplement pas compte, dit Vanyel, apaisé après un moment de réflexion. 'Lendel, je ne serai jamais capable de me battre avec toi, alors qu'à tout moment mon père pourrait apprendre quelque chose à notre sujet et me faire revenir à la maison. Je ne pourrais supporter l'idée que nos derniers mots soient des paroles de colère. Je dois faire de chaque moment que nous partageons un heureux souvenir.

—Ne te laisse pas ronger par ça, l'interrompit Tylendel. Tu as seize ans maintenant ; j'en ai dix-sept. Il ne reste que deux ans avant ta majorité. Tout se passera bien pour nous, tant que tu gardes le contact avec le Seigneur Evan.

Vanyel soupira.

— Dieux, ô dieux ! deux ans… cela semble une éternité ! Je n'imagine pas en voir le bout.

Tylendel lui caressa les cheveux, sa main aussi légère qu'une brise.

— Tu y arriveras, *ashke*. Tu es plus fort que tu le crois. Je pense parfois que tu es plus fort que moi. Je doute de pouvoir gérer avec succès le fardeau qui t'incombe. Et, que tu le crois ou non, je pense que je dépends tout autant de toi que toi de moi. Gala le dit, en tout cas.

— Elle le dit ? (La voix de Vanyel était surprise.) Vraiment ?

— Fréquemment.

Il soupira et Vanyel se demanda pourquoi. Il semblait parfois qu'il y avait de sérieux sujets de désaccord entre Gala et son Élu, impliquant généralement le soutien tacite et inébranlable de Tylendel à son frère jumeau. Vanyel ne pouvait comprendre personnellement pourquoi on en faisait une telle histoire. Même si 'Lendel n'avait pas eu un lien si puissant avec Staven, même si Wester Leshara n'avait pas été impliqué dans le suicide douloureux de la mère de 'Lendel, il aurait néanmoins été de son devoir de soutenir Staven. Même si Vanyel entretenait lui-même une relation plutôt amère et désagréable avec son propre frère Mekeal, si on en venait à une confrontation intrafamiliale, il n'y avait aucun doute dans son esprit quant au parti qu'il prendrait, et il savait que Mekeal ressentirait probablement la même chose. Étant donné ce que Tylendel devait à son frère pour l'avoir soutenu face à toute opposition… eh bien, Vanyel ne voyait pas ce qu'il aurait pu faire d'autre, en toute décence et en tout honneur.

Mais il y avait de nombreux détails au sujet de toute cette histoire de « Héraut » qu'il ne comprenait pas. Par exemple…

— 'Lendel, si nous tenons si longtemps… jusqu'au moment où tu recevras ta Tenue Blanche…

— « Si » ? Ne pense pas en termes de « si », mon chéri, le réprimanda gentiment Tylendel. Cela ne sera peut-être pas facile, mais nous y arriverons. Par Haven, je fais bien de dire à quel point ce sera dur, alors que c'est toi qui devras supporter le pire ! Mais je t'aiderai, autant que je le peux, et nous irons jusqu'au bout.

— Et alors, que va-t-il nous arriver ? Lorsque tu auras obtenu ta Tenue Blanche et que je serai majeur… alors quoi ?

Un long silence s'ensuivit. La main de Tylendel s'immobilisa sur sa nuque.

— C'est vraiment la partie la plus facile. Tout d'abord, tu dois décider de ce que tu veux précisément faire concernant le Seigneur Withen. Je veux dire que tu pourrais carrément tout lui révéler à notre sujet, ou tu pourrais simplement… le laisser le découvrir par lui-même. C'est comme tu veux. À ce stade, la pire chose qu'il puisse faire serait de te déshériter, et tu sais que tout ce que je possède est à toi si tu me le demandes. Le Cercle ne m'en empêchera pas. Je possède plus qu'assez pour subvenir aux besoins de deux personnes.

— Il me déshéritera probablement, dit amèrement Vanyel. Ce qui signifiera que je dépendrai de toi, 'Lendel.

— Et alors ? Nous sommes bien partenaires, n'est-ce pas ? Cela n'a rien à voir avec de la charité, *ashke*, mais tout à voir avec le partage.

Vanyel réprima une réponse spontanée : ce serait tout de même ressenti comme de la charité.

— D'accord. Supposons que j'apprenne la vérité à mon père et que je sois libre de faire ce que bon me semble. Que se passera-t-il ensuite ?

— Après cela, Savil confiera les tourtereaux à un autre Héraut et me prendra – nous prendra – en mission sur le Champ. Nous, car je ne partirai évidemment pas sans toi ; Savil le sait, alors c'est acquis. Ceci pendant un an à peu près. Ensuite… je ne sais pas. Je suis un apprenti Héraut-Mage ; ils nous confient généralement des postes permanents plutôt que de nous faire passer de l'un à l'autre comme les Hérauts conventionnels. Ils m'assigneront probablement ici à Haven, ou à l'extérieur le long de la Frontière, aux endroits où la magie est nécessaire. Du côté du Col du Poulain Blanc, autour de la Porte des Pélagirs…

— Pourquoi ? Je ne comprends pas. Pourquoi ? demanda Vanyel. Ce que je veux dire, pourquoi vas-tu faire ce que quelqu'un d'autre veut que tu fasses ? Pourquoi dois-tu te rendre là où ils te l'indiquent ? Qui sont-ils, de toute façon ?

— Ils… appartiennent au Cercle Héraldique, le Héraut Personnel de la Reine, celui du Sénéchal, le Héraut du Seigneur Maréchal, le porte-parole des Hérauts avec apprentis – c'est Savil –, celui des Hérauts-Mages et celui des Hérauts en tournée. Et la Reine, bien sûr, et l'Héritier. Ce sont eux qui décident où serviront les Hérauts et les Hérauts-Mages, et quelle sera leur fonction. C'est… c'est simplement comme ça que ça se passe. Van, je ne te comprends pas moi non plus. (Il était vexé.) Ne souhaites-tu pas m'accompagner ?

— Oh, dieux !… (Vanyel se saisit de la main libre de Tylendel et la serra fortement.) 'Lendel, je ne voulais pas dire cela. Je préférerais perdre bras et jambes plutôt que de te perdre toi. J'irai là où tu iras, et j'en serai ravi. J'essaie simplement de donner un peu de sens à tout ceci. Pourquoi toute cette… histoire de Héraut ? Est-elle si importante pour toi ?

Vanyel pouvait presque sentir Tylendel chercher les mots justes.

— C'est… je ne sais… comme une sorte de fringale. Je ne peux m'en empêcher. Je possède ces capacités, ces Dons, et je ne peux pas les négliger. Je ne pourrais rester assis ici, en sachant qu'il y a des gens là-dehors qui ont précisément besoin du type d'aide que je peux leur apporter, sans faire l'effort d'aller à leur rencontre et de prendre soin d'eux. C'est comme soutenir Staven… c'est juste quelque chose que je ne pourrais m'imaginer ne pas faire. Je ne saurais l'expliquer, Van, je ne peux pas. Je dois le faire, sinon… sinon je ne serais plus moi-même.

Vanyel hocha légèrement la tête.

— D'accord, je l'accepte. Mais je ne parviens toujours pas à le comprendre, confessa-t-il. Tout abandonner pour jouer au garde-malade au chevet de toute une flopée d'individus que tu ne connais même pas. Ne pourrais-tu pas simplement mener ta propre existence ? Qui sont ces gens qui ont besoin de toi, pour lesquels tu es prêt à sacrifier ta vie entière ?

— Oh ! dit Tylendel, on dirait Stav… (Il se figea brusquement.) Staven ? murmura-t-il. Stav…

Tout son corps se convulsa tandis qu'il hurlait le nom de Staven. Et la nuit explosa en un chaos autour d'eux.

Son hurlement se prolongea encore et encore, emplissant l'univers entier de souffrance et de deuil. Une pression insoutenable s'éleva autour d'eux et brisa en un instant l'éternité de ce cri. L'air immobile se mit à bouillonner et à les rouer de coups de chaleur et de turbulences.

Gala se remit debout tant bien que mal. Vanyel agrippa son bien-aimé, essayant de le soutenir tandis qu'il s'agitait violemment en tous sens, agité de spasmes incontrôlés. Le front de Tylendel heurta l'arête de son nez ; il vit mille étoiles et sentit le goût du sang dans sa bouche, mais il serra les dents et continua à le soutenir.

Un vent soufflant en tempête surgit de tout ce chaos. Il se mit à hurler autour d'eux, déchirant presque les vêtements de Vanyel. Tylendel était… en train de rayonner ; une lumière rouge colérique vibrait autour de lui. À l'intérieur de celle-ci, Vanyel pouvait voir son visage figé, comme un masque de démence. Ses dents étaient serrées en un rictus de souffrance, et il n'y avait plus rien dans ses yeux, plus aucun signe de conscience.

Les arbres les plus proches explosèrent littéralement en une pluie d'éclats de bois ; les plus éloignés vibrèrent de convulsions très semblables à celles qui agitaient le corps de Tylendel, puis commencèrent à se fissurer.

Le vent gagna en intensité ; les arbres les plus lointains fouettaient violemment l'air de leurs branches, puis le vent tournoya un peu plus loin. La lueur entourant Tylendel – et maintenant Vanyel – semblait palpiter, s'atténuant et s'intensifiant à chaque spasme. Une sorte d'éclair terrifiant craquelait les bords de ce scintillement lumineux, frappant autour d'eux au hasard. Là où il tombait, l'effet était identique à un éclair naturel : les arbres se fendaient, le sol était brûlé et se couvrait de cratères.

Le vent avait mis la terre à nu, projetant des aiguilles et des morceaux de bois. Le sol même était agité de frémissements et se soulevait comme un cheval essayant de désarçonner son cavalier.

Vanyel tenait Tylendel aussi étroitement que possible en cherchant Gala des yeux, le regard affolé. Finalement, il l'aperçut en dehors du cercle chaotique. Elle scintillait aussi, d'une luminosité bleuâtre ; le contour de son halo déviait les éclairs et les débris volants, mais elle semblait incapable de faire quoi que ce soit. Ce n'était pas faute d'essayer... elle tendait le cou dans la direction de son Élu, les yeux brillants et emplis de détresse – mais elle était seulement capable de se protéger elle-même. Elle ne parvenait même pas à s'approcher d'eux.

— Gala ! hurla Vanyel par-dessus le hurlement du vent, tout en retenant Tylendel de nouveau secoué de convulsions. Va chercher de l'aide ! Va chercher Savil !

Il ne parvenait pas à penser. Si Gala était impuissante, Savil restait la seule aide possible.

Elle secoua la tête et essaya de se frayer un passage vers eux à travers la tempête, mais fut repoussée par la force, quelle qu'elle soit, qui contrôlait ce vent déchaîné. Elle essaya deux fois encore ; chaque fois elle fut violemment repoussée, tandis que le cercle de destruction poursuivait son expansion. Finalement, elle se cabra, poussa le hurlement d'un humain terrifié et volta pour s'élancer dans l'obscurité.

Vanyel ferma les yeux et serra Tylendel contre sa poitrine, s'efforçant de le protéger contre la bourrasque, de l'empêcher de se blesser tandis qu'il était toujours agité de soubresauts. Vanyel était bien au-delà de la peur, l'esprit engourdi, la bouche desséchée, le cœur battant à tout rompre, priant pour que tout cela s'arrête, priant pour que l'aide arrive. Il ne parvenait ni à penser ni à bouger : tout ce qu'il pouvait faire était rester là.

Lendel, je suis là…, pensa-t-il aussi fort que possible en espérant que Tylendel l'« entendrait ». *'Lendel, reviens-moi…*

L'apprenti fut une fois de plus secoué de spasmes, le dos arqué… et soudain, tout fut terminé. La lumière disparut, et le vent avec elle. Le sol se stabilisa… et il n'y eut plus rien d'autre qu'un silence de mort, l'obscurité épaisse et le poids du corps immobile de son amant dans les bras de Vanyel.

— 'Lendel ? (Il secoua Tylendel par les épaules et réprima une plainte, n'obtenant aucune réponse.) Oh, dieux !…

Tylendel respirait encore, mais sa respiration était étrange et superficielle. La peau de l'apprenti était moite de sueur et presque froide au toucher.

Quelques instants plus tard, Savil et deux autres Hérauts arrivèrent au grand galop, chevauchant leurs Compagnons, des lumières magiques scintillant au-dessus de leurs têtes. Grâce à cet éclairage, Vanyel put constater que le corps de Tylendel s'était ramolli et qu'il était complètement inconscient, la tête rejetée en arrière, les yeux révulsés sous ses paupières mi-closes. Il déglutit en combattant sa peur, tandis que Savil glissait du dos de Kellan sans attendre qu'elle s'arrête, pour atterrir lourdement au sol et avancer en trébuchant dans leur direction. Alors que la lumière des boules vibrantes s'intensifiait, Vanyel se rendit compte avec un choc qu'il n'y avait plus un seul pin debout dans ce qui avait été un bosquet d'arbres vigoureux.

— Je… Je… Je n-ne… ne sais pas ce qui s'est p-p-passé, bégaya-t-il, tandis que Savil s'agenouillait à côté d'eux, ouvrait les paupières de Tylendel et vérifiait son pouls, le visage à la fois blême et sombre sous la lumière bleue de son globe.

Les deux autres Hérauts descendirent lentement de leurs montures, contemplant la destruction qui les entourait, le visage dénué d'expression.

— Il allait b-b-bien la m-m-minute d'a… d'avant, et puis… Tante Savil, de grâce, je ne lui ai r-r-rien fait, n'est-ce pas ?

— Non, mon garçon, dit-elle, l'air absent. Jaysen, viens par ici pour confirmer, s'il te plaît !

Le plus grand des deux Hérauts s'agenouilla à côté de Savil et procéda au même examen que celui qu'elle venait d'effectuer.

— Choc en retour, dit-il succinctement. Mauvais. Le mieux à faire pour lui est de le mettre au lit, avec quelqu'un en qui il a confiance pour le garder.

— C'est bien ce que je pensais, répliqua-t-elle. (Elle se releva, faisant signe au Héraut plus âgé pour qu'il aide Jaysen à soulever l'apprenti inconscient.) Non, Vanyel, cela n'a rien à voir avec toi. (Elle le regarda finalement.) Sais-tu que ton nez est cassé ?

— Il l'est ? répondit-il, l'esprit encore embrumé par la peur qu'il ressentait pour Tylendel.

— Il l'est. Tiens-toi tranquille ; Jaysen possède juste assez de Don de Guérison pour y faire quelque chose…

Le grand Héraut aux cheveux décolorés libéra une de ses mains afin de lui toucher le visage. Il éprouva une étrange sensation, puis un éclair de douleur l'aveugla un instant, et enfin de l'engourdissement.

Savil l'examina rapidement de la tête aux pieds.

— Ce sera suffisant ; tu auras terriblement mal pendant quelques jours, mais il guérira et sera de nouveau droit. Nous nettoierons plus tard le sang sur ton visage. Jaysen, Rolf, ramenez 'Lendel dans mes quartiers ; un Guérisseur ne parviendra pas à le soigner. Nous nous en occuperons nous-mêmes.

— Ma Tante, de grâce, que s'est-il passé ?

Il se mit debout tant bien que mal, serrant fort la main de Tylendel tandis que les deux autres le soulevaient. Son corps semblait toujours sans vie, comme une poupée brisée, et il ne montrait aucun signe de conscience. Vanyel ne voulait pas l'abandonner avant de savoir ce qui s'était passé.

Savil lui fit doucement lâcher prise.

— Si ce que Gala nous a rapporté est juste… le moment où il est devenu comme fou correspond à celui où l'on assassinait son frère jumeau, dit-elle avec colère. Tu es au courant du lien qui le reliait à Staven.

Vanyel acquiesça et fut parcouru par un frisson.

— Il l'a ressenti ; il a senti la mort approcher, a su ce qui venait de se passer. Il a perdu tout contrôle, a perdu l'esprit pendant un moment, comme lors de l'une de ces crises qu'il avait l'habitude de faire… mais bien pire cette fois-ci, je crois. Maintenant il est presque anéanti, son corps est épuisé par les énergies qui l'ont traversé, son esprit traumatisé par la mort de Staven. C'est le choc en retour.

Vanyel n'était pas certain d'avoir compris, mais hocha néanmoins la tête.

Le visage de Savil exprimait une rage pure.

— Que tous les dieux damnent ces imbéciles et leurs querelles ! Mort après mort, ils ne sont toujours pas satisfaits ! Van, notre tâche est de nous assurer que nous ne perdions pas également Tylendel.

— Le perdre ? (La voix de Vanyel se brisa, et il regarda, affolé, les Hérauts et leur fardeau inconscient.) Oh, non !…

oh, dieux !… Ma Tante, dites-moi ce que je dois faire, je ne peux pas le laisser…

—Je n'ai nulle intention de le laisser mourir, l'interrompit-elle en le poussant à la suite des Hérauts. La mascarade est terminée, et au diable ce qu'apprendra ton père ; je me chargerai personnellement de Withen, et je te garderai ici, même si je dois obtenir un ordre de la Reine pour cela. Pars avec eux, et ne le quitte sous aucun prétexte. (Savil se mordit la lèvre et donna une autre poussée à Vanyel lorsqu'elle vit qu'il était paralysé par la crainte.) Pars… vas-y. Il a besoin de toi, mon garçon… comme il n'a jamais autant eu besoin de quelqu'un auparavant. Tu es mon seul espoir. Le seul à pouvoir lui faire surmonter cette épreuve sans qu'il perde la raison.

Les deux Hérauts que Savil avait appelés Jaysen et Rolf déshabillèrent Tylendel et le mirent au lit sans que l'apprenti ait repris connaissance. Vanyel tournait en rond, les poings serrés, le visage agité de tics et presque aussi blafard que celui de Tylendel. Lorsqu'ils quittèrent la chambre – après lui avoir jeté des regards suspicieux et curieux –, il s'installa dans un fauteuil au chevet de Tylendel, prit la main molle et froide de son amant dans la sienne, et ne bougea plus.

Il resta ainsi le reste de la nuit, incapable de dormir ni même de penser clairement. Tylendel avait une mine épouvantable : sa peau était devenue translucide et cireuse, il n'y avait aucune réaction dans la main que tenait Vanyel, et seul le mouvement superficiel de sa poitrine au rythme de sa respiration prouvait qu'il était toujours de ce monde.

Savil vint jeter un coup d'œil une ou deux fois au cours de la nuit, sans dire un mot. Mardic entra à l'aube, afin d'essayer de persuader Vanyel d'aller se reposer, mais celui-ci se contenta de secouer la tête avec entêtement. Il ne le ferait pas – il ne le pourrait pas – jusqu'à ce qu'il sache que Tylendel était tiré d'affaire.

Savil s'absenta pour assister à une séance du Conseil – traitant probablement de la querelle – dès le lever du soleil. Mardic et Donni se rendirent à regret à leurs leçons deux marques plus tard sur la bougie graduée. Lorsque Mardic avait échoué à convaincre Vanyel d'aller se reposer, Donni avait voulu l'inciter à s'alimenter un peu. Il avait également refusé, soupçonnant que – avec les meilleures intentions du monde – elle avait furtivement ajouté quelque chose dans la nourriture pour le faire dormir.

— 'Lendel, ils sont partis, dit-il après avoir entendu la porte s'ouvrir puis se refermer, simplement pour avoir un autre bruit dans la pièce que la respiration difficile de Tylendel. Nous sommes seuls à présent. 'Lendel, tu dois revenir… s'il te plaît. J'ai besoin de toi, 'Lendel. (Il se mit à rire, au bord de l'hystérie.) Écoute, comme tu le sais toi-même, j'ai pris beaucoup trop de retard en Histoire au point que même Mardic peut m'aider.

Il crut percevoir l'ombre d'une réaction. Son cœur fit un bond, et il continua à parler, à le cajoler, à réciter des extraits des poèmes favoris de Tylendel… tout pour le faire émerger de ce sommeil surnaturel. Il parla jusqu'à ce que sa bouche et sa gorge s'assèchent, rendant sa voix semblable à un croassement, le quitta juste le temps d'aller chercher de l'eau, puis revint reprendre son monologue. Vers le milieu de l'après-midi, il perdit le fil de son discours. Il avait vaguement conscience qu'on les surveillait, mais il ignora ces autres présences pour éviter de tarir son discours. Dans l'après-midi, il n'eut plus de doute : il s'était produit une évolution certaine dans l'état de Tylendel, un mieux.

Il ignorait si ses paroles l'avaient provoquée, mais il ne voulait prendre aucun risque. Il continuait simplement à tenir la main de Tylendel en lui disant tout ce qui lui passait par la tête, y compris des futilités.

Le crépuscule arriva, transformant brièvement la rivière au-delà des fenêtres en un glaive de feu. La lumière s'atténua, la chambre s'obscurcit, et il refusait toujours de bouger. Savil entra dans la pièce et y resta le temps d'allumer les bougies et de murmurer quelques mots : il faisait exactement ce qu'il fallait faire, c'est du moins ce qu'il crut entendre, il n'en était pas sûr. Peu lui importait ; tout son univers s'était réduit à ce pâle visage se détachant sur l'oreiller, et à cette main se réchauffant lentement dans la sienne.

Ses paupières étaient lourdes, tout son corps lui faisait mal, et sa voix s'était estompée en un murmure que même lui ne percevait plus. Il posa finalement sa tête sur ses bras, dans l'intention de se reposer juste un instant…

Il se réveilla en sentant une main hésitante qui lui caressait les cheveux. Il sursauta et redressa brusquement la tête, réveillant la douleur de son nez.

Tylendel l'observait avec des yeux épuisés, cernés de bleu ; des yeux si emplis de deuil et d'anxiété que Vanyel fut sur le point de pleurer.

—Je t'ai entendu, murmura Tylendel. Je t'ai entendu, mais je n'avais pas la force de te répondre. Van… Staven…

Son visage se crispa, et Vanyel se laissa glisser de son fauteuil sur le bord du lit et lui parla en le prenant dans ses bras et le serrant aussi fort que possible ; il le soutenait contre son épaule, lui apportant le peu de réconfort que sa présence pouvait lui donner. Le corps secoué de sanglots, Tylendel s'accrocha à Vanyel comme s'il était la dernière consolation qui lui restait au monde, et Vanyel pleura avec lui.

Ils finirent par s'endormir ainsi, d'un sommeil véritable, et non dans l'état de choc dans lequel s'était trouvé Tylendel. Vanyel habillé et étendu entre son fauteuil et le bord du lit, Tylendel cramponné à lui comme un enfant au cœur brisé.

— Mange, ordonna Vanyel en déposant le plateau sur les genoux de Tylendel recouverts d'une couverture.

Celui-ci secoua la tête, au bord de la nausée.

— Peux pas, émit-il d'une voix rauque.

— Tu veux plutôt dire « veux pas », rétorqua Vanyel, presque aussi enroué, essayant d'ignorer que le simple fait de parler faisait irradier la douleur dans tout son visage. Tu n'as pas mangé de la journée. Savil dit que, si tu n'avales pas quelque chose, tu risques de retomber dans ton état de choc. Je n'ai pas passé tout ce temps à te parler pour que tu perdes de nouveau connaissance. Maintenant, mange, sacré bon sang !

Il croisa les bras sur sa poitrine et toisa Tylendel. L'apprenti se cala un peu plus haut sur les oreillers qui le soutenaient et tenta de repousser le plateau. Malheureusement, il était si faible qu'il ne parvint même pas à le soulever ; il ne put que le pousser. Vanyel le remit exactement au même endroit.

Tylendel jeta à la soupe, pourtant appétissante, un regard qui aurait mieux convenu à une écuelle de pâtée pour gorets, mais il prit quand même la cuiller. Il avala la première cuillerée avec l'expression de quelqu'un s'attendant à régurgiter aussitôt ce qu'il venait de manger mais, lorsque rien de la sorte ne se produisit, il se risqua à goûter avec précaution une seconde cuillerée, puis une troisième.

Vanyel s'assit avec méfiance au bord du lit, prenant soin de ne pas déséquilibrer le plateau posé entre eux. Tylendel avait l'air très différent depuis qu'il s'était réveillé : quelque peu secret, et en même temps passionné. Il le ressentait dans chaque mot qu'ils échangeaient. Il croyait savoir ce dont il s'agissait, mais il voulait s'en assurer.

— Ils craignent que je perde la raison, tu sais, murmura Tylendel d'un ton neutre, arrivé à la moitié de son bol de soupe.

— Je sais, répliqua Vanyel d'un ton tout aussi neutre, sentant que le secret allait être révélé. C'est pourquoi ils m'ont gardé ici. Tu l'as perdue ?

Tylendel leva le nez de son repas, et cette étrange *chose* brûlante que Vanyel avait ressentie brilla au fond de ses yeux maussades.

— C'est ce qu'ils croient. Van, il faut que tu m'aides.

— Tu n'avais pas besoin de me le demander, répliqua sobrement Vanyel. Dis-moi ce que tu veux, et j'irai te le chercher.

— La vengeance.

La *chose* au fond de ses yeux s'enflamma pendant un moment, avant de s'atténuer de nouveau en un feu couvant.

Vanyel hocha la tête. C'était bien ce à quoi il s'attendait. Si Tylendel voulait se venger…

— Dis-moi. Si je peux le faire, je le ferai.

Tylendel s'affaissa sur les oreillers empilés derrière lui, les yeux clos, la tête légèrement inclinée en arrière, le visage soudain détendu.

— Oh, dieux !… Van… je croyais que…

— Mange, grommela Vanyel. Je t'avais dit avant tout cela que je comprenais, même si ce n'était pas le cas de Savil. Ma seule question est : comment penses-tu que deux jeunots à peine adultes, à peine entraînés, vont pouvoir perpétrer une vengeance contre des gens qui vivent à une distance de quinze jours à dos de chevaux rapides ? Je présume que tu as une réponse à ce problème.

Tylendel ouvrit les yeux et hocha sobrement la tête, mais la cuiller était toujours dans le bol de soupe où il l'avait laissée, et Vanyel se concentrait sur l'objectif plus immédiat de le remettre sur pied. Il se soucierait de ce plan lorsque Tylendel serait de nouveau en forme pour pouvoir l'exécuter, et pas avant.

— Sacré bon sang ! 'Lendel, si tu ne manges pas, je ne t'aiderai pas !

Tylendel obéit, l'air coupable, se penchant en avant pour terminer son repas.

Vanyel lui vola sa tasse juste le temps d'avaler une gorgée de vin. Son visage le faisait terriblement souffrir et, lorsqu'il avait jeté un coup d'œil dans le miroir, il avait de nouveau détourné les yeux. Son cercle d'admiratrices aurait fort peu à admirer pour l'instant. On aurait dit qu'il portait un masque de domino noir et bleu et un nez en mastic. Et cela faisait mal. Dieux ! comme cela faisait mal ! Il n'avait pu dormir la nuit précédente, après avoir réconforté Tylendel, que parce qu'il était complètement, totalement épuisé.

— En suis-je responsable ? lui demanda doucement Tylendel, le dévisageant finalement, tandis qu'il finissait la dernière cuillerée de soupe en raclant le fond du bol.

Vanyel acquiesça, ne voyant aucune raison de le nier.

— Tu n'étais pas précisément dans ton état normal, lui rappela-t-il.

Il reprit le plateau et s'étira par-dessus Tylendel pour le déposer sur une table de chevet.

— Oh, dieux!… Van, je suis désolé…

La furie rentrée disparut des yeux de Tylendel, remplacée par de l'inquiétude tandis qu'il tendait la main vers le nez de Vanyel, puis par de la souffrance lorsque Vanyel se détourna en grimaçant de douleur.

— Touche-moi partout ailleurs mais pas là ; cela fait atrocement mal et ce n'était pas ta faute, d'accord ?

Afin de neutraliser cette lueur de souffrance dans les yeux de Tylendel, il s'approcha pour le prendre rapidement dans ses bras, après quoi il prit sa main dans les siennes.

— Maintenant… veux-tu me parler ? Je pense que c'est à mon tour de t'écouter.

Le feu enfoui réapparut, combattant l'anxiété qu'affichaient ses traits.

— Ce lien entre moi et Staven… il était différent de ce qu'ils pensent. La plupart du temps, la distance est importante pour un lien de ce type, car elle l'affaiblit. Cela n'a jamais été le cas pour nous. Pourtant, Savil pensait le contraire, et je l'ai laissée le croire. Sinon, elle se serait efforcée de le briser. (Il se contracta et ferma les yeux ; Vanyel lui serra la main un peu plus fort.) Je n'avais qu'à penser à lui pour qu'il soit avec moi, et c'était pareil de son côté. Ils – les Leshara – lui ont tendu une embuscade. Ils ont tué les hommes de son escorte, et ils l'ont tué. Ce n'était pas un simple assassinat, Van. Ils ont fait usage de la magie.

Vanyel était bouche bée.

— Ils… quoi ? Comment ? Comment un Héraut pourrait-il…

— Ce n'était pas un Héraut. Ils ont engagé les services d'un Mage venant de l'extérieur du Royaume. Ils ont lâché certaines… créatures sur le Domaine. Des monstres magiques, venant peut-être des Pélagirs. Staven les poursuivait avec son escorte ; mais, lorsqu'il est arrivé à cet endroit, ils avaient disparu. Il a dû passer toute la journée à rechercher leurs traces, et simplement à s'épuiser, ainsi que les combattants et leurs chevaux. C'est à ce moment-là que le Mage les a fait réapparaître et Staven est tombé dans le piège. (Les yeux de Tylendel étaient horribles à voir, comme s'il contemplait l'enfer.) Ces créatures l'ont blessé avant de l'achever ; elles l'ont atrocement mutilé. Intentionnellement, sur les ordres de leur maître. Plutôt sur les ordres des Leshara, je pense. Mais je ne peux te l'affirmer… (Il frissonna.) Stav a pu se connecter à moi… se connecter à moi par l'intermédiaire de notre lien… Van, j'étais avec lui, je l'ai senti mourir !

Il serra si fort la main de Vanyel que leurs deux mains blanchirent. Sa voix tremblota.

— Il savait que j'étais là avec lui ; il l'a su dès que je me suis connecté à lui. Dieux merci !… Il a compris alors qu'il n'était pas seul. Mais la dernière chose, la toute dernière chose qu'il a faite a été de me supplier, de m'implorer de le leur faire payer. (Ses yeux s'ouvrirent, ils étaient plus qu'embrasés : enflammés par la furie et la souffrance.) Je le lui ai promis, Van. Je le lui ai promis. Ces bâtards ont tué Staven… mais ils ne s'en tireront pas comme ça.

Vanyel perçut cette furie, et ne put que céder.

— Je te l'ai dit, 'Lendel, répéta-t-il doucement. Tu n'as qu'à demander.

— Oh, mon amour… (Sa voix se brisa en un sanglot, et Vanyel vit les larmes couler le long de sa joue.) Je ne devrais pas te mêler à tout cela… dieux ! je ne devrais pas ! Ce n'est pas juste, ce n'est pas correct. Tu n'as aucun rapport avec cette affaire.

— Tu m'as dit toi-même que nous sommes partenaires, que tout ce que tu possédais, tu le partageais, répondit Vanyel aussi fermement qu'il le put. Nous devons partager le meilleur comme le pire, c'est du moins ce que je pense. (C'était à son tour de fouiller dans le tiroir de la table de chevet à la recherche d'un mouchoir.) Prends ça. (Il le mit dans la main de Tylendel.) Maintenant, dis-moi ce que tu as l'intention de faire.

La main tremblante, Tylendel se frotta les yeux pour essuyer ses larmes.

— Nous ne devons pas dire à Gala ce que nous allons faire : elle essaierait de m'en empêcher. Je peux l'empêcher de savoir par un blocage, je l'ai déjà fait au sujet de mon lien avec Staven. Je pourrais… faire semblant d'être malade…

— Mais tu es malade ! vois comme tes mains tremblent.

Tylendel considéra ce tremblement avec une certaine surprise.

— Plus gravement malade, alors. Trop mal en point pour ne rien faire d'autre que rester allongé ici. Je voudrais que tu te glisses dans la chambre de Savil et que tu récupères deux livres. Ils sont proscrits : personne en dehors des Hérauts-Mages de très haut niveau n'est supposé savoir qu'ils existent, et Savil est ici, à Haven, l'une des trois seules personnes à en posséder des copies.

Vanyel ressentit un frémissement d'inquiétude.

— Dans ce cas, ne seront-ils pas enfermés à triple tour ?

Les coins de la bouche de Tylendel se contractèrent.

— Oh, ils le sont ! Elle les a placés sous protections. Or ces protections ne fonctionnent pas contre une personne ne possédant pas le Don de la Magie.

— Comment ? Vanyel en resta de nouveau bouche bée.

— Comme Margret vient faire le ménage, Savil ne place une protection que contre les personnes possédant le Don de la Magie. De cette manière, Margret peut les manipuler et les ranger si Savil les laisse sortis par inadvertance. Elle a compris qu'une personne sans le Don ne saurait pas quoi chercher. Donc toi tu peux les prendre, mais pas moi.

— Maintenant ? demanda Vanyel d'un ton dubitatif.

Tylendel secoua la tête.

— Non, je ne peux pas… je ne peux pas faire grand-chose pour le moment. Plus tard… (Sa voix s'étrangla, et il murmura :) Oh, dieux !… Staven…

Son souffle s'interrompit de nouveau, et cette fois il ne put se contrôler. Il fondit en larmes de désespoir, et Vanyel oublia aussitôt ces plans de vengeance pour le réconforter.

— Tu devras tourner les pages, lui dit Tylendel en regardant le livre banal, relié de noir, posé sur le lit entre eux deux. Je n'ose pas les toucher.

Vanyel haussa les épaules et s'exécuta, ouvrant ce livre d'aspect ordinaire à la première page.

La ruse avait fonctionné à merveille : Tylendel avait fait semblant de souffrir d'une faiblesse bien plus importante qu'en réalité, et Savil avait tenu à ce qu'il se repose autant que possible. Elle n'avait montré aucun doute quant à sa guérison qui prenait un temps considérable ; elle n'avait même pas mandé un Guérisseur lorsque Vanyel avait timidement glissé (pour la tester) que l'état de Tylendel ne semblait guère s'améliorer.

— Le choc en retour est particulièrement pervers, avait-elle dit avec un soupir. Il faut des semaines pour s'en remettre, parfois des mois. Je ne m'attendais pas qu'il s'en sorte aussi bien, et je pense que peut-être je dois t'en remercier, toi.

Vanyel avait rougi, marmonnant quelques paroles modestes. En lui ébouriffant les cheveux, Savil lui avait ordonné de cesser de dire n'importe quoi et de reprendre son poste. D'une certaine manière, il s'était senti un peu coupable à cet instant, sachant qu'ils avaient comploté quelque chose qu'elle n'aurait pas toléré.

Mais elle ne pourrait sans doute pas comprendre, se dit-il pour la centième fois. *Elle a rompu les liens avec sa famille depuis très longtemps, et ils n'avaient jamais été très forts.* De temps à autre, la soif de vengeance de Tylendel l'effrayait un peu, mais il se dit qu'elle était légitime, après tout.

Lorsqu'il pensa que son amant était devenu obsédé par la vengeance, il repoussa cette idée absurde. Il ne s'agissait pas de vengeance... mais de justice. Les Hérauts n'avaient assurément pas fait le moindre geste pour s'occuper des Leshara.

Savil avait programmé Donni et Mardic pour la Salle d'Entraînement cet après-midi-là, et avait menacé d'assassiner quiconque l'interromprait cette fois. Ayant ainsi le champ libre, Vanyel s'était glissé dans sa chambre.

Les livres, c'est du moins ce que lui avait dit Tylendel, étaient rangés dans une petite bibliothèque creusée dans le mur à côté de la porte qui menait à sa pièce de travail. Il avait ressenti un frisson d'appréhension lorsqu'il avait trouvé les deux volumes que voulait Tylendel sur l'étagère du haut. Il avait tendu la main pour s'en saisir, s'attendant à tout moment à être projeté à travers la pièce ou à être grillé sur place par un éclair.

Mais rien ne s'était produit.

Il revint à la chambre où Tylendel l'attendait, bordé sagement dans son lit, muni d'une plume et d'un parchemin. Il s'y glissa furtivement, serrant les livres contre sa poitrine.

Le regard féroce de Tylendel, resplendissant de joie tandis qu'il déposait les livres sur le lit, lui fit tellement froid dans le dos qu'il se dit que ce devait être un frisson de crainte rétrospective.

— Qu'est-ce que tu cherches ? demanda-t-il avec curiosité, tournant lentement les pages à chaque signe que lui adressait Tylendel.

— Deux sortilèges. On ne les utilise pas souvent, mais cela ne veut pas dire qu'ils ne fonctionnent pas, répondit celui-ci d'un air absent. Ils sont très efficaces pour une personne possédant un Don de la Magie aussi puissant que le mien. Savil dit que je peux extraire de l'énergie des rochers… Eh bien, la plupart d'entre nous n'y parviennent pas, c'est pourquoi nous nous servons rarement de ces sortilèges. Le premier qui m'intéresse porte le nom de « Téléportation » ; il nous permettra de couvrir la distance d'ici aux terres des Leshara en moins d'une heure.

— Tu plaisantes ! répliqua Vanyel avec incrédulité. Je n'ai jamais entendu une chose pareille.

— Les Hérauts-Mages préféreraient que les gens ignorent qu'ils sont capables de faire cela… Seuls les meilleurs d'entre eux y parviennent ; Savil le peut, et elle m'a dit un jour que je serais capable d'y arriver, ainsi que Mardic et Donni s'ils apprenaient vraiment à travailler ensemble. La plupart de ceux qui le peuvent ne s'en servent pas s'ils sont seuls. Car, pour le faire, on doit dépenser beaucoup d'énergie : cela nécessite tout ce que possède un Mage, et alors, que fait-il une fois parvenu à la destination souhaitée ?

— Bien vu. Qu'est-ce que tu vas faire ?

— Je vais emprunter ton énergie… si… tu m'y autorises…, hésita Tylendel en levant les yeux du livre avec un regard suppliant.

Vanyel releva le menton.

— Comment ça « si » ? Bien sûr que tu peux m'en emprunter. Qu'est-ce que je pourrais faire d'autre ?

— Dieux… *ashke, ashke*, je ne te mérite pas, dit doucement Tylendel avec une ombre de sourire, d'une voix tremblante qui révéla à Vanyel qu'il était de nouveau au bord des larmes.

— C'est plutôt l'inverse, mon amour, répondit Vanyel en l'interrompant. Qui est la personne qui m'a empêché… de me tuer à petit feu ? Qui m'a montré ce qu'était le bonheur ? Qui m'a aimé lorsque personne d'autre ne m'aimait ? Hein ?

— Et qui donc t'a fait un œil au beurre noir, t'a cassé le nez et t'a presque fracturé la cheville ?

— Eh bien, en voilà la preuve, n'est-ce pas ? rétorqua Vanyel, tentant une plaisanterie médiocre. On dit que qui aime bien châtie bien !

Tylendel secoua la tête.

— Je… dieux ! ne me laisse pas me briser en mille morceaux de nouveau ! Vanyel-*ashke*, je ne pourrais jamais espérer réaliser cela sans toi. Il n'existe personne d'autre en qui je puisse avoir confiance et qui pourrait m'aider avec le Sortilège de la Téléportation… et Van, je dois te prévenir, tu vas te sentir très mal après ; comme si tu recevais un choc en retour, de la même intensité que le mien.

— Peux-tu emprunter ce truc ? l'interrompit Vanyel d'un ton dubitatif. Je veux dire, je ne possède aucun Don de la Magie ni autres du même style.

— Ce n'est pas actif ; tu as quelque chose, tu en as la potentialité, mais c'est fermé. Je ne l'aurais jamais cru, mais je pense que nous sommes légèrement liés, à un niveau plus profond que Savil et moi-même, ou même Gala et moi.

Cela ressemble davantage à ce lien que j'avais avec mon frère jumeau ; ce n'est pas conscient, mais... je sais que tu sais lorsque je suis...

— Malheureux. (Vanyel acheva la phrase pour lui, d'un air songeur.) Et d'autres choses. Hum-hum, je crois que tu as raison. Je pensais que c'était simplement parce que je m'inquiétais pour toi, mais cela semble aller beaucoup plus loin. Comme la nuit dernière, lorsque je t'ai réveillé juste avant que tu commences à faire des cauchemars. (Tylendel hocha la tête.) En conséquence, je pense que nous sommes liés. Je crois que cela s'est produit probablement entre le moment où j'ai commencé à avoir ma crise et lorsque je suis sorti du coma. Je peux ressentir... quelque chose... en toi. Quelque chose de très profond, mais de très puissant. C'est à ce moment-là que j'ai pensé au Sortilège de Téléportation, et que j'ai utilisé sur toi l'Autre Vue. J'ai ressenti le lien en quelque sorte, et puis j'ai vu que tu possédais des énergies magiques que je pouvais exploiter en utilisant ce lien.

— Dieux !... 'Lendel, ne me dis pas que je vais me transformer en Héraut-Mage ! dit-il, alarmé par cette idée.

— Si cela ne s'est pas fait jusqu'à présent, ça reste très improbable, répliqua Tylendel à son grand soulagement. Savil dit que beaucoup de gens possèdent ce potentiel, mais rien ne semble jamais le réaliser. C'est simplement en toi.

— Alors, ne l'active pas, répliqua Vanyel, tremblant inexplicablement de froid. Je ne veux devenir ni un Héraut, ni un Héraut-Mage, ni quoi que ce soit du genre.

Tylendel lui jeta un regard étrange, mais se contenta de dire :

— Je doute fort que je le pourrais, même si tu le souhaitais. Il y a des histoires concernant deux écoles de magie qui savent comment déclencher ces facultés, mais personne ne l'a jamais vu faire, à ma connaissance ; alors, même si c'est possible, ceux qui en sont capables en gardent le secret.

— Bien, répondit Vanyel, luttant toujours contre son appréhension. C'est exactement ce que je veux. Alors... tu fais cette Téléportation. Et ensuite ?

— Lorsque nous serons passés de l'autre côté, nous serons sur la terre des Leshara ; directement au sommet du donjon, si j'y parviens. J'utiliserai l'autre sortilège que je recherche... et tout cela sera terminé.

Vanyel eut brusquement conscience – ignorant comment et pourquoi – qu'il ne voulait absolument pas savoir ce qu'était cet autre sortilège.

— Très bien, répliqua-t-il d'un ton bref. (Il tourna une autre page.) Continue à chercher. Dis-moi juste où je dois m'arrêter.

Chapitre 8

Vanyel regardait avec nervosité son reflet dans la vitre : un spectre pâle et indistinct ; une apparition fantomatique, avec de sombres cavités à la place des yeux. Au-delà de la fenêtre, la nuit recouvrait les jardins ; une nuit sans lune, une nuit de vent et de nuages sans aucune luminosité, pas même celle des étoiles.

La nuit de Sovvan ; la nuit de célébration de la récolte, mais également la nuit consacrée au souvenir des morts de l'année passée. La nuit – du moins d'après la plupart des cultures – où l'Autre Monde était plus proche qu'au cours des autres nuits. Une nuit d'obscurité profonde, comme celle, il y avait de cela une lune, où Staven avait été tué.

Savil était en compagnie des autres Hérauts pleurant leurs défunts de l'année. Donni et Mardic, n'ayant personne dont se souvenir, participaient avec certains des apprentis à une fête au palais, se laissant aller à bon nombre de bouffonneries superstitieuses associées à la Fête de la Récolte qui faisait également partie de la nuit de Sovvan, du moins pour les jeunes.

Le Seigneur Evan Leshara était rentré chez lui au manoir de Westrel. Probablement très satisfait de lui.

Il n'y avait aucun doute dans l'esprit de Vanyel que le Seigneur Evan avait retiré suffisamment d'informations fiables de ce qu'on lui avait rapporté pour déduire précisément l'appât le mieux approprié afin d'attirer Staven vers une mort certaine. Vanyel et Tylendel avaient essayé de l'utiliser et avaient fini par être utilisés par lui.

Et cette pensée les emplissait d'amertume.

Tylendel et Vanyel s'étaient retrouvés seuls dans la suite… mais ils n'y resteraient pas confinés plus longtemps.

— Es-tu prêt ? demanda Tylendel depuis la porte.

Vanyel hocha la tête et coiffa la capuche de sa grande houppelande bleu sombre, essayant de ne pas tressaillir à la vision de son propre reflet. Avec la capuche qui lui dissimulait ainsi le visage, il évoquait la Mort en personne. Puis Tylendel s'approcha en silence, et il y eut deux silhouettes encapuchonnées se reflétant dans le miroir terni : la Mort et son Ombre.

Vanyel secoua la tête comme pour chasser ces pensées sinistres, tandis que Tylendel ouvrait la porte. Ils s'enfoncèrent dans la nuit froide où le vent soufflait en rafales.

Le matin même, Vanyel était descendu à Haven et avait acheté deux chevaux à un marchand de bêtes déguenillé, dépensant la plupart des pièces que Tylendel et lui étaient parvenus à rassembler tant bien que mal au cours des trois dernières semaines. Il les avait ensuite emmenés du côté ouest de la ville, et les avait laissés dans l'écurie d'une auberge située juste sous les remparts.

Tylendel avait expliqué à Vanyel qu'avant d'invoquer le sortilège qui les amènerait près de la propriété des Leshara il voulait se trouver hors de portée de perception des Hérauts-Mages. Ils avaient besoin d'un moyen de transport, mais ce n'était pas gênant que ces bêtes soient décaties ; leurs montures ne devraient tenir le coup que le temps de les emmener à une heure de cheval de la ville. Ce qu'il leur arriverait ensuite n'avait pas d'importance.

Évidemment, chevaucher Gala était absolument hors de question. Ils ne prendraient pas Star ni n'« emprunteraient » des chevaux des écuries du palais. Ils ne pouvaient pas courir le risque qu'on remarque leur absence et Tylendel ne voulait soulever aucun soupçon jusqu'à ce qu'il soit bien trop tard pour les arrêter. Vanyel ne discuta pas ; s'ils ne pouvaient pas forcer leurs montures à passer au travers du Portail de Tylendel – l'apprenti avait précisé qu'elles n'en seraient peut-être pas capables ou s'y refuseraient –, ils seraient obligés de les laisser se débrouiller seules. Il ne voulait pas perdre Star, ni être responsable de la perte du précieux cheval de quelqu'un d'autre.

Le vent coupant et glacial s'engouffrait dans leurs capes par toutes leurs ouvertures, transperçant même la laine épaisse. Vanyel trembla tout le temps qu'ils mirent à franchir furtivement la Porte de la Garde et à se glisser dans les rues de la ville. En train de se réchauffer au brasero à charbon à côté de la porte, le Garde ne parut pas les remarquer tandis qu'ils se fondaient parmi les ombres du côté le plus éloigné du porche. Ils poursuivirent leur chemin dans la rue pavée au-delà.

Ils se trouvaient désormais dans le quartier le plus prospère de la ville. Les hautes maisons qui les entouraient canalisaient le vent dans leur direction ou, du moins, c'était ce qu'il leur semblait. Tylendel, pas encore bien assuré sur ses jambes, attrapa le bras de Vanyel et s'y cramponna. Vanyel sentit qu'il tremblait en partie à cause du froid mais également d'excitation : ses yeux scintillaient dans l'ombre de sa capuche.

Ces hôtels particuliers réservés aux riches et aux personnes de haute naissance étaient pour la plupart plongés dans l'obscurité cette nuit-là ; leurs habitants se trouvaient aux services du Temple, ou assistaient à la Fête de la Récolte au palais. Vanyel n'avait pas reçu d'invitation ; et même s'il était soulagé il se demandait pourquoi. Sa volte-face apparente concernant Tylendel avait non seulement troublé son petit cercle, mais également les apprentis et les Hérauts. Et personne n'avait éclairé leur lanterne ; Savil avait pensé que laisser les colporteurs de rumeurs dans l'ignorance empêcherait provisoirement que la véritable histoire parvienne aux oreilles de Withen, leur faisant ainsi gagner du temps.

En supposant bien sûr que le Seigneur Evan ne lui ait rien raconté, par pure malveillance et pour rendre les choses plus difficiles à Tylendel et à son amant. Cela correspondrait bien au tempérament de l'homme.

Vanyel pensa brièvement à la fête de Sovvan qu'il manquait. Il était possible que ceux chargés des festivités aient supposé qu'il resterait au côté de Tylendel, particulièrement cette nuit-là. Il était également possible qu'ils l'aient blâmé pour l'état dans lequel se trouvait Tylendel (Mardic avait rapporté plusieurs histoires à cet effet) et l'aient « puni » à cause de sa conduite.

Quelle que soit la raison, l'absence d'invitation représentait une trop bonne occasion pour se faufiler sans être repéré.

Ils tournèrent à l'angle d'une rue et les constructions changèrent : elles étaient plus petites, serrées étroitement les unes contre les autres, et non plus dissimulées derrière des murs. Chacune d'elles avait des bougies aux fenêtres : une autre coutume liée à Sovvan. Ce fut à la lumière de ces chandelles que les deux garçons trouvèrent leur chemin ; les torches qui éclairaient habituellement la rue la nuit s'étaient éteintes depuis longtemps.

Tylendel avait été de plus en plus étrange et renfermé ces derniers jours, depuis que Vanyel avait dérobé pour lui les grimoires de magie de Savil. Vanyel s'éveillait parfois au beau milieu de la nuit pour le trouver assis sur une chaise, occupé à étudier ses copies manuscrites des deux sortilèges avec une concentration fanatique et fiévreuse. Lorsqu'il était réveillé, son regard restait souvent perdu dans le vide pendant des heures ou dans la flamme d'une bougie, et sa conversation était devenue monosyllabique. Les seules fois où il retrouvait un peu de son ancienne personnalité étaient lorsqu'il commençait à faire un cauchemar, dont le réveillait Vanyel : il se mettait alors à pleurer contre l'épaule de celui-ci, et parlait ensuite jusqu'à ce que tous deux retombent dans le sommeil. Il redevenait l'ancien Tylendel, ne craignant pas de partager son chagrin ou ses peurs avec celui qu'il aimait. Mais, lorsque le jour venait, il se recroquevillait dans sa coquille, et rien de ce que Vanyel pouvait dire ou faire ne parvenait à briser cette barrière.

Vanyel s'était mis à croire que son amant ne serait jamais plus celui qu'il avait été jusqu'à ce que sa vengeance soit accomplie, et il s'était mis à rêver à ce moment avec une telle ferveur qu'elle égalait presque celle de Tylendel.

Ils atteignirent le quartier des échoppes et des auberges bien avant de rencontrer âme qui vive, et il ne s'agissait que de la Garde de Nuit. Les deux hommes en patrouille ne leur accordèrent qu'un bref regard en passant : ils étaient évidemment sans armes à part leurs coutelas, trop bien vêtus pour être aguerris à la rue, et pas assez tape-à-l'œil pour être de jeunes nobles en quête de quelque querelle. Les deux hommes de la Garde de Nuit, l'air préoccupé, les saluèrent d'un bref signe de tête quasi simultané, salut qu'ils leur rendirent, tandis que la lumière de la lanterne tenue par celui de droite les éclairait. Satisfaits de ce qu'ils distinguèrent, les patrouilleurs poursuivirent leur ronde. Ils firent de même, les talons de leurs bottes claquant sur les pavés.

Les constructions ici ne comportaient qu'un ou deux étages, et le vent hurlant se déchaînait autour d'elles sans entraves. La qualité et l'état d'entretien de ces maisons – principalement des échoppes, des auberges, des pensions et des ateliers – déclinaient rapidement tandis qu'ils approchaient du rempart ouest de la ville de Haven.

Les Gardes des portes principales de Haven n'étaient nulle part en vue cette nuit-là. Il y avait toutefois une fenêtre de guet dans le mur, et Vanyel pouvait presque sentir des yeux qui les épiaient tandis qu'ils passaient dessous. Les Gardes trouvèrent évidemment chez ces deux jeunots aussi peu de raisons de s'alarmer que les Veilleurs de Nuit ; ils franchirent ainsi le rempart ouest sans la moindre difficulté.

Une fois à l'extérieur, ils atteignirent les bas quartiers de la ville. Vanyel ouvrit la marche vers l'auberge délabrée où il avait laissé leurs piteux canassons, tout en luttant à chaque pas contre le vent qui faillit arracher les bords de sa houppelande de ses doigts à moitié gelés.

L'Auberge du Nez Rouge était brillamment illuminée, remplie à craquer de fêtards. Lorsqu'ils passèrent devant la porte ouverte, Vanyel les entendit chanter faux et rire bruyamment par-dessus la plainte du vent. De la fumée et de la lumière se déversaient par cette ouverture et, tandis qu'ils passaient, le vent leur apporta une bouffée de fumée, une traînée méphitique qui les fit tousser et leur piqua les yeux, avant que de l'air plus pur leur fouette de nouveau le visage. Ignorant cette porte ouverte, ils longèrent le côté de l'auberge pour gagner la cour crasseuse et les écuries.

Un seul palefrenier y était de service, à moitié ivre, avachi contre une pile de balles de foin près de la porte et éclairé par une lanterne brûlant faiblement. Sa tête retombait sur sa poitrine tandis qu'il ronflait, dégageant une odeur fétide, même sous ce vent, comme s'il avait chu dans une cuve de bière bon marché. Tylendel attendit dans l'ombre, hors de portée de la lumière de la lanterne suspendue sous l'auvent de la porte, tandis que Vanyel secouait le palefrenier par l'épaule jusqu'à ce qu'il se redresse.

— Hein ? grogna l'homme.

Il scruta l'obscurité sous la capuche de Vanyel. Son haleine était tout aussi fétide que la puanteur dégagée par ses vêtements ; sa figure était crasseuse et mal rasée, et des frisettes ternes et graisseuses retombaient sur ses oreilles.

— Qu'est-ce tu veux, hein ? Où qu'y sont tes ch'vaux ?

— Ils sont déjà ici, répondit Vanyel sur un ton aussi confiant, brusque et bourru qu'il le put. Tiens…

Il balança au palefrenier les billets de retrait, accompagnés de deux pièces d'argent.

L'homme les examina d'un air stupide, clignant des yeux de surprise, comme s'il avait des difficultés à distinguer les billets des pièces de monnaie. Puis il eut un large sourire, révélant une bouche aux dents à moitié pourries, avant de hocher la tête.

— Assez fait la fête, hein, m'sieur ? Attendez, attendez-moi là.

Il enfouit les pièces et les billets dans la poche de son tablier de cuir huilé couvert de taches, se souleva de sa couche de balles de foin, et entra en chancelant dans l'écurie. Il en ressortit beaucoup plus vite que Vanyel l'aurait cru possible, menant par la bride un couple de hongres miteux, d'un brun indéfinissable, déjà sellés et harnachés d'éléments disparates et usés. Vanyel les observa du coin de l'œil dans la lumière enfumée, essayant de s'assurer qu'il s'agissait bien des mêmes qu'il avait laissés ce matin-là, puis il se dit que cela importait peu au final. Ce n'était pas comme si les chevaux qu'il avait achetés étaient des spécimens de prix ; en fait, si ceux-ci n'étaient pas les « siens », ils feraient sûrement de meilleures montures que ceux qu'il avait acquis !

Il prit les rênes des mains du valet d'écurie sans un mot, et conduisit les chevaux à travers la cour, à l'endroit où l'attendait Tylendel, blotti contre le mur de l'auberge dans l'espoir vain de se protéger du vent mordant. Jetant un regard par-dessus son épaule, il vit que le garçon d'écurie s'était déjà affalé de tout son long sur les balles de paille et poursuivait sa sieste interrompue.

Il tendit les rênes de la meilleure des deux montures à Tylendel, et se mit tant bien que mal en selle. Sa bête, infestée de puces, sauta de côté, refusant d'être montée, et lança une ruade sans conviction tandis que Vanyel s'installait. Il serra le poing et lui assena un bon coup entre les oreilles ; le canasson renonça aussitôt à se débarrasser de son cavalier et se calma.

Le dos de la selle était cassé ; le cheval balançait de la croupe et son pas de marche était rude : il n'avait jamais eu jusqu'ici la malchance de monter une telle rosse. Tandis que Tylendel prenait la tête et qu'ils descendaient la Route de l'Exil vers l'ouest, il espéra qu'ils n'auraient pas à chevaucher pendant trop longtemps.

Le vent s'était atténué – du moins temporairement – lorsque Tylendel s'arrêta finalement. Il faisait si sombre qu'il comprit que Tylendel avait fait halte uniquement parce que le claquement des sabots sur la dure surface de la route avait cessé. La Route de l'Exil était bordée de haies des deux côtés, ce qui leur avait permis de garder leurs bêtes piteuses dans le droit chemin. Il talonna sa monture et la força à avancer jusqu'à ce qu'il sente la présence de Tylendel et de son cheval à côté de lui.

Il y eut un soudain flamboiement de lumière. Vanyel détourna les yeux en grimaçant : cet éclat était plutôt douloureux après ces heures passées dans l'obscurité presque totale. Lorsqu'il fut capable de voir de nouveau, il distingua que Tylendel était descendu de sa monture qu'il menait par la bride : un globe rouge de lumière magique flottait au-dessus de sa tête.

Il descendit tant bien que mal de sa monture, trop heureux de quitter cette selle atrocement inconfortable, attrapa les rênes de la bête et se hâta de rattraper son compagnon.

— Sommes-nous assez loin ? demanda-t-il.

Il souhaitait vivement entendre un seul mot de l'apprenti pour briser le silence et la tension. Les traits du visage de Tylendel étaient tirés, affectés, contractés ; son attention était visiblement dirigée vers quelque chose d'autre. Tout son être était nimbé d'une sorte de concentration terrifiante devenue récemment habituelle chez lui.

— Presque, répondit-il après un long silence insupportable. (Sa voix avait un ton étrange, comme s'il devait faire des efforts pour parler.) Je… cherche quelque chose…

Vanyel frissonna, et pas à cause du froid.

— Quoi ?

— Un endroit où ériger le Portail.

Ils atteignirent un trou dans la haie. Non, pas un trou. Lorsque Tylendel y conduisit son cheval, Vanyel distingua les vestiges d'un portail depuis longtemps recouverts par la végétation. Au-delà de l'ouverture, une silhouette massive se détachait sombrement sous la faible lueur provenant de la lumière magique. Tylendel hocha légèrement la tête.

— Je pensais bien me souvenir de cet endroit, murmura-t-il.

Il ne semblait pas attendre de réponse, Vanyel n'en fit donc aucune.

Il était évident que les chevaux ne parviendraient pas à traverser un passage aussi étroit. Tylendel accrocha la bride de sa monture au pommeau de la selle, et donna au hongre une énorme claque sur la croupe qui le fit s'ébrouer de surprise et l'envoya courir au petit galop dans l'obscurité. Vanyel fit de même avec le sien, aucunement désolé de le voir partir, et se détourna de la route pour constater que Tylendel s'était déjà frayé un passage à travers la percée dans la haie et se trouvait maintenant hors de vue. Seul le scintillement rougeoyant de la lumière magique entre les branchages indiquait la direction qu'il avait prise.

Vanyel se fraya à son tour un passage en repoussant les branches, jurant lorsqu'elles s'accrochaient à sa houppelande et lui égratignaient le visage. Lorsqu'il émergea en chancelant de l'embrassade épineuse de ces buissons opiniâtres, il réalisa qu'il se tenait dans les herbes hautes jusqu'aux genoux de ce qui avait été la cour d'une petite bâtisse. Jadis peut-être une échoppe ou une chaumière, elle tombait en ruine ; la cour était tout autant envahie par la végétation que le portail. La bâtisse n'avait plus de toiture, la porte et les fenêtres n'étaient plus que de simples trous dans les murs. Tylendel examinait avec soin les vestiges de l'entrée.

L'ouverture était grande, assez large pour le passage d'un cheval et de son cavalier. Tylendel hocha de nouveau la tête, et cette fois-ci son visage exprima une froide satisfaction.

— Cela fera l'affaire, dit-il doucement. Van, penses-tu être prêt ?

Vanyel prit une profonde inspiration et essaya de se détendre un peu.

— Aussi prêt que je le serai jamais, répondit-il.

Tylendel se retourna et prit les mains de Vanyel entre les siennes ; puis il plongea dans ses yeux un regard inquisiteur.

— Van, je vais devoir forcer ce lien entre nous à s'ouvrir entièrement pour que cela fonctionne. Je risque de te blesser. Je vais essayer de ne pas le faire, mais je ne peux te le promettre. Es-tu toujours prêt à m'aider ?

Vanyel acquiesça, en pensant : *Je suis allé jusque-là ; cela serait stupide de faire marche arrière maintenant. De plus… il en a besoin. Comment pourrais-je le lui refuser ?*

Tylendel ferma les yeux ; son visage se figea en un masque bien plus impassible que celui qu'avait porté Vanyel lui-même autrefois. Ce dernier attendit, en tremblant un peu, que quelque chose se produise.

Pendant très longtemps, rien n'arriva. Puis…

Une rage monta en lui ; une colère violente et obsessionnelle qui ne laissa que fort peu de place à quoi que ce soit d'autre. Une seule chose importait : Staven était mort. Un seul objectif le motivait : infliger la même mort atroce aux meurtriers de Staven. Une parcelle de son esprit parvenait encore à penser par elle-même et s'étonnait de la puissance irrépressible de la furie de Tylendel, mais cette parcelle avait perdu toute faculté de contrôle.

Le proverbe disait : « Douleur partagée est atténuée de moitié », or cette souffrance doublait d'intensité en étant ainsi mise en commun.

Il se tourna pour faire face à l'ancien seuil sans la moindre décision consciente de sa part, Tylendel faisant de même au même moment. Il le vit lever les bras et projeter au sol devant la porte une double poignée d'une sorte de poudre ; il l'entendit entonner un chant dans une langue étrange et présenter ses mains désormais vides, les paumes tournées vers le haut, face à cette ouverture tout aussi vide.

Il sentit que quelque chose était drainé hors de lui, comme du sang s'écoulant d'une blessure. Et cela entraînait ses forces.

Les bords de la porte en ruine commencèrent à scintiller du même rouge opaque que la lumière magique brillant au-dessus de la tête de Tylendel ; comme le rouge sourd des charbons ardents, comme si les pourtours de la porte étaient animés d'un feu couvant. Tandis que la force et l'énergie de Vanyel étaient de plus en plus drainées hors de son corps, le contour irrégulier se mit à briller avec plus d'intensité, et de minuscules fils d'écarlate vive se diffusèrent à l'intérieur de l'espace où la porte s'était trouvée jadis. Ces filaments, de plus en plus nombreux, se déroulèrent, circulant comme des algues au fil d'un courant, jusqu'à ce que deux de leurs extrémités se connectent au-dessus de l'ouverture.

Un puissant flux d'énergie surgit hors de lui, telle une éruption qui força ses genoux à s'affaisser, tandis que toute l'ouverture s'emplissait d'un flamboiement rouge sang…

Puis la lumière disparut… et l'ouverture encadra, non plus les ténèbres, mais un jardin ; un jardin élaboré, décoré comme pour une fête, et rempli de monde, de lumières et d'animation.

Il eut à peine le temps de percevoir tout cela avant que Tylendel lui attrape le bras et l'attire à lui, le faisant trébucher en traversant le seuil. Un instant, il se sentit complètement désorienté, comme si le monde venait de s'effondrer sous ses pieds, puis…

Des sons : des rires, de la musique, des cris de liesse. Il était debout avec Tylendel, face à ce jardin qu'il avait aperçu au travers des vestiges de la porte et, au-delà du jardin, à un étrange donjon. Des lampions oscillaient gaiement dans les branches d'une rangée d'arbres située entre eux et les personnes rassemblées. De l'autre côté, des tables montées sur tréteaux, où étaient disposées de la nourriture et des lanternes, étaient visibles. Près des arbres se trouvait une estrade illuminée sur laquelle un orchestre aux habits bigarrés jouait avec une énergie qui compensait peu ou prou leur manque de talent. Devant l'estrade, une foule dansait en formant une ronde, riant et chantant pour accompagner la musique.

Les genoux de Vanyel ne le soutenaient plus ; dès que Tylendel lui lâcha le bras, ses jambes l'abandonnèrent et il se retrouva agenouillé, pris de vertiges, affaibli et nauséeux. Tylendel ne remarqua rien ; toute son attention était portée sur les gens qui dansaient.

— Ils font la fête, murmura-t-il, et la colère que partageait Vanyel se déversa le long du lien qui les reliait. Staven est mort, et ils font la fête !

La partie rationnelle qui restait préservée chez Vanyel murmurait qu'il s'agissait seulement d'une Fête des Récoltes comme toutes les autres ; que les Leshara ne jubilaient pas particulièrement de la mort d'un ennemi.

Pourtant, cette voix de la raison était trop faible pour être entendue au sein de l'orage qui agitait Tylendel. Une vague de vertiges lui voila la vue d'une brume rouge, et il perçut dans ses oreilles les palpitations de son cœur battant à tout rompre.

Lorsqu'il put voir de nouveau, Tylendel s'était éloigné et se tenait debout entre lui et la rangée d'arbres, les mains levées au-dessus de sa tête, moins d'où jaillirent deux éclairs jumeaux, du même vermillon que celui qui avait zébré la pinède, il y avait une lune de cela. Seulement, ceux-ci étaient contrôlés et dirigés. Ils explosèrent à travers le jardin et abattirent en un clin d'œil les arbres entre Tylendel et les membres du clan Leshara.

À la suite de ce coup de tonnerre retentirent des hurlements de saisissement ; la musique cessa dans un cliquetis de cordes cassées et le cri rauque des instruments à vent. Les danseurs se figèrent, s'agrippant les uns aux autres. La lumière magique de Tylendel flamboyait comme un minuscule soleil écarlate au-dessus de sa tête ; son regard était empli de haine et ses traits tordus de frénésie. Des larmes sillonnaient ses joues. Sa voix se fêla tandis qu'il leur hurlait :

— Il est mort, maudits bâtards ! Il est mort, et vous, vous riez ! Vous chantez ! Soyez tous maudits, je vous apprendrai à chanter une autre ritournelle ! Vous voulez de la magie ? Eh bien, en voilà !…

Vanyel était paralysé ; il était comme attaché au Portail qui scintillait toujours derrière lui. Il ne pouvait que regarder, hébété, tandis que Tylendel levait une nouvelle fois les mains… et cette fois ce ne furent pas des éclairs qui crépitèrent. Une sphère brillante apparut, accompagnée d'un coup de tonnerre, suspendue haut au-dessus de lui. De la taille d'un melon environ, d'un jaune sale, elle tournait lentement dans les airs. Tout en tournoyant, elle augmentait de volume, puis elle se déplaça silencieusement en direction des membres du clan Leshara, blottis les uns contre les autres. Lorsqu'elle fut près d'eux, elle descendit jusqu'à toucher le sol au centre de la zone frappée par la foudre où, quelques instants plus tôt, se trouvaient encore des arbres.

Elle se posa là ; tournant toujours, croissant encore en volume, jusqu'à mesurer deux fois la taille d'un homme.

Puis, entre deux battements de cœur, elle explosa.

Une autre vague de vertiges submergea Vanyel ; il cligna des yeux, incapable de focaliser son regard. Là où s'était posé le globe, une masse s'enroulait, s'entortillait, constituée d'ombre et de formes aussi liquides que de l'encre, aussi souples que des serpents, des formes qui étaient présentes et absentes en même temps.

Ces formes se dissocièrent en glissant, se séparant en cinq silhouettes brumeuses qui se tordaient. Puis se solidifiaient…

Si quelque dieu dément avait fait s'accoupler une vipère et un lévrier, puis fait évoluer à la taille d'un veau la créature en résultant, il aurait pu obtenir quelque chose ressemblant aux cinq monstres qui grondaient en montrant les crocs et se mouvaient avec agilité les uns autour des autres dans la brillance de la lampe magique de Tylendel. Ils étaient d'une couleur noir de suie, et leur peau donnait l'impression d'être couverte d'écailles lisses plutôt que de poils. Ils avaient de longs cous, très longs, bien trop longs en vérité, et des têtes en forme de flèches, un étrange mélange entre le serpent et le lévrier, avec des yeux jaunes sans pupilles qui brillaient de la même couleur changeante que le globe qui leur avait donné vie. Les crocs visibles dans ces museaux étroits étaient pointus comme des aiguilles, aussi longs que le pouce d'un homme. Leurs corps évoquaient également celui d'un lévrier, pourtant les jambes et les queues étaient comme étirées de manière malsaine et surnaturellement dénuées d'ossature.

Elles regardaient Tylendel avec des yeux fixes d'une couleur jaunâtre ; elles semblaient attendre quelque chose.

Il prononça un seul mot d'une voix vibrante, qui se brisa dans les aigus sur la dernière syllabe. Les monstres pivotèrent comme une seule entité pour faire face au clan tremblant des Leshara, leurs gueules grandes ouvertes en une parodie impie d'un stupide sourire canin.

Mais, avant qu'elles se soient jetées sur leurs cibles, un hennissement de défi perçant retentit derrière Vanyel.

Gala jaillit comme un éclair au travers du Portail, martelant le sol à tout rompre en passant à côté de lui, puis de Tylendel qu'elle ignora totalement.

Elle hennit de nouveau, avec plus de colère et de courage que Vanyel n'aurait cru possible d'en percevoir dans l'expression d'un cheval, et elle s'arrêta en dérapant à mi-chemin entre Tylendel et les créatures qu'il avait invoquées. Elle scintillait – tout comme pendant la crise de 'Lendel – d'un pur éclat bleu-blanc qui attirait l'œil autant que révulsait le scintillement jaunâtre des yeux des bêtes. Tournant le dos à Tylendel, elle se cabra de toute sa taille et frappa les airs de ses sabots avant, lançant un vibrant appel de défi aux cinq créatures devant elle.

Elles firent volte-face en un instant tandis que les sabots de Gala reprenaient contact avec le sol, et lui montrèrent silencieusement les crocs. Elle frappa la terre de ses sabots et découvrit ses dents, les mettant au défi de s'en prendre à elle.

— Gala ! hurla Tylendel en proie à l'angoisse, sa voix se brisant de nouveau. Gala ! ne fais pas ça…

Elle tourna la tête juste assez pour le regarder droit dans les yeux. Vanyel entendit sa réponse mentale tandis qu'elle résonnait dans l'esprit et le cœur de Tylendel… et brisait son âme en éclats.

— *Je ne te connais pas,* dit-elle froidement d'un ton distant. *Tu n'es pas mon Élu.*

Sur ces mots, le lien qui les avait reliés s'évanouit. Vanyel sentait le vide là où il s'était trouvé, car il partageait toujours tout ce que ressentait Tylendel.

La rage de Tylendel fut dissoute par la froideur même de ces mots.

Quand le lien fut brisé, ce qui prit sa place était la plus pure des désolations.

Vanyel se mit à geindre d'angoisse, partageant le désespoir de Tylendel, ainsi que son tourment et son sentiment de perte tandis qu'il appelait mentalement Gala sans même recevoir l'écho d'une réponse. Là où il y avait eu de la chaleur, de l'amour et du soutien, désormais il n'y avait… rien ; pas même le fantôme de ce qui avait été.

Le lien entre eux était comme saturé d'un sentiment de deuil, et la vision de Vanyel s'assombrit.

Il entendit Tylendel crier le nom de Gala, en proie à un profond désespoir. Il souhaita que sa vue s'éclaircisse.

Et, à sa grande horreur, il la vit se jeter sur les cinq démons, insouciante de sa propre sécurité.

Ils se mirent à grouiller autour d'elle et sur elle, leur noirceur obscurcissant sa luminosité. Il l'entendit crier, mais de douleur cette fois, et vit la tache rouge qui, distinctement, s'étendait sur son blanc pelage.

Il essaya de se remettre sur ses pieds, mais il n'avait plus de force ; ses oreilles retentissaient de clameurs, et il perdit connaissance.

Il eut à peine conscience qu'il était en train de tomber de nouveau. Seul le hurlement d'angoisse et de deuil de Tylendel pénétra assez en lui pour le ramener tant bien que mal à la réalité.

Il se retrouva recroquevillé sur le sol froid. Il s'efforça péniblement de se relever malgré les étourdissements qu'il éprouvait, et il chercha Gala…

Mais il n'y avait aucun Compagnon, aucun combat. Seul un corps mutilé, dévasté, déchiqueté, la gorge lacérée… la lumière disparue des yeux saphir. Tylendel était à genoux à son côté, caressant la pauvre tête ravagée en pleurant avec des cris rauques.

Près de son corps sans vie était étendue l'une des cinq monstruosités, dont la tête était une bouillie informe. Les autres tournaient avec fluidité autour du corps du Compagnon, comme si elles attendaient qu'il se relève pour l'attaquer de nouveau. Deux d'entre elles boitaient sur trois pattes… mais les deux autres étaient toujours indemnes et, étant donné ce qu'elles avaient fait à Gala en un instant, deux de ces choses suffiraient à massacrer chaque homme, femme et enfant du clan Leshara.

Elles abandonnèrent finalement leur mouvement giratoire, semblable à celui de requins, pour se retourner et faire face aux fêtards terrifiés. Elles ne portèrent pas plus d'attention à Tylendel qu'au Compagnon mort.

Un homme se précipita hors de la foule. Avec un sursaut, Vanyel le reconnut comme étant le Seigneur Evan. Qu'il ait eu l'intention d'attaquer les créatures ou simplement de fuir, Vanyel n'aurait pu le dire. Cela avait du reste peu d'importance. L'une des créatures encore indemnes se rua tel un éclair et se saisit de lui. Il n'eut même pas le temps de crier avant qu'elle l'éviscère.

Une femme poussa un hurlement. Celui-ci sembla donner le signal aux monstres de se remettre en mouvement. Ils se ruèrent d'un bloc sur leurs victimes…

La zébrure blanche d'un éclair aveuglant claqua dans le dos de Vanyel, labourant le sol devant celui qui menait la meute.

Un martèlement de sabots se fit entendre au niveau du Portail. Vanyel fut momentanément aveuglé par la lumière et par un autre accès de faiblesse qui le fit s'écrouler brusquement au sol.

Lorsque sa vue s'éclaircit de nouveau, il vit trois Hérauts tout de blanc vêtus et leurs trois Compagnons qui s'approchaient des démons, des éclairs jaillissant de leurs mains levées. Ils utilisaient ces éclairs pour piéger les créatures le plus étroitement possible et leur barrer le passage vers leurs proies.

Il eut à peine le temps de reconnaître deux des trois Hérauts – Savil et Jaysen – avant qu'ils se jettent dans la bataille.

Il perdit une nouvelle fois connaissance, ayant la sensation que quelque chose essayait d'extraire son âme de son corps. Il tenta de résister à cette perte de conscience, bien qu'il ait l'impression qu'il ne lui restait rien avec quoi combattre ; la rage comme le désespoir avaient désormais disparu, ne laissant qu'un espace vide, un néant qui le faisait atrocement souffrir.

Il ressentit un minuscule apport de flux d'énergie. Pas grand-chose, mais assez pour lui donner les moyens de combattre la noirceur qui envahissait son regard, pour résister au vertige, pour retrouver finalement une prise sur la réalité.

La première chose qu'il vit fut Tylendel ; toujours à genoux, mais qui avait cessé de pleurer. Le regard absent, il était aussi pâle que du lin blanchi, et regardait sans les voir ses mains couvertes de sang. Là où s'étaient trouvées les cinq créatures, il n'y avait désormais plus rien ; juste le corps mutilé de Gala, la terre brûlée et labourée.

Savil, qui se tenait près de lui, le visage impassible, retira la main de son épaule.

Savil détourna son attention de Tylendel, dans un état de transe désespérée, pour mieux se concentrer sur ce que Vanyel racontait aux deux autres Hérauts.

— … alors elle a dit : « Je ne te connais pas, tu n'es pas mon Élu », marmonnait le garçon d'une voix éteinte, ses yeux ternes reflétant son épuisement. Et elle lui a tourné le dos, comme ça, et elle s'est ruée sur ces monstres.

— Nous donnant ainsi le temps de parvenir jusqu'ici, murmura Jaysen, sa voix trahissant la souffrance qu'il essayait de cacher. Oh, dieux ! la pauvre, quel courage !… si elle ne nous avait pas offert ces quelques instants, nous serions arrivés au beau milieu d'un véritable bain de sang.

— Elle l'a répudié, dit Lancir, le Héraut Personnel de la Reine, comme s'il ne parvenait pas à y croire. Elle l'a répudié, et puis…

— Elle a couru au suicide, dit catégoriquement Savil, le cœur bouleversé, souffrant pour Tylendel, pour la perte de Gala, à cause de toutes les choses qu'elle aurait dû voir et n'avait pas vues. Dieux ! elle s'est suicidée ! Elle savait, elle devait savoir qu'aucun Compagnon seul ne peut faire face à une meute de *wyrsa* et y survivre.

Tylendel était assis là où ils l'avaient laissé ; ne voyant rien, ne prononçant aucun mot, l'enfer tout entier se reflétant dans ses yeux. Des lumières magiques qu'ils avaient fait apparaître sautillaient au-dessus de leurs têtes, éclairant chaque détail de manière implacable.

Jaysen observa un long moment l'apprenti de Savil, sans rien dire, se contentant de hocher doucement la tête. Puis il daigna jeter un coup d'œil en direction de Vanyel et fronça les sourcils ; Savil perçut sa pensée.

— *Le garçon est toujours attaché au Portail, ma sœur. Il s'affaiblit peu à peu. Si tu veux qu'il reste indemne…*

Non exprimée, mais ressentie, fut la furtive pensée que, peut-être, ce ne serait pas une si mauvaise idée. Il suffirait « d'oublier » là Vanyel jusqu'à ce qu'il soit trop tard pour le sauver des effets secondaires du Portail Magique. Ce courant souterrain de pensée révéla à Savil que Jaysen blâmait entièrement Vanyel de cette situation.

— *Ce n'était pas sa faute, Jaysen*, répondit-elle, la mort dans l'âme et prête à éclater en sanglots, mais incapable de ne pas être honnête. *Il n'a rien fait de pire que de se soumettre à la volonté de 'Lendel sans m'en parler. Ce qui s'est produit est tout autant dû à ma propre négligence qu'à ce qu'il a fait.*

Jaysen fit un bref signe de tête, néanmoins quelque peu sceptique.

— *Dans ce cas, nous devons refermer ce Portail dès que possible, sinon le garçon va tomber malade… ou pire encore.*

Il n'était pas nécessaire de demander ce que « pire » signifiait ; Vanyel avait déjà les traits tirés, le visage presque transparent, tandis que le Portail drainait de plus en plus sa force vitale. Comment Tylendel, inexpérimenté, et Vanyel, ne possédant pas le Don, étaient parvenus à faire tout cela, Savil n'en avait aucune idée… mais ils n'avaient pas osé briser le lien tant qu'ils avaient encore besoin du Portail.

— *Parfait, mais qu'allons-nous faire au sujet de tout ce gâchis ?* s'enquit Savil en désignant la foule qui grouillait, le corps mutilé de la seule victime que les *wyrsa* avaient faite et celui, pathétique, du Compagnon.

— *Quelqu'un ferait bien de se charger d'eux, ou qui sait ce qu'ils vont perpétrer. Se jeter dans un massacre en règle de la famille de Tylendel, raconter une sorte de conte disant que les Hérauts s'en sont mêlés…*

Même au bord des larmes, elle réfléchissait toujours ; elle ne pouvait s'en empêcher.

— *Je vais rester ici*, proposa Lancir. *Elspeth pourra se débrouiller sans moi pendant une lune ou plus. Je prendrai soin des Leshara et m'occuperai de…* (Sa pensée s'affaiblit.) *Gala.*

— *Et comment rentreras-tu à Haven ?* s'enquit Jaysen, inquiet. *Nous allons fermer le Portail de l'autre côté dès que nous l'aurons traversé, et tu n'es pas très doué pour la Téléportation en solitaire ces temps-ci…*

— *Tout comme les simples mortels*, répliqua-t-il, mortifié. *À pied.*

— *Qu'allons… qu'allons-nous faire au sujet de…* Les yeux de Savil dérivaient souvent en direction de Tylendel. Le garçon regardait toujours le vide d'un air absent, le visage pâle et dénué d'expression, ses yeux tellement pleins de tourments intérieurs qu'elle pouvait à peine supporter de les voir, de peur de craquer et de fondre en larmes.

— *Je ne sais pas*, répliqua Lancir sombrement. *Je ne sais tout bonnement pas. Nous n'avons jamais eu un tel précédent. Ramenez le garçon à la maison ; il sera bien temps de s'inquiéter ensuite. Demandez à vos Compagnons ; c'est l'un d'entre eux qui est mort. C'est tout ce à quoi je peux penser. Mais vous feriez bien d'y aller maintenant si vous voulez préserver l'esprit de l'autre garçon.*

— Jays, charge-toi de Tylendel, veux-tu ? dit Savil à voix haute, tendant la main pour saisir le bras de Vanyel puis le tirer sur ses pieds. Lance…

— Que les dieux soient avec vous, sœur et frère de cœur, dit le Héraut Personnel de la Reine. (La pitié et la compassion muèrent momentanément son visage ingrat en celui d'un saint, comme une belle statue sculptée.) Vous aurez besoin de leur aide. Taver ?

Son Compagnon s'approcha et se tint aussi immobile qu'un roc pour que Jaysen l'aide à le monter ; comme la Reine, comme Savil, Lancir sentait son âge ces jours d'automne, et avait besoin de ce coup de main que lui donnait Jaysen pour se mettre en selle. Mais, lorsqu'il fut installé, il retrouva la force et la dignité d'un Héraut de la Reine bien plus jeune : l'homme qu'il avait été vingt ans auparavant. Taver dodelina de la tête et avança d'un pas tranquille vers la foule perplexe et choquée des Leshara, à l'autre bout du jardin.

Jaysen tira Tylendel par le bras ; le garçon se releva, mais avec les mouvements machinaux d'une personne envoûtée, toujours en transe. Le Héraut du Sénéchal prit la tête jusqu'au Portail, suivi de près par son Compagnon, tout en guidant le garçon, la main posée sur son épaule.

Il jeta un regard en arrière à Savil.

— L'idée du parcours qui nous attend ne me plaît guère : trop de choses pourraient mal se passer en chemin. Tu en connais plus sur ce sortilège que moi : penses-tu pouvoir reprofiler ce Portail pour nous faire ressortir directement au palais ?

Elle essaya de ne pas penser au problème que représentaient les garçons, afin de se concentrer sur la structure du Portail. De ce côté-ci, il s'agissait d'un belvédère ornemental au centre du jardin désolé. À travers l'arche de l'entrée, on apercevait la forme sombre des vestiges de la cour de la petite maison.

—Je n'y vois pas d'obstacle, répliqua-t-elle après analyse. Je peux nous faire ressortir au Temple du Bosquet, si cela te convient.

—Ça ira, dit Jaysen, jetant un coup d'œil au ciel zébré d'éclairs de l'autre côté du portail. Grands dieux !... pour quelle raison cela a-t-il éclaté ? Il n'y avait aucun orage prévu.

—N'aie pas l'air aussi surpris, Jays, grommela-t-elle. (Elle avait besoin de se défouler sur quelqu'un, et exploita sa distraction pour faire de lui sa cible). Je t'ai déjà dit une bonne dizaine de fois que la Téléportation influe sur le climat. C'est la raison pour laquelle je n'aime pas utiliser les Portails. Cela va empirer lorsque je vais le reprofiler, et un enfer risque de se déchaîner lorsque je l'aurai fait s'effondrer.

Il fit la moue et fronça les sourcils, mais ne répondit pas, se contentant de lui faire signe de sa main libre. Elle lâcha Vanyel, qui s'écroula de nouveau sur les genoux, trop affaibli pour rester debout sans soutien. Elle leva haut les mains au-dessus de sa tête et exécuta un petit geste d'entrelacement aux motifs élaborés. Des filaments de lumière rouge terne flottèrent du Portail dans sa direction et s'accrochèrent à ses doigts en suivant cet entrelacement complexe. Lorsqu'elle fut sûre de les avoir bien en main, elle referma ses poings dessus et précipita sa volonté dans leur réseau, avec une montée de puissance pure et remplie d'autorité. Les filaments passèrent du rouge au blanc tandis que sa volonté fusait en eux en retour.

Quand la vague blanche atteignit le Portail, l'ouverture s'embruma avant de s'embraser d'une lueur incandescente. Lorsque la luminosité s'évanouit, la scène encadrée par l'arche du belvédère était celle du Champ des Compagnons, perçu grâce aux zébrures des éclairs changeants, comme vu du seuil du Temple du Bosquet.

Savil tendit la main pour saisir la tunique de Vanyel, le remettant de nouveau sur ses pieds. Elle l'entraîna avec elle tandis qu'elle suivait Jaysen. Il s'empressa de traverser le seuil du Portail, poussant Tylendel devant lui ; elle se mit presque à courir à un pas derrière lui tout en tirant Vanyel.

La traversée du Portail la frappa avec cette sensation par trop familière et nauséeuse de chute. Puis elle sentit du marbre dur et lisse sous ses pieds. Ils étaient revenus à la maison.

Un éclair foudroya un arbre à proximité, et le coup de tonnerre l'assourdit un moment. Elle s'écarta du Portail, et Kellan et Felar se ruèrent au travers de celui-ci comme des flèches, les oreilles couchées en arrière.

Elle lâcha Vanyel, qui trébucha sur les deux marches menant à l'un des piliers, auquel il se cramponna. Elle se retourna pour faire face au Portail tandis qu'un autre éclair tombait tout près. Le Portail se fit instable, ondoyant du rouge au blanc et inversement, l'instabilité des champs de force se reflétant dans la furie croissante de l'orage zébré d'éclairs au-dessus de leurs têtes. Elle leva les mains et commença le processus de révocation… mais rencontra une résistance inattendue.

Elle essaya de nouveau, grimaçant aux craquements de l'orage juste au-dessus d'elle. Il y avait quelque chose qui n'allait pas, qui n'allait vraiment pas. Le Portail lui résistait.

— Jays…, hurla-t-elle par-dessus le grondement du tonnerre et les hurlements du vent. J'ai besoin d'aide, ici.

Jaysen lâcha Tylendel afin de joindre ses forces aux siennes. Leurs volontés unies s'activèrent sur la ligature du sortilège, l'obligeant à se défaire plus vite qu'il se retissait.

Avec une poussée de puissance sauvage qui attira une demi-douzaine de coups de foudre sur le clocher du Temple même, le Portail s'effondra enfin…

Puis de nouveau quelque chose d'inattendu se produisit ; l'énergie du Portail, au lieu de se dissiper dans les airs et le sol, se réactiva brusquement et ressurgit en repassant par le seul conduit qui lui restait : la ligne de force qui s'était nouée à l'intérieur de Vanyel. Savil le vit… trop tard pour l'arrêter.

Vanyel hurla, en proie à une douleur atroce, pris de convulsions, agrippant le pilier tandis que le pouvoir libéré prenait racines en lui… et à partir de lui, un deuxième arc plus faible jaillissant en direction de Tylendel.

Tylendel sursauta, animé d'une vivacité soudaine, et poussa le cri de détresse le plus douloureux que Savil ait jamais entendu, un cri qui hanterait ses pires cauchemars pour le restant de ses jours.

Elle fit volte-face et tenta de l'attraper aussi vite que possible, tandis que Vanyel s'effondrait au pied du pilier en une masse gémissante.

Mais il était trop tard. N'étant plus maintenu dans une docilité trompeuse par son état de choc, il esquiva sa main tendue. Elle vit son visage à la lueur d'un autre éclair : ses pupilles étaient dilatées, ses traits tordus en un masque de souffrance. Il scrutait comme un fou tout autour de lui avec ses yeux terrifiants qui ne révélaient que la folie la plus totale. Il l'esquiva de nouveau, avant de filer comme une flèche, passant à côté d'elle pour aller se perdre dans les arbres enchevêtrés du Bosquet.

Jaysen se lança à sa poursuite ; Savil les suivit tous les deux en boitant. Désormais, les éclairs zébraient si souvent le ciel au-dessus de leurs têtes qu'il faisait presque aussi clair qu'en plein jour. Elle tenta d'utiliser le lien magique qu'elle partageait avec Tylendel pour atteindre son esprit tout en courant, espérant le ramener vers elle, mais elle trébucha sous le choc et tomba juste au moment où elle touchait enfin ses pensées. Il n'y avait rien à quoi se connecter… le garçon n'était plus qu'un tourbillon chaotique et douloureux de chagrin et de solitude. C'était tellement vide, si inhumain que, pendant un instant, elle ne put que rester accroupie dans l'herbe froide, à écouter les battements de panique de son cœur surmené. Il fallut chaque once de discipline qui lui restait pour reprendre le contrôle de son propre esprit, après ce contact avec cette terrible tristesse dévorante.

Elle songea tardivement à Vanyel. Si quelqu'un pouvait atteindre Tylendel, c'était sûrement lui.

Elle se remit douloureusement sur ses pieds et revint en vacillant vers le Temple. Grâce aux éclairs, elle parvint à distinguer le plus jeune des garçons qui titubait aveuglément en dehors du Temple, s'étreignant lui-même comme s'il était gelé ; elle le vit s'écrouler sur une épaule, sans même tenter de se rattraper.

Puis elle aperçut Tylendel qui sortait comme une flèche de l'ombre des arbres sur sa droite et la dépassait à toute vitesse, ainsi que son amant au sol, avant de revenir au Temple.

Son cœur se figea, glacé par la soudaine prémonition d'un désastre imminent.

Elle contraignit ses jambes épuisées à se lancer dans une parodie de course trébuchante, mais elle n'était pas assez rapide.

Au moment même où elle atteignait l'endroit où Vanyel était étendu, haletant et gémissant de douleur, elle vit sa tête se redresser vivement, comme en réponse à un appel que lui seul pouvait entendre. Il semblait regarder au sommet de la Tour du Glas. Elle l'entendit crier des mots inintelligibles, et suivit des yeux la direction indiquée par son regard frappé d'horreur…

… pour apercevoir Tylendel se tenant en équilibre contre le ciel zébré d'une multitude d'éclairs, les bras écartés comme s'il s'apprêtait à voler…

… et elle le vit s'élancer…

Il resta suspendu un instant dans les airs, comme s'il savait maîtriser le vol.

Juste un instant : au battement de cœur suivant, il tomba, tomba… Elle ne pouvait dire si le hurlement qui lui parvint alors était le sien, ou celui de Vanyel, ou les deux. Ce n'était pas celui de Tylendel : ses yeux étaient clos, sa bouche contorsionnée, mâchoires serrées en un rictus exprimant un chagrin incommensurable.

Elle sentit l'impact de son corps sur le sol comme s'il s'était agi de la chute de son propre corps… puis le hurlement cessa.

Jaysen s'arrêta net à son côté, figé entre deux pas.

Elle poussa un gémissement rauque, provenant du fond de sa gorge. Jaysen marcha lentement vers la masse recroquevillée sur le sol, à moins de vingt pas de distance. Il s'agenouilla puis leva les yeux, et elle le vit secouer lentement la tête, confirmant ce qu'elle savait déjà.

À cet instant, le Glas se mit à retentir avec solennité.

Elle avança en vacillant pour rejoindre Jaysen, chaque pas lui coûtant davantage de souffrance qu'elle n'en avait enduré au cours d'une vie de sacrifice au service de la Reine et du Cercle. Elle tomba lourdement à genoux et attira contre sa poitrine le corps mou et pitoyable.

Elle le soutint, le berçant contre son épaule, se balançant doucement, comme si elle tenait dans ses bras un tout petit enfant. Des larmes glissaient en silence sur son visage pour se mêler à la pluie qui se déversait du ciel ; le monde entier semblait faire écho à sa douleur. Jaysen s'agenouilla à côté d'elle, la tête penchée en avant, les épaules agitées de sanglots, tandis que les Compagnons se rassemblaient autour d'eux et que le Glas continuait à sonner au-dessus de leurs têtes.

Ce ne fut que lorsque les autres Hérauts arrivèrent pour partager leur fardeau qu'ils pensèrent à Vanyel et l'envoyèrent chercher.

Mais il n'y avait plus trace du garçon.

Chapitre 9

Vanyel trébuchait sous la pluie glaciale qui tombait à verse. À moitié aveuglé par le chagrin, sans aucun espoir de trouver du réconfort nulle part en ce monde. Il ne lui restait plus rien… plus rien du tout.

Il est mort… oh, dieux ! il est mort, et tout est ma faute…

Son corps entier semblait être en feu, une douleur lancinante qui le consumait, tout comme la glace de son rêve l'avait frigorifié.

Il n'y avait plus aucune raison de combattre ni la glace ni le feu. Que l'un ou l'autre le dévore lui importait peu.

La pluie le heurtait, les grêlons le frappaient comme des jets de pierres. La tête lui tournait et martelait en rythme avec son pouls. Il souffrait, mais il accueillait sa souffrance à bras ouverts.

C'est tout ce que je mérite. Tout est ma faute…

Il ne voyait pas où il se dirigeait, et n'en avait cure. Il trébucha contre des obstacles et tomba à plusieurs reprises, pourtant les contusions et les égratignures n'avaient aucune importance ; il parvenait à se relever et continuait à courir au hasard.

Son univers tout entier s'était effondré au moment où Tylendel s'était jeté du haut de cette tour. Quelque part, au plus profond de son âme, gisait la pensée sombre que s'il courait assez loin, assez vite, il atteindrait peut-être la limite du monde et l'oubli : là où il n'y aurait plus de sentiments ni de souffrance.

Il n'atteignit pas exactement le bord du monde. Il franchit un talus pour tomber dans la rivière.

Le sol s'évanouit simplement sous ses pieds, et ses bras battirent l'air frénétiquement tandis qu'il tombait et roulait pour culbuter en bas dans l'eau glacée. Elle se referma sur sa tête, et il ressentit le choc du froid en un bref moment d'inconscience ; il perdit son désir d'oubli tandis que l'instinct prenait le dessus, et il se débattit pour remonter à la surface.

Il aspira goulûment l'air, essuya l'eau de ses yeux et, le temps d'un éclair, vit la branche d'un arbre arriver sur lui… trop tard pour l'éviter. Elle le frappa à la tête, ce qui le fit plonger de nouveau sous l'eau. La seconde fois qu'il émergea à la surface, il était hébété et ne parvenait plus à réfléchir ; dans un autre éblouissement, il vit les branches d'un buisson à côté de lui et voulut s'en saisir…

Elles étaient trop loin, hors de la portée de ses mains frénétiques…

Puis le buisson s'agita violemment et sembla s'étirer vers lui. Il saisit les extrémités des branches… Alors qu'il les empoignait, elles lui entaillèrent les mains, mais il parvint à se hisser vers la rive où l'eau était peu profonde.

Il lui restait juste assez de force pour ramper vers le haut du talus glissant de boue, et juste assez de présence d'esprit pour se demander pourquoi il s'était soucié de se sortir de là.

Il resta étendu face contre terre dans les herbes mortes et détrempées du talus, transi de froid, le corps engourdi, se refroidissant de plus en plus, et tourmenté par le deuil et la culpabilité.

Lendel, 'Lendel, tout a été ma faute… oh, dieux! tout a été ma faute… J'aurais dû en parler à Savil. J'aurais dû essayer de t'arrêter.

Il se mit à sangloter dans les herbes rêches, la terre sentant l'humus ; désirant confusément la puissance d'un dieu pour inverser la marche du temps, pour défaire tout ce qui s'était passé.

Je suis désolé… Oh, de grâce! que l'on puisse tout refaire! S'il vous faut choisir quelqu'un, choisissez-moi plutôt! Faites que ceci ne soit qu'un cauchemar, oh, dieux… de grâce… !

Mais c'était un cauchemar bien réel ; la pluie diluait ses larmes et l'eau glacée venait lui lécher les jambes. Et aucun dieu n'intervint pour changer le passé. Le froid hivernal se refermait sur lui, éteignant le feu qui circulait dans ses veines ; il était trop faible pour bouger et trop épuisé, et bien trop accablé par le chagrin pour s'en soucier. Il lui vint alors à l'esprit qu'il allait mourir ici, aussi seul que Tylendel au moment de sa mort.

Cela ressemblait à rien de moins qu'au désert de ses rêves, et il changea de prières. *De grâce!…*, demanda-t-il à des puissances qui ne lui répondaient pas. *De grâce… laissez-moi mourir!*

Il songea à chaque erreur qu'il avait commise, à chaque mauvais tournant, et il gémit. *Je mérite de mourir*, pensait-il en fermant les yeux, tourmenté par l'angoisse. *Je veux mourir.*

—*Non.* (La voix dans son esprit était claire, aussi nette qu'une flamme et coupante comme de l'acier, transperçant sa sombre espérance de mort.) *Non, tu ne dois pas mourir. Tu dois vivre, Élu.*

Il leva doucement la tête, mais ne parvint pas à ouvrir les yeux, ne le souhaitant pas réellement.

— *Vous ne savez rien*, pensait-il sombrement à l'adresse de cet intrus. *Laissez-moi tranquille. Personne ne veut de moi, personne ne devrait vouloir de moi ; je provoque la mort de tout ce qui m'est cher.*

Mais quelqu'un l'attrapa par l'arrière de son col et le tira vers le haut sur la moitié du talus. Il tenta de se dégager, mais son corps ne lui obéissait plus, et il ne pouvait que se débattre mollement. Ses battements de cœur et la pluie ne martelaient plus sa tête, et la mousse spongieuse, à l'odeur végétale, sous ses mains qui s'agitaient faiblement était sèche : il venait d'être tiré dans une sorte d'abri. L'inconnu qui l'avait attrapé lâcha son col, après l'avoir étendu doucement sur la mousse. Il parvint à rouvrir les yeux mais, comme les éclairs s'atténuaient au loin, il ne vit rien dans l'obscurité.

Quelque chose de chaud et de grande taille s'allongea à son côté avec un soupir. Un doux museau toucha sa joue…

… comme Gala l'avait fait…

La sensation rappela des souvenirs qui lui transpercèrent le cœur. Il ramena ses genoux contre sa poitrine et se recroquevilla, sanglotant sans pouvoir s'arrêter, poussé aux limites de la folie par le chagrin et la solitude.

— *… Mais je suis ici…*

Il releva légèrement la tête, cherchant du regard l'être qui avait parlé, la vue brouillée par les larmes. Dans un dernier éclat aveuglant produit par un éclair, son regard croisa deux yeux saphir scintillants, des yeux si emplis de compassion et d'amour qu'il sut que l'être auquel ils appartenaient lui pardonnerait tout. Cet amour chercha à l'atteindre, et circula à l'intérieur de lui. Il ne pourrait effacer son sentiment de perte, mais il pourrait partager sa douleur… Et l'être ne le blâmait pas pour ce qui s'était passé.

Il déplia son corps, s'accrocha de toutes ses faibles forces au cou blanc et lisse et à cette épaule, comme il avait agrippé les branches du buisson pour éviter la noyade.

Il se remit à sangloter sur cette épaule jusqu'à en être épuisé, il pleura jusqu'à ce qu'il n'ait plus la force de verser une autre larme et sombra dans une sorte de demi-sommeil fiévreux. Et, pendant tout ce temps, cette voix claire murmurait, telle une litanie, encore et encore, dans son esprit…

—Je suis là, mon Élu. Je t'aime. Jamais je ne te quitterai.

—Savil, nous l'avons trouvé.

Mardic surgit dans la chambre qu'avaient occupée Vanyel et Tylendel, dégoulinant de la tête aux pieds et frissonnant dans le courant d'air qui s'engouffrait par la porte derrière lui.

Tandis qu'il se retournait pour la refermer, Savil parvint à drainer l'énergie qu'elle ne pensait plus, même en rêve, posséder, pour se remettre debout. Jaysen et le Guérisseur Andrel la saisirent simultanément par les épaules et la repoussèrent sur sa chaise.

—Où cela ? demanda-t-elle d'une voix rauque à force d'avoir pleuré. Qui l'a trouvé ? Comment va-t-il ?

—Je ne sais pas, les Compagnons l'ont trouvé ; Yfandes l'a trouvé, en fait, répondit vaguement Mardic, titubant de fatigue, pâle d'épuisement à la lumière jaune de la bougie. Elle l'a trouvé du côté du jardin de la rivière et l'a tiré dans une grotte. Tantras pense qu'il est malade, comme un état de choc en retour, mais il ne peut pas le dire avec certitude. Il essaie de la persuader de le laisser ramener Van ici afin qu'Andrel puisse le soigner.

Savil secoua la tête, essayant de donner du sens à ces paroles.

—Mardic, qu'essaies-tu de me dire? Qu'est-ce qu'Yfandes a à voir avec cette histoire?

—Elle refuse de laisser quiconque poser ne serait-ce qu'un doigt sur lui, Savil, répliqua Mardic en clignant des yeux, frissonnant encore malgré la chaleur de la pièce. Elle demeure inflexible à ce sujet; il s'en est fallu vraiment de peu qu'elle arrache la main de Tantras lorsqu'il a essayé d'approcher Van. Elle a dit à mon Fortin qu'elle ne nous fait pas du tout confiance pour le protéger – que nous ne comprenons pas ce qu'il a – qu'il est blessé, tout déchiré à l'intérieur de son esprit, et que nous ne pouvons pas même l'aider…

—Mardic, dit Jaysen, lentement, serais-tu en train de suggérer qu'Yfandes *a Choisi* Vanyel? Le seul Compagnon à pleine croissance dans le Champ qui n'avait pas Choisi… le Compagnon qui n'avait pas Choisi pendant plus de dix ans… et maintenant elle a Choisi *Vanyel?*

—Elle ne l'a pas dit, mais je devine qu'elle l'a fait, dit Mardic, appuyé contre le chambranle de la porte, la fatigue l'empêchant d'articuler ses mots. Je n'sais fichtrement pas pourquoi elle s'est pelotonnée près de lui comme s'il n'était rien d'autre que son poulain, et sans nous laisser l'approcher. Nous pensons qu'il est inconscient; il ne bouge pas et il ne répond pas lorsqu'on lui parle, mais Yfandes ne laisse approcher personne suffisamment près pour qu'on puisse bien le voir.

Savil échangeait des regards surpris avec le Héraut du Sénéchal, mais ce fut le Guérisseur Andrel qui exprima leurs pensées.

— Par la Dame Lumineuse ! murmura-t-il, ses yeux verts arrondis par la consternation, par tous les cieux ! qu'est-ce que cela signifie ?

Vanyel émergeait d'un cauchemar fiévreux et agité, doucement incité par une voix persistante dans sa tête. Il gémit, et ouvrit des yeux secs et chauds qui lui faisaient mal et le brûlaient. Sa tête martelait toujours, et la bouger ne serait-ce que légèrement lui brouillait la vue. Il avait l'impression que son corps tout entier était un vêtement chaud, étroit, douloureusement étriqué ; qu'il ne lui appartenait pas.

La lumière du soleil luisait faiblement au travers d'une ouverture rocheuse ; il pouvait voir juste à quelques pas au-delà la rivière qui murmurait à proximité. Il lui semblait qu'il se trouvait dans une caverne, mais il y avait des bancs de marbre rose à proximité de l'entrée. Les cavernes ne contenaient généralement pas de bancs en marbre rose. Elles ne présentaient habituellement pas non plus de sols entretenus recouverts de mousse.

Puis il reconnut l'endroit pour ce qu'il était : l'une des grottes ornementales du jardin situées sur la berge, très populaires parmi les couples se contant fleurette ou les personnes recherchant quelques instants de solitude loin de la Cour. Tylendel avait souvent exprimé avec mélancolie le souhait de faire usage de l'une d'elles…

Tylendel. Le chagrin l'agrippa à la gorge et lui coupa le souffle.

— Non, Vanyel, mon Élu. Pas maintenant. Tu feras ton deuil plus tard ; maintenant, lève-toi.

Sans vraiment savoir comment il était arrivé là, Vanyel se retrouva sur ses pieds, s'appuyant pesamment sur l'épaule soyeuse d'un Compagnon.

Son Compagnon. Yfandes.

Il essaya de donner du sens à tout ce qui lui arrivait, mais la tête lui tournait trop et il ne parvenait pas à organiser ses pensées.

— *Tu es malade*, disait la voix inquiète à l'intérieur de son esprit. *Je ne peux te soigner. Je ne voulais pas te laisser t'éloigner de ma protection, mais je ne peux t'aider. Tu as de la fièvre, tu as besoin d'un Guérisseur. Fais avancer ton pied. D'un pas. Un autre…*

Il se rendit compte qu'il tremblait et s'accrocha un peu plus fort au dos du Compagnon. Obéissant à cette voix dans sa tête, il posa un pied hésitant devant l'autre, ayant rapidement compris qu'il devait faire reposer la majeure partie de son poids sur le bras qui s'accrochait à l'épaule d'Yfandes. Il dut fermer les yeux après les premiers pas et lui faire confiance pour le guider ; il était tellement pris de vertiges et de nausées qu'il ne parvenait même pas à donner du sens à ce qu'il voyait.

Ils émergèrent dans la lumière du soleil qui se révéla bien trop excessive pour ses yeux ; il les rouvrit une fois encore, avant de les refermer, rapidement. Le Compagnon fit soudain quelques pas en s'éloignant de lui, et il tomba littéralement dans les bras d'un étrange Héraut ; une fois hors du contact d'Yfandes, des dizaines de voix jaillirent dans sa tête, toutes tonitruantes, toutes déroutantes. Il gémit, essaya de se dégager, et se cacha la tête dans les bras. *Elles me font mal, elles me font mal !* et il n'arrivait pas à discerner ses propres pensées de celles appartenant à quelqu'un d'autre.

— *Dis à ton idiot d'Élu de le protéger, Delian !*

Il reconnut cette voix, bien qu'Yfandes ne se soit jamais adressée à lui aussi sévèrement. L'inconnu réprima un juron et toucha le front de Vanyel, et les voix s'interrompirent. Vanyel ouvrit de nouveau les yeux et souhaita ne pas l'avoir fait ; le monde tourbillonnait autour de lui comme s'il se trouvait au centre du chaos. Il les referma instantanément, faisant le vœu de ne plus les rouvrir à l'avenir.

— Laisse-moi, Tantras.

La douce voix était celle d'un autre inconnu.

Deux mains froides se posèrent légèrement sur sa tête, apportant avec elles la promesse d'un réconfort et la paix du sommeil.

Il prit ce qu'elles avaient à offrir, tombant avec gratitude dans l'oubli.

Avec un peu de chance, il ne se réveillerait jamais plus.

Le lit semblait bien trop spacieux pour le garçon qui, n'ayant jamais été grand, semblait y être recroquevillé sur lui-même. Il était aussi blanc que les draps et… cela pouvait être dû à sa sombre chevelure et à son teint naturellement pâle, mais il sembla à Savil qu'il avait une apparence bien pire que celle de Tylendel après sa crise. C'était quelque chose que Savil n'aurait jamais cru possible jusqu'à cet instant.

Tylendel. Oh, mon 'Lendel, mon pauvre, pauvre 'Lendel.

Les larmes non versées formèrent un nœud dur dans sa gorge et lui embrumèrent les yeux. Elle rata ainsi le moment où Andrel retira sa main du front du garçon et s'avachit dans sa chaise avec un soupir de fatigue, ses cheveux roux grisonnants détrempés de sueur, ses taches de rousseur deux fois plus voyantes sur son teint si blafard.

Ce fut ce soupir qui la fit revenir à l'urgence du moment présent.

— Andrel ? dit-elle doucement. Peux-tu me dire ce qu'il en est ?

— J'ai fait ce que j'ai pu pour lui… et plus encore : j'ai réussi à établir une ligne de communication, répondit le Guérisseur revêtu d'une robe Verte. (Il ne leva pas les yeux.) Je veux que tu la suives… ou, si tu as l'impression d'en être incapable, trouve-moi un Héraut-Mage qui soit ton égal. Pour être franc, je ne crois pas ce que j'ai vu, et j'en veux la confirmation.

Savil serra les mâchoires et se dit de nouveau que rien de tout ceci n'était la faute de Vanyel. De plus, elle était la seule Héraut-Mage au palais qui, le plus vraisemblablement, entretenait un quelconque sentiment charitable envers ce garçon.

— Je la suivrai. As-tu autre chose à nous dire, ou bien…

— Je veux que tu y ailles la première. Ce que j'ai à dire dépendra de ce que tu penses : ai-je dépassé la limite ou non ?

Savil haussa un sourcil, surprise, mais se déplaça pour venir à côté du Guérisseur. Elle tenta d'atteindre la Présence réconfortante d'Andrel aussi facilement que s'il avait pris sa main ; ils avaient été amants à une époque et avaient fréquemment travaillé ensemble, avant et après.

Ils entremêlèrent leurs auras exactement comme une main se refermerait sur une autre, et Savil suivit la « ligne » que le Guérisseur avait établie au-delà du chaos bouillonnant de l'esprit en apparence endormi de Vanyel, mais dont le centre était rongé par le chagrin. La mesure de cette tristesse aurait réconcilié Savil avec lui si elle l'avait considéré responsable ; elle connaissait la profondeur des sentiments de Tylendel, mais il semblait que ceux de

Vanyel aient circulé du moins tout aussi profondément. Assurément, son chagrin et son sentiment de perte étaient tout aussi profonds que les siens. En outre…

Oh, dieux!… c'est précisément ce dont j'avais averti 'Lendel! Il est perdu, il est complètement perdu sans lui…

Mais ce ne fut pas ce qui la fit chanceler, sous l'effet d'un véritable choc…

Savil avait passé la majeure partie des vingt dernières années de sa vie en tant que l'unique Héraut-Mage la plus intimement impliquée dans l'entraînement des apprentis, et la plus compétente pour reconnaître les jeunes gens possédant des Dons probants ainsi que le potentiel d'être Élus. Elle avait pu voir des enfants avec un, deux ou, plus couramment, aucun Don. Tylendel s'était révélé inhabituel car il possédait la Parole par l'Esprit, la Télékinésie, l'Empathie et le Don de la Magie, tous de puissance quasi égale. La plupart des Hérauts ou des Hérauts-Mages possédaient un ou deux Dons de forte intensité… peu en possédaient plus de trois.

Vanyel les avaient tous. Chaque bief qu'elle avait testé – à la seule exception du Don de Guérison – était ouvert ; la plupart avaient été forcés de s'ouvrir complètement. Le garçon était doué de la Parole par l'Esprit, la Télékinésie, la Vision à Distance, la Prémonition, d'autant d'Empathie que Tylendel, et même suffisamment de Don du Boute-feu pour garantir qu'il n'aurait jamais besoin d'utiliser de nouveau un amadou, et enfin le très important Don de la Magie. Sa Parole par l'Esprit était même de deux types, la Perception des Pensées, ainsi que la Projection.

Et – ironie des ironies – comme si les dieux reprenaient d'une main et donnaient une somme dérisoire en compensation : le Don des Bardes.

Ce garçon possédait davantage de Dons qu'aucun autre des cinq Hérauts confirmés réunis… et tous entrés en pleine activité en moins d'un jour.

À sa grande horreur, elle pouvait voir que tous ses biefs étaient aussi à vif et sensibles qu'autant de plaies ouvertes. Ces canaux ne s'étaient pas « ouverts » d'eux-mêmes, mais avaient été ouverts par explosion. Il était surprenant que le garçon n'ait perdu la raison par la souffrance seule.

Savil ressortit de l'esprit de Vanyel précipitamment, comme un poisson surpris sautant en dehors du courant, et son regard passa du garçon au Guérisseur et inversement, en proie à une surprise qui ressemblait beaucoup à un état de choc.

— Très grands dieux ! dit-elle, qu'est-ce qui a bien pu se passer pour produire cela ?

Andrel secoua la tête.

— Je n'en sais pas plus que toi, et tu es mieux placée pour le savoir. Je ne me suis jamais vraiment soucié d'où provenaient nos pouvoirs, je me souciais simplement d'apprendre à m'en servir efficacement. Mais vois-tu à quoi je me heurte avec le cas de ce garçon ?

— Je le pense, répondit Savil en agrippant la colonne de lit et en s'asseyant doucement au pied de celui-ci. Laisse-moi ajouter ceci. Il s'est produit un traumatisme lié au choc en retour lorsque l'énergie du Portail s'est extraite de lui, et un traumatisme bien plus important lorsque nous l'avons renvoyé en lui ; nous avons ici les problèmes inhérents au réveil précoce ou tardif des Dons. Nous rencontrons ces problèmes avec ceux qui se trouvent à pleine puissance dès l'instant où ils se réveillent. Et, pire que tout, tu as ici les biefs ouverts par brûlure ou par déchirure au lieu de s'être ouverts d'eux-mêmes.

— Tout cela, et des traumatismes émotionnels plus banals ainsi que le choc physique. Je prie les Cieux qu'il n'attrape pas une pneumonie en plus de ça. J'ai déjà combattu une fièvre, produite par son propre corps lorsqu'il n'est plus parvenu à gérer la surcharge d'énergie. (Andrel appliqua le dos de sa main contre la joue cireuse du garçon, pour vérifier sa température.) Jusqu'ici tout va bien, mais cela reste une véritable éventualité. Et je combats aussi les effets dus à l'hypothermie. Savil, ce gamin est dans un bien triste état.

— Mon aimé, tu possèdes assurément un certain talent pour exprimer des affirmations bien en dessous de la vérité.

Savil contemplait le visage de Vanyel, les traits tirés et crispés par le chagrin.

Même dans le sommeil il ne parvient pas à se défaire de sa souffrance.

— Je vois à présent la raison pour laquelle Yfandes était tellement réticente à le laisser s'éloigner. Jusqu'à ce qu'elle le relie fermement à elle, il doit rester en contact physique avec elle pour qu'elle puisse le protéger. Mais que pouvons-nous faire ? Je ne peux pas l'installer ici, je ne peux pas mettre le garçon dans les écuries, pas avec le temps qu'il fait.

— Essaie, et je n'hésiterai pas à porter plainte contre toi, répliqua Andrel. (Savil pouvait sentir qu'il ne plaisantait pas du tout.) Avec ce froid glacial, tu le tueras. Cela va être suffisamment délicat alors qu'il est bien emmitouflé au lit.

— Alors, par les dieux ! comment pourrais-je le protéger de ses propres pouvoirs ?

— Place tes barrières protectrices personnelles sur lui, en espérant que rien ne parviendra à les traverser.

— Je ne pourrai pas les garder en place indéfiniment, lui rappela Savil d'un ton acerbe. Je suis plutôt éreintée moi-même, j'y parviendrai environ deux heures à ce stade.

— Alors, ordonne de faire creuser deux tombes, bon sang ! lança le Guérisseur d'une voix rageuse, en proie à une soudaine colère. Parce que tu vas également perdre celui-ci, si tu ne fais pas tout ce qui est nécessaire pour le sauver !

Savil recula, très surprise par cette brusque explosion de rage.

— Je…, dit-elle d'une voix hésitante, puis, tandis qu'elle s'imprégnait des mots qu'il venait de prononcer, pensant à celui qui reposait dans le Temple du Bosquet en ce moment même, elle perdit le contrôle précaire de son calme.

Elle se leva, titubant légèrement ; se détourna de lui et s'appuya contre le chambranle de la porte, les épaules agitées de sanglots silencieux.

— Savil…

Des mains puissantes mais tremblantes sur ses épaules l'obligèrent à se retourner pour faire face à la pièce, et l'attirèrent pour l'enlacer contre une poitrine osseuse recouverte d'une douce étoffe de laine verte.

— Savil, je suis désolé, murmura Andrel dans ses cheveux. Je n'aurais pas dû dire cela. Tu es épuisée, moi aussi, et aucun d'entre nous n'est capable de se confronter au problème posé par ce garçon. Y a-t-il quelqu'un d'autre à qui tu pourrais le confier, du moins pour une journée ? Suffisamment de temps pour que tu prennes un peu de repos et pour avoir l'occasion de réfléchir à cette situation.

Un carré blanc de lin apparut juste au moment où elle en avait besoin. Elle s'essuya les yeux avec le mouchoir qu'il lui offrait, et se moucha.

— En toutes autres circonstances, je laisserais n'importe lequel des autres m'épauler… mais je ne sais pas, Andy. Bon nombre d'entre eux le croient encore responsable de tout ceci. Même s'ils le protègent… avec des Dons tels que les siens, que va-t-il percevoir ? Toi plus que tout autre devrait savoir combien nos pensées nous échappent lorsque nous sommes confrontés à un nouveau Don à l'état brut, et même lorsque nous ne sommes pas sous pression.

Andrel soupira.

— Mon cher cœur, je ne pense pas que tu aies réellement le choix. Tu dois juste te contenter d'espérer que, si les pensées en surface transparaissent, il ne sera pas encore en mesure de les comprendre. Si tu ne prends pas un peu de repos, tu vas t'effondrer, et même un Guérisseur novice serait capable de te le dire.

Elle inclina la tête, ressentant le poids de toutes ses années et de ses chagrins accumulés qui pesait sur ses épaules.

— D'accord, dit-elle, agissant à contrecœur, mais dans l'incapacité de trouver une autre solution. Vois si tu peux ramener Tantras pour moi, s'il te plaît ? Au moins, il ne connaissait pas le pauvre 'Lendel aussi bien que cela.

Vanyel se réveilla d'un rêve dans lequel Tylendel était de nouveau en vie, et où il le taquinait gentiment d'avoir autant pleuré. Pendant le moment de confusion suivant son réveil, il fut incertain de ce qui avait été un rêve, et de ce qui avait été la réalité.

Puis il ouvrit les yeux et prit conscience qu'il se trouvait dans son lit, et dans sa propre chambre, illuminée en ce moment par des lanternes à bougie soigneusement ombrées d'abat-jour. Et il y avait quelque chose de bizarre dans cette pièce.

Après un long moment, il comprit enfin ce dont il s'agissait. La sensation de « Tylendel », la sensation qu'il ressentait auparavant de sa présence en ces lieux, alors même qu'il ne s'y trouvait pas physiquement, était absente.

Ce fut une révélation. Il refoula une plainte de désespoir et ferma les yeux pour retenir ses larmes... juste à temps, car la porte s'ouvrit doucement puis se referma, et il sentit une nouvelle présence dans la pièce.

Il se figea pendant un instant, puis soupira comme s'il dormait toujours, et se tourna sur le côté, dissimulant son visage.

Il entendait des bruits – comme si quelqu'un se parlait à soi-même – seulement à l'intérieur de sa tête, de la manière dont la voix d'Yfandes y avait résonné. Cela lui faisait mal d'écouter, mais il ne pouvait empêcher les mots d'y pénétrer. Et, grâce à cette voix-esprit, il sut qui était assis à son chevet ; c'était l'un des Hérauts qui avait accompagné Savil, celui portant le nom de Jaysen.

Et Jaysen ne se souciait pas le moins du monde de Vanyel.

— ... *dieux...*, perçut Vanyel, troublé par la douleur qui accompagnait ces mots, ... *échanger ce petit crapaud rempli d'arrogance pour Tylendel! Une sacrée mauvaise affaire.*

Vanyel pouvait sentir des yeux songeurs et emplis de morosité qui le fixaient, et les mots dans sa tête se firent plus clairs, plus précis. *Peu importe ce qu'a dit Savil, je n'arriverai jamais à croire qu'il n'a rien à voir avec la mort du garçon. S'ils avaient été si proches l'un de l'autre, Tylendel l'aurait écouté, et même si 'Lendel était rendu fou par l'idée de vengeance, celui-là ne l'était pas. 'Lendel l'a peut-être aimé, mais celui-ci n'a jamais dû se soucier du garçon avec la même intensité, sinon il aurait tenté de l'arrêter. 'Lendel n'était simplement qu'une petite addition supplémentaire à son écurie d'admirateurs. S'il avait laissé 'Lendel tranquille, s'il ne s'était amusé de ses... faiblesses...*

Vanyel eut un mouvement de recul sous le coup de ces paroles impitoyables, et de la vision de lui-même qui en découlait : arrogant, égocentrique, intéressé. Utilisant Tylendel, et ne se souciant aucunement de lui. Et pire encore ; pire que tout cela, le nourrissant de ce dont il avait un besoin maladif, comme procurer de la liqueur qui lui est interdite à un ivrogne invétéré.

Sans y réfléchir, son esprit se déplaça au-delà de sa chambre ; cela ressemblait au fait de tendre l'oreille pour écouter une conversation à distance, et la douleur qui accompagnait cet effort s'apparentait à celle de muscles étirés contre un os brisé, mais il se rendit compte qu'il pouvait capter d'autres fragments de... cela devait être des bribes de pensées... qui le touchaient.

Il pouvait s'agir des échos des pensées de Jaysen.

Il ramena à lui sa conscience, comme un enfant retire vivement de la flamme sa main légèrement brûlée. Il n'y avait que deux êtres dans tout l'univers dont il pouvait être sûr qu'ils se souciaient de lui malgré ce qu'il était ; Tylendel et Yfandes. Et ils ne pourraient jamais faire connaître la vérité à son sujet. La deuxième était « envoûtée » par une magie qui l'aurait fait le choisir lui. Le premier, Tylendel, était...

Le premier était mort. Et c'était sa faute. Jaysen avait raison ; s'il s'était vraiment soucié de 'Lendel, il lui aurait demandé de mettre un terme à son projet. Cela n'aurait pas été si difficile que cela ; s'il avait refusé d'aller chercher ces grimoires, s'il avait refusé de l'aider avec ce sortilège, Tylendel serait toujours vivant. Et s'il n'avait pas séduit

'Lendel en raison de ses propres besoins, rien de tout ceci ne se serait jamais produit.

Pis encore, il représentait à présent pour les Hérauts un fardeau, ils le haïssaient, tout en se sentant obligés par l'honneur de le prendre en charge à la place de Tylendel. Et il ne pourrait jamais remplacer Tylendel, au grand jamais ; même lui le savait. Il ne possédait aucune des vertus de Tylendel, mais l'ensemble de ses vices et bien pire encore.

Il écouta de toutes ses forces la voix-esprit de celui qui se trouvait à son côté, ignorant la souffrance qu'il lui en coûtait, espérant que le Héraut lui donnerait en quelque sorte l'occasion de se disculper à ses yeux – de s'en sortir et de faire quelque chose pour rétablir la situation. Si le Héraut pouvait simplement s'en aller pour un moment, ou… ou mieux encore, s'endormir…

Jaysen était fatigué ; bien qu'il ait moins utilisé la magie que Savil, et bénéficié de davantage de temps pour se reposer, il était toujours très fatigué. Il s'était installé dans le siège le plus confortable de la pièce ; celui dans lequel Tylendel s'assoupissait parfois. Vanyel pouvait percevoir l'esprit de Jaysen qui se laissait glisser vers le sommeil, et il retint son souffle, en espérant qu'il dériverait ainsi jusqu'au bout.

Parce qu'il avait capté quelque chose provenant de ces esprits là-bas…

Parce que le Glas avait sonné pour Tylendel, malgré ce qu'il avait fait, on lui avait attribué le statut de Héraut, et il serait enterré le lendemain avec tous les honneurs.

Le lendemain. Mais ce soir… il reposait dans le Temple dans le Bosquet. Et s'il parvenait à marcher aussi loin, Vanyel tenterait de réparer le mal qu'il avait fait à tous, expiant avec la seule chose qui lui restait à donner.

Les pensées de Jaysen sombraient dans les vagues balbutiements du sommeil puis, l'instant suivant, un doux ronflement en provenance du siège situé à côté du lit avertit Vanyel que Jaysen s'était complètement assoupi.

Vanyel se retourna, faisant délibérément du bruit.

Jaysen continuait à ronfler, sans être dérangé le moins du monde.

Vanyel se redressa sur sa couche, lentement, faisant le point sur lui-même et sur son environnement.

Environ une marque de bougie graduée plus tard, il était habillé ; même s'il n'avait pas eu la nécessité de bouger avec lenteur, de crainte de réveiller le Héraut, il y aurait été obligé à cause de sa faiblesse. Il avait même dû se cramponner aux meubles au début, ses jambes étant tellement mal assurées. Même à présent, elles tremblaient à chaque pas qu'il faisait, mais au moins il progressait avec un peu plus d'assurance.

Il avança furtivement sur le plancher et souleva le loquet de la porte, l'ouvrant juste suffisamment pour se glisser par l'entrebâillement avant de la refermer. Il faisait sombre dehors, une nuit calme et sans nuages. Personne ne pourrait le voir, mais la route serait longue jusqu'au Bosquet.

Il s'arma de courage et avança d'un pas hésitant sur le chemin gravillonné partant de sa porte pour traverser le jardin éclairé par la lune.

Mais quelqu'un l'attendait.

Yfandes sortit silencieusement de l'ombre pour le rejoindre quasiment avant qu'il ait eu le temps de faire cinq pas sur le chemin.

—*Non...*, lui dit-elle sévèrement en lui barrant la route. *Tu es malade ; tu devrais être au lit.*

Pendant un instant, il eut l'impression qu'il allait s'écrouler précisément à l'endroit où il était.

... dieux! elle va essayer de m'arrêter...

Puis il songea à un moyen pour obtenir l'aide d'Yfandes... sans qu'elle se doute de rien.

—*De grâce...*

Il projeta vers elle tout ce qu'il put de vérité partielle. Il ne pouvait mentir d'esprit à esprit, il en était conscient, mais il n'avait rien à révéler à moins qu'Yfandes lui pose une question directe. Le lien vers elle semblait sujet à fluctuation (et cela lui faisait mal, comme toutes les autres manifestations), et il aurait pu parier qu'elle ne souhaitait rien forcer.

—*De grâce, Yfandes, je* dois..., il hésita... *lui dire... au revoir!*

Elle inclina la tête très près du sol tandis qu'il laissait sa détresse se déverser vers elle.

—*Très bien*, entendit-il, la voix-esprit chargée de réticence. *Je t'aiderai. Mais tu devras te reposer, après.*

—*Je le ferai*, lui promit-il, sincèrement, sans même penser au repos.

Elle se mit à genoux afin qu'il puisse grimper sur son dos ; lui, autrefois le meilleur cavalier de Forst Reach, ne parvenait même pas à se hisser sans aide. Ses bras et ses jambes tremblaient de faiblesse tandis qu'il s'accrochait à son dos, et si elle n'avait pas été capable de porter en équilibre un bambin sans le laisser choir, il aurait perdu son assise en quelques instants à peine.

Il se concentra sur sa fatigue, sur le fait qu'il se sentait dans un état déplorable, évitant de penser à ses véritables intentions. Il ferma les yeux, à la fois pour se concentrer, et parce que regarder le sol défiler aussi rapidement sous la lumière lunaire lui donnait la nausée et le désorientait de nouveau.

Il n'avait aucune idée de la vitesse à laquelle pouvaient avancer les Compagnons au pas. Elle grimpait précautionneusement jusqu'au porche du Temple du Bosquet bien avant qu'il se soit attendu à y parvenir ; le retentissement net de ses sabots sur le marbre lui fit ouvrir les yeux de surprise.

—*Nous y sommes*, dit-elle en s'agenouillant pour lui permettre de descendre.

Le marbre du porche du Temple brillait d'humidité à la lumière de la lune, et il pouvait voir les flammes des bougies qui scintillaient sous la porte. Il se laissa glisser du dos d'Yfandes, et se mit à l'« Écoute » d'autres esprits à l'intérieur du Temple, avec sa nouvelle oreille mentale.

Il n'y en avait aucun.

Il frissonna dans le vent glacial ; il s'était soigneusement habillé, revêtant la tunique de soie noire et les hauts-de-chausses qui lui allaient le mieux d'après Tylendel. Une fois descendu du large dos chaud d'Yfandes, le vent traversa directement ses vêtements.

—*Pas trop longtemps*, l'avertit-elle, tandis qu'il s'accrochait au chambranle de la porte menant à l'intérieur du Temple et tentait d'en soulever le loquet.

—*Non, Yfandes*, lui répondit-il sincèrement. *Pas trop longtemps.*

Il parvint à ouvrir la porte et la referma – puis, aussi silencieusement qu'il le put, il la verrouilla.

Il n'entendit aucune plainte de l'autre côté, et en déduisit qu'elle n'avait pas dû entendre le verrou s'enclencher. Il se retourna, face à l'autel, rassemblant ses forces pour ce qu'il s'apprêtait à faire.

Le Temple était minuscule ; à peine plus spacieux que la pièce commune de leur suite. Il avait été construit en marbre blanc, à l'intérieur comme à l'extérieur. Les murs réverbéraient la lumière des bougies et la reflétaient au point qu'ils semblaient scintiller. Il n'y avait que deux bancs, ainsi que l'autel. Derrière ce dernier se trouvaient des chandeliers munis de multiples bougies derrière lesquelles les murs avaient été gravés en un délicat bas-relief : des volutes de nuages, la lune, les étoiles et le soleil… et, dans les nuages, des ébauches de visages masculins et féminins, dont les expressions changeaient en fonction du scintillement intermittent de la lumière des chandelles.

Devant l'autel se trouvait le cercueil.

Les jambes de Vanyel tremblaient à chaque pas ; il progressa en titubant vers cette plate-forme drapée de blanc, et il baissa les yeux vers celui qui y reposait.

Ils avaient revêtu Tylendel d'une Tenue complète Blanche ; ses yeux étaient clos, et aucune trace de souffrance ni de folie n'était visible sur ce beau visage serein. Ses mains étaient posées sur son ventre, ces puissantes mains gracieuses qui avaient prouvé tant de réconfort à son bien-aimé. Il était exactement tel que Vanyel le voyait lorsqu'il se réveillait en premier le matin. Ses longues boucles dorées se répandaient sur la blancheur de la couche, quelques-unes d'entre elles retombant négligemment sur sa tempe droite ; de longs cils d'or foncé se détachaient contre ses joues. Seule sa position semblait étrange. Tylendel n'avait jamais, pendant tout ce temps où l'avait connu Vanyel, dormi autrement que vautré.

Vanyel tendit la main avec hésitation pour effleurer cette joue lisse… croyant presque, même à présent, qu'il lui suffirait de le toucher pour le réveiller.

Mais cette joue était froide, aussi froide que le marbre de l'autel, et les paupières ne se mirent pas à battre. Il ne s'agissait pas d'un conte pour enfants, où la personne endormie se réveillerait grâce au contact magique de celui qui l'aime.

— De grâce, 'Lendel, pardonne-moi, murmura-t-il au visage paisible, en tirant le couteau du fourreau blanc fixé à la ceinture de Tylendel. Je… je vais essayer de… payer pour tout ce que je t'ai fait.

Ses mains tremblaient, mais sa détermination demeurait intacte.

Rapidement, avant de perdre courage, il se baissa pour déposer un baiser sur les lèvres glacées – espérant que cet acte lui serait également pardonné et il fut en proie à une détresse trop profonde pour laisser couler ses larmes. Puis il s'agenouilla sur le sol glacial de marbre blanc à côté du cercueil et enserra le manche de la dague entre ses genoux, joignant les mains afin de maintenir l'arme entre ses poignets, les appuyant de part et d'autre du tranchant de la lame.

— 'Lendel, rien n'existe pour moi sans ta présence. Pardonne-moi… si tu le peux, murmura-t-il de nouveau à l'adresse de Tylendel et des visages soucieux gravés derrière l'autel.

Puis avant qu'il ait le temps de commencer à avoir peur, il fit rapidement glisser ses poignets vers le haut, le long des fils de la lame, les tailladant simultanément.

La dague était aussi aiguisée qu'il l'avait espéré – plus aiguisée qu'il s'y attendait. Il se trancha les poignets presque jusqu'à l'os ; il haleta lorsque la douleur fit irruption dans ses bras, et le couteau tomba bruyamment sur le marbre, libéré au moment même où ses jambes commençaient à s'agiter violemment et involontairement.

Il s'effondra lourdement, saisi d'un vertige soudain, et tomba en avant sur ses genoux fléchis ; sa tête s'inclina par-dessus ses mains, ses bras retombant mollement sur le sol de marbre blanc, où le sang commença à se répandre, formant une flaque devant lui sous les plaies béantes de ses poignets ouverts. Il la regarda fixement, en proie à une fascination morbide.

Rouge sur blanc. Comme du sang sur la neige…

Ce fut seulement à cet instant qu'Yfandes sembla prendre conscience ce qu'il était en train de faire.

Elle hennit et commença à frapper la porte de ses sabots.

Mais il était bien trop tard ; les yeux de Vanyel ne parvenaient plus à se focaliser correctement, et il ne ressentait même plus de douleur dans ses poignets.

Il sentait qu'il avait froid, terriblement froid.

—*Je suis désolé*, pensa-t-il, confus, à l'intention du Compagnon affolé, commençant à perdre connaissance, et sentant qu'il perdait connaissance. *Yfandes, je suis désolé… tu trouveras quelqu'un d'autre… bien mieux que moi. Qui te méritera.*

—Il est « parti » ? éclata la voix de Savil. Que diable veux-tu dire, « parti » ?

—Savil, je te le jure, le garçon était endormi. Je me suis assoupi le temps d'un ou deux soupirs, et lorsque je me suis réveillé, il avait disparu, répondit Jaysen, s'agrippant les cheveux, dans tous ses états et en proie à un sentiment de culpabilité. Je pensais que peut-être il s'était rendu au cabinet ou quelque chose comme ça, mais je ne le trouve nulle part.

Savil balança ses jambes hors du lit et se frotta les yeux en essayant de réfléchir. Où avait bien pu se rendre Vanyel et, au nom des dieux, dans quelle intention ?

Mais elle obtint rapidement sa réponse : le hurlement terrifié et désespéré d'un Compagnon avait retenti au-delà de la rivière, et la voix de son Kellan résonna dans sa tête.

— *Savil… le garçon…*, et elle eut la vision de l'endroit où il se trouvait et de ce qu'il avait fait.

Le regard pétrifié se matérialisant sur le visage de Jaysen démontrait que son propre Felar lui avait transmis les mêmes informations.

— *Dieux!* Savil attrapa sa houppelande posée sur la chaise à côté de son lit et se mit à courir pieds nus, traversant la pièce commune dans la direction de la chambre de Vanyel, Jaysen sur ses talons.

Elle atteignit la porte donnant sur le jardin à toute allure, et il fut soulagé qu'elle ne soit pas verrouillée, car si elle l'avait été, elle l'aurait arrachée de ses gonds. La froideur de la nuit la frappa au visage telle une main impie ; cela l'arrêta un moment, mais seulement brièvement. Au même moment, Felar et Kellan martelaient le sol, lancés au grand galop. Felar dérapa, présentant sa croupe à son Élu, qui sauta par-dessus pour retomber dans le creux de son dos, avec un talent acrobatique qui aurait fait marmonner Savil au sujet de ces fanfarons si la situation avait été différente. Elle attendit plutôt que Kellan s'arrête complètement et grimpa sur son dos comme elle put, sa chemise de nuit remontée le long de ses jambes. Kellan se lança d'elle-même dans un galop effréné tandis que Savil se cramponnait du mieux qu'elle le pouvait.

À présent, Savil se trouvait à un souffle derrière Jaysen, le jeune Héraut du Sénéchal la précédant pour traverser le pont le plus proche puis dans le Champ, vers le Temple du Bosquet. Ils n'étaient pas non plus les seuls à avoir été appelés à la rescousse par le hurlement, l'esprit et la voix frénétiques d'Yfandes. Des Hérauts et des apprentis se précipitaient hors du palais comme des fourmis affolées, retrouvant leurs Compagnons et passant de l'autre côté de la rivière à folle allure.

Jaysen et Savil furent les premiers sur les lieux ; ce fut leur terrible privilège de voir Yfandes essayant d'enfoncer la solide porte de bronze à elle seule, sans pouvoir l'ébranler même d'à peine la largeur d'un ongle. Ses sabots crissaient contre le métal, produisant des pluies d'étincelles, et ses cris angoissés, bien trop humains, les mettaient mal à l'aise.

Jaysen sauta d'un bond du dos de Felar et se mit à courir dès qu'il toucha le sol, se baissant vivement et courageusement sous les sabots frénétiques d'Yfandes pour s'essayer lui-même à ouvrir la porte.

— Elle est fermée de l'intérieur, hurla-t-il inutilement, pendant que Savil se laissait glisser du dos de Kellan pour le rejoindre en boitillant. Il appuya son épaule contre la porte et la frappa, sans plus de succès qu'Yfandes.

— Vanyel !

Savil appliqua sa bouche contre la fente entre la porte et le chambranle, et cria :

— Van, mon garçon, laisse-nous entrer !

Puis elle appuya son oreille contre l'interstice et écouta, mais ne put rien entendre.

— *Kellan…*

— *Yfandes dit qu'il est toujours vivant, mais inconscient et qu'il s'affaiblit*, lui parvint la sinistre réponse, tandis qu'Yfandes trépignait sur place, ses yeux saphir presque noirs d'inquiétude.

— Que quelqu'un m'apporte une lumière magique pour éclairer cette satanée tour !

C'était Mardic ; il avait les mains posées sur les épaules de Donni et regardait fixement la tour. Donni tenait une arbalète chargée.

Savil fut la première à réagir, s'éloignant suffisamment de la porte en courant pour être en mesure de voir le sommet du Clocher. Il brillait faiblement, mais évidemment trop faiblement pour que Donni puisse le prendre pour cible. Savil leva les mains et projeta une telle puissance que tout le haut de la tour s'illumina.

Tandis que Mardic fermait les yeux et se concentrait, Donni leva l'arbalète, ajusta soigneusement et tira.

La flèche de forme étrange vola bizarrement et lentement, entraînant quelque chose de couleur claire derrière elle… et, en un instant, Savil comprit de quoi il s'agissait. Donni s'était révélée une brillante petite apprentie-voleuse lorsqu'elle avait été Choisie ; il s'agissait d'une flèche-grappin, conçue pour transporter une corde légère mais solide au travers d'une fenêtre ouverte et pour s'accrocher à son rebord. Mardic possédait un Don de Télékinésie très faible mais toutefois exploitable ; il l'avait invoqué pour permettre à la flèche de transporter un objet plus lourd : une corde d'escalade.

Elle passa au travers du beffroi, émettant un bruit métallique qui résonna de manière sinistre en percutant la cloche. Savil frémit et fit un geste d'avertissement, et ne fut d'ailleurs pas la seule. Elle pouvait voir la plupart des autres qui tout au moins frissonnaient, et Yfandes gémit au son de la cloche comme si elle était à l'agonie.

Donni, dont le visage habituellement animé était dépourvu d'expression, ne s'occupait que de sa flèche et de sa ligne, toute sa concentration se portant sur la tâche qui lui incombait. Elle tira la corde vers elle avec une lenteur atroce ; Savil réprima une envie de lui hurler de se dépêcher. Finalement, la traction précautionneuse de Donni rencontra de la résistance ; elle procéda par à-coups, puis plus fort, avant de tirer sur la corde d'un coup sec et de toutes ses forces.

Puis, en un clin d'œil, elle y grimpa tel un écureuil.

Un ou deux apprentis lui lancèrent des acclamations ; Donni les ignora. Elle atteignit l'ouverture puis se glissa au travers, et Savil vit à sa grande surprise que Mardic l'avait suivie. Elle s'était tellement concentrée sur la progression de Donni qu'elle ne l'avait aperçu qu'au moment où l'éclat de la lumière magique l'éclairait.

Savil se rua vers la porte – la foule qui y était rassemblée s'écarta pour la laisser passer – et elle attendit, tremblant d'impatience, avec les autres.

—*Attendez, Savil*, entendit-elle dire Mardic par la Parole par l'Esprit, en mode Transmission Large. *Il est vivant ; nous pouvons remercier les dieux, il ne connaissait pas la bonne manière de s'ouvrir les veines. Donni s'est chargée d'arrêter le sang, mais nous aurons besoin d'un Guérisseur, rapidement. 'Fandes a tordu la porte en la frappant ; nous allons mettre du temps à l'ouvrir.*

Une haute silhouette revêtue de la Tenue Verte du Guérisseur se fraya un chemin jusqu'à Savil, tandis que Mardic commençait à cogner sur la porte, forçant le loquet à reculer pouce par pouce ; Andrel ouvrit les bras et enveloppa Savil, la pressant contre lui, à l'intérieur de la chaleur de sa houppelande doublée de fourrure.

La porte s'ouvrit finalement en grinçant ; Andrel s'écarta de Savil, lui confiant brusquement son pesant manteau. Elle le suivit à l'intérieur, directement sur ses talons.

Donni était agenouillée devant le cercueil ; une large tache écarlate terrifiante s'était répandue sur le marbre du sol, et on avait l'impression qu'elle avait trempé ses mains dans de la teinture vermillon. Elle tenait les poignets de Vanyel ; le garçon était étendu de tout son long à côté d'elle, au pied du cercueil, son visage blanc aussi transparent que le marbre sous sa tête, inconscient et le corps flasque. Andrel s'agenouillait dans la flaque de sang de l'autre côté du garçon, sans se soucier de ses robes, quand Savil s'avança en boitant, suivie par d'autres sauveteurs potentiels. Le Guérisseur tendit les bras et posa fermement les mains sur celles tachées de sang de Donni.

Son visage se figea en un masque de concentration absolue, et Savil pouvait sentir la puissance qu'il dégageait et qui commençait à circuler avec fluidité. Mais il avait été sous pression ce jour-là, et n'avait eu que peu de temps pour se reposer. Et elle savait que ses quelques réserves ne suffiraient pas…

Elle franchit en courant la distance qui les séparait et posa ses mains sur ses épaules tandis qu'il commençait à faiblir, envoyant un flux d'énergie en son centre. Et, en un instant, elle se sentit elle-même rejointe par Jaysen, puis Mardic, puis Donni. Tous les quatre s'unirent, une union qui se révéla presque aussi parfaite que n'importe quelle magie dont Savil avait pu être témoin, et transmirent à Andrel toute l'énergie dont il avait besoin et plus encore, en un flux régulier et constant.

Finalement, le Guérisseur poussa un soupir et leva ses mains, les éloignant de celles de Donni ; les trois autres se séparèrent avec un semblant de regret. Ce n'était pas fréquent que les Hérauts fassent l'expérience de la paix qui accompagnait une parfaite Fusion Guérisseuse ; cela s'apparentait quasiment à une expérience mystique, et aussi proche de la paix des Cieux que Savil aurait souhaité obtenir au moment où elle serait appelée.

Donni retira ses mains des poignets de Vanyel, et Savil put voir que la peau, les veines et les tendons en dessous étaient de nouveau intacts. Pendant un moment, les poignets furent marqués par de vilaines cicatrices rougeâtres, qui s'atténuèrent progressivement jusqu'à ne plus être que de fines lignes blanches.

Jaysen se déplaça rapidement pour venir prendre Vanyel inconscient dans ses bras ; du sang provenant des manches du garçon tacha le devant de sa Tenue Blanche, pourtant, Jaysen sembla ne rien remarquer.

La tête de Vanyel retomba mollement contre la poitrine du Héraut. Malgré ce mouvement, il ne montra aucun signe de conscience.

Savil aida Andrel à se relever et à aller vers lui. Le Guérisseur tendit une main qui tremblait de manière incontrôlable et vérifia le pouls à l'articulation de la mâchoire de Vanyel, il lui souleva une paupière, puis secoua la tête.

— Plus rapproché que je le souhaiterais, et il a perdu beaucoup trop de sang, étant donné ce qu'il vient d'endurer, dit Andrel en grimaçant. Jays, toi et Felar, pouvez-vous le remettre au lit en une marque de bougie graduée ?

— Non, l'interrompit Savil. Non, laissez-moi m'en occuper avec Yfandes. Jays, passe-le-moi dès que je serai en selle.

Elle se fraya un chemin à travers la foule silencieuse et sous le choc, et trouva Yfandes qui attendait aussi près de la porte ouverte qu'elle le pouvait. Le Compagnon regarda profondément Savil dans les yeux – les siens étaient redevenus calmes, d'une profonde couleur saphir – avant de s'agenouiller pour que le Héraut puisse y grimper.

Savil se hissa sur son dos, et Yfandes se remit gracieusement sur ses jambes, aucunement déséquilibrée sur la surface de marbre lisse. Savil ouvrit les bras, surprise de son propre calme, et Jaysen souleva le corps mou de Vanyel pour le placer devant elle. Elle soutint le garçon contre son épaule, enveloppant autour de leurs deux corps la houppelande d'Andrel ; le garçon n'était pas du tout un fardeau, en réalité – presque un poids trop léger pour le bien-être de son cœur et de sa conscience.

— *Oh, mon garçon, mon garçon*, soupira-t-elle en talonnant doucement Yfandes pour la faire avancer. *Pauvre petit, nous avons vraiment saccagé ton existence, n'est-ce pas ? Parce que nous n'avons pas su t'écouter. Je ne sais qui est le plus coupable, moi ou Withen.*

Elle le serra un peu plus fort tandis qu'Yfandes avançait doucement au pas vers le signal émis par le fanal à la porte ouverte de sa suite. Il était tout ce que Tylendel lui avait laissé en héritage, et elle promit au garçon endormi pour toujours à l'intérieur du Temple derrière elle qu'elle en prendrait meilleur soin dès cet instant.

Et ma première tâche sera de te remettre d'aplomb, pauvre âme perdue au cœur brisé.

Chapitre 10

Des années plus tard – ou du moins cela semblait tout aussi long – Savil réussit finalement à passer quelques vêtements. Elle voulait… elle avait besoin de s'écrouler quelque part ; elle avait besoin de repos comme un homme affamé souhaiterait du pain, mais elle n'osait pas laisser Vanyel seul. Elle finit par tirer le siège qu'avait occupé Jaysen à son chevet, et s'enveloppa dans le premier vêtement chaud à portée de la main (le manteau doublé de fourrure d'Andrel), avec l'intention, malgré son épuisement, de rester éveillée aussi longtemps que possible.

Mais elle s'assoupit, quelques instants avant l'aube, et fut réveillée par le bruit d'un sanglot étouffé.

Elle entreprit de se dégager du manteau ; lorsqu'elle parvint à sortir sa tête des plis de la capuche, la première chose qu'elle vit furent les yeux argent de Vanyel qui la regardaient avec une expression reflétant une tristesse accusatrice.

— Pourquoi ? murmura-t-il d'un ton mélancolique. Pourquoi m'avez-vous empêché de mourir ?

Savil parvint finalement à s'extraire du manteau, se redressa sur son siège, et jeta un coup d'œil rapide alentour. Comme elle l'avait ordonné, Mardic montait encore la garde, quoique épuisé, à la porte qui menait aux autres pièces de la suite, et Donni s'était assoupie, appuyée contre la porte donnant sur le jardin. Vanyel ne réussirait pas à leur fausser compagnie une seconde fois, en supposant qu'il en ait la force. Mais cela n'avait pas non plus semblé possible la première fois.

Elle fit un signe rapide à Mardic, accompagné d'un ordre envoyé par l'Esprit.

— *Sors, mon petit, ceci requiert de l'intimité.*

Puis elle réveilla Donni d'un effleurement rapide du même ordre. Donni se réveilla dès que Savil l'eut touchée, une capacité que lui enviait le Héraut-Mage. Elle se remit debout en s'aidant du chambranle dans son dos. Puis Mardic et elle se dirigèrent tous deux vers leurs propres quartiers, en refermant derrière eux la porte de la pièce commune de la suite.

Savil se leva avec raideur, chacune de ses articulations la faisant souffrir, pour venir s'asseoir sur le bord du lit, et prit les mains de Vanyel dans les siennes. Elles semblaient de glace et exsangues.

— Je t'en ai empêché parce que je le devais, lui répondit-elle. Parce que… Vanyel, se détruire soi-même n'est pas une réponse en soi. Parce que nous avons déjà perdu quelqu'un que nous aimions… et que je ne pouvais me résoudre à te perdre, toi aussi, maintenant…

— Mais je mérite de mourir… Sa voix était faible et se brisa sur le dernier mot.

Et il ne pouvait la regarder dans les yeux.

Oh, dieux !… que lui passait-il donc par la tête en cet instant ? De quoi s'était-il convaincu ?

— Pourquoi ? lui demanda-t-elle, sa voix prenant des intonations rudes, même à ses propres oreilles. Parce que tu as fait quelques erreurs ? Dieux ! si cela méritait une sentence de mort, j'aurais dû partager ce couteau avec toi !

Les mains de Vanyel glaçaient les siennes ; elle essaya de les réchauffer en les frottant aussi doucement qu'elle le pouvait.

— Écoute-moi, Vanyel, tout ce terrible désastre correspond à une suite d'erreurs. J'en ai moi-même fait ; j'aurais dû surveiller 'Lendel de plus près, j'aurais dû insister pour qu'il parle à Lancir lorsque son frère a été tué. C'est l'une des fonctions de Lancir ; nous garder la tête nette et l'esprit en mesure de penser clairement. Bon sang ! je savais ce dont 'Lendel pouvait être capable dès qu'il s'agissait de Staven ! Et il n'aurait pas été en mesure de dissimuler cette obsession à un Guérisseur de l'Esprit ! 'Lendel a commis des erreurs… les dieux le savent eux-mêmes. Il aurait dû réfléchir avant d'agir ; je me suis évertuée à essayer de le lui faire comprendre. Nous – les Hérauts – acceptons les preuves du mental ! Tout ce qu'il avait à faire était de demander une audience, et nous aurions eu les informations dont nous avions besoin provenant de son esprit pour réduire les Leshara à l'impuissance. Tu as également fait des erreurs, en effet, mais tu les as commises par amour. Il avait besoin d'aide, te l'a demandée, et tu as essayé de l'aider de la seule façon qui – tout le monde te l'avait assuré – était correcte. Et, dieux ! même Gala a fait des erreurs !

Sa voix était rauque à cause des larmes et de son propre sentiment de culpabilité, et elle n'avait pas honte de le laisser voir.

— Van, Van, nous ne sommes que de simples mortels faillibles, nous ne sommes pas des saints, nous ne sommes pas des anges, nous tombons à plat ventre et nous faisons des erreurs, et parfois quelqu'un meurt… parfois quelqu'un que nous aimons tendrement…

Elle fut prise d'une quinte de toux en tentant de réprimer un sanglot, et baissa la tête.

Il libéra l'une de ses mains et lui effleura la joue avec hésitation ; ses doigts toujours aussi froids que la neige. Elle attrapa sa main et la retint, et releva la tête pour le regarder dans les yeux, y voyant pire encore que de la détresse avant qu'il ait eu le temps de baisser le regard.

— Tu pensais que le monde serait mieux sans toi, n'est-ce pas ?

Il acquiesça en silence, et ses mains se mirent à trembler dans les siennes.

— As-tu seulement pris le temps de penser à ce que j'aurais pu ressentir ? Tu étais l'amour de 'Lendel. Ne pensais-tu pas que j'en arriverais à me soucier de toi ne serait-ce qu'un peu, si ce n'était que pour lui ?

Comment parvenait-elle à le toucher, alors qu'elle n'avait jamais été très douée avec les mots ?

— Je l'ai enterré aujourd'hui. Pensais-tu que je resterais indifférente si j'avais dû t'enterrer toi aussi ? Et Jaysen ? Je l'avais chargé de veiller sur toi et de prendre soin de toi. Comment penses-tu qu'il se sente maintenant à cause de sa négligence ? Que penses-tu qu'il aurait ressenti si tu étais mort ? Et… que les dieux nous soient cléments… que penses-tu qu'Yfandes aurait fait ?

— Je pensais… je pensais qu'elle trouverait quelqu'un de mieux, bredouilla-t-il, sa voix tremblant légèrement.

— Elle serait morte, mon garçon ; les Compagnons ne survivent que fort rarement à leur Élu. Et elle t'a Choisi, toi. Si tu meurs, elle mourra également ; elle se languira probablement jusqu'à ce que mort s'ensuive, et elle ne mérite pas cela.

Il se recroquevilla, s'écartant encore plus loin d'elle, et elle se blâma pour ses paroles maladroites, son incapacité à exprimer ce qu'elle voulait vraiment lui dire sans le blesser davantage.

— Van… oh, flûte !… je ne dis rien de la manière que je le souhaiterais. Écoute-moi : tu es malade, tu as besoin de repos et de recouvrer la santé. Nous nous occuperons de cela plus tard, d'accord ? Seulement… ne tente pas de quitter ce monde dès maintenant, sinon des gens éprouveront un manque dans leur vie. Et j'en fais partie.

Il hocha la tête ; il n'avait pas l'air convaincu, mais à présent elle avait épuisé le peu d'éloquence qu'elle possédait, et ne savait que lui dire d'autre.

Elle tenta alors une dernière tactique. *Permettez-moi de le garder en vie… si j'y parviens, peut-être pourrons-nous l'aider.*

— Peux-tu me faire la promesse, sur ton honneur, que tu n'essaieras pas de te tuer de nouveau ? Si tu me le promets, je te ferai confiance, et je ne posterai pas de Gardes à ta porte.

Il déglutit, retira ses mains des siennes, et murmura d'une voix hésitante :

— Je… le promets. Parole d'honneur.

Il ne regardait toujours pas son visage, mais elle fit confiance à cette promesse.

Elle hocha la tête.

— D'accord. Maintenant, y a-t-il quelque chose, quoi que ce soit, que je puisse faire pour toi ? Peut-être… as-tu besoin de parler ?

Il secoua la tête, elle perçut son repli total sur lui-même, et se reprit à jurer. *Bon sang ! juste au moment où j'ai le plus besoin de Lance, il n'est pas là.*

— Tu en es sûr? insista-t-elle, car c'était dans sa nature, même confrontée à la défaite. Vanyel… Vanyel, tu es la seule personne qui connaissait 'Lendel de l'intérieur comme moi. Si… tu as besoin de quelqu'un avec qui faire ton deuil…

Il secoua de nouveau la tête, évitant en même temps son regard, puis tourna son visage vers le mur, aussi blanc que les oreillers sous sa tête. Cela la fit de nouveau souffrir de voir ainsi son regard perdu. Elle attendit une autre réponse ou une requête quelconque, mais il glissa instantanément dans un léger sommeil agité. Finalement, elle se leva, prit le manteau d'Andrel posé sur le siège, puis le laissa en paix.

Andrel arriva au coucher du soleil, répondant à son invitation de venir récupérer sa houppelande et partager un repas et quelques pensées en sa compagnie. Ils avaient ainsi partagé plus d'un léger souper intime dans leur vie, bon nombre dans cette pièce même, mais aucun aussi chargé de tristesse. Mardic et Donni étaient sortis interroger prudemment certaines personnes appartenant au cercle des admirateurs de Vanyel, afin de savoir s'il y avait quelqu'un d'autre qu'ils auraient pu contacter et qui pourrait les aider à le sortir de sa prostration.

Les masques des Frères du Faucon de Savil, accrochés au mur derrière l'épaule gauche d'Andrel, la fixaient de leurs yeux vides et froids. Les flammes des bougies vacillaient sur la table autour de laquelle ils étaient assis.

Aucun d'eux ne portait un grand intérêt à la nourriture pour le moment; leur esprit était concerné par le garçon qui dormait derrière la porte close, derrière le siège de Savil.

— La personne dont nous avons besoin, dit-elle à Andrel d'un air sinistre tout en mangeant son dîner qui lui semblait dénué de toute saveur, c'est Lancir. Nous avons besoin de ses compétences en Guérison de l'Esprit ; le garçon se dérobe davantage, à chaque instant, à être touché lorsqu'il est réveillé, et je ne parviens pas à ce qu'il me laisse entrer dans son esprit. Il se barricade de nouveau ; un autre genre de barricade que cette vieille arrogance, mais elle n'en est pas moins là. Et Lance est évidemment hors de portée... désormais.

Andrel soupira, son souffle faisant vaciller la flamme de la bougie, et il repoussa la nourriture sur le bord de son assiette avec sa fourchette.

— Je suis bien d'accord avec toi. N'y a-t-il aucune chance que tu puisses faire revenir Lance par le Portail ?

Elle secoua la tête, repoussant sa frustration. Elle avait déjà débattu de ce sujet avec Jaysen.

— Pas sans savoir où il se trouve, et il n'est pas suffisamment performant en Perception des Pensées pour pouvoir lire un message en Transmission Large. Et nous ne savons pas quelle route il emprunte pour revenir à la maison ; il pourrait y en avoir une bonne demi-douzaine. Si quelque chose se passait mal avec Elspeth, nous pourrions nous permettre d'envoyer une poignée de Hérauts à sa recherche, mais... Vanyel n'est simplement pas si important que cela. (Le ton de sa voix se fit amer.) Ou du moins, c'est ce que l'on m'a dit.

Andrel fronça les sourcils.

— Il peut devenir important ; je l'isole autant que possible, mais son traumatisme transparaît toujours. La moitié des apprentis sont déprimés jusqu'au bord des larmes en ce moment même, ceux possédant le Don des

Bardes, de Guérison comme les futurs Hérauts, et tout cela à cause de la déperdition d'énergie de Vanyel.

— Et alors, à quoi t'attendais-tu ? répliqua-t-elle, le laissant percevoir sa véritable colère. Tu as vu la puissance et la profondeur de ses Dons. Même avec les biefs à vif, il a recours à la Transmission Large sans même s'en rendre compte, et il n'a pas plus de notions sur la manière de se protéger que sur celle de voler ! Ce n'est pas tous les jours que l'un des membres d'un couple uni pour la vie survit alors que l'autre s'est suicidé. S'il avait été expérimenté, il aurait des déperditions. Mais personne d'autre ne croit qu'il soit aussi puissant ; ils pensent tous que je laisse mon affection pour Tylendel se reporter sur tout ce qui lui était lié de façon disproportionnée par rapport à la réalité.

— Dieux ! (Il leva les yeux de son assiette avec une expression éberluée.) Vanyel et Tylendel… unis pour la vie ?

Elle hocha tristement la tête.

— J'en suis sûre ; il en est de même de Mardic et Donni, et si quelqu'un peut reconnaître un tel lien, ce ne peut être qu'un autre couple uni pour la vie. Je m'attendais au chagrin, au deuil ; les réactions naturelles d'un jeune garçon qui vient de perdre son premier amour dans des circonstances absolument atroces… je ne m'attendais pas à trouver ce type de plaies béantes émotionnelles que j'ai pu entrevoir avant qu'il se décide à m'en interdire l'accès. Je n'ai jamais vu cette profondeur de sentiment auparavant chez quelque Héraut que ce soit, à l'exception de Mardic et Donni. Alors, dis-moi ; que puis-je faire, bon sang, concernant un lien à vie ainsi brisé ?

Il secoua la tête, évidemment dans l'incapacité de répondre.

— Je ne saurais dire ; je n'en sais rien. Je ne guéris pas les esprits, je guéris les corps. Et je ne connais personne qui guérisse les cœurs.

Elle soupira et baissa les yeux vers son dîner qui refroidissait.

— J'avais bien peur que tu me répondes cela. J'ai d'autres mauvaises nouvelles ; la relation entre eux était du type où 'Lendel était le maître et Vanyel le disciple. Van s'est retrouvé totalement dépendant de 'Lendel pour tous ses besoins émotionnels. J'ai essayé de prévenir 'Lendel, mais… (Elle haussa les épaules.) Et, cerise sur le gâteau, Van ressent de la culpabilité qu'il tente de me dissimuler ; j'en déduis qu'il est convaincu d'avoir porté malchance à 'Lendel parce qu'il l'a séduit. En fait, il n'en est rien ; d'après ce que je sais, je suis certaine que la séduction, s'il y a eu séduction, était mutuelle, mais… voilà où nous en sommes !

— Jaysen, dit simplement Andrel.

Elle hocha la tête.

— Bien deviné, mon ami. Jays entretient tous ces préjugés dignes de Kleimar au sujet des couples de même sexe. Il a accepté 'Lendel, mais seulement quand je lui ai balancé ses préjugés en pleine face. Mais Vanyel ? Vanyel n'était même pas un candidat Héraut lorsque lui et 'Lendel ont formé un couple. Jays n'a pas dit un seul mot, mais tu peux parier sur ce qui troublait ses pensées lorsqu'il le veillait. Au moins du ressentiment parce que Van est en vie alors que 'Lendel ne l'est plus.

— Et Vanyel l'a capté, dit tristement Andrel.

— Probablement. (Elle avala une bouchée, se rendit compte que les aliments restaient coincés dans sa gorge, et repoussa son assiette.) D'après moi, il est assez sensible pour capter les choses que l'on a oubliées depuis des années et y accéder au travers même de notre barrière protectrice. Ah, grands dieux!

Elle posa les coudes sur la table et couvrit de ses mains ses yeux douloureux. Un instant plus tard, elle sentit la main d'Andrel qui lui caressait les cheveux et laissa retomber les siennes sur la table, lui adressant au-dessus des flammes des bougies un regard intense et prolongé. Ses yeux d'un vert profond étaient rivés sur son visage, reflétant une profonde inquiétude.

— Et quant à toi? lui demanda-t-il dans un murmure.

— J'essaie d'entrer en contact avec lui, dit-elle, se sentant vieillie et fatiguée, et prête à tout abandonner. Je pense m'être convaincue que tout ceci n'était pas plus sa faute que celle d'un autre. Je l'espère de tout cœur, sinon il se retrouvera avec des couteaux plantés dans le ventre venant de ma part également. Et il ne mérite pas cela. Quant au reste… dieux! je ne sais que faire…

— Ce n'était pas ce que je voulais dire, répondit-il, éloignant sa main de sa chevelure pour lui prendre le poignet. Je veux savoir comment tu vas parvenir à gérer tout cela. As-tu besoin de soutien?

— Tu veux la vérité? (Tout son corps se contracta, tandis qu'elle essayait de ne pas se mettre à pleurer comme un bambin.) Oui, j'ai besoin d'une épaule pour pleurer, et non, je ne prends pas cela très bien. Je veux que 'Lendel revienne, Andy… il était mon âme fils, et je l'adorais, et je veux qu'il me revienne.

Sa voix se brisa; son apparence de calme s'évanouit et elle fondit en larmes. Andrel se leva gracieusement, sans lui lâcher le poignet; il fit le tour de la table et l'aida à se lever également, puis il la conduisit vers sa couche et lui offrit cette épaule dont elle avait si terriblement besoin.

La nuit fut perturbée ; Vanyel était en proie à des convulsions et gémissait…

Sa plainte ressemblait à celle de quelque être agonisant, et fit se dresser sur sa tête les cheveux de Savil.

La pièce tremblait, littéralement. Les murs vibraient tandis que les muscles de Vanyel étaient agités de spasmes.

Ses yeux étaient grands ouverts, mais ne voyaient rien, ses pupilles dilatées par la terreur. Il se convulsa de nouveau, et les fondations mêmes du palais s'ébranlèrent. Le lit se mit à remuer comme s'il était devenu vivant. Son luth tomba du mur où il était accroché, heurtant le sol avec un craquement sinistre qui signifiait assurément qu'il venait de se briser irrémédiablement ; son support d'armure s'effondra et éparpilla tout son équipement sur le plancher, et Savil fut projetée du bord de son lit par terre avant qu'elle ait eu le temps de s'en rendre compte.

Elle se releva tant bien que mal sans penser à sa propre sécurité ou à d'éventuels hématomes, et se rua de nouveau vers lui.

Il se débattit violemment sous elle, la combattant avec une force surnaturelle ; manifestement, il ignorait complètement où il se trouvait et qui elle était. Tout ce qu'elle parvenait à déchiffrer en lui était une terrible agonie… et derrière la souffrance, la confusion, la panique, la sensation d'être pris au piège. Elle lui attrapa les poignets, tentant de les plaquer contre les oreillers ; puis essaya de le maintenir en l'enveloppant dans les couvertures. La poitrine du garçon s'arc-boutait contre la sienne, il hurlait, et les murs se mirent de nouveau à trembler.

Mardic était étendu dans un coin derrière elle, paraissant avoir perdu connaissance ; Donni avait la tête posée sur ses genoux et tentait de le protéger de son propre corps des objets qui tombaient. Vanyel avait projeté le jeune garçon contre le mur lorsque ce cauchemar – ou quoi que ce soit d'autre – avait commencé, et Mardic avait fait l'erreur d'essayer d'entrer en contact avec son esprit dans l'espoir de le réveiller.

—*Donni...* Savil profita d'un moment d'accalmie pour contacter son élève par l'Esprit, en prélevant un minuscule fragment de sa concentration tournée vers la tentative – la « tentative », car elle ne semblait pas aboutir – de protéger Vanyel et de le placer sous contrôle.

—*Donni, comment va Mardic ?*

—*Il va bien, juste un peu sonné*, lui parvint la réponse rassurante... *je peux vous épargner quelque chose. Attrapez cela, vite...*

La jeune fille lui « lança » une ligne mentale, et commença à transmettre, par son intermédiaire, dès que Savil l'eut réceptionnée, de l'énergie supplémentaire cruellement nécessaire.

Cela lui permit de ne pas s'évanouir tandis que Vanyel la frappait avec son esprit, mais ce fut à peu près tout.

Jaysen arrivait en courant ; Savil pouvait le sentir qui tentait de l'atteindre pour savoir ce qui pouvait bien se passer, et elle sentit la panique qui envahissait son esprit lorsqu'il comprit qu'ils avaient affaire à un Doué puissant, piégé dans un cycle de douleur et d'hallucinations.

Il fit voler la porte en éclats en essayant d'entrer dans la pièce, et se précipita au milieu de l'échauffourée sans y réfléchir à deux fois.

—Abrite-le avec les boucliers protecteurs, bon sang !

hurla-t-il en se jetant sur le lit pour bloquer les jambes de Vanyel, tandis que les murs se remettaient à trembler – mais, grâce aux dieux, pas les fondations.

— C'est ce que j'essaie de faire, rétorqua-t-elle sèchement, abandonnant ce combat inégal qui consistait à tenter de plaquer Vanyel contre le lit tout en s'efforçant de lui maintenir les bras. Il les brise dès que je les mets en place !

Jaysen réussit à contraindre physiquement Vanyel là où Savil, moins robuste, avait échoué. Il joignit ses forces à celles de Savil et de Donni sur les barrières protectrices qui s'effritaient et avec lesquelles ils tentaient de protéger le garçon. Mais ils ne parvenaient même pas à le neutraliser ; ils étaient en train de le perdre dans cette bataille contre ses propres cauchemars.

Andrel apparut alors. Savil ne le vit ni ne le sentit arriver en courant ; il fut tout simplement là en un bref instant. Mais, au lieu de se jeter dans la mêlée, il leur attrapa les bras et les attira tous les deux vers lui, loin du garçon.

Puis il tendit la main vers un objet posé à ses pieds et se redressa, un seau d'eau glacée à la main, dont il aspergea Vanyel, le lit et ses environs, sans la moindre hésitation.

Les convulsions cessèrent immédiatement tandis que Vanyel se réveillait brusquement.

Il s'assit dans son lit – regarda autour de lui – puis son corps se ramollit brusquement.

La pièce cessa de trembler.

— Savil, va me chercher une couverture, ordonna calmement Andrel. Jays, aide-moi à le sortir de ce lit trempé avant qu'il tombe dans un état de choc, puis retire toute la literie avant que le matelas soit trop imbibé.

Lorsque Savil revint en portant son propre édredon en plumes d'oie, les deux hommes avaient sorti le garçon à demi assommé de l'amas que formait la literie trempée désormais empilée sur le sol. Andrel secouait doucement le garçon par les épaules tandis que Jaysen le soutenait.

Derrière eux, Mardic, toujours un peu sonné, se redressait sur les genoux, Donni l'aidant à recouvrer son équilibre, mais les deux jeunes gens arrêtèrent Savil d'un signe de la main lorsqu'elle fit un pas dans leur direction.

—*Nous allons bien*, lui dit Donni par l'Esprit. *Je vais moi-même mettre Mardic sous l'édredon, puis je reviendrai ici refaire le lit.*

Savil tourna de nouveau son attention vers le garçon, en sachant qu'elle pouvait faire confiance à Donni pour gérer la situation si elle disait qu'elle pouvait s'en charger.

—Allons, Vanyel, disait Andrel d'un ton encourageant. Allons, mon garçon, reviens vers nous. Réveille-toi, sors-toi de là.

Vanyel cligna des yeux à plusieurs reprises, et la raison sembla s'y refléter de nouveau. Il regarda autour de lui, en proie à une certaine confusion momentanée, puis il sembla prendre conscience de la scène de chaos qui l'entourait. Il referma les yeux, une douce plainte à peine audible provenant du fond de sa gorge.

Et pendant un moment, Savil fut presque anéantie sous le poids accablant de la détresse la plus noire, d'un terrible sentiment de culpabilité et d'un chagrin si pesant qu'elle sentit ses genoux s'affaisser sous tout le poids de ce fardeau.

Puis elle ne ressentit plus rien de tout cela ; absolument déconnectée, si totalement que pendant un instant même elle douta de ce qu'elle avait ressenti.

Pourtant, un seul coup d'œil à Andrel et à Jaysen la convainquit du contraire : le premier était profondément affecté, et l'autre avait les lèvres blêmes.

Elle s'attendait de la part d'Andrel à de la tendresse et à de l'inquiétude… mais, étrangement, ce fut Jaysen qui déposa délicatement le garçon enveloppé dans l'édredon sur un siège ; puis du fauteuil au lit une fois que Donni en ait eu retiré la literie mouillée et l'ait de nouveau préparé. Ce fut Jaysen qui resta à son côté, en permettant ainsi à Savil d'aller vérifier que Mardic se portait bien. Savil ne se sentait pas d'humeur à poser des questions au sujet du changement d'attitude de Jaysen.

Mardic allait bien et se montra relativement enjoué.

— Je vais avoir un mal de tête vraiment terrible, lui dit-il ; le pauvre Van a cru que je voulais le tuer, il m'a pris pour un ennemi dans son cauchemar. Lorsqu'il a compris qu'il s'agissait d'un mauvais rêve, il en a annulé la majeure partie…

— « La majeure partie » ? s'étrangla Savil. Il t'a étendu raide, et il en aurait annulé la « majeure partie » ?

— Je vous assure. (Mardic posa ses mains sur ses tempes pour les masser légèrement.) Eh bien, lorsqu'il a réprimé le coup, l'énergie a débordé dans ses biefs à vif et l'a blessé, et il a basculé ; il ne pouvait contrôler quoi que ce soit. Puis… du moins je le pense… il a perdu le contact avec son centre et s'est retrouvé égaré par sa propre souffrance. Andrel a eu une bonne idée : le choc physique lui a en quelque sorte fourni un refuge.

— Mais, pour toi, tout va bien ?

Il lui adressa un demi-sourire.

— Si vous me permettez de dormir un peu…

Savil prit cette déclaration au pied de la lettre et sortit précipitamment de la pièce.

Elle fut de retour juste à temps dans l'autre chambre pour voir qu'Andrel administrait un sédatif à Vanyel. Mais ce fut Jaysen qui resta assis au chevet du garçon jusqu'à ce que le breuvage d'Andrel fasse son effet. Et ce fut Jaysen qui remit d'aplomb le support d'armure, et qui ramassa au sol le luth brisé en morceaux, avec une grimace à la vue d'un magnifique instrument si terriblement abîmé.

— Je m'occuperai de le faire réparer, si c'est possible, dit-il, lorsqu'il s'aperçut que Savil l'observait avant de s'agenouiller pour éteindre le feu. Ils n'osaient laisser le feu allumé dans la pièce pendant que Vanyel était endormi, ni les bougies – du moins pas tant qu'Andrel n'avait pas trouvé de moyen d'éviter une nouvelle crise.

— Jays, qu'est-ce que je vais bien pouvoir faire de lui ? lui demanda-t-elle doucement, restant debout malgré la douleur, car un muscle contracté dans son dos lui révélait quelles folies elle avait faites.

Il lui fit signe de le précéder hors de la pièce, et elle se retourna à moitié pour regarder son visage tandis qu'elle passait à côté de lui.

— Il souffre d'un choc en retour, et son état de santé semble empirer de jour en jour. Tous ses biefs sont à vif ; tu ne peux pas le contacter par l'Esprit sans que cela lui arrive, lui donnant des convulsions. C'est *cela* qui a tout déclenché, Mardic essayant de le réconforter de son mauvais rêve. Que vais-je faire la prochaine fois qu'il aura un cauchemar ?

Jaysen haussa les épaules, l'air désespéré, et referma la porte derrière elle. Elle parcourut la pièce commune, remettant les bougies debout et les allumant.

— Si tu n'en sais rien, comment pourrais-je le savoir moi-même ? Andy, pouvons-nous le mettre sous sédatif suffisamment longtemps pour qu'il guérisse ?

Andrel fit une grimace, avec l'air d'avoir avalé quelque chose d'acide.

— Avec n'importe quel autre patient je te dirais comment faire… ce que je viens d'administrer au garçon est de l'argonel.

Jaysen et Savil sursautèrent tous les deux, et Savil eut l'air choquée.

— Très grands dieux, Andy !

— Calme-toi ; il va bien, l'interrompit Andrel, se jetant sur la couche avec son habituel manque de considération pour le mobilier. (Il grommela, s'étira, puis haussa un sourcil en regardant le Héraut du Sénéchal.) Jaysen, pourrais-je juste faire remarquer que tu as des jambes superbes ?

Jaysen, qui était seulement vêtu d'une chemise et de ses collants, et ne s'en rendait compte qu'à présent, s'empourpra violemment, mais refusa de se laisser distraire.

— De l'argonel, Andy…, commença-t-il à dire, s'asseyant sur une chaise avant de croiser les jambes d'une manière guindée.

— Son organisme semble l'assimiler à une vitesse respectable, sinon je ne lui en aurais pas donné, répliqua Andrel. Cette décoction présente l'intérêt d'être un relaxant musculaire et un sédatif ; il ne pourra pas être affecté de nouveau par des convulsions, même au cas où vous le contacteriez par l'Esprit. Je n'irais pas jusqu'à affirmer qu'il ne mettra pas le palais sens dessus dessous, mais il ne souffrira plus de convulsions physiques. Quant à sa guérison, en fait cela dépend entièrement de ce que tu veux dire par ce mot.

Savil prit une autre chaise, s'y affalant avec un bruit sourd aussi sonore que celui qu'Andrel avait produit en s'écroulant sur les coussins de la couche.

— Physiquement, dit-elle avec impassibilité. Une guérison purement physique. Des symptômes de choc en retour, l'épuisement, la perte de sang. Je m'inquiéterai de ses biefs à vif plus tard.

— C'est préférable ; je vais le garder sous sédation suffisamment longtemps pour que s'atténuent les effets du choc en retour, pour que son énergie physique se rétablisse et pour que son corps ait le temps de remplacer tout ce sang qu'il a perdu. Je peux associer l'argonel au jervain et, afin qu'ils ne soient pas aussi réactifs, je vais suffisamment engourdir tous ses Dons de Sensibilité. Cela permettra peut-être à ses biefs de guérir. Je ne saurais le garantir. Je n'ai rien vu ni lu au sujet de ce type de phénomène : des Dons qui s'ouvrent en explosant tel que les siens le firent.

— Mentalement ? insinua Jaysen en fronçant les sourcils. Émotionnellement ?

— En l'état actuel des choses, je ne pense pas que même Lance puisse l'aider, répondit Andrel tristement. Vous avez tous deux ressenti…

Jaysen hocha la tête, l'air contrit.

— C'est-à-dire… je pense que peut-être j'ai capté quelque chose de plus que vous, dit-il, l'ombre d'une culpabilité traversant son visage. Il… il pense que tout ce qu'il touche devient maudit, qu'il porte malheur. En raison de ce que… lui et 'Lendel étaient. Et je sais exactement d'où il tient cette petite pensée particulièrement pernicieuse. Seulement, ce n'est plus une petite pensée. Elle est devenue une obsession autant que celle de Tylendel l'était. (Il baissa la tête, refusant de croiser le regard de Savil.) Je n'aurais jamais pensé…, dit-il d'un ton hésitant, je n'aurais jamais deviné… je pensais qu'il n'était qu'un petit profiteur…

Savil ne se sentait pas particulièrement encline à l'indulgence à ce moment précis.

— C'est très vrai, tu n'y as jamais pensé, lui dit-elle sèchement. Tu n'as jamais réellement pensé ! Toi et ta satanée mentalité de province…

— Savil, dit Andrel sur un ton d'avertissement, la tête légèrement tournée indiquant d'un signe la porte menant à la chambre de Vanyel.

Elle s'interrompit. Si elle se mettait en colère, Van risquait de le percevoir, et cela pouvait provoquer une nouvelle crise.

— Je m'excuse, Jays, dit-elle finalement à contrecœur, ne se sentant désolée en aucune façon.

— Vous au moins vous n'avez poussé personne au suicide, répondit Jaysen d'un air malheureux.

Elle grimaça.

— Non… J'ai juste… flûte, cela ne nous mène nulle part. Andy, tu penses pouvoir le guérir physiquement, n'est-ce pas ?

La lumière des bougies se reflétait dans ses yeux, qui semblaient maintenant se tourner vers une contemplation intérieure.

— Je dirais que oui, avec des réserves.

— Soucions-nous alors de cela, pendant deux ou trois jours. J'ai le début d'une idée, mais que je puisse ou non la réaliser va dépendre très fortement de ta capacité à permettre à Vanyel de se remettre en selle.

— Si je n'y parviens pas lors des deux prochaines semaines, cela ne se fera jamais, répliqua Andrel.

— Quelles sont les chances que nous puissions intervenir sur la manière dont il se barricade lui-même… ou même l'aider à maintenir une partie de ses pouvoirs sous son propre contrôle ?

Il réfléchit à la question pendant que le feu crépitait à côté de lui.

— Pourquoi ne poses-tu pas cette question à tes Compagnons ? Il sera peut-être capable de se barricader contre toi, mais je doute fort qu'il puisse faire grand-chose contre Yfandes.

Elle appuya ses mains sur ses yeux et secoua la tête.

— Dieux, pourquoi n'ai-je pas pensé à cela ? (Et simultanément, elle transmit par l'Esprit :) *Kellan ?* en sachant que Jaysen faisait de même avec Felar.

— *Voilà*, fut la réponse immédiate.

Elle transmit leur dilemme en une suite de pensées complexes, et attendit pendant que Kellan assimilait l'information, puis s'entretenait probablement avec Felar et Yfandes.

— *Yfandes dit que le lien qui les unit est faible*, fut la réponse, teintée d'une vive inquiétude. *Il s'atténue par moments… et cela fait parfois souffrir le garçon de parler avec elle.*

— *Pouvons-nous y remédier ?* demanda Jaysen, qui s'immisça dans la conversation et, s'il se trouvait là autre chose qu'une détresse authentique vis-à-vis de Vanyel, Savil ne pouvait le percevoir. Par l'intermédiaire de Jaysen, elle pouvait entendre Felar.

— *Par le contact physique*, dit rapidement Felar.

Kellan approuva.

— *Autant que possible. C'est ce qui renforce le lien ; en ce moment elle ne peut pas l'aider à prendre le contrôle de ses actions.*

— *Et si ce lien est renforcé ?* s'enquit Jaysen.

— *Alors peut-être*, dit Felar.

— *Un espoir*, ajouta Kellan.

Jaysen, qui regardait Savil dans les yeux de l'autre côté de la chambre, hocha la tête d'un air légèrement sévère.

À ce point, ils étaient prêts à accepter le moindre espoir, aussi ténu soit-il.

Rien ne le faisait trop souffrir maintenant, pas depuis qu'il avait ingurgité cette décoction qui emportait la bouche que le Guérisseur aux cheveux roux lui avait administrée. Ces différentes zones à l'intérieur de lui, ces manifestations mentales qui l'avaient tellement brûlé le brûlaient encore, mais à distance, comme si la douleur appartenait à quelqu'un d'autre. Il ne parvenait pas à se concentrer pendant très longtemps et rien ne semblait avoir une quelconque importance.

Seul l'espace vacant en lui était le même ; seul celui-ci continuait à lui faire mal de telle sorte que les potions du Guérisseur ne semblaient pouvoir y remédier. L'endroit où s'était trouvé Tylendel… et maintenant…

Mais les potions lui permettaient de dormir d'un sommeil sans rêves. Car il avait fait de nouveau ces rêves avec la neige… c'était ce qui avait déclenché en lui cette crise.

Oh, dieux!… il avait osé penser… il avait pensé qu'ils ne reviendraient pas le hanter. Il avait pensé que 'Lendel les avait chassés au loin.

Mais il ne s'agissait pas des rêves où il se retrouvait piégé entre des murs de glace, alors peut-être que 'Lendel avait…

Peut-être pas. Il ne pouvait dire. C'était l'autre rêve, de toute façon. Plus clair et frappant qu'aucun autre, et bien plus détaillé que la dernière fois qu'il l'avait fait.

Il se trouvait dans un passage, un étroit col de montagne bordé de parois singulièrement lisses. Il savait, dans son rêve, qu'il ne s'agissait pas d'un col montagneux réel : que ce passage avait été fabriqué, découpé pouce par pouce grâce à la magie.

Il savait également que cette magie avait été maléfique, faussée. Elle dégageait une impression de souffrance et de mort, comme si chaque pouce de ce canyon avait été payé au prix du sang versé.

Il y faisait nuit ; le ciel était nuageux, et le vent charriait une odeur de neige. Là où il se tenait debout, le canyon s'était rétréci momentanément, étranglé par les avalanches qui s'étaient produites de chaque côté. Il avait très froid, malgré le poids d'un manteau de fourrure sur ses épaules ; ses pieds ressemblaient aux blocs de glace qui bordaient les parois du canyon.

Il avait ressenti un sentiment de satisfaction sinistre lorsqu'il avait constaté à ce point particulier que le passage était juste assez large pour laisser passer deux hommes et pas plus. Et il savait qu'il était celui qui avait placé ces obstacles, afin de créer un lieu où un homme pourrait, en théorie, retenir toute une armée.

Parce que, justement, une armée avançait en ce moment à l'intérieur du canyon.

Il avait envoyé chercher de l'aide, il avait envoyé Yfandes et Tylendel…

Tylendel ? Mais Tylendel était mort…

… mais il avait également compris que cette aide n'arriverait probablement pas à temps.

Il attendit jusqu'à ce qu'ils soient presque sur lui, ne se doutant de rien, et sachant qu'ils ne pouvaient pas encore le voir parce que telle était sa volonté. Puis il leva la main droite haut au-dessus de sa tête, et une lumière magique s'illumina ; si vivement que les soldats des premières rangées de cette terrible armée reculèrent en grimaçant, leurs noires ombres se projettant derrière eux comme le cœur de la nuit. Il ne prononça aucun mot ; il n'y avait rien à dire. Il leur barra la route ; c'était le seul défi nécessaire.

Ils étaient vêtus de lourdes armures, ces combattants, des armures d'une matière noire et terne, et de casques assortis. Ils supportaient le poids de cette armure aussi facilement que Vanyel portait son manteau de fourrure blanche. Ils arboraient des boucliers ronds dénués d'ornementations, faits eux aussi de la même matière noire et terne, ainsi que de longues épées à double tranchant. Quant aux autres, du moins par ce que l'on pouvait apercevoir de leur accoutrement sous l'armure et les manteaux qui les recouvraient, ils formaient un groupe disparate. Mais ils évoluaient avec une sorte de sensibilité à la présence du prochain soldat en ligne, ce qui avait révélé à Vanyel dans le rêve, qu'ils avaient été entraînés ensemble par une main plus impitoyable que celle de Jervis.

Ils le regardaient fixement, et aucun d'entre eux ne bougea pendant un très long moment…

Jusqu'à ce que les premiers rangs se séparent, le magicien s'avançant au travers.

C'était en effet un magicien, et sans doute aucun : Vanyel pouvait ressentir l'intense Pouvoir qui l'animait. Mais il s'agissait d'un Pouvoir de même nature que celui qui avait découpé ce canyon ; obtenu dans la souffrance.

Et, si ce Pouvoir disparaissait, il n'y en aurait plus jusqu'à ce que l'enchanteur puisse de nouveau torturer et tuer. Vanyel possédait tout le pouvoir de la vie ; le pouvoir de la terre endormie, de la forêt vivante…

Il écarta les bras, et le flux de l'énergie vitale circula hors de lui, créant une barricade en travers de la vallée…

… comme la barricade en travers de son cœur…

… ainsi qu'un bouclier à l'arrière duquel il pouvait s'abriter. Il fit face au magicien, la tête haute, de la provocation dans le moindre de ses mouvements, le défiant d'essayer de passer.

Mais les rangées de combattants se divisèrent de nouveau, et le premier magicien fut rejoint par un deuxième, puis un troisième. Et Vanyel sentit son cœur se serrer, voyant sa propre condamnation à mort s'inscrire dans ce combat inégal à trois contre un.

Pourtant, il tint bon…

Jusqu'à ce que Mardic touche son esprit.

Ce contact avait été douloureux : comme du sel sur une plaie à vif. Il l'avait interprété comme une attaque des magiciens, et avait frappé à son tour, frappé pour tuer, et seulement au moment où il frappait il avait compris que…

… un rêve, oh, dieux !… c'est un rêve, ce n'est pas réel, et c'est Mardic…

Et il avait tenté de retenir le coup ; il avait retenu le coup, mais cela avait précipité le pouvoir avorté en des endroits qui brûlèrent atrocement lorsqu'il rentra en contact avec eux. Il avait tenté d'arrêter ce flux, mais cela n'avait rien fait que tordre des choses à l'intérieur de lui, jusqu'à ce qu'il ne soit plus qu'un nœud d'anxiété, en proie à une agitation convulsive, qui ne savait plus où il était ni ce qu'il faisait. Tout était douloureux, tout brûlait, et il était piégé par sa souffrance, dans son tourment, poussant des cris dont il savait que personne ne pourrait les percevoir, et perdu : il ne pouvait plus sentir son corps, ne pouvait ni entendre ni voir ; il sombrait dans un océan de douleur…

Puis un choc… comme s'il était frappé…

Il se retrouva haletant, glacé jusqu'aux os, mais de retour dans un corps ordinaire qui le faisait souffrir normalement.

Puis il s'évanouit pendant quelques instants ; avant de reprendre connaissance près du Guérisseur, qui le secouait en lui parlant.

Il était trempé et il frissonnait.

Mardic ? Comment va Mardic ?

Le Héraut Jaysen le maintenait debout, le soutenant.

Tylendel, mort, affaissé aux pieds de Jaysen. C'est ma faute, oh, dieux, c'est ma faute…

Le chagrin du deuil le submergea de sa pleine intensité ; mais, quelque part au fond de son esprit, il savait qu'ils ressentaient ses sentiments, et il les réprima… en fermant cette ligne…

Dans le silence mental stupéfait, il perçut les pensées angoissées de Jaysen, aussi nettement et intimement que si celui-ci les lui avait chuchotées à l'oreille.

Dieux… oh, dieux ! je ne savais pas, je n'ai rien deviné… je pensais qu'il se jouait de l'autre garçon, je pensais qu'il était… oh, dieux, qu'est-ce que j'ai fait ?

Il recula en frémissant devant cette sympathie indésirable, provenant des mots exprimés par l'esprit et qui lui faisaient l'effet de l'acide sur ses blessures, et il bloqua cette ligne tout aussi impitoyablement.

Puis arrivèrent les potions… et la torpeur. Ce manque de sensibilité béni. Il s'y laissa glisser, rien ne le retenant plus, pas même son inquiétude pour Mardic. Il faisait noir comme dans un four, ils n'avaient pas laissé une seule flamme allumée dans la chambre, ce qui, étant donné les circonstances, était probablement une décision fort sage.

Des fragments de ce qu'il savait à présent provenaient de pensées qui dérivaient vers lui : la voix mentale de Savil, puis celle de Jaysen (assombrie par la culpabilité, et Vanyel se demandait bien pourquoi), puis celle de Mardic.

S'il avait été sur pied, il aurait chancelé de soulagement en entendant cette dernière. *Je ne l'ai pas tué… dieu merci ! je ne l'ai pas tué !*

Il se sentit sombrer plus profondément, jusqu'à ce qu'il n'entende plus rien du tout. Jusqu'à ce qu'il perde même le fil de ses propres pensées. Jusqu'à ce qu'il ne reste rien d'autre que le sommeil, et la tristesse qui jamais, jamais ne le quitterait.

Savil se tenait debout à côté de la porte menant au jardin, une main posée contre le chambranle, et elle priait. Elle ne priait pas souvent ; il en était ainsi chez la plupart des Hérauts. Prier signifiait habituellement solliciter une faveur – et les individus qui devenaient Héraut avaient tendance à faire partie des personnes ne recherchant aucune aide en dehors d'elles-mêmes, jusqu'à ce que tout espoir se soit évanoui.

Pour Savil, du moins, ce point critique avait été atteint.

Juste au-delà de la fenêtre, enveloppé chaudement dans des édredons et des couvertures et en partie allongé contre le flanc d'Yfandes, Vanyel somnolait au soleil, toujours maintenu dans un état de semi-torpeur par les potions d'Andrel. Jaysen l'avait transporté à l'extérieur, son esprit si étroitement protégé contre toutes dispersions éventuelles de ses pensées que Savil pouvait juste le sentir frémir sous la pression. Jaysen reviendrait chercher le garçon dans deux marques de la bougie graduée, ce qui était tout ce qu'autorisait Andrel par ce froid. C'était le troisième jour de cette routine ; il ne s'était pas produit de nouvelle crise, mais Savil s'attendait plus ou moins qu'il s'en produise une chaque nuit.

Vanyel soupira dans son sommeil, et l'un de ses bras émergea de sous les couvertures pour venir enlacer le cou d'Yfandes. Le Compagnon lui effleura doucement l'oreille de ses naseaux et, au lieu de s'en écarter, il se pelotonna plus près d'elle.

Mais, avant que Savil ait eu l'occasion de se rendre vraiment compte la première du signe positif que le lien du Compagnon s'enracinait dans le garçon, quelqu'un frappa bruyamment à la porte. Elle se retourna à moitié, et entendit Donni qui accourait en traversant la pièce commune pour y répondre. Il y eut un murmure trop indistinct pour qu'elle comprenne ce qui se disait.

Puis la voix provenant de l'extérieur s'intensifia.

— S'il vous plaît, je suis la sœur de Van… laissez-moi au moins parler à ma tante…

Savil sursauta et traversa à grandes enjambées la chambre de Vanyel, ouvrant toute grande la porte. Il ne pouvait y avoir qu'une seule des sœurs de Vanyel pour se présenter ainsi sur son perron à ce moment précis, celle qui avait été éduquée à l'extérieur dans l'espoir de faire une carrière dans la Garde.

— Laisse-la rentrer, Donni, dit Savil… et elle cligna des yeux de surprise. La jeune fille dans l'encadrement de la porte était quasiment son portrait craché à l'âge de dix-sept ou dix-huit ans.

Que Dieu l'aide… ce n'est guère étonnant qu'elle ait choisi la Garde, se prit à penser Savil hors de propos. *Elle possède bel et bien ce sacré nez des Ashkevron.*

Évidemment, la même pensée traversait simultanément l'esprit de la jeune femme.

— Vous devez être ma Tante Savil, dit-elle sans détour, se tenant debout comme pour un salut martial dans l'embrasure de la porte. Vous avez le nez de la famille. Je suis Lissa. Puis-je vous aider ?

Savil décida qu'elle aimait bien cette fille spontanée.

— Cela se pourrait. Je n'en sais encore rien, lui répondit-elle. Mais, Lissa, entre et raconte-moi ce que tu as entendu.

Lissa se détourna de la porte qui donnait sur le jardin avec un tressaillement.

— On a l'impression qu'il a été traîné à plat ventre au travers des neuf enfers, dit-elle.

— Il a pourtant meilleure mine qu'il y a trois jours, répliqua Savil.

Elle aurait pu en dire plus, mais d'autres coups retentirent contre la porte donnant sur la suite, et une voix qu'elle ne connaissait que trop bien retentit avec colère lorsque Donni alla répondre.

— Tout comme le satané enfer, elle est trop occupée, dit d'une voix rageuse le Seigneur Withen Ashkevron. Je n'ai pas chevauché mon meilleur cheval jusqu'à ce qu'il clopine pour être repoussé par un satané « trop occupée » ! Où est-elle maintenant, bon sang !

Savil, Lissa à son côté, traversa la pièce jusqu'à la porte, l'ouvrit brusquement, et resta debout face à Withen, le dos aussi raide qu'un piquet, les pieds légèrement écartés, les bras croisés sur la poitrine.

— Qu'est-ce que tu veux, Withen ? lui demanda-t-elle de but en blanc, ses yeux se rétrécissant en une expression où se mêlaient la contrariété autant que l'appréhension.

— Que crois-tu que je veuille, sacré bon sang ! grogna-t-il en ignorant Lissa et Donni, les poings sur les hanches, adoptant une posture agressive, les jambes largement écartées. Je voudrais bien savoir ce que tu as fait avec le garçon que je t'ai envoyé ! Je te l'ai confié pour que tu en fasses un homme, et non pas pour que tu le transformes en un petit pervers ! (Son visage s'assombrit et sa voix s'intensifiait à chacun de ses mots.) Je…

— Je pense que cela suffit amplement, Withen, répliqua-t-elle d'un ton sec, l'interrompant avant qu'il puisse aller trop loin. Je, je, je… bon sang ! Espèce de fanfaron à la cervelle de la taille d'un petit pois, est-ce tout ce à quoi tu penses jamais ? À toi-même ? Vanyel a failli mourir il y a quatre jours, il a failli mourir de nouveau il y a trois jours de cela, et il pourrait mourir ou perdre la raison dans la prochaine marque d'une bougie graduée, et tout ce à quoi tu peux penser est qu'il a fait quelque chose que tes préjugés de bouseux n'approuvent pas ! Dieux au dessus et en dessous, tu ne peux même pas l'appeler par son vrai nom : seulement « le garçon » !

Elle avança vers lui, le visage irradiant une telle colère qu'il recula malgré lui d'un pas, l'alarme et la surprise se donnant la chasse dans ses yeux. Lissa avança avec elle et se tint à son côté, chaque muscle tendu, les poings serrés en des nœuds durs.

— Tu débarques ici en fulminant alors que peut-être, peut-être, nous sommes parvenus à le remettre d'aplomb, sans même un « s'il te plaît » ou un « puis-je », et tu ne demandes même pas s'il est dans un état suffisant pour aligner ne serait-ce que deux mots de manière sensée ! Oh, non ! Tout ce que tu sais faire c'est hurler que je l'ai transformé en pervers alors que tu me l'avais envoyé pour que j'en fasse un homme. Un homme! (Elle se mit à rire, produisant un son rauque semblable à un croassement qui s'extirpa de sa gorge en la labourant de ses griffes.)

» Mes dieux... qui pensais-tu qu'il soit, sacré bon sang? Dis-moi, Withen, quel type d'homme confierait ainsi son propre fils à des mains étrangères simplement parce que le pauvre bougre ne correspond pas à son idée de la virilité?

Savil sembla être arrivée à cours de propos – mais ce n'était pas le cas de Lissa.

— Quelle sorte d'homme laisserait une brute épaisse briser le bras de son fils sans aucune raison valable? dit la jeune fille d'une voix pleine de rage. Quel type d'homme inciterait son fils à devenir un eunuque émotionnel parce que chaque fois que le garçon recherchait un petit peu d'amour paternel, il recevait une baffe en pleine figure? Quelle espèce d'homme croirait en la parole de n'importe qui plutôt qu'en celle de son propre fils, sans avoir jamais eu la moindre raison de penser que le garçon était un menteur? (Lissa toisait son père comme s'il était devenu son ennemi.) Dites-moi, Père! Quel droit avez-vous d'exiger ainsi quoi que ce soit de lui? Que lui avez-vous offert d'autre à part du mépris? Quand lui avez-vous jamais donné une seule chose dont il eut besoin ou qu'il désirait? Quand l'avez-vous jamais félicité d'avoir fait quelque chose de bien? Quand lui avez-vous jamais dit que vous l'aimiez?

Withen recula de deux pas supplémentaires, le dos appuyé contre le mur en face de la porte, son expression était celle de quelqu'un qui vient juste d'être assommé.

Savil retrouva alors l'usage de la parole.

— Un homme!... Que tous les dieux puissent te donner ce que tu mérites, espèce de rustre!

Quel type d'homme se soucierait davantage de sa réputation que de la vie de son propre fils ? Elle l'acculait à présent dans un coin, se défoulant sur Withen de toute la souffrance, la frustration et la colère qu'elle avait intériorisées et réprimées au cours de cette dernière semaine. Il était devenu blafard et tenta de dire quelque chose, mais elle l'interrompit immédiatement.

—Laisse-moi te dire ceci, Withen, persifla-t-elle. Tu as ta part de responsabilité pour ce qu'est devenu Vanyel… et principalement parce que tu ne voulais pas un fils, tu voulais juste une petite copie de toi-même pour te pavaner afin que les gens puissent te féliciter de tes prouesses conjugales. Tu as contribué à faire de lui ce qu'il est… en lui ayant transmis un ensemble de valeurs si déformées qu'il est surprenant qu'il soit même parvenu à reconnaître l'amour lorsqu'il le vit pour la première fois ; et en lui enseignant qu'il devait garder secret tout ce qu'il ressentait parce qu'il ne pouvait pas faire confiance aux adultes. Et maintenant, l'un de mes garçons est mort, et un autre à un cheveu de trépasser, et tout ce dont tu te soucies c'est que quelqu'un puisse penser que tu ne possédais pas suffisamment de virilité pour engendrer des fils virils ! Oh ! Sors d'ici, hors de ma vue…

Elle se détourna de lui avant qu'il puisse remarquer les larmes dans ses yeux. Lissa posa une main réconfortante sur l'épaule de sa tante et jeta un regard furieux à son père : elle aurait été parfaitement heureuse de le tailler en pièces s'il disait le moindre mot de travers.

—S-S-Savil… Je… je, balbutia-t-il. Ils racontent que…mais je ne le croyais pas… est-ce que Vanyel…

—Un seul mot à la légère, un seul mouvement de travers, et il mourra, Withen, dit-elle froidement, les yeux clos tandis qu'elle recouvrait le contrôle d'elle-même. Une pensée inappropriée l'a presque tué. Il s'est tailladé les poignets après avoir découvert que quelqu'un en qui il avait confiance croyait que son amour était la raison pour laquelle Tylendel était mort. Es-tu satisfait de toi ? C'était assurément la chose honorable à faire pour lui, n'est-ce pas ?

— Je… je…

— Je suis très heureuse d'être en mesure de te dire qu'il ne t'appartient plus, Withen, il est à moi. Il a été Élu… s'il survit jusque-là, il deviendra un apprenti Héraut et, en tant que tel, il est à ma charge. Tu as perdu tout droit sur lui et ne peux le réclamer. Tu pourras donc obtenir ce que tu as toujours voulu… le petit Mekeal peut devenir ton héritier désigné, et tu peux te laver les mains de Vanyel en toute bonne conscience.

Withen tressaillit à ses paroles impitoyables mais justes, et sembla presque rétrécir.

— Savil… je ne voulais pas dire… je ne voulais pas…

— Ah, vraiment ? (Elle leva un sourcil ironique.)

Il grimaça.

— Savil, puis-je… le voir ? Je ne lui ferai aucun mal, je… bon sang, mais c'est toujours mon fils !

— Lissa, penses-tu qu'il en ait le droit ?

Lissa regarda son père comme s'il s'agissait d'un étranger en qui on ne pouvait pas particulièrement avoir confiance.

— Je ne sais pas s'il réussira à se comporter comme il faut.

Le visage de Withen s'assombrit.

— Espèce de petite ingrate…

Lissa haussa les épaules en s'adressant à Savil :

— Vous voyez ce que je veux dire ?

Savil acquiesça.

— Je le vois, en effet… pourtant il n'a pas tout à fait tort. Peut-être doit-il être autorisé à admirer son beau travail ? (Elle désigna la porte menant à la chambre de Vanyel.) Suis-moi, Withen. Et essaie de contrôler cette bouche qui t'appartient, sinon je te ferai jeter dehors.

Il s'arrêta brusquement à la porte menant au jardin, puis appuya ses mains et son visage contre la vitre, dans un état d'incrédulité stupéfaite :

— Grands dieux !…, dit-il, le souffle coupé. Ils disaient que… mais je ne les croyais pas. Savil, j'ai vu des hommes morts en une semaine et qui avaient bien meilleure mine que ça !

Lissa renifla. Savil le repoussa de la porte avec impatience et l'ouvrit, tressaillant légèrement lorsque l'air glacial la frappa. Son regard croisa le sien ; il n'avait pas fait le moindre mouvement pour la suivre.

— Est-ce que tu viens ou non ? lui demanda-t-elle en parlant à voix basse afin de ne pas effrayer Vanyel.

Il déglutit, son visage figé pâlissant, et la suivit d'un pas lent et hésitant. Elle marcha rapidement jusqu'à la section d'herbe d'or brunie par le soleil et abritée où le garçon était allongé à côté d'Yfandes ; il n'avait pas bougé depuis qu'elle l'avait quitté. Il ne sembla pas remarquer qu'elle était là tandis qu'elle s'agenouillait dans l'herbe sèche et rêche qui lui piquait les genoux au travers du tissu de ses hauts-de-chausses et de ses collants.

— Van… Van, essaie de te réveiller, veux-tu ? lui dit-elle doucement en évitant de le toucher, que ce soit de la main ou par son esprit. Van ?

Il bougea un peu la tête et cligna des yeux dans une semi-torpeur ensommeillée.

—Ma… T-Tante, murmura-t-il ?

—Ton père est ici – Withen – il souhaite te voir. Vanyel, il ne pourra pas te ramener à la maison, il n'a aucun pouvoir sur toi maintenant que tu es Élu. Tu n'es pas dans l'obligation de le voir si tu ne le désires pas.

Vanyel cligna de nouveau des yeux, montrant un peu plus de vivacité.

—N… non. Ça ira. 'Fandes dit que ça ira ; elle dit que je le dois.

Savil se leva rapidement et rejoignit Withen qui attendait tout hésitant sur le chemin usé, à mi-parcours entre la porte et l'endroit où reposait le garçon.

—Vas-y, lui lança-t-elle durement. N'élève pas la voix, et parle-lui lentement. Nous lui avons administré beaucoup de remèdes, alors garde cela à l'esprit. Tu risquerais de déclencher plus que ce que tu ne voudrais entendre si tu n'y prends pas garde.

Elle le suivit de quelques pas, Lissa sur ses talons, et resta à portée de voix tandis qu'il s'agenouillait lourdement dans l'herbe sèche et tendait la main pour toucher l'épaule de Vanyel. Elle faillit vraiment le rappeler à l'ordre, cependant Vanyel se redressa un peu plus et fit un signe pour repousser les doigts aux ongles mal taillés.

—Vanyel…, dit l'homme, semblant complètement à court de mots. Vanyel, j'ai… j'ai entendu dire que tu étais souffrant…

Vanyel laissa échapper un léger croassement pitoyable qui se voulait un rire.

—Vous avez entendu dire que j'jouais à la brebis pour l'bélier de 'Lendel, n'est-ce pas ? Ne mentez pas, Père. Vous m'avez menti durant ma vie entière et je ne pourrais l'prouver, mais maintenant, je sais lorsqu'on me ment.

Withen s'empourpra, mais Vanyel n'avait pas encore terminé.

— Vous pensez maintenant que… je… j'suis perverti, impur ou quelque chose comme ça, et que je… j'suis juste mauvais et ingrat et que je n'vous ai jamais plu et… *bon sang!* tout ce que j'aurais voulu c'est que vous me disiez que j'avais fait quelque chose de bien ! Juste une fois, Père, j-j-juste une seule fois ! Et tout ce que vous avez jamais f-f-fait fut de laisser J-J-Jervis me battre à plate couture, et d'me cogner de vos propres mains ! 'Lendel m'aimait, et je l'aimais, et vous feriez bien d'arrêter de penser à ces… Dieux !… satanés… trucs… putrides…

Withen eut un mouvement de recul et se remit brusquement debout puis ouvrit la bouche comme s'il s'apprêtait à rugir après son fils…

Mais il fut arrêté dans son élan. Les yeux de Vanyel flamboyaient ; son visage devint un masque de rage. Et avant que Withen ait eu le temps de prononcer une seule syllabe, Vanyel s'extirpa de son cocon de couvertures et allongea Withen cul par-dessus tête dans les buissons par le seul pouvoir de son esprit à demi engourdi par les décoctions.

Withen se débattit. Vanyel le renversa. Lissa s'apprêtait à se diriger vers l'un ou l'autre, mais Savil la saisit par le bras.

— Regarde Yfandes, lui dit-elle. Elle garde son calme, elle n'a pas fait le moindre mouvement. Laisse-les régler leurs comptes entre eux. Entre nous, je pense qu'Yfandes et moi-même pourrions empêcher le garçon de trucider son père, mais ce n'est aucunement ce qu'il désire faire.

En deux occasions supplémentaires, Withen essaya de se remettre debout et, par deux fois, Vanyel le renversa de nouveau. Il pleurait à présent, silencieusement, des larmes discrètes zébrant ses joues blanches.

— Que ressentez-vous, Père ? Suis-je suffisamment fort à présent ? Que ressentez-vous en vous retrouvant ainsi par terre et foulé aux pieds par une chose avec laquelle vous ne pouvez raisonner et que vous ne pouvez combattre ? En êtes-vous heureux ? Je suis une aussi belle brute que J-J-Jervis à présent, cela vous rend-il heureux ?

La bouche de Withen bougeait, mais sans émettre aucun son.

Vanyel le regardait fixement, puis l'étincelle de rage s'évanouit de ses yeux, remplacée par une amertume dégoûtée.

— Cela ne me rend pas heureux, Père, dit-il calmement et clairement ; les derniers vestiges de la brume produite par le sédatif ayant disparu de son élocution. Savoir que je peux vous faire subir cela me rend tout simplement malade. Rien ne me rend heureux à présent. Rien ne me rendra heureux, jamais plus.

Il s'écroula de nouveau sur le sol, s'enveloppa dans les couvertures et tourna son visage contre l'épaule d'Yfandes.

— Partez, Père, dit-il, la voix étouffée. Partez !

Withen se remit lentement et maladroitement sur ses pieds. Il resta debout, bouleversé et pâle, les yeux baissés vers son fils pendant un long moment.

— Est-ce que cela ferait une différence si je disais que je suis désolé ? demanda-t-il finalement, la perplexité se reflétant sur son visage profondément troublé… et plus encore, conscient que son univers venait d'être mis sens dessus dessous, il était complètement incertain de l'action ou des propos à tenir, ou même de ce qui allait se passer ensuite.

— Peut-être… un de ces jours, fit entendre la voix chargée de larmes. Pas maintenant. Partez, Père. De grâce… laissez-moi seul !

Cher Withen, je pense que, pour une fois dans ta vie, tu as raison. Le garçon n'est plus un gamin. Il ne fut *jamais le garçon que tu pensais. Si tu réussis à le traiter en adulte et comme une connaissance plutôt que comme ton rejeton, je pense que tu pourras parvenir à un certain niveau de réconciliation avec lui.*

— Savil ?

Savil leva les yeux. Mardic jetait un coup d'œil furtif par l'interstice de la porte de sa chambre à demi entrebâillée, sa posture dénotant l'incertitude.

— *Heu. Je m'améliore à lire dans l'esprit des gens.*

Elle regarda rapidement par la fenêtre. Vanyel était assis sur un banc juste au-dehors, conversant avec Lissa, Yfandes tournant autour d'eux.

Que cette enfant soit bénie ; je ne sais ce que je ferais sans elle.

Elle en oublia Mardic pendant un moment ; une terrible fatigue lui arrondissait les épaules, comme si elles soutenaient le poids trop lourd d'un manteau.

Dieux ! que vais-je faire ? Il ne va pas mieux, il devient juste un peu plus vigoureux. Il s'évertue à faire de moi ou de Liss un substitut pour 'Lendel, une autre personne à suivre. Je ne peux pas le laisser faire ça. Cela ne ferait finalement qu'empirer les choses. Mais, lorsque nous essayons de l'obliger à se tenir sur ses deux pieds, il se met à bouder. Elle soupira. *Cela me met tellement en colère après lui que je souhaiterais lui administrer des claques jusqu'à la semaine suivante. Et il a déjà eu sa part de ce traitement. Il ne le mérite pas vraiment non plus. Par les feux de l'enfer, ces bouderies sont les plus proches manifestations d'un comportement normal! Oh, dieux!...*

Mardic s'éclaircit la voix, et elle sursauta.

— Je suis désolée, mon garçon, je rêvassais. Ce doit être l'âge. Entre, veux-tu?

Il avança timidement dans la pièce, à la manière d'un crabe.

— Savil, Donni et moi-même désirons vous demander quelque chose, dit-il d'une voix hésitante, les mains derrière le dos, frottant sa cheville droite de son pied gauche. Nous... Savil, vous êtes la meilleure qui soit, cependant... Vanyel a davantage besoin de vous que nous.

— Dieux, soupira-t-elle en se frottant la tempe droite. Je vous ai tous deux délaissés, j'en suis désolée...

— Non, vraiment, ne vous en inquiétez pas, l'interrompit Donni en passant sa tête bouclée dans l'embrasure de la porte juste derrière l'épaule de Mardic.

— Je me demandais quand vous viendriez me trouver, leur répondit Savil.

— Nous venons groupés en tant qu'unité, lui précisa-t-elle. Non, Savil, vous ne nous avez pas délaissés. C'est plutôt que nous craignons de vous voir vous diviser en essayant de faire trop de choses en même temps. Vanyel a besoin de vous; nous avons obtenu finalement ce que vous pouviez nous donner – il n'y avait personne d'autre capable de nous enseigner à travailler ensemble, mais regardez...

Mardic avança davantage dans la pièce; Donni resta près de la porte. Ils tendirent la main l'un vers l'autre, les bras tendus, leurs mains ne se touchant pas vraiment, et...

Là où s'étaient trouvées deux auras il n'y en avait désormais plus qu'une; un flux d'énergie or vert circulait au-dessus d'eux et tout autour, sans heurts… et considérablement plus intense que les deux auras prises séparément. Savil cligna des yeux, surprise.

— Quand exactement avez-vous tous deux commencé à faire cela ? leur demanda-t-elle.

— La nuit… où nous avons dû ouvrir le Temple, répondit Mardic. Quand nous avons dû tirer la flèche lorsque nous nous sommes unis dans la Fusion Guérisseuse. C'est alors que ce que vous nous aviez montré a semblé se mettre en place. Donc, bon, maintenant n'importe lequel des Hérauts-Mages pourra nous donner des cours, et vraiment, étant donné ce que nous pouvons faire ensemble, cela devrait probablement être Jaysen, ou Lancir. Mais Jaysen n'a personne actuellement.

— Balivernes. Tu pourrais faire un récit de trois heures d'un simple poème, dit Donni en faisant la grimace. Savil, nous avons posé la question à Jaysen ; il nous a dit qu'il se chargerait de nous si vous l'autorisiez.

Savil posa sa plume, puis referma sa bouche béante.

— Je crois que je vais vous embrasser tous les deux, répliqua-t-elle, tandis que Donni adressait à Mardic un petit sourire qui signifiait « Je te l'avais bien dit ». J'essayais de réfléchir à un moyen de vous trouver un autre mentor mais sans grand résultat, étant donné que je suis la seule qui sache enseigner comment faire fusionner deux auras. Que les dieux vous bénissent, mes chéris.

Elle se leva et les prit tous les deux dans ses bras ; ils lui rendirent cette embrassade et lui apportèrent leur soutien tout aussi mental que physique.

— Savil, dit doucement Donni tandis que celle-ci s'écartait comme à regret. Qu'allez-vous faire avec Vanyel ? Il est… il est encore tellement brisé… et tout ce qui se trouve ici ne fera que lui rappeler 'Lendel. Il est vraiment regrettable que vous ne puissiez l'emmener dans un lieu complètement différent.

— Dieux ! ceci n'est que trop vrai ! répondit-elle.

… *complètement différent… dieux… oh, dieux! Merci pour ces merveilleux petits protégés dotés d'une telle intelligence!*

— Donni, dit-elle lentement, je pense que tu viens juste de trouver la réponse pour moi. Je vous suis maintenant d'autant plus reconnaissante d'avoir trouvé un nouveau professeur.

— Avez-vous une idée ?

Savil hocha la tête affirmativement.

— Et je viens de faire d'une pierre deux coups. Ces créatures que les Leshara ont fait intervenir… elles doivent provenir des Pélagirs, et 'Lendel les a conjurées en guise de rétorsion. Je dois me rendre là-bas de toute façon, afin de découvrir celui qui avait tout mis en œuvre. Alors… je vais emmener Vanyel avec moi pour le confier à quelques-uns de mes amis, les Frères du Faucon. Ce sont les gardiens autoproclamés des Pélagirs, ils devraient donc être au courant si un Mage a manigancé quelque complot avec leurs créatures. Et, ils suivent une discipline différente ; ils pourront peut-être aider Van. Et, s'ils ne le peuvent pas, je sais qu'ils sauront du moins le maintenir sous contrôle.

— Mais vous pensez vraiment qu'ils pourront l'aider ? s'enquit Donni avec espoir.

— Eh bien, je ne le peux pas moi-même ; je sais assurément qu'Étoilevent sera plus compétent que moi. De plus, si nous gardons Van sous sédatif encore longtemps, Andrel craint qu'il en devienne dépendant, mais si nous mettons un terme à son traitement…

— Il pourrait dévaster le palais. (Mardic hocha la tête d'un air solennel.) Quand allez-vous l'emmener ?

— Quand ?… dans les quelques prochains jours, je pense. Le plus tôt sera le mieux. (Elle regarda, au-dessus de la tête de Madric, le talisman de Sœur d'Aile qui était suspendu au mur.) Le seul problème est que, pour localiser Étoilevent k'Treva et Danselune k'Treva, je dois aller à leur rencontre, parce qu'ils ne sortent jamais des Pélagirs. Cela signifie deux choses. Je devrai ériger un Portail et espérer que je sache encore comment les retrouver.

CHAPITRE 11

— Dieux ! que je hais la Téléportation, marmonnait Savil à Andrel, clignant des yeux contre l'éblouissement du soleil se reflétant sur la neige, tandis qu'elle examinait minutieusement le ciel pour y repérer l'ombre d'un nuage.

— Pourquoi ? À part les récentes autres associations corrompues…

— C'est plutôt dangereux. Cette pratique se joue des systèmes météorologiques locaux ; c'est un sortilège permettant d'établir localement un champ de force, du genre qui perturbe tout type de schéma climatique de haute énergie l'entourant. Généralement pour le pire.

Elle ferma les yeux, se centra et s'ancra, puis diffusa vers le haut et l'extérieur les sens issus de son Don de la Magie, regardant au plus loin pour repérer ce qui pourrait y pénétrer pendant qu'elle maintenait ainsi le Portail érigé. À son grand soulagement, il ne semblait y avoir rien de particulier pouvant prêter à conséquence ; les seuls schémas d'énergie qu'elle parvenait à déchiffrer étaient constitués de quelques courants aériens s'élevant au-dessus de points chauds, trop insignifiants pour représenter un risque quelconque.

Elle soupira :

— Eh bien, le temps ne risque pas de nous poser un problème. Comment se porte le garçon ?

— Drogué jusqu'aux os, et je mettrais mon bras à couper qu'il ne sera pas capable de compter jusqu'à un avant un certain temps cette nuit. Je suis vraiment content que tu m'aies dit que tu avais l'intention d'ériger le Portail par ici. (Andrel enfouit ses longues mains sensibles à l'intérieur de son manteau, et scruta l'étendue du Champ au travers de la lumière du soleil.) Comme c'est l'énergie issue du Portail qui a fait exploser ses biefs…

— Nous n'en sommes pas sûrs, l'interrompit Savil.

— D'accord, qui lui a probablement ouvert les biefs par explosion. Il va y être doublement sensible pour le restant de ses jours. Il saura assurément lorsque quelqu'un ouvrira le Portail à une longue ligne de distance de lui. Et le fait d'en traverser un pourrait déclencher une autre crise. C'est la raison pour laquelle…

— Tu l'as drogué jusqu'aux os. Je n'ai aucune objection ; c'est un peu compliqué, mais c'est pourquoi nous fabriquons ce type de selles qui affublent nos Compagnons.

Ils poursuivirent leur chemin à grande vitesse dans le Champ des Compagnons, à présent recouvert par la première tombée de neige de la saison. Savil répétait un exercice apaisant à chaque pas, car elle savait qu'elle avait besoin d'établir une atmosphère de calme absolu en elle ; elle s'apprêtait à ériger un Portail en allant jusqu'au bout de ses limites physiques (compte tenu de la distance qu'elle avait l'intention de parcourir), et cela requerrait chacune des réserves en sa possession.

Dans cette intention, elle avait tout confié aux mains d'autrui (à l'exception de l'établissement du Portail). Mardic et Donni avaient préparé tous ses bagages, Lissa s'était occupée de ceux de Vanyel, et s'était également chargée du garçon une fois qu'Andrel avait terminé de lui prodiguer des soins. Ils attendaient tous au Temple du Bosquet à cet instant précis.

— Alors, pour quelle autre raison exècres-tu tant la Téléportation ? lui demanda Andrel, le Champ qui les entourait scintillant sous le soleil.

— Parce que, lorsque je serai arrivée là-bas, je ne serai plus bonne à rien, répondit-elle sèchement. Et j'ose espérer que le Talisman opère de la manière dont l'a affirmé Étoilevent, sinon Vanyel et moi risquons de former un couple pathétiquement impuissant.

— Pourquoi ne fais-tu pas ce qu'a fait Tylendel, en utilisant l'énergie d'une autre personne ?

— Parce que je ne sais pas vraiment comment il a procédé, dit-elle après une longue pause, uniquement ponctuée par le bruit de ses pas brisant la fine couche de neige. Aucun de nous ne le sait. C'est peut-être pourquoi nous avons finalement retransmis l'énergie au pauvre Van au lieu de l'ancrer et de la dissiper. Personnellement, je ne me soucierai pas de prendre le risque de faire subir cela à une autre âme vivante, et c'est également l'opinion de tous les autres. Vanyel y a survécu ; ce ne serait peut-être pas le cas de quelqu'un d'autre. Et il se pourrait fort bien qu'un couple uni à vie soit nécessaire pour vraiment l'accomplir. En conséquence (elle haussa les épaules), nous allons procéder de la manière forte, au risque de me casser le nez de l'autre côté.

Ils entrèrent dans le Bosquet, les arbres effeuillés produisant un réseau de dentelle de sombres branchages contre le bleu du ciel lumineux.

La tranquillité du Bosquet ne s'était jamais démentie, peu importe la saison en cours. C'était l'une des raisons pour lesquelles Savil avait choisi d'ériger le Portail en ces lieux. L'autre raison étant qu'il s'agissait de l'endroit le plus sûr sur les terres du palais ; personne d'autre que les Hérauts ne venait ici sans invitation. Il ne devrait pas y avoir d'incident provoqué par l'intrusion d'un étranger surgissant par inadvertance au mauvais moment.

Le groupe qui attendait près du Temple, lequel paraissait mis à neuf par la neige immaculée qui l'entourait, était composé de Jaysen, Donni et Mardic, sans oublier Lissa. Seulement deux Compagnons étaient présents ; Kellan et Yfandes. Les Compagnons avaient tendance à éviter le Bosquet sauf dans le cas où un Héraut mourait. Vanyel était affaissé sur la selle d'Yfandes, enveloppé dans le manteau le plus chaud qu'avait pu trouver Savil, et suffisamment harnaché pour que son Compagnon puisse combattre ou fuir sans le perdre.

Évitez…, pensait Savil, quelque peu superstitieuse. *Faites qu'il n'y ait aucune raison pour qu'elle doive combattre. Nous avons eu suffisamment de malchance sans que cela nous échoie en plus.*

Elle fut la première à se placer à côté de lui ; les poignets de Vanyel étaient tenus par un lien lâche accroché au pommeau de la selle. Les fers des étriers avaient été retirés, probablement rangés dans l'un des ballots à l'arrière de sa selle, leurs courroies transformées en sangles qui liaient ses mollets à la selle elle-même. Il était ceinturé par deux tours au niveau de la taille ; une fois au pommeau, une fois à la partie supérieure du troussequin, utilisant les anneaux de la selle dont c'était la fonction première. Il n'allait pas pouvoir s'en défaire.

Andrel vint la rejoindre en se mettant à son côté ; il tendit la main et entrouvrit l'une des paupières de Vanyel. Le garçon ne réagit pas le moins du monde, ses pupilles semblables à des pointes d'épingles. L'œil du Guérisseur se perdit dans le vague pendant un instant tandis qu'il « lisait » le garçon ; puis il hocha la tête avec satisfaction.

— Cela devrait aller pour lui, Savil. Plus de remèdes, cependant, après cela. Même si tes chers amis…

Savil secoua la tête.

— Ils n'aiment pas ce genre de médecine. Pour quelque raison que ce soit. Les drogues que tu lui as administrées entraînent trop aisément l'addiction.

— Je ne les aime pas non plus, mais il y a des moments où on n'a pas d'autre choix, et il s'agissait de l'un de ceux-là. (Andrel toucha la main du garçon ; ses yeux verts s'assombrirent tandis qu'il méditait ses pensées pendant quelques instants.) Dieux ! J'espère que tu es dans le vrai au sujet de ces gens ! Ses biefs ne sont pas encore totalement guéris.

— S'ils ne peuvent nous aider, personne d'autre ne le pourra.

Savil tourna le dos à sa charge semi-consciente pour faire face à la porte du Temple, et elle adopta l'état d'esprit approprié afin d'invoquer son sortilège.

Pour ériger un Portail…

Il s'agissait du plus personnel des sortilèges. Une seule personne pouvait s'en charger, car seul un esprit pouvait diriger l'énergie nécessaire pour l'ériger. L'ensorceleur devait posséder une notion particulièrement précise de l'endroit où ce Portail allait déboucher, deux personnes ne pouvant jamais posséder une image mentale identique d'un même lieu. En tous les cas, seule Savil avait pénétré en territoire k'Treva dans les Pélagirs. Elle ne pouvait pas être alimentée en énergie par un autre Héraut-Mage, car elle aurait besoin de chaque once de sa concentration pour le Portail et n'en aurait pas assez pour canaliser l'apport d'énergie. Et enfin, du fait que celle-ci devait être dirigée de manière tellement intériorisée, elle ne pouvait provenir que d'un seul endroit…

De *l'intérieur* du bâtisseur du Portail. Ou, peut-être, d'une âme liée au bâtisseur du Portail ? Le lien à vie se situait à un niveau si profond qu'il n'était pas conscient, alors peut-être était-ce la raison pour laquelle Tylendel avait réussi en utilisant Vanyel comme source d'énergie.

Le pouvoir nécessaire pour ériger un Portail était du type qui pouvait être emmagasiné. Mais, tout comme un récipient ne pouvant contenir qu'une certaine quantité de liquide, un Mage ne pouvait retenir qu'une certaine densité d'énergie à l'intérieur de lui-même. Savil s'était préparée à cela ; elle pouvait se recharger en un jour lorsque le sortilège serait accompli et le Portail éliminé. Mais, durant cette période critique de vingt-quatre marques de la bougie graduée, elle serait épuisée, au niveau physique, mental et magique.

Pas le temps de penser à cela. Au travail, ma chère. Premièrement, le Portail, puis l'Entrelacement.

La porte du Temple avait été utilisée en vue de la Téléportation de si nombreuses fois auparavant qu'elle n'avait besoin d'aucune préparation particulière. Elle n'avait besoin que… d'atteindre…

Elle leva les mains, ferma les yeux et se focalisa si précisément que tout ce qui se trouvait autour d'elle disparut de son attention. Il n'y avait plus que la puissance à l'intérieur d'elle-même, et le lieu qui serait à l'origine du Portail.

J'invoque le Portail…

Elle moula cette puissance dans un cadre sur le contour même de la porte ; le construisant strate après strate, jusqu'à ce qu'il soit suffisamment solide pour agir comme une ancre qui permettrait de retenir cet endroit lorsqu'elle déformerait l'espace sur lui-même.

Puis elle fit tournoyer des filaments d'énergie à partir de ce cadre ; ils dérivèrent vers l'extérieur, en quête de quelque chose.

Ceci est l'endroit, leur dit-elle, souhaitant silencieusement qu'ils trouvent dans le monde réel la copie de l'image qui s'était formée dans son esprit. *Où les rochers ont cette forme et où les arbres poussent* ainsi, *et où la sensation de la terre est ainsi…*

Ils tournoyaient vers l'extérieur par volutes, plus allongés, plus fins, plus atténués. Lorsqu'ils faiblissaient, elle les revitalisait à partir de l'intérieur d'elle-même, faisant tournoyer sa propre substance vers l'extérieur, la sentant s'extraire de son corps.

Elle perdait à présent de la force ; elle avait l'impression de perdre du sang. Et la puissance ne se drainait plus simplement d'elle, elle était attirée d'elle par le Portail même. C'était là le plus grand péril pour un Héraut-Mage ; elle devait combattre le Portail pour l'empêcher de la drainer au point d'en perdre connaissance.

Puis l'un de ces filaments chercheurs d'énergie se connecta à quelque chose, au-delà de la portée la plus éloignée de ses sens ; un autre suivit…

Il se produisit une explosion silencieuse de lumière qu'elle put voir même au travers de ses paupières closes, et le Portail s'entrelaça de lui-même en un instant, en un ensemble temporaire mais stable.

Elle laissa retomber ses mains, ouvrit les yeux, et vacilla à cause de l'épuisement extrême qu'elle ressentait ; Kellan arriva juste à temps près d'elle pour lui permettre de s'accrocher au pommeau de sa selle et lui éviter de tomber.

La porte du Temple ne se trouvait plus à l'intérieur de son cadre. Au lieu de cela, le marbre blanc, scintillant dans la lumière vive du soleil, encadrait comme un fragment étrange et déformé de paysage.

— C'est là où tu vas ? s'enquit Jaysen d'un ton sceptique, en regardant les masses étranges des rochers, la neige et le sable visibles au-delà du Portail.

La neige tombait là-bas de nuages noirs et bas ; de gros flocons descendaient en flottant dans l'air calme et lourd. Savil hocha la tête.

— Oui, c'est bien là ; il s'agit de la limite des Pélagirs près du territoire d'Étoilevent. L'autre extrémité est l'entrée d'une caverne, nous aurons ainsi un abri de l'autre côté jusqu'à l'arrivée d'Étoilevent et de Danselune.

— Et s'ils n'arrivaient pas ? demanda Jaysen. Savil, je ne parviens pas à me faire à l'idée de vous savoir seuls tous les deux dans un tel endroit. Le garçon se trouve dans un état de quasi-inertie, et tu es épuisée.

— Jays, il est possible qu'ils ne te jettent qu'un coup d'œil avant de te trucider s'ils n'ont pu me voir ici en ce moment même en ta compagnie, dit-elle, s'accrochant à sa selle et essayant de rassembler suffisamment de force pour pouvoir y grimper. Ils sont incroyablement territoriaux et secrets, et pour cause. Réfléchis une minute, veux-tu ? Ils doivent savoir que quelqu'un a manipulé le sortilège, volant des créatures qu'ils pensaient être enfermées et ne présentant de ce fait aucun danger. S'ils repèrent un étranger et sentent qu'il possède le Don de la Magie, ils frapperont probablement en premier, puis poseront les questions à son cadavre. Et je parle de la réalité. Je prends suffisamment de risques en emmenant là-bas le garçon, il a vraiment besoin d'aide, et est marqué comme m'appartenant.

Puis elle abandonna toute tentative de se montrer forte et indépendante.

—Remonte-moi le moral, veux-tu ? lui demanda-t-elle humblement.

Jaysen fit encore mieux ; avec l'aide d'Andrel, il la souleva et l'installa sur sa selle.

—As-tu tout ce dont tu as besoin ?

—Je pense. (En vérité, elle était bien trop fatiguée pour réfléchir.) Envoyez le bois à brûler dans l'ouverture.

Quatre lourds fagots de bois sec furent balancés dans le Portail, atterrissant dans la neige de l'autre côté.

Vanyel gémit à côté d'elle ; elle put voir que ses traits étaient tirés par la souffrance. *Il le sent, comme le pensait Andy. Nous ferions mieux de nous hâter.*

—Mardic…, appela-t-elle doucement. Donni…

Les protégés de Savil s'approchèrent de son étrier, l'air solennel ; elle tendit les mains dans leur direction, et partagea avec eux un moment d'intimité pendant lequel leurs esprits fusionnèrent, et qui était bien plus qu'un « adieu » : c'était un partage. Sa fierté, ainsi que son amour et sa bénédiction pour eux, et leur amour et leurs encouragements pour elle.

—Lissa…

La jeune femme s'avança pour se placer à côté des élèves.

—Je ne sais comment te remercier, commença Savil, embarrassée, comme toujours, avec les mots.

—Remerciez-moi en ramenant Vanyel à la maison en bonne santé, répondit Lissa avec ferveur. C'est tout ce que je souhaite.

Elle tendit la main pour serrer une seule fois celle de Savil, avant de reculer.

Les jeunes gens s'écartèrent, et Jaysen et Andrel prirent leur place de leur propre chef. Elle serra la main à chacun d'eux, en fermant de nouveau les yeux et en s'ouvrant à eux en une fusion encore plus intime que celle partagée avec ses élèves, car il n'y avait aucun secret entre eux trois, et rien de refoulé. Elle n'avait dit ni à Mardic ni à Donni qu'il s'agissait peut-être d'un voyage sans retour. Si elle échouait avec Vanyel, il pouvait très bien les détruire tous les deux, étant donné l'incroyable puissance de ses Dons. Même à présent, il gémissait de nouveau dans sa somnolence due aux drogues, sentant les énergies émanant du Portail malgré une dose de narcotiques qui aurait rendu un Doué possédant moins de sensibilité inconscient pendant une semaine entière.

Un court instant, elle ressentit de la colère. *Il pourrait nous tuer, et le faire sans même le savoir. Oh, dieux ! Dieux ! vous le lui devez bien, bon sang ! Vous lui avez pris son amour… donnez-lui au moins quelque chose en retour.*

Mais elle se sentait trop fatiguée, trop épuisée pour entretenir sa colère contre la destinée ou contre les dieux ou… contre quoi que ce soit d'autre. Particulièrement parce qu'il pouvait vraiment s'agir d'un adieu.

Ce fut donc un instant où elle demanda pardon à ses amis pour tout ce qu'elle avait pu faire dans le passé… ils le lui donnèrent et lui demandèrent également son pardon, qu'ils reçurent.

Lorsqu'elle leva sa tête pesante et fatiguée, les deux paires d'yeux, verts et gris, qui croisèrent les siens brillaient de larmes qui ne parvenaient pas à couler… du moins pas pour le moment. Elle leur serra les mains, avant de les lâcher ; ils s'éloignèrent de quelques pas tandis qu'elle se redressait sur sa selle, prenait une profonde inspiration et faisait face au Portail et au paysage gris s'étendant au-delà. Il n'avait pas l'air plus accueillant qu'auparavant. Il ne servait à rien de traîner.

—*D'accord, Kellan*, dit-elle par l'Esprit. *Allons-y.*

Et ils chevauchèrent dans ce maelström vertigineux à vous retourner l'estomac qu'elle haïssait tant.

Savil se blottit à côté du feu, les jambes repliées sous elle, se contraignant à rester éveillée. Il n'y avait pas le moindre souffle de vent, que les dieux en soient remerciés ; la caverne se réchauffait assez rapidement. Pourtant, il y régnait une odeur d'humidité, ainsi que de moisi des feuilles à moitié décomposées qui y avaient pénétré avec les vents d'automne. Cette humidité signifiait que, si elle laissait mourir le feu, la caverne se refroidirait très vite, un froid qui pénétrerait même leurs épais manteaux de laine.

Lorsqu'elle eut démantelé le Portail, il lui resta juste suffisamment de force pour préparer le feu et le faire partir avec le charbon qu'elle avait emporté dans une boîte à feu. Cette tâche terminée, elle s'était écroulée sur le sable à proximité, en attirant Vanyel tout près d'elle. Il était à présent blotti contre elle, enveloppé à l'intérieur de son manteau, la tête posée sur ses genoux ; il tremblait comme un roseau dans le vent. De temps à autre, il poussait un gémissement et semblait vouloir attraper quelque chose qui lui échappait ; elle l'apaisait, le faisant replonger dans le sommeil, lui caressant les cheveux jusqu'à ce qu'il se rende compte finalement qu'elle était toujours là et qu'il se calme un peu.

La traversée du Portail l'avait mis à rude épreuve, aussi durement qu'elle l'avait craint. Lorsqu'elle était revenue pour le faire descendre du dos d'Yfandes, il venait d'émerger à moitié de sa somnolence droguée ; ses yeux étaient grands ouverts, ses mâchoires serrées. Il avait été retenu, paralysé, non pas par les drogues, mais par une terreur et une souffrance vagues et accablantes. Il avait fallu une marque de bougie graduée pour de nouveau l'apaiser.

Quelque part juste à l'extérieur se trouvaient Kellan et Yfandes, montant une garde vigilante sous l'averse de neige. Les pauvres créatures étaient toujours harnachées – elle était à peine parvenue à dessangler Vanyel de sa selle avant de s'écrouler à côté de lui. Elle avait presque oublié d'activer le Talisman de la Sœur d'Aile. Il avait fallu que Kellan le lui rappelle précisément pour la faire émerger de son brouillard d'épuisement suffisamment longtemps : elle s'était piqué le doigt et avait laissé trois gouttes de sang couler dessus.

Le souvenir se précisa, ensuite, aussi nettement que si elle avait fait ses adieux aux Frères du Faucon la veille, et non des années auparavant.

— Le sang appelle le sang et le cœur appelle le cœur, lui avait dit gravement Étoilevent, ses yeux bleu métallique focalisés intérieurement. Il avait levé sa paume tailladée au-dessus du Talisman de la Sœur d'Aile, constitué de fils d'argent et de cristaux, et son sang tomba goutte à goutte sur le centre de pierre de l'objet, teintant le cristal transparent d'une couleur rubis.

Savil l'observait en silence, sentant la puissance qui circulait avec fluidité et s'entrelaçait en un motif complexe de cristal arc-en-ciel et de fil argenté.

Cela ne ressemblait en rien au type de magie qu'elle utilisait habituellement ; cela n'avait pas grand-chose à voir non plus avec ce que les Frères du Faucon lui avaient enseigné. Il s'agissait d'une pratique magique plus ancienne, ancestrale, remontant peut-être aux temps des Guerres des Mages, ces conflits qui avaient dévasté le monde et fait des Pélagirs un champ de ruines tordues et tout empreint des mystères de la magie. Elle avait ressenti un léger frisson, et Étoilevent avait levé les yeux, l'un de ses brefs et rares sourires illuminant son visage un instant.

Puis il avait refermé sa main ; Danselune en avait touché le dos, et il l'avait de nouveau ouverte. L'entaille dans sa paume avait été guérie à la vitesse d'une pensée. À dix-huit ans, le jeune étranger s'étant lui-même donné le nom de « Danselune » était bien parti pour devenir l'un de ces Mages rarissimes, un Adepte-Guérisseur.

Étoilevent avait alors fixé le Talisman à sa place sur le masque de plumes et de perles de cristal ; il ressemblait à un diadème de la taille d'une paume, perché au niveau du front du masque, au-dessus des fentes pratiquées pour les yeux. Il avait tendu le masque à Savil en désignant le Talisman.

— Lorsque tu auras de nouveau besoin de nous, viens, et laisse trois gouttes de ton sang tomber sur la pierre centrale. J'en aurai connaissance et viendrai te rejoindre.

Pendant toutes ces années, le rouge écarlate du cœur de pierre ne s'était pas atténué. Elle espérait seulement qu'il en était de même pour le sortilège qui y était attaché. Il lui semblait, dès l'instant où son sang le toucha, que le cœur de pierre se mettait à vibrer en émettant une faible lueur de l'intérieur. Mais il aurait pu s'agir du reflet tremblant du feu, ou de sa propre vue chancelante ; elle était trop fatiguée pour le dire, et trop épuisée pour sentir l'énergie, même si celle-ci se mettait à circuler sous ses yeux.

Vanyel s'agita à son côté, ramenant ses genoux plus étroitement contre sa poitrine. Elle se déplaça légèrement, heureuse que le sol de la caverne soit recouvert de plusieurs centimètres de sable doux et sec.

Mon pauvre enfant, songeait-elle, son esprit assombri par le désespoir. *Je ne sais que faire avec toi. Tu t'évertues à solliciter mon soutien, et je veux te l'offrir, mais je ne peux pas, je ne le dois pas. Si je le fais, tu retomberas directement dans le même type de relation que tu entretenais avec le pauvre 'Lendel.* Elle caressa les fins cheveux soyeux sous sa main, et son cœur se serra douloureusement pour lui. *Tu ne sais plus quoi penser maintenant, n'est-ce pas ? Tu as peur de toucher de nouveau, de t'ouvrir, tu es empli d'une frayeur et d'une souffrance telles... Dieux ! lorsque tu as dit à Withen que rien ne pourrait jamais plus te rendre heureux...*

Elle déglutit, essayant de ravaler la boule qui s'était formée dans sa gorge et qui menaçait de la suffoquer, et elle cligna des paupières en regardant les flammes dansantes, puis elle ferma ses yeux qui la piquaient et sentit des larmes perler. *Étoilevent, mon vieil ami,* pensa-t-elle désespérément, *où es-tu ? Je suis complètement dépassée par les événements ; je ne sais plus que faire. J'ai besoin de ton aide...*

— *Et elle t'est offerte, sœur-de-mon-cœur.*

Elle sursauta. Il se produisit un tourbillon de neige à l'entrée de la caverne, blancor et ombre dans la lumière dansante du feu. Aucun des Compagnons n'avait donné l'alerte...

Mais, lorsque la neige retomba au sol et que sa vue s'éclaircit, il était là.

Il n'avait pas changé, pas du tout.

« L'Épée de Glace », l'avait-elle appelé lorsqu'elle l'avait vu pour la première fois.

Une longue chevelure argent descendit jusqu'en dessous de sa taille lorsqu'il repoussa en arrière la capuche de son manteau blanc, laissant la masse soyeuse retomber librement. Son visage ne présentait toujours aucune ride, même pas au pourtour de ses yeux en amande bleu métallique ; sa silhouette était toujours aussi élancée et droite, toujours aussi mince que celle d'un jeune homme. Seule la profondeur de ses yeux révélaient sa maturité, ainsi que l'aura de puissance qui émanait en vibrant de sa personne. Aucun Mage ne pourrait jamais douter qu'il s'agisse d'un Adepte, particulièrement puissant de surcroît.

Il lui sourit et tendit les mains.

— Bienvenue, sœur-de-cœur, Sœur d'Aile Savil, lui dit-il dans la langue liquide *Tayledras*, se glissant vers elle pour prendre dans les siennes les mains qu'elle levait vers lui.

» Toujours bienvenue, et bien venue te voilà.

— Étoilevent, *shaydra*, sa vue s'assombrit pendant un moment et, lorsqu'elle s'éclaircit de nouveau, l'Adepte *Tayledras* était agenouillé à son côté, l'aidant à se redresser.

— Savil, femme entêtée et impétueuse, la sermonna-t-il, tandis qu'elle sentait une irruption d'énergie provenant du centre d'Étoilevent vers le sien.

Elle vacilla légèrement, et il la soutint.

— Y avait-il vraiment une telle impérieuse nécessité de t'épuiser jusqu'à n'être plus qu'une apparition spectrale pour te téléporter jusqu'ici ?

— Cette nécessité… Elle écarta les pans de son manteau, dévoilant le garçon blotti contre son flanc, les traits du visage tirés par la souffrance.

— Dieu de mes pères !… (Il tendit sa main libre pour effleurer le front de Vanyel. Il la retira comme s'il avait ressenti une brûlure.) Déesse de mes mères ! que m'as-tu amené ici, ma sœur ?

— Je ne sais, dit-elle, s'affaissant de lassitude contre lui. Ses biefs se sont ouverts par explosion, et il ne peut guérir… et pire encore… je suis trop fatiguée pour tout te raconter à présent. Tant d'événements se sont produits, et pour nous deux… je ne peux simplement plus penser à ce que je devrais faire. Je sais seulement qu'il souffre, et que je suis impuissante à l'aider, et si je l'avais laissé là où il était, au mieux il se serait détruit lui-même et, au pire, il aurait anéanti la moitié de la capitale.

— Ton jugement me paraît tout à fait juste, répondit Étoilevent en s'accroupissant et en contemplant le garçon d'un air dubitatif. Il y a tant de potentiels en lui… cela m'effraie. Et une telle noirceur d'âme… non, Sœur d'Aile, non pas malfaisante ; il n'y a rien de mauvais en lui. Juste… un gouffre de ténèbres. Le désespoir en constitue une partie, mais… le déni de ce qu'il est et doit devenir en est une autre. Une obscurité volontaire ; il se refuse à voir, je crois.

— Tu perçois davantage que moi, lui dit-elle en frottant son front douloureux. Je n'ai pas le droit de te le demander, mais… m'aideras-tu à m'occuper de lui ? Peux-tu m'aider ?

La lueur du feu transformait la glace de son regard en une flamme bleu or.

— Tu as le droit, de sœur à frère, de demander tout ce que tu désires de moi. Ne m'as-tu pas offert le plus grand de tous les présents, en la personne de mon *shay'kreth'ashke* ?

Elle ne put réprimer un léger sourire à cette évocation. Présenter à Étoilevent un autre garçon il y avait de cela de nombreuses années avait été l'une des rares bonnes actions qu'elle ait jamais parfaitement accomplie.

—Où se trouve donc Danselune ?

—*Danselune est debout dans la neige, défendant sa tête et son âme. En train d'empêcher une étrangère-*lasha'Kaladra *de ne faire de moi qu'une bouchée*, lui parvint la réponse teintée de rire. *Je lui ai fait peur. Elle ne me fait pas confiance, je crois.*

—*Kellan...*, dit Savil par l'Esprit d'un ton las.

—*Il a brusquement surgi sous le nez d'Yfandes et lui a presque fait expulser son foie de frayeur, Élue*, répondit Kellan d'un air contrit. *Elle s'est attaquée à lui avant même que nous ayons compris de qui il s'agissait. Tout va bien à présent, il fait simplement amende honorable.*

—*Cieux limpides, Kell,* tu *sais qui il est, au moins!* dit-elle d'un ton sec, sa fatigue lui faisant perdre toute patience.

—*Plus maintenant...*

—J'ai bien peur d'avoir grandement changé, Sœur d'Aile, dit Danselune d'un air contrit, debout dans l'entrée. Et je crains également d'en avoir même oublié que c'était le cas.

Savil regarda par-dessus l'épaule d'Étoilevent et en resta bouche bée ; Étoilevent posa un doigt sous son menton, et lui referma la mâchoire avec un petit rire.

—Très grands dieux! dit-elle après un instant de silence abasourdi.. Comme tu as changé !

Le Danselune qu'elle avait connu jadis – il ne portait pas alors le nom de « Danselune » depuis bien longtemps – était châtain avec des yeux bruns, et aussi ordinaire qu'une cabane de paysan. Rien d'ailleurs de surprenant pour quelqu'un ayant des origines campagnardes. Mais à présent… à présent ses cheveux étaient aussi longs et aussi argentés, et ses yeux aussi bleu métallique que ceux d'Étoilevent. Les traits de son visage étaient toujours les mêmes ; carrés à la différence du visage en triangle d'Étoilevent, pourtant les pommettes étaient bien plus proéminentes que dans le souvenir de Savil, et son corps avait évolué de l'apparence empotée de l'adolescence vers une minceur gracieuse si semblable à celle d'Étoilevent qu'ils auraient pu passer pour frères de naissance plutôt que de sang.

— *Même son* odeur *est différente*, se plaignit Kellan.

— Comment as-tu accompli ce miracle ? lui demanda Savil.

Danselune fit un mouvement souple des épaules, repoussant les pans de sa cape blanche, révélant qu'il ne portait que de fins hauts-de-chausses gris et un justaucorps de cuir gris sans manches, et qu'il était chaussé de bottes assorties. Savil tressaillit, se souvenant que les *Tayledras* ne semblaient jamais remarquer le froid.

— C'est la magie que nous pratiquons, dit-il. Elle fait de nous ce que nous souhaitons être. Du moins je le crois.

— Comme toujours, voilà une simplification à outrance, le corrigea tendrement Étoilevent. *Ka'sheeleth*. Savil nous soumet un problème. Viens jeter un coup d'œil à ce garçon…

Danselune s'avança d'un pas leste pour venir prendre place à côté de Savil et, s'accroupissant, il se mit à étudier le visage de Vanyel pendant un instant.

— *Hai'yasha*, souffla-t-il. *Shay'a'chern*, humm ? Et tout perdu d'amour ? Non, c'est plus profond que cela. (Il tendit la main comme l'avait fait précédemment Étoilevent pour toucher le front de Vanyel mais, à la différence d'Étoilevent, il ne la retira pas.) *Ai'she'va*... Mères les plus Sacrées ! Quelle souffrance ! (Ses mâchoires se serrèrent et ses pupilles se contractèrent jusqu'à ne plus sembler que des têtes d'épingles.) Désespéré, et dépossédé de *shay'kreth'ashke*. (Son visage revêtit la sérénité d'une statue.) Il est à présent pion... pion il a été auparavant..., dit-il, sur un ton catégorique, sa voix baissant de la moitié d'une octave. Le pion de ce qu'il est et ne veut pas être. Mais qu'il le veuille ou non, le pion est en jeu... et le jeu est une épreuve...

— Et quel est ce jeu ? s'enquit Étoilevent dans un murmure.

Danselune hésita, puis son visage s'anima tandis qu'il haussait de nouveau les épaules et que ses pupilles reprenaient leur apparence normale.

— Aucun moyen de le savoir, répondit-il en retirant lentement sa main du front de Vanyel. Cela dépend entièrement s'il décide volontairement de devenir autre chose qu'un pion. L'Enseignement te revient, je pense, dit-il, en regardant l'Adepte brusquement. Il semble qu'il possède tes pouvoirs. En ce qui concerne la guérison, je pense qu'il s'en chargera lui-même de moitié, s'il parvient à guérir...

— Et l'autre moitié t'incombe, affirma l'Adepte avec un sourire ironique.

Danselune retourna le poignet de Vanyel vers le haut, révélant la cicatrice qui le parcourait en travers, puis il retourna sa propre main, et la lueur du feu illumina cette trace qui circulait de la main à la peau dorée du bras jusqu'à mi-chemin vers le coude ; une cicatrice qui suivait le parcours de la veine bleue palpitant sous la peau.

— Qui serait en effet le plus compétent ? s'enquit-il. Je crois que nous avons quelque chose en commun.

Savil vacilla de nouveau, surprise par un vertige soudain, et Étoilevent la retint par les épaules afin de l'aider à conserver son équilibre.

— Tu as besoin de repos, lui dit-il, l'air inquiet. Préfères-tu le prendre ici, ou peux-tu encore chevaucher quelque temps ?

Savil songeait avec envie à s'allonger simplement à l'endroit où elle se trouvait, puis réfléchit à l'idée de pouvoir se reposer dans un bon lit.

Et également aux Compagnons, dehors sous la neige, toujours harnachés.

— Les Compagnons sont capables de porter une double charge, et ils le feront, soupira-t-elle, se sentant quasiment proche de l'évanouissement. Si vous voulez les chevaucher. Ou nous y harnacher, peu m'importe la décision. Mais je souhaiterais qu'ils soient au chaud.

— Alors, nous allons chevaucher, dit Étoilevent, tandis que Danselune prenait Vanyel dans ses bras comme s'il ne pesait presque rien. L'Adepte plus âgé se mit debout et tendit sa main à Savil, qui fit appel à toute sa volonté pour se remettre péniblement debout.

— Cela n'est pas trop loin, Sœur d'Aile.

— Je l'espère, lui dit-elle sincèrement, tout en avançant en chancelant dans la neige, tandis que Danselune éteignait le feu d'un unique coup d'œil jeté par-dessus son épaule. Parce que, si notre destination est trop éloignée, vous serez obligés de me porter comme le garçon.

Il y eut tout d'abord l'obscurité, puis la paix qui accompagnait cet état tellement spécifique dû à l'effet des drogues : aucune pensée n'existait. C'était la seule fois, ces jours-ci, qu'il ressentait un sentiment proche de la paix, et il apprécia les drogues et le Guérisseur roux qui les lui apportait. En d'innombrables occasions, il espéra que cette fois le Guérisseur avait mal calculé… que cette fois-ci il ne se réveillerait pas.

Puis il y avait la souffrance ; vague mais toujours à proximité. Comme le contact du soleil sur la peau déjà rougie et brûlée. Il parvint à surmonter l'effet des drogues ; il essaya de repousser la souffrance, mais elle continua à le lanciner dans ces zones à demi guéries à l'intérieur de son esprit, lui annonçant davantage de douleur.

Puis… rien d'autre que la douleur ; du feu dans les veines et sous la peau, des flammes dansant le long de ses nerfs à vif et qui incendiaient son esprit. Le feu du Portail, l'énergie du Portail… on ne pouvait s'y méprendre et cela était insupportable, et pourtant cela continua longtemps, au-delà même du moment où il pensait que sa raison allait se briser en mille morceaux ou que son cœur allait cesser de battre. Il hurla, ou du moins il pensa qu'il avait hurlé. Il était égaré dans sa souffrance, et il n'y avait aucune issue… même pas dans la mort, car la douleur ne le laissait pas mourir.

Puis elle s'arrêta. Mais elle le laissa endolori, tous ses biefs brûlés à vif de nouveau, et pire encore, tous les souvenirs qui revenaient de manière récurrente, encore et encore : Gala agonisante, Tylendel se jetant de la Tour, Tylendel reposant mort dans le Temple…

Puis, sans avertissement, vint le rêve.

Il se tenait debout, bloquant le passage, une barricade avec un seul Mage au travers du Col du Bossu. La lumière magique provenant de sa main levée se reflétait sur les visages impassibles et les yeux creux et vides des trois magiciens qui s'opposaient à lui.

Il ne s'agissait pas de l'ancien rêve : celui où il était seul dans la glace. Il s'agissait… de quelque chose de différent. Il pouvait percevoir des sensations, des fragments de signification, là, juste sous la surface, mais il était incapable de les amener là où il pourrait les déchiffrer.

Mais cela semblait… réel. Terriblement réel.

— *Pourquoi t'embarrasses-tu de ces absurdités ?*

La voix provenant d'un endroit dans le dos des magiciens était harmonieuse, avec des intonations mélodieuses. Un nouveau personnage s'avança à grands pas, tandis que les rangs de l'armée soutenant les magiciens s'écartaient pour le laisser passer.

— *Tu es plutôt seul, Héraut-Mage Vanyel.*

L'un des magiciens fit deux pas de côté pour permettre au nouveau venu de faire face à Vanyel.

Il était magnifique ; il n'y avait pas d'autres mots pour le décrire. Un visage et un corps parfaitement ciselés, une chevelure et des yeux ombrés de crépuscule, une assurance, un maintien et une puissance si totale qu'il avait l'impression d'être face à une œuvre d'art.

À l'exception des yeux sombres, il aurait pu être le frère de Vanyel ; sauf qu'il était trop parfait.

Il était revêtu d'une armure d'un noir terne, comme ses soldats, mais ne portait aucune arme. Il n'en avait pas besoin ; il était lui-même une arme en puissance. Il était une arme sans aucun autre but que la destruction et la mort qu'il avait moulées à l'intérieur de sa puissance. À la différence du couteau pouvant trancher pour guérir comme pour blesser, cette arme ne servait aucun autre objectif que la souffrance. Vanyel savait cela autant qu'il se connaissait lui-même.

— Tu es…, répéta le magnifique jeune homme tout en souriant, en choisissant ses mots pour blesser… plutôt seul.

Vanyel acquiesça.

— Tu ne m'apprends rien dont je n'ai conscience. Je te connais. Tu es Leareth.

Ce mot signifiait…

— « Obscurité ». (Leareth se mit à rire.) C'est bien moi. Obscurité. Et voici mes serviteurs. Une expression vieillotte, ne penses-tu pas ?

Vanyel ne dit rien. Chaque instant où il retiendrait Leareth ici correspondrait à un instant supplémentaire pour qu'Yfandes puisse rapidement arriver sur la route avec Tylendel…

… mais Tylendel était mort…

— Tu n'es pas obligé de rester seul, poursuivit Leareth, humectant ses lèvres de sa langue avec sensualité. Tu n'as qu'à tendre la main vers moi, Vanyel, et attirer mon obscurité vers toi… et tu ne seras alors plus jamais seul. Nous pourrions accomplir beaucoup de choses ensemble. Ou, si tu le souhaites… je pourrais même… (Il fit deux pas en avant.) *Je pourrais même faire revenir à toi ton amour perdu depuis longtemps. Pense à lui, Vanyel. Pense à Tylendel… vivant, et de nouveau à ton côté.*

— NON !

Il frappa ce terrible visage si magnifique, le frappa avec toute la force de sa maîtrise… et il pleurait tout en le frappant.

— Des rêves, jeune Vanyel. (Une voix couleur bleu-vert le fit se figer au beau milieu d'un coup qu'il s'apprêtait à assener.) *Ce ne sont que des rêves. Ils se dissiperont telle la brume si vraiment tu le veux.*

L'armée, le col, Leareth, tout tourbillonna en s'éloignant de lui dans une autre sorte d'obscurité ; c'était une obscurité apaisante, et il l'accueillit aussi impatiemment qu'il avait rejeté l'autre.

De la musique calme vert or se mêla à cette nébulosité ; sans la dissiper, mais en la complétant. Elle se tissa un passage dans son esprit et, là où elle allait, elle favorisait la guérison dans son sillage ; dans tous ces endroits à vif et qui saignaient, dans tous ces biefs brûlants. Elle circulait avec fluidité à l'intérieur de lui et il se laissa sombrer, à la dérive, à la dérive, et heureux de dériver ainsi. Elle l'entourait, le baignait dans un baume, jusqu'à ce qu'il ne ressente plus aucune souffrance…

… excepté à l'endroit que Tylendel s'était trouvé… l'endroit qui faisait encore mal à cause du vide…

La musique vert or fut rejointe par une autre, une harmonie bleu-vert comme la voix qui avait parlé pour dissiper le rêve. Et cette musique ne le laissait plus dériver sans but. Elle le guidait ; elle s'était enroulée autour de son âme et il n'avait pas d'autre choix que de suivre la direction dans laquelle elle voulait qu'il aille.

La musique bleu-vert prit la mélodie, celle vert or s'atténua jusqu'à n'être plus qu'un déchant, et la voix parla de nouveau dans ses rêves.

—*Écoute ; tu souhaites avoir du contrôle… voici ton centre : voilà ce qu'est se centrer et voici ce qu'est s'ancrer…*

La musique le guida en une danse dans laquelle il trouva un équilibre dont il n'avait pas soupçonné le besoin considérable, jusqu'au moment où il le trouva. La musique le faisait tourner ; il tourna avec elle, et il sut qu'ayant trouvé ce point d'équilibre il ne le perdrait jamais plus.

—*Ainsi, ainsi, ainsi,* exactement *ainsi*, murmurait la musique. *Maintenant, tu te protégeras toi-même…* d'où *la barrière, vois-tu ? Dense, et elle gardera tout dehors, restant flexible à ta volonté. Toujours ta volonté, jeune Vanyel, tout est volonté et rien d'autre…*

Elle tissa pour lui des murs afin de préserver son esprit de l'intrusion d'autrui ; il vit la manière dont elle procédait et les tissa plus épais, plus solides encore… avant de les effilocher de nouveau jusqu'à obtenir la plus fine des barricades, tout en sachant qu'il pourrait la reconstruire à volonté.

Puis la musique bleu-vert s'atténua, laissant celle vert or porter seule la mélodie. Elle chanta alors pour lui, chantant le repos, chantant la paix, et il rêva. Il rêva qu'il se réveillait, qu'il se déplaçait par la volonté de quelqu'un d'autre, pour se désaltérer et s'occuper de lui-même puis se rendormir. Mais il n'y avait plus un seul rêve qui le faisait souffrir, seuls des rêves remplis de cette musique verdoyante.

Puis il se réveilla – se réveilla réellement – au bruit qu'elle faisait ; des notes voilées et obsédantes qui évoluaient au-dedans et en dehors des mélodies qu'il reconnaissait en partie, sans parvenir à les identifier. Il perçut une odeur de fougères ; l'odeur de jeunes pousses, une bouffée de terre fraîchement retournée, et un soupçon de quelque chose de métallique. Derrière la musique, il entendit le murmure de l'eau qui coulait doucement.

Il n'était plus sous l'effet des drogues. Et les biefs de son esprit à l'intérieur de lui ne le brûlaient ni ne le tourmentaient plus.

Il ouvrit les yeux, lentement.

Il pensa le temps d'un instant insensé qu'il se trouvait suspendu à un arbre. Il était entouré de tous côtés par la végétation, et des branches abondamment recouvertes de feuilles pendaient au-dessus de sa tête. Puis il vit qu'alors que les branches étaient bien réelles, ainsi que les feuilles, elles n'appartenaient pas au même organisme. Elles soutenaient de gigantesques fougères dont les frondes se drapaient vers le bas comme une canopée vivante au-dessus de son lit, et la végétation autour de lui formait comme un rideau de tissu vert, suspendu à un cadre constitué d'autres branchages, chaque voile aussi léger et transparent qu'une toile d'araignée, et découpé pour évoquer une cascade de feuilles. Il n'avait jamais imaginé durant sa vie entière qu'il pouvait exister autant de verts.

De faibles rayons de lumière du soleil se faufilaient au travers des frondes des fougères. Les couvertures – si c'en était – étaient d'un vert plus foncé, comme de la mousse, et aussi douces au toucher que du velours, mais épaisses et pesantes.

Il tenta de se redresser pour s'asseoir, et découvrit qu'il en était incapable. Il était complètement épuisé et n'avait plus aucune force.

La musique au-delà des rideaux cessa et, quelques instants plus tard, les rideaux s'écartèrent.

Vanyel cligna des yeux de surprise devant le jeune homme qui se tenait là debout, encadré par le vert du tissu du rideau ; il avait conscience qu'il le regardait fixement et de manière impolie, mais il ne pouvait s'en empêcher. Il n'avait jamais vu quelqu'un ressemblant à ça…

Un jeune homme à la chevelure argentée comme celle de n'importe quel ancien, avec des cheveux plus longs que la plupart des femmes, et des yeux d'une couleur bleu clair qui le jaugeaient et le soupesaient, remplis de secrets et de pensées que Vanyel ne parvenait même pas à déchiffrer. Il portait un justaucorps vert sans manches, ainsi que des hauts-de-chausses d'un vert plus sombre, et tenait dans la main qui venait de repousser les rideaux une flûte blanche qui semblait avoir été taillée dans du cristal luminescent et opaque.

Vanyel se rendit compte soudain qu'il ne pouvait pas lire les pensées de ce jeune homme ; il y avait là de la présence, mais rien ne se déversait dans son propre esprit.

Il bégaya les premiers mots qui lui passèrent par la tête – pas terriblement intelligents, et certainement pas originaux, cependant.

— Où... où... où suis-je ? Qui... qui es-tu ?

Le jeune homme inclina légèrement la tête de côté, et Vanyel put percevoir l'ombre diffuse d'un sourire tandis qu'il lui répondait, très lentement et avec un étrange accent :

— Eh bien. « Où suis-je ? » m'as-tu demandé : c'est mieux que ce que je craignais. Je redoutais à moitié d'avoir à entendre « qui suis-je ? », jeune Vanyel. (Il inclina la tête du côté opposé, et cette fois son sourire se fit évident.) Tu es en territoire k'Treva dans les collines des Pélagirs et, avant que tu poses la question, ta tante, notre Sœur d'Aile Savil, t'a emmené ici. Nous sommes ses amis ; elle nous a demandé de l'aider à résoudre tes problèmes. Je suis Danselune k'Treva ; je suis *Tayledras*, et j'ai été ton Guérisseur. Tu es couché ici dans mon lit. Est-ce qu'il est à ta convenance ? Étoilevent aurait dit qu'il s'agissait d'un trait d'esprit plutôt idiot, mais je pense que c'est seulement parce qu'il n'y aurait pas pensé le premier.

Vanyel ne pouvait que cligner des yeux d'ahurissement en le regardant.

Danselune secoua la tête avec regret.

— Je vais trop vite pour toi. Les choses simples d'abord. As-tu faim ? Soif ? Souhaiterais-tu prendre un bain ?

Brusquement, il eut faim – et soif – et il prit conscience non sans dégoût que sa peau le titillait du besoin de se laver.

— Ces trois choses, dit-il, un peu hésitant.

— Alors, nous allons remédier à toutes trois.

Danselune referma les rideaux au pied et à la tête du lit, et…

… et tendit la main pour tirer sur les couvertures. À ce moment précis, Vanyel prit conscience qu'il était quasiment nu sous les couvre-lits. Il rougit et s'agrippa à la couverture.

Danselune lui jeta un regard amusé.

— Qui t'a déshabillé et t'a installé là où tu es d'après toi ? lui demanda-t-il. Je t'en fais la promesse, ce n'était pas le vent de l'Est.

Vanyel rougit de nouveau, sans lâcher la couverture toutefois.

— Allons, allons… par ici, mon pudibond…

Danselune tendit la main sur un côté parmi les pans de tissu suspendus, et en détacha quelque chose qu'il lança sur le lit. Vanyel s'en saisit : une robe enveloppante d'une matière verte et soyeuse qui était, heureusement, bien plus opaque que les rideaux. Tandis que Danselune se détournait ostensiblement, il se glissa hors du lit et s'en revêtit.

Et il tendit la main vers l'un des montants du lit car, pris de vertige, la pièce semblait tournoyer autour de lui.

— Je n'y arriverai jamais.

Il sentit un contact apaisant entre ses yeux, et l'espace se stabilisa.

— Viens ! (Danselune lui faisait face, lui tenant les mains tout en l'encourageant.) Garde les yeux sur moi… comme ça. Un pas. Un autre pas. Tu es resté longtemps alité, jeune Vanyel, tu dois quasiment réapprendre à marcher.

Le Guérisseur *Tayledras* marchait à reculons, lentement, tandis que Vanyel le suivait, ne regardant que ses yeux.

Mais il ne bougea pas pour apporter son soutien au garçon de quelque manière que ce soit, à l'exception de cette unique fois où Vanyel trébucha et tomba presque. Alors Danselune le rattrapa ; le soutint jusqu'à ce qu'il parvienne à retrouver son équilibre, ne s'éloignant que lorsque Vanyel fut de nouveau bien ancré sur ses pieds.

Vanyel avait vaguement conscience qu'ils avaient franchi un seuil vers une autre pièce, mais le simple fait de marcher lui coûtait tant de transpiration, d'effort de concentration, qu'il n'osait pas regarder autour de lui. Il sembla que des années soient nécessaires avant que Danselune s'arrête enfin, et le guide en le soutenant par le coude vers un siège taillé dans un rebord rocheux bordant un bassin surélevé, rempli d'une eau tellement chaude qu'elle dégageait de la vapeur.

— À présent, regarde autour de toi. (Danselune désigna le bassin et le reste de la pièce.) C'est le bassin qui sert à la toilette. Voici du savon. Lorsque tu seras propre, va là-bas, dans celui pour se détendre.

Bien que le bassin à côté duquel était assis Vanyel soit profond, il était de petite dimension. À proximité du « bassin pour la toilette » s'en trouvait un autre, bien plus spacieux, d'une plus grande profondeur, et le surplombant légèrement, avec une ouverture sur le côté qui y déversait de l'eau chaude. Les deux semblaient naturels, avec des parois rocheuses et un fond sablonneux.

— Je pense que si faible sois-tu, tu seras capable de trouver ton chemin jusqu'ici. Je reviens tout de suite avec de la nourriture et de quoi te désaltérer.

Le jeune homme hésita un moment, puis, avec la rapidité d'un faucon plongeant en piqué, il se pencha pour déposer directement un baiser sur les lèvres de Vanyel.

— Tu es le bienvenu, jeune Vanyel, lui dit-il, avant que celui-ci ait eu le temps de surmonter sa surprise. Nous sommes très heureux de t'accueillir, Étoilevent et moi-même, et pas seulement par égard pour notre Sœur d'Aile Savil.

Il disparut avant que Vanyel ait eu le temps de réagir.

Vanyel constata que, s'il bougeait lentement et précautionneusement, il ne s'épuisait pas. Il retira la robe et se laissa glisser dans l'eau avec un soupir, puis se savonna et se rinça jusqu'à ce qu'il se sente finalement de nouveau propre. Son bassin se vida par-dessus bord et suivant une rigole creusée dans le sol – où se dirigeait l'eau à partir de là, il ne pouvait dire. Il avait maintenant compris qu'il s'agissait d'une sorte de source d'eau chaude, ce qui expliquait l'odeur forte et métallique perceptible dans l'air.

Une fois que Danselune fut sorti, il avait eu l'occasion d'inspecter méticuleusement les lieux tout en essayant de recouvrer un peu ses esprits. Il semblait n'y avoir aucune « porte » ou quelque chose de ressemblant en cette demeure ; juste des passages. Cette pièce réservée au bain présentait plusieurs niveaux ; au niveau supérieur se trouvait le « bassin pour se détendre », qui cascadait jusqu'au niveau suivant où se trouvait le « bassin pour se laver », qui à son tour se trouvait au-dessus du sol et de la rigole d'évacuation qui y avait été creusée. Il n'y avait aucune fenêtre dans les parois de rochers naturels ; l'ensemble était éclairé par une lucarne qui occupait la totalité du plafond, et des plantes vertes et en fleurs, ainsi que des fougères, étaient posées ou suspendues dans tous les coins. Il n'y avait qu'une seule entrée dans cette pièce, qui menait à la chambre, elle aussi entourée de parois rocheuses et éclairée par le plafond.

Le rebord entre les bassins n'était pas tellement élevé, mais Vanyel dut déployer plus d'efforts pour l'enjamber qu'il l'aurait cru. Une fois dans le bassin plus spacieux, il découvrit que son hypothèse se vérifiait ; de l'eau chaude cristalline bouillonnait du sable au centre de la mare ; quelqu'un avait amélioré la nature en transformant le rocher des parois du bassin en bancs lisses, sous l'eau.

C'était merveilleux ; l'eau était presque à la température idéale, et l'incitait à se détendre qu'il le veuille ou non. Il ferma les yeux et s'adossa, ne pensant à rien, et il ne les ouvrit de nouveau que lorsqu'il entendit des pas légers qui traversaient le sol de pierre en contrebas.

C'était, comme il s'y attendait, Danselune, qui apportait un gobelet en céramique contenant ce qui se révéla être du cidre, ainsi qu'une assiette de tranches de pain, de fromage et de fruits.

—Ne mange pas trop, l'avertit le jeune homme en grimpant au niveau de Vanyel et en déposant son chargement sur le rebord du bassin du côté de sa main droite. Cela fait trois semaines que tu n'as pas vraiment avalé de nourriture, et tu as passé plusieurs jours sous sédatif.

—Trois semaines ?

Danselune haussa les épaules.

—Tu avais besoin d'une guérison, que ton bon Guérisseur Andrel ne pouvait t'offrir. Je pense qu'aucun Guérisseur parmi ton peuple n'aurait pu t'administrer ce type de soin ; ils ne savent absolument rien au sujet de la guérison des blessures provoquées par la magie, ils ne connaissent que celle pour traiter la maladie et les accidents. Il s'agit d'études que quelques rares individus ont suivies, et la plupart sont des *Tayledras*. Mange, jeune Vanyel. Les herbes dans le pain et la boisson te redonneront des forces.

—Où… où est Savil ? demanda-t-il, soudain quelque peu inquiet de se retrouver seul en présence d'un étranger.

— En compagnie d'Étoilevent. Elle est épuisée, au niveau du corps comme de l'âme. Cette… chose qui s'est produite. Cela représente un profond chagrin pour elle, ainsi que pour toi. Son cœur est aussi douloureux, je pense. Ce sont des amis de longue date, mon *shay'kreth'ashke* et Savil, et il n'y a pas l'ombre d'un secret entre eux, mais beaucoup d'amour. Elle a besoin d'un tel amour. Peut-être même plus que toi, car elle n'a eu personne pour la soutenir.

Vanyel l'avait scruté du regard à ces mots : le terme *ashke* l'avait frappé aussi violemment qu'une claque assenée froidement en pleine figure, et faisait battre son cœur douloureusement.

Danselune baissa les yeux sur lui, une expression inquisitrice dans le regard. Il observa Vanyel pendant un moment, puis s'éclaircit la voix et détourna les yeux, délibérément.

— J'ai quelque chose à te dire, et je souhaiterais que tu réfléchisses.

Vanyel posa son gobelet de cidre et attendit la suite avec appréhension.

— J'ai partagé tes pensées ; je te connais davantage que quiconque, à l'exception, peut-être, de ton *shay'kreth'ashke*.

Danselune changea de position pour se retrouver assis adossé au bassin, appuyant son poids sur ses mains et regardant les nuages visibles par la lucarne. Il faisait très attention de ne surtout pas regarder Vanyel.

— Comme tu l'auras deviné, poursuivit-il, je suis *shay'a'chern*. Comme l'est Étoilevent. Ainsi que toi. (Il lança à présent un très bref regard oblique vers Vanyel.) Je suis un Adepte-Guérisseur et je guéris bien plus que les gens, je guéris les lieux. Je connais le monde naturel comme le peut seulement quelqu'un souhaitant y restaurer l'équilibre. Voici ce dont je voulais te parler. Dans tout l'univers, il existe d'autres créatures que l'homme qui forment des couples durant leur vie entière. Parmi celles-ci, quelques-unes des plus nobles – les loups, les cygnes, les oies, les grands rapaces – toutes des créatures dont l'homme pourrait s'inspirer de bien des manières. Et avec toutes, toutes, il y a ces couples, de temps à autre, de même sexe. Pas fréquemment, mais on en entend parfois parler.

Vanyel se retrouva dans l'incapacité de faire le moindre mouvement, incapable d'anticiper la direction que prenait cette conversation.

Puis Danselune baissait à présent les yeux afin de capter et retenir ceux de Vanyel en une union indestructible de regards et de volonté.

— En toi il y a une peur, une honte, placée là par tes propres doutes et les pensées de quelqu'un qui n'en savait pas plus. Je te suggère de réfléchir à cela : l'accouplement *shay'a'chern* se produit dans la nature. Alors que signifie « surnaturel » ? Habituel ? non ; et indésirable pour les espèces, oui, sinon elles disparaîtraient par manque de progéniture. Mais pas surnaturel. Les bêtes des champs sont innocentes comme l'homme ne pourra jamais l'être lui-même, en possession de la connaissance du bien et du mal et du choix intermédiaire, et elles ne rejettent pas le *shay'a'chern*. Il y avait un amour considérable entre toi et ton *shay'kreth'ashke*... seulement de l'amour. Il n'y a aucune honte à aimer.

Vanyel ne parvenait plus à respirer ; il ne pouvait voir que ces yeux bleu métallique.

— Je pense avoir appris au moins ceci : là où il y a de l'amour, le reste n'a que peu d'importance, et les dieux en sont heureux. J'ai pu observer ceci : ce qui se produit dans la nature vient par la main de la nature et, si les dieux n'approuvaient pas, cela n'existerait pas. Je t'offre ces éléments en nourriture pour ton cœur et ton esprit.

Une fois encore, avant que Vanyel puisse bouger, il se pencha délibérément pour l'embrasser, mais sur le front cette fois.

— Je te laisse un instant avec ces deux types de nourriture. (Il sourit et fit à Vanyel un clin d'œil comme au ralenti.) Comme tu ne vas pas rester dans ce bassin pour l'éternité, je dois aller te trouver quelques vêtements. Personnellement cela ne m'ennuierait pas, mais ta tante semble de plus en plus en proie à l'anxiété et a exprimé le souhait de te voir réveillé et conscient, et nous ne voudrions pas la faire rougir, humm ?

Et, sur ces mots, il sauta du rebord du bassin au sol, avant de disparaître de nouveau.

Chapitre 12

— Tiens !

Danselune, une ride d'inquiétude se creusant entre ses sourcils, fut de retour en quelques instants avec une serviette et ce qui ressemblait à des vêtements pliés ; de couleur verte, comme les siens.

— Tu vas devoir t'occuper de toi-même, je le crains. Il y a quelques problèmes, et l'on m'a appelé pour que je m'en charge. Étoilevent et Savil viendront te rendre visite sous peu. (Il hésita un moment, visiblement indécis.) Pardonne-moi, mais je dois y aller.

Il déposa son chargement sur le rebord du bassin et sortit en courant en un clin d'œil.

Dieux !… Je me sens comme quelqu'un dans une histoire, qui s'est endormi et se réveille une centaine d'années plus tard. Cela semble si difficile de penser… comme si j'étais encore à moitié endormi.

Il s'habilla avec lenteur, essayant de rassembler ses pensées, ce qui lui semblait être une tâche ardue. Il se souvenait – vaguement – de Savil lui disant qu'il était trop malade pour qu'Andrel puisse l'aider ; et il se rappelait très bien – malgré le brouillard instillé par les drogues qui embrumait les mots – qu'on lui disait qu'elle s'apprêtait à l'emmener pour le confier à certains de ses amis. Il avait porté peu d'attention à ce qui pouvait lui arriver à ce stade.

Soit il était beaucoup trop drogué pour s'en préoccuper, soit il souffrait trop.

Vraisemblablement, Danselune et Étoilevent, l'absent, étaient ces amis qu'elle avait mentionnés. Ils étaient tout aussi étranges que ces masques bizarres faits de perles et de plumes que Savil avait accrochés à son mur. Comme l'était également cet endroit. Où qu'il soit.

Il passa la tunique d'un vert profond par-dessus sa tête, et prit brusquement conscience de quelque chose. Il n'était plus sous l'effet des drogues – et il n'avait plus mal non plus. Ces zones dans son esprit qui l'avaient brûlé… il pouvait encore les sentir, mais elles ne le faisaient plus souffrir.

Danselune dit m'avoir guéri. Est-ce pour cette raison que j'ai l'impression de le connaître à moitié? Tayledras. *Tante Savil ne nous a-t-elle pas raconté un tas d'histoires à leur sujet? Je pensais qu'il s'agissait seulement de cela… des histoires. Pas réelles.* Son regard suivit les contours de la pièce étrange, à demi construite, à demi naturelle, chaque partie s'intégrant si parfaitement à l'autre qu'il pouvait à peine dire où l'intervention de la nature s'était arrêtée et où celle de l'homme avait commencé. *Réelles. Dieux! si je devais décrire ce lieu, personne ne me croirait jamais! Ceci… tout est si différent. Je me sens moi-même différent.*

Il pouvait ressentir une sorte de barrière érigée autour de lui, autour de ses pensées. Cela le rendit spontanément méfiant, cependant il la testa, avec hésitation, et se rendit compte qu'il s'agissait d'une barrière qu'il pouvait contrôler. Lorsqu'il en réduisit l'épaisseur, il prit conscience de certaines présences, qui devaient être des esprits, au-delà des limites de cette pièce. Assurément des animaux, et des oiseaux, car leurs pensées étaient imprécises et centrées sur l'instant présent. Puis il y eut deux présences, très proches l'une de l'autre, très brillantes, mais cependant opaques et indéchiffrables. L'une d'elles donnait l'impression d'appartenir à Savil, et l'autre devait provenir du mystérieux Étoilevent. Puis il y en eut deux autres ; tout aussi brillantes, tout aussi opaques, mais il reconnut l'une d'elles à la « sensation » : c'était celle d'Yfandes. Puis d'autres encore…

Yfandes. Un Compagnon. Mon *Compagnon.*

Alors, ce n'était pas une hallucination. Il avait obtenu des Dons de Héraut ainsi qu'un Compagnon.

Des Dons que je n'ai jamais voulus, à un prix que je n'aurais jamais pensé devoir payer. Je les échangerais volontiers ainsi que la moitié de mon existence pour qu'il – lui – me revienne.

Cela le frappa tel un coup dans les tripes. Il descendit au sol à partir du niveau du bassin supérieur et s'assit lourdement sur l'un des bancs de pierre situés autour de la pièce, trop fatigué et trop déprimé pour pouvoir bouger.

Oh, 'Lendel… dieux ! pensait-il, un morne désespoir le submergeant. *Que fais-je en ces lieux ? Pourquoi ne m'ont-ils simplement pas laissé mourir ?*

—*Me hais-tu, mon Élu ?* dit une voix nette et teintée de reproches dans son esprit. *Me hais-tu pour avoir souhaité que tu vives ?*

—*Yfandes ?* (Il se remémora ce qu'avait dit Savil, que son Compagnon se languirait à mort s'il mourait, et il s'affaissa sous le poids de la culpabilité.) *Oh, dieux ! Yfandes, non… non, je suis désolé… simplement, je…*

Il n'avait pu y penser lorsqu'il avait été sous sédatif. Il n'avait pu se concentrer sur rien de plus que l'instant suivant. À présent… désormais, son esprit n'était que trop clair. Il ne pouvait ignorer la réalité du départ de Tylendel, et aucune drogue ne permettait de le préserver dans le brouillard diffus de l'oubli.

—*Il te manque*, lui répondit-elle gentiment. *Tu as besoin de lui et il te manque.*

—*Comme de mon bras. Comme de mon cœur. Je n'arrive simplement pas à m'imaginer continuer sans lui. Je ne sais que faire de moi-même ; où aller, que faire ensuite.*

Si Yfandes avait une réponse, il ne l'entendit jamais ; à cet instant précis, Savil et un deuxième *Tayledras*, celui-ci tout de blanc vêtu et portant des hauts-de-chausses, des bottines souples et un justaucorps, entrèrent dans la pièce. Vanyel alla pour se lever ; Savil lui fit un geste pour lui signifier de rester là où il se trouvait, avant de s'avancer à pas lents en compagnie de l'étranger et de prendre place sur le banc à côté de lui.

Vanyel fut choqué de l'apparence de sa tante. Bien que ses cheveux aient toujours été d'un blanc pur argenté, jamais auparavant elle n'avait semblé si vieillie. C'était à présent le cas ; elle semblait porter chacune des années de son âge réel et bien plus encore. Il se rappela que Danselune avait mentionné que la mort de Tylendel avait été aussi dure à supporter pour elle que pour Vanyel. À présent, il pouvait le croire, en effet.

—Tante Savil, dit-il avec hésitation, tandis que celle-ci ainsi que l'étranger s'installaient confortablement à ses côtés. Comment vous portez-vous ? Ce que je veux dire…

—Je ressemble vraiment à une vieille sorcière, n'est-ce pas ? s'enquit-elle sèchement. Non, ne cherche pas à me mentir : j'ai un miroir. Je ne rebondis seulement plus contre la pression comme j'en avais l'habitude.

Il en rougit d'embarras, se sentant coupable.

— Van, voici Étoilevent k'Treva, poursuivit-elle. Lui et Danselune sont les Adeptes *Tayledras* dont je vous ai parlé, les jeunes, en une ou deux occasions. Ceci (dit-elle en faisant un geste pour englober l'ensemble de la salle) lui appartient, en grande partie, étant donné qu'il est l'Orateur des k'Treva.

— Non, car aucun *Tayledras* ne peut posséder des terres, fit remarquer Étoilevent en levant un sourcil, sa voix évoquant d'anciens rochers et l'eau calme et profonde. Il serait plus juste, Sœur d'Aile, de dire que cet endroit me possède.

— Je te le concède. Il s'agit d'un *voorthayshen* des k'Treva – c'est-à-dire – comment pourrais-tu traduire ce mot, *shayana ?*

Le *Tayledras* assis à côté d'elle avait un visage en triangle, et sa longue chevelure était coiffée en deux tresses à chaque tempe, au lieu d'une seule, comme Danselune, et il donnait l'impression qu'il était plus âgé. Du moins, c'était ce que ressentait Vanyel.

— Le manoir du Clan, je pense que cela est le plus approchant, répondit Étoilevent, bien que k'Treva ne soit pas un clan comme ton peuple en comprend la signification. Il est plus proche de la notion Shin'a'in de « clan ».

Sa voix était un peu plus grave que celle de Danselune et, après un moment, Vanyel reconnut la « sensation » qui provenait de lui comme s'apparentant à la « musique bleu-vert » dans ses rêves.

— Mon Seigneur, commença à dire Vanyel avec hésitation.

— Il n'y a pas ici de « Seigneurs », jeune Vanyel, répondit l'Adepte. Je parle au nom des k'Treva, mais chaque k'Treva s'élève ou s'effondre tout seul.

Vanyel hocha la tête d'un air embarrassé.

— Pourquoi suis-je ici, Sire ? lui demanda-t-il, avant d'ajouter avec appréhension :

» Que m'avez-vous fait ? Je… Pardonnez mon impolitesse, mais je sais que vous m'avez fait quelque chose. Je me sens… différent.

— Tu es ici car tu possèdes des Dons de la Magie très puissants, qui se sont réveillés douloureusement, qui se sont manifestés tardivement, et qui sont hors de contrôle, répondit l'Adepte. (Son expression était calme mais sérieuse, exprimant juste une nuance d'inquiétude.) Ta tante a décidé, avec sagesse, qu'il n'y avait aucun moyen que tu puisses recevoir ton enseignement des Hérauts sans que cela soit dangereux et pour toi, et pour les personnes de ton entourage. Danselune et moi-même sommes habitués à maîtriser les pratiques magiques dangereuses ; nous nous y employons constamment, cela fait partie de notre fonction. Nous pouvons te maîtriser, et Savil pense que nous pourrons efficacement te prodiguer quelques enseignements. Et si nous ne parvenons pas à t'enseigner le contrôle, alors elle sait que nous pourrons te maîtriser et le ferons de façon telle que tu ne représenteras aucun danger pour autrui.

Danselune n'avait pas été si impersonnel, si implacable. Vanyel tressaillit sous l'expression détachée d'Étoilevent ; il n'était pas certain de ce que voulait dire l'Adepte par le « maîtriser », mais il n'était pas pressé de le savoir.

— En ce qui concerne ce que nous t'avons fait : Danselune a guéri tes biefs, ces canaux au travers desquels tu diriges ton énergie. Et je t'ai enseigné, un peu, pendant que tu te trouvais dans un état de transe lors de la guérison. Je n'ai pas pu t'enseigner beaucoup alors, mais ce que je t'ai inculqué est très important, et contribuera considérablement à ce que tu ne fasses courir aucun risque à ton entourage. Je t'ai appris où se trouve ton centre, comment t'ancrer, et comment te protéger. Afin que maintenant, du moins, tu ne sois plus dans un état de déséquilibre. Tu dois te prémunir des pensées provenant de l'extérieur et préserver les tiennes à l'intérieur de ton esprit, là où elles sont. Et alors, plus aucun séisme ne se produira à cause de tes rêves.

C'était donc ce qui s'était passé avec la musique, les couleurs, et cette nouvelle barrière protectrice autour de son esprit.

Étoilevent se pencha légèrement en avant, et son expression se fit bien plus humaine ; concernée et sincère.

— Jeune Vanyel, nous, Danselune et moi-même, sommes parfaitement heureux de t'accueillir chez nous et de t'aider. Mais c'est tout ce que nous pourrons faire : t'aider. Tu devras apprendre le contrôle ; nous ne pourrons pas t'obliger à l'assimiler. Tu devras apprendre l'usage de tes Dons, sinon, ce sont eux qui te domineront. La magie correspond à ce type de force ; je t'implore de me croire, car je sais à quel point c'est vrai. Si tu ne l'utilises pas, elle t'exploitera. Et si elle commence à t'exploiter (ses yeux se firent alors particulièrement froids), nous devrons nous en occuper.

Vanyel eut un mouvement de recul sous ce regard glacial.

— Mais ce n'est ni l'endroit ni le moment de parler de tels sujets, conclut Étoilevent en se levant. Nous t'avons placé sous protection, et tu es bien trop épuisé pour causer un problème quelconque pour le moment. Jeune homme, peux-tu marcher ? Si tu le peux, tu ferais bien de faire un peu d'exercice et d'aller prendre l'air, je t'emmène à un point d'observation pour te montrer notre domaine, et t'expliquer un peu ce que nous faisons ici.

Vanyel acquiesça, ne souhaitant pas être laissé de nouveau en proie à ses douloureux souvenirs ; il se rendit compte en se levant qu'il se sentait considérablement plus fort physiquement qu'il l'aurait pensé. Il ne pouvait pas se déplacer très rapidement mais, du moment qu'Étoilevent et Savil marchaient lentement, il pourrait les suivre sans se faire trop devancer.

Ils passèrent de la salle des bains à la chambre, qui ressemblait encore plus à une grotte naturelle. Vanyel ne parvenait presque pas à distinguer le véritable feuillage du tissu autour du lit, et le « mobilier » – des chaises, des bancs et des tables aux formes irrégulières, avec d'épais coussins verts et des montants constitués de branches torsadées – était si parfaitement assorti aux plantes qu'il semblait souvent en faire partie intégrante. Il y avait une alcôve fermée par des rideaux imitant le feuillage qui semblait faire office de garde-robe, car les voilages avaient été poussés sur un côté, suffisamment pour y révéler quelques vêtements.

Puis, de là, ils passèrent dans une troisième pièce des plus originales. Elle était dépourvue de meubles, et au centre, poussant directement à travers le sol de pierre, s'élevait un tronc d'arbre en pleine croissance, un tronc dont une dizaine de personnes n'aurait pu faire le tour en formant une ronde. Un escalier en spirale était aménagé autour du tronc. Ils y grimpèrent – Vanyel sentant ses genoux s'affaiblir et s'agrippant à la rampe pendant la majeure partie de l'ascension – pour accéder à une sorte de balcon couvert qui leur fournit un point d'observation pour contempler l'intégralité du petit royaume d'Étoilevent.

C'était une vallée, non, un canyon dont les parois étaient quasiment perpendiculaires, de sources d'eau chaude ; Vanyel pouvait voir de la vapeur qui s'élevait de la végétation luxuriante dans plus d'endroits qu'il pouvait en dénombrer. Bien que de la neige bordait le rebord du canyon à une hauteur vertigineuse, la végétation à l'intérieur du précipice poussait en tous sens.

— K'Treva, dit Étoilevent en désignant l'ensemble de la vallée. Bien que, principalement, seuls Danselune et moi-même habitions ici en bas. En dessous se trouvent les espaces vivants pour les *hertasi* et les autres ne souhaitant pas d'arbres.

Vanyel regarda par-dessus la balustrade du balcon ; sous lui se trouvait un ensemble de pièces, principalement dénuées de fenêtres, mais avec des lucarnes, le tout bien trop disséminé pour pouvoir être décrit par le mot « maison ».

— Il existe d'autres lieux de vie au-dessus – où la plupart d'entre nous habitent, poursuivit Étoilevent avec un sourire ironique. Danselune n'est pas suffisamment *Tayledras* pour se sentir à l'aise au-dessus du sol. Tu pourras peut-être voir les *hertasi* ; ils nous servent, et nous les protégeons et leur permettons de vivre ici. Ils se montrent timides envers les étrangers… même d'origine *Tayledras* ; vraiment, seul Danselune est un ami pour eux tous. Ils ressemblent en quelque sorte à de gros lézards, mais sont très intelligents. Si tu viens à en rencontrer un, je te supplie de ne pas tenter de l'effrayer. Et, bien que tu puisses te rendre où tu le souhaites ici en bas, je te prierai de ne jamais te présenter ici au-dessus sans invitation.

Vanyel leva les yeux, mais ne put voir aucun signe de ces « lieux de vie » : seulement l'escalier qui montait en spirale plus haut le long du tronc, avant de disparaître dans les branches. La pensée même de se retrouver aussi haut perché lui donnait le vertige, et il pensa qu'il faudrait probablement beaucoup plus qu'une simple invitation pour le faire grimper tout là-haut.

— Peuh… Je suis du côté de Danselune, répliqua Savil. Je me souviens encore de la première fois où je suis venue ici, et où tu as essayé de me faire dormir sur l'un de vos perchoirs. Jamais plus, cher ami.

— Tu n'as aucun goût pour l'aventure, constata Étoilevent en posant ses mains sur la rampe et en se penchant légèrement en avant. Une dernière précision, une chose que tu pourras peut-être sentir, afin que tu saches qu'elle se trouve en effet à cet endroit… la barrière de la vallée. Elle nous protège de ce que nous ne voulons pas laisser entrer à l'intérieur, et elle abrite la vallée en gardant la chaleur. Voici donc… k'Treva. Ce que nous faisons ici ? Deux choses. Premièrement, nous créons des lieux où peuvent vivre en paix les créatures magiques des Pélagirs. Deuxièmement, nous extrayons la magie de ces lieux où elles ne vivent plus, rendant ainsi ces terres sans risque pour l'homme. Nous utilisons la magie que nous extrayons pour créer des frontières pour les lieux de refuge, afin que toute personne étrangère ne puisse passer. C'est ce que font les k'Varda, les Clans de Mages des *Tayledras*. Nous protégeons les Pélagirs des spoliateurs comme nos cousins, les Shin'a'in, protègent les Plaines de Dhorisha.

— Comme je continue à le dire, vous êtes comme nous. Vous êtes les gardiens des Pélagirs comme les Hérauts sont les gardiens de Valdemar, dit Savil.

Étoilevent hocha la tête en signe d'approbation, ses tresses s'agitant en rythme.

— Oui, c'est cela, sauf que tes Hérauts sont concernés par les gens, et les *Tayledras* par la terre.

— Valdemar est le peuple ; nous pourrions faire nos bagages et fuir de nouveau, comme nous le fîmes lors de sa fondation, et être encore des Valdemar. Je soupçonne que cela vous concerne également, si vous vouliez seulement l'admettre.

— Non, les *Tayledras* sont liés à la terre, et ne peuvent vivre en dehors des Pélagirs ; nous devons…

Étoilevent fut interrompu par le cri d'un faucon quelque part au-dessus de sa tête. Il leva l'avant-bras et un grand rapace blanc plongea de la canopée pour venir s'y poser. Vanyel grimaça d'effroi, avant de réaliser que le *Tayledras* portait des protège-avant-bras de cuir blanc, qui empêchaient les serres cruelles de lui rentrer dans les chairs.

Il s'agissait d'un gerfaut ; ses ailes battirent l'air pendant un moment avant qu'il s'apaise, ses yeux dorés rivés sur le visage d'Étoilevent.

Le *Tayledras* lui caressa la tête d'un doigt, puis regarda fixement le faucon dans les yeux pendant un long, très long moment, semblant occupé à y lire quelque chose.

Puis, sans aucun avertissement, il fit un brusque mouvement du bras, le renvoyant dans les airs à partir de son poignet. Les ailes du faucon battirent dans l'air dense et humide, puis il gagna en altitude, avant de disparaître de nouveau dans les branches de l'arbre.

— De mauvaises nouvelles ? s'enquit Savil.

— Non… des bonnes. La situation n'est pas aussi mauvaise que nous le pensions. Danselune est inquiet, mais il sera de retour à l'aube.

— Je suis ravie d'entendre que quelque chose se passe relativement bien, répliqua Savil en soupirant.

— En effet, lui répondit l'Adepte en tournant ces étranges yeux indéchiffrables dans la direction de Vanyel. Jeune Vanyel, je te conseillerais d'aller un peu te promener aux alentours, de recouvrer la santé, de manger et de te reposer. Lorsque Danselune sera revenu et aura recouvré toute son énergie, nous pourrons commencer ton éducation.

Il fit donc ce qu'on lui avait dit de faire, explorant d'un bout à l'autre ce qu'Étoilevent avait appelé « la vallée », qui avait la forme d'une larme, et était plus petite qu'elle en avait l'air ; elle abritait tant de bassins et de sources, de cascades et de geysers, tous enfouis dans une incroyable végétation dissimulant avec efficacité des chemins très proches les uns des autres, qu'elle donnait l'illusion d'être une étendue infinie de terre sauvage.

Cela lui fournit au moins un peu d'occupation. La vallée était tellement exotique, si étrange, qu'il aurait pu s'y égarer des heures durant… et oublier, en contemplant les oiseaux et les poissons brillamment colorés, à quel point il était terriblement seul.

Une partie de lui désirait revenir au temps avant Tylendel. L'isolement de ce paysage de rêve. L'autre partie se tendait à cette simple idée. Il ne savait plus ce qu'il voulait, plus jamais, ou ce qu'il était.

Il ne savait vraiment pas quoi faire au sujet d'Yfandes ; il avait besoin d'elle, il l'aimait ; pourtant cette affection représentait une vulnérabilité, une autre zone prête à faire souffrir. Elle sembla percevoir sa confusion et resta à proximité, mais pas à portée de main, ne lui parlant par l'Esprit que lorsqu'il prit lui-même l'initiative de ce contact.

Savil, quant à elle, restait à l'écart, ce qui aida. Lorsque Danselune réapparut finalement, il exprima quelques avances amicales, mais sans aller au-delà ; Vanyel était parfaitement heureux de laisser la situation en l'état.

Lorsqu'il l'interrogea, le plus jeune des *Tayledras* agit comme une sorte de guide autour de la vallée, indiquant du doigt des détails qu'avait manqués Vanyel, en expliquant la manière dont la barrière magique empêchait le froid – et d'autres choses encore – de pénétrer dans la vallée.

Les invisibles *hertasi* n'apparurent à aucun moment, bien que partout leur œuvre soit visible. Des vêtements disparaissaient pour réapparaître propres et raccommodés, de la nourriture apparut à intervalles réguliers, les pièces semblaient s'épousseter d'elles-mêmes.

Lorsque la vallée lui fut plus familière, Vanyel essaya de les entrevoir. Tout était bon pour l'empêcher de se mettre à penser.

Puis il trouva un autre sujet de réflexion.

— *Tu as échoué*, dit clairement Étoilevent par l'intermédiaire de la Parole par l'Esprit. Il était assis jambes croisées à même la roche, sous la barrière bleu-vert scintillante, aussi imperturbable qu'un glacier.

— *Recommence, jeune homme.*

— *Mais...*, protesta Vanyel du centre de la barrière que l'Adepte avait érigée en cercle autour de lui. *Je...*

Il trouvait difficile de mettre ses pensées en forme par la Parole par l'Esprit.

— *Toi*, acquiesça Étoilevent. *En effet, exactement. Seulement toi. Jusqu'à ce que tu t'adaptes à ta barrière et la fasses fusionner avec la mienne, la mienne demeurera. Et tant que la mienne demeurera, tu ne pourras la traverser, et je ne te laisserai pas sortir de cette pièce.*

Les épaules de Vanyel s'affaissèrent de lassitude ; il lui semblait que le Mage *Tayledras* lui enseignait, sans aucun répit ni aucune pitié, depuis des jours, et non pas depuis des heures. C'était la septième – ou était-ce la huitième ? – épreuve de ce type à laquelle l'avait confronté l'Adepte. Étoilevent pénétrait en quelque sorte à l'intérieur de sa tête, en lui montrant ce qu'il fallait faire. Une seule fois. Vanyel tâtonnait ensuite pour trouver une issue en fonction de l'étape où il se trouvait. Dès que Vanyel parvenait à maîtriser quelque chose, l'Adepte lui imposait un test qui y était lié.

Il n'y avait pas la moindre trace d'une sortie ou d'une entrée dans cet espace vide aux murailles de rocher où on l'avait emmené, ni aucun indice de l'endroit où elle était située dans le complexe de pièces au niveau du sol. Il ne s'y trouvait qu'Étoilevent, son visage anguleux aussi inexpressif que les parois rocheuses.

Vanyel ne savait plus que penser. Ces nouveaux sens lui disaient des choses qu'il n'était pas sûr de vouloir connaître. Par exemple, il y avait quelque chose dans cette vallée. Un pouvoir, un pouvoir vivant. Il pulsait dans son esprit, en rythme avec son propre pouls. Il l'avait mentionné à Savil, pensant qu'il devait être souffrant et qu'il l'imaginait. Elle s'était contentée de hocher la tête et de le rassurer en lui disant de ne pas s'en inquiéter.

Il l'avait peu sollicitée, ni n'était allé la retrouver souvent. *Si je ne touche rien, je ne pourrai pas être de nouveau blessé.* Cette litanie semi-inconsciente était toujours la même, cependant la signification en était différente. *Si je ne m'ouvre pas, je ne serai pas non plus ouvert à la perte.*

Les *Tayledras*, Étoilevent et Danselune, l'effrayaient et le fascinaient tout à la fois. Ils ne ressemblaient à personne qu'il ait connu auparavant, et il ne parvenait pas à les décrypter. Étoilevent en particulier représentait une énigme. Danselune semblait d'accès plus facile.

Mais il y avait toujours la présence de ce danger. *N'essaie pas d'atteindre ; ne touche pas*, murmurait la facette de sa personnalité qui souffrait encore. *N'essaie pas*.

À Haven, il avait essayé d'atteindre quelqu'un, tout d'abord Savil, puis Lissa. Il cherchait une personne sur laquelle il pourrait compter, qui lui conseillerait la direction à prendre, mais, au moment où il avait tenté de leur faire prendre ses décisions à sa place, elles l'avaient gentiment repoussé.

À présent, plus jamais ça. Il voulait seulement rester seul.

Pourtant, il semblait que les *Tayledras* avaient d'autres projets.

Savil était venu le chercher le matin, alors qu'il avait passé plusieurs jours à déambuler tout seul, en lui rappelant ce qu'Étoilevent avait dit : il devrait apprendre à contrôler les pouvoirs indésirables qu'il possédait désormais. Il lui avait emboîté le pas le long de trois ou quatre pièces qu'il n'avait pas visitées auparavant, pour pénétrer dans…

… quelque chose…

Il n'était pas sûr de ce dont il s'agissait ; cela lui avait donné la sensation de traverser un Portail, mais aucun portail n'était visible, simplement un point indiqué par une marque au sol. Il trébucha sur quelque chose, et se retrouva par terre dans cette pièce, une pièce ne présentant pas la moindre ouverture.

Savil était apparue derrière lui mais, avant qu'il ait eu le temps de dire quoi que ce soit, elle lui jeta simplement un regard troublé, en disant à Étoilevent :

— Ne lui fais pas de mal, *shayana*.

Puis elle quitta les lieux. Faisant un pas dans les airs, elle disparut. Le laissant seul avec ce… ce fou. Cette créature imprévisible qui l'avait obligé toute la matinée à faire des choses qu'il ne comprenait pas, en utilisant les pouvoirs qu'il ne comprenait pas.

— Pourquoi me faites-vous subir cela ? hurla-t-il, prêt à éclater en sanglots.

Étoilevent ignora ses paroles comme si elles n'avaient jamais été prononcées.

— *La Parole par l'Esprit, Élu*, lui parvint la pensée calme d'Yfandes. *Cela fait partie de la mise à l'épreuve qu'il te propose. Utilise la Parole par l'Esprit.*

Il rassembla ses forces, aiguisant ses pensées en une sorte de dague, les projetant dans la direction de l'esprit d'Étoilevent.

— *Pourquoi me faites-vous SUBIR cela ?*

— *Doucement*, lui parvint la réponse, imperturbable. *Doucement, sinon je ne te répondrai pas.*

Eh bien, c'était plus que ce qu'il était parvenu à obtenir de l'Adepte depuis des heures.

— *Pourquoi ?* implora-t-il.

— *Tu es comme un fagot de petit bois sec*, répondit Étoilevent avec sérénité. *Tu représentes un danger pour toi-même et pour les personnes qui t'entourent. Une seule étincelle peut déclencher en toi un incendie incontrôlable. Je t'enseigne le contrôle, afin que les feux qui couvent en toi ne surgissent que parce que tu l'as voulu et là où tu l'as voulu.* (Son regard traversa la barrière magique miroitante pour venir se poser fixement sur Vanyel.) *Es-tu prêt à vivre cela de nouveau ?*

Il projeta au visage de Vanyel des souvenirs qui n'auraient pu provenir que de Savil : une poignée d'apprentis Hérauts pleurant de manière hystérique, contaminés par son propre chagrin ; Mardic volant dans les airs, rentrant en collision avec le mur, et glissant contre celui-ci pour atterrir au sol comme une masse, inconscient ; les fondations mêmes du palais qui tremblaient…

— *Non…*, il se mit à frissonner.

— *Cela pourrait être pire…*

Étoilevent lui montra ce qu'il entendait par « pire ». Une image nette de Withen mort – écrasé comme un hanneton par une botte – par les pouvoirs que ne parvenait pas encore à comprendre Vanyel et qu'il ne savait pas diriger.

— *NON!*

Il tenta de nier la possibilité même d'être à l'origine d'un tel acte, rejetant la vision avec une violence telle…

… que cela fit trembler le sol sous ses pieds.

— *Vois-tu ?* lui dit Étoilevent, toujours imperturbable. *Vois-tu ? Sans contrôle, sans compréhension, tu peux tuer – et tu le feras –, sans même en avoir l'intention. À présent…*

Vanyel baissa la tête et s'évertua avec lassitude une fois encore à s'adapter à la barrière.

Savil se mit à courir, Danselune sur ses talons, en direction du passage de traverse, répondant à l'appel urgent d'Étoilevent. Tout en courant, elle invoqua le sortilège programmé de façon permanente, une sorte de Portail à basse énergie ; il se produisit l'habituelle sensation, rapide comme un clin d'œil, de vertige, et elle trébucha sur le sol d'ardoise de la Salle d'Entraînement d'Étoilevent, au beau milieu du chaos.

Étoilevent se relevait derrière elle ; on pouvait sentir dans l'air l'odeur de la roche en fusion ainsi que l'âcre puanteur de l'ozone. L'ensemble de la zone située autour de Vanyel au centre de la Salle d'Entraînement, était carbonisée.

Étendu de tout son long sur un côté de cette surface incendiée se trouvait le garçon, couvert de brûlures et inconscient.

Danselune sauta par le passage de traverse, regarda un corps puis l'autre, et se rua vers le garçon qui avait davantage besoin de ses soins. Savil se chargea d'Étoilevent.

Elle lui tendit les mains pour l'aider à se remettre debout ; il secoua la tête pour s'éclaircir l'esprit, rejetant ses cheveux en arrière.

— Dieu de mes pères ! dit-il en se passant la main sur le front. Je me sens comme si j'avais été ballotté dans le courant d'une rivière.

En vérifiant rapidement qu'il allait bien, Savil remarqua qu'un bief pulsait encore, et l'en soulagea.

— Que s'est-il passé ? lui demanda-t-elle urgemment, en le soutenant toujours par le coude d'une main. On dirait qu'une guerre de Mages s'est déroulée par ici.

— Je crois que j'ai terriblement effrayé le garçon, lui répondit Étoilevent, l'air malheureux, tout en inspectant ses mains à la recherche de dommages. J'avais bien l'intention de lui faire un peu peur, mais pas à ce point. Il était supposé invoquer des éclairs et il regimbait à le faire. Il a carrément refusé d'utiliser le pouvoir qu'il avait invoqué. J'ai commencé à perdre patience, et je lui ai projeté l'image des *wyrsa*. Il a paniqué, et non seulement il a projeté sa propre énergie, mais il a extrait de l'énergie à partir du nœud de la vallée. Puis il a compris ce qu'il avait fait et a tenté de l'annuler de la seule manière qu'il pouvait à ce stade, en l'attirant à l'intérieur de lui-même. (Étoilevent lui jeta un regard rempli de reproches.) Tu m'avais dit qu'il pouvait percevoir le nœud, mais tu ne m'as pas précisé qu'il pouvait l'utiliser.

— Je ne savais pas moi-même qu'il en était capable. Ô très grands dieux… *shayana*, c'était des *wyrsa* que son *shay'kreth'ashke* a appelés à la rescousse contre ses ennemis, ne te l'avais-je donc pas mentionné ?

Le ventre de Savil se glaça de l'intérieur ; elle se mordit la lèvre et regarda par-dessus son épaule Danselune et son patient. L'Adepte-Guérisseur était agenouillé à côté du garçon, les deux mains placées juste au-dessus de son front.

— Seigneur et Dame ! pas étonnant qu'il ait presque fait tout exploser !

Étoilevent sembla comme frappé en plein cœur, tandis que Danselune éloignait ses mains du front de Vanyel et plaçait son bras sous les épaules du garçon pour le soulever et le soutenir en position semi-assise.

— Tu me l'avais dit… mais j'avais oublié. Déesse de mes mères, qu'ai-je fait à ce pauvre enfant ?

— *Ashke*, qu'as-tu fait ? lui lança Danselune avec inquiétude, une main à présent appliquée sur le front de Vanyel tout en le soutenant de son autre bras. L'esprit du gamin est en état de choc.

— Seul le pire était possible, grommela Étoilevent. Je lui ai projeté l'image des créatures que son amour avait invoquées pour accomplir sa vengeance.

— *Shethka*. Eh bien, il n'y a pas de remède à cela ; ce qu'il a fait ne peut être défait. *Ashke*, je vais aller le mettre au lit et appeler son Compagnon, et nous allons nous en occuper. Nous verrons bien ce qu'il adviendra de tout ceci.

Il souleva le garçon dans ses bras et sortit par le passage de traverse sans un seul regard en arrière.

— Ah, dieux !… tout se déroulait plutôt bien, jusqu'à ce moment, se lamentait Étoilevent. Il était en train d'acquérir un véritable contrôle. Dieux, comment ai-je pu être aussi stupide ?

— Cela peut arriver, soupira Savil, et plus particulièrement avec Van qu'avec quiconque, semble-t-il. On dirait presque qu'il attire la malchance. *Shayana*, pourquoi lui as-tu projeté ces images, et d'autant plus des *wyrsa* ?

— Il paraît finalement avoir la volonté d'apprendre les contrôles, les exercices de défense, mais pas l'offensive. (Étoilevent posa ses paumes contre ses tempes pour les masser quelques instants, une ride de douleur se creusant entre ses sourcils.) Et s'il ne parvient pas à maîtriser l'offensive…

— Les pratiques magiques d'attaque demeureront toujours dénuées de contrôle, dit Savil sur un ton qui n'augurait rien de bon, l'odeur de roche en fusion toujours aussi forte autour d'elle. Comme Tylendel. Je ne suis pas arrivée à combattre son traumatisme afin de placer ces pratiques magiques totalement sous la clé de sa conscience. J'aurais mieux fait de te le confier.

— Sœur d'Aile, avec du recul, tout semble évident. (Étoilevent passa un instant à transmettre de la compassion sans mots dans sa direction, et elle eut un faible sourire.) Le problème avec ce garçon… comme je te l'ai dit, il avait les éclairs dans sa main, je pouvais le voir les tenir, mais il ne les projetait pas. J'ai alors pensé lui faire suffisamment peur pour qu'il attaque. (Il baissa les mains en regardant Savil avec un air d'impuissance.) C'est une véritable énigme pour moi ; je ne parviens pas à m'expliquer pourquoi il n'utilise pas complètement ses pouvoirs.

— Parce qu'il ne comprend toujours pas pourquoi il le devrait, je suppose, dit Savil avec un air songeur, se balançant d'avant en arrière sur ses talons. Il ne parvient pas à voir la moindre raison d'utiliser ses pouvoirs. Il ne souhaite aider personne, tout ce qu'il veut maintenant c'est qu'on le laisse tranquille.

Étoilevent sembla interloqué.

—Mais… ils sont si intenses… comment ne pourrait-il pas…

—Il n'en ressent pas encore la faim, *shayana*, ou s'il la ressent, ce qu'il perçoit d'autre l'a tellement accablé que tout ce qu'il parvient à reconnaître est sa propre souffrance. (Savil hocha la tête.) C'est du moins mon hypothèse. Il se pourrait qu'il n'ait jamais eu une raison valable de se préoccuper de personnes qu'il ne connaît pas. Peut-être est-ce parce que, en ce moment même, il n'a plus l'énergie de se soucier de quiconque à part lui-même. Kellan me dit qu'Yfandes traverserait le feu comme le déluge pour lui, il doit donc y avoir quelque chose là. Danselune parviendra peut-être à entrer en contact avec lui.

—Seulement s'il survit à ce que nous lui faisons subir, répliqua Étoilevent en lui faisant signe de le précéder dans le passage de traverse. Puis ils s'évanouirent dans les ténèbres.

Vanyel reprit conscience avec une douleur au niveau du cœur et le visage en larmes ; la vision des *wyrsa* avait évoqué tout ce qu'il désirait le plus oublier.

Il constata finalement qu'il était allongé dans son lit, tout habillé, mais il avait la sensation que ses mains et ses avant-bras avaient été enveloppés de bandages, et la peau de son visage lui faisait mal et semblait chaude et comme étirée.

La pleine lune diffusait une lumière argentée par la lucarne au-dessus de sa tête. Il voyait nettement son disque blanc au travers des frondes des fougères. Sa tête le faisait souffrir, ainsi que ses mains brûlées, mais pas autant que cet espace vide à l'intérieur de lui, ou la culpabilité... cette terrible culpabilité.

Lendel, 'Lendel... c'est ma faute.

Il perçut la respiration de quelqu'un à côté de lui ; un effleurement par l'Esprit confirma qu'il s'agissait de Danselune. Il ne désirait parler à personne pour le moment ; il voulait juste qu'on le laisse seul. Il s'apprêtait à tourner son visage vers le mur, lorsque la douce voix semblant étrangement jeune le fit se figer.

— Je te raconterais bien quelque chose...

Vanyel s'humecta les lèvres, et tourna la tête sur l'oreiller pour regarder la silhouette argent et noir assise à son chevet sur l'une de ces étranges « chaises » qu'il appréciait.

Danselune aurait pu être une statue ; un dieu argenté assis, une jambe repliée sous lui, reposant ses bras croisés sur son genou levé, le visage dirigé vers la lune dont la lumière l'inondait d'un flot d'argent liquide.

— Il était une fois un garçon, commença doucement Danselune. Il portait le nom de Tallo. Ses parents étaient des fermiers, des gens simples, de bonne nature à leur manière, vraiment. Très attachés à leurs valeurs, à leur terre, au cycle des saisons. Ce Tallo... ne l'était pas. Il ressentait des choses à l'intérieur de lui-même qui ne correspondaient pas à la vie qu'ils menaient. Les parents ne comprenaient pas leur fils, qui aspirait à autre chose que juste des champs et des récoltes. Ils l'aimaient, pourtant. Ils essayèrent de le comprendre. Ils le firent éduquer, du mieux qu'ils le purent ; ils essayèrent d'intéresser le prêtre à son cas. Ils ne savaient pas que ce que ressentait le garçon à l'intérieur de lui-même était tout autre chose qu'une vocation. C'était du pouvoir, mais un pouvoir d'un autre type que celui du prêtre. Le garçon apprit enfin des livres que lui avait trouvés le prêtre que ce qu'il avait en sa possession était ce que l'on appelait couramment un « pouvoir magique » et, à partir de ces quelques ouvrages et des récits qu'il entendit, il essaya d'apprendre comment les utiliser. Cela le rendit très différent de ses anciens amis, et il commença alors à avancer seul. Ses parents ne comprenaient pas son besoin de solitude, ils ne comprenaient pas les étranges méandres qu'il commençait à suivre, et ils essayèrent de l'obliger à revenir aux valeurs de ses ancêtres. Il s'ensuivit… des disputes. Et de la colère, en proportion considérable, des deux côtés. Et il se produisit autre chose encore. Ils voulurent qu'il se marie et fonde une famille. Mais le garçon du nom de Tallo n'avait aucun désir pour les jeunes femmes – mais du désir pour les jeunes hommes – et ce fut une tout autre histoire.

Danselune poussa un soupir et, à la lumière de l'astre lunaire, Vanyel vit que ses cils semblaient comme animés de scintillements humides.

— Puis, l'été où se produisit la pire des disputes, arriva au village une troupe de ménestrels. Il se trouvait parmi eux un jeune homme, un très beau jeune homme, et le gars Tallo découvrit ainsi qu'il n'était pas le seul jeune homme au monde qui ressentait du désir pour quelqu'un de son propre sexe. Ils devinrent rapidement amants. Tallo pensait qu'il n'avait jamais été aussi heureux. Il projeta de partir avec les ménestrels, de s'enfuir et de se joindre à la troupe lorsqu'elle quitterait le village, et son amant l'encouragea. Mais on les surprit dans les bras l'un de l'autre. Les parents, le prêtre, le village tout entier étaient dans tous leurs états, car une chose telle que les *shay'a'chern* était proscrite même en paroles, et d'autant plus en action. Ils… rouèrent de coups Tallo ; ils battirent le jeune ménestrel, puis jetèrent hors du village les deux amants. Il s'ensuivit que le jeune troubadour rejeta Tallo et, sous le coup de la colère et de la souffrance, déclara qu'il ne voulait plus rien avoir à faire avec lui, ce qui n'était pas vrai. Tallo devint alors fou de rage. Lui aussi souffrait ; il avait souffert pour son amant, avait été jeté hors de chez lui et repoussé par sa famille à cause de lui et, à présent il venait d'être rejeté. Il invoqua alors la foudre, grâce à ses quelques connaissances de la magie. Il n'avait pas l'intention de faire autre chose que d'effrayer le jeune homme… mais ce ne fut pas ce qui se passa. Il le tua : ce pouvoir qu'il ne savait maîtriser avait tué son amant.

La lumière lunaire faisait scintiller d'argent les larmes qui coulaient lentement sur le visage de Danselune.

— Tallo avait perçu les pensées de son amant, et savait que le jeune homme n'avait pas pensé les paroles blessantes qu'il avait dites. Tallo aurait seulement souhaité que le garçon dise ce qu'il avait perçu dans son esprit. Il avait donc invoqué la foudre pour l'effrayer, mais il avait appris que celle-ci ne lui obéirait pas si elle était invoquée sous le coup de la colère, et sans maîtrise. Et il entendit le garçon à l'agonie hurler son nom avant de mourir, criant de peur et en proie à une terrible souffrance. Tallo fut incapable de le sauver… Tallo ne pouvait pas vivre avec ce qu'il venait de faire. Armé de la dague qu'il avait prise à la ceinture de son amant, il se tailla les poignets et attendit la mort, car il sentait que seul son trépas pourrait atténuer sa douleur de l'avoir assassiné.

Danselune leva le bras gauche pour repousser de son visage quelques mèches de son épaisse chevelure, et la lune éclaira la cicatrice blanche qui parcourait son poignet jusqu'à mi-chemin vers son coude.

— Mais une étrangère se trouvait sur la route ; une femme qui avait senti la poussée d'énergie et avait lu les signes, et savait que celle-ci manquait de contrôle. Elle arriva aussi rapidement que possible, toutefois pas assez vite pour pouvoir les sauver tous deux. Elle découvrit les jeunes hommes, l'un mort, l'autre quasiment. Elle sauva celui qu'elle put et l'emmena à un ami dont elle pensait qu'il pourrait comprendre.

Danselune demeura silencieux pendant un si long moment que Vanyel pensa qu'il avait dit tout ce qu'il avait à dire. Il avait le regard rivé sur la lune, les yeux et les joues brillants de larmes, comme une statue de marbre sous la pluie.

Puis il se remit à parler, et chaque syllabe portait en elle la sensation d'une terrible souffrance.

— Alors, voilà où se situe le paradoxe. Si le garçon appelé Tallo n'avait pas fait mauvais usage de ses pouvoirs naissants et ainsi frappé son amant, ils seraient partis ensemble et, le moment venu, se seraient séparés. Tallo aurait été vraisemblablement trouvé par un Mage et aurait été éduqué, ou – qui sait ? – emmené aussi loin qu'à Valdemar, transporté à dos de Compagnon. Ceux qui possèdent le pouvoir ne sont pas longtemps laissés seuls. Il se pourrait même que le Mage qui l'aurait recueilli ait été un sorcier, et Tallo se serait alors tourné pendant un temps ou pour toujours vers le mal. Mais ce ne fut pas ce qui se passa. Le garçon tua – assassina dans son ignorance – et fut emmené à k'Treva. Et à k'Treva, il trouva le pardon et les connaissances dont il avait besoin comme les graines ont besoin de la pluie printanière… et une chose supplémentaire. Il trouva son *shay'kreth'ashke*. Dans ta langue, cela signifie « uni pour la vie ».

Vanyel sursauta. Danselune hochait la tête sans se retourner pour le regarder.

— Vois-tu ? Un paradoxe. Si les événements ne s'étaient pas précipités ainsi, Tallo n'aurait jamais fait la connaissance d'Étoilevent. Les *Tayledras* sont particulièrement secrets et notre Sœur d'Aile Savil fut l'une des premières, et cela depuis d'innombrables années, à rencontrer l'un de nous, encore plus à voir des k'Treva. Les deux personnes supposément unies pour la vie ne se seraient jamais trouvées. Il n'y aurait aucun Adepte-Guérisseur à k'Treva, et une bonne part du travail des *Tayledras* n'aurait pas été accomplie à cause de cela. Donc, beaucoup de bien en découla, et beaucoup d'amour ; mais ses racines plongent dans le meurtre. Un meurtre involontaire, certes, un meurtre quand même.

Danselune soupira de nouveau.

— Alors, que se mit à penser le gars Tallo ? La solution proposée par Étoilevent était de déclarer que le garçon Tallo s'était donné la mort de sa propre main, une expiation appropriée en regard de sa culpabilité, et d'amener à la vie une toute nouvelle personne, un certain Danselune k'Treva. Il n'y eut plus alors de Tallo, et il y eut un autre homme que la magie avait changé en une personne qui ressemblait tellement aux *Tayledras* qu'il aurait pu naître ainsi dans cette lignée. Mais, parfois, le garçon Tallo remuait encore dans le corps de Danselune – et il s'interrogeait – et il se tourmentait à cause des terribles erreurs qu'il avait commises.

Il tourna alors la tête et tendit la main à Vanyel.

— *Ke'chara*, peux-tu partager le chagrin de Tallo ? Pleurer seul n'apporte aucun réconfort, et ton cœur est aussi douloureux que le mien.

Vanyel s'apprêta à prendre cette main tendue, puis il hésita.

Si je ne touche pas…

— Si tu ne touches pas, lui dit Danselune comme s'il lisait les pensées de Vanyel, tu cesses de vivre. Si tu te retranches derrière tes barrières, tu scelles en dehors l'amour avec la souffrance. Et, bien que parfois l'amour apporte la souffrance, tu n'as aucun moyen de savoir si la douleur que tu ressens à présent ne pourrait t'apporter de nouveau l'amour.

— Tylendel est mort.

Et voilà ; il l'avait dit, l'avait dit tout fort. (C'était réel et ne pouvait être changé. La peau tirée et brûlée de son visage le faisait souffrir tandis qu'il réprimait ses larmes.) Rien ne pourra le faire revenir. Je serai toujours seul.

Danselune hocha la tête, lentement, et laissa sa main posée sur le bord du lit ; Vanyel ne pouvait voir son visage, ombré par l'aile blanche de sa chevelure.

— Le grand amour a disparu. Il y a encore cependant les petits amours, d'ami à ami, de frère à sœur, d'élève à maître. Te refuserais-tu le réconfort au feu de l'âtre d'une maisonnette parce que tu ne peux plus t'asseoir près de la cheminée d'un palais ? Te refuserais-tu à ceux qui te tendent la main avec l'espoir de se réchauffer à ton feu dans l'âtre ? Cela est cruel, et je n'avais pas pensé que tu pouvais être ainsi, Vanyel. Et Yfandes ? Elle t'aime de tout son être. Lui fermerais-tu à elle aussi l'accès à ton âme ? Cela est plus que cruel.

— Pourquoi me racontes-tu et me demandes-tu cela ?

Les mots semblaient lui être arrachés.

— Parce que j'ai failli suivre la voie que tu suis.

Le *Tayledras* se déplaça légèrement sur son siège, et Vanyel entendit le bois qui craquait un peu.

— Il vaut mieux, je pense, ne pas toucher du tout que de le faire et d'amener la souffrance à soi et à autrui. Il vaut mieux ne pas bouger de peur de faire un faux mouvement. Mais le fait même de décider de ne pas toucher ou de n'être rien est une décision, Vanyel, et, en décidant de ne pas toucher afin d'éviter d'être blessé, j'ai alors blessé ceux qui tentèrent de me toucher.

Il s'interrompit, attendant une réponse que Vanyel ne parvenait à se résoudre à lui apporter.

L'expression de Danselune se fit détachée, indescriptible, et il haussa de nouveau les épaules.

— C'est ta décision ; c'est ta vie. Un Guérisseur ne peut vivre ainsi ; il se pourrait que tu en sois capable.

Il se leva dans un mouvement fluide, secouant sa chevelure. Les larmes avaient disparu de ses yeux et, tandis qu'il baissait les yeux sur Vanyel, son expression était aussi sereine que si elles n'avaient jamais été là.

— Si tu souffres, appelle-moi par l'Esprit et je viendrai.

Avant que Vanyel ait eu le temps d'acquiescer, il était parti.

Le matin arriva… mais ce ne fut pas le cas des sommations attendues de se rendre à la Salle d'Entraînement d'Étoilevent. Le soleil se levant, il déambulait de pièce vide en pièce vide, dans la zone restreinte qu'il connaissait, sans y trouver quiconque. Il commença à se demander si le fait d'avoir évincé Danselune la nuit précédente les avait tous décidés à l'abandonner ici.

Finalement, il découvrit une sortie dans la vallée même et resta debout sous l'arche de pierre, clignant légèrement des yeux à la lumière vive du soleil, non filtrée par la lucarne au carreau teinté. Il y avait des fougères de la taille d'une petite pièce, des buissons et des arbrisseaux avec des feuilles qu'il aurait pu utiliser pour s'abriter de la pluie, et les arbres plus grands, qui ne présentaient pas pourtant la circonférence de celui qui poussait au beau milieu de la « maison », étaient néanmoins suffisamment larges, au point qu'il aurait fallu cinq personnes pour parvenir à en encercler le tronc de leurs bras.

— *Yfandes ?* appela-t-il par l'Esprit avec hésitation. Il n'était absolument pas certain d'obtenir une réponse.

Mais il en reçut une.

— *Ici*, disait-elle, et, quelques instants plus tard, elle arriva en gambadant dans le sous-bois, la queue et l'esprit portés fièrement en étendard. Elle lui toucha la joue de ses naseaux.

— *Tes mains se portent-elles mieux ?*

Il en avait retiré les bandages le matin même et, à part une légère douleur, elles semblaient guéries ; il ne ressentait assurément rien d'aussi douloureux que la nuit précédente.

— *Je crois.*

Il posa le front contre son encolure. Il ressentait un réconfort incroyable à être simplement en sa présence, et se rappelait difficilement de se barricader lorsqu'elle était dans les parages.

— *Où sont-ils tous ?*

— *Savil est à l'étage, chez Étoilevent.*

Elle lui transmit une image mentale d'une sorte de pièce avec de nombreuses fenêtres, perchée dans les branches appartenant à ce qui ne pouvait être que cet arbre poussant au beau milieu de la « maison ».

— *Elle ne semble pas trop s'en préoccuper, mais la savoir là-haut rend Kellan nerveux, et Étoilevent était si perturbé par l'accident d'hier qu'il se sent plus heureux là-haut dans les branches. Ils sont en grande conversation.*

—*Avec l'autre k'Treva ?*

—*Je pense cela possible.*

— *Où est Danselune ?*

— *Tout seul de son côté. Occupé à réfléchir*, dit Yfandes.

— *'Fandes… est-ce que je…* (Il déglutit.) *Est-ce que j'ai fait quelque chose de travers la nuit dernière ?*

Elle le regarda avec un air de reproche.

— *Oui. Je pense que tu devrais lui parler. Tu l'as blessé plus profondément hier soir qu'il veut bien le montrer. Il n'avait jamais raconté cette histoire à personne ; Savil et Étoilevent la connaissent, mais jamais il ne la leur a* racontée. *Cela lui a coûté considérablement de se confier à toi.*

Sa première réaction fut de culpabiliser. La seconde fut la colère.

Il l'admettait lui-même ; la tragique liaison de Danselune n'avait rien été de plus que cela même : une liaison condamnée à être brève. Comment pouvait-il même comparer sa souffrance à celle de Vanyel ? Danselune n'était pas seul…

Danselune n'avait pas assassiné Étoilevent, simplement quelque stupide troubadour, qui serait probablement sorti de sa vie quelques semaines plus tard. Un petit joueur, et non pas un grand amour.

Il restait encore Étoilevent à Danselune. Il aurait toujours Étoilevent à son côté. Vanyel serait seul pour toujours. Alors, comment Danselune pouvait-il se comparer à lui ?

Yfandes semblait sentir quelque chose de ce qui se passait dans son esprit ; elle s'écarta de lui de quelques pas et prit un air – ou n'était-ce qu'une impression ? – offensé.

Cela seul le mit encore plus en colère.

Sans ajouter un mot, il tourna les talons et se mit à courir, loin d'elle, loin des *Tayledras*, loin d'eux tous. Il courut jusqu'à un petit coin au bout de la vallée, un bosquet sinistre constitué d'arbres sombres aux feuilles charnues et de fougères, où peu de lumière parvenait à pénétrer. Il se fraya un passage dans cette végétation, et se recroquevilla sur sa douleur et sa colère, le cœur serré, ses yeux le piquant.

Ils ne se préoccupent absolument pas de moi, juste de ce que je peux faire. Peu leur importe à quel point je souffre, tout ce qu'ils veulent c'est que je fasse ce qu'ils m'ordonnent. Savil veut me transformer en Héraut par la ruse, c'est tout. Aucun d'eux ne comprend! Aucun d'entre eux ne sait combien… je…

Il se mit à pleurer en silence. *'Lendel, 'Lendel, ils ne savent pas qu'une partie de moi est morte avec toi. Tout ce que je veux est qu'on me laisse seul. Pourquoi ne me laissent-ils pas seul? Pourquoi n'arrêtent-ils pas d'essayer de me faire faire ce qu'ils veulent? Ils sont tous les mêmes, bon sang, ils sont simplement comme Père, la seule chose qui diffère est ce qu'ils veulent obtenir de moi! Oh, 'Lendel… j'ai tellement besoin de toi…*

Il resta là, pleurant par intermittence, jusqu'à ce que tombe l'obscurité totale, puis il revint furtivement et aussi silencieusement que possible à la maison, une partie de lui espérant qu'ils l'attendraient.

Il la trouva aussi vide que lorsqu'il l'avait quittée. En réalité, seules les lampes de nuit brûlaient, et celles-ci n'étaient laissées que pour le bénéfice de n'importe quel *Tayledras* qui prendrait la peine de descendre au niveau du sol au cours de la nuit. Il ne semblait même pas que l'on ait remarqué son absence.

Ils s'en fichent, pensa-t-il tristement en jetant un coup d'œil inquisiteur dans les pièces vides mal éclairées. *Ils s'en fichent vraiment. Oh, dieux !...*

Il sentit son estomac se nouer en une boule dure qui se contorsionnait.

Personne ne se soucie de moi. Personne ne l'a jamais fait à l'exception de 'Lendel. Et personne ne se souciera jamais plus de moi.

Ses épaules s'affaissèrent, et une deuxième boule dure se bloqua dans sa gorge. Il suivit un autre circuit dans les pièces, mais elles demeurèrent douloureusement désertes tout en étant emplies d'échos. Pas âme qui vive. Aucun signe que quelqu'un reviendrait jamais.

Après avoir marché de long en large jusqu'à ce que l'écho de ses propres pas finisse par le faire fondre en larmes, il se réfugia en rampant dans son lit.

Et il pleura jusqu'à ce qu'il sombre dans le sommeil.

Chapitre 13

Leareth riait ; l'écho de son rire glacial se répercutait sur les falaises alentour tandis qu'il levait une main en l'air puis faisait des gestes des plus simples. Une tempête magique se manifesta en tourbillonnant jusqu'à arriver précisément à la limite des défenses de Vanyel. Ce dernier déversa de l'énergie dans sa barrière protectrice ; il s'agissait de la dernière, de l'ultime de ses protections. Il était épuisé, tout comme ses ressources d'énergie, et il avait quant à lui subi bien plus de dommages lors du duel qu'il le laissait voir à Leareth.

Il n'était pas de taille à contrer le souffle corrosif qui érodait ses boucliers plus vite qu'il parvenait à les remplacer. Leareth souriait derrière sa tempête magique, comme s'il savait que Vanyel s'affaiblissait peu à peu. La sueur coulait dans ses yeux et commença à y geler ; il tomba à genoux, combattant encore, en sachant qu'il allait perdre la bataille. Leareth ne semblait nullement fatigué.

Un souffle ultime eut raison de la dernière de ses protections. Vanyel hurla tandis qu'une agonie telle qu'il n'en avait jamais connu auparavant lui arquait tout le corps…

Vanyel se réveilla en sursaut ; le lit était trempé de sueur, et il tremblait comme une feuille au point que les fougères au-dessus de sa tête en frémissaient. Il craignait d'avoir hurlé tout haut.

Mais, comme personne n'arriva précipitamment dans la chambre, il sut qu'il n'en était rien ; que tout s'était passé en rêve. Du moins cette fois-ci il n'avait réveillé personne et n'avait pas été piégé dans ce cauchemar.

Le rêve, oh, dieux ! ce n'est pas simplement un rêve ! Il frissonna, malgré la chaleur de la pièce, et leva les yeux vers la lune descendante qu'il voyait entre les fougères. Le cauchemar le retenait dans une poigne de griffes de fer et ne le laisserait pas se dégager. *Ce combat va se passer dans la réalité, il donne tellement la sensation d'être réel. Il s'agit d'une Prémonition. C'est sûrement ça. Leareth m'a appelé le « Héraut-Mage Vanyel », et je suis tout de blanc vêtu. Je suis en train de rêver à ma propre mort. C'est ce qui va m'arriver, la façon dont je vais mourir, si je deviens un Héraut. Seul. Dans d'atroces souffrances, et tout seul, engagé dans une funeste bataille.*

Il frissonna plus intensément, glacé par le froid de son rêve, et encore plus par la peur. Il repoussa finalement les couvertures, attrapa sa robe et avança à pas feutrés dans la pièce aux bassins d'eau chaude, se repérant grâce à la lumière de la lune et à son habitude de l'endroit.

Car ce n'était pas la première fois qu'il se réveillait au beau milieu de la nuit, glacé après un cauchemar et ayant besoin du réconfort de la chaleur. C'était simplement la première fois, depuis son arrivée en ces lieux, que le rêve avait été suffisamment clair pour qu'il s'en souvienne.

Il grimpa dans le bassin supérieur, se laissant glisser dans l'eau chaude avec un soupir et un frisson. *Oh, dieux ! Je ne veux pas mourir comme ça ! Ils ne peuvent pas vouloir que je me confronte à cela, n'est-ce pas ? S'ils connaissaient ce cauchemar, voudraient-ils encore que je devienne Héraut ? Dieux ! je connais la réponse…*

Il se laissa glisser un peu plus profondément dans l'eau chaude, jusqu'à ce qu'elle vienne lui effleurer le menton. Il combattait une panique aveugle et irraisonnée, et il perdait ostensiblement la bataille. *Qu'est-ce que je vais pouvoir faire ? Oh, dieux !... je n'arrive pas à réfléchir...*

Je dois partir. Je ne peux pas rester ici. Si je reste, ils essaieront de me convaincre. Mais où puis-je aller ? Je ne sais même pas où se trouve mon « chez-moi » par rapport à cet endroit. Mais je ne peux pas rester... je dois simplement partir, je vais juste faire mes bagages et partir, en espérant que les choses se mettront en place d'elles-mêmes, c'est tout ce que je peux faire. Cela signifie abandonner Yfandes...

Pendant un moment, cette pensée fut davantage qu'il ne pouvait en supporter. Mais... la peur était la plus forte. *C'est soit la perdre, soit perdre la vie. Non. Je ne peux pas. Je ne peux me résoudre à me confronter à une telle fin. De plus,* il étouffa un sanglot, *elle aussi veut que je devienne un Héraut...*

Il leva les yeux, estimant l'heure grâce à l'astre lunaire. *Il me reste un peu de temps jusqu'à l'aube. Je pourrais être sorti de la vallée et avoir parcouru une bonne distance avant même qu'ils se lancent à ma recherche. Et peut-être d'ailleurs ne le feront-ils pas... Étoilevent n'est sans doute pas encore prêt à avoir de nouveau affaire à moi ; ils penseront peut-être simplement que je suis parti me cacher quelque part afin de trouver un peu de solitude, particulièrement si je parviens maintenant à bloquer Yfandes hors de mon esprit et à la garder en dehors de tout cela.*

Il grimpa par-dessus le rebord du bassin et se sécha avec sa robe ; il savait exactement où étaient suspendus les vêtements qu'il portait lors de son arrivée : à l'extrémité de la garde-robe de Danselune. Il s'en revêtit aussi rapidement que possible, prenant le lourd manteau qu'il drapa sur l'un de ses bras. L'un des ballots se trouvait également là, celui qui contenait ses autres vêtements d'hiver. Ils étaient trop chauds pour les porter dans la vallée, en conséquence, il ne les avait jamais sortis du bagage, portant à la place des vêtements devenus trop petits pour Danselune. Il y avait toujours de la nourriture dans la pièce située à côté de celle où se trouvait l'escalier ; il arrivait parfois que les *Tayledras* s'activent à des heures indues. Il chaparda suffisamment de pain et de fromage pour pouvoir tenir pendant plusieurs jours, qu'il fourra dans le ballot contenant ses vêtements.

Il lui fallut plus d'une marque de la bougie graduée avant d'atteindre l'entrée de la vallée. S'il n'avait pas neigé, il aurait sans doute fait demi-tour à ce moment-là, mais la neige tombait, légèrement mais suffisamment pour recouvrir ses empreintes. Il fit tournoyer le lourd manteau par-dessus ses épaules, rassemblant ses forces et son courage face au choc du changement de température, et s'enfonça dans les ténèbres et le froid, se souvenant juste à temps de se protéger d'un bouclier, afin de ne pas être suivi à la trace grâce à sa propre aura.

— Deux pas en avant, un pas en arrière, fit entendre la voix de Danselune du haut de l'échelle – Savil se refusait à appeler un « escalier » cette pente aussi abrupte – dans la direction de l'*ekele* d'Étoilevent ; il s'écoula bien trois bons souffles avant qu'apparaisse Danselune en personne. Sa tête surgit d'une trappe dans le plancher brillant, juste au moment où une bourrasque de vent faisait osciller et craquer l'arbre tout entier.

La gorge de Savil se serra, et elle agrippa les accoudoirs de sa chaise basse en regardant résolument à l'opposé des fenêtres et de leur vue où passaient les oiseaux, volant en dessous d'eux. Étoilevent ne lui révélerait jamais le nom du matériau qu'ils avaient utilisé pour ces fenêtres en guise de verre, qui n'aurait pas résisté plus de dix souffles en cas de grand vent. C'était le même matériau dont ils avaient fait les lucarnes, seulement moins épais. Une sorte de membrane résistante, souple et transparente, et Savil ne parvenait pas à se résoudre à croire qu'elle résisterait si quelqu'un la percutait. L'*ekele* se mit de nouveau à émettre des craquements sinistres, et elle frissonna en voyant la matière revêtant les fenêtres onduler légèrement en raison de la distorsion de leurs encadrements.

— Serait-il possible que tu m'expliques cette remarque sibylline ? demanda-t-elle, tandis que le reste du corps de Danselune émergeait par cette « entrée ».

— Oh, ton disciple, Sœur d'Aile…, lui dit-il sur un ton particulièrement formel en refermant la trappe contre une autre bourrasque d'air glacé.

L'échelle était abritée, mais pas entièrement enclose – cela aurait été peu pratique – et Étoilevent ne pouvait concevoir d'avoir à utiliser une barrière magique à l'entrée de son « nid », alors que, la plupart du temps, cette trappe en remplaçait parfaitement bien la fonction.

— Que ta journée soit brillante, Maître-*ashke*.

— Et que le vent gonfle tes ailes, répliqua automatiquement Étoilevent en se détournant de la fenêtre, sa tristesse se dissipant quelque peu. *Shay'kreth'ashke*, il n'y a pas de « Maître » ici pour toi.

— Non, mais jusqu'au jour où tes ailes te soulèveront dans les airs, tu es mon Maître.

Danselune traversa en glissant sur le sol instable pour venir au côté d'Étoilevent, d'un pas aussi assuré qu'un marin sur un pont mouvant.

— Cela suffit, je me noie, grommela Savil. Dieux ! ces couples unis pour la vie, c'est plus que suffisant pour faire de moi une célibataire ! Qu'en est-il de mon disciple ? Et éloignez-vous, de grâce, de cette fenêtre ! Je ne peux m'empêcher de penser que la prochaine bourrasque va vous entraîner au-dehors.

— Le carreau résistera. De plus, aucun *Tayledras* n'est jamais tombé de son *ekele* depuis des années, Sœur d'Aile, tenta de la rassurer Étoilevent, le dos tourné à la fenêtre et s'appuyant sur son rebord.

— En ce cas, le temps est depuis longtemps écoulé pour que cette éventualité se reproduise, et je ne souhaite pas que ce soit toi qui en pâtisses, d'accord ?

Une autre rafale fit gémir l'arbre entier, et elle s'agrippa aux accoudoirs de la chaise, les articulations de ses doigts se faisant toutes blanches.

— Très bien !

Étoilevent souriait en vérité tandis qu'il s'éloignait de la fenêtre, puis se plia comme si son corps était dénué de toute ossature pour venir s'installer dans l'une des chaises fixées au sol de son *ekele*. Il ressentait un certain plaisir à taquiner Savil au sujet de son acrophobie.

Chaque *ekele* ressemblait à une cabane améliorée construite dans un arbre ; il y en avait une pour chaque branche principale de l'Arbre Roi, environ une vingtaine en totalité. Elles n'étaient pas toutes habitées, et elles étaient principalement utilisées pour la méditation, pour dormir, enseigner et se divertir. Pour toute autre chose, l'« espace en dessous » était beaucoup plus pratique. Mais lorsqu'un *Tayledras* avait besoin de réfléchir, il se réfugiait fréquemment dans son *ekele*, parfois des semaines durant, ne reposant les pieds sur terre que si nécessaire.

L'*ekele* consistait en une pièce unique avec fenêtres, de dimensions variées, fabriquée avec du bois poli, si léger de teinte qu'il en était presque blanc, et meublée sommairement de quelques chaises fixées au plancher, d'une table fixée de même, et de matelas enroulés entreposés dans un coin. L'*ekele* d'Étoilevent était le plus haut perché et, de ce fait, c'était l'un des plus petits. La vue était magnifique. Mais Savil n'aurait su l'apprécier.

Danselune prit un troisième siège et s'y assit de côté, les jambes passées par-dessus l'accoudoir.

— Eh bien ? interrogea Savil. Vas-tu me fournir quelques explications ?

— Ton disciple. Tout d'abord, nous nous sommes efforcés de le convaincre de ne dépendre de personne. Et alors... il s'est ensuite replié sur lui-même, ne se confiant même pas à son Compagnon, intériorisant sa douleur. Puis j'ai tenté de l'inciter à admettre sa souffrance, à la partager, à reprendre contact avec l'extérieur...

— Et puis ?

Danselune haussa les épaules, et Savil sentit qu'il ne lui avait pas tout raconté.

— Que lui as-tu dit ?

Les fluctuations d'humeur de Danselune se lisaient dans ses yeux, qui avaient pris une couleur gris-bleu trouble.

— Je... lui ai parlé de moi. Je pensais que, s'il pouvait voir qu'il n'est pas la seule âme en peine au monde, il pourrait être prêt à partager sa douleur.

Les yeux de Savil se rétrécirent ; Danselune était malheureux.

— *Shayana*, t'a-t-il blessé ? S'il a fait cela...

— Je me suis blessé tout seul. (Ses yeux s'éclaircirent, et il lui adressa un sourire empreint d'ironie.) Il m'a simplement repoussé, c'est tout. Et, depuis, il se cache toute la journée, et il est encore caché ce matin. Son lit est vide, les *hertasi* ont rapporté qu'il est allé au bout de la vallée, et son Compagnon dit qu'il l'a complètement bloqué en dehors de son esprit. Pour le dire en termes plus crus, Sœur d'Aile, il boude.

Savil poussa un soupir, oubliant d'agripper les accoudoirs de son siège.

— Dieux ! qu'allons-nous faire de lui ?

L'expression d'Étoilevent se fit grave de nouveau, et il s'apprêtait à répondre… mais fut interrompu. Les deux *Tayledras* se mirent soudain en alerte ; leurs têtes se tournèrent face à la fenêtre comme attirées dans cette direction.

Deux oiseaux surgirent comme des flèches de l'étage inférieur et voletèrent à leur niveau, juste de l'autre côté du carreau ; le gerfaut blanc, accompagné d'un deuxième au plumage plus banal. Étoilevent bondit de son siège et ouvrit brusquement la fenêtre toute grande ; les oiseaux tourbillonnèrent dans le souffle de vent qui pénétra dans la pièce, puis il referma la fenêtre.

Danselune avait sauté sur ses pieds, écartant les bras, prêt à y accueillir les oiseaux, dès l'instant où Étoilevent s'était dirigé vers l'ouverture. Les faucons revinrent infailliblement vers lui et se posèrent sur les protections en cuir recouvrant ses avant-bras avant même qu'Étoilevent ait terminé de pousser le loquet de la fenêtre.

Le *Tayledras* plus âgé tendit un bras à son tour, et le faucon couleur chamois s'éleva sur son avant-bras avec un battement d'ailes, s'y posant immédiatement.

Les deux *Tayledras* fixèrent leurs oiseaux dans les yeux en une communion silencieuse. Savil restait aussi immobile qu'elle le pouvait. Le lien entre le Frère du Faucon et ses oiseaux était fort ; les oiseaux élevés magiquement représentaient bien plus que leurs frères sauvages, mais leur esprit n'en était pas moins inférieur à celui d'un très jeune enfant, peut-être un soupçon supérieur à celui d'un chat, et il ne fallait pas grand-chose pour les déconcentrer.

Le faucon blanc replia ses ailes ; celui couleur chamois cria. Les yeux des *Tayledras* se croisèrent, et Savil put interpréter par les rides sévères se formant au pourtour de leurs bouches qu'il semblait y avoir un « problème ».

— Que se passe-t-il ? s'enquit-elle.

— Tout d'abord… il y a manigance, comme tu nous l'avais rapporté, mais cette fois-ci sur notre sol et pas à k'Vala, lui dit Étoilevent, apaisant son oiseau en caressant le plumage de sa poitrine. Une poignée de dragons de glace, dirait-on. Quelque chose les a forcés à se déplacer, alors, lorsque nous nous occuperons d'eux, nous devrons pousser plus loin ; il y a des peuples sous la protection des k'Treva qui se sont installés dans cette direction. C'est la première fois que nous avons pris le coupable sur le fait, et je n'ai aucunement l'intention de considérer cela à la légère.

— J'espère que tu m'inclus dans ce « nous » ; une poignée de dragons nécessite la participation de chaque Mage que tu pourras trouver, lui dit Savil en se remettant précautionneusement sur ses pieds et en rassemblant tout son courage pour affronter l'oscillation de l'*ekele*.

— Si tu veux… tu seras la bienvenue. (Étoilevent eut l'air soulagé.) Mais Vanyel…

— S'il se cache, il ne réapparaîtra que lorsqu'il sera prêt à le faire. Rien de grave ne peut lui arriver tant qu'il reste dans la vallée. À quelle distance se trouvent donc ces monstres ?

— À une demi-journée à pied ; peut-être moins, répondit Danselune, ce qui ne me plaît guère. Cela signifie qu'ils ont été rameutés, ou même Téléportés. Et, dans ce cas, dans quelle intention et par qui ?

— Deux bonnes questions, reconnut Savil. Sur qui pouvons-nous compter ?

— Personne en dessous du niveau d'un Adepte, pas avec les dragons de glace ; même les Artisans ne devraient pas intervenir contre ces meutes, du moins d'après mon humble avis, *Shethka*.

— Essaierais-tu de me dire que nous sommes les trois seules personnes pouvant s'en charger ?

— Chantsoleil est toujours en convalescence après son expédition pour ramener au sanctuaire les oiseaux de feu, Ventclair est trop vieux pour voyager, et Tornadaile est enceinte.

— Seigneur et Dame… il faudrait… *enfermez-la !* s'exclama Savil.

— Aucune crainte, elle s'est assagie depuis qu'elle a atteint le rang d'Adepte. Plus de courses tête baissée face au danger pour la sensation seule. Donc… Ondétoile est déjà sur les lieux, à la suite d'un autre appel des *kyree*, comme Feuvolant d'ailleurs. Et cela représente la totalité des Adeptes k'Treva. (Étoilevent grimaça.) Si c'était l'été…

— Si c'était l'été, ce ne serait pas des dragons de glace, *ashke*, lui rappela Danselune. Nous ferons avec ce que nous avons, et sommes reconnaissants que notre Sœur d'Aile Savil soit avec nous.

— Mettons-nous donc au travail, dit Savil en se calmant pour pouvoir aborder la longue descente par l'escalier, tandis que les *Tayledras* transféraient leurs oiseaux de leur avant-bras à leur épaule pour cette descente.

» Je préférerais affronter un dragon de glace plutôt que votre satanée échelle !

L'averse de neige s'atténua juste avant l'aube et le soleil se leva, pâle et glorieux, scintillant au travers des branches dénudées. La forêt était emplie de lumière ; avec cette luminosité le bon sens de Vanyel réapparut.

Il s'assit sur une souche, fatigué et à bout de souffle, et sembla brusquement se réveiller de l'emprise de son cauchemar. *Que fais-je ici ?* pensait-il, essayant de reprendre haleine. *Je ne sais où je vais, je ne sais ce que je vais faire lorsque j'arriverai, où que ce soit, je n'ai pas la moindre idée de l'endroit où je me trouve ! Je suis juste… parti en trombe vers nulle part, comme un parfait imbécile !*

Il déposa son ballot à ses pieds et prit dans le creux de sa main protégée par une mitaine de la neige fraîche qu'il porta à sa bouche ; cela lui engourdit la langue, sans néanmoins l'aider à étancher sa soif. *Je n'arrive pas à croire que j'ai fait quelque chose d'aussi stupide.*

Il s'enveloppa plus étroitement dans son manteau et ramena ses genoux sous son menton, contemplant le délicat réseau de dentelle des branches blanches contre le ciel cruellement bleu. Il se mit à réfléchir aux événements, lentement ; par petites étapes douloureuses.

Il rougit de honte. *Je ne peux croire que j'ai fait cela. Bon sang ! Je sais pourtant combien Savil m'aime, je l'ai senti… et Yfandes, et… fichtre, je suis vraiment un véritable imbécile. Danselune essayait juste de me dire qu'il est… plus facile d'avoir d'autres personnes dans son entourage qui souffrent lorsqu'on souffre soi-même, et non pas que sa souffrance était pire que la mienne. Je l'ai blessé en le repoussant.*

Son visage s'empourpra. *Le pire est qu'il me pardonnera probablement sans que j'aie même besoin de le lui demander. Ils ne m'ont pas abandonné hier ; ils étaient simplement occupés... probablement au sujet de mon bien-être. Ils m'ont accordé exactement ce que je voulais ; être seul. J'aurais tout aussi bien fait de m'assommer contre un mur.*

Il ressassait ses pensées tout en regardant les branches de bouleau se balançant dans la brise. Il était seul, complètement seul, comme il ne l'avait jamais été depuis son départ de Forst Reach. L'unique bruit qui brisait le silence était le murmure de la brise et l'appel occasionnel d'un oiseau d'hiver. C'était le genre de solitude qu'il avait recherchée – et n'avait pas trouvée – dans le rêve de glace. Et, maintenant qu'il l'avait atteinte, il n'en voulait plus.

Non que cet endroit ne fût pas paisible, mais un refuge, comme il l'avait découvert avec sa petite cachette au manoir, pouvait tout aussi facilement se transformer en prison.

Lorsque tu enfermes les choses à l'extérieur, pensa-t-il lentement, *tu te cloîtres à l'intérieur. Je pense que, peut-être, c'était ce que Danselune essayait de me faire comprendre.*

Il fixait les branches blanches sans les voir et sans vraiment réfléchir ; en laissant simplement ses pensées vagabonder. Une pensée naquit, une pensée importante. Mais elle n'était pas vraiment prête à émerger encore.

Finalement, il poussa un soupir et orienta sa pensée vers sa propre stupidité. *Même si ce rêve était une Prémonition, il existe vraisemblablement des moyens de contourner la situation. Personne ne m'obligera à devenir Héraut. Je pourrai probablement rester ici si je le demande. Il n'y avait aucune raison de m'enfuir dans cette région reculée sans rien d'autre que ce que je pouvais porter et sans armes. Dieux ! quel imbécile je fais !*

Il revint sur ses pas afin de repérer ses traces. Alors même qu'il les regardait, la brise vivifiante effaçait la dernière de ses empreintes de pas d'une neige légère et poudreuse.

Il poussa un grognement. *Oh, fort bien! Très bien même. Je serai probablement incapable de retrouver mon chemin à présent! Je n'ai nul besoin de professeurs, mais plutôt de gardes-malades!*

Puis il cilla, sous le coup d'une surprise soudaine au ton de ses propres pensées. Il s'assit le dos un peu plus droit, fit le point sur lui-même et réalisa qu'il… se sentait de nouveau bien vivant. Se sentait prêt à vivre.

C'est comme si j'avais été malade, fiévreux, et que la fièvre venait juste de tomber. Comme si j'avais été brisé de l'intérieur, en quelque sorte, et je commence finalement à me sentir en voie de guérison. Je ne me suis pas senti aussi… bien… depuis la mort de Tylendel…

Il ferma les yeux, s'attendant au retour de la souffrance. Il y avait de la souffrance, mais elle ne ressemblait pas à cette agonie débilitante, liée au sentiment de perte.

Lendel, pensa-t-il avec une pointe d'émerveillement, *tu me manques toujours. Cela me fait encore mal que tu ne sois pas ici. Mais je devine que Danselune avait raison. Je dois reprendre les rênes de mon existence, même si tu n'es plus là pour la partager.*

Il ouvrit les yeux sur la forêt qui scintillait à présent, et parvint à ébaucher un faible sourire en songeant à sa propre folie.

Je suis vraiment un idiot, le véritable roi des imbéciles. Et tu aurais été le premier à te moquer de moi, n'est-ce pas vrai, 'Lendel? (Il secouait la tête d'incrédulité en repensant à ce qu'il avait fait.) *D'accord, je devine que je ferais mieux de réfléchir comment retrouver le chemin du retour sans la moindre piste à suivre.*

Puis la réponse lui parvint, et il se mit à rire de sa propre stupidité.

Seigneur et Dame ! c'est une bonne chose que vous preniez soin des imbéciles ! Tout ce que j'ai à faire est de me mettre à la recherche des Mages. Ce n'est pas comme s'il y en avait trop dans les parages, après tout ! Le pouvoir doit se trouver par ici. Même un crétin tel que moi le remarquerait.

Il ferma de nouveau les yeux et prit une profonde inspiration d'air vif et froid. *Centre… sol… et puits… ouvert, tout comme je l'avais supposé, et les voilà…*

La montée d'énergie du Portail le frappa avec un tel choc qu'elle le renversa et lui fit perdre connaissance.

Lorsque Vanyel recouvra ses esprits, le soleil était haut dans le ciel, ses rayons chauffant sa joue ; il était midi, ou presque. Il était étendu là où il était tombé, sur le côté, coincé entre son ballot et la souche. Il s'était recroquevillé autour du ballot, et les racines lui rentraient dans les côtes et la jambe. Ses oreilles résonnaient… ou était-ce sa tête ? Quoi qu'il en soit, il avait l'impression qu'il venait de faire les frais d'une des pires tentatives malintentionnées de Jervis.

Dieux ! Il jeta un regard au soleil et grimaça. *C'était un Portail. Rien d'autre ne procure cette sensation. Oh, comme j'ai mal ! Heureusement que j'étais enveloppé dans ce manteau lorsque je suis tombé, sinon j'aurais gelé sur place.*

Il repoussa le ballot et roula sur le ventre. Cela lui permit au moins d'éviter l'éblouissement du soleil. Il rassembla ses genoux contre lui et s'extirpa de la neige avec les bras ; il était raide et avait froid, mais à part cela il était indemne. Seule sa tête le faisait souffrir, et cela, de manière particulière, « intérieurement », signifiant qu'il avait « meurtri » les nouveaux sens qu'il possédait. Il resta agenouillé là pendant un moment, puis repoussa sa capuche en arrière avant d'observer les environs.

Je suppose que je ferais mieux de bouger avant de me transformer en bonhomme de neige. Il se remit debout, s'aidant de la souche, puis tapa des pieds sur le sol enneigé pendant plusieurs minutes, essayant de faire circuler de nouveau le sang dans ses veines.

J'espère que personne n'aura remarqué mon départ. J'espère que ce Portail ne signifiait pas que quelqu'un s'est mis à ma recherche. Je me sens suffisamment ridicule comme ça.

Il accrocha son ballot par-dessus son épaule et essaya de se repérer. *D'accord, essayons encore. Centre… et sol… et puits… et si je découvre que Danselune a quoi que ce soit à voir avec ceci, je vais…*

Sa tête résonna de nouveau, il vacilla et tomba presque, mais cette fois le choc était un appel à l'aide muet, clair, urgent et indubitable, qui le calma aussi rapidement que le seau d'eau froide d'Andrel.

Il n'y avait aucune « présence » associée à ce cri, pas comme avec les Doués ou les *Tayledras* ; il était juste direct et désespéré. Il ne provenait pas d'un Mage entraîné ni d'un Héraut. Cela ne pouvait être qu'une personne ordinaire en proie à une terreur mortelle.

Dieux ! Sa tête pivota dans la direction d'où semblait provenir le cri, telle une aiguille attirée par une magnétite. Et, sans aucune idée de la raison pour laquelle il agissait ainsi, à l'exception que c'était bien un appel au secours et qu'il *devait* y répondre, Vanyel se mit à courir maladroitement vers la source de ce hurlement.

Il avait suivi la piste d'un gibier ; à présent il se retrouvait en dehors de tout chemin. Il courut dans un enchevêtrement de buissons, ne parvenant bientôt plus à s'en dépêtrer. Perdant presque la raison à cause de l'appel qui résonnait dans sa tête, il réussit finalement à se frayer un passage. Il se retrouva alors dans un bosquet de bouleaux ; il n'y avait que peu ou pas de végétation entre les colonnes droites et blanches des troncs, et il hâta le pas jusqu'à s'engager dans une course à fond de train.

Pourtant, il traversa bien trop rapidement la clairière dénuée de végétation. Le sol de la forêt se faisait plus accidenté, il était parsemé d'un enchevêtrement de ronces et de rochers, et également plus pentu. Les poumons de Vanyel se mirent à le brûler. Son manteau s'accrochait fréquemment à des branchages, malgré tous les efforts qu'il déployait pour l'envelopper plus étroitement autour de son corps. Il trébucha et heurta violemment le tronc d'un arbre, ne se relevant que pour buter de nouveau sur un obstacle et s'affaler de tout son long dans la neige. Il en eut le souffle coupé l'espace d'un instant, mais la voix paniquée et implorante qui résonnait dans son « oreille intérieure » ne lui laissait aucun répit : il devait continuer. Il se redressa en faisant des pieds et des mains, libérant son manteau accroché à des ronces, et se remit à courir.

Il trébucha et tomba probablement une bonne dizaine de fois sur des obstacles dissimulés par la neige, et dut probablement faire beaucoup de bruit, prévenant de son arrivée toute créature qui ne serait pas dure d'oreille.

Toute créature qui ne serait pas sourde… ou bien trop occupée.

À bout de souffle, marchant péniblement à l'aveuglette, incapable de se concentrer sur rien de plus que les quelques mètres devant lui, il se prit les pieds dans une racine au moment même où il atteignait la crête d'une colline basse, et chuta dans un fourré qui la couronnait.

Il perçut le danger avant de se relever et de se trouver à découvert. Il se figea. Le « danger » était trop absorbé par ses victimes pour porter une quelconque attention au vacarme qu'il venait de provoquer. De même, une troupe de cavalerie entière aurait pu approcher sans qu'il le remarque.

Il avait sous les yeux la limite précise des terres décontaminées de quelque petit paysan ; une vallée fertile avec une rivière, bien irriguée, à l'abri du pire climat hivernal et des tempêtes d'été. Une terre arable comme celle-ci convaincrait un fermier entreprenant d'affronter les périls présents dans les Pélagirs. Une palissade avait été érigée autour de la maison et des granges pour se prémunir de tels dangers.

Pourtant, cette palissade, constituée de troncs entiers plantés en cercle autour des constructions, était arrachée et effondrée. Elle ne pouvait avoir résisté plus de quelques instants contre ce qui avait surgi face aux fermiers au cours de cette limpide matinée d'hiver.

Vanyel n'avait jamais vu de dragon de glace, mais il savait à quoi ils ressemblaient grâce aux descriptions d'innombrables chansons et récits. Ressemblant moins à un lézard, et beaucoup plus à un serpent affublé de grosses jambes courtaudes, c'était la plus grande créature vivante que Vanyel ait jamais vue. Du nez à la queue, il était aisément aussi long que six chariots mis en enfilade. Sa tête équine était aussi grosse qu'une barrique de vin ; rangées sur rangées d'épines argentées, aussi fines que des aiguilles, recouvraient son corps, longeant sa crête et descendant le long de son dos, et des épines encore plus nombreuses formaient un jabot autour de son cou.

Il gronda férocement, découvrant des crocs aussi longs que la main de Vanyel, et aussi blancs et pointus que des stalactites. Il avait labouré la terre autour de lui de ses griffes méchamment recourbées. Vanyel en avait déjà vu ; Danselune possédait une dague fabriquée à partir de l'une d'elles. Ces griffes étaient plus longues que sa main, et tout aussi aiguisées que ses crocs. De gigantesques yeux d'un mauve profond, tels de parfaits cabochons d'améthyste, étaient rivés sur ses proies : une jeune femme et ses deux enfants. La créature était d'un blanc argenté immaculé, comme la neige la plus pure, et ses écailles scintillaient à la lumière du soleil ; elle était tout aussi magnifique que meurtrière.

Comme en attestait un corps mutilé sous ses pattes avant, la créature savait très bien utiliser ses griffes et ses crocs.

Mais la femme et les enfants n'étaient pas tétanisés par la queue, les crocs, ou les griffes mais par l'arme principale du dragon de glace : le pouvoir hypnotique de ses yeux.

Il les regardait fixement dans un silence total, un silence si absolu que Vanyel pouvait entendre de là où il se trouvait le souffle haletant de la femme. Le dragon ne bougeait pas ; il allait faire venir ses proies à une distance facilement accessible pour lui.

Vanyel ne s'était pas protégé mentalement depuis que l'avait comme transpercé cette terrible dague constituée de la peur de la femme. Il pouvait encore sentir les pensées – incohérentes, hystériques et désespérées – dont l'esprit gémissait et griffait les murs qu'avait érigés alentour le regard fixe et mauve du dragon de glace. Elle était piégée, ils étaient piégés, leurs volontés annihilées, leurs corps ne leur obéissant plus.

C'était ainsi que son époux, le père de ses enfants, était mort ; en avançant jusqu'à portée de patte de la créature, son corps obéissant à la volonté de celle-ci, et non plus à la sienne. La bête était lente, c'était là la véritable horreur, s'ils parvenaient juste à la déconcentrer au moment crucial pour détourner son regard, ils pourraient en réchapper.

Vanyel pouvait également « entendre » d'autres esprits, là-bas, du côté opposé de la clairière. Le reste de la famille nombreuse – qui devait rassembler une douzaine de membres – était parvenu à passer à côté du dragon en se déplaçant discrètement pour rejoindre la sécurité et l'abri des bois. Seules ces quatre personnes n'avaient pas réussi à fuir : la femme, ayant la charge de ses enfants, et l'homme, resté pour les protéger. Vanyel pouvait « entendre » leur angoisse, comme un chœur de cris perçants.

Le jeune homme avait le regard rivé sur les trois individus qui étaient piégés, tout aussi paralysé qu'ils l'étaient eux-mêmes. Sa bouche était devenue sèche et son cœur battait à tout rompre. Il ne semblait pas être en mesure de penser ; comme si ces yeux violets le retenaient captif, lui aussi.

Un mouvement se produisit à la limite de son champ de vision.

Non, tous n'avaient pas fui vers les bois. De l'angle d'une grange surgit un homme, qui avançait en boitant et en grimaçant de douleur, lentement, mais qui se déplaçait si silencieusement que la neige ne craquait même pas sous ses bottes. Il traquait le dragon. Un nouvel assaut de pensées envahit l'esprit de Vanyel, de manière fragmentaire, mais suffisamment perceptible pour lui révéler les intentions de l'homme.

« *... approche-toi suffisamment près pour lui enfoncer...* »

C'était un vieil homme, un vieillard fatigué ; le grand-père de la femme. Il s'était retrouvé piégé dans la grange lorsque la créature avait attaqué et renversé la palissade, et il avait vu l'époux de sa petite-fille s'avancer jusque dans les mâchoires de la bête. Il avait reconnu le dragon et s'était muni de la seule arme qu'il avait pu trouver : une fourche. Un instrument absolument inefficace pour combattre un dragon de glace.

« … lui arracher les yeux et il pourra plus courir après… »

Le dragon de glace ne voyait plus que les proies qui se trouvaient droit devant lui. Le vieil homme se glissa furtivement dans son dos sans qu'il remarque sa présence.

Le vieillard savait, avec une calme certitude, qu'il allait mourir. Il savait que son attaque n'allait rien faire d'autre que de mettre la créature en rage. Mais cela briserait la concentration de la bête ; cela lui ferait détourner la tête à un moment crucial.

Son attaque était suicidaire, mais elle donnait à sa petite-fille et à ses enfants une chance de survivre.

Il s'approcha à une distance d'un bras du dragon de glace – il maniait sa fourche avec désinvolture comme s'il s'apprêtait à la piquer dans une botte de foin – et il frappa, enfonçant les dents de la fourche dans le flanc du monstre. Le bruit s'apparenta à celui que ferait un couteau planté dans un bloc de bois.

Le dragon hurla ; son cri perçant brisa le terrible silence, et presque les tympans de Vanyel. Le monstre tordit violemment son long cou sinueux, puis attrapa le vieil homme avant même qu'il ait eu le temps de lâcher sa fourche. Avec un claquement sec de mâchoires qui couvrit son cri strident, il arracha d'un coup de dents la tête du vieillard.

Vanyel hurla en ressentant l'agonie du malheureux et le courage désespéré de ce dernier l'inspira.

La colère, la peur et d'autres émotions qu'il ne parvenait même pas à nommer le saisirent toutes, le firent se lever, le poussèrent à découvert et explosèrent en dehors de lui avec une intensité qui éclipsa la déflagration qu'il avait provoquée lorsque Étoilevent avait essayé de lui faire invoquer la foudre.

Il était si bouleversé qu'il fut seulement en mesure de projeter un champ de force protecteur autour de la femme et de ses enfants. Puis il frappa le dragon avec tout ce qu'il avait en lui. Cette explosion de puissance brute frappa la bête au côté et la projeta violemment par-dessus la toiture de la maison – haut dans le ciel – la laissant ainsi suspendue pendant un pénible instant, tandis que Vanyel avait l'impression qu'on lui arrachait les entrailles.

Puis l'énergie s'épuisa et la créature retomba lourdement sur le sol, du sang s'écoulant de centaines de plaies, chaque os à l'intérieur de son corps pulvérisé.

Vanyel tomba à genoux, puis sur les mains, avant de s'effondrer complètement, allongé épuisé dans l'étendue du champ sous le pâle soleil d'hiver, haletant et se demandant ce qu'il venait de faire.

Savil examinait la dernière des carcasses des dragons de glace, et se tourna vers Étoilevent en se mordant la lèvre.

— Où se trouve la reine-dragon ?

— Aucune trace d'elle, lui répondit-il brièvement, tenant à peine debout. Il avait essuyé le plus fort de l'attaque, et se sentait affaibli et tout étourdi après l'effort dispensé pour maintenir leur centre, tandis que Savil et

Danselune refermaient les mâchoires du piège afin de contrer l'invasion des dragons de glace.

—Je ne l'ai pas vue non plus, leur lança Danselune du haut de la colline. Il examinait chaque carcasse au cas où l'une d'entre elles se révélerait être celle d'une reine immature. Il était fort rare de voir une horde menée par une reine juvénile, mais ce fait avait été parfois rapporté.

Yfandes avait consenti à porter le partenaire du *Tayledras*. La mission d'intercepter les dragons avant qu'ils atteignent des zones habitées était trop importante. Étoilevent avait alors fait office d'appât à pied, tandis que Danselune juché sur Yfandes et Savil sur Kellan se chargeraient de déclencher le piège.

—Pas de reine, dit-il catégoriquement après avoir examiné le sixième et dernier cadavre.

La bataille avait fait disparaître la neige du sommet de la colline, exposant la pente noircie. Les six dragons étaient allongés sur l'herbe brûlée comme des masses argentées contorsionnées, comme des colliers d'argent qu'une géante négligente aurait éparpillés sur du velours noir.

—*Ashke*, comment te sens-tu ? s'enquit Danselune avec anxiété en s'éloignant de la dernière des carcasses et en dévalant la colline avec une certaine hâte.

Étoilevent donnait l'impression que ses jambes allaient le trahir à tout moment, et Yfandes s'était avancée pour lui offrir son épaule en soutien. Il s'y appuya avec un murmure de gratitude, tandis que l'Adepte-Guérisseur arrivait à côté de lui.

—J'irai bien mieux dès que je pourrai respirer un peu, répondit le *Tayledras* plus âgé, tandis que Danselune se joignait à Yfandes pour le soutenir. Je suis bien plus inquiet que nous n'ayons pas trouvé la reine.

— Tu penses que…, commença Savil.

Puis tous trois ressentirent une poussée incroyable d'énergie brute et violente à laquelle se trouvait mêlée la « présence » de Vanyel.

— M'seigneur ?

Quelqu'un le secouait par l'épaule. Vanyel releva sa tête qui reposait sur ses bras : la limite de ses capacités était atteinte pour le moment.

— Dieux ! dit-il, l'air hébété, tandis que la jeune femme râblée, enveloppée d'une houppelande, tentait de l'aider à s'asseoir. Oh, de grâce… juste… ne faites pas cela pour l'instant.

— M'seigneur ? V'z'êt' blessé ? lui demanda-t-elle en fronçant les sourcils. V'z' avez été blessé, y vaut mieux que vous v'niez à l'intérieur avant qu'une aut' d'ces bestioles arrive.

— Il n'y en a… plus, lui répondit-il d'une voix accablée en se redressant en position assise.

Le soleil semblait briller d'une intensité particulière, presque douloureux pour ses yeux.

Dieux ! elle appartient à la famille des fermiers. Elle va me reprocher de n'être pas intervenu plus tôt, pensa-t-il en lui jetant un coup d'œil, grimaçant déjà à cette éventualité. *Elle va vouloir savoir pourquoi je n'ai pas sauvé le vieil homme, ou pourquoi je ne suis pas arrivé à temps pour sauver le plus jeune. Que vais-je pouvoir lui raconter ? Comment pourrais-je lui avouer que c'était parce que j'étais trop effrayé pour bouger, jusqu'au moment où le vieillard s'est jeté sur la bête ?*

— Vous nous avez sauvés, M'seigneur, dit-elle, ses yeux bruns écarquillés, avec un évident respect mêlé de crainte dans sa voix qui parvenait même aux oreilles fatiguées de Vanyel. Vous êtes v'nu pour nous sauver, je n'sais comment vous l'saviez, mais M'seigneur, je n'sais point comment vous en r'mercier.

Il la regarda fixement avec surprise.

— Mais…

— Êt'vous avec les seigneurs des oiseaux, M'seigneur ? Vous leur ressemblez guère, mais y sont les seuls Mages dans l'coin qui lèv'raient le p'tit doigt pour l'bien-être des pauv' gens.

— Les seigneurs des oiseaux ? répéta-t-il stupidement.

— Pfff, Menfree, c'est juste un jeune gars et qu'est complèt'ment sonné !

La nouvelle venue était une femme plus âgée, au corps usé et au visage présentant quelques rides causées par les soucis. Elle rassembla sa houppelande autour de ses bras et se pencha vers lui.

— Na, mon gars, tu rent'ici, tu t'réchauffes et tu s'ras moins embrouillé, et pis, tu nous r'contes ton histoire, humm ?

Elle prit Vanyel par le coude et il dut se résigner à se lever, sinon il l'aurait fait tomber. Tout ce dont il se souvint par la suite fut qu'on le guidait dans les ornières du champ labouré, passant à côté de la carcasse du dragon de glace – il tressaillit lorsqu'il put ainsi en apprécier la taille d'aussi près – jusqu'au porche délabré de la maison, puis à l'intérieur, par l'entrée obscure.

Il était non seulement hébété de fatigue, mais il se sentait légèrement embarrassé et pas du tout à sa place. Il se trouvait en compagnie du genre de personnes qu'il s'était efforcé le plus souvent d'éviter chez lui : ces mystérieux paysans-fermiers aux regards impénétrables, dont il ne comprenait ni les besoins ni les manières.

Ils allaient sûrement lui tomber dessus d'un instant à l'autre et lui reprocher de ne pas s'être trouvé là lorsqu'ils avaient eu besoin d'aide.

Mais ils n'en firent rien.

La femme plus âgée insista pour qu'il prenne place sur un tabouret à côté de l'énorme cheminée au centre de la cuisine, la plus jeune le débarrassa de son manteau et de son ballot, et un garçon lui apporta une tisane chaude et sucrée. Lorsque l'un des hommes barbus, vêtu de vêtements sombres, se mit à lui poser des questions, la femme plus âgée le rabroua, avant de se dévêtir de sa propre houppelande brun foncé puis de la jeter sur un banc.

— Fiche un peu la paix à c'garçon, Magnus ; j'ai d'jà vu ça avant avec l'un d'ces jeunes gars des oiseaux. Y font d'la magie, pis y divaguent pendant què'que temps. (Elle tapota la tête de Vanyel.) Il a dit qu'y a pus une seule bestiole, alors va t'occuper d'c'pauvre vieux Kern et du bonhomme de Tansy, et laisse c'gars-là s'remettre d'aplomb tranquille.

Vanyel se blottissait sur le tabouret tout en les observant, clignant des yeux dans la semi-pénombre de la cuisine, tandis qu'ils s'affairaient. Une personne se chargea des corps, une autre s'occupa de la jeune mère hystérique, et une autre organisa les rites funéraires. Ils pleuraient leurs morts ; simplement et sincèrement, sans les manifestations d'hystérie qu'il avait redoutées. Mais ils ne permettaient pas à leur chagrin de mettre en péril la communauté.

Il se sentit honteux face à un tel courage.

Quand ils arrivèrent, les autres le trouvèrent plongé dans de profondes réflexions.

— Je sais que c'était stupide de m'enfuir comme ça, mais… (Vanyel haussa les épaules.) Je ne ferai aucune excuse. J'ai fait beaucoup de choses stupides récemment. Je ne réfléchissais pas.

—Eh bien, ne sois pas trop dur envers toi-même. Les rêves prémonitoires influent sur les gens d'une certaine manière, lui dit Savil en croisant les jambes et en s'installant confortablement sur son tabouret à côté de l'âtre. Ils ont tendance à nous mettre tout en émoi puis à bloquer toute capacité de réflexion. Tu n'es pas le premier à foncer tête baissée tel un lapin de garenne après avoir eu ce type de rêve, et tu ne seras probablement pas le dernier. Non, merci, Megan, dit-elle à l'enfant aux yeux écarquillés qui lui offrait une tisane. Nous avons tout ce qu'il nous faut.

Si les fermiers avaient été impressionnés par Vanyel, ils avaient presque perdu l'usage de la parole à la vue des *Tayledras*. Ils ne savaient pas distinguer un Héraut d'un bouleau, mais ils savaient qui et ce qu'étaient les Frères du Faucon, et leur accordaient le respect habituellement dû à une tête couronnée.

Savil et ses deux compagnons étaient fatigués, et le soulagement qu'ils avaient ressenti en voyant Vanyel sain et sauf et en constatant que la reine-dragon avait été terrassée fut incommensurable. Ils avaient donc accepté avec gratitude l'hospitalité des paysans ; s'installant à côté de l'âtre et acceptant sans hésiter de la tisane et un abri pour la nuit.

Vanyel attendit qu'ils se soient installés pour se lancer dans son récit.

—Alors, lorsque je suis finalement parvenu à recouvrer un peu de bon sens, poursuivit-il, j'ai compris que le meilleur moyen pour retrouver mon chemin serait de rechercher l'endroit où toute la puissance magique était localisée. J'ai tout fait comme vous me l'aviez appris, Maître Étoilevent, et je me suis ouvert, et tout ce dont je me souviens par la suite, c'était qu'il était presque midi. Quelqu'un avait ouvert un Portail, quelque part à proximité je crois, et cela m'a fait perdre connaissance...

—Ah!... Je t'avais bien dit que ces créatures étaient téléportées! s'exclama Savil. Désolée, mon garçon, je n'avais pas l'intention de t'interrompre. Et puis?

—Eh bien, je ne pensais pas qu'il y avait quelqu'un d'autre dans les environs à part les *Tayledras*, j'ai alors pensé que c'était l'un d'eux qui avait fait cela. J'ai recommencé à m'ouvrir pour trouver la vallée, et c'est alors que j'ai entendu un appel à l'aide. Je suis arrivé ici et, lorsque j'ai vu ce dragon de glace... tuer le vieil homme... je ne pouvais simplement... simplement pas rester sans rien faire. Je n'y ai pas pensé à deux fois. Je souhaiterais maintenant l'avoir fait, car je crois que j'ai libéré trop de puissance.

—Avec un dragon de glace, plus particulièrement une reine, il vaut mieux ne pas lésiner, répliqua Savil en échangeant un regard discret avec Étoilevent. Tu t'es peut-être conduit comme un imbécile, mais cela t'a permis de te trouver au bon endroit au bon moment, et je ne vais certainement pas te réprimander pour cela.

—Tante Savil, je... (Il rougit et se redressa légèrement.) Je suis arrivé ici avant que le vieil homme apparaisse. Je n'ai rien fait jusqu'à ce qu'il... je veux dire... j'étais juste caché dans les buissons. Je suppose, dit-il d'une toute petite voix, je suppose que Père avait raison. Je suis un lâche. J'aurais pu le sauver et je ne l'ai pas fait.

—Savais-tu que tu pouvais le sauver? lui demanda Danselune doucement, l'air impassible. Savais-tu que tes pouvoirs magiques fonctionneraient contre le dragon?

—Eh bien... non.

— Tu t'es précipité vers le danger lorsque tu as entendu cet appel à l'aide par l'Esprit, n'est-ce pas ? lui demanda Savil. Tu n'as pas fui ?

— Eh bien… non.

— Et tu t'es simplement figé lorsque tu as vu ce monstre étrange. Tu ne t'es pas enfui, dit Étoilevent en haussant un sourcil effilé.

— Je suppose que ça s'est passé ainsi.

— Je pense que tu as une conception erronée de ce qu'est la lâcheté, jeune Vanyel, lui dit Étoilevent avec conviction. Un lâche se serait enfui en entendant un appel à l'aide. Un lâche se serait enfui dès le premier coup d'œil au dragon. Tu étais indécis, mais tu es resté là. Tu n'as tout simplement pas assez d'expérience.

— M'seigneur Étoilevent ?

L'un des hommes de la ferme portant des vêtements tissés à la main se tenait debout avec timidité à côté du *Tayledras*.

— Phellip, je préférerais que tu ne m'appelles pas « Seigneur », soupira Étoilevent en hochant la tête. Tu possèdes tes terres placées sous notre protection, soit, mais c'est une simple question d'échange de bons procédés.

— Ouais, m'… Maître Étoilevent. Maître, c'dragon… elle est v'nue ici par hasard, ou y a-t-il derrière tout ça plus qu'il n'y semblerait ?

Étoilevent se retourna pour le regarder plus attentivement et avec intérêt.

— Pourquoi poses-tu cette question ?

Phellip se mit à tousser, et son visage s'empourpra.

— Eh ben, M'seigneur, j'suis né et ai été élevé à l'ouest d'ici. Ma famille occupait la terre du Seigneur-Magicien Grenvis… il était pas trop dur, mais… eh ben, lorsqu'ses voisins eurent l'idée d'jouer à la guéguerre, z'avaient coutume d'faire v'nir des dragons et d'aut' bêtes d'même acabit à la rescousse.

— Et tu penses que quelque chose de ce genre est à l'œuvre ? Phellip, je te félicite de ta clairvoyance. Cette pensée vient juste d'ailleurs de m'effleurer...

— Pa' ? (L'un des garçons ne pouvant retenir plus longtemps son impatience sautilla à côté de son père.) Pa', y va y avoir la guerre ? Avec des bagarres et d'la magie et...

Phellip attrapa l'étoffe souple de la tunique du garçon, l'attirant près de lui.

— Jo... j'veux qu't'écoutes c'que M'seigneur Étoilevent va t'dire... M'seigneur, vous lui dites ; y croit pas son vieux père qu's'battre n'est bon à rien d'aut' qu'à remplir l'champ de morts.

— Jeune homme, dit Étoilevent en regardant le garçon d'un air sérieux. Il n'y a rien de « bon » dans la guerre. Il n'y a rien de « glorieux » dans la bataille. S'il y a une guerre, des personnes que nous connaissons et aimons mourront, probablement d'une mort stupide ; d'autres seront paralysées à vie et les imbéciles qui l'auront déclarée seront de retour dans leurs châteaux, occupés à trouver un moyen de récupérer ce qu'ils auront perdu. S'il devait y avoir une guerre – ce que, fais-moi confiance, Phellip, je ferai tout mon possible pour empêcher – le mieux que tu puisses espérer, jeune homme, serait de voir ces magnifiques champs qui nous entourent incendiés, et tu devrais affronter un hiver de famine. Voilà ce que signifie la guerre. Le seul combat justifié est un combat défensif et, comme dans n'importe quel combat, ce sont les innocents qui souffrent le plus finalement.

Le garçon ne semblait pas convaincu.

Vanyel se racla la gorge, et le gamin lui jeta un coup d'œil.

— Plutôt excitant, la manière dont ce dragon a arraché d'une seule bouchée la tête de ce vieux crétin, n'est-ce pas, Étoilevent ? dit-il d'une voix traînante, en une parodie de certains jeunes courtisans de son propre cercle d'admirateurs.

Le garçon pâlit, puis rougit… mais, avant qu'il éclate en sanglots ou l'abreuve d'insultes, Vanyel le regarda directement dans les yeux avec tant de férocité que le gamin ne parvint pas à détourner le regard.

— C'est ce que tu verras en temps de guerre, Jo, lui dit-il sévèrement. Pas des inconnus se faisant massacrer, mais des gens de ta famille. Les jeunes comme les vieux… tout le monde. Et il y aura toujours un imbécile planqué pour dire qu'il trouve tout cela « tellement excitant ». Voilà ce que signifie la guerre.

Jo semblait à présent affligé… et sans doute convaincu. Du coin de l'œil, Vanyel put voir le fermier qui hochait la tête d'un air approbateur.

Vanyel se sentit soudain très proche de ces gens. Brusquement, ils n'étaient plus sans visage, incompréhensibles : ils étaient des gens. Des gens qui lui ressemblaient beaucoup plus que les membres de sa famille. Ils avaient leur vie… et de l'amour et de la considération pour autrui.

Leur vision de la guerre était assurément plus proche de la sienne que celle de n'importe lequel de ses parents.

Ils ne sont pas si différents de moi. Sauf que… sauf que je suis capable d'accomplir certaines choses qu'ils ne peuvent pas faire. Je peux… je peux les protéger lorsqu'ils ne peuvent pas se protéger eux-mêmes. Et ils peuvent mener à bien des choses que je ne peux pas faire. Pourtant, je pourrais apprendre à faire pousser des carottes si je le devais. Cela ne serait probablement pas de très bonnes carottes, mais je pourrais en faire pousser. Ils ne seront jamais capables de pulvériser un dragon de glace.

Qu'est-ce que ça signifie, vraiment ? Qu'est-ce que cela révèle au sujet de ma vie ? Pourquoi puis-je accomplir ces choses, et personne d'autre… et qu'en est-il des gens là-bas qui… qui envoient des hordes de dragons pour venir dévorer ces pauvres fermiers sans défense ? Si je peux protéger des gens comme eux contre de tels individus… cela ne signifie-t-il pas… que je doive vraiment le faire ?

Il leva les yeux et chercha ceux de sa tante ; elle regardait les enfants occupés à leurs tâches, lavant et découpant des légumes pour un ragoût. Son expression se fit instantanément protectrice et inquiète.

C'est ainsi que Savil ressent les choses… C'est sûrement ça. C'est pourquoi elle est Héraut.

Et, brusquement, les paroles de Tylendel lui revinrent ; si clairement qu'il eut l'impression d'être de nouveau assis à côté de lui, murmurant à son oreille :

« … c'est comme une sorte de fringale. Je ne peux m'en empêcher. Je possède ces capacités, ces Dons, et je ne peux pas ne pas les utiliser. Je ne pourrais rester assis ici, en sachant qu'il y a des gens là-dehors qui ont précisément besoin du type d'aide que je peux leur apporter, sans faire l'effort d'aller à leur rencontre et de prendre soin d'eux. »

Il comprenait désormais ces paroles. Oh, mais quelle ironie ! Cet aspect de la personnalité de Tylendel qu'il n'avait jamais été en mesure de comprendre… maintenant il lui semblait évident. Maintenant que Tylendel était parti… maintenant il comprenait.

Oh, dieux…

Il ferma de nouveau les yeux pour réprimer ses larmes.

Oh, oui… maintenant il comprenait. Parce qu'il ressentait désormais la même chose en lui.

Mais trop tard pour pouvoir la partager.

Chapitre 14

— *Alors ?*

Savil faisait semblant de dormir au coin de l'âtre chez les paysans pendant qu'elle s'adressait par l'Esprit à Étoilevent en mode privé. En réalité, en dépit de son immense fatigue, elle n'avait pas du tout sommeil et avait contemplé le feu entre ses paupières tout en attendant l'occasion de s'entretenir avec lui. Ce seul mot contenait un univers entier de sous-entendus qu'elle était quasiment sûre qu'il déchiffrerait.

— *Intéressant à tous points de vue*, lui répondit-il.

Il était allongé sur le dos, les bras repliés sous la tête, les yeux également clos.

Les fermiers – Savil avait appris avant la fin de la soirée qu'ils avaient baptisé leurs terres « Garthhold » et qu'il s'y trouvait sept familles vaguement liées appartenant à leur clan – avaient offert aux *Tayledras* et à leurs amis une hospitalité sans limite. Tous les quatre étaient épuisés, même après avoir pris un peu de repos et de la tisane, et ils décidèrent d'accepter cette proposition. Ils refusèrent, néanmoins, de prendre le lit de qui que ce soit. Donc, après un souper de pain et de ragoût, ils leur firent comprendre sans équivoque qu'ils avaient l'intention de dormir près de la cheminée. Ils étaient en ce moment même enveloppés tous les quatre dans leurs houppelandes, allongés sur des sacs de paille qui les protégeaient du sol de pierre, à proximité des braises rougeoyant dans l'âtre de la cuisine.

Vanyel ne faisait pas semblant de dormir. Savil n'en était pas si sûre pour Danselune. Celui-ci était recroquevillé sur le côté, son visage tourné vers le feu aussi paisible et serein que celui d'un enfant.

Mais, il devait vraiment être endormi. Il avait soigné de nombreuses blessures après l'attaque des dragons de glace. Puis il avait aidé magiquement à reconstruire la palissade. Ce qui avait épargné aux fermiers de Garthhold des efforts considérables pour remettre en place les troncs précédemment érigés grâce à un sortilège. Il aurait vraiment dû être complètement épuisé.

C'est du moins ce que pensait Savil, jusqu'à ce qu'il s'adresse à tous les deux par la Parole par l'Esprit.

—*Puis-je participer à la conversation? Je suppose que c'est de cela qu'il s'agit.*

Pas si fatigué après tout!

—*Sois le bienvenu, mais gardons cela en huis clos*, lui répondit-elle. *Entre autres sujets, nous discutions du garçon. Étoilevent, poursuis, s'il te plaît.*

—*Des petits détails à ceux d'importance… je pense que peut-être, tu devrais cesser de t'inquiéter pour ce garçon. Je pense qu'il ressent désormais la faim dont tu parlais, et qu'il est parvenu à une certaine compréhension. D'où la question : le garçon peut-il réussir à vaincre ses peurs?*

—*Je me le demande aussi. Il avait vraiment une expression étrange tout à l'heure, et je ne l'ai jamais vu se comporter de manière aussi amicale envers des gens du commun.* Elle écarquilla les yeux et regarda les braises scintillantes dans l'âtre sans les voir réellement. *Pauvre Van. Si son rêve correspond à une Prémonition… voilà bien un sacré fardeau.*

— *Cela peut très bien ne jamais arriver*, leur rappela Danselune, et la paille de sa couche se mit à craquer lorsqu'il changea de position. *Nous voyons seulement les détails les plus évidents en ce moment. Et le moment est en changement perpétuel. Je vais changer de sujet. Nous devons nous occuper d'une chose bien plus urgente. Ces dragons de glace ont été Téléportés ici. Ce qui signifie…*

— *D'énormes problèmes*, répliqua Étoilevent, sa voix par l'Esprit se faisant sombre et sinistre. *Je ne doute pas que les dragons ont été envoyés afin de harceler cette région en prévision de l'arrivée de troupes.* (Une buche craqua.) *Cela va au-delà de la simple manigance. Il y avait un village à l'ouest d'ici sous la protection tacite des k'Treva. Je ne parviens plus à le percevoir ; il se trouve sous un champ de force étranger.*

— *Quelqu'un l'a envahi et placé sous sa tutelle, humm ?* Savil médita cette information quelques instants. *Que diriez-vous d'organiser une petite surprise pour celui qui a envoyé ces dragons ? Je doute que personne ne s'attend à une réplique aussi rapide des k'Treva. Après tout, venir à bout de cette horde aurait dû nous prendre une semaine au moins.*

La voix mentale d'Étoilevent se troubla.

— *Je dirais que tu n'es pas k'Treva…*

— *Et je répondrais que je suis votre Sœur d'Aile, ce qui fait tout autant de moi une k'Treva que Danselune. Je dirais également que deux Mages manigançant quelque chose dans cette région au même moment est une coïncidence plus qu'improbable. Il est bien plus probable qu'il s'agit du même Mage qui fut employé par les Leshara de Valdemar. Ce qui en fait d'autant plus mon combat.*

D'autres craquements de paille se firent entendre, et Savil tourna légèrement la tête ; juste assez pour voir qu'Étoilevent la contemplait d'un air ironique depuis un bon moment.

—*Et quant à moi,* ajouta Danselune, *je dirais que mon* shay'kreth'ashke *ne parviendra probablement pas à remporter un bras de fer avec quelqu'un d'aussi entêté que notre Sœur d'Aile. Je dirais également que trois Adeptes seront plus que nécessaires pour cette intervention.*

Étoilevent soupira.

—*J'abandonne ce combat perdu d'avance. Alors, que devons-nous faire avec le garçon ? Nous ne pouvons pas le laisser ici, et je déteste l'idée d'avoir à prendre le temps de le ramener dans la vallée. Cela nous ferait perdre l'avantage de la surprise.*

—*Il se révélera peut-être utile*, dit inopinément Danselune. *Il a réussi à vaincre la reine-dragon.*

—*Nous l'emmènerons avec nous, je suppose*, acquiesça Savil, bien qu'avec réticence. *Nous pouvons assurément compter sur Yfandes pour le protéger.*

—*Je ne suis pas vraiment d'accord, mais je dois m'y résoudre*, répliqua Étoilevent. *Il est à mon avis très dangereux d'entraîner une personne aussi faible et inexpérimentée dans une telle mission.*

—*J'en ai conscience*, dit Savil en souhaitant que les braises brûlant dans la cheminée ne ressemblent pas autant à une ville en flammes. *Tu peux me croire, je le sais.*

La neige était tombée toute la journée, pas très fort mais régulièrement. L'air semblait presque chaud. Les Compagnons avançaient, comme des esprits blancs, au milieu des rafales, chacun portant un double poids. Des chevaux blancs, des cavaliers blancs, ne faisant qu'un ; celui monté en croupe à l'arrière du deuxième Compagnon était vêtu de noir de fumée et de gris foncé, l'ombre même d'un fantôme.

— Vous ressemblez tous à des Hérauts, dit Vanyel, assis en croupe derrière Danselune. Tout le monde en a l'air, sauf moi.

— Comment est-ce possible ? lui demanda Danselune, surpris.

— Ce sont vos Tenues Blanches, fit remarquer Savil en guise d'explication, tandis que Kellan ralentissait le pas pour qu'elle puisse répondre sans devoir tourner la tête.

— Les hérauts portent toujours des uniformes blancs lorsqu'ils sont en service.

— Ah ! jeune homme, les *Tayledras* portent toujours les couleurs les mieux adaptées pour pouvoir se fondre dans les cimes des arbres. En hiver, du blanc. En été, du vert, évidemment.

Danselune était occupé à tresser soigneusement une nouvelle corde pour son arc ; il ne se souciait même pas de tenir les rênes qu'il avait enroulées autour du pommeau de sa selle. Vanyel n'appréciait pas vraiment de chevaucher en croupe, mais il n'avait pas à se plaindre ; il pouvait parler à Danselune, ce qui n'importunait pas le jeune *Tayledras*. Comme Vanyel en avait eu l'intuition, Danselune lui avait pardonné avant même qu'il lui fasse ses excuses. Ce qu'il avait d'ailleurs fait dès qu'il s'était retrouvé seul avec lui ; cela semblait amplement justifié. Le *Tayledras* agissait comme si cet incident ne s'était jamais produit ; Danselune semblait même accueillir bien volontiers les questions de Vanyel et l'encourageait à en poser d'autres.

Ils avaient principalement parlé des Dons de Vanyel. Le garçon n'en avait en fait jamais parlé à quiconque ; Savil n'avait guère eu l'occasion de le faire non plus, et Étoilevent avait pénétré directement à l'intérieur de son esprit, lui montrant ce qu'il fallait faire en espérant qu'il s'exécuterait.

—Alors, où en étions-nous ? s'enquit Danselune.

—À la Prémonition, dit Vanyel en frissonnant. Danselune, je n'aime pas cela. Je ne veux pas savoir ce qui va arriver. Y a-t-il un moyen pour la bloquer ?

—Maintenant qu'elle est activée ? Pas à ma connaissance. Mais tu ne dois pas la laisser te paralyser, *ke'chara*. Ce que tu vois n'est pas irrévocable : tu vois l'avenir comme il se présentera si rien ne change. C'est plus qu' improbable en ce moment. Ces événements peuvent encore changer ; tu peux les faire changer.

—Je le peux ?

Vanyel se ragaillardit à ces propos.

—Bien sûr. Mais il se pourrait que le prix à payer consiste à mettre fin à une amitié ou à un amour auxquels tu ne voudrais pas volontairement renoncer. Tu ressentiras peut-être que ce lien en vaut le prix. (Il lui sourit par-dessus son épaule.) Si je savais d'une manière ou d'une autre que mon lien à vie avec Étoilevent pourrait m'envoyer à la mort le lendemain, j'irais volontairement à la rencontre de ce funeste destin. Mais je ne mentionnerais pas à Étoilevent cette Prémonition. Réfléchis à cela, si tu le souhaites.

Vanyel resta plongé dans ses réflexions sur plusieurs lieues.

C'était Danselune qui occupait la selle d'Yfandes et non pas Vanyel car, s'ils étaient surpris par une attaque, on avait donné l'ordre à Vanyel de mettre pied à terre et de se tenir en dehors du combat.

Il trouvait cela un peu humiliant… mais plein de bon sens. Vanyel était plus particulièrement intéressé en ce moment par l'aspect « sensé » qu'« humiliant ». Si une attaque se produisait, il obéirait à ces ordres. Il avait appris sa leçon avec le dragon de glace.

— Alors, as-tu d'autres questions à me soumettre, *ke'chara* ?

Vanyel secoua la tête.

— Eh bien, j'en ai une pour toi : Étoilevent a dit que lorsque tu étais effrayé au cours de la pratique, tu extrayais de l'énergie du nœud de la vallée. Est-ce vrai ?

— Qu'est-ce que ce nœud de la vallée ?

— Savil ne t'en a donc pas parlé ? (Danselune fit une grimace.) Tu auras sûrement ressenti que chaque chose possède de l'énergie, n'est-ce pas ?

— Même les rochers…

— *Ge'teva*, si tu peux ressentir cela, alors ton Don de la Magie est l'un des plus puissants ! Même moi, j'ai des difficultés à le percevoir. Alors ! as-tu remarqué que le flux de cette énergie circule le long de lignes, comme l'eau de pluie suit les courants ?

Vanyel ne l'avait pas remarqué mais, lorsqu'il ferma les yeux et élargit la perception de sa conscience, il put constater que Danselune avait raison.

— Je le vois maintenant.

— Alors, suis un courant jusqu'à l'endroit où il en croise un autre.

Il s'exécuta. Il y trouva une sorte de… nœud. Une concentration d'énergie. Il le signala à Danselune.

— Il s'agit d'un nœud. (Danselune hocha la tête.) Les *Tayledras* peuvent diriger le cours de ces courants en certaines occasions, ce qui correspond à la méthode que nous utilisons pour extraire la magie aux endroits où des guerres l'ont laissée, avant de la déplacer en un lieu où elle sera plus utile. Nous bâtissons nos forteresses sur des lieux où se rejoignent au minimum deux puissants courants : au niveau des nœuds. L'énergie provenant d'un nœud est telle que nous pouvons tous en faire usage, mais nous avons découvert que bon nombre de Mages en dehors de ce pays, non seulement ne parviennent pas à sentir les courants, mais ne peuvent ni sentir ni faire usage des nœuds. Il se pourrait qu'il s'agisse seulement de ce que pourraient faire efficacement ces étrangers de même niveau de compétence que nos Adeptes ; je pense qu'il est peut-être exclusif aux *Tayledras* que nous tous, à partir du moment où nous commençons à sentir nos Dons s'éveiller, pouvons manipuler cette énergie aussi aisément qu'un enfant joue avec des briques de construction. Il y eut une certaine époque – il y a de cela très longtemps – où les *Tayledras* adoptaient fréquemment des personnes venant d'en dehors de leurs contrées, et où on disait que ces étrangers changeaient même d'apparence comme je le fis. Je pense que la clé du changement est de faire usage de cette magie sous la direction des natifs *Tayledras*. Alors donc, de ces Adeptes étrangers que nous avons connus, seule notre Sœur d'Aile Savil parvient à se connecter à ces nœuds tout autant que les *Tayledras* ; le Don qu'elle possède est particulièrement puissant. Il semblerait qu'il en soit de même du tien.

Vanyel était déconcerté. Où tout cela le mènerait-il ?

— Mais qu'est-ce que ça veut dire, Danselune ?

— Pour le moment… tu t'es épuisé lorsque tu as tué le dragon de glace. C'est une action que tu n'as pas vraiment besoin d'effectuer si rapidement, si tu te souviens que tu peux t'alimenter à ces nœuds d'énergie vitale contenus dans toute cette étendue à la portée de tes sens. Lorsqu'ils sont épuisés… alors seulement tu as recours à ta propre énergie.

— *C'est ce que j'ai essayé de te dire*, ajouta Yfandes à l'intérieur de son esprit.

Cela lui donna matière à réflexion pendant plusieurs marques supplémentaires de la bougie graduée.

Ils avaient voyagé vers l'ouest à partir de Garthhold avec le lever du soleil, en s'arrêtant trois fois en route afin d'interroger des gens que connaissait Étoilevent. Le premier était un trappeur, qui leur signala des rumeurs concernant un magicien renégat, à demi humain et à demi enfant des Pélagirs qui possédait des talents de sorcellerie et un penchant pour le pouvoir terrestre. Le second était un *kyree*, une créature ressemblant à un loup mais à l'esprit absolument équivalent à celui de n'importe quel humain. Il les fit s'arrêter en leur parlant par l'Esprit pour les mettre en garde contre ce même magicien. Ses récits étaient bien plus que de simples rumeurs ; d'après lui, l'hybride avait l'intention de se bâtir un royaume aussi rapidement que possible, et avait d'ailleurs déjà débuté cette tâche.

Le troisième était l'un des gardes-frontières des k'Treva… lui-même non-né *Tayledras*, mais un autre des hybrides des Pélagirs, une *tervardi*, une sorte de femme-oiseau incapable de voler.

Elle ne faisait plus partie du monde des vivants.

Lorsque Étoilevent avait été dans l'incapacité de la contacter par l'Esprit, ils avaient fait un détour jusqu'au bosquet où se trouvait son *ekele*. Il n'y avait pas une seule trace de lutte, mais ils découvrirent la fragile créature au plumage blanc à l'intérieur de son *ekele*, morte, sans aucune blessure apparente sur le corps, mais tenant son arc dont la corde était cassée net, à la main, et ses yeux vides et vitreux grands ouverts, sous le coup de ce que Vanyel supposa être une terrible épouvante.

Étoilevent resta quelques instants à côté du corps, effectuant une sorte de rituel magique subtil. Vanyel pouvait sentir des choses en mouvement, même s'il ne parvenait pas encore à les interpréter. Ce que découvrit Étoilevent, il ne le mentionna pas à Vanyel ; pourtant, l'humeur des trois adultes se fit de plus en plus sinistre… et Danselune emporta l'arc et les flèches de la *tervardi* lorsqu'ils s'en allèrent.

Ils avaient chevauché toute la journée en prenant un raccourci à travers champs à une vitesse que seul un Compagnon pouvait maintenir ; le crépuscule approchait lorsqu'ils ralentirent la cadence en arrivant sur ce qui ressemblait à une route qui semblait très empruntée.

Savil et Kellan s'arrêtèrent alors qu'ils se trouvaient encore sous couvert de la forêt, et Yfandes avança à leur niveau aussi silencieusement que possible pour une créature de la taille et du poids d'un Compagnon. Les branches surchargées de neige d'un gigantesque sapin les dissimulaient à la vue de quiconque pouvant se trouver sur cette route, bien que celle-ci soit pour le moment déserte. Il ne semblait pas y avoir de nouvelles empreintes sur le chemin, et toutes les anciennes avaient été comblées par une couche de neige fraîche qui n'avait pas encore été dérangée. Cependant, la route était bordée de chaque côté d'une rangée de ces sapins, et n'importe quoi pouvait être tapi derrière ceux-ci.

— Le village de Covia est situé à quelques lieues en suivant cette route, murmura Étoilevent tandis que le soleil déclinait devant eux. Il est toujours protégé par un champ de force, et je n'aime pas l'impression que me donne la puissance cachée derrière cette protection. Toutefois, je ne pense pas qu'elle soit actuellement dans ce village.

—Moi non plus, répondit Savil après un instant.

—*Rien*, dit Yfandes à Vanyel.

—'Fandes dit qu'elle ne ressent rien non plus, rapporta-t-il, éprouvant la même impression.

—D'après moi, il faut entrer dans le village pour constater les dégâts… et savoir ce que les gens auront à raconter. Puis… Vanyel, j'ai dans l'idée de te laisser avec les villageois. Tu possèdes suffisamment d'entraînement à la magie pour pouvoir les protéger, et ils te garantiront peut-être une certaine protection physique.

—Je… oui, Maître Étoilevent, répondit-il, n'aimant pas particulièrement cette suggestion, mais n'ayant pas vraiment d'autre choix. Qu'en est-il de 'Fandes ?

—*Je n'aime pas cela, mais je les accompagnerai*, dit Yfandes avec réticence. *Si tu as besoin de moi, je le saurai, mais une deuxième monture leur sera plus que nécessaire.*

Vanyel leur communiqua les paroles d'Yfandes, le cœur serré. Étoilevent hocha la tête.

—Je pense qu'elle a raison ; nous pourrons couvrir davantage de distance à cheval. Bon. (Il regarda le bout de la route d'un air dubitatif dans le crépuscule.) Je pense qu'il est temps d'aller « admirer » l'œuvre de notre ennemi.

Vanyel faisait de son mieux pour ne pas vomir. Encore. Il avait perdu le contrôle une fois déjà, juste en dehors de Covia, lorsqu'ils avaient trouvé… la mise en garde du magicien.

C'était bien après le coucher du soleil, et il faisait noir comme dans un four à l'extérieur de la place du village. La population entière, qui comptait plus de soixante-dix habitants, était rassemblée sur cette place minuscule. Bon nombre avaient apporté des lanternes et des torches. Ils s'étaient regroupés autour des quatre étrangers et des deux Compagnons comme des poussins recherchant la protection sous les ailes d'une poule… même s'ils ne faisaient guère attention à Savil et encore moins à Vanyel et aux Compagnons. Ils ne connaissaient pas le Héraut et le garçon et les « chevaux » furent d'emblée laissés de côté.

Le groupe avait improvisé une sorte d'estrade sous le porche bas du Temple, qui était à peine assez large pour accueillir les quatre humains ; les Compagnons servaient de barricades vivantes de chaque côté, pour leur éviter de se retrouver totalement submergés par la foule. En fait, ils se sentaient quelque peu gênés aux entournures derrière les deux *Tayledras*. Mais Vanyel était plutôt satisfait d'être ainsi ignoré. Entre les histoires que racontaient les villageois à Étoilevent et les preuves tangibles qu'ils éclairaient de leurs torches vacillantes afin d'étoffer leurs témoignages, il avait de plus en plus de mal à contrôler sa nausée.

Il s'était agi à l'origine d'un petit village fort agréable, aussi rassurant que n'importe quel autre endroit dans les Pélagirs. Les gens s'y étaient sentis en sécurité pour y élever leurs enfants, et même parfois y organiser des festivités.

Mais ce temps était révolu. Le village soutenait désormais un siège, et les habitants n'étaient plus nulle part en sécurité.

Deux semaines auparavant, un étranger était arrivé, chevauchant une créature qui n'avait rien d'un cheval et accompagné par une escouade comprenant quelques-uns des citoyens les moins recommandables des Pélagirs. Il avait annoncé que le village et ses habitants lui appartenaient désormais et s'était servi en s'arrogeant tout ce qu'il désirait. Après que l'une de ses démonstrations de pouvoir eut laissé un tas de cendre à l'endroit même où s'était dressée l'auberge, ces gens avaient eu le bon sens de ne pas résister. Pourtant, ils avaient tenté d'envoyer chercher de l'aide. La dépouille de leur messager fut retrouvée le matin suivant, empalée sur un pieu au beau milieu de la route. Le corps gelé s'y trouvait encore ; les Compagnons étaient passés à côté en entrant au village. D'après l'apparence de l'infortuné, le simple fait d'être empalé avait dû représenter un certain soulagement.

L'étranger était revenu toutes les deux nuits environ, s'emparant chaque fois de biens et de victimes. Les villageois racontèrent à Étoilevent qu'ils avaient prié pour que l'on vienne les aider ; et ils supposaient qu'il incarnait la réponse à leurs prières. Ce dernier eut l'air, du moins aux yeux de Vanyel, d'abonder dans leur sens.

Vanyel était simplement soulagé que la lumière capricieuse des torches ne soit pas assez vive pour qu'il puisse voir en détail ce que le magicien avait infligé à certaines de ses victimes. Il était aussi soulagé de se trouver dans l'ombre du porche, caché derrière Savil.

— … c'est la dernière, Maître Étoilevent, dit le chef du village au visage basané et mal rasé, l'air épuisé, les yeux cernés de rouge comme ceux d'une personne qui aurait vu bien trop d'horreurs au cours des derniers jours. Cette fille.

Il fit avancer une femme blonde effacée jusqu'au porche. Vanyel ne put éviter de la regarder. La jeune femme aurait pu être encore attirante… si ses yeux n'avaient été aussi vides et si elle n'avait pas été en train de baver. Elle était sale, ses cheveux étaient tout emmêlés et pendaient en paquets raides et ternes. Étoilevent tressaillit à sa vue, mais Danselune prit sans frayeur son visage entre ses deux mains fines, puis regarda fixement pendant un long moment dans les yeux bruns vidés d'expression.

Lorsque finalement il la relâcha, son visage comme sa voix étaient emplis de colère.

— Je pense que Ventclair sera peut-être capable de l'aider à recouvrer ses esprits, dit-il lentement et avec précaution, comme s'il tentait d'éviter de mentionner quelque chose qu'il aurait préféré ne pas avoir à divulguer tout haut.

» Mais cela prendra des mois… et elle ne pourra jamais plus supporter le contact d'un homme ; elle a été bien trop blessée à l'intérieur. Quand bien même, tous ses biefs destinés au plaisir ont été déformés, et ne peuvent désormais que faire circuler la douleur. Je ne sais même pas si je suis capable de guérir cela. Je ne pense pas que qui que ce soit puisse guérir son cœur et son âme après ce qu'on lui a fait ; pas complètement. Il vaudrait peut-être mieux ne même pas essayer ; peut-être faudrait-il tout effacer et reprendre tout depuis le début avec elle, comme si elle était redevenue un tout petit enfant.

Le chef de village à la calvitie naissante hocha la tête, comme s'il s'était attendu à entendre cela.

— Elle a été l'une des premières qu'il a prise, dit-il d'une voix accablée. Elle et sa mère. Son père était le messager que nous avions envoyé… nous n'avons rien pu retrouver de la mère.

— Et il devient de plus en plus fort, ce Krebain, à chaque personne qu'il prend ? s'enquit Étoilevent.

Les torches vacillèrent dans le vent, projetant d'étranges ombres sur le visage aux joues creuses de l'homme, qui hochait la tête. Vanyel pouvait sentit dans cette bourrasque l'arrivée d'une tempête de neige.

— Il semblerait. Je crois qu'il pratique la magie du sang, n'êtes-vous pas d'accord, Maître Étoilevent ?

Étoilevent acquiesça et ses yeux s'étrécirent.

— Oui, Gallen ; tu connais bien tes coutumes, je pense. Bon. Ce Krebain s'est retiré à l'endroit qui lui sert de bastion, et c'est assurément quelque part à proximité ; je pense que nous allons continuer en suivant mon plan initial. Gallen, je vais laisser le jeune Vanyel ici avec vous. Il s'y connaît un peu en termes de stratégie et de guerre ; il possède également le Don de la Magie.

Vanyel tressaillit à la pensée d'être laissé seul dans un tel lieu. Le chef du village lui jeta un regard dubitatif et se risqua à émettre une objection ; Vanyel ne pouvait pas vraiment l'en blâmer.

— Maître Étoilevent… je vous implore… c'est seulement un gamin…

— Il est venu à bout d'une reine-dragon de glace sans aucune aide, dit calmement Danselune en poussant Vanyel en avant et en posant une main sur son épaule. J'ai comme dans l'idée qu'il peut se charger de beaucoup plus que vous ne pourriez l'imaginer.

— Est-ce vrai ?

Cette fois, le regard que lui jeta le chef Gallen était moins dubitatif, sans pour autant être confiant.

— Gallen, je ne m'attends pas à ce que Vanyel vous défende contre ce Krebain, lui expliqua Étoilevent avec patience. Il ne sera jamais de taille pour affronter un Adepte lié par le sang, et je n'attendrais pas cela de lui. Je m'attends au mieux qu'il puisse se charger de quelques-unes des créatures de ce renégat. Je pense que nous devons tous trois partir à la recherche de Krebain et lui régler son compte… mais que, lorsque son contrôle sur ses esclaves sera rompu, certains penseront peut-être à attaquer le village. Je ne vois aucune raison qui vous empêcherait, vous et Vanyel, de vous défendre vous-mêmes contre de tels dangers, bien plus gérables. Cet arrangement te semble-t-il satisfaisant ?

Ce n'était manifestement pas le cas. Mais ce serait tout ce que le chef Gallen obtiendrait, et il le savait bien. Vanyel tenta de se mettre dans l'état d'esprit d'un chef de guerre. Il ne se sentait pas particulièrement à la hauteur.

— Van, vois ce que tu peux faire pour aider ces gens à s'organiser, lui dit doucement Savil. Tu connais la plupart de ces vieilles ballades par cœur, et on y trouve bon nombre de conseils avisés ; c'est pourquoi nous te les avons fait apprendre. Je ne veux pas que tu tentes autre chose qu'une défense symbolique si une situation se présentait que tu ne pourrais pas maîtriser. Appelle seulement Yfandes à l'aide et essaie de gagner du temps. En ce qui concerne la suite… les créatures qu'ils nous ont décrites sont puissantes, mais dénuées d'intelligence. Des barricades en travers de la route et le feu devraient les tenir à distance pour la plupart. Tu as vaincu cette reine-dragon de glace, souviens-t'en. Tu pourras vaincre presque toute autre créature à l'exception de ce Krebain, du moment qu'il ne s'agit pas d'une petite armée.

Vanyel déglutit et essaya d'avoir l'air compétent et courageux. *Voilà où tout cela nous a menés, n'est-ce pas ? C'est la tâche qui m'incombe ; je dois le faire, comme le disait 'Lendel. Parce que ces gens ont besoin de moi.*

— Oui, ma Tante, dit-il avec circonspection. Des barricades et des flammes.

Savil avait l'air inquiète et préoccupée.

— Fais de ton mieux, mon garçon. Souviens-toi de cette « voix » que j'ai utilisée pour faire cesser ce combat entre toi et 'Lendel. Elle oblige les gens à écouter en les touchant directement au niveau des tripes. Imite cela si tu le peux.

Elle grimpa sur Kellan à partir du porche ; Étoilevent prit place sur la selle d'Yfandes, mais Danselune marqua un temps d'arrêt avant de s'installer en croupe derrière lui.

— Vanyel, *ke'chara*, rappelle-toi ce que je t'ai dit au sujet des nœuds. Utilise-les. Il y en a… (Il s'interrompit, ses yeux se perdant un instant dans le vague.) Je pense qu'il y en a trois que tu pourras utiliser. Je souhaiterais que tu puisses atteindre le nœud de la vallée comme nous le faisons, mais je pense que, pour le moment, cela dépasse tes forces. Aucun de ceux qui se trouvent à proximité n'est aussi puissant que celui de la vallée mais, utilisés tous ensemble, ils devraient être exploitables. (Il prit le visage de Vanyel entre ses mains et lui déposa un baiser sur le front.) Que les dieux soient avec toi, jouvenceau. Avec un peu de chance, tout cela ne représentera rien de plus pour toi qu'une expérience intéressante.

Il grimpa derrière Étoilevent, et la foule des villageois se sépara pour les laisser passer. Vanyel les regarda disparaître dans les ténèbres, le cœur lourd.

S'il n'avait pas été lui-même aussi effrayé, il se serait mis en colère plus d'une dizaine de fois. Il était obligé d'expliquer à ces gens, encore et encore, précisément ce qu'il voulait obtenir d'eux et pour quelle raison. Puis il s'éloignait d'un groupe en pensant être finalement parvenu à se faire comprendre, seulement pour découvrir à son retour qu'ils avaient abandonné le projet pour regarder fixement les ténèbres avec appréhension.

Ils n'étaient pas stupides, mais avaient perdu tout espoir. Ils ne parvenaient pas à croire qu'ils aient une seule chance de repousser quoi que ce soit, et ils avaient donc déjà renoncé. Leurs autres tentatives avaient déjà entraîné la mort de plusieurs personnes. Vanyel, qui comptait sur eux pour lui fournir autant de protection qu'il leur en offrait, en perdait presque la raison. De nombreuses heures s'écoulèrent avant qu'il parvienne à les convaincre qu'ils avaient une chance de s'en sortir.

Puis il y eut le problème de la défense.

Lorsque l'aube vint et qu'il leur demanda leurs armes, il obtint un assortiment disparate, un bric-à-brac comme il n'en avait encore jamais vu. Et aucun d'entre eux n'était capable d'utiliser l'une ou l'autre de ces vieilleries. Il avait affaire à des fermiers nés et élevés pour travailler la terre ; la plupart d'entre eux bénéficiaient de la protection des Seigneurs ou à des Seigneurs-Mages et n'avaient jamais eu à se battre. Les k'Treva avaient échangé cette protection contre des objets artisanaux et des denrées alimentaires, et jamais ils n'auraient pensé qu'ils devraient un jour manier l'épée pour assurer leur propre défense.

Vanyel se retrouva donc confronté à la tâche de faire une démonstration du maniement de l'épée pour le bénéfice de parfaits amateurs. *Oublions de leur apprendre à porter des coups d'estoc ; oublions les coups défensifs plus subtils.* Il les fit finalement se revêtir de bourre jusqu'aux sourcils et leur ordonna de s'entraîner les uns contre les autres. Il leur apprit à tenir un objet long et à frapper violemment avec… et si cet objet présentait une arête, il espérait que cette arête, plutôt que la face plate, entrerait en contact avec l'adversaire.

Au deuxième jour de cet entraînement, il ne sentait plus ses membres tant il était épuisé et était à demi-fou de frustration. Même s'il n'osait pas montrer sa peur, il était au bord de la panique. Si bien que, lorsque Veth, le fils de Gallen, se rua sur lui pour la centième fois sans tenir sa garde, il entra dans une rage folle et le frappa de toutes ses forces sans réfléchir. Il essaya bien de retenir son coup, mais trop tard.

Il projeta le garçon qui atterrit sur le dos au milieu de la place.

Il resta là, étendu de tout son long, sans bouger…

Et le cœur de Vanyel manqua un battement…

Et dans son esprit, il vit… Jervis… debout au-dessus de lui…

Oh, dieux!

L'épée de Vanyel vola dans les airs ; son casque suivit le même chemin tandis qu'il se précipitait pour s'agenouiller à côté de Veth dans la poussière froide de la place.

Oh, dieux… oh, dieux… Je viens de lui faire ce que Jervis me faisait subir! Oh, de grâce, grands dieux! de grâce, faites que je ne l'aie pas blessé!

Il délaça le casque du garçon avant de le lui retirer. À ce moment, Veth cligna des yeux en le regardant et commença à se redresser : Vanyel fut tellement soulagé qu'il faillit fondre en larmes.

— Veth… de grâce, Veth, je suis désolé, j'ai… je me suis mis en colère… je ne voulais pas…

Le garçon le regardait avec ahurissement.

— Eh, Maîtr' Van, ça ira pour moi. J'm'suis fait rossé par not'vieille mule ben pire qu'ça… laissez-moi seulement aller boire un p'tit coup, eh ?

Vanyel s'affaissa sur ses talons en fermant les yeux contre l'éclat éblouissant du soleil. Il se sentait tout engourdi tant il était soulagé. Le garçon se remit debout avec précaution.

Oh, dieux! Je… je suis aussi mauvais que Jervis. Je suis même pire que Jervis ; j'aurais dû réfléchir. Oh, dieux!…

— Vanyel, mon jeune Sire…

Il leva les yeux ; c'était Reva, la mère de Veth, le visage fatigué et anxieux. Il tressaillit et attendit qu'elle lui sonne les cloches, comme il le méritait.

Cela ne se produisit pas.

— Si vous pouvez m'pardonner pour n'êt' qu'une vieille poule curieuse, dit-elle, j'pense qu'vous vous êt' épuisé au point de plus savoir c'que vous faites, mon jeune Sire. Je sais qu'vous n'avez pas mangé d'puis la dernière nuit. Alors prenez…

Elle lui tendit la main ; abasourdi, il la saisit et, à sa grande confusion, elle le tira pour le remettre sur ses pieds.

— Maint'nant, dit-elle en lui passant un bras autour des épaules, et l'autre autour de celles de Veth, j'pense qu'il est ben temps qu'vous deux avaliez un peu d'nourriture. L'temps qu'y faut pour manger n'fera pas d'Veth un meilleur combattant ni d'vous un meilleur professeur.

Elle les serra dans ses bras comme s'ils étaient tous les deux ses fils, avant de s'écarter.

Les mots qu'il avait jetés au visage de Withen – presque un an auparavant – lui revinrent à l'esprit et il eut encore plus honte.

« Laissez chaque homme devant se rendre à la bataille combattre avec ses propres talents, et ne pas être dans l'obligation de suivre une quelconque école. »

Je les ai traités précisément de la manière dont Jervis m'a traité. En exigeant d'eux qu'ils utilisent des facultés qu'ils ne possèdent pas, sans tenir compte de leurs propres talents. Je suis un parfait crétin incompétent.

Vanyel rougit. Et se mit à bégayer.

— Je… je ne suis pas du tout un professeur, Maîtresse Reva, ou je n'aurais pas choisi ce que j'enseigne ici. (Il éleva la voix afin que les autres pratiquants sur la place puissent l'entendre.) Cela ne nous mène nulle part. C'est comme si vous essayiez de m'enseigner… à labourer et à filer, en prévision d'un concours de la Saint-Jean qui se tiendrait la semaine suivante. Nous n'avons pas le temps, et je ne suis qu'un imbécile. Maintenant, s'il vous plaît, quelles sont vos véritables armes ? Quelqu'un parmi vous sait-il comment manier un arc ? Ou une fronde ? Une lance à sanglier, peut-être ?

Ce n'était pas son imagination ; il pouvait voir des regards de réel soulagement tout autour de la place… ainsi que l'ébauche de sourires.

Mais, finalement, tous ces préparatifs furent vains.

Les villageois qui souhaitaient combattre se positionnèrent sur les barricades ; il n'y avait vraiment que deux barrages : une seule route traversait le village et conduisait directement sur la place réduite à une étendue de boue. Cette dernière était désormais relativement défendable ; même un dragon de glace n'aurait pu passer à proximité des maisons. Les gens trop effrayés ou incapables de se défendre avaient disparu dans les ténèbres comme ils le faisaient chaque nuit, pour se disperser et se terrer dans les celliers et les greniers des maisons situées alentour. Le chef Gallen avait fini par admettre que Vanyel savait ce qu'il faisait. Lui et Vanyel tinrent conseil avec deux ou trois villageois dont la vieille sorcière-herboriste qui ne tenait pas en haute estime ce jeune magicien « arriviste ». Alors que Vanyel s'enquerrait des provisions, le jaillissement d'énergie d'un Portail invoqué pratiquement sous son nez le fit tomber à genoux et il perdit presque connaissance.

Mais ses barrières mentales étaient bien en place et ce fut la seule chose qui le sauva. Il se retrouva à bout de souffle et, pendant un certain temps, complètement désorienté. Voyant jaillir des éclairs devant ses yeux, il secoua la tête pour tenter de reprendre ses esprits. Ce fut une erreur ; il déclencha une terrible migraine.

La douleur était si vive qu'il parvenait à peine à penser, encore moins à voir. *Dieux... qu'est-ce que...*

— Qu'avons-nous donc ici ?

La voix de ténor, claire et harmonieuse, semblait amusée, et Vanyel se figea. La voix résonnait ; le silence pétrifié sur la place était aussi profond que les Neuf Puits.

Il leva les yeux lorsque sa vision s'éclaircit, mais ne vit que les dos des villageois. Les membres de son « conseil de guerre » étaient debout, serrés les uns contre les autres comme pour le dissimuler dans leur ombre. Vanyel s'agrippa au mur effrité d'une échoppe et se remit debout avec précaution, puis se haussa sur la pointe des pieds pour jeter un coup d'œil par-dessus les épaules des hommes devant lui. Il sentit un froid de glace lui saisir les entrailles lorsqu'il aperçut l'étranger vêtu de couleurs éclatantes au centre de la place dégagée.

Il ne pouvait s'agir que du magicien Krebain.

Les torches tombées des mains des villageois abasourdis n'étaient plus nécessaires ; le magicien s'était muni de sa propre lumière magique, en suspension au-dessus de sa tête, tel un minuscule soleil jaune-vert. Les gens reculèrent lentement jusqu'à venir buter contre les murs et les barricades, et l'étranger fut bientôt seul, campé avec arrogance précisément au centre de la place poussiéreuse.

Le magicien arborait des couleurs voyantes : il portait des atours écarlates et or ; des hauts-de-chausses moulants, une tunique en velours ajustée et brodée, et un manteau écarlate à la doublure or. Même ses bottes et ses gants de velours étaient de couleur écarlate. Il portait un casque de même teinte qui dissimulait une grande partie de son visage, orné d'une crête grotesque représentant un dragon rampant doré. Une main sur la hanche, il se tapotait le menton d'un doigt ganté tout en tournant sur lui-même pour observer l'assemblée.

— Une rébellion… je crois qu'il s'agit d'une rébellion ! Comme tout cela est amusant !

Il éclata d'un rire à la sonorité maléfique.

Il était élégant, mince et très grand. Des cheveux blond platine s'échappaient en cascades ondulantes et brillantes de sous son casque. Ce que l'on pouvait discerner de son visage s'apparentait à un marbre élégamment sculpté. Vanyel se retrouva malgré lui fasciné par la beauté charismatique de ce magicien. Aucun des villageois ne lui avait mentionné cela.

Vanyel se sentit presque mal. Le mal incarné ne pouvait pas être aussi… magnifique !

Puis il réfléchit. *Artificiel… c'est vraiment ce qu'il est. Il s'est transformé, j'en suis certain, comme… en maquillant son visage, seulement un peu plus. Si je possédais beaucoup de pouvoir et ne me souciais pas de la manière d'en faire usage, je suppose que je soignerais également mon apparence.*

— Je me demande bien ce qui a pu vous faire réagir, espèces de vermines, et vous inciter ainsi à me résister ? dit Krebain, qui réfléchissait tout haut. Aucun d'entre vous n'était auparavant pourvu de la moindre once de courage. Mais… aucun d'entre vous ne dégageait non plus maintenant l'odeur du Mage-né, à l'exception de cette stupide vieille sorcière, là-bas. (Il sourit d'un air narquois.) Je crois que je détecte la présence d'un étranger parmi vous… humm ? Où l'avez-vous donc caché ?

De la glace sembla se frayer un chemin le long de la colonne vertébrale de Vanyel. *Tout ce qu'ils ont à faire c'est de me montrer du doigt… et, même s'ils ne le font pas, si j'appelle Yfandes à l'aide, il saura où je suis. Oh, dieux, puis-je me cacher ? Je ne peux pas lui lancer un défi ! Ils ne peuvent pas espérer cela de moi… je ne suis pas de taille à l'affronter !*

Mais, à sa grande surprise, pas un seul des villageois ne répondit à la question du magicien. En fait, les hommes debout devant Vanyel se rapprochèrent les uns des autres, comme pour le protéger.

La voix de celui-ci se fit plus perçante.

— Je commence à me lasser, rustres. Où se trouve l'étranger dont je sens la présence ?

Silence.

La sorcière-herboriste murmura dans la direction de Vanyel, sa voix n'était qu'un souffle :

— Ne fais aucun bruit, mon garçon. Tu n'es pas de taille contre lui, et nous le savons. Cela ne rendra service à aucun d'entre nous que tu te fasses prendre, et il risque simplement de nous déchiqueter par malveillance, même s'il te met la main dessus. S'il s'ennuie, il finira peut-être par s'en aller.

— J'ai dit, je veux savoir où se trouve cet étranger. (Le magicien regarda autour de lui, les deux mains à présent posées sur les hanches, toute son attitude reflétant la colère.) Très bien ! Je constate qu'il est temps que vous appreniez une nouvelle leçon. (Il se retourna pour faire face au groupe rassemblé devant Vanyel et leva la main gauche.) Toi… Gallen. (Il lui fit un petit signe.) Viens par ici…

Gallen fit un pas chancelant, puis un autre. Il tentait de résister à la volonté du magicien, mais il perdait la bataille. De la sueur coulait abondamment sur son front, et du fond de sa gorge s'échappa un bruit semblable à un gémissement.

Derrière lui, le groupe resserrait les rangs, protégeant toujours Vanyel. Devant lui, le magicien arborait un sourire sadique.

— Vous n'avez vraiment aucun espoir de me vaincre, savez-vous, dit-il sur un ton badin. Ce serait comme si un bébé défiait un guerrier armé. Au pied, chien !

Gallen franchit en courant la distance qui le séparait du magicien, s'arrêtant en tremblant près de ce dernier. Krebain se mit à tourner autour de lui d'un pas nonchalant, l'observant de la tête aux pieds. La lumière magique suivait au-dessus de sa tête, lui offrant sa fidèle assistance.

— Voyons... je crois que tu as une femme. (Il parcourut du regard l'assemblée des villageois.) Oui, en effet... et la voilà, là-bas. Reva... bonté divine ! Une femme qui aimerait savoir manier l'épée, n'est-il pas ? Viens ici, ma chère.

Il recroquevilla le doigt, et Reva sortit du groupe près de la barricade de la route ouest en agrippant toujours sa pique improvisée, constituée d'un couteau attaché à l'extrémité d'un bâton. Les traits de son visage étaient tirés, son teint blafard : un véritable masque de désespoir.

Krebain hocha la tête.

— Vraiment, ma chère, tu n'as aucun besoin d'une telle arme. Prends-la-lui, Gallen.

Gallen ne broncha pas ; de la sueur coulait toujours abondamment sur son visage, scintillant sous la lumière magique.

— J'ai dit, prends-la.

La voix de Krebain se fit plus aiguë, et les mains noueuses de Gallen se tendirent lentement en avant pour prendre la pique de celles de sa femme.

— Maintenant… appuie simplement la pointe de ce méchant petit couteau contre son ventre, veux-tu ?

Gallen, dont le visage reflétait l'agonie, baissa la pique jusqu'à ce que la pointe de la lame soit en contact avec le ventre de sa femme. Il gémit de nouveau tandis que la volonté de Krebain le forçait à appuyer plus fort. Le sourire de Krebain s'élargit.

— Évidemment, Reva, cela serait vraiment douloureux si tu faisais un pas en avant, juste un…

Vanyel fut incapable d'en supporter davantage. Il rassembla le peu de courage qu'il lui restait, et hurla, d'une voix brisée :

— Arrêtez ça !

Il repoussa ses protecteurs et s'avança pour se tenir à découvert. Et, au moment où Krebain tournait son visage vers lui en se léchant les lèvres, il appela par l'Esprit de toutes ses forces :

— *Yfandes ! Le Mage… il est ici ! 'Fandes…*

— Arrête ça, petit.

Vanyel sentit qu'une barrière se refermait sur le village, une barrière qui ne permettrait à aucune pensée ni à aucun autre appel au secours de s'échapper.

Il leva le menton avec la même défiance glaciale qui lui avait tant servi contre son père.

— Laisse-les tranquilles, magicien, dit-il, sa voix tremblant malgré ses efforts pour la maîtriser. (Il pouvait sentir de la sueur qui coulait, froide, le long de sa nuque, et sa bouche était sèche et aigre de peur.) Je suis celui que tu cherchais.

Krebain fit un geste comme pour les congédier, et Reva et Gallen vacillèrent tandis que son emprise sur eux se relâchait. Gallen jeta la pique au sol et saisit sa femme par les épaules, puis ils entrèrent tous les deux dans la foule, dans le dos de Krebain.

— Viens par ici que je puisse te voir, dit le magicien avec douceur.

Vanyel avança d'un pas lent et hésitant dans la zone éclairée par la lumière magique.

— Quelle agréable surprise…

À moins que Krebain le feigne – ce qui était fort possible – il semblait réellement étonné.

Et… content.

Si Vanyel pouvait le conforter dans sa bonne humeur, il pourrait peut-être gagner un peu de temps. Il commença à ressentir un léger frémissement d'espoir.

— Quelle surprise véritablement agréable. Mon ennemi potentiel est un magnifique jeune homme. Quel est ton nom, mon mignon ?

Vanyel ne vit aucune raison de ne pas lui répondre. Du moins… si Yfandes l'avait entendu, il gagnait du temps pour permettre aux secours d'arriver. Il ne répondit pas immédiatement, comptant sur chaque seconde :

— Vanyel Ashkevron.

— Vanyel… je ne peux y croire… Vanyel Ashkevron ? (Le magicien se mit à rire à gorge déployée.) Quelle plaisanterie ! Quelle ironie magnifique ! Je viens pour te traquer, et tu te jettes désarmé entre mes mains !

Vanyel secouait la tête, abasourdi.

Le magicien eut un large sourire.

— Mon cher et charmant garçon. Tu as des ennemis, sais-tu, des ennemis n'ayant aucune appréciation de la beauté et beaucoup d'argent à dépenser. Wester Leshara te tient pour responsable de la mort de son cousin Evan, n'étais-tu pas au courant ? Il m'a demandé de me charger de toi comme je l'ai fait avec le jeune Staven Frelennye. J'avais pensé me consacrer à mes propres projets pendant quelque temps ici, puis m'occuper de toi à ma guise en laissant d'abord les choses s'apaiser d'elles-mêmes. Mais… maintenant je me demande si je vais lui rendre ce service. Il serait dommage de te tuer alors que tu es si beau. Rapproche-toi, veux-tu ?

Vanyel ne ressentit aucune contrainte magique, ce qui le surprit.

— Si cela ne t'ennuie pas, dit-il prudemment, je préférerais n'en rien faire.

Cette fois, le sourire de Krebain refléta un soupçon d'humour véritable.

— Alors, je devrai venir vers toi, mon beau Vanyel.

Il avança d'un pas gracieux pour traverser l'étendue boueuse foulée aux pieds de la place du village, en faisant chaque pas comme s'il marchait sur un tapis de pétales répandus spécifiquement à son intention. La lumière magique le suivait toujours fidèlement. Il tourna nonchalamment autour de Vanyel comme il l'avait fait autour de Gallen mais, cette fois, son expression était bien moins cruellement joyeuse et plus avide. Son parcours suivait une spirale orientée vers l'intérieur, Vanyel au centre. Il se retrouva finalement face à Vanyel à une distance d'au moins la longueur d'une main. Il tendit une main gantée d'écarlate, fasciné, comme si lui et Vanyel étaient seuls en présence l'un de l'autre, et il la posa sur la joue du garçon. Vanyel regardait sans ciller les yeux bleu-noir derrière le masque-casque. En les voyant, il comprit que le magicien n'était pas humain. Ses yeux sombres, effrayants, étaient en amande, comme ceux d'un chat, et, sous le velours du gant, Vanyel pouvait sentir quelque chose de très pointu comme une griffe posée contre sa joue.

— Bonté divine ! souffla Krebain, ces yeux d'argent ! Aussi rarissimes que magnifiques, Vanyel Ashkevron. C'est tellement merveilleux et tellement étrange que tu sois ici, à ce moment précis. Et je me demande, maintenant… étant donné ce que je sais au sujet de Tylendel Frelennye… étais-tu seulement l'ami de Tylendel, ou étais-tu plus qu'un ami ?

Toujours sans tenir compte de l'assemblée, il se pencha en avant et embrassa Vanyel à pleine bouche.

Ce dernier se mit à trembler, en proie à une réaction inattendue, faite de répulsion et de désir.

Une partie de lui voulait s'écarter et frapper cette créature qui pouvait sans effort contraindre un homme à poignarder sa propre femme, qui pouvait considérer les villageois comme quantité négligeable.

L'autre partie voulait se couler dans les bras du magicien.

Il résista à la tentation. *Ce… bon sang, ce n'est rien d'autre qu'une attirance sexuelle, mais c'est tout ce que c'est ! Je sais à quoi ressemble le véritable amour… et cela… n'a… rien à voir.*

Il ferma les yeux, tandis que ses genoux semblaient ployer d'eux-mêmes.

L'éclair d'un rêve…

« *Rends-toi à moi, Héraut-Mage Vanyel*, disait Leareth. *Prends mon obscurité en toi.* »

Ce rêve aurait-il été, non pas une Prémonition, mais plutôt un avertissement ?

Il résista pour penser clairement, sans oser montrer des signes de lutte. Ce fut à cet instant précis qu'il prit conscience que, quels que soient les autres pouvoirs dont disposait ce magicien, il ne possédait pas les Dons de l'Esprit de Vanyel. Comme la Perception des Pensées, par exemple. Le champ de force au-dessus du village était placé là par sortilège et non pas par l'esprit. Ce qui signifiait que Vanyel pouvait sûrement lire les pensées du magicien, et cela à l'insu même de Krebain.

Krebain mit finalement un terme à son baiser, s'éloignant lentement et avec réticence, et retirant sa main de la joue de Vanyel avec une tendre caresse de ses doigts gantés de velours.

— Oh ! murmura-t-il, les yeux mi-clos. Oh, magnifique et rare, charmant Vanyel ! Viens avec moi. Viens avec moi, sois mon amant. Je pourrai t'apprendre davantage que tu ne l'as jamais rêvé. Je pourrai te bâtir un royaume, te donner le pouvoir, du plaisir… tout ce que tu désires. Dis-moi ce que tu veux, et tu l'auras.

La tentation était incroyable. Et la pensée. *Je pourrais le guider. Je pourrais lui enseigner la compassion. Il n'a pas à être tel qu'il est. Je pourrais le rendre meilleur. N'est-ce pas ? Même si je ne l'aime pas… cela n'en vaudrait-il pas la peine ? Ne serait-ce pas un but valable ? Et je ne l'aime pas… mais je pourrais prendre soin de lui, je pense. Il y a là un besoin mutuel… cela ne suffirait-il pas ?*

Son cœur s'emballait. Je dois savoir… de quoi est réellement fait Krebain. S'il y a un moyen de l'influencer…

Krebain souriait.

— Je pourrais même, murmura-t-il, t'offrir la plus merveilleuse vengeance dont le monde ait jamais été témoin contre Wester Leshara. Une vengeance tellement complète qu'elle satisferait même l'amant de Tylendel.

L'esprit du magicien s'ouvrit à celui de Vanyel en cet instant crucial ; il était complètement vulnérable et toutes ses barrières étaient tombées.

Vanyel vit de quelle manière Krebain avait obtenu son pouvoir ; comment – et de quoi – il l'avait appris. Et les utilisations qu'il en avait faites. Et comment il avait pris plaisir à ce qu'il avait fait. Il y avait là quelque chose d'humain.

Dieux ! Jamais… au grand jamais je ne me donnerai à cela !

Une profonde répulsion annihila le moindre soupçon de désir… et, cette fois, Vanyel tressaillit puis recula pris de nausée.

Krebain fit involontairement un pas en arrière, les joues empourprées. Il fronça les sourcils de colère, et son expression se durcit.

— Tu seras à moi, Vanyel Ashkevron… que ce soit avec ou sans esprit.

Vanyel n'eut que cette mise en garde pour ériger une protection. Il eut juste le temps de hurler :

— Courez ! à l'adresse des villageois.

Du moins, il pensa qu'il leur avait hurlé ce cri d'alarme. Ils s'enfuirent, escaladant et passant de l'autre côté des barricades qu'ils avaient construites afin de garder la menace à l'extérieur, le laissant seul avec le magicien.

Qui invoqua alors sur lui une pluie d'éclairs.

Le corps de Vanyel fut parcouru d'une abominable douleur. Malgré la protection, ses cheveux se hérissèrent et du feu se mit à circuler le long de ses nerfs. Il tomba à genoux et renforça sa barrière protectrice, la sentant faiblir. Puis il se souvint de ce qu'avait dit Danselune au sujet des nœuds d'énergie.

Il tenta d'y accéder, désespérément ; il parvint à les localiser, s'y connecta et sentit le flux de leur énergie circuler en lui, lui apportant une force grisante qui annihila la douleur et renouvela sa volonté de combattre ce monstre déguisé en humain.

Il se remit debout en chancelant, recula d'un pas, et fit dévier les éclairs vers le visage de Krebain.

Ils traversèrent la place et le magicien eut juste le temps d'ériger ses propres défenses. Vanyel ne lui laissa pas la chance de se remettre de sa surprise, et déclencha une attaque de son propre cru ; sans éclairs cette fois, mais par un étau de puissance, un voile scintillant, qu'il referma autour du magicien et commença à resserrer.

Mais Krebain le brisa après quelques instants de lutte et contre-attaqua par un cercle de flammes qui vrombirent en s'élevant dans les airs. Vanyel pouvait sentir la semelle de ses bottes qui brûlait, et sa peau se rétracta et commença à devenir douloureuse.

À son tour, Vanyel, transpirant à cause de la chaleur, de la peur et des efforts qu'il devait entreprendre, invoqua la poussière de la place pour qu'elle s'élève et étouffe les flammes, mais trop tard.

Krebain ne lui laissa aucune chance et invoqua une tempête magique identique à celle du rêve de Vanyel. Elle arriva en hurlant en provenance du ciel nocturne, l'enveloppant dans un nuage de vent et d'énergie, craquant et hurlant avec celui-ci.

Et, comme celle du rêve de Vanyel, elle se mit à dévorer progressivement ses barrières protectrices, bien plus vite qu'il parvenait à les ériger.

La tornade hurlait et faisait rage, obscurcissant sa vision… il était presque aveugle… il distinguait juste de manière intermittente l'orage scintillant qui mugissait autour de lui, se rapprochant de seconde en seconde.

Un par un les nœuds se tarirent et moururent ; il ne lui restait plus que sa propre énergie.

Il tomba à genoux en maintenant la dernière de ses barrières protectrices érigées, n'ayant plus d'espoir…

… puis un coup terrible final fit exploser la tempête, l'envoyant se fracasser au sol.

Vanyel était étendu complètement étourdi. Le silence régnait sur la place. Son corps était brisé et il perdait beaucoup de sang.

Il était sur le dos, et le silence hurlait à ses oreilles comme l'avait fait la tempête. La place était maintenant désertée, à l'exception de la silhouette vêtue d'écarlate du magicien.

Vanyel était complètement épuisé, et la souffrance était telle qu'il parvenait à peine à penser. Il toussa et sentit le goût du sang dans sa gorge et, lorsqu'il essaya de respirer, il ressentit une douleur perçante au niveau de la poitrine et du dos.

Il était étrangement conscient des moindres détails : un gravier qui lui rentrait dans la joue, sa cheville qui était orientée dans le mauvais sens, une mèche de cheveux qui lui chatouillait le nez, du sang qui coulait dans ses yeux, un unique flocon de neige qui descendait en spirale dans la lumière magique.

Sa vue commençait à s'obscurcir lorsque Krebain traversa la place à grandes enjambées pour venir près de lui. Vanyel percevait ce qui l'entourait au travers d'une brume indistincte.

Le magicien se tenait debout au-dessus de lui.

Et, curieusement, il eut envie d'éclater de rire. Dieux ! avoir été tellement effrayé par ce rêve, et tout cela pour rien ! Il vit l'expression du magicien et se sentit apaisé.

Alors. Voilà où tout cela aura mené. Voilà comment cela se termine. Au moins... il a l'air un peu fatigué. J'aurais quand même offert un peu de résistance.

Il pensa avoir entendu quelqu'un, quelque chose, geindre. *De grâce, dieux... faites que ces gens s'en sortent ! Ne permettez pas que tout ceci ait été en pure perte. Permettez aux autres d'intervenir à temps pour les sauver.*

— Je te l'avais dit, Vanyel Ashkevron, que tu serais à moi avec ou sans esprit, lui dit doucement Krebain. Mais je préférerais que tu m'appartiennes intégralement, et de ta propre volonté. Tu vois ? Je peux me montrer clément. Je peux faire preuve de gentillesse envers ceux que j'aime. Je te donne une dernière chance, mon beau Vanyel. Rends-toi à moi et je guérirai tes blessures, et te donnerai tout ce que je t'ai promis. Viendras-tu avec moi à présent ?

Non. Au grand jamais. Pas au prix de ma vie. Il leva son regard vers ces yeux inhumains d'un froid glacial. *Et cela sera au prix de ma vie. Mais... dieux... il n'y a pas que ma vie en jeu !*

Il tendit la main, aussi loin qu'il le put, espérant qu'il resterait une minuscule quantité de puissance dans les nœuds d'énergie, espérant trouver un autre nœud inépuisé qui en contiendrait encore...

... et il entra en contact avec le nœud de la vallée.

Dieux... cela n'est pas possible !

Pendant un instant, il pensa avoir trouvé une chance de victoire, non seulement pour les villageois, mais également pour lui-même. Mais, lorsqu'il évalua ses propres capacités, il se rendit compte que le fait d'utiliser la puissance brute élémentaire de la vallée le tuerait assurément. Il n'avait plus la force de la contrôler. L'effet s'apparenterait à ce qu'il s'était infligé lors de l'exercice pratiqué avec Étoilevent… Mais la puissance serait une centaine de fois supérieure et peut-être plus encore !

Il pouvait mourir sans douleur, en laissant le magicien détruire son esprit et son âme… ou il pouvait mourir dans d'atroces souffrances, en sauvant les gens de Covia.

Je souhaitais mourir auparavant, pour 'Lendel… pourquoi serais-je effrayé par la douleur et par la perspective de mourir maintenant ? pensa-t-il en sentant sa gorge se contracter. *Je dois sûrement expier pour ne pas avoir su arrêter 'Lendel. D'accord. Dieux, que ceci soit mon expiation. Donnez-moi cette dernière force de l'arrêter.*

— Non, haleta-t-il. Jamais.

Le visage du magicien se tordit de rage, et il recula de quelques pas pour lui assener le coup de grâce. Vanyel ferma les yeux et attendit…

En ces derniers instants, une grande sérénité le submergea. Un calme intérieur étrange et près du cœur, né de l'acceptation totale que ce qu'il s'apprêtait à faire le tuerait sans que Danselune puisse même intervenir pour guérir ce qu'il allait s'infliger. Avec l'impression que son cœur s'envolait, il se fit ouvertement réceptif au nœud de la vallée… et se concentra…

Et la puissance brute se déversa en lui avant de rejaillir par ses yeux.

Il hurla, en proie à d'atroces souffrances, mais sa plainte fut couverte par le cri perçant que poussa Krebain tandis que l'éclair d'énergie le frappait, alors qu'il n'était plus protégé, en plein visage.

Puis Vanyel retomba, dans une paix véritable et les ténèbres.

Oh, 'Lendel, où que tu sois, je viens te rejoindre. De grâce, je t'en supplie, attends-moi…

Cher Withen ; je pense que tu serais très fier de ton fils aujourd'hui…

Savil entendit un bruit diffus en provenance du lit surmonté d'une canopée de fougères à côté d'elle. Elle déposa sa plume et sa feuille de papier à côté de sa chaise, puis elle se débarrassa de son manteau, se leva et repoussa les pans de tissu soyeux.

Vanyel, recouvert de bandages, les membres brisés et tout couvert d'ecchymoses, semblant particulièrement pâle contre le vert foncé de la literie de Danselune, dodelinait de nouveau de la tête sur l'oreiller et ouvrit des yeux hébétés.

Savil déglutit péniblement ; il avait l'air si mal en point, si meurtri, si confus.

Oh, mon petit amour, nous avons vraiment failli te perdre cette fois… nous en étions si près, si près ! Je m'attends presque que tu me demandes de te laisser ici, à l'abri et en sécurité. Et les dieux savent à quel point tu l'aurais mérité.

Il cligna des paupières, comme s'il n'en croyait pas vraiment ses yeux.

— Tante… Savil ? dit-il faiblement. Êtes-vous… bien réelle ?

Elle s'assit avec précaution au bord du lit et lui toucha la joue, lui adressant un faible sourire.

— Est-ce suffisamment réel à ton goût ?

Il acquiesça en clignant de nouveau des yeux.

— Ces gens… les villageois… Gallen et Reva… comment se portent-ils ?

— Ils vont bien, *ke'chara*, le rassura-t-elle, son cœur s'emplissant de fierté et d'amour à cette question. *Sa première pensée… est pour autrui. Il n'y a aucun doute ; Étoilevent avait raison. Il n'y a plus aucun doute à avoir en ce qui le concerne.*

» Nous sommes arrivés juste à temps pour que Danselune puisse empêcher que tu nous quittes. Dieux… ce bâtard a eu de la chance d'être déjà mort ! Je ne pense pas avoir vu Danselune si en colère de toute ma vie, et Yfandes était brûlante de rage. Il n'y avait plus grand-chose à faire en ce qui nous concernait. Tout ce j'ai fait a été d'ériger un Portail pour nous ramener tous à k'Treva, afin que Danselune puisse te remettre d'aplomb une fois encore.

— Alors, tout le monde va bien ? demanda-t-il avec insistance, comme s'il n'osait la croire sur parole. Sont-ils en sécurité maintenant ? Vous allez bien vous-même ? Ainsi qu'Étoilevent et Danselune ? Ce magicien… c'était celui que Leshara avait à sa solde… il me l'a dit. Il m'a dit…

— Plus tard, dit-elle pour l'apaiser. Tu me raconteras tout cela plus tard. Nous allons tous très bien. K'Treva a envoyé certains journaliers *Tayledras* pour aider à reconstruire Covia avec la collectivité et renforcer les protections de la région. Tu es le seul à avoir subi des dommages, mon amour. (Elle jeta un coup d'œil par la lucarne afin d'évaluer le moment de la journée.) J'espère que Danselune sera de retour sous peu pour procéder à une autre guérison.

Il soupira et émit un discret bruit de toux. Elle baissa les yeux vers lui et constata qu'il pleurait.

— Vanyel, lui demanda-t-elle, abasourdie à la vue de ces larmes et de cette étrange expression perdue qu'elle lisait dans ses yeux, Van, qu'est-ce qui te préoccupe ?

— Je…, dit-il d'une voix étranglée. Je… après que 'Lendel… ils ne voudront pas de moi. Les Hérauts… ils ne voudront pas de moi…

— Oh, Van… (Elle ferma les yeux pour réprimer ses larmes, mais celles-ci étaient de joie.) Mon enfant… oh, mon enfant, tu dépasses de loin toutes mes espérances ! C'était la dernière chose que je pensais entendre de tes propres lèvres en cet instant.

» Van… *ke'chara*… les Hérauts t'accepteront parmi eux. Pourquoi ne voudraient-ils pas de toi ? Tu es déjà un Héraut !

— Je… le suis ? Je le suis ?

Il la regardait fixement, perplexe, manifestement incapable de la croire.

Elle tendit la main vers la chaise pour y prendre son manteau blanc et le draper soigneusement autour de lui. Il s'y agrippa, les yeux écarquillés, son visage reflétant des émotions changeantes, tandis qu'il passait du désespoir à la surprise, puis à une joie égale à celle que ressentait Savil.

— … Et voilà. Voici ta Tenue Blanche pour le prouver. Tu as encore un peu de choses à apprendre ; nous allons rester ici pendant quelques lunes pendant lesquelles Étoilevent se chargera de ton enseignement… mais, Vanyel, ce qui fait un Héraut c'est le cœur. Un cœur attentionné, qui se préoccupe d'autrui avant lui-même. Et tu es bel et bien un Héraut.

Il se mit alors à sourire, un sourire si doux et tellement heureux que sa tante en eut le souffle coupé. Puis il ferma les yeux avec un air de contentement absolu et s'endormit en agrippant toujours le manteau d'une main.

… oui, Withen. Tu en serais très fier. Moi je le suis.

BRAGELONNE – MILADY, C'EST AUSSI LE CLUB :

Pour recevoir la lettre de Bragelonne – Milady annonçant nos parutions et participer à des rencontres exclusives avec les auteurs et les illustrateurs, rien de plus facile !

Faites-nous parvenir vos noms et coordonnées complètes, ainsi que votre date de naissance, à l'adresse suivante :

Bragelonne
35, rue de la Bienfaisance
75008 Paris

club@bragelonne.fr

Venez aussi visiter nos sites Internet :
http://www.milady.fr
http://www.bragelonne.fr

Vous y trouverez toutes les nouveautés, les couvertures, les biographies des auteurs et des illustrateurs, et même des textes inédits, des interviews, des liens vers d'autres sites de Fantasy et de SF, un forum et bien d'autres surprises !

CPI

Achevé d'imprimer en décembre 2009 par CPI Hérissey à Évreux

N° d'impression : 112919 - Dépôt légal : décembre 2009

Imprimé en France

81120218-1